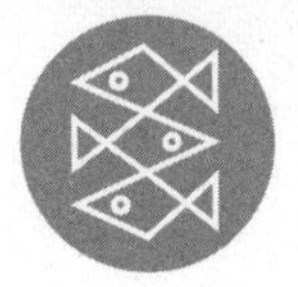

Nach einer enttäuschten Liebe flieht die junge Francesca aus Buenos Aires nach Genf. Der Mann ihrer Träume – der reiche, attraktive, aber willensschwache Aldo – hat die Frau geheiratet, die seine Familie für ihn vorgesehen hatte. Als sie kurz darauf nach Riad in Saudi-Arabien versetzt wird, lernt Francesca den attraktiven Kamal al-Saud, ein Prinz des saudischen Königshauses, kennen. Es entfesselt sich eine leidenschaftliche Affäre vor der Kulisse herrschaftlicher Paläste wie aus Tausendundeiner Nacht. Doch die königliche Familie missbilligt die Liaison des Prinzen mit einer »Ungläubigen«. Und Aldo kann Francesca nicht vergessen …

Florencia Bonelli wurde 1971 im argentinischen Córdoba geboren. Seit 1997 widmet sie sich dem Schreiben. Sie ist Argentiniens erfolgreichste Autorin für Frauenromane. Mit »Dem Winde versprochen« hatte sie ihren internationalen Durchbruch. Die Autorin lebte in Italien, England und Belgien. 2004 kehrte sie gemeinsam mit ihrem Mann zurück nach Argentinien. Heute lebt sie in Buenos Aires.

Weitere Informationen, auch zu E-Book-Ausgaben, finden Sie bei www.fischerverlage.de

FLORENCIA BONELLI

ROMAN

Aus dem Spanischen
von Lisa Grüneisen

Fischer Taschenbuch Verlag

2. Auflage: Februar 2012

Veröffentlicht im Fischer Taschenbuch Verlag,
einem Unternehmen der S. Fischer Verlag GmbH,
Frankfurt am Main, Februar 2012

Die Originalausgabe erschien 2006 unter dem Titel
›Lo que dicen tus ojos‹
bei Santillana Ediciones Generales, S. L., Madrid

Satz: Fotosatz Amann, Aichstetten
Druck und Bindung: CPI – Clausen und Bosse, Leck
Printed in Germany
ISBN 978-3-596-18213-8

1. Kapitel

Estancia Arroyo Seco, Sierras de Córdoba
Januar 1961

Francesca stand auf der Anhöhe oberhalb des Maisfelds und betrachtete das weitläufige Anwesen, in dessen Mitte das weiße Haupthaus in der Sonne leuchtete. Es war umgeben von hohen Bäumen in einem sanft hügeligen Park, der fast bis an den Horizont zu reichen schien. Francesca dachte, dass sie diesen Ort immer lieben würde, egal, wie viele Jahre auch vergehen mochten. Selbst wenn sie ihn nie wiedersehen sollte. Aber warum sollte sie ihn nicht wiedersehen? Sie lief den Abhang hinunter und schlug bei den Pappeln den Weg zur Estancia ein.

In der Ferne entdeckte sie den Gutsbesitzer, Señor Esteban Martínez Olazábal. Er saß auf seinem Pferd, einem Fuchs, und erteilte dem Vorarbeiter Don Cívico Anweisungen. Francesca wich Don Esteban nicht aus, sondern ging ihm entgegen. Sie mochte ihn, er war immer gut zu ihr gewesen.

»He, Francesca!«, rief dieser überrascht. »Wir haben dich nicht vor Samstag erwartet.«

»Guten Tag, Señor. Guten Tag, Don Cívico.«

»Grüß dich, Mädchen«, erwiderte der Mann den Gruß und nahm seine Mütze ab.

»Eigentlich hätte ich auch erst am Samstag kommen sollen«, erklärte Francesca, »aber Onkel Alfredo hat mir die Erlaubnis gegeben, schon heute zu fahren.«

»Alfredo lässt dich ganz schön schuften«, bemerkte Don Esteban spaßeshalber.

»Ich mag meine Arbeit, Señor«, erklärte Francesca. Die Antwort gefiel dem Gutsherren. Er schenkte ihr ein strahlendes Lächeln.

»Wie stehen die Dinge in Córdoba?«

»Alles in Ordnung, Señor. Im Haus gibt's keine Neuigkeiten. Außer dass Onofrio …«

»Was ist mit ihm?«

»Zum Glück nichts Schlimmes, Señor. Als er die losen Dachziegel befestigen wollte, ist er ausgerutscht und …«

»Mein Gott! Er ist vom Dach gefallen?«

»Nein, Señor, aber als er sich an der Regenrinne festklammerte, hat er sich am Handgelenk verletzt und muss jetzt einen Gips tragen.«

Martínez Olazábal starrte sie einen Augenblick lang an, ohne etwas zu sagen. Dann verabschiedete er sich überstürzt, gab dem Pferd die Sporen und stob in Richtung Estancia davon. Verdutzt blickte Francesca ihm hinterher.

»Da schau an, du bist ja noch hübscher geworden!«, stellte Cívico fest, als der Gutsbesitzer ein Stück weg war.

Francesca schenkte ihm ein Lächeln, bevor sie ihm in die Arme fiel, denn sie liebte ihn wie einen Großvater.

»Jacinta und ich haben schon die Tage bis Samstag gezählt. Das junge Fräulein Sofía« – Cívico sprach von Don Estebans jüngster Tochter – »hat uns Bescheid gegeben. Schön, dass du sogar schon früher hier bist!«

Sie gingen zu Don Cívicos Haus, das trotz der Renovierung vor einigen Jahren ein einfacher Rancho geblieben war. Weißgetüncht und mit spanischen Ziegeln gedeckt, von einem ewigen Chaos aus Hühnern, Hunden und herumliegendem Schrott umgeben, war es eine von Francescas schönsten Kindheitserinnerungen. Sie schlugen den Vorhang beiseite, der die Insekten fernhalten sollte, und sofort wehte ihnen der Geruch nach heißen Krapfen entgegen. Jacinta, Cívicos Frau, gab den Teig in den Topf mit dem heißen Fett und summte dabei leise vor sich hin.

»Schau mal her, Frau«, forderte ihr Mann sie auf.

»Wozu? Um dich alten Knochen zu sehen?«

»Ach, geh!«, entgegnete der Vorarbeiter. »Schau doch mal, wen ich mitgebracht habe.«

Jacinta drehte sich um, die Hände voller Teig, die Stirn mit Mehl bestäubt. Sie gab sich alle Mühe, ein missmutiges Gesicht aufzusetzen, das jedoch gleich verschwand, als sie Francesca im Zimmer stehen sah. Sie wischte sich rasch die Hände an einem Geschirrtuch ab, bevor sie das Mädchen umarmte und mit einem Wasserfall an Komplimenten überschüttete. Dann setzten sie sich um den Tisch. Der erste Matetee machte die Runde, während die Krapfen vom Teller verschwanden.

»Erzähl uns von dir, Panchita«, forderte Jacinta sie auf.

»Nichts Neues. Ich arbeite immer noch bei Onkel Fredos Zeitung. Er hat versprochen, mir dieses Jahr eine Kolumne zu geben.«

»Eine was …?«

»Er lässt mich etwas schreiben und veröffentlicht es.«

»Da sieh mal einer an, Jacinta! Unsere Kleine wird noch berühmt!«

Danach berichtete das Ehepaar Francesca, was es auf dem Land an Neuigkeiten gab: Klatsch über Landarbeiter und Herrschaften, welche Tiere Junge bekommen hatten und wie die Ernte ausgefallen war, von Pfarrfesten, Hochzeiten und wer mit wem zusammengekommen war.

»Und Paloma ist im vierten Monat.« Paloma war das jüngste ihrer sechs Kinder. »Die Chaira sagt – die Hellseherin, erinnerst du dich? –, also sie sagt, dass es ganz sicher ein Junge wird.«

»Und wie soll er heißen?«, erkundigte sich Francesca.

»Mal sehen, was der Heiligenkalender sagt«, meinte Cívico.

»Ja, besser als der Wandkalender. Da kommst du an einem 9. Juli zur Welt, dein alter Herr schaut auf den Kalender, sieht ›día cívico‹, Nationalfeiertag, und schon hast du den Salat und heißt Cívico.«

»Pah! Ist doch kein schlechter Name«, brummte ihr Mann.

Francesca mochte die beiden sehr. Sie gehörten zu der Sorte einfacher Menschen, die sie manchmal mit einer Weisheit überraschten, die sie nicht einmal von ihrem Onkel Fredo kannte – eine Mischung aus Einfühlungsvermögen, Schicksalsergebenheit und Lebenslust. Menschen, denen es am Nötigsten fehlte und die dennoch weder Hunger noch Kälte fürchteten und sich nicht unterkriegen ließen.

»Und drüben, im großen Haus?«, erkundigte sich Jacinta.

»Ich bin eben erst angekommen und habe noch keinen gesehen, nicht mal Sofía. Alles beim Alten, denke ich«, sagte Francesca unmutig. »Señora Celia wird unausstehlich sein, genau wie Enriqueta, und Señor Esteban trägt es mit Fassung.«

»Und das Fräulein Sofía? Hat sie sich von dieser … von dieser Geschichte erholt?«

Francesca machte eine vielsagende Geste. Cívico und Jacinta sahen zu Boden und seufzten. Sie mochten die jüngste Tochter des Gutsbesitzers, obwohl sie sie nur wenige Male gesehen hatten. Eigentlich kannten sie Sofía nur durch Francesca, die ihr nahestand wie eine Schwester.

»Heute kommt der junge Herr Aldo«, bemerkte Cívico, um die düsteren Wolken zu vertreiben. »Der Patrón hat es mir eben erzählt.«

»Na, so jung kann der junge Herr nicht mehr sein«, stellte Jacinta fest. »Wie lange hat er sich nicht mehr hier blicken lassen?«

»Na ja …«, sagte Cívico und kratzte sich am Kopf. »Zehn Jahre ungefähr. Er war achtzehn, als sie ihn zum Studium nach Europa geschickt haben. Jetzt muss er um die achtundzwanzig sein.«

»Und kommt er gerade von drüben aus Europa?«

»Nein«, sagte der Vorarbeiter. »Er ist schon seit drei Jahren oder so wieder hier, aber er ist in Buenos Aires geblieben. Die Leute da sind wohl mehr nach seinem Geschmack.«

»Du erinnerst dich gar nicht an ihn, oder?«, fragte Jacinta Francesca.

»Als meine Mama ihre Stelle bei den Martínez Olazábals antrat, war ich sechs Jahre alt. Ich kann mich kaum noch an Aldo erinnern. Er war nur übers Wochenende zu Hause, weil er am La Salle war, einem Internat in Richtung Saldán. Aber ich habe nie ein Wort mit ihm gewechselt. Er vergrub sich die ganze Zeit in der Bibliothek, um zu lesen. Mit Sofía war er ziemlich eng, sie hing sehr an ihrem Bruder. Ich weiß noch, wie sie gelitten hat, als man ihn ins Ausland schickte.«

»Tja, so ist das in dieser Familie«, sagte Cívico bedauernd. »So viel Traurigkeit. Und das alles für nichts.«

Bevor sich erneut dunkle Wolken über sie senken konnten, meinte Jacinta: »He, Cívico, worauf wartest du? Bring unsere Panchita dorthin, wo sie eigentlich hinwollte. Sie ist ja schließlich nicht wegen uns alten Langweilern hergekommen. Los, bring sie zu den Ställen. Der Ärmste wird schon ganz aus dem Häuschen sein; hat sie bestimmt schon gewittert.«

Francesca dankte Jacinta mit einem Lächeln. Sie schämte sich nicht dafür, dass ihr die Ungeduld, endlich ihren Hengst Rex zu sehen, so sehr anzumerken war, denn niemand wusste besser als Jacinta und Cívico, wie sehr sie an dem Pferd hing. Auf dem Weg zur Koppel erzählte ihr der Vorarbeiter, dass Rex – ein reinrassiger Araber – vor Kraft strotze und nach wie vor nervös und eigensinnig sei. Keiner der Landarbeiter traute sich in seine Nähe, weil er die Unart hatte, um sich zu beißen.

Also kümmerte Cívico sich darum, ihn zu bewegen, zu bürsten und zu striegeln.

»Dich kennt er«, bemerkte Francesca.

»Er respektiert mich, weil er weiß, dass ich dein Freund bin, sonst würde er nach mir austreten und mir diese riesigen Zähne ins Fleisch schlagen, die Gott ihm gegeben hat. Ich hätte nicht übel Lust, ihn kastrieren zu lassen.«

»Komm bloß nicht auf die Idee, Cívico«, warnte ihn das Mädchen.

»Señor Esteban hat's mir grad heute noch vorgeschlagen.«

»Meinem Pferd krümmt niemand auch nur ein Haar.«

»Aber es ist nicht dein Pferd, Panchita, es gehört dem Fräulein Enriqueta. Ich hab dir doch gesagt, dass sie's zum fünfzehnten Geburtstag bekommen hat. Erinnerst du dich?«

»Ja, natürlich erinnere ich mich, aber diese falsche Katze hat sich nicht näher als zehn Meter rangetraut. Sie weiß nicht mal mehr, dass es Rex gibt.«

»Manchmal bereue ich es, zugelassen zu haben, dass du dich so in ein Tier vernarrst, das dir nicht gehört. Und was, wenn der Patrón beschließt, es zu verkaufen?«

Aber Francesca hörte ihm nicht mehr zu. Sie rannte das letzte Stück und sprang leichtfüßig über das Gatter. Als sie ihr Pferd in der Herde entdeckte – es war das einzig völlig Schwarze –, blieb sie einen Augenblick stehen, um sich an seiner stolzen, eindrucksvollen Gestalt zu erfreuen. Dann rief sie nach ihm. Rex hatte sie schon gewittert. Als er nun ihre Stimme hörte, begann er mit den Hufen zu scharren und unruhig zu tänzeln. Die übrige Herde stob erschreckt davon, und der Hengst blieb allein auf der Koppel zurück.

»Hör auf mit diesem Theater und komm her. Ich würde dich gerne von nahem sehen«, schalt ihn Francesca.

Das Pferd kam wiehernd angetrabt und senkte den Kopf.

Nachdem Francesca es eine Zeitlang gestreichelt hatte, beschloss sie, aufzusitzen.

»Warte wenigstens, bis ich dir den Sattel bringe!«, rief Cívico vom Gatter aus.

»Ich reite ihn so!«, lautete die Antwort des Mädchens, das sich geschickt aufs Pferd schwang, ihm in die Mähne fasste und ehe Cívico etwas sagen konnte in einer donnernden Staubwolke verschwand.

***

Der Abend färbte den Himmel rot und violett. Francesca lag im Gras, den Kopf in die Hände gestützt. Nicht weit von ihr graste Rex. Der Gesang von Bentevis und Trauertyrannen und das Zirpen der ersten nächtlichen Insekten waren zu hören. Die kühle Luft war von Düften geschwängert, die sie nur mit Arroyo Seco in Verbindung brachte. Nur unwillig stand sie auf. Sie musste nach Hause, sonst würde ihre Mutter sich Sorgen machen. Außerdem hatte sie ihr versprochen, beim Abendessen zu helfen, denn es wurden einige Gäste erwartet.

»Komm, Rex, wir müssen heim.«

Sie brachte das Pferd auf die Koppel und schlenderte lustlos in Richtung Haupthaus. Bei den Pappeln blieb sie stehen und blickte in die weite Landschaft. Obwohl sie dieses Schauspiel schon so oft beobachtet hatte, war sie auch diesmal überrascht, dass die Sonne, die eben noch rund und strahlend hell am Himmel gestanden hatte, nun als schwacher Widerschein hinter den blauen Bergen erlosch. Wann war sie untergegangen? Der Tag schwand unvermutet schnell, und diese Endlichkeit bedrückte sie. »Die Sonne versteckt sich, mein Schatz, weil sie dem Mond nicht begegnen will.«

Niemals würde sie die Stimme ihres Vaters vergessen, wenn

sie samstagnachmittags Hand in Hand auf dem Aussichtsturm im Sarmiento-Park gestanden und den Sonnenuntergang betrachtet hatten.

»Wann bist du gegangen, Papa?«, fragte sie sich.

Motorengeräusche rissen sie aus ihren Gedanken. Sie wischte sich die Tränen ab. Es gelang ihr noch, sich hinter einer Pappel zu verstecken, bevor ein Sportwagen in einer Staubwolke an ihr vorbeiraste. Sie konnte drei Insassen erkennen: den jungen Herrn Aldo und zwei Frauen. Sie zuckte gleichgültig mit den Schultern und ging weiter. Es war das erste Mal seit langem, dass sie Aldo Martínez Olazábal sah. Vor zehn Jahren war er nach Frankreich gegangen, um an der Sorbonne zu studieren. Francesca dachte spöttisch, dass er der wohl begehrteste Junggeselle in der ganzen Provinz Córdoba war: reich, aus gutem Haus, mit einem Titel unterm Arm und dem Ansehen derer, die aus dem Ausland zurückgekehrt waren.

Nach wie vor in Gedanken versunken, lief sie weiter. Sie überlegte, dass sie jetzt, da sie für die Zeitung ihres Onkels arbeitete, ein bisschen Geld zurücklegen konnte, um unabhängig zu sein und ihre Mutter von den Martínez Olazábals zu sich zu holen. Aber man musste realistisch sein: Es würde nicht einfach werden, sie von hier wegzubringen, vor allem wegen der Freundschaften, die sie mit dem übrigen Personal geschlossen hatte, insbesondere mit Rosalía. Tatsächlich schien sie gerne in diesem herrschaftlichen Haus zu leben. Vielleicht würde sie alleine weggehen, überlegte Francesca, aber in tausend Jahren würde sie Sofía nicht allein hier zurücklassen, die so verletzlich und schutzlos war. Sie würde sie mitnehmen, nahm sie sich vor.

Als sie durch das Tor kam, das zum Haupthaus führte, sah sie die Familie Martínez Olazábal auf der umlaufenden Veranda, die das alte Herrenhaus umgab: Señora Celia thronte in ihrem Korbsessel mit der hohen Rückenlehne wie eine Königin, die Hof hielt. Enriqueta, die mittlere Tochter, sah aufmerksam zu ihrer Mutter, die mit beredten Gesten etwas erzählte. Sofía saß wie immer etwas abseits und hielt abwesend die Perserkatze auf dem Schoß. Der älteste Sohn, der junge Herr Aldo, blond und blass wie Señora Celia, lächelte gezwungen. Francesca fragte sich, wer das Mädchen sein mochte, das neben ihm saß, und die Frau, die sich mit Señora Celia unterhielt.

***

Aldo beugte sich über seine Schwester Sofía, nahm ihre Hand und drückte einen Kuss darauf. Die Katze maunzte ungnädig und legte sich erst wieder hin, als das Mädchen sie weiterstreichelte.

Im letzten Tageslicht betrachtete Aldo die Parkanlage rings um das Haus und staunte, wie gepflegt und großzügig alles war. Er bewunderte den Rasen, der sich wie ein dicker Teppich hügelan, hügelab dahinzog, bis er sich am Feldrain verlor. Der spanische Patio, ein lauschiges Plätzchen gleich neben der Veranda, mit einem Brunnen und gekachelten Bänken. Er fühlte sich an die schattigen Nachmittage seiner Kindheit erinnert, als er unter dem Nussbaum gelegen und gelesen hatte, bis er irgendwann eingeschlafen war. Weiter hinten, beim Schwimmbad, war der Mirador, eine natürliche Geländeerhebung, die sein Großvater Mariano mit einer niedrigen Balustrade umgeben hatte, wo oft die Damen saßen, um die sanft gewellte Landschaft zu betrachten.

»Wie schön der Park ist!«, bemerkte er. Sofía sah nur wortlos auf. »Nicht zu vergleichen mit Pergamino. Man merkt, dass Cívico ein guter Vorarbeiter ist. Die Felder sind nicht nur in gutem Zustand, sondern bringen auch mehr Ertrag als die in Pergamino, obwohl der Boden dort zehnmal fruchtbarer ist. Ich habe Papa schon gesagt, dass der Vorarbeiter von Pergamino, Don Tarso – du erinnerst dich?« Doch Sofía zeigte kein Interesse.

»Don Tarso ist nicht wie Cívico. Eine Katastrophe! Mir ist sogar zu Ohren gekommen, dass er uns Vieh stiehlt und auf eigene Rechnung verkauft.«

»Don Cívico ist ein großartiger Mensch«, sagte Sofía leise, und dann: »Du warst also auf Pergamino.«

»Ja, für eine Woche. Seit ich in Buenos Aires lebe, bittet Papa mich hin und wieder, die eine oder andere Angelegenheit dort zu erledigen. Danach bin ich in die Stadt zurück, habe Dolores und ihre Mutter abgeholt, und dann sind wir hergekommen. Was sagst du zu Dolores? Gefällt sie dir?«

Dolores Sánchez Azúa, Aldos Verlobte, war die Alleinerbin eines der größten Vermögen von Buenos Aires. Gerade tuschelte sie mit Enriqueta, froh, dass sich ihre zukünftige Schwägerin ihrer annahm. Dolores' Mutter Carmen, aus vornehmer cordobesischer Familie, die mit dem Großgrundbesitzer Carlos Sánchez Azúa die angeblich beste Partie der damaligen Zeit gemacht hatte, beschrieb ihrer Jugendfreundin Celia wortreich ihre Villa in der Calle Carrito.

»Gefällt sie dir, ja oder nein?«, hakte Aldo nach.

»Mir gefällt der Name nicht. María Dolores, die Madonna der Schmerzen – wie kann man ein Kind so nennen?«

»So spöttisch kenne ich dich gar nicht«, gab er amüsiert zurück. »Wer hat dir das beigebracht?«

»Das Leben, vermutlich«, antwortete das Mädchen bissig.

Aldo blickte zu Boden. Sofía bereute es, so kratzbürstig zu ihm gewesen zu sein, und räumte ein: »Sie ist wunderschön, keine Frage. Wie hast du sie kennengelernt?«

»Als Mama mich in Buenos Aires besuchte, hat sie Señora Carmen und Dolores zum Tee eingeladen. So habe ich sie kennengelernt.«

»Mama also …«, murmelte Sofía, ohne dass Aldo es hören konnte. »Das Einzige, was ich dir vorwerfen kann«, sagte sie dann, »ist, dass du dir kein Mädchen aus Córdoba gesucht hast. Ich finde es nicht fair, dass du jetzt nach so vielen Jahren Wurzeln in Buenos Aires schlägst, weil dir ein Mädchen von dort den Kopf verdreht hat. Wenn ihr heiratet, sehe ich euch bestimmt nur an Ostern und Weihnachten.«

»Moment mal! So sehr hat sie mir den Kopf nun auch nicht verdreht. Und das mit der Hochzeit wird sich erst noch zeigen.«

Sofía sagte nichts mehr. Sie winkte verstohlen und lächelte in die Ferne. Aldo sah überrascht nach draußen und entdeckte im Park ein junges Mädchen, das zum anderen Flügel des Hauses ging.

»Wer ist das?«

»Francesca, die Tochter von Antonina, der Köchin. Erinnerst du dich an sie?«

»Vage.«

»Francesca ist meine beste Freundin«, erklärte Sofía.

»Sag ihr, sie soll herkommen, ich möchte sie begrüßen.«

»Du bist verrückt«, entgegnete das Mädchen. »Wenn Mama sie hier sieht, hetzt sie die Hunde auf sie. Nein, komm bloß nicht auf die Idee, sie rufen zu lassen.«

Angesichts von Aldos erstauntem Blick fügte Sofía hinzu: »Sie will nicht, dass wir befreundet sind. Wenn sie wüsste, dass wir seit fünfzehn Jahren Freundinnen sind, würde sie auf der Stelle in Ohnmacht fallen!«

Celia unterbrach die Unterhaltung mit Doña Carmen, um ihrer zukünftigen Schwiegertochter ein Kompliment zu machen und Aldo gutgemeinte Ratschläge zu geben. Auf den Vorschlag der Gastgeberin hin begaben sich alle auf ihre Zimmer, um sich für das Abendessen zurechtzumachen, das in einer Stunde serviert würde. Aldo trödelte auf der Veranda herum und sah der Gestalt hinterher, die durch den Laubengang zum Küchentrakt ging. Er hatte Glück, denn irgendjemand machte die Lampe am

Ende des Weges an, und er konnte sehen, dass sie groß war und eine schlanke Figur hatte.

»Was für schöne Haare!«, dachte er.

***

Als Francesca in die Küche kam, war ihre Mutter gerade dabei, gemeinsam mit drei Küchenhilfen die raffinierten Gerichte zuzubereiten, die Señora Celia angesichts der wichtigen Gäste bestellt hatte. Die Jahre, der Kummer und die harte Arbeit hatten Antoninas jugendlich-schlanker Gestalt und der Schönheit ihrer sizilianischen Gesichtszüge nichts anhaben können.

»Endlich lässt du dich mal blicken!«, schimpfte sie, als sie ihre Tochter im Türrahmen stehen sah.

Bevor Francesca etwas entgegnen konnte, wies ihre Mutter die Hausmädchen an, den Tisch im Speisezimmer mit dem englischen Porzellan, den Silberleuchtern, dem böhmischen Kristall und der weißen Spitzentischdecke zu decken. Die Mädchen gingen hinaus, wobei sie sich angeregt über die Verlobte des jungen Herrn Aldo unterhielten.

»Entschuldige, Mamma, ich habe mich bei Jacinta und Cívico aufgehalten, und dann war ich noch bei Rex.«

Die Mutter wollte ihr Vorhaltungen machen, weil sie das Pferd von Fräulein Enriqueta ritt, ließ es aber bleiben, weil sie wusste, dass es nichts nützen würde. Francesca machte ohnehin immer, was sie wollte. Sie warf ihr einen kurzen Blick zu und lächelte stolz, als sie in ihren Augen die unerschütterliche, unbeugsame Art des Vaters entdeckte.

»Señor Esteban ist in die Stadt gefahren. Vorher hat er sich bei mir nach Onofrios Unfall erkundigt«, erzählte Antonina. »Hat Rosalía dir nicht gesagt, dass du wegen Onofrio den Mund halten sollst, damit der Herr sich keine Sorgen macht?«

Antonina funkelte ihre Tochter wütend an, die ihr ohne jedes Anzeichen von Reue gegenüberstand. *Ich hätte Francesca das mit Señor Esteban und Rosalía nie erzählen dürfen*, sagte sie sich, obwohl sie sicher war, dass ihre Tochter niemals ein Wort darüber verlieren würde. Francesca schnupperte an den Töpfen, probierte die Götterspeise und tunkte den Finger in den Pudding, bevor sie sich verteidigte.

»Er soll sich ruhig kümmern«, sagte sie. »Außerdem wollte ich ihn von der Koppel weglocken, um mit Don Cívico sprechen und Rex reiten zu können. Wenn du sein Gesicht gesehen hättest, Mamma, als ich ihm sagte, dass Onofrio beinahe vom Dach gefallen ist. Er hat dem Pferd die Sporen gegeben und ist wie von Sinnen davongeprescht.«

Als Francesca auf ihr Zimmer ging, um sich umzuziehen, wanderten Antoninas Gedanken zehn Jahre zurück. Hier, in der Küche der Martínez Olizábals, hatten damals ihre beste Freundin Rosalía und der Patrón gestanden und sich geküsst, dass es ihr die Sprache verschlug. Antonina hatte sich in der Waschküche versteckt und abgewartet, bis der Herr gegangen war. Als sie wieder in die Küche kam, sah sie, wie Rosalía mit einem glückseligen Lächeln die Schürze glattstrich und das zerwühlte Haar richtete. Antonina gab ihr mit einem Blick zu verstehen, dass sie Bescheid wusste. Rosalía ließ sich verlegen auf einen Stuhl sinken, schlug die Hände vors Gesicht und brachte unter Schluchzen hervor, dass sie sie jetzt bestimmt für ein dahergelaufenes Flittchen halte. Antonina hatte Mühe, sie zu beruhigen, und bat sie schließlich, ihr alles zu erzählen.

Rosalía Bazán war eine schöne Mestizin aus Traslasierra mit tiefgründigen braunen Augen, schwerem, dunklem Haar und verführerischen Rundungen. Sie hatte den Rancho der Familie verlassen, um einem Leben zu entfliehen, das eigentlich kein Leben war. In Córdoba fing sie als Bedienung in einer zwielichtigen Kneipe an, wo jene tranken, die zuvor in den umliegenden Bordellen ihre fleischlichen Lüste gestillt hatten. Dort lernte sie den gutaussehenden, sympathischen Esteban Martínez Olazábal kennen, der sie mit süßen Worten und guten Manieren für sich gewann. »Ich verliebte mich unsterblich in ihn«, erzählte sie. Einige Zeit später gestand ihr Esteban, dass er mit einer Dame aus der besten Gesellschaft von Córdoba verlobt sei, Celia Pizarro y Pinto, die er jedoch nicht liebe, so beteuerte er. In ihrer Naivität fragte Rosalía ihn, weshalb er denn mit einer Frau zusammen sei, die er gar nicht liebe. Esteban gab keine Antwort und wich ihrem Blick aus. Rasend vor Eifersucht und empört über die Feigheit und Leichtfertigkeit ihres Geliebten, warf sie ihm vor, dass er ein schlechter Mensch sei und sie ihn nicht wiedersehen wolle.

Einige Monate später erfuhr Esteban, dass Rosalía ein Kind von ihm erwartete. Er war mittlerweile mit Celia verheiratet, die ebenfalls schwanger war, aber er konnte an nichts anderes denken als an seine verlorene Liebe und das Kind, das Rosalía ihm schenken würde. Er gab sich alle Mühe, Zuneigung für Celia zu empfinden, doch die Kälte und Oberflächlichkeit seiner Frau machten es ihm unmöglich, sie auch nur zu mögen. In seiner Verzweiflung nahm er all seinen Mut zusammen und ging zu Rosalía, die ihn jedoch, eifersüchtig und in ihrem Stolz verletzt, abwies. Tag für Tag erschien Esteban in der Kneipe, und da Rosalía ihn immer noch liebte, verzieh sie ihm einige Wochen später. Eines Tages stand sie mit einem alten Koffer am Hintereingang des Hauses der Martínez Olazábals, auf dem Arm ein Baby namens Onofrio, und wurde Teil des Personals. Keiner kannte die Wahrheit, auch nicht der kleine Onofrio, bis zu dem Tag, als Antonina die beiden in der Küche dabei ertappte, wie sie sich küssten.

Francesca kehrte frisch gewaschen und umgezogen in die Küche zurück. Weder sie noch ihre Mutter verloren ein Wort. Jede in ihre eigenen Gedanken vertieft, schnitten sie Früchte für den Obstsalat, schmeckten Saucen ab, glasierten Schinken, schlugen Eischnee für die Baisers und wuschen Erdbeeren.

Sofía erschien in der Küche und schlich sich von hinten an ihre Freundin an. Sie hatten sich seit Wochen nicht gesehen und redeten vor lauter Freude beide gleichzeitig aufeinander ein. Auch Antonina bekam ihren Anteil an Umarmungen ab. Sie war nicht überrascht, wusste sie doch, dass Sofía sie fast wie eine Mutter liebte. Angesichts von Celias Gleichgültigkeit hing Sofía verzweifelt an ihr, einer einfachen, ungebildeten, aber herzlichen und liebevollen Frau, die immer nach Vanille und frisch gebackenem Brot roch.

»Ich würde ja lieber mit euch essen«, sagte Sofía, »aber meine Mutter hat eine hundsmiserable Laune, weil mein Vater so überstürzt nach Córdoba aufgebrochen ist. Sie ist stinkwütend, weil sie findet, dass es ein Affront gegen Señora Carmen und Aldos Verlobte Dolores ist. Was mag Papa dazu gebracht haben, so Hals über Kopf in die Stadt zu fahren?«

Ohne eine Antwort zu geben, begleitete Francesca ihre Freundin noch ein Stückchen, ging aber nicht mit bis zum Haus. Auf der Veranda saß immer noch Señora Celia in ihrem mächtigen Sessel und blätterte in einer Zeitschrift. Sie verabschiedeten sich am Ende des Laubengangs, und während sie zusah, wie Sofía durch den Seiteneingang schlüpfte, um ihrer Mutter aus dem Weg zu gehen, spürte sie erneut die beklemmende Schuld ihres großen Geheimnisses auf sich lasten. Sie hatte dieses Gefühl lange nicht mehr gehabt und gedacht, sie wäre darüber hinweg. Aber als sie ihre Freundin am Nachmittag so gedankenverloren abseits ihrer Familie sitzen sah, wusste sie genau, an wen sie dachte.

Die Nonnen an der Schule 25 de Mayo hatten Sofía eingetrichtert, sich von den Jungen fernzuhalten. Der Aufruhr der Gefühle und das wilde Herzklopfen seien des Teufels. In solchen Fällen seien ein Schluck Essig und ein Rosenkranzgebet, auf grobkörnigem Salz kniend, fromme Mittel, um wieder zur Besinnung zu kommen und Luzifer zu vertreiben. Sofía, benommen von Nandos Anziehungskraft, dem Aufruhr der Gefühle und dem wilden Herzklopfen, vergaß den Essig, den Rosenkranz und das grobkörnige Salz und gab sich ihm Hals über Kopf hin. Francesca, die noch nie verliebt gewesen war, erlebte die heimliche Leidenschaft ihrer Freundin hautnah mit und sehnte sich danach, eines Tages genauso zu lieben.

Nach einiger Zeit wurde der sachlich veranlagten Francesca klar, dass Sofías Eltern Nando niemals akzeptieren würden, einen Jungen aus Mina Clavero, der wie so viele andere in die Provinzhauptstadt gekommen war, um hier sein Glück zu machen. Er arbeitete als Lehrling in der Firma von Martínez Olizábal und wollte Geld zusammensparen, um in seinem Heimatdorf ein Stück Land zu kaufen und dort mit Sofía zu leben. »Du kümmerst dich um den Haushalt und die Kinder, und ich bestelle das Land«, sagte er zu ihr. In einem Notizbuch schrieb er alles auf, was er über Viehzucht, Ernte, Aussaat, Tierheilkunde, Aufzucht und Mast mitbekam. In der Bibliothek machte er sich über die Bodenbeschaffenheit in Córdoba kundig. Wenig geeignet für den Getreideanbau sei er, hieß es, außer im Süden, sondern eher für die Viehzucht zu verwenden. Er unterhielt sich lange mit Don Cívico, wenn dieser in der Stadt war. »Er weiß mehr als alle Bücher«, sagte er zu Sofía, und sie brachte ihn mit einem Kuss zum Schweigen, weil sie ganz verrückt nach seiner Liebe war.

Als sie schwanger wurde, wusste Sofía nicht, was sie machen sollte. Sie hatte Angst, es Nando zu sagen, weil sie sicher war, dass er sie sitzenlassen würde. Schließlich stand ein Kind seinen

Zukunftsplänen im Weg. An ihre Eltern dachte sie gar nicht, aber als sie Francesca die Wahrheit gestand, kamen sie gemeinsam zu dem Schluss, dass es keinen anderen Ausweg gab: die Herrschaften mussten es erfahren. »Dein Vater wird dich in Schutz nehmen, Sofi, mach dir keine Sorgen«, machte Francesca ihr Mut und bezahlte immer noch mit Schuldgefühlen für diesen naiven Ratschlag.

Als ihre Freundin mit der Miene einer zum Tode Verurteilten im Zimmer ihrer Mutter verschwand, presste Francesca das Ohr an die Tür, um zu lauschen. Bald war die Stimme von Señora Celia zu hören, die ihre Tochter als Hure und Flittchen beschimpfte, und Sofías Schluchzen und Jammern. Francesca stürzte herein und ging dazwischen, um zu verhindern, dass Sofía von ihrer Mutter verprügelt wurde. Dabei warf sie Doña Celia tausend Dinge an den Kopf, die sich mit den Jahren angestaut hatten. Señora Celia war wie vom Donner gerührt und reagierte erst wieder, als sie die Stimme ihres Mannes hörte. Der war dazugekommen und befahl Francesca zu schweigen und das Zimmer zu verlassen. Die angsterfüllten Augen ihrer Freundin waren das Letzte, was sie sah.

Sofía musste auf ihrem Zimmer bleiben, zu dem nur Señora Celia den Schlüssel hatte. Auf Anraten von Rosalía, die mit Señor Esteban gesprochen hatte, schickte Antonina ihre Tochter für eine Weile zu ihrem Onkel Fredo nach Córdoba. Nando fiel aus allen Wolken, als Señor Esteban ihm einen Umschlag mit Geld in die Hand drückte und ihm mitteilte, dass er ihn nicht mehr brauche. Da er überzeugt gewesen war, gute Arbeit geleistet zu haben, war die Entlassung eine Ohrfeige für ihn. Am Abend wartete er am Hintereingang der Stadtvilla auf Sofía. Er war überrascht, als Antonina mit verheulten Augen zu ihm kam und ihm sagte, Sofía sei für längere Zeit verreist und sie wolle ihn nicht wiedersehen. Am Boden zerstört, ohne Arbeit und ohne

Liebe, ging er in die Pension in Alto Alberti, packte seine wenigen Habseligkeiten und verließ die Stadt, um woanders sein Glück zu suchen. Er schwor sich, nie mehr nach Córdoba zurückzukehren, wo ihn alles an Sofía erinnerte.

***

Sofía brach zu einer Reise auf, von der keiner wusste, wohin sie führte und wie lange sie dauern würde. Nach einer Weile erlaubte Esteban Francesca, aus ihrem Exil zurückzukehren. Er gab ihr jedoch deutlich zu verstehen, Señora Celia aus dem Weg zu gehen und zu Sofías Bestem nicht über die »Angelegenheit« zu sprechen oder Fragen zu stellen. Es war ein hartes Jahr für Francesca. Sie war einsam und von Schuldgefühlen geplagt.

Wir hätten fortlaufen sollen, um das Baby weit weg von hier zu bekommen. Onkel Fredo hätte uns geholfen, haderte sie mit sich. Sie wurde immer dünner, verlor das Interesse an der Schule, las nicht mehr – ein Symptom, das ihre Mutter am meisten beunruhigte – und streifte stundenlang, in stumme Selbstgespräche versunken, durch den Park des Anwesens. Sie hörte nichts von Sofía, erhielt keinen Brief und traute sich auch nicht, nach ihrer Adresse zu fragen, um ihr zu schreiben. Die jüngste Tochter der Martínez Olazábal wurde totgeschwiegen. Es gab sie nicht mehr, und wenn doch einmal jemandem ihr Name herausrutschte, unterband Celias schneidender Blick jeden weiteren Versuch.

Ein Jahr später kam Sofía nach Córdoba zurück, und schon bei der ersten Umarmung wusste Francesca, dass sie innerlich gebrochen war. Schweigend saßen sie in der Dachkammer, die den beiden Freundinnen seit Kindertagen als Versteck diente, und weinten. Sie weinten um die verlorene Liebe, aus quälenden Schuldgefühlen, um das Kind, das es nie geben würde, und wegen so viel verlogener Scheinheiligkeit.

»Mein Baby ist tot zur Welt gekommen, Francesca. Keiner hat es gewollt, und so wollte es auch nicht leben.«

Francesca wünschte sich, sie hätte niemals erfahren, dass das Kind in Wirklichkeit – zu einem Bündel verschnürt – lebend aus dem Haus in der Nähe von Paris weggeschafft worden war, wo Sofía ihre Schwangerschaft verbracht hatte, und einem Waisenhaus übergeben wurde, wo man es seit Tagen erwartete. Esteban hätte nämlich niemals einer Abtreibung zugestimmt, wie er Rosalía gestand. »Es ist nicht rechtens, dass man eine Sünde mit einer anderen aus der Welt schafft«, erklärte er.

Dieses Wissen belastete Francesca noch mehr als die Schuldgefühle wegen ihres schlechten Ratschlags, sich an die Mutter zu wenden. Tagelang überlegte sie, ob sie ihrer Freundin die Wahrheit sagen sollte, aber Sofías abwesender Blick, ihre brüchige Stimme und ihre unaufhörlich zitternden Hände machten ihr schließlich klar, dass sie ihr damit in ihrer geschwächten Verfassung noch mehr schaden würde. Und so schwieg sie, ohne zu wissen, ob sie richtig handelte.

***

Francesca ging durch den Laubengang in die Küche zurück, wo ihre Mutter sie anwies, sich die Servierschürze umzubinden. Widerstrebend tat sie wie geheißen, denn sie hatte keine Lust, bei Tisch zu bedienen.

»Warum ist Paloma nicht geblieben, um zu helfen? Ich bin nicht in der Stimmung für Enriquetas Unverschämtheiten. Ich sag's dir, ich werde ihr die Suppe über den Kopf schütten.«

Antonina verkniff sich ein Grinsen und versuchte, tadelnd zu schauen. Dann versprach sie Francesca, dass sie nicht im Speisezimmer bedienen und das Fräulein Enriqueta ertragen müsse; sie sollte nur im Vorraum die Teller anrichten.

Beim Abendessen nickte Aldo Antonina freundlich zu. Dann beteuerte er, nicht einmal in den besten Pariser Restaurants so gut gegessen zu haben. Die Köchin, die genau wusste, dass sich die Hausherrin über das höfliche Lob des Jungen ärgerte, nickte nur mit dem Kopf, ohne dabei hochzublicken.

»Was hat Señor Aldo zu dir gesagt?«, wollte Francesca wissen.

»Dass es ihm schmeckt. Er ist sehr nett.«

Francesca lugte ins Speisezimmer, und für einen kurzen Moment traf sich ihr Blick mit dem des jungen Herrn. Verlegen zuckte sie zurück und verbarg sich hinter dem Türrahmen. Dieser flüchtige, unbedeutende Moment hatte sie unerklärlicherweise sehr berührt.

***

Später nahmen die Familie und ihre Gäste auf der Veranda den traditionellen Cappuccino ein. Selbst Celia redete nicht viel; die Müdigkeit und der stille Abend auf dem Lande hatten sie schweigsam werden lassen. Sofía war die Erste, die eine gute Nacht wünschte und dann im Dienstbotentrakt verschwand, ohne dem vernichtenden Blick ihrer Mutter Beachtung zu schenken. Etwas später brach auch Celia auf und ermunterte Enriqueta und Señora Carmen, es ihr gleichzutun.

Aldo und Dolores blieben allein zurück. Sie rückte ihren Sessel heran, nahm die Hand ihres Verlobten und flüsterte ihm zu, wie gut er aussehe. Aldo lächelte gezwungen und gab das Kompliment zurück. Keine Frage, mit ihrem goldblonden Haar und den blass schimmernden Wangen war Dolores eine Schönheit, die mehr als einem den Atem verschlug. Aber dieses dunkle Augenpaar, in das er während des Abendessens geblickt hatte, machte Aldo noch nachdenklicher und stiller als sonst. Schließlich gab Dolores sichtlich entnervt auf, seine Aufmerksamkeit zu erregen.

Doch davon bekam ihr Verlobter gar nichts mit, weil er immer noch mit verlorenem Blick in den endlosen Garten hinaussah.

»Lass uns zu Bett gehen, Liebling«, schlug Aldo schließlich vor. »Ich bin müde. Es macht dir doch nichts aus, oder?«

»Wenn du es wünschst …«

Beseelt von dem Wunsch, in ihrem Verlobten die gleiche Leidenschaft zu wecken, die sie für ihn empfand, hatte sich Dolores von dem Besuch auf dem Land viel versprochen. Sie träumte von sternklaren Nächten, Ausritten an unberührte Orte und den rauen Sitten der Gauchos, die sie insgeheim erregend fand. Aber es war offensichtlich, dass Aldo nicht empfänglich für dergleichen war. Er stand auf und ging ins Haus, ohne auf sie zu warten.

In seinem Zimmer fand Aldo keinen Schlaf. Die Hitze, die Stechmücken und die zu weiche Matratze trieben ihn schließlich wieder aus dem Bett. Er war unruhig, seine Gedanken sprangen von einem Thema zum nächsten. Er steckte sich eine Zigarette an und trat ans Fenster, um zu rauchen. Wie hatte die Verbindung mit Dolores nur plötzlich so beengend werden können? Geblendet von ihrer Schönheit, hatte sie ihn auch mit ihrer guten Erziehung und ihrem feinen Auftreten für sich eingenommen. Nun, da der erste Rausch verflogen war, war ihm ihre Nähe zutiefst unangenehm.

Ein Rascheln im Park, das Knacken trockener Zweige überlagerte die gewohnten Geräusche. Aldo sah aus dem Fenster. In der Dunkelheit war eine weiße Gestalt zu erkennen, die dem Mirador entgegenzuschweben schien. Ihm kamen die Geschichten von verlorenen Seelen und Gespenstern in den Sinn, die Don Cívico ihm erzählt hatte, als er ein Kind war. Die unheimliche Erscheinung blieb an der Balustrade des Aussichtspunktes stehen und verschwand dann zwischen den Büschen, hinter denen das Schwimmbecken lag. Er löschte die Zigarette, warf den Morgenmantel über und verließ das Schlafzimmer.

Schnellen Schrittes durchquerte er den Park. An der Treppe zum Schwimmbad nahm er immer zwei Stufen auf einmal. Das Gespenst hatte sich in eine schöne Frau verwandelt, die prüfend den Fuß ins Wasser tauchte und leise eine Melodie summte. Er kauerte sich hinter die Büsche und beobachtete sie bei ihrem Bad im Mondschein. Dieses übernatürliche und doch irdische Geschöpf, das dort anmutig seine Bahnen zog, verzauberte ihn und ließ ihn all seine Sorgen vergessen. Ihm stockte der Atem, als die Unbekannte den Badeanzug abstreifte und sich in den weißen Morgenmantel hüllte. Als sie die Kapuze hochschlug, verwandelte sie sich wieder in den Geist, der ihn hergelockt hatte und der nun in dem dunklen Laubengang verschwand.

2. Kapitel

In der nächsten Nacht ging Francesca trotz der Einwände ihrer Mutter erneut zum Schwimmbecken. Es war ein Nervenkitzel, den sie seit Kindertagen Jahr für Jahr wiederholte. Anfangs hatte sie es getan, um sich gegen Señora Celias Autorität aufzulehnen. Mittlerweile lockten sie der Zauber der Nacht und die Ruhe, die sie dabei fand. Bevor sie schwimmen ging, verbrachte sie einige Minuten damit, das silbern spiegelnde Mondlicht auf dem Wasser zu betrachten. Myriaden von Glühwürmchen schwebten in den Büschen, ein Schauspiel, das sie gut kannte und das sie stets aufs Neue faszinierte. Das ferne Quaken der Frösche vermischte sich mit den Schreien der Käuzchen. Auch die Kröten waren unterwegs und wagten sich bis in die Nähe des Schwimmbeckens vor. Francesca ekelte sich zwar vor ihnen, störte sie aber nicht, denn Don Cívico hatte ihr erklärt, wie nützlich sie bei der Schädlingsbekämpfung waren.

Das Wasser hatte sich im Laufe des heißen Tages angenehm erwärmt. Sie ging vom Flachen aus immer tiefer, um schließlich ganz unterzutauchen und sich mit geschlossenen Augen treiben zu lassen. Als sie wieder auftauchte, rauschte es in ihrem Kopf, und es dauerte ein paar Sekunden, bis sie die nächtlichen Geräusche wieder wahrnahm. Dann zog sie ihre Bahnen, wobei sie sich immer wieder auf den Rücken drehte, um den Himmel zu betrachten, der ihr wie eine riesige dunkle Kuppel erschien. Sie tauchte erneut quer durch den Pool, und als sie in der Nähe der Leiter wieder an die Oberfläche kam, entdeckte sie dort zwei

Füße, die auf sie warteten. Sie sah an der Gestalt hoch, die dort stand, und blickte in die Augen von Señor Aldo. Außer Atem von der Anstrengung und mit rasendem Herzen brachte sie kein Wort heraus.

»Hallo«, sagte Aldo. Francesca konnte nicht erkennen, ob es sarkastisch oder freundlich gemeint war.

»Was wollen Sie hier?«, fragte sie. Die Frage klang unverschämter, als sie es beabsichtigt hatte.

»Das sollte ich dich fragen, findest du nicht?«

»Entschuldigen Sie«, sagte Francesca und stieg aus dem Pool.

Aldo sah ihr hinterher, als sie an ihm vorbeiging, um ihren Bademantel zu holen. Aus der Nähe sah sie noch schöner aus. Francesca zog sich an, schlüpfte in die Pantoffeln und wollte zum Park gehen. Aldo stellte sich ihr in den Weg, bevor sie die Treppe erreichte.

»Wo willst du denn hin?«, fragte er.

»Wissen Sie, Señor«, antwortete Francesca, »vielleicht entlässt Ihre Mutter ja jetzt meine Mutter und ich kann sie endlich mit zu mir nehmen.«

»Was redest du da?«

Die Falten auf Francescas Stirn verschwanden. Aldo lächelte sie an.

»Dachtest du, ich würde es meiner Mutter sagen? Da irrst du dich … Francesca – so heißt du doch, oder?«

»Ja, Francesca de Gecco.«

»Ich bin Aldo, Sofías Bruder.«

»Ich weiß.«

»Ja, natürlich.«

»Gute Nacht«, sagte Francesca und versuchte an ihm vorbeizuschlüpfen.

»Warte!«, rief er und fasste sie am Arm. »Warum gehst du?«

»Es war eine Dummheit, Señor. Ich verspreche, dass es nicht

wieder vorkommt. Es ist wirklich nett von Ihnen, dass sie mich nicht bei Señora Celia verpetzen. Ich werde den Pool nicht mehr benutzen, ich verspreche es. Gute Nacht.« Sie versuchte, sich loszumachen, aber Aldo hielt sie fest.

»Du kannst den Pool jeden Abend nutzen. Es würde mich sogar freuen, wenn du herkämst. Du scheinst es sehr zu genießen. Ich habe dich beobachtet.«

»Machen Sie sich über mich lustig?«

»Nein! Wie kommst du denn darauf?«, fuhr Aldo auf, um dann, weniger heftig, hinzuzusetzen: »Ich frage mich, wie man dich bei mir zu Haus behandelt hat, dass du eine höfliche Einladung als Beleidigung auffasst.«

»Ich bin die Tochter der Köchin, Señor. Man behandelt mich so, wie es mir zusteht. Jetzt lassen Sie mich bitte gehen, meine Mutter wird sich Sorgen machen.«

»Kommst du morgen wieder?«

»Ich sagte es doch schon, nein.«

»Ich befehle es dir«, scherzte Aldo und musste grinsen, als er Francescas Gesicht sah. »Komm morgen wieder. Niemand wird es erfahren, und du kannst den Pool so lange nutzen, wie du willst. Ich verspreche es dir.«

Francesca spürte, wie der Druck an ihrem Arm nachließ. Aldo ließ ihr galant den Vortritt in den Park. Als sie in ihr Zimmer kam, wartete ihre besorgte Mutter auf sie und wollte ihr wieder einmal eine Standpauke wegen ihrer Waghalsigkeit halten.

»Wo warst du so lange?«, wollte sie wissen, kurz davor, die Beherrschung zu verlieren.

»Das Wasser war herrlich, und ich bin ein bisschen länger geschwommen, das ist alles«, log sie.

***

Am nächsten Tag konnte sie es kaum erwarten, wieder schwimmen zu gehen. Diesmal war es aber nicht wegen des warmen Wassers und der lauen Nacht. Obwohl sie versuchte, ihre Ungeduld zu bezähmen, hoffte sie, dass Aldo da sein würde.

Als sie ihrer Mutter dabei half, das Essen im Vorraum anzurichten, traute sie sich nicht, einen Blick ins Speisezimmer zu werfen. Aber sie lauschte den Stimmen und stellte fest, dass Aldo sehr einsilbig war. Danach spielte die Familie Canasta auf der Veranda und zog sich später als sonst zur Nachtruhe zurück. Als das letzte Licht im Haupthaus erlosch, ging Francesca zum Pool.

Aldo war schon dort und hatte sogar ein Bad genommen. Jetzt lag er auf den Steinplatten, die Hände hinterm Kopf verschränkt, und betrachtete den Himmel. Als er sie kommen hörte, sprang er auf und ging ihr entgegen, um sie mit einem Lächeln zu begrüßen.

»Der Gedanke, im Mondschein zu schwimmen, erschien mir verlockend«, sagte er, um das Eis zu brechen. »Stört es dich, dass ich hergekommen bin?«

»Aber Señor, was sagen Sie da? Es ist Ihr Pool.«

»Nenn mich nicht Señor, dann fühle ich mich so alt. Nenn mich Aldo.«

»Aber so darf ich Sie sicherlich nur nennen, wenn wir allein sind«, bemerkte Francesca und bereute die Spitze gleich wieder.

»Es tut mir leid, dass du so eine Abneigung gegen meine Familie hast. Ich weiß, meine Mutter kann sehr hart sein, wenn sie will.«

Dann sagten sie lange nichts mehr. Jeder saß für sich da, so als ob er alleine wäre, obwohl die Gegenwart des anderen ihn nervös machte. Schließlich brach Aldo das Schweigen. Er machte eine Bemerkung darüber, wie schön die Bäume seien, und Francesca nickte. Angesichts dieser knappen Antwort fühlte er sich bemüßigt, weiterzureden, und erklärte, dass diese Eukalyptusbäume vor fast hundert Jahren von dem ersten Besitzer von

Arroyo Seco, einem gewissen Pedro de Ávila, gepflanzt worden seien. Aldo gestand ein, dass er nicht viel über die Geschichte seiner eigenen Estancia wusste. Daraufhin erzählte ihm Francesca, was sie von Don Cívico erfahren hatte.

Sie trafen sich Abend für Abend. Die verlegene Unsicherheit vom Anfang wandelte sich zu einer Vertrautheit, wie man sie sonst nur unter alten Freunden kannte. Die Gespräche zogen sich bis tief in die Nacht hinein. Keiner von beiden gab es offen zu, aber es fiel ihnen jedes Mal schwerer, sich zu trennen. Wenn es nach ihnen gegangen wäre, hätte die Nacht ewig dauern können – nur sie, der Pool und die Dunkelheit, die sie vor jenen verbarg, die ihre Freundschaft niemals gutheißen würden.

Francesca fiel auf, dass Aldo ein trauriger junger Mann war. Als sie sich ein Herz fasste und es ihm sagte, war er überrascht. Darüber habe er sich noch nie Gedanken gemacht, sagte er. Ja, er sei ein melancholischer Mensch und eher menschenscheu, das liege in der Familie. Aber traurig?

»Also, ich wäre auch traurig, wenn meine Mutter so wäre wie Ihre«, bemerkte Francesca, ohne dass es unverschämt klingen sollte.

Aldo war sprachlos. Statt sich zu verteidigen, stieß er ein kurzes Lachen aus, das Francesca als Missbilligung ihrer Bemerkung interpretierte. Doch dann räumte er ein, dass seine Mutter tatsächlich äußerst schroff und herablassend sei.

»Deine Mutter hingegen«, fuhr er fort, »ist eine wunderbare Frau. Das findet zumindest Sofía, die große Zuneigung für sie empfindet. Ich beneide dich um sie«, gab er schließlich zu.

»Ich liebe meine Mutter über alles, auch wenn sie streng und sehr direkt ist. Als sie Witwe wurde, war ich sechs Jahre alt. Sie war alleine in einem Land, das sie nicht kannte, und sprach kaum spanisch. Aber sie gab nicht auf und machte ihren Weg. Natürlich hatte sie Freunde, die ihr halfen. Pater Salvatore, den meine

Mutter noch aus Sizilien kannte, besorgte ihr die Stellung hier im Haus. Vor allem aber mein Onkel Fredo. Er hat uns am meisten unterstützt.«

»Ein Bruder deines Vaters?«

»Nein. Eigentlich sind wir gar nicht verwandt. Meine Eltern und Onkel Fredo lernten sich auf dem Schiff kennen, mit dem sie aus Italien kamen. Sie wurden Freunde, und als ich zur Welt kam, wurde er mein Patenonkel. Nach meiner Mutter ist er der Mensch, den ich am meisten liebe.«

***

An diesem Abend tollten sie im Wasser herum wie kleine Kinder. Danach waren sie außer Atem und voller Lebensfreude, von einem bislang unbekannten Glücksgefühl erfüllt. Sie lachten über Nichtigkeiten, redeten unsinniges Zeug und wünschten im Stillen, die Zeit würde stillstehen. Für beide war der Morgen unerträglich geworden, der Auftakt für lange Stunden, die nicht vergehen wollten.

»Ich habe Hunger«, sagte Aldo und streckte sich neben Francesca aus. »Sofía hat mir erzählt, dass du genauso gut kochst wie deine Mutter. Lass uns in die Küche gehen und du machst uns was zu essen – was hältst du davon?«

Der Vorschlag überrumpelte sie. Am Pool, weit weg vom Haupthaus und hinter Büschen verborgen, waren sie vor der Außenwelt geschützt. Sie hatte ein mulmiges Gefühl bei dem Gedanken, diese Umgebung zu verlassen und sich auf verbotenes Terrain zu begeben.

»Was hast du?«, fragte Aldo zärtlich. »Wenn du keine Lust hast, gehen wir nicht.«

»Das ist es nicht. Wenn uns jemand sieht … Na ja, er könnte falsche Schlüsse ziehen.«

»Niemand wird uns sehen. Alle schlafen«, versicherte Aldo und reichte ihr die Hand. »Gehen wir.«

In der Küche wärmte Francesca das Abendessen auf und bereitete einen Salat aus Tomaten und Oliven, den sie mit Olivenöl, Oregano, schwarzem Pfeffer und Salz anmachte. Es machte sie nervös, dass Aldo sie so aufmerksam beobachtete, während sie alles zubereitete. Ohne aufzublicken, erledigte sie mechanisch ihre Handgriffe und tat geschäftig und konzentriert.

Aldo aß schweigend. Francesca brachte kaum zwei Stückchen Fleisch herunter. Stattdessen betrachtete sie den Mann, der ihr da gegenübersaß. Jung, gut aussehend, mit den Manieren eines Gentleman, blauen Augen und kurzem, dichtem blonden Haar. Was machte sie hier in der Küche mit dem Sohn des Gutsbesitzers? Und jede Nacht am Pool? Was erwartete sie sich davon? War sie verrückt geworden? Ja, sie war verrückt, verrückt vor Liebe zu Aldo. Aldo, Liebster, dachte sie und stand vom Tisch auf, damit ihre Augen sie nicht verrieten.

»Ich wasche das Geschirr ab. Nicht, dass meine Mutter Verdacht schöpft«, sagte sie und drehte ihm den Rücken zu.

»Warum? Hast du ihr nicht von unseren Treffen erzählt?«

»Sie würde es niemals gutheißen. Haben Sie etwa Ihrer Mutter davon erzählt?«

Aldo lachte leise auf. Er trank den letzten Schluck Wein aus, zündete sich eine Zigarette an und lehnte sich auf dem Stuhl zurück. Er rauchte langsam, sog den Geschmack des Tabaks auf, genoss die kühle, taufeuchte Luft, die durchs Fenster kam, und die schlichte Tatsache, hier zu sein. In einem plötzlichen Impuls stand er vom Tisch auf und schlang seine Arme um Francesca, die den Teller losließ, den sie gerade spülte. Er schob ihr Haar zur Seite und küsste sie auf den Nacken.

»Ich bin verrückt nach dir«, flüsterte er.

Francesca schloss die Augen und atmete tief durch, wie benommen von der zärtlichen Berührung, glücklich über das Geständnis. Ihr Körper, der schier überfloss vor bislang ungekannten Empfindungen, zwang sie, sich umzudrehen. Aldo zog sie an sich und küsste sie auf den Mund.

»Francesca, Liebling … Sag mir, dass du mich liebst«, bat er sie und vergrub sein Gesicht an ihrem Hals.

»Ja. Ja, ich liebe dich«, beteuerte sie, dann spürte sie erneut seine leidenschaftlichen Lippen auf den ihren.

***

Aldo brachte die fadenscheinigsten Ausreden vor, um den größten Teil des Tages abwesend zu sein. Abends schützte er Müdigkeit vor, um zu Bett gehen zu können, doch die Unruhe in seiner Stimme und in seinem ganzen Verhalten passte so gar nicht zu seiner angeblichen Erschöpfung.

Dolores vermutete, dass es eine andere gab. Aber wer sollte das sein, hier mitten auf dem Land? Die Tochter eines Landarbeiters vielleicht. In diesem Fall bräuchte sie sich keine Sorgen zu machen; er würde sie bald verlassen und zu ihr zurückkehren. Dennoch nagte der Verdacht an ihr, und sie vergoss nachts bittere Tränen. Schließlich hatte sie ihre Prinzipien und Überzeugungen beiseitegeschoben und sich ihm hingegeben, um auch seine niedersten Instinkte zu befriedigen. Warum suchte er bei einer anderen, was sie ihm schon gegeben hatte?

Während der Mittagsruhe sattelte Francesca Rex und wartete ein Stück hinter den Ställen auf Aldo. Gemeinsam – er saß auf seinem Fuchs – ritten sie zu traumhaften Plätzen, an denen sie in den Sommern zuvor nicht gewesen war. Die Nachmittage vergingen viel zu schnell, und in Erwartung der Nacht am Pool trennten sie sich nur widerstrebend, unter leidenschaftlichen Küssen und innigen Liebesschwüren.

Aldo hielt zum ersten Mal im Leben das Glück in den Händen. Vergessen waren die Jahre, in denen er unglücklich gewesen war, ohne es zu wissen. Die Gefühlskälte seiner Mutter, die Gleichgültigkeit seines Vaters, die Schulzeit am La Salle und die Heimatlosigkeit in Paris, das alles zählte nicht mehr. Jetzt gab es Francesca, die so wirklich war wie das Unglück, das er so lange mit sich herumgeschleppt hatte, ohne sich dessen bewusst zu sein. Nun hatte er die Aussicht, glücklich zu werden, das Leben hatte sich gnädig gezeigt und ihm noch eine Chance gegeben.

Francesca hingegen fragte sich, wie sie den Martínez Olazábals gegenübertreten sollte, wenn sie nicht einmal den Mut aufbrachte, ihrer Mutter oder Sofía davon zu erzählen. »Sie werden mich nie akzeptieren«, dachte sie mutlos, Aldos Begeisterung zum Trotz. Für Señora Celia würde sie immer die Tochter der Köchin bleiben. Da zählte nicht, dass sie eine ebenso gute Ausbildung hatte wie Sofía und Enriqueta, kulturell gebildet war, weil sie seit Jahren unermüdlich las, und sich zu benehmen wusste – alles, was sie sehr wohl zu schätzen wüssten, wenn ihre Herkunft eine andere wäre. Und Aldo? Was dachte er? Er schwor ihr tausendmal, dass er sie über alles liebe und nur sie für ihn zähle, aber vernünftig, wie sie war, blieben ihr Zweifel, insbesondere wegen der unübersehbaren Gegenwart der offiziellen Verlobten Dolores Sánchez Azúa. Aldo sprach nie von ihr, und Francesca hätte sich eher die Zunge abgebissen, als ihn nach ihr zu fragen. Sie vermutete zwar, dass er sie nicht liebte – zumindest nicht so wie sie –, aber sie fürchtete sich vor der Erkenntnis, dass am Ende Dolores die Señora Martínez Olazábal sein würde und sie selbst die weggeworfene Geliebte in dieser Geschichte.

***

An diesem Abend war Enriqueta noch aufgewühlter als sonst. Wieder einmal hatte sie eine höchst unerfreuliche Diskussion mit ihrer Mutter gehabt. Sie war im dunklen Salon geblieben, wo sie auf dem Sofa lag und sich ein Glas Whisky nach dem anderen eingoss.

Etwas lief schief, sie spürte es. Das Leben erschien ihr wie eine bleierne Last. Sie sah keinen Sinn darin. Was bewegte die Leute dazu, morgens aufzustehen? Eine Zeitlang hatte sie sich für die Idee begeistert, Kunst zu studieren. Aber ihre Mutter hatte das stets abgelehnt, ungerührt von ihrem hartnäckigen Bitten und ihren Wutanfällen, die Enriquetas letztes Mittel waren, wenn sie gar nicht mehr weiterkam. Sie trug sich mit dem Gedanken, von zu Hause wegzulaufen, ließ es dann aber bleiben, weil sie nicht den Mut dazu aufbrachte. Sie resignierte und fügte sich lieber in ihr Schicksal, statt ganz allein in einer Welt zu stehen, die sie nicht kannte und auf die niemand sie vorbereitet hatte.

Sie beneidete Francesca um ihre Freiheit und um ihren Mut. Von klein auf hatte sie alle mit ihrer ungezwungenen, aufgeweckten Art für sich eingenommen. Esteban Martínez Olazábal schenkte ihr sogar mehr Aufmerksamkeit als seinen eigenen Kindern, die Privatlehrerin, Miss Duffy, gab ihr Englischunterricht und nahm sie in Schutz, wenn sie etwas ausgefressen hatte, und Sofía empfand eine Zuneigung zu ihr, die auch mit den Jahren nicht nachgelassen hatte. Und dann war da noch Alfredo Visconti, der berühmte Onkel Fredo, in den Enriqueta heimlich verliebt war, seit sie ein junges Mädchen war. Ihre Abneigung gegen die Tochter der Köchin war nichts, worauf sie stolz war, denn man musste sich nichts vormachen: Sie wäre gerne so gewesen wie Francesca. Doch leider war sie das genaue Gegenteil von ihr.

Während sie weiter ihren Gedanken nachhing, schenkte sie sich immer wieder Whisky nach, der allmählich ihre Sinne vernebelte. Durch ein Fenster fiel Licht von der Veranda auf das

Hochzeitsfoto ihrer Eltern. Stocksteif und ernst standen sie nebeneinander, ohne sich zu berühren. Sie wirkten wie entfernte Bekannte. Enriqueta lächelte gequält.

Plötzlich hörte sie ein Geräusch. Sie stellte die Flasche beiseite und richtete sich mühsam auf. Aldo? Was wollte er um diese Uhrzeit im Salon? Und was hielt er da in der Hand? Ein Badetuch? Sie blieb still sitzen – es war eine unangenehme Vorstellung, von ihrem Bruder beim Trinken erwischt zu werden. Die Familie wusste zwar um ihr Laster, aber niemand sprach darüber.

Aldo öffnete leise die Verandatür und trat nach draußen. Was wollte er im Garten? Er war doch vorhin erst von einem Spaziergang mit Dolores gekommen. Das Ganze kam ihr merkwürdig vor, und sie beschloss, ihm zu folgen. Als sie aufstand, merkte sie, dass der Alkohol zu wirken begonnen hatte, aber sie konnte sich noch auf den Beinen halten. Von der Veranda aus sah sie, wie ihr Bruder zwischen den Büschen in Richtung Schwimmbad verschwand. Warum ging er mitten in der Nacht zum Pool? Er war nie gerne geschwommen, nicht mal als Kind, sondern war lieber auf seinem Zimmer geblieben und hatte gelesen.

Enriqueta ging durch den Park zu der Treppe, die zum Pool führte. Als sie die letzte Stufe erreichte, musste sie sich am Geländer festhalten, so erschüttert war sie von dem, was sie sah: Aldo stand dort, engumschlungen mit Francesca, die er küsste und die den Kuss ebenso leidenschaftlich erwiderte. Der Whisky schien ihr die Sinne vernebelt zu haben. Sie halluzinierte, eine andere Erklärung gab es nicht. Sie rieb sich die Augen, aber die Szene war weiterhin klar und deutlich zu sehen. Francescas aufreizendes Lachen dröhnte ihr in den Ohren, und Aldos entflammter Blick passte so gar nicht zu dem Bild des scheuen und schweigsamen Jungen, das sie seit jeher von ihm hatte. Der letzte Martínez Olazábal war dem Zauber von Francesca de Gecco verfallen, der Tochter der Köchin!

Im ersten Moment war sie versucht, sich bemerkbar zu machen, doch dann kam ihr der boshafte Gedanke, die Angelegenheit in die Hände ihrer Mutter zu legen. Und so hielt sie den Mund und ging leise zum Haus zurück.

***

Als sie die tiefen Atemzüge ihrer Mutter hörte, verließ sie der Mut, und sie überlegte, sie lieber doch nicht zu wecken. Aber dann gab sie sich einen Ruck und rief nach ihr.

»Was ist los, Enriqueta?« Celias Stimme klang ungehalten, und das Mädchen trat einen Schritt zurück. »Du riechst nach Alkohol! Du bist ja betrunken! Geh!«

Enriquetas Blick verschwamm, aber sie wäre lieber gestorben, als vor ihrer Mutter zu weinen. Das hatte Celia ihr schon als Kind nicht gestattet, und erst recht nicht jetzt mit ihren vierundzwanzig Jahren.

»Ich muss Ihnen etwas Wichtiges sagen«, erklärte sie, und die Sicherheit ihrer eigenen Stimme machte ihr Mut. »Sie werden es nicht bereuen, mich anzuhören.«

»Hat das nicht Zeit bis morgen? Es ist halb fünf in der Nacht!«, murrte Celia mit einem Blick auf den Wecker.

»Es ist sehr wichtig«, betonte Enriqueta. Ihr verschwörerischer Ton weckte Celias Neugier.

»Dann erzähl endlich und lass mich weiterschlafen.«

Enriqueta schilderte haarklein, wie sie Aldo und Francesca am Pool beobachtet hatte. Bei einigen Details blickte sie mit gespielter Verlegenheit zu Boden und tat, als ob ihre Stimme versagte. Ihre Mutter drängte sie mit krankhafter Neugier, doch weiterzuerzählen.

»Und was machen wir jetzt, Mama?«, fragte sie, als sie mit ihrem Bericht zu Ende war.

»Du machst gar nichts«, stellte Celia klar. »Geh ins Bad und wasch dich, um diesen Whiskygestank loszuwerden, dann leg dich hin und schlaf ein bisschen. Du siehst aus wie ein Gespenst.«

»Aber Mama …«

»Und besser, du hältst den Mund über diese Angelegenheit. Wenn irgendjemand davon erfährt, bekommst du's mit mir zu tun.«

Mit weinerlich verzerrtem Gesicht schlich Enriqueta aus dem Zimmer ihrer Mutter. Sie hatte auf ein freundliches Wort, ein Danke gehofft, und Celias Verachtung hatte sie tief verletzt. Als sie in ihrem Zimmer war, begann sie zu schluchzen.

Celia ließ Enriquetas Kummer kalt. Sie dachte über das nach, was sie soeben erfahren hatte. Ihre Pläne waren in Gefahr, und die hatten einen Namen: Dolores. Wenn Aldo ein Frauenheld gewesen wäre, hätte er gewusst, dass sein Interesse für die Tochter der Köchin bald erkalten würde. Aber da sie die sensible Art ihres Ältesten kannte, hielt sie es durchaus für möglich, dass er sich in so ein dahergelaufenes Ding verlieben und vergessen würde, was er seinem Namen schuldig war.

»Dieser dummer Junge! Geht wie ein Idiot diesem Miststück in die Fänge.«

Blinde Wut übermannte sie. Sie hätte Francesca am liebsten geschlagen, wenn sie vor ihr gestanden hätte.

***

»Francesca, steh auf«, befahl Antonina. »Los, aus den Federn mit dir«, versuchte sie es dann in sanfterem Ton.

Antonina wusste, dass ihre Tochter erst spät ins Bett gegangen war. Jede Nacht dauerten ihre Ausflüge länger. Andererseits, wer sollte sie um diese Uhrzeit schon sehen? Sie schien es so zu genießen: das Landleben, die Ausritte auf Rex, die Nächte am Pool. Sie sah sie liebevoll an. Francescas Lebensfreude hielt sie aufrecht und gab auch ihr selbst wieder Lust am Leben, was seit dem Tod ihres Mannes Vincenzo nicht selbstverständlich war.

»Willst du wohl endlich aufwachen?«

»*Cosa c'è, mamma*?«, fragte Francesca ungehalten, noch halb im Schlaf. »So früh!«, beschwerte sie sich dann mit einem Blick auf die Uhr.

»Señora Celia hat beschlossen, dass wir zwei nach Córdoba zurückfahren, jetzt gleich. Der Chauffeur wartet mit dem Wagen auf uns.«

Francesca setzte sich verwirrt auf die Bettkante.

»Wir sollen nach Córdoba zurück? Warum? Der Sommer ist noch nicht zu Ende.«

»Ich weiß es nicht, Francesca. Vor ein paar Minuten war die Señora hier, um es mir zu sagen. Soweit ich verstanden habe, fahren nur wir beide, der Rest der Familie bleibt hier. Paloma wird sich an meiner Stelle um die Küche kümmern.«

»Ich will hier nicht weg«, murrte Francesca, der die Konsequenzen dieser Entscheidung sofort klar waren. »Ich habe noch ein paar Tage Urlaub, bevor ich wieder zur Zeitung muss. Weshalb sollte ich zurückfahren?«

»Das hier ist kein Hotel, sondern die Arbeitsstelle deiner Mutter. Du bist hier, weil Señor Esteban es erlaubt, wenn du mir dafür in der Küche hilfst. Du bist alt genug, um das zu verstehen.«

Antonina mochte das Landleben, aber sie wollte auch in die Stadt zurück, um ihre Freunde wiederzusehen: Rosalía, Ponce, den Gärtner, und Félix, den Butler. Außerdem störte in letzter Zeit eine bohrende Sehnsucht ihre sonst so ruhigen und friedlichen Tage in Arroyo Seco, wenn sie an Fredo dachte.

Francesca zog sich murrend an und stopfte wütend ihre Kleider in den Koffer. Señora Celia hatte ein seltenes Talent, alles

Schöne zu zerstören. Durch den überstürzten Aufbruch konnte sie sich nicht von Cívico und Jacinta verabschieden und würde erst nächstes Jahr wieder auf Rex ausreiten können. Die Wut wich einer Traurigkeit, die ihr die Tränen in die Augen trieb, als ihr klar wurde, dass sie Aldo wochenlang nicht sehen würde – im besten Fall, denn wenn er nach Buenos Aires zurückkehrte, ohne vorher in Córdoba vorbeizuschauen, stand in den Sternen, wann sie ihn wiedersehen würde.

Francesca setzte sich aufs Bett und biss die Zähne zusammen, um nicht zu weinen.

3. Kapitel

An diesem Januartag diktierte Alfredo Visconti seiner Sekretärin Nora einen Brief und sagte ihr dann, dass sie gehen könne. Die Frau warf ihm einen kurzen Blick zu, nahm die Notizen und verließ den Raum. Alfredo lehnte sich im Sessel zurück und legte die Füße auf den Schreibtisch. Er dachte an die Ereignisse im Land, die er bestens kannte und über die er seit so vielen Jahren berichtete. Als Herausgeber von »El Principal«, der auflagenstärksten Tageszeitung der Provinz Córdoba, kannte er seine Möglichkeiten, die über die reine Berichterstattung hinausgingen. Er war meinungsbildend und etablierte eigene Ansichten. In Journalistenkreisen – nicht nur in Córdoba, sondern auch in Buenos Aires und den umliegenden Provinzen – war Alfredo geachtet und bewundert, nicht nur wegen seiner Intelligenz und seinem Spürsinn, sondern auch wegen seiner wertvollen Kontakte, die sich schon oft als entscheidend erwiesen hatten. So etwa 1951, als er mehrmals bei »La Prensa« angerufen hatte, einer Zeitung in Buenos Aires, die dem Perón-Regime ausgesprochen kritisch gegenüberstand, um die Kollegen zu warnen, dass ihnen schlimme Repressalien drohten.

»Was redest du denn da, Fredo?«, hatte Gonzalo Paz, der Verleger, belustigt entgegnet.

»Seht euch vor«, hatte Alfredo ihm geraten. »Die Peronisten machen keine halben Sachen. Sie haben andere Gesetze, Gonzalo. Evita Perón hat euch im Visier und wird nicht eher Ruhe geben, bis ihr im wahrsten Sinne des Wortes zerschlagen seid. Ich weiß es aus sicherer Quelle, glaub mir.«

Einige Wochen später, Anfang März, brannte es in dem historischen Gebäude von »La Prensa« an der Avenida de Mayo, bis in den Keller voller Papier und anderer Materialien. Die traditionsreiche Zeitung der in Buenos Aires hochangesehenen Familie Paz, laut Evita Duarte der Inbegriff oligarchischer Vaterlandsverräter, wurde vollständig zerstört. Die Zeitung musste ihre Druckerpressen anhalten und ihre Pforten schließen. Einen Monat später verpasste ihr ein Gesetz, das ihre Enteignung beschloss, den Gnadenstoß.

Alfredo schwang mit dem Sessel herum und betrachtete das Ölgemälde, das hinter seinem Schreibtisch hing: die Villa Visconti im norditalienischen Aostatal, einen Steinwurf von Frankreich und der Schweiz entfernt. Mit dieser Villa verband er die schönsten Erinnerungen an seine Kindheit und Jugend. Die erhabene Landschaft bildete eine eindrucksvolle Kulisse für diesen Palazzo, der über Generationen den Viscontis gehört hatte, einer der ältesten Familien der Gegend. Meisterhaft hatte der Maler die majestätischen Alpen, den strahlendblauen Himmel und das satte Grün rund um sein Elternhaus auf die Leinwand gebannt.

Er seufzte. Die Art und Weise, wie sein Vater Giovanni Visconti alles verloren hatte, sogar die Ehre, war seine schmerzlichste Erinnerung, die er trotz der vielen Jahre, die seitdem vergangen waren, weder vergessen noch verzeihen konnte. Nach dem Tod seiner Frau, an die sich Alfredo kaum erinnerte, war Giovanni in seiner Verzweiflung zuerst dem Alkohol und später dem Spiel verfallen. Er verschwendete das Vermögen ohne Rücksicht auf seine Kinder oder seinen guten Namen. Die Freunde der Familie luden sie nicht mehr ein, sie wechselten die Straßenseite und sahen auf sie herab.

Ruiniert und moralisch zerstört, beging Giovanni Selbstmord. Seine Söhne Alfredo und Pietro, zwei verängstigte, unerfahrene junge Burschen, veräußerten, was noch an Besitz übrig war, und verließen die Stadt. In Genua schifften sie sich auf der *Stella del Mare* ein und ließen Italien erleichtert hinter sich. Alfredo kam als Vierundzwanzigjähriger nach Argentinien und ließ sich in Córdoba nieder. Pietro, der ein aufregenderes, mondäneres Leben bevorzugte, entschied sich für Buenos Aires, wo er drei Jahre später an einer rätselhaften Halsentzündung starb. Der Tod seines Bruders war ein harter Schlag für Alfredo, über den er nicht hinweggekommen wäre, hätte es damals nicht die kleine Francesca gegeben.

Er hatte den Sizilianer Vincenzo de Gecco an Deck der *Stella del Mare* kennengelernt und war überrascht von dessen Besonnenheit und Klugheit. Auch die Entschlossenheit und Willensstärke, mit denen er der Welt zu trotzen gedachte, zogen ihn an. Genau wie er war Vincenzo aus seinem Heimatort Santo Stefano di Camastro geflohen, einem kleinen Örtchen im Norden Siziliens am Tyrrhenischen Meer. Nichts anderes als Fischer sollte er werden, das erwartete man von ihm. Es gab Konflikte; unter anderem war die Familie nicht mit seiner Verlobten Antonina D'Angelo einverstanden, die aus einem Nachbardorf stammte, das seit ewigen Zeiten mit Santo Stefano verfeindet war. Das Mädchen, eine neunzehnjährige Waise, die von einer alten Tante aufgezogen wurde, zögerte nicht, noch in derselben Nacht mit ihrem Geliebten nach Palermo durchzubrennen, von wo sie nach Genua weiterreisten, nachdem sie geheiratet hatten. Dort nahmen sie das erste Schiff nach Argentinien, einem Land, von dem sie so viel gehört hatten.

Alfredo war sicher, dass Vincenzo niemals eine Schule abgeschlossen hatte. Trotzdem war er sehr wissbegierig und las alles, was ihm in die Finger kam. Vincenzo suchte Anschluss an Fredo, wie er ihn nannte, als er feststellte, dass dieser so gebildet und vornehm war, wie er es immer gerne gewesen wäre. Später in

Córdoba verbanden sie der Schmerz des Entwurzeltseins und die Sehnsucht nach der Heimat.

Die Frau seines Freundes lernte Alfredo erst einige Tage später kennen. Das Mädchen litt unter starker Übelkeit und verbrachte die erste Zeit bei Tee und Zwieback auf ihrer Pritsche in der Kabine.

»Der Seegang und ihre Schwangerschaft machen ihr zu schaffen«, erklärte Vincenzo.

Irgendwann ging Alfredo zur Zeit der Mittagsruhe an Deck, um die Einsamkeit zu genießen. Gedankenverloren blickte er zum Horizont, den Kopf voller Fragen, und da sah er sie an der Reling stehen. Ihr blasses Gesicht betonte ihre roten Lippen und die schwarzen Augenbrauen. Ihre zarten Gesichtszüge passten wunderbar zum Rest ihres zierlichen, gut geformten Körpers. Er beschloss, sie anzusprechen, doch dann blieb er wie angewurzelt stehen, als er sah, wie Vincenzo zu ihr trat und sie um die Hüfte fasste. Das Mädchen drehte sich um und schlang die Arme um seinen Hals.

Alfredo sprang aus dem Sessel auf und lief im Kreis. Oh, wie sehr er Antonina liebte! Zwanzig Jahre hatten nichts an dieser Liebe ändern können, die eine doppelte Qual für ihn gewesen war: wegen des Verrats, den sie bedeutete, und wegen Antoninas Gleichgültigkeit, die nur Augen für ihren Mann hatte. Auch nach Vincenzos Tod, sechs Jahre nach ihrer Ankunft in Córdoba, hatte es Alfredo nicht gewagt, ihr seine Gefühle zu gestehen, die ihn verzehrten, denn es war offensichtlich, dass Vincenzos Dahinscheiden nichts an der Liebe geändert hatte, die Antonina für ihn empfand.

Es kam ihm vor, als hätte er Francescas Stimme im Vorzimmer gehört. Doch dann schüttelte er den Kopf: Er musste sich getäuscht haben, denn es dauerte noch Tage, bis sie vom Land zurückkommen sollte. »Francesca«, sagte er zu sich selbst, »was wäre ohne deine Zuneigung aus mir geworden?« Ihretwegen war er in Córdoba geblieben, obwohl er wusste, dass das Geld und die Macht des Landes in Buenos Aires saßen. Pietro, der sich gut in der Hauptstadt eingelebt hatte, hatte ihn gedrängt, doch zu ihm zu ziehen. Es wäre vernünftig gewesen, auf den Vorschlag seines Bruders einzugehen und sich Jahre freiwilliger Qualen in der Nähe einer Frau zu ersparen, die er wie von Sinnen liebte und von der er doch nichts anderes als Freundschaft bekam. Francesca aber, die auf die Welt gekommen war, um seine Dunkelheit zu erhellen, und die ihm jedes Mal ein Lächeln entlockte, war sein Lebensinhalt geworden. Seit er sie zum ersten Mal in den Armen gehalten hatte, war etwas zwischen ihnen, das ebenso stark war wie Blutsbande. Fredo war es leid, um Zuneigung zu betteln und sie doch nie zu bekommen. Daher genoss er es, dass die Beziehung zu seinem Patenkind auf Gegenseitigkeit beruhte.

Francesca begrüßte Nora, die Sekretärin ihres Onkels und seit einiger Zeit auch seine Geliebte. Irgendwann hatte sie ein Seidentuch und ein Paar Ohrringe in Fredos Wohnung gefunden und sich erinnert, sie schon einmal an Nora im Büro gesehen zu haben. Obwohl sie ein offenes Verhältnis zu ihrem Onkel hatte und sonst kein Blatt vor den Mund nahm, gelang es ihr nicht, ihn darauf anzusprechen. Anfangs ließ sie ihren Ärger an Nora aus, die sie eigentlich für hübsch, intelligent und sympathisch hielt. Sie grüßte sie mürrisch, leitete Nachrichten nicht weiter und versteckte Unterlagen und Akten. Bis sie Nora bitterlich weinend auf der Damentoilette entdeckte. Die Sekretärin erzählte ihr, das sie ein furchtbar wichtiges Schriftstück verlegt habe, das Herr Visconti seit dem Morgen verlange.

»Ich habe es gestern abgelegt, bevor ich gegangen bin«, schluchzte sie. »Wenn das Papier nicht auftaucht, bringt er mich um, und ich verliere meine Arbeit.«

Francesca ging rasch zu ihrem Schreibtisch, nahm das erwähnte Schriftstück aus der Schublade und legte es an seinen Platz zurück, wo sie es unter andere Papiere schob. Nora erschien mit roter Nase und verquollenen Augen. Auf Francescas Betreiben leerten sie Kisten, Aktenschränke und Mappen, bis sie das Dokument gefunden hatten. Nora war unglaublich froh und erleichtert. Sie umarmte Francesca, die versicherte, sie habe doch nichts Besonderes gemacht, außer alles noch einmal in Ruhe durchzusehen.

»Jetzt weiß ich, warum dein Onkel dich so gern hat«, versicherte sie aufrichtig.

Nun, schließlich hatte Onkel Fredo das Recht, sich zu verlieben, räumte Francesca widerwillig und immer noch eifersüchtig ein. Sie änderte ihr Verhalten Nora gegenüber, grüßte sie jetzt freundlich und unterhielt sich manchmal sogar mit ihr. Aber sosehr sie sich auch bemühte, die Sekretärin zu mögen – sie sah, dass Fredo nicht glücklich war. Seine Augen waren immer noch traurig, sein Gang mühsam schleppend.

Francesca betrat das Büro ihres Onkels, ohne vorher anzuklopfen. Überrascht sprang Fredo auf, lief auf sie zu und drückte sie an sich. Vor einiger Zeit hatte sie bemerkt, dass ein Leuchten auf dem Gesicht ihres Onkels erschien, wenn er sie sah, und seine normalerweise eintönige, müde Stimme sich aufhellte. Auch in Gegenwart ihrer Mutter fiel ihr diese Veränderung auf.

»Was für eine Überraschung!«, sagte der Mann zum wiederholten Male. »Es waren noch so viele Tage bis zu deiner Rückkehr!«

»Gar nicht so viele, Onkel. Nur eine Woche.«

»Für mich zu viele. Warum bist du überhaupt früher zurückgekommen? Haben dich deine Freunde auf dem Land schon gelangweilt?«

»Nein, natürlich nicht«, versicherte sie. »Señora Celia hat wie immer alles kaputtgemacht. Ich weiß nicht, was mal wieder in ihrem Kopf vorgeht, aber heute Morgen in aller Herrgottsfrühe hat sie uns gesagt, dass wir nach Córdoba zurückfahren sollen.«

»Aha, deine Mama ist also auch da«, sagte Fredo.

»Ja«, bestätigte Francesca und setzte hinzu: »Ich bin so enttäuscht! Ich konnte mich nicht mal von Jacinta und Cívico verabschieden. Ich hoffe, Sofía erzählt ihnen, was vorgefallen ist, sonst werden sie beleidigt sein. Und von Rex konnte ich mich auch nicht verabschieden!«

Für einen Moment war sie versucht, ihm von Aldo zu erzählen, doch dann ließ sie es bleiben und schwieg.

***

Es war acht Uhr morgens, und Aldo hatte schlechte Laune. Er hatte nur drei Stunden geschlafen, nachdem er sich lange im Bett herumgeworfen hatte, aufgewühlt von der Erinnerung an Francesca. Er begehrte sie. Er liebte sie. Das wusste er jetzt.

In Gedanken sah er Dolores vor sich. Wütend trat er einen Schuh weg. Er hätte sie niemals anrühren dürfen! Wie sollte er die Verlobung lösen, nachdem er mit ihr geschlafen hatte, einem so tiefgläubigen Mädchen? Es wäre ein Familienskandal. Seine Eltern, vor allem seine Mutter, wollten diese Verbindung mit den Sánchez Azúas unbedingt. Ihrer beider Vermögen zusammen, so sagte sie, wäre eines der größten im ganzen Land. Es würde nicht einfach werden, die reiche Erbin loszuwerden und die Tochter der Köchin zu heiraten. Aber er wusste, es gab für ihn keinen anderen Weg.

In diesem Aufruhr der Gefühle fiel Aldo wieder ein, dass Celia ihn hatte rufen lassen. Er zog sich fertig an und verließ das Schlafzimmer. Es war eine beunruhigende Vorstellung, mit seiner Mutter alleine zu sein. Von klein auf hatte sie ihm Angst eingeflößt. Jetzt, achtundzwanzig Jahre später, musste er sich beschämt eingestehen, dass sich daran nichts geändert hatte. Celia besaß die Gabe, ihn mit Blicken zu demütigen. Der verächtliche, harte Zug um ihren Mund ließ ihn verstummen. Traurig dachte er daran zurück, dass er lieber nach La Salle ins Internat gegangen war, als mit ihr zusammenzuleben. »Ich wäre traurig, wenn meine Mutter so wäre wie Ihre.« Francescas unbedarfte Ehrlichkeit entlockte ihm ein Lächeln. *Es stimmt*, dachte Aldo. *Aber jetzt, wo ich dich habe, ist das alles bedeutungslos geworden, solange du bei mir bist.* Er klopfte an die Tür.

»Ich möchte, dass du heute mit Dolores und ihrer Mutter nach Alta Gracia fährst«, befahl Celia, als ihr Sohn das Zimmer betrat. »Ihr übernachtet im *Sierras*, amüsiert euch im Casino und bleibt dort bis morgen.«

Aldo sah sie verblüfft an. Seit wann bestimmte seine Mutter über seine Freizeitaktivitäten? Er wollte widersprechen und trat einen Schritt vor. Celia schnitt ihm mit einem Blick das Wort ab.

»Du hast Dolores allein gelassen. Carmen hat es mir gestern erzählt. Sie war bestürzt.«

»Ich glaube, weder Sie noch Señora Carmen haben sich in meine Angelegenheiten mit Dolores einzumischen. Wir sind beide erwachsen und wissen, was wir wollen.«

Celia hob eine Augenbraue und lächelte sarkastisch.

»Ihr wisst also, was ihr wollt, ja? Und was willst du? Die Tochter der Köchin schwängern und einen Bastard mit ihr zeugen?«

Aldo wusste nicht, was er antworten sollte. Die plötzliche Angst, die seinen Körper durchströmte wie Gift, machte ihn wehrlos. Die Zuversicht, die er empfunden hatte, bevor er das Zimmer betrat, löste sich in Luft auf.

»Das Geturtel mit diesem Gör ist vorbei. Gleich morgen, wenn du aus Alta Gracia zurückkommst, wirst du die Hochzeit mit Dolores ankündigen. Spätestens nächsten Monat werdet ihr heiraten.«

»Wofür zum Teufel halten Sie sich, mir zu sagen, wen ich heiraten soll?«, begehrte Aldo auf.

Mit einer Behändigkeit, die man von einer Frau ihres Alters nicht erwartet hätte, stürzte sich Celia auf ihren Sohn und ohrfeigte ihn. Aldo sank auf einen Stuhl, legte den Kopf in die Hände und versuchte sich zu beruhigen.

»Hören Sie, Mama«, sagte er schließlich. »Ich erwarte gar nicht, dass Sie mich verstehen. Das haben Sie nicht getan, als ich ein Kind war, und jetzt, da ich ein Mann bin, erst recht nicht. Aber Sie sollen wissen, dass ich Francesca liebe und willens bin, sie zu heiraten, wenn sie mich nimmt.«

»Sie heiraten? Ein Martínez Olazábal und die Tochter ungebildeter, grobschlächtiger Einwanderer? Die Tochter der Köchin! Niemals, solange ich es verhindern kann!«

»Und wie wollen Sie mich daran hindern? Ich bin nicht mehr der zu Tode verängstigte Junge, den Sie nach Belieben herumkommandieren können. Ich bin ein erwachsener Mann und werde tun, wonach mir der Sinn steht. Ich heirate Francesca und basta.«

»Ein Mann?«, ätzte Celia. »Ein Mann, der nicht arbeitet, sondern von dem monatlichen Scheck seiner Eltern lebt? Das ist ein Mann für dich? Glaub bloß nicht, dass du noch einen Centavo aus meiner Tasche erhältst, wenn du dich mit diesem Flittchen einlässt.«

»Nenn sie nicht so! Das lasse ich nicht zu!«

»Sei doch nicht dumm, Aldo«, versuchte es Celia in versöhnlicherem Ton. »Wenn du bei Francesca das schnelle Vergnügen gesucht hast – in Ordnung, das verstehe ich.«

»Sie wissen ja nicht, was Sie da reden. Zwischen mir und Francesca ist nie etwas gelaufen. Sie ist eine Dame.«

Celia konnte ihre Überraschung nicht verhehlen. Aber wenn es so war, musste die Sache ernst sein.

»Umso besser«, flüchtete sie sich in Sarkasmus, »dann bleibt uns wenigstens die Schmach eines Bastards erspart.«

Aldo beschloss, lieber das Zimmer zu verlassen. Noch eine Beleidigung, und er konnte für nichts mehr garantieren. Doch bevor er gehen konnte, schleuderte ihm seine Mutter entgegen: »Entweder du heiratest Dolores, oder du kannst dich von dem Luxusleben und dem Müßiggang verabschieden, die du gewöhnt bist.«

»Das ist mir völlig egal. All das bedeutet mir nichts«, versicherte Aldo und kehrte seiner Mutter den Rücken zu.

»Wir werden ja sehen, ob es dir nichts ausmacht, wie ein Sklave zu schuften und für einen Hungerlohn an der Uni zu unterrichten. Denn mit dem Philosophiestudium, für das du dich entschieden hast«, bemerkte sie abschätzig, »wirst du nichts anderes anfangen können. Dann ist Schluss mit den Europareisen, der Mitgliedschaft im Jockey Club, den Maßanzügen aus London und den italienischen Schuhen. Du wirst dir ein schäbiges Zimmer mieten und jeden Tag Eintopf essen müssen. Aber den kann dir ja deine Francesca immer kochen.«

Aldo ging hinaus und schlug die Tür hinter sich zu.

***

Als Vincenzo starb, bot Alfredo Antonina an, für sie und das Kind zu sorgen. Doch die junge Witwe war zu stolz und drohte sogar damit, die Freundschaft zu beenden, wenn er noch einmal davon anfing. Daraufhin schlug Fredo vor, wenigstens Francesca unterstützen zu dürfen, da sie ja immerhin sein Patenkind sei. Nach langem Hin und Her erreichte er schließlich, dass Antonina ihm erlaubte, für die Ausbildung des Mädchens aufzukommen.

Von klein auf erhielt Francesca von ihrem Onkel geistige

Anregung und begeisterte sich fürs Lesen und jede Form von Kunst. Als Liebhaber der großen Klassiker der Literatur bestückte Fredo die Bibliothek seines Patenkindes mit Shakespeare, Cervantes, Dante, Goethe und anderen mehr. Francesca wiederum schwärmte für die Brontë-Schwestern und Jane Austen und fand es bedauerlich, dass sie so jung gestorben waren und nur ein schmales Werk hinterlassen hatten. *Stolz und Vorurteil* hatte sie dreimal gelesen, einmal davon mit Miss Duffys Hilfe auf Englisch. Neben *Jane Eyre* mit dem faszinierenden Edward Rochester als geheimnisvollem Geliebtem gehörte es zu ihren Lieblingsbüchern.

Die Liebe zur Oper und zu Beethoven entstand wie von selbst, und Alfredo, der glücklich war, eine so gelehrige Schülerin gefunden zu haben, die seinen Ausführungen über Kavatinen, Allegros, Soprane, Tenöre und Dirigenten jederzeit gerne lauschte, vermittelte ihr alles, was er wusste. Sie gingen häufig zu den Vorstellungen im Teatro San Martín und träumten von einem – immer wieder auf später verschobenen – Besuch im Teatro Colón, das laut Fredo die beste Akustik der Welt hatte. Francesca träumte seit Jahren von diesem Opernbesuch in der Hauptstadt, aber ihre Mutter weigerte sich, sie fahren zu lassen.

Die Auswahl der Schule, die sein Patenkind besuchen sollte, stellte für Fredo kein großes Problem dar: Er entschied sich einfach für die beste, die *Sagrado Corazón*, die von französischen Nonnen geleitet wurde und für ihre Strenge bekannt war. Fredo machte sich eigentlich nicht viel aus Religion und Benimmregeln, die Francesca in ihren zwölf Schuljahren natürlich dennoch verinnerlichte. Ihm ging es vielmehr darum, dass sie Französisch lernte, eine Sprache, die das Mädchen schließlich fließend beherrschte. Miss Duffy, die Privatlehrerin der Martínez Olazábals, hatte sich bereit erklärt, Francesca in ihrer Freizeit gegen eine lächerlich geringe Summe Englischunterricht zu erteilen.

»Ich nehme das Geld, Señor Visconti«, hatte die Irin gesagt, »weil Antonina mit Sicherheit etwas dagegen hätte, wenn ich es unentgeltlich machen würde. Aber wissen Sie, ich mag das Mädchen so gern, dass ich sie mit Freuden auch umsonst unterrichten würde.«

Mit ihrer Mutter sprach Francesca den schwerverständlichen sizilianischen Dialekt, der allerdings eine gute Grundlage war, um Italienisch zu lernen, das Fredo ihr beibrachte.

Alfredo sah zu Francesca hinüber, die gerade mit der Korrektur eines Artikels beschäftigt war, und stellte voller Stolz fest, dass sie bestens geraten war. »Sie ist wie mein eigen Fleisch und Blut«, dachte er.

»Ich dachte, du wärst in einer Besprechung mit dem Chefredakteur«, sagte das Mädchen, als es aufblickte und ihn vor sich stehen sah.

»Ich bin eben zurückgekommen«, antwortete Fredo, »und als ich gesehen habe, wie konzentriert du arbeitest, fand ich, dass du dir einen freien Nachmittag verdient hast.«

Francesca willigte ein. Letzte Nacht hatte sie kein Auge zugetan. Sie war müde und ausgelaugt. Der Februar neigte sich dem Ende zu – vor einem Monat waren sie und ihre Mutter aus Arroyo Seco abgereist –, und sie hatte immer noch keine Nachricht von Aldo. Sie verging fast vor Sehnsucht danach, von ihm zu hören und ihn zu sehen. Sie schlief schlecht, hatte keinen Appetit und musste sich zusammenreißen, um sich auf der Arbeit zu konzentrieren. Von Rosalía wusste sie, dass Aldo, Dolores und Señora Carmen noch auf der Estancia waren und offensichtlich nicht daran dachten, nach Buenos Aires zurückzukehren. Einerseits beruhigte sie das, weil er auf diese Weise nach wie vor in der Nähe war. Aber die bedrohliche Gegenwart von Dolores machte ihr sehr zu schaffen.

Das Verlagsgebäude von *El Principal* am Boulevard Chacabuco war nur ein paar Straßen vom Stadtpalais der Martínez Olazábals entfernt, wie die Leute in Córdoba die beeindruckende Villa im französischen Stil nannten. Sie befand sich gegenüber der Plaza España, im Herzen des Stadtviertels Nueva Córdoba, und nahm einen ganzen Häuserblock ein. Sie lag inmitten einer Parkanlage mit Springbrunnen und Marmorstatuen und war von einem drei Meter hohen schmiedeeisernen Zaun umgeben, den Estebans Großvater extra aus Frankreich hatte kommen lassen.

Als Angehörige des Personals war es Francesca untersagt, das Palais durch den Vordereingang an der Avenida Hipólito Irigoyen zu betreten. Sie musste den am Boulevard Chacabuco benutzen. Sie überquerte die Calle Derqui, und als sie fast den Eingang erreicht hatte, sah sie überrascht, wie ein roter Sportwagen mit quietschenden Reifen vom Anwesen auf die Straße einbog. Ihr Herz machte einen Satz, als sie Aldo hinter dem Lenkrad erkannte. Das letzte Stück rannte sie.

»Aldo!«, rief sie, aber der Wagen hielt nicht an.

Francesca sah ihm hinterher, bis Ponce, der Gärtner, zu ihr kam und ihr sagte, dass ihre Mutter drinnen auf sie warte. Sie ging in die Küche, wo Janet, die alte Hausdame, Anweisungen erteilte und das Personal herumscheuchte. Rosalía tuschelte kichernd mit Antonina, und Timoteo, der Chauffeur, stellte fest, dass es »das gesellschaftliche Ereignis des Jahres« werden würde.

»Was ist los, Timoteo? Weshalb sind alle so aufgeregt?«, erkundigte sich Francesca.

Als Janet das mitbekam, sagte sie mit wie immer überheblicher Miene: »Hast du's noch nicht gehört? In drei Wochen steht uns eine Feier ins Haus: Der junge Herr Aldo heiratet Fräulein Sánchez Azúa.«

4. Kapitel

In ihrem Kummer beichtete Francesca ihrer Mutter alles. Sie erzählte ihr von dem ersten Abend, als Aldo sie im Pool ertappte, und auch von den Nächten, die folgten. Von den Nachmittagen, die sie miteinander verbrachten, und von den Liebesschwüren, die sie austauschten. Antonina hörte ihr ruhig zu, ohne Überraschung oder Missbilligung zu zeigen, und ließ sie weinen. Sie wiegte sie in ihrem Schoß und streichelte ihr Haar.

»Er hat mir gesagt, dass er mich liebt«, wiederholte Francesca immer wieder. »Und ich habe ihm geglaubt. Es klang so ehrlich.«

Antonina fasste sie am Kinn und trocknete ihr mit einem Taschentuch die Wangen. Dann sagte sie sanft: »Du hättest dem jungen Herrn Aldo nicht vertrauen dürfen, *figliola*. Du hättest seinem Drängen nicht nachgeben dürfen. Du weißt doch, wie diese Leute sind. War dir Rosalías Geschichte nicht Warnung genug?«

»Ich bin nicht wie Rosalía«, fuhr Francesca hoch.

»Natürlich«, bestätigte Francesca. »Dank deinem Onkel Fredo hast du eine hervorragende Ausbildung erhalten. Trotzdem wirst du für diese Leute immer die Tochter der Köchin bleiben. Señora Celia wird niemals zulassen, dass ihr Erstgeborener eine Frau heiratet, die sie für nicht standesgemäß hält. Sie würde euch das Leben zur Hölle machen und alle Kniffe anwenden, die sie kennt. Sie würde niemals ihr Einverständnis geben.«

»Ich weiß, dass er mich liebt, *mamma*. Ich weiß es. Ich fühle es hier.« Bei diesen Worten legte sie die Hand aufs Herz.

»Mag sein, dass der junge Herr Aldo irrsinnig verliebt in dich ist, aber er hat immer gemacht, was seine Mutter ihm sagt. Er hat solche Angst vor ihr, dass er sogar die Frau heiratet, die sie für ihn ausgesucht hat. Mach dir nichts vor, Francesca: Der junge Herr Aldo ist mit Fräulein Dolores verlobt, und sie werden demnächst heiraten. Bitte, halte dich von ihm fern und mach keine Probleme.«

Später zog sich Francesca mit Sofía, die inzwischen auch wieder in der Stadt war, auf den Dachboden zurück. Dort erzählte sie ihr mit tränennassen Augen alles. Obwohl sie sich vorgenommen hatte, nicht zu weinen, brach sie nach den ersten paar Sätzen in Tränen aus. Sofía war zuerst betroffen, doch dann verteidigte sie ihren Bruder und versicherte, dass diese Ehe mit Sicherheit von ihrer Mutter und Señora Carmen eingefädelt sei. Aldo wirke nicht gerade verliebt. Er behandele seine Verlobte unterkühlt und in den letzten Tagen auf dem Land sogar mit Geringschätzung.

»Dann muss ich zu dem Schluss kommen, dass Aldo ein Feigling ist, der sich von zwei alten Drachen herumkommandieren lässt und nicht imstande ist, um seine Liebe zu kämpfen«, schloss Francesca. »Wie konnte ich Idiotin nur glauben, dass er mich irgendwann geliebt hat! Für ihn war es nur ein Spiel, um sich die eintönigen Tage auf dem Land zu vertreiben. Ich dagegen liebe ihn wirklich aus ganzem Herzen!«

Sofía musste an Nando und ihr Baby denken. Sie nahm Francesca in die Arme und hielt sie lange fest, bis die Tränen allmählich versiegten.

***

An diesem Abend nahm Francesca ein Glas Milch und Kekse mit aufs Zimmer, um nicht mit den übrigen Dienstboten an einem Tisch sitzen zu müssen, die kein anderes Gesprächsthema als die Hochzeit des jungen Herrn Aldo hatten. Sie zog das Nachthemd an und aß im Bett, während sie las. Obwohl das Buch interessant war, waren ihre Gedanken woanders, viele Kilometer entfernt, am Schwimmbecken von Arroyo Seco, wo alles begonnen hatte. Schließlich klappte sie das Buch zu und ließ sich von ihren Erinnerungen davontragen, die ihr manchmal ein Seufzen oder ein leises Lächeln entlockten. Es tat ihr nicht gut, sich zu erinnern, wo sie doch vergessen und Aldo Martínez Olazábal aus ihrem Kopf und ihrem Herzen verbannen sollte, aufhören sollte, ihn zu lieben, ihn hassen, falls möglich, oder einfach mit Gleichgültigkeit betrachten. Aber sie wusste, dass das nicht so einfach sein würde. Sie befürchtete sogar, dass es sich fürs Erste um ein sinnloses Unterfangen handelte.

Ein Klopfen gegen den Fensterladen ließ sie zusammenzucken. Das musste Sofía sein, die sie oft zu einem Spaziergang durch den Park abholte, um dort die Ruhe zu suchen, die sie in der Villa nicht fand. Sie stieß die Läden auf, und das Lächeln gefror ihr auf den Lippen: Vor ihr stand Aldo und sah sie innig an. Sie machte Anstalten, das Fenster zu schließen, doch Aldo riss es wieder auf.

»Lass mich rein«, befahl er unwirsch.

»Dies ist Ihr Haus, Sie können reinkommen, wenn Sie wollen«, entgegnete Francesca. »Aber vorher gehe ich raus.«

»Francesca, bitte«, sagte Aldo, nun weniger herrisch. »Wir müssen reden.«

»Wir haben uns nichts mehr zu sagen, Señor. Die Sache zwischen Ihnen und mir ist zu Ende.«

»Verdammt, Francesca!«, fuhr Aldo auf und schlug mit der Faust gegen den Fensterladen. »Sei nicht so stolz. Lass mich es dir erklären. Ich komme jetzt rein«, kündigte er dann an und schwang sich aufs Fensterbrett, um ins Zimmer zu springen.

»Also gut«, gab Francesca nach. »Ich komme raus. Aber bitte bleib draußen.«

Francesca warf den Morgenmantel über und schlüpfte in die Pantoffeln. Dann stieg sie aufs Bett und von dort aufs Fensterbrett. Sie wies Aldos Hilfe zurück, der ihr die Arme entgegenstreckte, hielt den Morgenmantel und das Nachthemd fest und sprang. Unten auf dem Rasen angekommen, strich sie ihr Haar zurecht und zog den Gürtel des Morgenmantels fest.

»O Francesca, Liebling!«, sagte Aldo und drückte sie gegen die Hauswand.

Dann küsste er sie leidenschaftlich, ohne ihr Zeit zum Reagieren zu lassen. Seine Hände wanderten unter ihren Morgenmantel und fassten sie um die Taille. Francesca stöhnte vor Lust und gab sich seinem Kuss hin, als hätte es die düsteren Gedanken von vorhin nie gegeben. Sie hatte sich so nach Aldo gesehnt, nach seinen Lippen auf den ihren, nach den leidenschaftlichen Worten, die er ihr ins Ohr hauchte, nach seinen Liebesschwüren, dass sich die Enttäuschung und die Wut in Nichts auflösten.

Aldo sank vor ihr nieder, zog sie sanft zu sich ins Gras und beugte sich über sie. Wie in Trance folgte das Mädchen den Anweisungen, die Aldos Hände ihr gaben. Es war ein so schönes und berauschendes Gefühl, dass ihre Muskeln ihr nicht mehr gehorchten und sie wie Wachs in seinen Händen war. Francesca konnte nur denken: »Aldo liebt mich noch genauso wie in Arroyo Seco. Er liebt mich noch immer, obwohl er Dolores heiraten wird.«

Der Satz hallte wie ein Schrei in ihrem Kopf wider und riss sie jäh aus ihrer Verzückung, als hätte man ihr einen Eimer kaltes Wasser übergeschüttet. Sie begann verzweifelt nach Luft zu schnappen und sich zu winden, um sich von ihm loszumachen. Aldo jedoch bemerkte nichts von der Veränderung, die in Francesca vorging, und küsste und streichelte sie weiter, wie benommen von Leidenschaft, wie er sie noch für keine andere Frau empfunden hatte.

»Genug! Lass mich los! Genug!«, brüllte Francesca schließlich. Aldo löste sich ein wenig von ihr und sah sie verstört an. Francesca nutzte die Gelegenheit, um ihn von sich wegzuschieben und aufzustehen.

»Wie hast du dir das vorgestellt?«, warf sie ihm vor, während sie ihre Blöße bedeckte. »Wolltest du mich hier im Garten nehmen wie ein billiges Flittchen?«

»Francesca, bitte …« Aldo versuchte sie am Arm festzuhalten, aber sie machte sich wütend los.

»Fass mich nicht an! Versuch das nie wieder! Du hast nicht mal das Recht, mich anzusehen. Das mit uns war an dem Tag vorbei, als ich erfahren habe, dass du Dolores heiraten wirst.«

»Ich liebe sie nicht. Ich bin verrückt nach dir, Francesca«, beteuerte er. »Ich will mit dir schlafen, um es dir zu beweisen. Hier und jetzt.«

Francesca schnaubte verächtlich und wandte sich ab. Bevor sie aufs Fensterbrett klettern konnte, fasste Aldo sie um die Taille und drehte sie zu sich um. Für einen Moment verrauchte ihre Wut, als sie in seine himmelblauen Augen blickte und sah, dass er nicht log. Er liebte sie wirklich. Er wirkte traurig und verzweifelt.

»Aldo«, sagte sie sanft, »mach es nicht noch schwerer. Lass mich in mein Zimmer zurück. Du wirst eine andere heiraten und nicht mich.«

»Aber ich liebe dich, Francesca. Ich liebe dich wie von Sinnen!« Er umfasste ihren Nacken und küsste sie erneut.

Francesca ließ ihn gewähren und leistete keinen Widerstand, aber sie blieb reglos und kalt. Aldo ließ sie los und sah sie fragend an.

»Was ist? Liebst du mich denn nicht?«

»Ich habe unsere Beziehung nicht beendet, Aldo«, erklärte Francesca ruhig. »Du hast dich entschlossen, eine andere zu heiraten.«

»Dass ich eine andere heirate, muss nicht bedeuten, dass unsere Beziehung zu Ende ist.«

»Was willst du damit sagen?«, fuhr sie ihn an.

»Ich kann nicht ohne dich leben. Unmöglich, das weiß ich. In den Tagen in Arroyo Seco, als du nicht bei mir warst, ist mir klargeworden, dass ich dich zum Leben brauche.« Er machte eine Pause und sammelte Mut, um ihr dann vorzuschlagen: »Ich kaufe dir ein Appartement, auf deinen Namen. Dort kannst du mit deiner Mutter leben, ich überweise dir einen monatlichen Scheck, es wird euch an nichts fehlen …«

Francesca gab ihm eine Ohrfeige. Aldo hielt sich die Wange und blickte zu Boden.

»Du mieser Feigling! Wie kannst du es wagen, mich wie eine Hure zu behandeln? Wofür hältst du mich? Dass ich die Tochter der Köchin bin, gibt dir nicht das Recht, mich zu beleidigen.«

»Ich wollte dich nicht beleidigen«, murmelte Aldo. »Entschuldige. Bitte verzeih mir.«

»Mir ist klargeworden, dass du nichts wert bist, Aldo Martínez Olazábal. Du warst nur eine Illusion. Geh schon und heirate diese stinkreiche Dolores. Lauf zu deiner Mama und mach, was sie dir sagt. Du elender Feigling!«, wiederholte sie.

»Sag das nicht«, bat Aldo. »Bitte. Ich ertrage das nicht. Du tust mir so weh. Ich liebe dich, aber ich *muss* Dolores heiraten. Ich *muss*, verstehst du. Sie und ich … Ich habe sie gedrängt, und sie … sie hat sich mir hingegeben. Ich war ihr erster und einziger Mann …«

»Ich will das nicht hören«, sagte Francesca hart. Sie stieß ihn von sich weg. »Deine Geschichten mit dieser Frau interessieren mich nicht. Wenn du sie heiraten musst, dann tu's, aber lass mich in Ruhe. Die Sache mit uns ist vorbei.«

Aldo wollte Francesca erneut am Arm fassen, doch ihr wütender Blick ließ ihn innehalten. Stumm verfolgte er, wie sie geschickt aufs Fensterbrett kletterte und ins Zimmer sprang. Sie sahen sich noch einmal in die Augen, bevor Francesca die Fensterläden zuschlug.

***

Im Laufe der Zeit wurde Francesca hart und empfand eine solche Verachtung für die Martínez Olazábals, dass sie ihnen alles nur erdenklich Schlechte an den Hals wünschte. Sie ging ihnen aus dem Weg, verließ die Villa früh am Morgen und kehrte erst spätabends zurück. Sie wäre gerne zu ihrem Onkel gezogen, übernachtete aber nur selten in der Wohnung an der Avenida Olmos, um seiner Beziehung mit Nora nicht im Weg zu stehen. Sie sah, dass Nora unsterblich in ihren Chef verliebt war, obwohl Fredo ihre Gefühle nicht erwiderte, und so blieb sie aus Solidarität mit der Sekretärin in der »Hölle«, wie sie das Stadthaus der Martínez Olazábals nannte.

Sofía wollte die verfahrene Situation klären und erbot sich, mit Aldo zu reden. Ihr Bruder und sie hatten immer ein vertrauensvolles Verhältnis gehabt; sie wusste, dass er sie anhören und ihr eine Erklärung nicht verweigern würde.

»Ich verbiete dir, deinem Bruder gegenüber auch nur meinen Namen zu erwähnen«, stellte Francesca klar. Sofía war beeindruckt von der Entschiedenheit ihrer Freundin. »Ich mag vielleicht nicht zur feinen Gesellschaft von Córdoba gehören, aber ich habe meinen Stolz.«

Doch trotz ihrer Wut und ihrer Verletztheit war Francesca krank vor Liebe. Die Nächte am Pool gingen ihr einfach nicht aus dem Kopf, berauschende Nächte voller Versprechungen und inniger Küsse. Sie würde nie die Ausritte vergessen, die immer mit einem Picknick im Schatten eines Baumes endeten. Sie würde diese Erinnerungen wie einen Schatz hüten, auch wenn sie schmerzlich waren. Die Liebe, sagte sie sich jeden Tag, konnte einen auf Wolken schweben lassen, und sie konnte einen unbarmherzig in ein tiefes, dunkles Loch stürzen.

Alfredo ahnte, dass Francesca Probleme hatte. Sie wirkte abwesend und in sich gekehrt. Ihr blasses Gesicht und die dunklen Augenringe, der müde Gang und die matte Stimme sprachen eine deutliche Sprache. Nora brachte ihn auf die richtige Fährte: dass es sich wahrscheinlich um Liebeskummer handelte.

»Wenn Francesca dir nicht erzählt, was mit ihr los ist, dann geht es bestimmt um einen Mann. Sie wird sich schämen, es dir zu sagen«, vermutete sie.

Dass Francesca verliebt sein könnte, gefiel Alfredo ganz und gar nicht, und er tat diese Möglichkeit unwirsch ab.

»Dein Patenkind ist ein bildhübsches Mädchen mit einem einnehmenden Wesen. Was ist daran so abwegig, dass sich ein Mann in sie verliebt haben könnte? Du hast ja keine Ahnung, wie viele von der Redaktion gerne mit ihr ausgehen würden.«

Fredo stand leise fluchend aus dem Bett auf und verschwand im Bad, während er sich vornahm, jeden zu feuern, der es wagte, sich an seine Francesca heranzumachen. Der Spiegel zeigte ihm einen alten, traurigen Mann, der kindisch und unvernünftig geworden war. War er ein so großer Egoist, dass er Francesca nicht gönnte, mit einem Mann glücklich zu werden? Er ging wieder ins Bett, wo Nora ihre Arme um ihn schlang.

Nachdem er festgestellt hatte, dass er es nicht schaffte, offen mit Francesca zu sprechen, ging Alfredo zum Haus der Martínez Olazábals, um Antonina seine Befürchtungen mitzuteilen. Sie hatten sich seit Silvester nicht gesehen, und das Wiedersehen ging beiden sehr nahe. Unsicher plauderten sie über Nichtigkeiten und nippten nervös an ihrem Saft. Fredo erkundigte sich, wie es in Arroyo Seco gewesen sei, und nach Antoninas »sehr schön, danke«, bemerkte er, dass das auf Francesca wohl nicht zuträfe.

Dann schilderte er ausführlich, wie sich sein Patenkind verändert hatte, und fragte schließlich direkt: »Weißt du etwas, Antonina?«

Die Italienerin bestätigte seine Vermutungen: Ihrer Tochter gehe es in der Tat nicht gut, sie habe schlimmen Kummer.

»Der junge Herr Aldo hat ihr auf der Estancia den Kopf verdreht, und jetzt heiratet er das Fräulein Dolores.«

Antonina musste Fredo davon abhalten, »diesen Bastard« im ganzen Haus zu suchen, um ihm »die Visage zu polieren«, wie er es nannte. Sie nötigte ihn, sich wieder zu setzen, und ergriff seine Hand. Trotz aller Wut spürte Alfredo, wie ihm ein Schauder über den Rücken lief.

»Reg dich nicht auf, Alfredo. Francesca ist ein starkes Mädchen, sie wird darüber hinwegkommen. Ihre Liebe zu dem jungen Herrn Aldo ist aussichtslos. Glaubst du etwa, Señora Celia würde sie jemals in Frieden lassen?«

»Jemand muss diesen Dreckskerl zur Rechenschaft ziehen! Ich bin so etwas wie Francescas Vater! Er ist mir eine Erklärung schuldig.«

»Lassen Sie es darauf beruhen«, bat Antonina.

»Glaubst du ... also, ähm ... meinst du, die beiden haben ...?«

Als Antonina verschämt zu Boden sah und den Kopf schüttelte, atmete Alfredo erleichtert auf.

***

Die kirchliche Trauung fand in einem Raum im Erdgeschoss des Stadthauses der Martínez Olazábals statt und wurde vom Bischof von Córdoba persönlich durchgeführt. Gefeiert wurde im großen Salon und den umliegenden Räumen, in denen ebenfalls zahlreiche Tische standen. Celia sah sich um: Die drei Kristalllüster brachten die vergoldete Wandtäfelung zum Leuchten. Die Tische, die bis hinten in den Wintergarten standen und mit weißen Tischdecken, englischem Porzellan und Silberbesteck eingedeckt waren, hatten das Wohlwollen von Señora Carmen gefunden. Durch die Glastüren sah man in den Park hinaus, wo zwischen Springbrunnen und Statuen ihre herrlichen Rosenbeete in voller Blüte standen. Die Gäste – die Herren im Frack, die Damen in Abendkleidern – ließen sich die Krabben- und Kaviarhäppchen schmecken.

»Was für ein schönes Paar!«, bemerkte Celia zur Brautmutter und ihrer Tochter Enriqueta und deutete in die Mitte des Salons, wo Aldo und seine Frau die Gäste begrüßten. »Ich hätte niemals zugelassen, dass Aldo eine andere heiratet. Dolores ist die ideale Frau für ihn.«

»Findet ihr nicht, dass sie heute schöner aussieht denn je?«, fragte Señora Carmen. Beide Frauen stimmten ihr zu.

Aldo ließ Dolores bei einigen Verwandten stehen. Die vielen Menschen bereiteten ihm Beklemmungen, und der Alkohol begann ihm zu Kopf zu steigen, denn er hatte an diesem Tag schon früh mit dem Trinken begonnen. Grüßend und in alle Richtungen nickend ging er in den kühlen Garten hinaus. Er trat an die Balustrade der Veranda, wo er seine Krawatte lockerte und sich eine Zigarette anzündete. Die Schönheit des Parks und der Geruch nach feuchtem Rasen versetzten ihn in andere Nächte zurück, als das Glück ihm gehört hatte. Er legte die Hand an die Stirn und kniff die Augen zusammen. Er wollte vergessen. Erschöpft lehnte er sich gegen das Geländer. Das Leben erschien ihm wie eine lange, unausweichliche Strafe. Endlose Tage des Unglücks verdüsterten die Zukunft, und er fand nicht den Mut, sich ihnen zu stellen. Wenn er Francesca nie kennengelernt hätte, wäre es einfacher gewesen, sagte er sich. Wie einer, der von Geburt an blind war oder in Gefangenschaft lebte, würde er weiterhin in der Dunkelheit oder der Unwissenheit des Sklaven leben, ohne unter diesem Zustand zu leiden und die Gefühle zu kennen, die ihn nun Tag und Nacht quälten.

Er war versucht, zu Francescas Zimmer zu gehen und sie zu bitten, mit ihm zu fliehen. Er hatte Fluchtgedanken, seit er vor dem improvisierten Altar im Arbeitszimmer seines Vaters »Ja« gesagt hatte, als hätten ihm die Zeremonie und die anschließende Feier das wahre Ausmaß der Verpflichtung vor Augen geführt, die er sich auf die Schultern geladen hatte. Irgendwie hatte er bis zum letzten Moment an der Illusion festgehalten, dass sich die Sache mit Dolores lösen würde und er sie nicht heiraten müsse. Er lächelte verbittert und nannte sich selbst einen feigen Idioten. Dann warf er die Zigarette zu Boden und trat darauf herum, bis sie nur noch aus einzelnen Bröseln bestand.

Er ging durch den Garten zur Küche. Die Kellner und Hausmädchen bemerkten seine Gegenwart gar nicht. Er schlich durch den Flur zum Dienstbotentrakt und ging ohne anzuklopfen in Francescas Zimmer. Es war leer. Er drehte um und kehrte zur Feier zurück, wo er Sofía beiseitenahm.

»Sag mir, wo Francesca ist!«

»Wozu? Damit du sie noch mehr quälst, als du es schon getan hast?«, gab das Mädchen zurück. »Ich werde es dir nicht sagen.«

»Du bist meine Schwester, Sofía, du bist es mir schuldig. Sag mir, wo sie ist! Ich muss mit ihr reden, sie um Verzeihung bitten.«

»Dafür ist es nun zu spät.«

Aldo packte sie grob am Arm und schüttelte sie leicht.

»Mir ist nicht nach Geplänkel zumute. Sag mir, wo sie ist, oder ich schreie Francescas Namen hier im Salon heraus.«

Sofía lächelte amüsiert und zuckte mit den Schultern.

»Nichts würde mir mehr Spaß machen, als wenn du hier im Salon herumbrüllst und Mama die Feier ruinierst.«

Bei Antonina verfehlte Aldos Drohung ihre Wirkung nicht.

Die Köchin wurde blass und musste das Gläsertablett auf einem Tisch abstellen.

»Señor Aldo, ich bitte Sie, was reden Sie da? Nach meiner Tochter wollen Sie rufen, hier? Beharren Sie nicht länger und lassen Sie sie in Ruhe, zu Francescas und Ihrem eigenen Besten. Sie haben gerade geheiratet – Sie wollen doch nicht durch eine solche Dummheit Ihre Ehe aufs Spiel setzen?«

»Meine Ehe interessiert mich einen Dreck. Ich zähle jetzt bis fünf, und wenn Sie mir dann nicht sagen, wo Francesca ist, fange ich an zu brüllen. Eins, zwei …«

»Señor Aldo, um Himmels willen, haben Sie den Verstand verloren?«

»Drei, vier …«

»In Ordnung, in Ordnung«, gab Antonina nach.

»Und lügen Sie mich nicht an«, drohte Aldo. »Sonst komme ich zurück und mache meine Ankündigung wahr.«

»Sie ist bei ihrem Onkel Fredo«, gab Antonina schließlich zu.

»Ich kenne das Haus. Ich habe meinen Vater mal hingefahren. Aber ich weiß nicht, welche Wohnung es ist.«

»Appartement 6 B«, setzte Antonina hinzu und ging in Richtung Küche davon.

Aldo nahm ein Glas Champagner und trank es in einem Zug leer, dann noch eines und noch eines, bis es seinem Vater auffiel, der ihn vom anderen Ende des Salons beunruhigt beobachtete. Die Geschwindigkeit, mit der sich sein Sohn betrank, war dem Anlass nicht angemessen. Er wusste, dass Celia und Carmen einen gewissen Druck ausgeübt hatten, die Hochzeit vorzuverlegen, insbesondere nachdem herausgekommen war, dass Aldo und Dolores miteinander geschlafen hatten. Aber er war sicher, dass sein Sohn verliebt war, und begriff nicht, warum er so verzweifelt aussah. Er würde ihn in die Küche bringen und Rosalía um eine Tasse starken Kaffee bitten.

Esteban folgte Aldo in den Garten und weiter bis hinters Haus, wo sich die Garagen befanden. Er traute seinen Augen nicht, als er sah, wie sein Sohn rasch in seinen Sportwagen stieg und mit Vollgas das Anwesen verließ.

***

Francesca wälzte sich schlaflos im Bett herum. Im Leben nicht hätte sie gedacht, dass ihre Liebe zu Aldo so enden würde. Der Zauber aus Arroyo Seco war verflogen, und nun fühlte sie sich schuldig und wertlos. Es war alles ein Trugbild gewesen, das nur sie gesehen hatte. Jetzt würden Aldo und Dolores schon Mann und Frau sein, und das Fest befand sich auf dem Höhepunkt. Francesca war sicher, nie mehr glücklich sein oder sich neu verlieben zu können. Sie hasste Aldo – nicht nur, weil er sie verletzt hatte, sondern weil er aus ihr eine verbitterte Frau gemacht hatte.

Als es an der Tür läutete, beschloss sie, abzuwarten, bis ihr Onkel Fredo aufstand und diesen Witzbold rauswarf, der sich mitten in der Nacht einen Streich erlaubte. Aber aus dem Schlafzimmer ihres Onkels war kein Ton zu hören. Es klingelte erneut. Francesca stand auf, schlüpfte in die Pantoffeln, warf den Morgenmantel über und ging zur Gegensprechanlage in der Küche.

»Wer ist da?«, fragte sie ungehalten.

»Francesca, ich bin's, Aldo.«

Ihr Herz machte einen Satz, ihr Mund wurde trocken, und sie brachte keinen Ton heraus.

»Mach auf, Francesca«, flehte Aldo. »Ich muss mit dir reden. Ich habe dir etwas Wichtiges zu sagen.«

»Nein.«

»Mach auf, ich will dir sagen, dass ich dich liebe.«

»Nein«, wiederholte sie und legte den Hörer auf.

Es klingelte Sturm. Onkel Fredo erschien in der Küche.

»Was ist los?«, fragte er verschlafen. »Wer ist das?«
»Aldo Martínez Olazábal. Er und ich haben …«
»Ich weiß alles. Deine Mutter hat es mir erzählt.« Fredo nahm den Hörer und sagte kurz angebunden: »Ich komme runter.«

Esteban Martínez Olazábal parkte seinen Wagen einige Meter hinter dem von Aldo und erkannte sofort das Haus seines guten Freundes Alfredo Visconti.
»Was zum Teufel will er hier?«, murmelte er und beugte sich übers Lenkrad, um besser sehen zu können, was sein Sohn machte. Dann stieg er aus und trat vorsichtig näher.
»Francesca, ich bin's, Aldo. Mach auf, Francesca. Ich muss mit dir reden. Ich habe dir etwas Wichtiges zu sagen. Mach auf. Ich will dir sagen, dass ich dich liebe.«
Esteban war wie vom Donner gerührt. Die Szene schien ihm höhnisch ins Gesicht zu lachen und zu sagen: Die Geschichte wiederholt sich wie ein krankhafter Kreislauf. Zuerst er mit Rosalía und jetzt sein Ältester mit der Tochter der Köchin. Hilflos sah er den Kummer seines geliebten Aldo, seines Lieblingssohnes, der nun wie in einem grausamen biblischen Urteil teuer für die Sünden seines Vaters bezahlte.
»Aldo, mein Junge«, sagte er leise, um ihn nicht zu erschrecken, Aldo zuckte trotzdem zusammen und sah ihn entsetzt an.
»Was machen Sie hier? Gehen Sie! Lassen Sie mich in Ruhe!«
»Komm schon, Junge«, beharrte Esteban mit einer Sanftheit, die er gegenüber seinen Kindern noch nie an den Tag gelegt hatte. »Du hast hier nichts verloren. Lass dieses Mädchen in Ruhe.«
»Nein! Niemals«, entgegnete Aldo mit einer Wut, die Esteban nicht von ihm kannte. »Francesca gehört zu mir, und ich werde nicht von ihr lassen. Verstehen Sie? Niemals!«
Die Tür ging auf, und Alfredo Visconti erschien. Als er Este-

ban sah, war seine Miene nicht länger angriffslustig, sondern verdutzt.

»Was machst du denn hier, Esteban?«

»Ich bin meinem Sohn gefolgt, der Hals über Kopf seine eigene Hochzeitsfeier verlassen hat.«

»Bring ihn zurück«, sagte Fredo schroff. »Ich will nicht, dass er meine Nichte belästigt. Sie hat genug durch deinen verantwortungslosen Sohn gelitten.«

»Ich muss sie sehen!«, beharrte Aldo.

»Sie will dich nicht sehen, Aldo«, stellte Fredo klar.

»Aber ich muss mit ihr reden«, sagte Aldo noch einmal, nun schon kleinlauter.

»Komm, Aldo«, sagte Esteban und fasste ihn bei den Schultern. »Gehen wir.«

Stunden später, als das Fest zu Ende war, lag Esteban auf dem Diwan in seinem Arbeitszimmer, ein Glas Whisky in der Hand. Er sah müde aus, aber sein Kopf arbeitete auf Hochtouren.

5. Kapitel

Aldo und Dolores verbrachten die Nacht im ›Sussex‹, dem Luxushotel der Stadt. Die Familie Martínez Olazábal schlief nach dem Fest noch, während das Personal unter Aufsicht von Janet den verwüsteten Salon aufräumte. Im Obergeschoss öffnete sich eine Tür. Es war Don Esteban. Man sah von weitem, dass er die Nacht auf dem Diwan im Arbeitszimmer verbracht hatte.

Esteban brauchte ein Bad. Sein Jackett war zerknittert, sein Rücken schmerzte, und er hatte einen üblen Geschmack im Mund. Danach zog er bequeme Kleidung an und ging nach unten, um zu frühstücken. Rosalía erwartete ihn im Speisezimmer mit Kaffee, wie er ihn mochte, und seinen Lieblingsapfeltörtchen. Sie wünschte ihm einen guten Morgen, ohne ihn anzusehen, und verließ den Raum, nachdem sie ihn bedient hatte. Sie musste die Fäuste ballen, um ihn nicht zu umarmen und zu küssen. Aber die übrigen Hausangestellten waren allgegenwärtig, sie durfte kein Risiko eingehen. Und wenn sie es doch endlich einmal riskierte? Wenn sie nicht mehr länger feige war?

Das traurige Gesicht der Frau, die er liebte, traf Esteban wie ein Schlag in die Magengrube. Nachdem er die Maske des Egoismus abgelegt hatte, die ihn über Jahre blind gemacht hatte, wurde ihm schlagartig klar, welche Qualen Rosalía Tag für Tag ertrug. Sie beklagte sich nie, machte ihm keine Eifersuchtsszenen, sondern trug stets ein Lächeln auf den Lippen. Dabei hatte er sie auf jede erdenkliche Art und Weise gedemütigt. ›Rosalía, mein Liebling, wirst du mir irgendwann verzeihen können?‹, dachte er, und dann: ›Das hat Francesca nicht verdient.‹ Er verließ das Speisezimmer und stieß mit Aldo zusammen, der aus dem Vestibül kam.

»Guten Morgen, Papa«, grüßte er, ohne ihm in die Augen zu sehen.

»Guten Morgen, mein Junge. Und Dolores?«

»Schläft noch im Hotel. Ich bin gekommen, um ein paar Sachen zu holen.« Aldo wollte nach oben gehen, kehrte dann aber wieder um. »Papa, ich wollte Ihnen mitteilen, dass ich beschlossen habe, mich in Córdoba niederzulassen. Nach den Flitterwochen werden Dolores und ich hier im Haus wohnen.«

»Ich glaube nicht, dass Dolores von der Idee begeistert ist«, gab Esteban zu bedenken. »Ihre Wurzeln sind in Buenos Aires. Córdoba wird ihr wie ein Dorf vorkommen.«

»Ich bin jetzt ihr Mann, ich treffe die Entscheidungen. Sie wollte ja unbedingt heiraten – dann soll sie jetzt auch die Konsequenzen tragen.«

»Ich dachte, du wärst glücklich, Dolores zu heiraten. Wenn ich gewusst hätte, dass zwischen Francesca und dir …«

Aldo brachte ihn mit einer Handbewegung zum Schweigen. Dann stürzte er die Treppe hinauf und schloss sich in seinem Zimmer ein.

***

Don Esteban klingelte bei Alfredo. Der bat ihn herein und bot ihm einen Whisky an, den Esteban gerne annahm. Sie kannten sich bereits seit vielen Jahren und waren mit der Zeit gute Freunde geworden. Esteban kam gerne in Fredos Wohnung in der Avenida Olmos. Es war ein chaotischer Ort mit Büchern, Papieren und Ordnern, die überall verteilt waren, Wänden voller Bilder, alten Möbeln, Kunstobjekten und dem schweren Geruch von holländischem Tabak in allen Zimmern. Ja, er mochte die behagliche Wärme, die er in den Salons des Palais Martínez Olazábal nicht fand.

Fredo deutete auf das Sofa, reichte ihm das Glas und nahm dann ihm gegenüber Platz.

»Ist Francesca da?«, erkundigte sich Esteban.

»Nein. Sie ist zur Messe gegangen.«

Es entstand ein unbehagliches Schweigen. Irgendwann trafen sich ihre Blicke, während sie sich bemühten, die Gedanken des anderen zu erraten. Schließlich stand Alfredo auf und trat ans Fenster.

»Weißt du«, sagte er und wandte Esteban den Rücken zu, »wenn ich deinem Sohn nicht die Fresse poliert habe, dann nur wegen Antonina, die keine Probleme bekommen wollte. Ich hätte es nur zu gerne getan.«

»Vielleicht wäre es das Beste gewesen«, gestand Esteban ein. »Andererseits bin ich der Letzte, der Aldo verurteilen kann, und du weißt auch, warum. Aber eigentlich bin ich wegen Francesca hier. Das mit ihr und Aldo ist aussichtslos.«

»Weil sie die Tochter der Köchin ist?«

»Fredo, bitte! Kennst du mich so schlecht?«

Alfredo blickte zu Boden. Dann ging er zum Sofa zurück und ließ sich niedergeschlagen in die Polster sinken.

»Entschuldige, Esteban, aber Francesca leidet so … Ich liebe sie wie eine Tochter und habe immer alles darangesetzt, ihr Kummer zu ersparen. Ich kann nicht zulassen, dass ein Taugenichts wie dein Sohn daherkommt und ihr den Boden unter den Füßen wegzieht. Ich kann es einfach nicht ertragen. Sie ist ein so empfindsames, gutherziges Mädchen, und sie leidet wirklich schrecklich.«

»Ich habe erst gestern Nacht von der Beziehung zwischen den beiden erfahren. Glaub mir, wenn ich es früher gewusst hätte,

hätte ich mich für sie eingesetzt, aber jetzt ist es zu spät. Aldo ist verheiratet.«

»Standesgemäß«, stichelte Fredo.

»Denkst du, dass ich nach all den Jahren, die ich mit deiner Nichte unter einem Dach lebe, nicht imstande bin, zu erkennen, dass sie ein außergewöhnliches Mädchen ist? Sie ist blitzgescheit, mit einem gewinnenden Wesen und von einer bewundernswerten Unbekümmertheit … Meine Töchter können da nicht mithalten, da mögen sie einen noch so großartigen Namen haben. Außerdem ist sie in letzter Zeit geradezu aufgeblüht. Ich bin sicher, dass sich bald ein Mann finden wird, der sie liebt, wie sie es verdient, und der sie heiraten will. Bis es so weit ist, muss ich sie meines Hauses verweisen. Es würde eine einzige Demütigung für sie sein. Heute Morgen hat Aldo mir mitgeteilt, dass er beabsichtigt, sich endgültig in Córdoba niederzulassen und wieder zu Hause zu wohnen. Ich brauche dir nicht zu erklären, warum. Ein solches Schicksal hat sie nicht verdient. Es würde mir wehtun, wenn aus Francesca eine zweite Rosalía würde.«

»Francesca würde sich ohnehin nicht darauf einlassen.«

»Da wäre ich mir nicht so sicher.«

»Was erlaubst du dir!«, fuhr Alfredo ihn an. »Francesca ist ein anständiges junges Mädchen mit Prinzipien.«

»Das glaube ich gern, aber sie ist auch verliebt. Und gegen die Liebe, mein Freund, kommen keine Prinzipien an.«

Alfredos Schweigen war eine stumme Zustimmung. Er kannte die Liebe.

»Weshalb hat Aldo Francesca verlassen?«, wollte er wissen.

»Die Hochzeit von Aldo und Dolores wurde in Arroyo Seco beschlossen, während ich in der Stadt war. Ich will ihn nicht verteidigen, aber ich weiß, dass mein Sohn Dolores auf Druck meiner Frau und von Dolores' Mutter Carmen geheiratet hat.«

»Ach, komm mir nicht damit!«, ereiferte sich Alfredo. »Dein

Sohn ist alt genug, um selbst über sein Leben zu bestimmen. Das Mittelalter ist schon lange vorbei, mein Freund.«

Esteban sah seinen Freund resigniert an. Er mochte versuchen, seinen Sohn zu verteidigen, aber fest stand, dass Aldo sich wie ein Feigling verhalten hatte.

»Vielleicht hat Dolores gespürt, dass Aldo die Beziehung zu ihr beenden wollte, und hat deshalb ihrer Mutter gebeichtet, dass sie miteinander geschlafen haben. Celia und Carmen gaben nicht eher Ruhe, bis Aldo einen Termin festsetzte. Im Grunde ist das alles nur passiert, um Dolores' Ehre zu retten.«

»Wenn du findest, dass die falsch verstandene Ehre eines scheinheiligen jungen Fräuleins mehr wert ist als das Glück deines Sohnes, dann nur zu. Dein Sohn und wessen Ehre auch immer interessieren mich einen feuchten Dreck. Ich will nur meine Francesca vor weiterem Kummer bewahren.«

»Genau deshalb bin ich hier.«

»Ich höre«, sagte Fredo.

»Ich glaube, es ist das Beste, wenn Francesca aus Córdoba fortgeht. Warte, lass mich ausreden. Ich kenne meinen Sohn. Aldo wird sie nicht in Ruhe lassen, das versichere ich dir. Heute Nacht habe ich über eine Lösung nachgedacht, und da ist mir eingefallen, dass du gute Verbindungen zum Außenministerium hast.«

»Der Minister und ich sind gute Freunde«, bestätigte Fredo, der ahnte, was Martínez Olazábal vorschlagen wollte.

»Francesca ist ein gebildetes Mädchen, sie spricht perfekt Französisch und Italienisch …«

»Und Englisch«, ergänzte Fredo.

»Das wusste ich nicht«, sagte Esteban überrascht. »Umso mehr glaube ich, dass sie ohne Probleme in jeder argentinischen Botschaft arbeiten könnte.«

»Francesca ins Ausland schicken? Ich soll mich von ihr trennen, wegen eines Muttersöhnchens, das keinen Mumm in den Knochen hat?« Allerdings waren Martínez Olazábals Befürchtungen nicht von der Hand zu weisen. Er kannte das leidenschaftliche Naturell seiner Patentochter und musste zugeben, dass es nicht so abwegig war, dass sie die Geliebte des jungen Martínez Olazábal wurde. Andererseits würde ihr Leben zur Hölle werden, wenn sie gegen ihre eigenen Gefühle ankämpfen und sich Aldos Drängen erwehren musste.

»Ich werde meinerseits alle Kontakte spielen lassen, um Francesca einen Posten in einer Botschaft oder einem Konsulat zu besorgen«, fuhr Esteban fort. »Aber deine Freundschaft mit dem Minister ist die beste Karte, auf die wir setzen können.«

»Lass mich darüber nachdenken«, bat Fredo und stand auf, um Esteban hinauszubegleiten.

»Wir haben nicht viel Zeit«, erklärte Esteban, als er in der Tür stand. »Dolores und Aldo reisen heute Nachmittag nach Rio de Janeiro, wo sie einen Monat bleiben wollten. Aber so wie die Dinge stehen, denke ich, dass sie wesentlich früher zurück sein werden.«

Als Esteban, erschöpft von der Unterhaltung mit Alfredo, nach Hause kam, traf er Celia in seinem Arbeitszimmer an, die über einige Schriftstücke gebeugt war.

»Was machst du da?«, fragte er unwirsch. Er mochte es nicht, wenn man seinen Schreibtisch benutzte.

Celia sah auf und zögerte. Dann sagte sie: »Ich mache die Lohnabrechnung für Antonina.«

Esteban nahm den Hut ab, hängte ihn an den Haken und trat mit gerunzelter Stirn an den Schreibtisch.

»Welche Lohnabrechnung? Hast du sie nicht zusammen mit dem übrigen Personal bezahlt?«

»Die Abfindung meine ich«, erklärte Celia und beobachtete die Reaktion ihres Mannes. »Ich möchte, dass sie und ihre Tochter noch heute dieses Haus verlassen«, setzte sie dann hinzu.

Esteban sah sie ruhig an, ohne irgendeine Regung zu zeigen. In der Annahme, dass die Angelegenheit ihren Mann nicht sonderlich interessierte, zählte Celia eine Reihe Dinge auf, die sie an Antonina störten: schmutzig sei sie und geschwätzig, und sie wolle sie nicht verdächtigen, aber neulich sei eine Brosche verschwunden … Ermuntert von Estebans stillschweigender Zustimmung, der sie immer noch ausdruckslos ansah, begann sie dann gegen Francesca zu wettern. Sie sei zu freiheitsliebend und eigensinnig, ein schlechtes Beispiel für Sofía, die alles tue, was sie sage.

»Und du kannst Gift darauf nehmen, dass an dieser Geschichte« – damit meinte sie die Schwangerschaft ihrer Tochter – »die schlechten Ratschläge dieses prinzipienlosen, unmoralischen Flittchens schuld waren. Und außerdem …«

»Es reicht!«, donnerte Esteban und hieb mit der Faust auf den Schreibtisch.

Celia schreckte zusammen. Sie wollte erneut das Wort ergreifen, aber ein wütender Blick ihres Mannes ließ sie verstummen.

»Seit wann weißt du das mit Aldo und Francesca?«, wollte Esteban wissen.

»Seit wann weiß ich was?!«

Esteban packte sie am Arm und nötigte sie, aufzustehen.

»Verkauf mich nicht für dumm, Celia. Wir kennen uns seit dreißig Jahren. Du weißt, dass ich keinesfalls begriffsstutzig bin, und ich weiß, von welchen Vorurteilen du dich leiten lässt. Und jetzt sagst du mir, seit wann du das von meinem Sohn und Francesca weißt.«

»Wirklich, ich weiß nicht, wovon du … Himmelherrgott, Esteban!«, jammerte sie, als ihr Mann sie schüttelte wie eine Puppe.

»Wag es nicht, in dieser Sache Gott anzurufen! Seit wann weißt du es?«

Celia ließ sich einige Sekunden Zeit, um die Situation abzuwägen. Eigentlich war ihr egal, ob Esteban es wusste oder nicht, schließlich waren Aldo und Dolores jetzt verheiratet.

»Ich habe in Arroyo Seco davon erfahren«, räumte sie ein.

»Du bist ein schlechter Mensch«, stieß Martínez Olazábal hervor. Celia lief es kalt den Rücken hinunter. »Wie konntest du zulassen, dass er Dolores heiratet, obwohl du wusstest, dass er in eine andere verliebt ist? Warum hast du mir nichts gesagt?«, fragte er dann.

»Wie kannst du glauben, dass ich zulassen würde, dass sich mein Sohn, ein Martínez Olazábal Pizarro y Pinto, mit der Tochter meiner Köchin einlässt, einer ungebildeten Sizilianerin ohne Stand? Er hätte außer Landes gehen müssen, um die Schande zu verbergen.«

»Was bist du nur für ein Mensch, Celia!«

»Außerdem ging es nicht nur um die Geschichte mit diesem Flittchen. Da war ja auch noch die Tatsache, dass Aldo und Dolores bereits … Nun ja, ich hatte dir ja davon erzählt.«

»Das kam dir sicherlich sehr gelegen«, bemerkte Esteban.

»Was redest du denn da!«, empörte sich Celia. »Wie kommst du darauf, dass ich mich über so etwas freuen könnte? Die arme Doloritas! Ich konnte nicht zulassen, dass Aldo sie sitzenlässt, nachdem er sie entehrt hat.«

»Ah, mit Sicherheit hat mein Sohn sie dazu gezwungen! Man könnte behaupten, dass es beinahe eine Vergewaltigung war.«

»Esteban, bitte!«

»Wenn Dolores damit einverstanden war, mit Aldo ins Bett zu gehen, sollte sie auch an die Konsequenzen denken. Es wird Zeit, dass die Frauen in diesem Land Verantwortung für ihr Handeln übernehmen. Sie wollen Freiheit und Anerkennung – nun, die sollen sie bekommen, aber dann sollten sie auch die Verantwortung für sich übernehmen. Sie sind nicht mehr die unschuldigen jungen Dinger aus dem Märchen. Weder Antonina noch ihre

Tochter werden mein Haus verlassen. Hier habe ich das Sagen, verdammt nochmal!«

»Ich kann nicht zulassen, dass diese Frauen weiter unter meinem Dach leben. Ich will, dass sie noch heute gehen!«

»Hör mir gut zu, Celia, bevor ich die Geduld verliere. Wenn du meinen Anweisungen hinsichtlich Antonina und Francesca zuwiderhandelst, werde auch ich gehen. Es wird mir nicht schwerfallen, das schwöre ich dir. Ich habe genug von dir. Und wir werden ja sehen«, setzte er von der Tür aus hinzu, »was du deinen Freundinnen erzählst, wenn das Gerücht die Runde macht, dass ich dich um die Trennung gebeten habe. Dann wirst *du* außer Landes gehen müssen«, bemerkte er gehässig.

***

Zu Alfredos Überraschung ging Francesca zehn Tage später ohne zu zögern auf seinen Vorschlag ein. Durch einen Zufall hatte sich ergeben, dass Martínez Olazábals Idee binnen weniger Tage Gestalt annahm und die Möglichkeit einer Anstellung in einem Konsulat in greifbare Nähe rückte.

Der argentinische Konsul in Genf hatte auf der Rückfahrt von einer Tagung in Monaco einen Autounfall gehabt. Er selbst hatte sich lediglich den Arm gebrochen, aber seine Sekretärin war tödlich verunglückt. Das Konsulat brauchte sofort Ersatz.

»Wahrscheinlich überrascht dich dieser plötzliche Vorschlag«, sagte Fredo. »Schließlich war es mein Plan, dass du bei mir in der Zeitung arbeitest.«

»Du weißt, was zwischen Aldo und mir war«, stellte Francesca fest und sah ihn an. »Das Angebot hat damit zu tun, oder?«

»Ich will nicht, dass du leidest«, erklärte Alfredo.

»Deshalb nehme ich es an.«

Für Francesca war das Stellenangebot in Genf eine Möglichkeit, ihrem Kummer ein Ende zu machen. Sie hatte sich oft gefragt, wie es sein würde, wenn Aldo und Dolores aus Rio de Janeiro zurückkamen. Sie würde schwach werden, das wusste sie. Nicht lange, und sie würde sich ihm hingeben. Sie begehrte ihn so sehr, dass sie bei der ersten Berührung seiner Hände, der ersten Umarmung in seinem Bett landen würde. Und dann? Was für eine Zukunft erwartete sie? Mit Sicherheit eine nicht viel bessere als die von Rosalía. Wenn Aldo nicht den Mut gehabt hatte, sich seiner Mutter und der Gesellschaft entgegenzustellen und auf ein Leben im Luxus zu verzichten, weshalb sollte er den Mut haben, sich scheiden zu lassen?

Sie wollte sich nicht von den Menschen trennen, die sie liebte, aber sie musste es tun. Sie würde es nicht ertragen, dass sie sich für sie schämten. Letztlich sah sie ihren Umzug nach Genf als verdiente Verbannung dafür an, dass sie ein Auge auf jemanden geworfen hatte, der so viel höher stand als sie.

Obwohl Antoninas Augen feucht glänzten und ihre Stimme versagte, nahm sie die Abreise ihrer Tochter gefasst und sogar erleichtert auf. Bevor ihr kleines Mädchen die Gespielin dieses feigen Nichtsnutzes wurde, hatte sie in Erwägung gezogen, gemeinsam mit Francesca das Haus der Martínez Olazábals zu verlassen. Doch in ihrem Alter und mit ihren bescheidenen Ersparnissen raubte ihr eine Entscheidung von solcher Tragweite den Schlaf.

Sofía hingegen brach in bittere Tränen aus. Sie schloss sich in ihrem Zimmer ein und kam weder zum Mittagessen noch zum Abendessen heraus. Francesca gab es irgendwann auf, durch die Tür hindurch mit ihr zu reden, und entschied sich, bis zum nächsten Tag zu warten. Als Esteban am Abend nach seiner Jüngsten fragte, erfuhr er von dem Grund ihres Kummers. Angesichts der gebieterischen Stimme ihres Vaters schob das Mädchen den Riegel zurück und ließ ihn herein. Eine halbe Stunde lang redete Esteban auf sie ein, wobei er sich hütete, Aldos Namen zu erwähnen. Die unglaubliche Chance, die das Leben »der armen Francesca« bot, erwies sich als sein bestes Argument. Einem aufgeweckteren, reiferen Mädchen wäre es verdächtig vorgekommen, dass sich der Hausherr so sehr um das Schicksal der Tochter der Köchin sorgte. Doch Sofía kam dieser Gedanke nicht. Getröstet von dem Versprechen, dass sie schon bald nach Genf reisen könne, um Francesca zu besuchen, kam sie zum Essen nach unten.

Die Tage vergingen, und je näher der Abschied rückte, desto länger wurde die Liste von Francescas Sorgen. Am meisten bedrückte sie, dass ihre Mutter alleine zurückblieb. Sicherlich, sie hatte viele Freunde, die sie schätzten, aber es fehlte ein Mann, der sie beschützte. Als sie Alfredo bat, sich um ihre Mutter zu kümmern, bemerkte sie einen seltsamen Glanz in seinen Augen und einen unbekannten Zug um seine Lippen.

»Das hätte ich auch getan, wenn du mich nicht darum gebeten hättest«, versicherte er.

In dem ganzen Treiben hatte sie gar nicht an Cívico, Jacinta und Rex gedacht. Vielleicht würde sie sie nie wiedersehen. Voller Bitterkeit dachte sie an ihre Gedanken zu Beginn des Sommers zurück, die sich als prophetisch erweisen sollten: »Ich werde diesen Ort immer lieben, wie viele Jahre auch vergehen mögen. Selbst wenn ich ihn nie wiedersehen sollte.« Es erschien ihr unglaublich, dass sie in so kurzer Zeit sowohl die Liebe als auch die Enttäuschung kennengelernt hatte. Ihr Leben war völlig auf den Kopf gestellt worden, und nun musste sie das Haus verlassen, das sie als ihr Zuhause empfand.

6. Kapitel

Francesca landete Mitte April in Paris und reiste von dort mit dem Zug weiter nach Genf. Die wunderbare, von den Alpen umrahmte Landschaft, die sattgrünen Weiden und die Blumenwiesen am Fuß der Berge brachten für Momente ihr auf Hochtouren arbeitendes Gehirn zum Schweigen. Kurz lenkte sie die Schönheit der Natur von ihren Erinnerungen ab, die jedoch gleich darauf wieder zurückkamen. Ihre Mutter, Sofía und Fredo am Bahnhof von Córdoba – das war das letzte einer ganzen Sequenz von Bildern. Antonina hatte geweint und ihren Tränen freien Lauf gelassen, die sie in den letzten Tagen zurückgehalten hatte. Trotz ihres Kummers hatte sie ihrer Tochter ans Herz legen wollen, sich nicht zu erkälten, sich vernünftig zu ernähren und gut auf sich aufzupassen. Aber ihre Stimme hatte versagt. Fredo hatte den Arm um sie gelegt, und Antonina hatte sich an seine Brust gelehnt. Sofía dagegen war ganz ruhig geblieben, bis der Pfiff des Stationsvorstehers die Abfahrt des Zugs nach Buenos Aires ankündigte.

Sie musste vergessen, sagte Francesca zu sich selbst und wandte sich wieder der Schweizer Landschaft zu. In Genf irrte sie durch den Bahnhof, bis sie in all dem Lärm ihren Namen hörte. Sie entdeckte in der Menge eine kleine, rundliche, etwa fünfunddreißigjährige Frau, die ein Schild über ihrem Kopf schwenkte und immer wieder rief: »Francesca de Gecco! Francesca de Gecco!«, während ihre Augen hin und her tanzten. Behindert von ihrem vielen Gepäck, ging Francesca auf sie zu.

»Francesca de Gecco?«, fragte die Frau ein bisschen kurzatmig.

»Ja, die bin ich. Sehr erfreut.«

»Ach, Schätzchen, kann man das glauben, dass der Konsul ausgerechnet mich mit meinen knapp ein Meter sechzig schickt, um dich abzuholen! Diese verrückte Menge hätte mich beinahe erdrückt, und du hättest mich nie gefunden. ... Kann ich französisch mit dir sprechen? Ich lebe schon so lange hier, dass es mir leichter fällt. Ja? Das ist wunderbar. Ach, ja ...« Sie legte die Hand ans Kinn und musterte Francesca von Kopf bis Fuß, nicht unverschämt, aber ausführlich. »Mein Name ist Marina Sanguinetti«, sagte sie dann und reichte ihr die Hand.

Das Gespräch auf dem Bahnsteig endete abrupt, als ein Mann die kleine Marina beinahe mit seiner Tasche umrannte. Nach einigen Flüchen auf Französisch schlug Marina vor zu gehen. Vor dem Ausgang des Bahnhofs nahmen sie ein Taxi. Francesca, die sich ziemlich verloren vorkam, beneidete die Selbstverständlichkeit, mit der Marina den Taxifahrer anwies, wohin er fahren sollte. Nicht mal in hundert Jahren würde sie sich in diesem Labyrinth zurechtfinden, dachte sie, als sie durch die Altstadt mit ihren engen Gässchen und alten Gebäuden fuhren.

»Du wirst erst mal bei mir wohnen«, erklärte Marina, »bis du eine Wohnung findest, die dir zusagt und die sich mit dem Budget vom Konsulat bezahlen lässt. Glaub mir, das ist nicht so einfach.«

Marina war für Personalfragen zuständig. Sie kannte den Lebenslauf, das Gehalt und die Tätigkeit jedes einzelnen Botschaftsangestellten. Sie hatte auch Zugang zu vertraulichen Informationen, die sie Francesca mit der Zeit und zunehmendem Vertrauen mitteilte.

Marinas Wohnung war groß und mit Antiquitäten eingerichtet, verriet aber auch eine Menge über die lebensfrohe Art ihrer

Besitzerin: viele Pflanzen, moderne Bilder, Fotografien und das eine oder andere farbige Tuch über den Lampen schufen eine gemütliche Atmosphäre ohne Protz und Luxus.

»Ich bin froh, dass du im Konsulat anfängst«, eröffnete ihr Marina, bevor sie die Tür zum Schlafzimmer schloss. »Wir sind nur wenige Frauen, und wenn ich ehrlich sein soll, verstehe ich mich mit keiner von ihnen besonders gut. Aber ich weiß, dass du und ich gute Freundinnen werden können. Jetzt ruh dich erst einmal aus. Morgen stelle ich dich deinem Chef vor.«

***

Francesca lebte sich schnell in Genf ein und kam gut mit ihrer neuen Arbeit zurecht. Ihr Chef, ein Mittfünfziger mit traurigem Blick, der den gebrochenen Arm in einer Schlinge trug, trauerte noch seiner Sekretärin Anita hinterher. Er war ein freundlicher Mann mit besten Umgangsformen, aber schrecklich zerstreut. Er vergaß, wo er seine Brille hingelegt hatte, dabei trug er sie in der Regel an einem Band um den Hals. Er regte sich auf, man habe ihm seinen kostbaren Mont-Blanc-Füller gestohlen, bis Francesca ihn in irgendeiner Schublade fand. Sein Terminkalender war ein Mysterium, denn obwohl er ihn sorgfältig führte, verpasste er ständig Verabredungen oder kam zu spät zu den Sitzungen. Er hasste Buchhaltung, der Kassenabschluss stimmte nie, und normalerweise fand er weder Quittungen noch Belege. Immer wieder handelte er seinen eigenen Anweisungen zuwider, und wenn man ihn darauf hinwies, fragte er, welcher Idiot sich diese ausgedacht habe.

Francesca, die nach wenigen Wochen begriffen hatte, wie die Abläufe im Konsulat funktionierten, übernahm die Zügel in dem chaotischen Büro ihres Chefs und hatte sich bald unentbehrlich gemacht. Die Abteilungsleiter und die übrigen Angestellten sprachen lieber zuerst mit ihr als mit dem Konsul, der bei Unklarheiten und Problemen keine Lösung anzubieten hatte. Francesca wusste genau über aktuelle Vorgänge Bescheid, und bei solchen, die einige Zeit zurücklagen, recherchierte sie so lange, bis sie auf dem Laufenden war. Die Abläufe beschleunigten sich, und am Ende eines Arbeitstages blieb kaum etwas unerledigt in der Ablage zurück. Der Konsul begann, ein organisierteres Leben zu führen, verpasste keine Termine mehr, bereitete sich auf Sitzungen vor und unterzeichnete Dokumente, sobald man sie ihm vorlegte. Nach zwei Monaten nannte er Francesca lächelnd »Das Wunder von Córdoba«.

Marina schob die Wohnungssuche auf die lange Bank und schlug Francesca schließlich nach zwei Wochen vor, endgültig bei ihr einzuziehen.

»Im Ernst? Danke, vielen Dank«, akzeptierte Francesca ohne zu zögern, denn sie fühlte sich in der geräumigen, gemütlichen Wohnung sehr wohl und hing sehr an ihrer neuen Freundin.

Während der anstrengenden Arbeitstage im Konsulat sahen sie sich nur selten, von der halben Stunde Mittagspause einmal abgesehen. Nach dem Abendessen machten sie sich dann gegenseitig die Haare, lackierten sich die Fingernägel oder lümmelten sich einfach gemütlich auf das Sofa im Wohnzimmer, sprachen über die Ereignisse des Tages oder klatschten über diesen oder jenen Angestellten. An den Wochenenden unternahmen sie Ausflüge in die Stadt, die Francesca mit ihren Denkmälern, ihren Prachtbauten und der stillen Alpenkulisse faszinierte. Der Genfer See mit seiner Fontäne, die das Wasser fünfzig Meter hoch in die Luft katapultierte, war ihr bald ebenso vertraut wie die Plaza España in Córdoba. Mit Hilfe der kleinen Dampfer, die auf dem ganzen See verkehrten, besichtigten sie und Marina einige hübsche Städte und Dörfer, die an seinem Ufer lagen.

Obwohl ihr die Arbeit Spaß machte, ihr die Stadt gefiel und sie sich bei Marina wohl fühlte, musste Francesca ununterbrochen an Aldo denken. Ohne Bitterkeit sagte sie sich, dass sie durch die Abreise aus Córdoba zwar der Schande entgangen war, nicht aber dem Schmerz. Der Schmerz war allgegenwärtig, sie trug ihn mit sich herum wie eine Last, die sie nicht abwerfen konnte. Marina führte es auf das Heimweh zurück, wenn Francesca wieder einmal blass und in sich gekehrt war. Dann ging sie mit ihr aus oder organisierte Ausflüge an neue Orte und schaffte es so, sie aus ihrer Lethargie zu reißen.

***

Die Gattin des Botschafters, die soeben aus Buenos Aires zurückgekehrt war, wo sie sich aus familiären Gründen aufgehalten hatte, kam ins Büro, um die neue Sekretärin kennenzulernen. Ihr Mann hatte sie als nettes Mädchen von nebenan beschrieben. Sie betrat das Vorzimmer, ohne anzuklopfen.

»Guten Tag«, grüßte Francesca und stand auf.

»Guten Tag«, antwortete die Botschaftergattin und musterte sie von oben bis unten, während sie die Handschuhe abstreifte und auf den Schreibtisch warf. »Du bist also die neue Sekretärin?«, fragte sie.

»Ja, Francesca de Gecco, sehr erfreut.«

»Ich bin die Frau des Herrn Botschafters.«

Francesca widmete sich wieder ihrer Arbeit, während die Dame ins Büro ihres Gatten rauschte.

»Als ich dich das erste Mal sah, wusste ich gleich, dass es Probleme mit der Gräfin geben würde«, sagte Marina beim Mittagessen.

»Mit welcher Gräfin?«, fragte Francesca verwundert.

»So nennen wir die Frau des Botschafters. Siehst du nicht, dass sie sich für die Herrscherin der Welt hält? Anita, die vorherige

Sekretärin, die bei dem Autounfall starb, von dem ich dir erzählte, war die Geliebte deines Chefs. Wir alle wussten es, aber die Gräfin hat es erst durch den Unfall herausgefunden. Der Botschafter und Anita waren auf der Rückfahrt von einem Wochenende in Monaco. Du als neue Sekretärin ihres Mannes musst die gute Frau um den Verstand bringen. Anita war zwar hübsch, aber du bist noch tausendmal hübscher.«

Francesca ging nicht auf das Kompliment ein. Sie war sicher, dass die eifersüchtige Frau eines untreuen Mannes nicht tatenlos zusehen würde, wenn sie die Standhaftigkeit ihres willensschwachen Mannes in Gefahr sah, und versuchte zu ermessen, welche Folgen das für sie haben könnte.

»Habe ich dir eigentlich erzählt«, plauderte Marina weiter, »dass ich eine Einladung für das Fest zum venezolanischen Unabhängigkeitstag habe?«

»Ach ja?«

»Wir werden einen Riesenspaß haben.«

»Da der Botschafter mich an dem Abend nicht braucht, hatte ich überlegt, gar nicht hinzugehen.«

»Du bist verrückt. Wir werden es uns gutgehen lassen. Die Venezolaner lassen es am 5. Juli richtig krachen.«

Als sie sich abends für das Fest fertigmachten, bemerkte Marina, dass Francesca mit ihren Gedanken woanders war. Während sie sich mechanisch schminkte, sagte sie kein Wort.

»Neben dir sehe ich aus wie eine Heuschrecke«, stellte Marina fest. Francesca lachte. »Na, immerhin ist es mir gelungen, dich für einen Moment vergessen zu lassen, was dich so traurig macht.«

Die venezolanische Botschaft, ein Gebäude aus dem 18. Jahrhundert, war mit Fahnen und Girlanden geschmückt und erstrahlte im Glanz der Nationalfarben. Die Folkloremusik und der Partylärm waren bis auf die Straße zu hören. Als Francesca und Marina den Salon betraten, richtete der venezolanische Botschafter gerade einige Worte auf Englisch an die Gäste, unter denen in der ersten Reihe eine Gruppe von Arabern in weiten, weißen Gewändern und Turbanen auffiel.

»Araber?«, fragte Francesca leise.

»Die sind hier wegen der OPEC.«

»Der was?«

»Erklär ich dir später.«

Die kurze Ansprache des Botschafters wurde mit herzlichem Applaus bedacht. Jemand rief: »Hoch lebe die Heimat! Hoch lebe Venezuela!«, die Übrigen riefen »Hurra!« und »Bravo!«, und dann folgten Musik und Tanz. Die Kellner gingen mit Tabletts voller Häppchen oder Gläsern durch den Raum. Die Gäste aßen und tranken und unterhielten sich, in Grüppchen über den Saal verteilt. Andere tanzten lieber.

Marina genoss den Abend, aber ihre gute Laune schaffte es nicht, Francesca anzustecken. Sie bewunderte ihre Freundin. Nur zu gerne wäre sie so gewesen wie sie, immer fröhlich und optimistisch, immer ein Lächeln auf den Lippen, zufrieden mit ihrem Dasein als Alleinstehende und trotzdem voller Lebensfreude, ganz so, als ob ihr nichts fehlte. Irgendwann, sagte sich Francesca, war auch sie einmal so gewesen, hatte auch sie sich einmal so gefühlt.

Der argentinische Konsul begrüßte sie kurz, hielt dann aber Abstand. Seine Frau ließ ihn nicht aus den Augen und belauerte aufmerksam jede Geste und jedes Wort. Francesca und Marina unterhielten sich eine Zeitlang damit, das seltsame Paar zu beobachten.

»Warum hat man die Araber eingeladen?«, fragte Francesca schließlich noch einmal, während sie beobachtete, wie sie sich in ihren weißen Gewändern und den Kopfbedeckungen bewegten, unter denen ihre Gesichter kaum zu erkennen waren.

»Letztes Jahr«, erklärte Marina, »haben sich in Bagdad die wichtigsten erdölfördernden Länder getroffen, darunter Saudi-Arabien und Venezuela. Sie haben die Organisation erdölexportierender Länder, kurz OPEC, gegründet, deren Sitz hier in Genf ist.«

Gonzalo, ein Kollege aus dem Konsulat, der sie schon ein paar Mal zum Abendessen eingeladen hatte, bat Francesca um den nächsten Tanz. Ermuntert von Marina und den erwartungsvollen Augen des jungen Mannes, willigte sie ein.

***

Francesca begleitete den Konsul und seine Frau zu einem von der Genfer Kantonsregierung organisierten Mittagessen, weil sie bei Tisch, an dem hauptsächlich eine Delegation von Italienern saß, übersetzen sollte. Schon am Morgen hatte sich ihr Chef merkwürdig verhalten, ganz anders als sonst. Er bedankte sich nicht für den Kaffee und machte keine Bemerkungen über die Schlagzeilen von *La Nación*, die er täglich bekam, er beschwerte sich nicht über die vielen Akten, die sie ihm zur Unterschrift vorlegte, und scherzte nicht über dies und jenes, wie er es sonst immer tat. Zuerst wollte sie ihn fragen, ob es ihm nicht gutgehe, doch sie beschloss, nichts zu sagen.

Während des Essens brauchte Francesca nicht viel zu übersetzen: Einige der Italiener sprachen ganz ordentlich Spanisch, und der Konsul sagte ohnehin fast kein Wort. Auch seine Frau war schweigsam. Sie war verstimmt über die Anwesenheit der Sekretärin, die die Aufmerksamkeit eines eleganten Mailänders auf sich gezogen hatte. Nach dem Dessert, als der Kaffee serviert wurde, betraten mehrere Mitglieder der Genfer Regierung das Podium. Alle Gesichter wandten sich ihnen zu. Überzeugt, dass niemand auf ihn achtete, lehnte sich der Konsul auf seinem Stuhl zurück und wandte sich leise an seine Sekretärin.

»Ich habe Ihnen etwas mitzuteilen, Francesca.«

»Ja, bitte?«

»Heute Morgen kam ein Versetzungsschreiben.« Er blickte auf. Seine Sekretärin sah ihn mit großen Augen an. »Die Versetzung betrifft Sie, Francesca.« Angesichts des verwirrten Gesichts des Mädchens setzte er rasch hinzu: »Gleich nachdem die Weisung kam, habe ich einige Anrufe getätigt, um es zu verhindern, allerdings erfolglos. Der Befehl kommt von ganz oben und ist nicht rückgängig zu machen. Ich weiß nicht, was ich sagen soll.«

»Warum ich?«, wollte sie wissen. »Ich arbeite erst seit vier Monaten in Genf. Weshalb werde gerade ich versetzt? Die Weisung kommt von ganz oben, sagen Sie? Falls ich … Ich verstehe das nicht.« Nach kurzem Schweigen fragte sie: »Wohin werde ich versetzt?«

»An die Botschaft in Saudi-Arabien.«

»Saudi-Arabien!«, wiederholte sie. Die Tischnachbarn drehten sich zu ihr um und sahen sie an. Sie murmelte eine Entschuldigung, nahm ihre Tasche und verließ den Tisch.

Sie rannte zur Toilette und schloss die Tür hinter sich. Um sie herum herrschte eine Leere, die alle Geräusche von außen erstickte. Gegen die Tür gelehnt, betrachtete sie sich im Spiegel: Ihr Kinn bebte, und in ihren Augen glitzerte es. Dann begann sie bitterlich zu weinen. Sie weinte aus Wut, aus Ohnmacht, aus Traurigkeit, aus Angst. Noch offene Wunden rissen wieder auf, mischten sich mit der neuen Demütigung und machten ihr das Herz schwer. Irgendwann wusste sie gar nicht mehr, warum sie weinte. Aldo, ihre Mutter, Córdoba, Fredo, Genf. Ungeordnete Erinnerungen kamen ihr in den Sinn und erfüllten sie mit Schmerz und Verwirrung.

Die drückende Mittagshitze machte ihr zu schaffen. Sie verriegelte die Tür und legte das Jackett ab, dann wusch sie ihr Gesicht mit kaltem Wasser und entfernte die Wimperntusche unter den

Augen. Danach fühlte sie sich wieder besser. Während sie ihre Frisur richtete, dachte sie noch einmal über die unglückselige Versetzung nach.

»Natürlich!« Auf einmal war ihr alles klar. »Wieso habe ich nicht früher daran gedacht? Die Frau des Konsuls! Sie hat meine Versetzung verlangt.«

Das betretene Verhalten des Konsuls und die empörten Blicke seiner Frau während des Essens bestätigten ihre Vermutung. Die Reise neulich nach Buenos Aires, dachte sie. Da musste sie das alles durch irgendwelche Verbindungen zum Außenministerium ausgeheckt haben. Es gab keinen Zweifel mehr für Francesca. Sie war erleichtert, der Sache auf den Grund gekommen zu sein, doch gleich darauf stieg ihr die Zornesröte ins Gesicht. Sie biss die Zähne zusammen und ballte die Fäuste. Hätte sie vor ihr gestanden, sie hätte die Frau ihres Chefs geohrfeigt. »Dieses verdammte Miststück! Die hätte mich zur Botschaft auf den Galapagos-Inseln geschickt, wenn es da eine gäbe.« Wie eine Furie stürzte sie aus dem Toilettenraum und stieß, blind vor Wut, mit einem Mann zusammen, der sie auffing, bevor sie der Länge nach hinfallen konnte. Sie murmelte ein Danke, als er ihr die Tasche reichte, und rauschte davon.

Als sie ins Büro kam und Marinas ernste Miene sah, war Francesca klar, dass ihre Freundin schon von der Versetzung wusste. Mit einem Seufzer ließ sie sich auf den Stuhl fallen.

»Das habe ich bekommen, als du bei dem Essen warst«, sagte Marina und hob eine Akte mit der Aufschrift »Eilig« hoch. »Dein Chef hat sie mir geschickt.«

»Ich hab's gerade erfahren. Der Konsul hat es mir beim Essen erzählt.«

»Er muss am Boden zerstört sein. Es wird ihm nicht gefallen, sein ›Wunder von Córdoba‹ zu verlieren.«

»Da kann er sich bei seiner Frau bedanken«, bemerkte Francesca ironisch. Dann ließ sie den Kopf hängen. »Ach, Marina, warum passiert mir das alles? Ich bin es leid.«

»Du denkst, seine Frau habe von ihm verlangt, dich aus dem Konsulat zu entfernen?«

»Ich glaube nicht, dass sie es von ihm verlangt hat, sondern dass sie irgendwas im Außenministerium gedreht hat. Vergiss nicht, sie ist gerade aus Buenos Aires zurückgekehrt.«

»Sie hat dich erst nach dieser Reise kennengelernt. Sie konnte nicht wissen, dass du jung und hübsch bist. Du hättest genauso gut alt und hässlich sein können.«

»Vielleicht hat ihr jemand vom Ministerium die Akte gezeigt, in der mein Alter steht. Ich weiß, es sind nur Vermutungen. Aber du wirst mir doch recht geben, dass das zu viel des Zufalls wäre: Erst ihre Abneigung gegen mich und dann diese plötzliche Versetzung.«

»Ja, das stimmt«, räumte Marina nicht sehr überzeugt ein.

»Und das Schlimmste ist das Land!«, setzte Francesca hinzu.

»Ja, Saudi-Arabien.«

»Kannst du mir etwas über die Botschaft dort erzählen?«

»Im Moment nicht, aber ich kann mich erkundigen.«

***

1919, nach dem Ende des Ersten Weltkriegs, sagte Churchill im Unterhaus: »Es lässt sich nicht bestreiten, dass die Alliierten nur durch den ununterbrochenen Strom von Erdöl aus dem Nahen Osten zum Sieg gelangen konnten.« Seine Ansicht wurde auch von Lord Curzon geteilt, einem bedeutenden Mitglied der britischen Regierung, der versicherte: »Die Wahrheit ist, dass die Alliierten ihren Sieg dem Erdöl verdanken.« Georges Clemenceau wiederum, französischer Ministerpräsident und eine

Schlüsselfigur bei der Niederlage der deutschen Armee, stellte unumwunden fest, »dass von nun an jeder Tropfen Erdöl für die Völker und Nationen ebenso viel wert sein wird wie ein Tropfen Blut«.

Durch das »Schwarze Gold«, wie das Erdöl nun genannt wurde, rückte die Arabische Halbinsel ins Zentrum der Aufmerksamkeit. Die Allianz des Westens mit den Herren über jenen Rohstoff, der die moderne Wirtschaft antrieb, führte zur raschen Gründung diplomatischer Niederlassungen im jungen Königreich Saudi-Arabien, dem Emirat Kuwait, Katar, dem Emirat Abu Dhabi (die späteren Vereinigten Arabischen Emirate) und dem Sultanat Oman. Doch Saudi-Arabien besaß wegen seiner Bedeutung auf der Arabischen Halbinsel und seiner schier unerschöpflichen Ölquellen eine Vormachtstellung.

Argentinien, das damals mit innenpolitischen Querelen zu kämpfen hatte, setzte zunächst auf seine eigenen Rohstoffvorkommen und bemerkte erst spät, dass es ein Fehler war, sich einer Realität zu verschließen, die die politische Landkarte verändert hatte. 1960 begann das Außenministerium die Fühler auszustrecken, um eine Vertretung in der saudischen Hauptstadt Riad zu etablieren. Nach harten Verhandlungen – die Saudis standen jeder Öffnung vorsichtig gegenüber – wurde schließlich im Juni 1961 offiziell die Botschaft im Diplomatenviertel der saudischen Hauptstadt eröffnet.

»Der Botschafter soll ein junger Mann sein«, teilte Marina Francesca am Abend beim Essen mit, »und ein guter Kenner des Mittleren Ostens«, setzte sie hinzu und warf ihr einen vielsagenden Blick zu. »Er ist sehr kultiviert und spricht perfekt Arabisch. Viel mehr konnte ich nicht herausfinden, nur, dass es eine kleine Botschaft mit wenig Personal ist.«

Francesca stocherte lustlos in ihrem Essen herum. Marinas Worte hallten wie ein fernes Echo in ihren Ohren wider. In Genf hatte sie einen gewissen Frieden gefunden, der ihr in letzter Zeit Hoffnung gemacht hatte. Ihre unerwartete Reise nach Arabien brachte den schwachen Schutzwall, den sie um sich herum gezogen hatte, ins Wanken.

»Nicht verzweifeln, Francesca«, munterte Marina sie auf. »Wenn du mit der Versetzung in die saudische Botschaft nicht einverstanden bist, lehnst du eben ab und gehst zurück nach Córdoba. Sagtest du nicht, dass du bei der Zeitung deines Onkels gearbeitet hast? Ich bin sicher, dass er dich wieder anstellt, wenn du ihn darum bittest.«

»Ich kann nicht zurück«, antwortete Francesca mit schwacher Stimme. Sie empfand es als Erleichterung, Marina von ihrem Kummer erzählen zu können. Es war, als würde nur noch die halbe Last auf ihr ruhen. Trotzdem schlief sie in dieser Nacht schlecht. Für kurze Momente überkam sie eine wohlige Müdigkeit, die plötzlich wieder verschwand. Erhitzt und genervt wälzte sie sich in den Laken. Noch vor sechs Uhr stand sie auf und ging ins Bad. Als sie aus der Dusche kam, war die Mutlosigkeit der vergangenen Nacht neuer Energie gewichen. Plötzlich erschien es ihr fast verlockend, in eine Zukunft zu sehen, die ihr die Möglichkeit bot, eine andere Kultur und ein anderes Land kennenzulernen.

Bevor sie ins Büro ging, gab sie auf der Post ein Telegramm an Fredo auf, in dem sie ihn in knappen Worten über ihre Versetzung informierte. Ihr Onkel würde ihr raten, was sie tun sollte. Außerdem würde er herausfinden, woher diese plötzliche Anweisung kam.

Der herrliche Sommermorgen, die kühle Brise vom See und die farbenprächtigen Blumenbeete auf den Plätzen heiterten sie auf. Mit raschen Schritten ging sie die Uferpromenade entlang zur Botschaft. Sie fragte sich, wie es in Saudi-Arabien sein mochte. Sie wusste nichts über dieses Land, außer dass es in weiten Teilen von einer endlosen, glühenden Fläche aus Sand bedeckt war. ›Die Wüste‹, dachte sie. Schon das Wort machte ihr Angst.

In den nächsten Tagen stapelten sich immer mehr Akten, Berichte und Dokumente auf ihrem Schreibtisch. Der Konsul war schweigsam und wich ihrem Blick aus. Er erhöhte lediglich den Papierstoß immer weiter mit den Worten: »Machen Sie das noch fertig, bevor Sie gehen.« Manchmal hätte Francesca ihn am liebsten bei den Schultern gepackt, geschüttelt und ihm ins Gesicht geschrien: »Hören Sie, guter Mann, Ihre Frau war es, die mich hier rausgeworfen hat!« Am Ende tat er ihr leid.

Sie bekam mehrere Anrufe vom Auswärtigen Amt in Buenos Aires, die sie mit Hinweisen und Ratschlägen überhäuften. Es sei ganz wichtig, dass sie aufmerksam das Material über Sitten und Gebräuche in muslimischen Ländern studiere, das man ihr geschickt habe. Man erklärte ihr, dass ihre Aufgaben als persönliche Assistentin des Botschafters über die einer einfachen Sekretärin hinausgingen. Das Kaffeekochen gehöre ebenso zu ihren vielfältigen Pflichten wie der förmliche Empfang eines Mitglieds des saudischen Königshauses. »Es ist eine sehr kleine Botschaft mit wenig Personal«, hieß es. »Sie sind für alle möglichen Dinge zuständig.« Sie hatte keine Angst vor der Arbeit und den vielfältigen Aufgabenbereichen, auf die das Auswärtige Amt so ausdrücklich hinwies. Im Gegenteil, es gab ihr das Gefühl, wichtig zu sein.

Drei Tage später traf ein Telegramm mit Alfredos Antwort ein: »Nimm an. Das ist eine großartige Chance.« Zwei Wochen darauf folgte ein ausführlicher Brief, den Francesca so oft las, bis sie ihn auswendig konnte. Sie war überrascht, denn sie hatte nicht gewusst, dass sich ihr Onkel so gut auskannte. Er sprach von der geopolitischen Bedeutung der Länder der Arabischen Halbinsel, insbesondere Saudi-Arabiens; davon, wie die Moderne die westliche Welt in immer größere Abhängigkeit vom arabischen Öl brachte, das qualitativ hochwertig und leicht zu fördern sei. »Du wirst eine Region der Welt kennenlernen«, schloss er, »um die sich die großen Erdölgesellschaften und die Mächtigen rund um den Globus streiten.« Er fügte eine kurze Liste von Buchtiteln an, die Francesca problemlos in der Bibliothek unweit des Konsulats fand, weil sie von europäischen Autoren stammten. Zum Schluss bat Fredo sie, sich keine Sorgen wegen ihrer Mutter zu machen. Er werde mit ihr reden und sie überzeugen.

Tatsächlich hielt Antonina nichts von einem Umzug in ein Land, über das sie kaum etwas wusste.

»Saudi-Arabien!«, rief sie. »Ein Land voller Ungläubiger und Wilder!«

»Bitte, Antonina, übertreib nicht«, wandte Fredo ein.

»Was willst du?«, hielt Rosalía ihr vor. »Dass sie nach Córdoba zurückkommt und leidet?«

Antonina gab schließlich nach. Seit Aldo aus seinen Flitterwochen zurückgekehrt war, hatte er sie in einem fort nach ihrer Tochter gefragt. Manchmal war er völlig außer sich und schrie Sofía und sie an, sie sollten ihm Francescas Adresse nennen oder wenigstens ihren Aufenthaltsort. Schließlich fand sich Antonina mit der Idee ab und gab ihre Zustimmung.

Francesca verschlang die Bücher, die ihr Onkel ihr empfohlen hatte, insbesondere *Die Kultur der Araber* von einem gewissen Gustave Le Bon. Obwohl sie nach weiterer Literatur suchte, fand sie nicht viel. Aber das Gelesene genügte, um sich umfassend über die Gewohnheiten und Eigenarten der Araber zu informieren, die ihr ziemlich rückschrittlich vorkamen wegen ihres Machismo und der untergeordneten Stellung der Frau.

Dennoch freundete sich Francesca jeden Tag mehr mit dem Gedanken an, nach Saudi-Arabien zu reisen. »Eigentlich hat Onkel Fredo recht«, sagte sie sich. »Ich sollte diese Reise als eine Chance betrachten und nicht als Rückschlag.«

7. Kapitel

Ende September landete Francesca nach einer endlosen, erschöpfenden Reise auf dem Flughafen von Riad. Von Genf aus war sie mit dem Zug nach Frankfurt gefahren und hatte dort ein Flugzeug genommen, das nach einem zehnstündigen Flug in Dschidda ankam, der zweitgrößten Stadt Saudi-Arabiens. Dort hatte sie einen längeren Aufenthalt gehabt, weil sich ihr Anschlussflug verspätete. Ihr war nicht sehr wohl in Gegenwart der Männer mit ihren Kopfbedeckungen, die sie nicht sehr freundlich musterten. Schließlich hob ihr Flugzeug in Dschidda ab und erreichte zwei Stunden später die Hauptstadt.

Als sie das Flughafengebäude betrat, hatte sie das Gefühl, sich nun wirklich auf arabischem Boden zu befinden. Sie empfand eine Mischung aus Angst vor dem Unbekannten und erwartungsvoller Neugier, die ihr ein Kribbeln in der Magengegend verursachte. »Wie bin ich bloß in Arabien gelandet?«, fragte sie sich und wusste nicht, ob sie lachen oder weinen sollte. Als sie sich umschaute, fiel es ihr schwer, zu glauben, dass die Araber in früheren Zeiten eine Hochkultur gewesen sein sollten. Von dem alten Glanz war nicht viel übrig geblieben.

Sie nahm den Koffer und folgte den übrigen Passagieren, denn es gab keine Hinweisschilder. Vor ihr tauchte eine große Halle auf, und die Menge zerstreute sich langsam und schweigend. Sie blieb allein zurück und wartete.

»Mademoiselle de Gecco?«

Die sanfte Stimme kam von hinten. Sie drehte sich um und

sah sich einem dunklen Augenpaar gegenüber, das sie von oben bis unten musterte. Sie hatte ihre Kleidung sorgfältig ausgewählt, doch das schien diesem Mann nicht zu genügen, der ein weißes Baumwollgewand trug und auf dem Kopf ein Tuch im gleichen Farbton, das von einer breiten Kordel gehalten wurde. Sein Gesicht war schmal und dunkel. Es fiel Francesca schwer, sein Alter zu schätzen, aber sie vermutete, dass er um die vierzig sein musste.

»Ja, ich bin Francesca de Gecco«, bestätigte sie und streckte ihm die Hand entgegen.

Der Araber hingegen führte die seine zum Herzen, an die Lippen und an die Stirn, dann streckte er sie aus und machte eine leichte Verbeugung. Francesca erinnerte sich an das, was sie gelesen hatte: Es war die traditionelle Begrüßung der Beduinen, die nach wie vor einen Großteil der Bevölkerung der Arabischen Halbinsel ausmachten – Männer ohne Staatsoberhaupt und Regierung, Söhne der Wüste, die Allah und seinen Propheten Mohammed fürchteten und nur die Autorität der Stammesführer und die Gesetze der Wüste anerkannten, deren Unbarmherzigkeit ihre Wege bestimmte und sie zu rastloser Wanderschaft im Wandel der Jahreszeiten zwang. Auch im 20. Jahrhundert noch prägten sie mit ihren Karawanen die unveränderliche Landschaft.

»Ich bedaure, dass Ihr Flug sich verspätet hat«, sagte der Mann in untadeligem Französisch, jedoch mit starkem Akzent. »Sie müssen müde sein. Mein Name ist Malik bin Kalem Mubarak. Ich bin von nun an Ihr Fahrer und stehe zu Ihrer persönlichen Verfügung.« Er nahm Francescas Gepäck und setzte hinzu: »Wir müssen noch durch die Abfertigung. Dauert nur ein paar Minuten.«

In dem Büro unterhielten sich drei Männer in khakifarbenen Hemden und Hosen sowie der unvermeidlichen Kopfbedeckung angeregt auf Arabisch. Als sie Francesca bemerkten, verstummten sie augenblicklich. Malik ergriff das Wort, und einer der Araber antwortete ihm unwirsch. Sie diskutierten, und Francesca befürchtete, dass es Probleme mit ihrem Visum gab.

»Sie wollen Ihr Gepäck überprüfen, Mademoiselle«, erklärte Malik. »Ich kann ihnen nicht begreiflich machen, dass Sie der Botschaft angehören. Sie stehen noch nicht auf der Personalliste. Es ist nur eine Routineuntersuchung.«

Francesca stellte die Handtasche auf den Tisch, und Malik tat das Gleiche mit dem Koffer. Zwei Beamte begannen, die Taschen zu durchsuchen; der, der wie der Vorgesetzte aussah, vertiefte sich in ihren Pass. Die Männer durchwühlten ihre Wäsche, untersuchten die Parfüms, Cremes und die anderen Kosmetika. Francesca musste sich beherrschen, um ruhig zu bleiben und nicht an ihrem ersten Tag in Saudi-Arabien eine Szene zu machen. Schließlich nahm einer der Männer den Bildband über klassische Malerei aus dem Koffer, der ein Abschiedsgeschenk von Marina war, blätterte ihn flüchtig durch und wandte sich dann streng an Malik.

»Mademoiselle de Gecco«, erklärte Malik, »Sie können nicht mit diesem Buch in die Stadt. Der Koran erlaubt keine figürlichen Darstellungen.«

Das geht ja gut los, dachte Francesca sarkastisch und ballte die Fäuste, um dem Kerl das Buch nicht aus den Händen zu reißen.

»Ist das unbedingt nötig?«, fragte sie dann unwillig.

»Der Koran verbietet es«, insistierte Malik.

Schließlich gab sie nach und sah, wie ihr schönes Buch in den Tiefen einer Schublade verschwand. Die Zöllner gaben ihr ihre durchwühlte Habe zurück, und Malik deutete zum Ausgang, ohne sie dabei anzusehen.

Auf der Fahrt zur Botschaft saß Francesca bequem im Fond des Mercedes-Benz und konzentrierte sich auf die Umgebung. In

Riad war tatsächlich die Zeit stehengeblieben. Ein Labyrinth aus engen, zumeist geschotterten oder grob gepflasterten Straßen führte an schmucklosen, alten, aber gut erhaltenen Gebäuden entlang. Die grauen oder rötlichen Fassaden waren in eine endlose Staubwolke gehüllt, die sich nie zu legen schien. »Wie dunkel muss es da drinnen sein!«, sagte sie sich, als sie bemerkte, dass die Häuser nur zwei oder drei Fenster besaßen, die von filigran geschmiedeten Gittern geschützt wurden. Hin und wieder ragte eine eindrucksvolle Moschee aus der Stadtlandschaft heraus.

Malik sprach nicht. Verärgert über den Vorfall mit dem Buch, fragte er sich, ob es wirklich nötig war, eine Frau als Assistentin des Botschafters einzustellen. Er mochte die Ungläubigen nicht, Männer wie Frauen, aber er hätte doch einen Angehörigen seines eigenen Geschlechts bevorzugt statt dieses jungen Mädchens, dem die Schamlosigkeit des Westens ins Gesicht geschrieben stand. Es erschien ihm als eine Todsünde, dass Andersgläubige die Dreistigkeit besaßen, den Boden zu betreten, auf dem der Prophet Mohammed geboren war.

Als sie das Diplomatenviertel erreichten, änderte sich die Umgebung. Die schlichten orientalischen Häuser wichen kleinen Palais und Villen im besten Pariser Stil, die von großen Gärten mit schmiedeeisernen Zäunen umgeben waren.

»Wir sind da«, verkündete Malik.

Das Auto bog durch das Tor in einen gepflegten Park, in dem allerdings nicht viel wuchs und blühte. Die größte Aufmerksamkeit zogen die Dattelpalmen auf sich, die den Weg zum Eingangsportal säumten. Malik öffnete den Wagenschlag und half Francesca beim Aussteigen. Eine zierliche Frau mit einem angenehmen Lächeln erschien und nahm ihr das Handgepäck ab.

»Herzlich willkommen, Mademoiselle«, sagte sie und lächelte noch stärker. »Mein Name ist Sara. Ich bin für den Haushalt der Botschaft zuständig.«

Malik verschwand mit dem Koffer, und Sara führte Francesca zum Eingang.

»Es ist eine Freude, Sie hier bei uns zu haben«, fuhr Sara fort. »Ich bin froh, dass noch eine Frau in die Botschaft kommt, denn außer der Köchin, Yamile, und mir sind alle Männer. Überhaupt sind wir nur wenige hier.«

Sara machte einen netten Eindruck auf Francesca.

»Sie müssen erschöpft sein«, sprach sie weiter, während sie sie die Treppe hinaufbegleitete. »Es ist eine weite Reise. In diesem Trakt ist Ihr Zimmer. Ich hoffe, es sagt Ihnen zu.«

»Ganz bestimmt«, versicherte Francesca.

»Der Herr Botschafter …«, fuhr Sara fort, während sie die Tür öffnete. »Bitte, treten Sie ein. Das ist Ihr Zimmer. Der Herr Botschafter hat auf sie gewartet, aber da sich Ihre Ankunft verzögerte, konnte er nicht länger warten und musste zu einem Termin gehen.«

»In Dschidda gab es eine Verspätung«, erklärte Francesca.

»Ja, ja. In diesem Land gibt es ständig Verspätungen«, bemerkte Sara und zuckte mit den Schultern. »Jedenfalls lässt der Herr Botschafter ausrichten, dass er Sie heute Abend begrüßen wird, wenn er zurückkommt. Wie wäre es mit einem Bad?«

»Ja, das wäre sehr schön.«

Nach dem Baden legte sich Francesca aufs Bett, schaute an die Decke und fragte sich erneut: »Was zum Teufel mache ich eigentlich hier?«

***

Mauricio Dubois, der argentinische Botschafter in Saudi-Arabien, war nicht älter als fünfunddreißig. Er war groß und schlank und ein bisschen linkisch in seinen Bewegungen, aber er besaß die Manieren eines Gentleman, eine sanfte Stimme, die stets beruhigend auf Francesca wirkte, und den offenen Blick eines ehrlichen Mannes.

Anders als den Konsul in Genf musste sie ihn nur selten an seine Verabredungen und Termine erinnern. Er war bestens über die Vorgänge in der Botschaft informiert und sorgte sich um das Wohlergehen seiner Untergebenen. Mit der Zeit bewunderte Francesca ihn genauso wie Fredo. Sie mochte seine ruhige, ausgleichende Persönlichkeit, seine gelassene, aber bestimmte Art, wenn er auf einen Fehler hinwies, die Geduld, mit der er etwas erklärte, und dass er sich Zeit zum Nachdenken nahm. Er war sehr gebildet, ohne je damit zu prahlen. Es schien ihm sogar unangenehm zu sein, wenn Francesca darauf zu sprechen kam.

»Du staunst, weil ich viel über die Araber weiß, aber gib dir ein bisschen Zeit, dann weißt du genauso viel wie ich.«

»Das bezweifle ich«, entgegnete Francesca.

Als sie sich kennenlernten, bemerkte Francesca, dass Dubois überrascht, vielleicht auch verärgert über ihr Alter war, auch wenn er es zu überspielen versuchte.

»Wie alt bist du?«, fragte er, während er in den Unterlagen blätterte.

»Einundzwanzig«, antwortete Francesca selbstbewusst.

Mauricio blickte auf und sah sie ernst an. Wegen der unzähligen Termine in Francescas ersten Wochen in Riad hatte er noch keine Zeit gehabt, ihren Lebenslauf aufmerksam zu lesen.

»Ich hätte dich schon im August hier gebraucht«, fuhr der Botschafter fort, »aber es gab eine Verzögerung. Sie wollten eigentlich jemand anderen schicken, aber im letzten Moment, ich weiß nicht, warum, fiel die Wahl auf dich. Ich weiß, dass du im Konsulat in Genf gearbeitet hast. Ich hoffe, du bist nicht unglücklich über die Versetzung. Obwohl die Araber so ganz anders sind als wir, ist es eine faszinierende Kultur, die dir gefallen wird.«

Ja, klar, dachte sie ironisch, und der Zwischenfall am Flughafen kam ihr wieder in den Sinn. Fast hätte sie ihn erwähnt, doch dann schwieg sie lieber. Stattdessen reichte sie dem Botschafter ein Empfehlungsschreiben des Konsuls.

»›Fräulein de Gecco‹«, las Dubois laut vor, »›ist fleißig und intelligent. Sie beherrscht ihre Arbeit perfekt und erledigt ihre Aufgaben eigenverantwortlich und selbständig.‹ Ich sehe, dein früherer Chef hält große Stücke auf dich. Er wird deinen Weggang bedauern. Tja, tut mir leid für ihn, aber ich freue mich, dass du zu uns gekommen bist. Abgesehen von dem arabischen Dienstpersonal besteht die Botschaft nämlich nur aus dir, dem Finanzbeauftragten, dem Militärattaché und mir. Ich will dir nichts vormachen, Francesca. Deine Arbeit wird nicht einfach sein. Du wirst nicht nur meine persönliche Assistentin sein, sondern des öfteren auch als Sekretärin für die beiden anderen Angestellten einspringen müssen. Außerdem wirst du natürlich fürs Protokoll verantwortlich sein, das heißt, Feste und Konferenzen organisieren, mich darauf hinweisen, wo Gegenbesuche anstehen und wie ich mich dort zu verhalten habe. Ich hoffe, ich habe dich jetzt nicht erschreckt oder eingeschüchtert.«

»Überhaupt nicht«, antwortete Francesca, und der Botschafter lächelte sie zufrieden an.

***

Wenige Wochen später hatte Francesca bereits das Gefühl, schon seit langem mit Mauricio Dubois zusammenzuarbeiten. Zu wissen, dass ihr Chef auch mit ihr zufrieden war, beruhigte sie sehr, denn er war zwar geduldig und höflich, aber auch anspruchsvoll und detailversessen. Er gab minutiöse Anweisungen, erläuterte Begriffe immer wieder und wurde nicht ungehalten, wenn man ihn fünfmal dasselbe fragte. Aber wenn es um Ergebnisse ging, erwartete er Perfektion.

»Ein Treffen mit dem französischen Konsul, ein Essen im Ölministerium, die liegengebliebene Korrespondenz … Mein Gott!«, rief Francesca. »Es ist unmöglich, das alles zu schaffen.« Sie versuchte, den Kalender zu entzerren und die Termine auf die restliche Woche zu verteilen, obwohl sie wusste, dass die kommenden Tage genauso vollgepackt waren wie dieser Montag.

Auch auf sie selbst wartete ein harter Arbeitstag. Sara, Yamile, die Köchin, und Kasem, der Chauffeur des Botschafters, waren ihr dabei eine unschätzbare Hilfe. Sie war von Anfang an gut mit den dreien zurechtgekommen. Die sanfte, ruhige Sara erinnerte sie an ihre Mutter, Yamile, ein etwas zerstreutes, unbesonnenes Mädchen, aber stets hilfsbereit und arbeitswillig, amüsierte sie mit ihren Einfällen, und der gutmütige alte Kasem kam ihr so gar nicht wie ein Araber vor. Malik gegenüber empfand sie anders. Sie mochte seinen verschlagenen Blick und sein übellauniges Gesicht nicht, das aussah, als würde er ihr ständig etwas vorwerfen, und nahm ihn lieber nicht in Anspruch. Seine Worte am Flughafen – »Mein Name ist Malik bin Kalem Mubarak. Ich bin von nun an Ihr Fahrer und stehe zu Ihrer persönlichen Verfügung« – waren offensichtlich nur eine Floskel gewesen. Auf seine Chauffeursdienste verzichtete Francesca. Sie vermied es, das Haus zu verlassen, denn dann war sie gezwungen, die stickige schwarze *abaya* zu tragen, den schwarzen Umhang, mit dem sich die saudischen Frauen von Kopf bis Fuß verhüllten. Wenn ihr gar nichts anderes übrigblieb, wandte sie sich lieber an Kasem. Mit der Zeit übernahm Malik Fahrten und Aufträge für den Botschafter oder die beiden Attachés, für die er lieber zu arbeiten schien, und verbrachte den Großteil des Tages außerhalb der Botschaft. Francesca hätte ihn gefeuert, hätte sie nicht gewusst, dass er auf

Empfehlung des Hauses Saud da war, jener Dynastie, die seit 1932 in Saudi-Arabien herrschte.

»Entschuldigung, Mademoiselle, darf ich reinkommen?«

»Ja, komm nur rein, Sara.«

»Das ist eben für Sie gekommen«, sagte diese und reichte ihr ein Päckchen.

»Bitte, Sara«, verlangte Francesca, während sie das Päckchen nahm, »nenn mich beim Vornamen und sag du zu mir. Wir werden für eine lange Zeit zusammenarbeiten, und es fällt mir leichter, wenn wir auf solche Förmlichkeiten verzichten.«

Sara blickte auf und schenkte ihr ein mädchenhaftes Lächeln, das im Gegensatz zu ihrem runzligen, wettergegerbten Gesicht stand.

»Wie kommt es, dass Kasem, Yamile und du so gut französisch sprecht?«

»Kasem und ich kommen aus Algerien. Unser Land ist seit 1847 französische Kolonie. Nach dem Aufstand gegen die französische Herrschaft spitzte sich die politische Lage zu, und es wurde gefährlich für Kasem. Kasem ist mein Lebensgefährte«, erklärte die Frau. »Wir mussten aus Algerien fliehen. Die französische Polizei suchte nach ihm und … Nun ja, ich hatte Familienangehörige in Saudi-Arabien, und so beschlossen wir, hierherzukommen. Yamile hat lange für die Frau des belgischen Botschafters gearbeitet. Dort hat sie Französisch gelernt, wenn auch nicht sonderlich gut, wie Sie … ich meine, wie du bestimmt gemerkt hast.«

Francesca öffnete den Umschlag und stellte fest, dass es sich um ihren Bildband über klassische Kunst handelte. Vergeblich suchte sie nach einem Kärtchen.

»Seltsam!«, bemerkte sie laut. »Das Buch wurde mir bei der Einreise nach Riad abgenommen, und jetzt bekomme ich es zurück.«

»Vielleicht hat der Herr Botschafter sich beschwert.«

»Unmöglich«, versicherte Francesca. »Ich habe ihm doch gar nichts von dem Vorfall erzählt.«

***

Mit der Zeit hatte Francesca die Zügel in der Botschaft fest im Griff. Ihre Arbeit gab ihr Selbstvertrauen, und sie begann wie damals in Genf von ein bisschen Frieden und Glück zu träumen. Aber es gab auch Momente, in denen es ihr schlechtging und sie wie ein Häufchen Elend in ihrem Zimmer hockte. Doch dann schluckte sie die Tränen herunter und fasste sich wieder. Schließlich meinte es das Leben trotz der erlittenen Enttäuschung nicht allzu schlecht mit ihr. Nie hätte sie sich träumen lassen, aus Córdoba wegzukommen, um in einer Stadt wie Genf zu leben und mit wichtigen Leuten und interessanten Persönlichkeiten an Botschaftsfesten und Konsulatsempfängen teilzunehmen. Und was war so schlimm daran, ein paar Jahre in Saudi-Arabien zu verbringen, einem geheimnisvollen, faszinierenden Land, das fast etwas Magisches hatte?

Francesca arbeitete gerne mit Dubois zusammen, von dem sie jeden Tag etwas Neues lernte. Sie konnte sich nicht beschweren. Ja, sie hatte gelitten, aber wer tat das nicht? Ihre Mutter hatte gelitten, als sie Witwe wurde. Fredo nach dem Selbstmord seines Vaters und dem Tod seines Bruders Pietro. Und Sofía. Wollte sie zulassen, dass ihr Leben in solch eintöniger Schwermut versank wie das ihrer Freundin? Wollte sie ewig der Vergangenheit nachhängen, so wie Sofía? Dann schämte sie sich. Wie konnte sie ihre Traurigkeit mit der Trauer eines Menschen vergleichen, der ein Kind verloren hatte? Sofías Kummer ließ sich wirklich nicht mit der enttäuschten Liebe einiger Sommernächte vergleichen.

Sie stand auf, strich ihren Rock glatt und verließ ihr Zimmer.

Der Bericht über Dschidda, die erste Aufgabe dieser Art, die Dubois ihr übertragen hatte, machte ihr großen Spaß. Es erinnerte sie an ihre Zeit bei *El Principal*, wenn sie sich bei der Recherche für einen Artikel in Bibliotheken vergraben hatte und in staubigen, nur selten benutzten alten Büchern auf unglaubliche Geschichten und Ereignisse gestoßen war. In Saudi-Arabien allerdings gestaltetete sich die Suche nach Informationen schwierig und mühsam. Zu dem Mangel an Bibliotheken und Museen kam die Abneigung der Saudis, gewisse Dinge über ihr Land preiszugeben. Auf Empfehlung des Botschafters wurde sie von einem Beamten im Finanzministerium empfangen, dem es offensichtlich unangenehm war, mit einer Frau zu reden. Er gab ihr nur wenige Informationen, ein paar veraltete Broschüren und den Namen eines Buchs, das sie sich gar nicht erst besorgte, weil es auf Arabisch war. Trotz dieser Schwierigkeiten musste der Bericht über Dschidda am nächsten Morgen fertig sein.

Riad war die Hauptstadt des Landes, doch Dschidda, am Roten Meer gelegen, versuchte sich mit seinem modernen Hafen der westlichen Welt anzunähern. Die Entwicklung der Stadt ging in Riesenschritten voran, je mehr der Reichtum der Familie Saud und damit ihre Freude am Investieren wuchs. Schiffe aus aller Herren Länder liefen Tag für Tag den Hafen an, Dutzende Kräne entluden unaufhörlich Waren, in den Zolllagern wurden millionenschwere Transaktionen abgewickelt. Dubois wusste, dass die Handelsmöglichkeiten für Argentinien in Dschidda lagen.

Francesca ging mit raschen Schritten den Flur entlang, der den Wohntrakt mit den Geschäftsräumen verband, und betrat das Büro ihres Chefs, ohne zu bemerken, dass sich dort jemand befand. Ein Araber saß bequem zurückgelehnt auf dem Sofa und folgte ihr mit seinen Blicken, angezogen von ihrem langen, dichten, rabenschwarzen Haar, das wie Kohle in der Sonne glänzte und ihr über die Schultern bis fast zur Taille reichte. Das marineblaue Kostüm umschmeichelte die sinnlichen Kurven ihres jugendlichen Körpers.

Der Mann räusperte sich und stand auf, als Francescas Rock hochrutschte, während sie versuchte, einen Atlas vom obersten Bord des Bücherregals zu fischen. Sie presste sich ängstlich an das Bücherregal, als der Araber mit stolzer Haltung auf sie zukam.

»Ich hätte nie gedacht«, sagte der Mann in tadellosem Französisch, »dass eine Argentinierin schöner sein könnte als die Frauen meines Volkes.«

Sie war verzaubert von seiner tiefen, wohltönenden Stimme und sah ihn einfach nur an, ohne ein Wort zu sagen, obwohl er sie unverhohlen von oben bis unten musterte. Als sich schließlich ihre Blicke begegneten, war sie überrascht, denn die Augen des Arabers, tiefgrün und mit langen, dichten Wimpern, schienen eine eigene Sprache zu sprechen. Sein Gesichtsausdruck war ernst, doch seine Augen lächelten.

»*Inschallah*!«, sagte er und grüßte auf orientalische Art, indem er die Hand auf Herz, Mund und Stirn legte.

Francesca erwachte erst aus ihrer Erstarrung, als sie hörte, wie sich die Tür öffnete.

»Mein Freund!«, hörte sie ihren Chef sagen.

Der Araber drehte sich um, lächelte sichtlich erfreut und ging dem Botschafter entgegen. Sie umarmten sich herzlich, während sie hitzige Worte auf Arabisch wechselten. Francesca verließ leise den Raum. Auf dem Gang blieb sie stehen und drückte den Atlas gegen die Brust, in der ihr Herz rasend schnell pochte. Wer war dieser Mann? Mein Freund, hatte der Botschafter ihn genannt, und dabei ungewöhnlich viel Regung gezeigt. Seine stolze Erscheinung und seine ernste Art hatten sie eingeschüchtert, aber sie musste zugeben, dass sein Blick sie fasziniert hatte.

»Was ist denn los, meine Liebe?«, fragte Sara, als sie Francesca mit abwesendem Blick mitten im Flur stehen sah. »Du machst ein Gesicht …«

»Ich bin ein bisschen müde, das ist alles.«

Was sollte sie ihr auch sagen? Dass ein attraktiver, unverschämter Araber ihr im Büro des Botschafters einen Riesenschrecken eingejagt hatte?

***

»Endlich, mein Freund! Jetzt bist du hier bei uns, und zwar als Botschafter«, stellte der Araber erfreut fest und klopfte Dubois auf die Schulter. »Die Behörden deines Landes haben uns wirklich einen Vollblutdiplomaten geschickt.«

»Zugegebenermaßen war der Einsatz deines Onkels Fahd in dieser Sache mehr als förderlich«, räumte Dubois ein, und ein verschwörerisches Lächeln erschien auf seinen Lippen. »Dessen hartnäckige Weigerung, seine Zustimmung zu irgendeinem anderen Diplomaten zu geben, war überzeugend genug, um dem argentinischen Außenminister klarzumachen, dass ihr einen ganz bestimmten Mann wollt. Ohne seine Beharrlichkeit weiß ich nicht, ob ich heute hier wäre.«

»Und nicht irgendein Dummkopf, der sich nicht mit den Gepflogenheiten meines Volkes auskennt«, beteuerte der Araber.

Dubois war der Stolz anzumerken. Er wusste um seine eigenen Talente und Fähigkeiten und seine umfassende Kenntnis des Mittleren Orients, aber zu hören, dass auch Prinz Kamal bin Abdul Aziz al-Saud, Sohn des Staatsgründers Saudi-Arabiens, das anerkannte, bedeutete ihm viel.

»Setz dich doch, bitte. Willst du etwas trinken?« Er läutete nach Sara, die mit einem Tablett erschien und Kaffee servierte. »Deine Unhöflichkeit kennt keine Grenzen«, beschwerte sich der Botschafter, nachdem die Frau das Büro verlassen hatte. »Ich bin jetzt schon eine ganze Weile in Riad, und erst heute lässt du dich dazu herab, mich zu besuchen. Du warst nicht einmal bei meiner Antrittsfeier.«

»Keine Sorge, ich bin bestens im Bilde über deine Ankunft, deine Antrittsfeier und jede deiner Bewegungen«, versicherte ihm Kamal. »Mein Bruder Faisal und mein Onkel haben mir alles erzählt, auch meine Mutter. Ich weiß, dass du ihr einen Besuch abgestattet hast.«

»Sie sah blendend aus. Sie hat mir erzählt, dass du geschäftlich in Frankreich seist.«

Kamal stellte die Tasse ab und zündete sich eine Zigarette an. Der würzige Geruch orientalischen Tabaks erfüllte den Raum. Er schwieg, ganz so, als ob er alleine wäre und nachdenken müsse. Mauricio zeigte keine Ungeduld; nach so vielen Jahren hatte er gelernt, das Schweigen zu respektieren, diese Ruhe und Zurückhaltung, die die Orientalen ausstrahlten.

»Um die Wahrheit zu sagen«, erklärte Kamal schließlich, »bleibe ich Riad lieber fern.«

»Ich verstehe«, murmelte Mauricio und lehnte sich zurück. »Faisal gab mir so etwas zu verstehen. Das Verhältnis zwischen dir und Saud ist weiterhin schlecht, stimmt's?«

Als Kamal aufblickte, wusste Dubois, dass er nicht darüber sprechen würde. Es fiel ihm schwer, das tiefe Zerwürfnis mit seinem Halbbruder Saud einzugestehen, der Saudi-Arabien seit dem Tod seines Vaters regierte, vor allem, weil der Islam Auseinandersetzungen zwischen Familienmitgliedern untersagte. Aber die Gräben existierten und wurden immer tiefer, je weiter sich der Lebensstil des Königs von den Geboten des Koran entfernte. Im Hause Saud wurden Stimmen laut, die Kamal dazu drängten, die Regierungsgeschäfte zu übernehmen.

Bereits im Jahr 1958 war Saud infolge einer durch seinen verschwenderischen Lebensstil verursachten schweren Wirtschaftskrise gezwungen gewesen, Kamal in die Regierung zu berufen. Nach seiner Ernennung zum Premierminister hatte dieser die Geschicke Saudi-Arabiens mit dem vorrangigen Ziel gelenkt, das Land aus der Krise zu führen, in der es sich befand. Der Einfluss des Königs bestand nur noch auf dem Papier, und Sauds Hass auf seinen Bruder wurde immer größer.

Der Grund für diesen Hass lag viele Jahre zurück. Damals musste Saud, der zu jener Zeit noch ein Kind war, plötzlich die Liebe seines Vaters, König Abdul Aziz, mit seinem neuen Bruder Kamal teilen. Als er älter wurde, erwarb sich der junge Kamal die Bewunderung und Wertschätzung seiner Onkel, Schwestern und der übrigen Verwandtschaft, die ihn um Rat zu fragen begannen und immer häufiger in Staatsangelegenheiten einbanden.

Zwei Jahre nach seiner Ernennung zum Premierminister legte Kamal sein Amt nieder, um schwerere Auseinandersetzungen mit seinem Bruder zu vermeiden. Das Verhältnis war untragbar geworden, sie waren nur selten einer Ansicht, und jede Meinungsverschiedenheit entfachte neue Unruhe. Kamal spürte, dass Sauds Wut tieferliegende Gründe hatte und sich nicht auf Regierungsfragen beschränkte. Überzeugt, dass er nichts gegen diesen Hass ausrichten konnte, zog er sich mehr und mehr zurück, trotz der Beschwerden und Vorhaltungen der Familie, insbesondere seiner Mutter Fadila.

Dubois räusperte sich und bot Kamal noch einen Kaffee an. Dieser willigte ein und reichte ihm seine Tasse.

»Sag mal«, wechselte der Botschafter das Thema, »wie geht es Ahmed?«

»Gut. Er war mit mir in Genf, du weißt schon, wegen der OPEC-Geschichte. Danach ist er zurück nach Boston geflogen. Er hat noch einige Examen vor sich.«

Dubois sah davon ab, auf die OPEC und ihre Folgen für die arabische Welt zu sprechen zu kommen. Da es sich um eine Initiative von Saud und seinem Minister Tariki handelte, war er sicher, dass Kamal auch über dieses Thema nicht reden würde.

»Wer war die Schönheit, der ich gerade begegnet bin?«, erkundigte sich Kamal und wies zur Tür.

»Meine Sekretärin«, antwortete Dubois und sah ihn ernst an. »Komm bloß nicht auf Gedanken.«

»Bist du etwa schon ihren dunklen Augen verfallen und willst sie für dich haben?«

»Du weißt doch, dass ich Arbeit und Vergnügen strikt trenne.«

»Natürlich!«, entgegnete Kamal und lächelte spöttisch.

8. Kapitel

Die Wanduhr in Francescas Zimmer zeigte elf Uhr abends. Sie war müde, und das Heimweh begann ihr zuzusetzen, wie immer, wenn die Nacht kam. Sie schüttelte den Kopf und zwang sich zu einem Lächeln, um nicht länger nachzudenken. Sie würde Marinas Brief beantworten und dann erschöpft ins Bett fallen.

Sie schrieb ihrer Freundin, dass sie noch nicht von einer Beduinenkarawane entführt worden und in einer Oase ihrer Jungfräulichkeit beraubt worden sei. Francesca mochte Marina. Sie war immer zufrieden und optimistisch und hatte die Gabe, andere aufzuheitern. Sie schloss den Brief mit der Bitte um baldige Antwort, weil sie sie immer zum Lachen bringe.

Als sie schon im Bett lag, las sie noch einmal den Bericht über Dschidda, den sie ihrem Chef am nächsten Morgen geben wollte. Nach einer Weile knipste sie das Licht aus, betete kurz und versuchte zu schlafen. »Ich hätte nie gedacht, dass eine Argentinierin schöner sein könnte als die Frauen meines Landes.« Bei dem Gedanken an die Stimme des Arabers, dem sie am Morgen begegnet war, wurde sie wieder hellwach. Sie machte sich Vorwürfe, weil sie so taktlos und unhöflich gewesen war. Sie hätte sich vorstellen und etwas sagen sollen, oder sich dafür entschuldigen, dass sie hereingekommen war, ohne anzuklopfen. Stattdessen war sie stumm geblieben und hatte zugesehen, wie er auf sie zukam. Und als sie sich dann gegenüberstanden, hatte sie dieses sonderbares Gefühl von Angst und Beunruhigung beschlichen. Ja, Angst. Immerhin war er ein Araber, ein ungehobelter Kerl mit wilden, rückständigen Sitten, ein Primitivling, der keinerlei Achtung vor Frauen hatte, die für ihn nicht viel mehr waren als Tiere. Geh nie ohne *abaya* aus der Botschaft, hatte Sara sie gewarnt. Die *mutawa*, die Religionspolizei, berüchtigt für ihre Strenge und Grausamkeit, würde ihr eine schlimme Tracht Prügel verpassen, wenn sie auch nur einen entblößten Knöchel entdeckte.

Was diesen Araber betraf, so hatte sie allerdings auch ganz deutlich eine gewisse Aufregung verspürt. Aber nein. Bestimmt war auch das nur die Angst gewesen. Das heftige Herzklopfen und das Kribbeln im Magen waren auf den Schreck und die Überraschung zurückzuführen. Aber sie musste zugeben, dass sie ihn trotz der Tunika und des Kopftuchs attraktiv gefunden hatte. Er besaß eine exotische Schönheit, die sie beeindruckt hatte. Jedenfalls war er völlig anders als Aldo.

Eine Woche später, Anfang November, herrschte eine Hitze wie im Sommer. »Wird es denn hier nie kalt?«, fragte sie sich genervt. In den Räumen des Botschafters allerdings war es auszuhalten. Während der heißesten Stunden des Tages blieben die Läden geschlossen, und erst wenn es dunkel wurde, wurden sie weit geöffnet, damit der Abendwind die kühle Luft aus dem Park hereintragen konnte. An diesem Tag legte sie besonderes Augenmerk auf jede Kleinigkeit in Dubois' Büro. Sie hatte Blumen besorgt, die einen angenehmen Duft verbreiteten und Farbe in den Raum brachten, der wegen der gediegenen moosgrünen Sessel und der beigefarbenen Vorhänge ein wenig trist wirkte. Sara hatte das Parkett gewienert und das Silber geputzt, und Yamile stellte gerade Häppchen und kühle Getränke für die Gäste des Botschafters auf den Tisch.

»Es ist eine ausgezeichnete Gelegenheit für Argentinien, Geschäftsbeziehungen zu knüpfen«, hatte Dubois über den Empfang am heutigen Abend gesagt. Mehrere Unternehmer aus Dschidda, die zu Besuch in der Hauptstadt weilten, hatten die Einladung des jungen argentinischen Botschafters akzeptiert.

In seiner Rolle als Butler führte Kasem drei Männer in Dubois' Büro. Einer davon war trotz seines westlichen Anzugs ganz offensichtlich ein Araber, die beiden anderen waren Engländer. Francesca hieß sie willkommen, bat sie Platz zu nehmen und bot ihnen etwas zu trinken an. Sie teilte ihnen mit, dass der Botschafter gleich eintreffen werde, und reichte ihnen eine Broschüre über die Vorteile von Investitionen in Argentinien, in der sie blätterten, während sie warteten. Dann erschien Dubois, elegant gekleidet und gut duftend, und gab Francesca zu verstehen, dass sie gehen könne. Im Flur traf sie auf Sara, die dabei war, Porzellanscherben vom Fußboden aufzusammeln, und dabei lautlos weinte.

»Was ist passiert? Hast du dir wehgetan?«, fragte Francesca besorgt und ging in die Knie. Sie nahm die knotigen, schwieligen Hände der Algerierin und vergewisserte sich, dass sie sich nicht geschnitten hatte.

»Ob der Botschafter gehört hat, dass mir das Tablett mit den Kaffeetassen heruntergefallen ist?«, sorgte sich Sara. »Ich bin über die Teppichkante gestolpert und habe dummerweise das Tablett fallen lassen. Ich bin zu nichts zu gebrauchen!«

»Keine Sorge, ich bringe das hier in Ordnung. Geh du lieber neue Tassen holen. Der Botschafter wird auf den Kaffee warten.«

Immer noch aufgelöst und schluchzend, stand Sara auf und verschwand in der Küche. Francesca kniete sich wieder hin, um die kaputten Tassen und Teller einzusammeln.

»Brauchen Sie Hilfe, Mademoiselle?«

Vor Francesca stand eine hochgewachsene Gestalt: Es war der Mann aus dem Büro, den ihr Chef »mein Freund« genannt hatte. Er blickte lächelnd zu ihr herunter, und Francesca war verwirrt, weil sie nicht wusste, ob er sich lustig machte oder es ernst meinte. Mit rotem Kopf strich sie Rock und Jackett glatt, um ihn nicht ansehen zu müssen. Er sollte sie nicht beschämt und gedemütigt sehen, o nein! Sie atmete tief durch, um sich zu sammeln, und wagte dann einen Blick. Der Mann sah sie immer noch ganz unverhohlen und mit hintersinnigem Lächeln an. Sie würde ihm schon zeigen, dass sie nicht so war wie die Frauen in seinem Land. Schließlich war er ein Barbar, ein Wilder, ein unzivilisierter Lüstling, der Vielweiberei betrieb. In ihrer Wut kam ihr nicht in den Sinn, dass Dubois sie deswegen feuern könnte.

»Täusche ich mich, oder legen Sie es darauf an, mich zu Tode zu erschrecken?«

Kamal brach in schallendes Gelächter aus, sehr zum Ärger von Francesca.

»Seien Sie doch still!«, befahl sie ungehalten. »Ein paar Meter von hier findet eine wichtige Besprechung statt. Durch Ihre Schuld wird mein Chef auf mich aufmerksam werden.«

Der Araber verabschiedete sich mit einem Kopfnicken und ging weiter. Zwei hünenhafte Schwarze folgten ihm mit einigen Schritten Abstand. Francesca kam nicht mehr dazu, ihm zu sagen, dass er das Büro des Botschafters jetzt nicht betreten dürfe, da hörte sie, wie Dubois sagte: »Da bist du ja endlich, Kamal.« Da wurde ihr klar, dass der Mann erwartet wurde. Die Tür schloss sich wieder, und die beiden Schwarzen postierten sich rechts und links davon wie steinerne Säulen.

Wie hatte Dubois ihn genannt? Kamal.

***

Nachdem Mauricio Dubois die Unternehmer aus Dschidda verabschiedet hatte, ging er in sein Büro zurück, wo Kamal auf ihn wartete.

»Noch eine Tasse Kaffee?«, schlug Mauricio vor.

»Nein, danke. Entschuldige, dass ich zu spät zu dem Treffen gekommen bin.«

»Ich weiß, dass du sehr beschäftigt bist, und danke dir, dass du überhaupt gekommen bist. Dass du dabei warst, ist für diese Männer eine Garantie für ihre zukünftigen Transaktionen mit Firmen aus meiner Heimat.«

»Ich hoffe, ich konnte nützlich sein.«

»Ja, natürlich«, antwortete Mauricio vage und sah ihn lange an. »Ist etwas?«

»Hast du Zeit? Ich muss mit dir reden.«

»Ja, natürlich. Setzen wir uns.«

»Nein, lass uns hinaus in den Park gehen, ich brauche frische Luft.«

Es war gut möglich, dass Kamals Bruder Saud, der um die enge Freundschaft wusste, die diesen mit Dubois verband, die Botschaft abhören ließ. Nur im Freien waren sie sicher. Auf einen Wink von Kamal postierten sich die beiden Schwarzen, die Anstalten machten, ihnen zu folgen, wieder zu beiden Seiten der Tür.

Im Garten gingen die beiden eine ganze Weile schweigend nebeneinander her. Kamal rauchte, und Mauricio wartete geduldig ab. Er liebte Kamal wie einen Bruder und bewunderte seinen Mut und seine Klugheit. Aber am meisten beeindruckte ihn sein völliger Mangel an Eitelkeit. Er ist sich seiner Wirkung überhaupt nicht bewusst, dachte er oft, wenn er zusah, wie Kamal auftrat. Seit ihrer gemeinsamen Kindheit in einem Londoner Internat fühlte er sich von der gelassenen Art, den gemessenen Bewegungen und der ruhigen Stimme dieses Arabers angezogen, der ihm im Schatten einer Eiche von der Wüste erzählt hatte, von den Nächten in der Oase, von wilden Abenteuern zu Pferde und von den Kämpfen, die sein Vater ausgefochten hatte, um das

Land zu erobern. In der wirren Gedankenwelt des Zehnjährigen wurde Sindbad der Seefahrer eins mit König Abdul Aziz und Ali Baba mit seinem fliegenden Teppich mit den Pferden des Propheten Mohammed. Er wich seinem Freund nicht mehr von der Seite. Die Sommer im Palast in Riad oder in den Zelten von Kamals Großvater, Scheich Harum al-Kassib, hatten ihn vor der traurigen Situation bewahrt, nach Buenos Aires in den Schoß einer Familie zurückzukehren, wo ihn nur Onkel, Tanten, Cousins und Cousinen erwarteten, die er praktisch nicht kannte. Er hätte den frühen Tod seiner Eltern mit Sicherheit nur schwer verkraftet, hätten Fadila und König Abdul Aziz ihn nicht wie einen Sohn aufgenommen.

Jahre später, an der Sorbonne, als er und die anderen Studienkollegen geglaubt hatten, die Welt gehöre ihnen und sie könnten jede Frau erobern, hatte sich Kamal, nachdem er Stunden in der Bibliothek verbracht hatte, in seinem Zimmer vergraben und ebenso versunken seinen Gedanken nachgehangen wie jetzt bei diesem Spaziergang.

»Worüber denkst du so viel nach?«, hatte Mauricio ihn einmal gefragt, verstimmt, weil er nicht mit ihm um die Häuser zog.

»Ich versuche, den Westen zu verstehen«, hatte er geantwortet, bevor er sich wieder in Schweigen hüllte.

Als sie die Terrasse erreichten, begrüßte sie das Klirren der Eiswürfel in dem Krug mit Limonade, die Sara soeben servierte. Trotz des spärlichen Grüns bot der Park einen angenehmen Ausblick. Sie setzten sich und tranken.

»Sauds Frau Vadana hat meiner Mutter heute Morgen einen Besuch abgestattet«, erzählte Kamal plötzlich. »Du kannst dir sicher denken, dass die Begegnung nicht freundlich verlief.«

»Warst du dabei?«, fragte Mauricio beunruhigt.

»Nein, Fatima hat es mir erzählt. Unter anderem hat Vadana meiner Mutter vorgeworfen, dass die Familie ihren Mann verrate. Er sei schließlich der von meinem Vater auserwählte Nachfolger. Sie behauptet, dass wir das Andenken und die Entscheidungen meines Vaters verraten.«

»Die Familie hat dich also erneut gebeten, die Macht zu übernehmen«, mutmaßte Mauricio.

Kamal nickte, stellte das Glas auf dem Tisch ab und lehnte sich zurück.

»Ich bin zu spät zu deiner Einladung gekommen, weil ich bei einem der heimlichen Treffen war, die meine Onkels Abdullah und Fahd organisieren. Die Lage ist schwierig. Saudi-Arabien ist hochverschuldet. Doch, das ist die Wahrheit«, setzte er zu Mauricios Erstaunen hinzu. »Nach der Krise konnten wir dem Sturm entkommen, aber die Probleme wurden nicht gelöst. Dann bin ich, wie du weißt, vom Amt des Premierministers zurückgetreten und war die ganze Zeit außer Landes. Mein Bruder Faisal behauptet, wenn ich nicht weggegangen wäre, hätte Saud niemals diese ganzen Dummheiten begangen, insbesondere die Gründung der OPEC.«

»Die OPEC ist Tarikis Werk«, bemerkte der Botschafter. Tariki war der einflussreichste Minister des Landes. »Und Saud hat sich mitreißen lassen, wie immer.«

»Die Gründung der OPEC ist eigentlich keine schlechte Sache.«

»Ich dachte, du hättest dich furchtbar darüber aufgeregt.«

»Ich bin überzeugt, dass der Zeitpunkt noch nicht gekommen ist, uns offen mit dem Westen anzulegen. Der Einfluss der Erdölgesellschaften ist nach wie vor groß; wir haben keine Finanzreserven und keinen Zugang zu Krediten. Wir sind die Herren über Abermillionen Liter Erdöl, die für sich gesehen gar nichts bringen, wenn wir keine Käufer dafür finden. Zudem weiß ich nicht, wie die übrigen erdölexportierenden Länder reagieren werden – ob sie sich uns anschließen oder weiter an die Ölgesellschaften verkaufen. Iran ist das zweitgrößte Exportland, und nachdem die Amerikaner Reza Pahlavi aus dem Exil in Rom auf den Thron zurückgeholt haben, habe ich keinen Zweifel, auf welche Seite er sich stellen wird. Alles andere wäre politischer Selbstmord. Den Westen durch die OPEC herauszufordern wird uns in den Ruin treiben.«

»Ein Husarenritt, wie Jacques sagen würde.«

Kamal nickte. Mauricio kannte diesen Blick. Er wusste, dass Kamal trotz seiner zurückhaltenden Art und seiner ruhigen Stimme rücksichtslos und mit der Präzision einer Maschine an einem Plan arbeitete, um sich dann auf sein Opfer zu stürzen und es zu vernichten, bevor es zerstören konnte, was ihm am meisten bedeutete: sein Land.

»Wirst du einwilligen, wieder Premierminister zu werden?«

»Nur wenn man mir die Kontrolle über die wichtigsten Ministerien gibt, vor allem das Wirtschafts- und das Ölministerium, damit ich mich in grundlegenden Fragen nicht mit meinem Bruder abstimmen muss. Ich entscheide, da gibt es keine Diskussionen«, stellte er klar, ohne die Stimme zu heben.

»Du weißt, dass man früher oder später Saud zur Abdankung auffordern wird.«

Kamal sah ihn ernst an. Mauricio fühlte sich trotz ihres vertrauten Umgangs unbehaglich, weil er nicht erkennen konnte, ob er Kamal mit seiner Bemerkung verärgert hatte oder ob er einfach nur darüber nachdachte.

»Trotz seiner Fehlentscheidungen hat Saud nach wie vor Unterstützer«, ergriff Kamal erneut das Wort. »Innerhalb der Familie gibt es eine Gruppierung, die unter dem Einfluss der Glaubensgelehrten steht und mich nicht an der Macht sehen will. Sie sagen, dass ich mich zu sehr dem Westen zugewandt habe und nach all den Jahren in England und Frankreich nichts mehr von dem arabischen Geist in mir trüge, den mein Vater mir mitgegeben habe.«

»Wer das behauptet, kennt dich überhaupt nicht«, stellte Mauricio ungehalten fest. »Sicher, du wurdest an den besten Schulen und Universitäten des Westens erzogen, aber das hat die Liebe zu deinem Volk nur noch vertieft. Dadurch, dass du auch die westliche Denkweise kennst, ist deine Entscheidung, Araber zu sein, ein freier und wohlüberlegter Akt. Wer das nicht versteht, ist ein Dummkopf.«

»Es ist mir egal, was man von mir hält. Sorgen macht es mir nur, wenn es mich daran hindert, so schnell wie möglich an die Macht zu kommen, um schlimmeres Unheil zu verhindern. Aber ich habe dich lange genug aufgehalten«, sagte er dann. »Außerdem bin ich mit Onkel Abdullah verabredet und komme zu spät, wenn ich jetzt nicht gehe.«

Er erhob sich und ging zu seinem Rolls-Royce, der ein paar Meter entfernt parkte. Die schwarzen Leibwächter durchquerten den Park und stiegen in den Wagen, wo Kamal auf dem Rücksitz wartete. Während das Auto die palmengesäumte Auffahrt entlangfuhr, drehte Kamal sich noch einmal zur Veranda um und sah, wie Francesca mit einigen Unterlagen in der Hand zu ihrem Chef trat. Mauricio sagte etwas zu ihr, und sie lächelte.

***

> »Die Araber konnten von einer Idee wie von einem Strick mit fortgerissen werden. Ihr Geist war dunkel und seltsam, voller Höhen und Tiefen, der strengen Zucht entbehrend, aber glühender und fruchtbarer im Glauben als irgendein anderer auf der Welt. Sie waren beweglich wie Wasser, und wie das Wasser werden sie schließlich vielleicht obsiegen. Seit dem Anfang der Tage sind sie in immer neuen Wellen gegen die Küsten des Irdischen angebrandet. Jede Welle brach sich, aber eines Tages, in vielen Menschenaltern, wird sie vielleicht un-

gehemmt über die Stelle hinwegrollen, wo einst die materielle Welt gewesen ist, und Gott der Herr wird über den Wassern schweben.«

Francesca klappte *Die sieben Säulen der Weisheit* von Thomas Edward Lawrence zu und dachte über das nach, was sie soeben gelesen hatte. »Durch dieses Buch«, hatte Mauricio zu ihr gesagt, »wirst du zumindest ansatzweise verstehen, was diese Menschen ausmacht, die im Westen so viele widersprüchliche Gefühle auslösen.«

Von wegen widersprüchliche Gefühle, dachte Francesca. Sie waren schlicht und ergreifend ein rückständiges Volk, das sich nicht weiterentwickeln wollte. Allerdings hütete sie sich davor, das ihren Chef wissen zu lassen, der so begeistert von diesen Menschen war.

»Im Grunde«, sagte sie sich, nachdem sie über Lawrences Worte nachgedacht hatte, »sind die Araber wie kleine Kinder. Kinder, die sich genauso freuen, wie sie zutiefst betrübt sind, Kinder, die sich lenken lassen wie in der Schule, Kinder, die durch eine Laune der Natur über die Grundlage des Reichtums der industrialisierten Welt verfügen.« Diese letzte Feststellung erfüllte sie mit Sorge. Die Gründung der OPEC war kein Kinderspiel, sondern ein geschickter Schachzug – riskant zwar, keine Frage, aber ein gutes Spiegelbild des hohen Selbstverständnisses, das sie von sich hatten.

»Wie wird es nach der Gründung des Kartells mit den Arabern weitergehen?«, hatte Fredo in seinem letzten Brief gefragt. Nach seiner Einschätzung würden die Ölkompanien eine gemeinsame Front bilden und sie gnadenlos vernichten. »Natürlich ist die Situation ungerecht: Die großen Konzerne haben das Erdöl für sich beansprucht und nie daran gedacht, die Förderländer besser zu entschädigen, und sie haben auch nicht die Absicht, es zu tun, das versichere ich dir. Wenn du dir die Verbrauchsstatistiken ansiehst, kann die Verschwendung von Erdöl aufgrund des niedrigen Preises auf Dauer zu einer ernsten Krise führen. Aber wer denkt schon an die ferne Zukunft, wenn man die Dollars nur so scheffeln kann?«

Des Problemwälzens müde, legte sie sich ins Bett. Wer würde die Lage in den Griff bekommen? Sie fühlte sich so ohnmächtig angesichts des ganzen Unglücks, mit dem die Welt von Nord nach Süd und von Ost nach West zu kämpfen hatte – ganz so, als sei sie für all das verantwortlich. Dabei hatte sie es nicht einmal geschafft, Sofía und ihrem Baby zu helfen. Wäre sie damals geschickter und mutiger gewesen, könnte sie heute bereits ein Patenkind von vier Jahren haben. Was war sie denn anderes als eine einfache Sekretärin, die Blumen im Büro ihres Chefs aufstellte und seine Gäste begrüßte? Es erschien ihr so wenig, dafür, dass sie eigentlich zu Höherem bestimmt war. Ihr Onkel hatte immer zu ihr gesagt: »Du wirst einmal eine sehr einflussreiche Frau sein.« Reines Wunschdenken von Fredo, der sie so gerne mochte. Was tat sie denn schon? Nichts, außer um die verlorene Liebe eines nichtsnutzigen Dummkopfs zu weinen.

Sie nahm den Brief ihrer Mutter und begann zu lesen.

Córdoba, 14. November 1961

Cara figlia,

ich kann gar nicht sagen, wie sehr ich dich vermisse. Na ja, eigentlich weißt du es ja, weil ich es dir in jedem Brief sage. Jetzt, wo du so weit weg bist, denke ich oft an deine Kinderzeit zurück und daran, wie glücklich wir drei waren. Du bist genauso klug und freiheitsliebend wie dein Vater. Du bist wirklich sein getreues Ebenbild, mein Töchterchen. Und darauf solltest du stolz sein, denn dein Vater war einer der hochherzigsten

Menschen, die ich kenne, und ich danke dem Himmel, dass ich seine Frau sein durfte.

Ich hoffe, es geht dir wirklich so gut, wie du in deinen Briefen schreibst. Es freut mich sehr, dass dein Chef so nett ist. Sofía sitzt hier neben mir, sie lässt dir Grüße ausrichten und verspricht, dir bald zu schreiben. Jetzt, wo du nicht da bist, bin ich ihre Vertrauensperson geworden. Na, das hat mir noch gefehlt! Nein, nein, es stört mich gar nicht. Ehrlich gesagt, liebe ich dieses Mädchen, und wenn sie nicht wäre, wüsste ich nicht, was ich in diesem riesigen Haus anfangen sollte, wo es nichts als Kummer und Traurigkeit gibt.

Dein Onkel Fredo kommt mich fast täglich besuchen, obwohl er so viel mit der Zeitung beschäftigt ist. Er sagt, seit du weg bist, habe er seine rechte Hand verloren. Das macht mich sehr stolz.

Figliola, pass gut auf dich auf und lerne, überall glücklich zu sein, wohin Gott dich schickt.

Tua mamma, che ti ama

P. S.: Ich schicke dir ein Foto von Rex mit Cívico, das Sofía vor ein paar Wochen in Arroyo Seco für dich gemacht hat.

Francesca strich über das Foto und beschloss, einen Rahmen zu kaufen, um es auf dem Nachttisch aufzustellen. Kein Wort über Aldo, dachte sie. Es war, als hätten beide, Sofía und Antonina, sich verschworen, ihn nicht zu erwähnen. Und sie fragte auch nicht nach ihm.

Sie trat ans Fenster, wo ein sanfter, kühler Windhauch die Vorhänge bewegte, und bewunderte die Sterne und den Vollmond, die am Himmel standen. Sie musste zugeben, dass die Schönheit der Nächte von Riad nicht einmal im Entferntesten mit denen von Arroyo Seco vergleichbar war. Sie legte sich wieder ins Bett, und der Schlaf übermannte sie.

Francesca träumte, sie liefe durch eine dunkle Landschaft. Dornenzweige zerkratzten ihre Arme und Beine, und sie begann zu schluchzen. Sie krümmte sich vor Schmerzen, aber sie taumelte weiter, angetrieben von der Hoffnung, am Ende des Waldes auf Aldo zu treffen. »Aldo, wo bist du, ich will dich sehen.« Nur mit Mühe erkannte sie den Park des Stadthauses der Martínez Olazábals wieder, dessen gepflegte Rabatten sich in Gestrüpp verwandelt hatten. »Aldo, lass mich nicht allein, lass mich nicht im Stich, ich habe Angst.« Durch das wuchernde Grün hindurch entdeckte sie ihn im großen Salon, wo er mit Dolores tanzte. Sie lachten und flüsterten miteinander. Das Mädchen sah wunderschön aus, und das Glück ließ ihre blauen Augen strahlen. Francesca sank auf die Knie und schlug die Hände vor ihr tränenüberströmtes Gesicht. »Brauchen Sie Hilfe, Mademoiselle?«, fragte jemand hinter ihr. Als sie sich starr vor Schreck umdrehte, wurde sie von einer riesigen Tunika eingehüllt, die ihr die Luft nahm.

Sie wachte erschreckt auf und konnte nicht wieder einschlafen.

***

»Das ist unmoralisch. Ich werde nicht tun, worum du mich bittest. Schlag dir das aus dem Kopf«, erklärte Mauricio. »Sieh mich nicht so an. Das war mein letztes Wort, und du wirst mich weder mit deiner Beduinengeduld noch mit deinem arabischen Verhandlungsgeschick dazu bringen, meine Meinung zu ändern.«

Kamal zündete sich eine Zigarette an und stieß eine dichte Rauchwolke aus, durch die Mauricio ein Augenpaar erkennen konnte, das ihn kühl musterte.

»Sie ist ein junges Mädchen, gerade mal einundzwanzig«, setzte der Botschafter hinzu. »Ich kann sie nicht einem Schürzenjäger wie dir ausliefern. Sie ist nicht wie die Frauen, mit denen du sonst zu tun hast. Was ist mit der Italienerin, die du in Saint-Tropez kennengelernt hast?«

Kamal verzog ganz leicht die Mundwinkel, und Dubois schnaubte.

»Warum willst du, dass ich dir Francesca vorstelle?«

»Das ist meine Sache«, entgegnete Kamal. »Willst du mich in die unangenehme Lage bringen, dich an die Gefälligkeiten zu erinnern, die du mir in dieser Hinsicht schuldest?«

»Nicht nötig. Aber ich sag's noch einmal: Ich finde es nicht richtig, dass du dich mit meiner Sekretärin einlässt. Sie ist …«

»Ja, ich weiß. Sie ist ein junges Ding, und ich bin ein Frauenheld. Aber wenn du mir deine Sekretärin nicht vorstellst, werde ich einen anderen Weg finden, ihr näherzukommen. Und du weißt, dass mir das gelingen wird.«

An diesem Nachmittag bestellte Mauricio Francesca in sein Büro. Das Mädchen kam ganz unbefangen herein und lächelte ihn an. Mauricio seufzte unmerklich und bedauerte das Versprechen, das er Kamal gegeben hatte. Ja, es stimmte, er hatte ein Auge auf seine Sekretärin geworfen, mit ihrer jugendlichen Frische und ihrem hübschen Gesicht. Aber trotz ihrer lebhaften, quirligen Art drängte ihn etwas dazu, sie zu beschützen, sie vor der Welt zu bewahren, als handelte es sich um ein zerbrechliches, verletzliches Geschöpf. Was war nur mit ihm los? Er stand auf und überspielte seine Unruhe, indem er so tat, als suchte er ein Buch im Regal.

»Francesca«, sagte er, ohne sich umzudrehen, »ich will, dass du ein Abendessen hier in der Botschaft organisierst. Da auch einige Saudis kommen werden, wird es am übernächsten Donnerstag stattfinden. Du weißt ja, der Donnerstag entspricht in Saudi-Arabien unserem Samstag.«

»Für wie viele Personen?«, fragte Francesca, die sich bereits Notizen in ihrem Kalender machte.

Mauricio antwortete nicht sofort und sah sie an. Es ist nicht richtig, sagte er sich.

»Ist etwas, Herr Botschafter?«

»Nein, nein. Was hattest du gefragt? Wie viele Gäste. Also ... mal sehen ... Mit dir sind wir zu siebt.«

»Mit mir?«, fragte Francesca überrascht.

»Ich hätte gerne, dass du bei dem Essen dabei bist, natürlich nur, wenn du Lust hast. Es handelt sich um ein formloses Beisammensein – ein paar Freunde, die ich einladen wollte, seit ich in Riad bin, aber irgendwie habe ich es bisher nicht geschafft. Wirst du kommen?«

»Ja, natürlich. Vielen Dank. Es ist mir eine Ehre.«

»Gut.«

Francesca fand, dass ihr Chef unruhig und fahrig wirkte. Er blätterte in den Aktenordnern, als könnte er die Hände nicht stillhalten, setzte die Brille auf und nahm sie wieder ab, obwohl er gar nicht las.

»Suchen Sie etwas Bestimmtes?«

»Ja, in der Tat. Eine Akte, die heute aus Buenos Aires gekommen ist. Ein Einreiseantrag für Saudi-Arabien. Es ist eine grüne Mappe ... Da ist sie ja.« Er reichte sie seiner Sekretärin.

»Müsste dieser Antrag nicht an die saudische Botschaft in Buenos Aires gehen?«, fragte Francesca.

»Ja, wenn es eine gäbe, aber die Saudis haben keine Vertretung in unserem Land. Wahrscheinlich werden sie bald eine eröffnen. In der Zwischenzeit kümmern wir uns um die Visa. Die Einreisebedingungen nach Saudi-Arabien sind streng, musst du wissen. Kümmere dich bitte darum. Ich sage dir dann, wo du die Papiere vorlegen und mit wem du sprechen musst.«

Francesca schlug die Mappe auf. »Name und Vorname des Antragstellers: Martínez Olazábal, Aldo.« Die Farbe wich ihr aus den Wangen, und sie musste sich auf den Schreibtisch stützen.

»Francesca!«, rief Dubois. »Was hast du? Du bist ja kreidebleich! Sara! Was ist mit dir? *Sara*! Du wirst doch nicht ohnmächtig werden, oder?«

Francesca reagierte nicht auf die Fragen ihres Chefs. Sara erschien im Büro und rannte, um Riechsalz und Alkohol zu holen. Francesca, die sich wieder ein wenig gefasst hatte, entschuldigte sich und versicherte, es sei nur ein Schwächeanfall wegen der Hitze. ›Aber es ist gar nicht so heiß‹, dachte Mauricio und fächelte ihr weiter Luft zu.

Das Riechsalz und der Alkohol taten ihre Wirkung, und wenig später lag Francesca auf ihrem Bett, völlig außer sich, zerrissen zwischen Bitterkeit und Sehnsucht. ›Ach, Aldo, warum lässt du mich nicht in Ruhe?‹ Obwohl sie die Zähne zusammenbiss, konnte sie die Tränen nicht zurückhalten und begann zu weinen. Sara erschrak, als sie sie in diesem Zustand sah. Francesca warf sich in ihre Arme und erzählte ihr schluchzend die Wahrheit.

»Wer kann diesem Menschen gesagt haben, wo du dich aufhältst?«, fragte sich die Algerierin.

»Seine Schwester Sofía«, erklärte Francesca. »Er muss sie bequatscht haben. Sie kann Aldo nichts abschlagen.«

»Dieser Mann muss dich sehr lieben«, schloss Sara und begann dann zu grübeln. »Aber er ist verheiratet. Du solltest ihn nicht wiedersehen. Es würde Unglück und Schande über dich bringen. Zerreiß den Antrag und sag dem Botschafter, dass die Saudis den Antrag abgelehnt haben. Es ist verdammt schwer, nach Saudi-Arabien einzureisen, das sag ich dir. Der Botschafter wird keinen Verdacht schöpfen.«

Francesca fühlte sich außerstande, die Unterlagen zu manipulieren. Wenn Mauricio Wind von der Sache bekam, müsste sie kündigen. Sie würde den Antrag seinen Weg gehen lassen.

***

Stunden später lag die Botschaft im Dunkeln. Nur Mauricio arbeitete noch in seinem Büro, als das Telefon in die Stille hinein läutete.

»Ah, Kamal, du bist es.«

»Man sagte mir, dass du mich sprechen wolltest.«

»Ja. Es geht um … Nun ja, um meine Sekretärin.«

»Was ist mit ihr?«, fragte Kamal besorgt, etwas, das Mauricio nicht von ihm kannte.

»Nichts Schlimmes, aber ich glaube, du bist nicht der Einzige, der Interesse daran hat, sie zu erobern.«

»Drück dich deutlicher aus.«

»Heute habe ich ihr den Einreiseantrag von einem gewissen … warte, ich hab's mir aufgeschrieben: von einem gewissen Aldo Martínez Olazábal gegeben. Als Francesca die Mappe aufschlug, geriet sie völlig aus der Fassung. Sie wurde kreidebleich, und wir mussten ihr Riechsalz und Alkohol geben. Sie behauptete, sie habe einfach nur niedrigen Blutdruck, aber ich hatte den Eindruck, dass etwas an den Unterlagen sie in Unruhe versetzte. Ich habe mir die Angaben des Antragstellers genau angesehen. Es handelt sich um einen Neunundzwanzigjährigen aus Córdoba. Francesca stammt ebenfalls aus Córdoba, und ich bin mir so gut wie sicher, dass sie ihn kennt. Da ist was faul. Weißt du, was? Ich könnte wetten, dass dieser Kerl ihretwegen kommt.«

Es herrschte Schweigen in der Leitung, und Mauricio dachte, die Verbindung sei unterbrochen worden.

»Schick mir gleich morgen früh diese Akte«, sagte Kamal plötzlich. »Ich werde mich persönlich darum kümmern.«

9. Kapitel

Francesca ließ ihren Blick durch das Speisezimmer schweifen, wo am Abend das Essen stattfinden sollte. In der Mitte stand der Mahagonitisch mit den weißen Tischdecken, den silbernen Kerzenleuchtern und einem Blumengesteck. Sie bedauerte, dass es nicht mehr Blumen gab – lediglich ein Dutzend weißer Rosen auf der Anrichte in der Halle und Jasminblütenzweige auf dem Tisch. Sie hätte gerne auch die Vasen im Salon und im Speisezimmer gefüllt, aber in dieser Wüstengegend waren Blumen nur schwer zu bekommen.

Niedergeschlagen und lustlos ging sie langsam die Treppe hinauf, ohne sich darum zu kümmern, dass die Gäste gleich eintreffen würden und sie noch nicht fertig war, um sie zu empfangen. Sie überlegte, sich zu entschuldigen – Kopfschmerzen oder Magenschmerzen, irgendetwas, anstatt diesen Abend mit Unbekannten ertragen zu müssen. Wo sie sich doch nur ins Bett legen wollte und schlafen, die Augen schließen und vergessen, dass ihr Leben komplett aus den Fugen geraten war. Aber im Schlafzimmer angekommen, nahm sie rasch ein Bad und zog sich um. Sie wollte nicht so unhöflich sein und den Botschafter derart brüskieren.

Sie ging zum Nachttisch und nahm zum wiederholten Male Sofías Brief zur Hand, den sie am Morgen bekommen hatte.

In seiner Verzweiflung hat Aldo das Schloss meines Sekretärs aufgebrochen und deine Briefe gelesen, von den ersten, die du mir aus Genf geschickt hast, bis zum letzten, der schon aus

Riad kam. Es tut mir furchtbar leid. Es ist die Hölle, Francesca. Aldo läuft wie ein Wahnsinniger durchs Haus und sucht nach dir. Er hat angefangen zu trinken und kommt jede Nacht sternhagelvoll nach Hause. Dolores hat sich im Gästezimmer verschanzt und spricht fast nicht mehr mit ihm. Manchmal höre ich sie heftig streiten. Was soll nur aus meinem armen Bruder werden? Nachdem er jetzt weiß, wo du bist, sagt er, dass er dich suchen wird, und wenn er bis zum Nordpol fahren muss.

Zum Glück war ihr Chef nicht mehr auf Aldos Akte zu sprechen gekommen, aber die Neugier nagte an ihr. Was war aus der Mappe geworden? Sosehr sie auch im Büro des Botschafters danach gesucht hatte, sie hatte sie nicht finden können. Wer würde sich um den Antrag kümmern? Malik vielleicht. Der ganzen Mutmaßungen müde, legte sie Sofías Brief in den Nachttisch zurück. Sich betrinken war alles, was Aldo einfiel? Würde er denn nie den Stier bei den Hörnern packen?, fragte sie sich, und eine verwirrende Mischung aus Mitleid und Wut bemächtigte sich ihrer. Das Bild des sanften, romantischen Jungen, der sie am Swimmingpool mit Küssen und Versprechungen überschüttet hatte, verlor sich in der Vergangenheit, und Francesca empfand den Verlust noch schmerzlicher, so als wäre er tot. Die ungeschönte Schilderung dieses anderen, weinerlichen und betrunkenen Aldo passte nicht zu ihren Erinnerungen, vielmehr befleckte und beeinträchtigte sie sie.

Die Tatsache, dass sie bei der Feier des Botschafters fröhlich und gutgelaunt sein musste, half ihr, sich zusammenzunehmen. Das elfenbeinfarbene Satinkleid, das sie trug, erinnerte sie an Marina und den Tag, an dem sie es im Schlussverkauf gekauft hatten. »Du siehst aus wie eine Meerjungfrau«, hatte das Mädchen ohne jeden Anflug von Neid festgestellt und Francescas Figur bewundert. Sie steckte das Haar zu einem tiefsitzenden Knoten auf, um das Dekolleté zu betonen, und obwohl sie Schmuck nicht sonderlich mochte, beschloss sie, die Perlenohrringe zu tragen, die Fredo ihr zum fünfzehnten Geburtstag geschenkt hatte. Sie schminkte sich dezent: Wimperntusche, Rouge und Lipgloss, parfümierte sich jedoch großzügig mit ihrem Diorissimo, denn sie mochte den Duft nach Maiglöckchen. Zufrieden betrachtete sie sich im Spiegel.

»Darf ich reinkommen?«, fragte Sara und steckte den Kopf durch die Tür.

Francesca stand auf und winkte sie herein. Die Frau trat ein und zog überrascht die Augenbrauen nach oben, als sie sie sah.

»Du bist einfach wunderschön«, sagte sie.

»Danke, Sara.«

»Der Herr Botschafter lässt fragen, ob du runterkommen kannst, die Gäste treffen ein.«

Im Speisezimmer entzündete Kasem – sehr elegant in seiner Galalivree – die Kerzen in den Leuchtern, während Yamile Körbchen mit Pitabrot und Crackern auftrug. Von dem Plattenspieler im großen Salon drang die Stimme von Edith Piaf zu ihr herüber und versetzte sie in Fredos Wohnung zurück, wo sie auf einem uralten Grammophon immer und immer wieder *La vie en rose* und *Non, je ne regrette rien* gehört hatten.

Mauricio lehnte in der Verandatür, und gebannt vom Zauber der Nacht, kehrten seine Gedanken an längst vergangene Abende in der Wüste zurück. Damals hatten Kamal und er, zwei zwölfjährige Jungs, sich aus der Oase davongestohlen, wo der Stamm von Scheich al-Kassib sein Lager aufgeschlagen hatte, und waren ein ganzes Stück gelaufen, bis sie hoch oben von einer Düne die Landschaft überblicken konnten. Die endlose goldene Weite, die sie bei Tag auf ihrem Ritt geblendet hatte, erinnerte nun an ein dunkles Meer aus silbrigen, erstarrten Wellen. Sie hatten sich auf einen Teppich gesetzt und sich Geschichten von Geistern und geflügelten Pferden erzählt, während sie sich die Bäuche mit Datteln und Nüssen vollschlugen.

»Sie haben mich rufen lassen?«

Mauricio verschlug es beim Anblick von Francesca im elfenbeinfarbenen Satinkleid, die ihn erwartungsvoll ansah, die Sprache. ›Er will sie für sich haben‹, sagte er sich niedergeschlagen. ›Ich weiß es. Ich kenne ihn.‹

»Ja.« Der Botschafter räusperte sich und ging ihr entgegen. »Sie werden gleich eintreffen.« In diesem Augenblick war das Geräusch eines Motors zu hören.

Kasem trat vor die Villa. Er half einem untersetzten, etwa fünfzigjährigen Mann mit buschigem Schnurrbart und vorstehender Nase und einer sehr attraktiven jungen Frau in einem Abendkleid aus roter Seide mit weißer Federboa und langen Handschuhen aus dem Wagen. Francesca sah an ihrem Kleid aus dem Schlussverkauf herunter, das ihr jetzt wie ein billiger Fummel vorkam.

»Mauricio!«, rief der Mann und stürmte zum Eingang. »Wir haben uns so lange nicht gesehen!«

Während sich die beiden Männer umarmten, trat Francesca, die hinter ihrem Chef stand, zu der jungen Frau und bat sie herein. Mauricio bemerkte seine Unhöflichkeit und führte zu seiner Entschuldigung an, dass er überwältigt sei, nach so vielen Jahren seinen Lieblingsprofessor von der Sorbonne, Gustave Le Bon, wiederzusehen. Der Name kam Francesca bekannt vor, die nun vom Botschafter vorgestellt wurde.

»Doktor Le Bon, darf ich bekannt machen: meine Assistentin, Mademoiselle Francesca de Gecco.«

»Sehr erfreut, Mademoiselle de Gecco. Sie müssen eine intelligente, tüchtige junge Frau sein, wenn Sie für meinen früheren Schüler arbeiten. Und sehr geduldig«, setzte er mit einem Lächeln hinzu. »Das ist meine Tochter Valerie.« Er legte den Arm um das Mädchen. »Erinnerst du dich noch an die kleine Valerie, Mauricio? Tja, mittlerweile ist sie zur Frau herangewachsen.«

»Der Professor lügt nicht«, gab der Botschafter zu. »Das kleine Mädchen, das damals mit wirrem Haar ins Arbeitszimmer ihres Vaters gestürmt kam, die Hände voller Süßigkeiten, ist eine richtige Frau geworden. Herzlich willkommen.«

Valerie nickte gnädig und reichte ihm die Hand, die Mauricio leicht drückte. Dann begrüßte sie Francesca, nicht ohne mit einem raschen Blick ihr Kleid zu mustern. Kasem nahm die Stola, die Tasche und die Jacken der Neuankömmlinge in Empfang, und Mauricio bat sie in den Salon. Yamile bot ihnen Säfte, alkoholfreie Aperitifs und Kanapees an. Dr. Le Bon langte ungeniert zu. Francesca fand ihn ebenso reizend, wie sie seine Tochter Valerie eingebildet und unsympathisch fand.

Als erneut ein Wagen zu hören war, verschwand Mauricio in Richtung Eingangshalle. Francesca, die gerade eine Frage von Le Bon beantwortete, folgte ihm kurz darauf und traf ihn mit drei Männern an, zwei von ihnen im eleganten Smoking, einer mit der traditionellen Kopfbedeckung und in Dishdasha. Der größere der beiden Gäste im Smoking bemerkte sie und kam auf sie zu. Francesca betrachtete ihn aufmerksam und stellte fest, dass es sich um Kamal handelte. Ohne die landestypische Kleidung hätte sie ihn fast nicht wiedererkannt.

»Francesca«, begann Mauricio, »darf ich vorstellen: mein bester Freund, Kamal al-Saud, Prinz von Saudi-Arabien und ein Sohn des großen Königs Abdul Aziz.«

Francesca wurde immer unwohler, je länger der Botschafter immer weitere Titel dieses Mannes aufzählte. Ein Prinz aus der Herrscherdynastie. Erde, verschlinge mich, flehte sie. Bei dem Gedanken daran, wie sie mit dem »Sohn des großen Königs Abdul Aziz« umgesprungen war und was sie ihm alles an den Kopf geworfen hatte, schien absehbar, dass das Ende ihrer kurzen diplomatischen Karriere gekommen war. Das Auswärtige Amt hatte besonderen Wert auf einen angemessenen Umgang mit den Mitgliedern der Familie Saud gelegt und betont, dass dem komplizierten Protokoll des Landes genauestens zu folgen sei. Jetzt würde er sie aus dem Land werfen lassen. Er würde sich darüber beschweren, wie sie ihn behandelt hatte. Sie hatte sich unmöglich benommen! Sie hatte ihm gesagt, er solle die Klappe halten! Mein Gott, es durfte einfach nicht wahr sein, dass ihr so etwas passierte, dachte sie am Boden zerstört.

Sie stand völlig neben sich, als der Araber ihre Hand ergriff und leicht mit den Lippen berührte. Völlig sprachlos, hörte sie ihn sagen: »Sehr erfreut, Sie kennenzulernen … richtig kennenzulernen.«

Nachdem sie diese Peinlichkeit überstanden hatte, wandte sich Francesca den beiden anderen Gästen zu. Der Botschafter stellte sie ihr vor, aber sie gab sich keine Mühe, die Namen zu behalten. Kamal al-Saud, das war der einzige Name, der in ihrem Kopf widerhallte.

Im Salon schwirrte es von Begrüßungen und Umarmungen. Professor Le Bon scherzte mit Kamal und dem anderen Mann im Smoking, den er Jacques nannte. Der Gast in arabischer Kleidung, ein schmächtiger, zurückhaltender Mann um die dreißig mit einer runden Brille, die ihm ein intellektuelles Aussehen verlieh, grüßte Le Bon respektvoll. Er bekannte, dass er ihn schon lange hatte kennenlernen wollen, denn Kamal habe ihm viel von ihm erzählt. Valerie kannte Kamal und Jacques; sie begrüßte sie vertraut und nahm erfreut die Komplimente über ihre Schönheit und Eleganz entgegen.

Kasem erkundigte sich bei Francesca nach der Sitzordnung, und sie ging erleichtert mit ihm, um ihm Anweisungen zu geben. Sie brauchte einen Augenblick Zeit, um ihre Gedanken zu ordnen und innerlich zur Ruhe zu kommen. Verwirrt von all den unbekannten Menschen, eingeschüchtert von Valeries überheblicher Art und vor allem beschämt über ihr Verhalten gegenüber Prinz Kamal, hielt sie sich auch weiterhin abseits, als Kasem schon wieder in der Küche verschwunden war.

Schließlich bat Mauricio Dubois seine Gäste ins Speisezimmer. Jacques legte Le Bon die Hand auf die Schulter, und laut lachend gingen sie davon. Valerie nahm missmutig den Arm des jungen Arabers, während sie Kamal, der sich noch im Salon mit dem Botschafter unterhielt, verstohlene Blicke zuwarf.

»Gehen wir zu Tisch, Francesca«, forderte Mauricio sie schließlich auf, und ihr blieb nichts anderes übrig, als sich ihrem Chef und dem Prinzen anzuschließen.

»Ich sagte dir doch, dass es sich um ein zwangloses Abendessen handelt«, bemerkte Mauricio zu Kamal. »Du hättest nicht im Smoking kommen müssen.«

»Ich dachte, in westlicher Kleidung sähe ich nicht ganz so unzivilisiert aus«, erklärte der Araber, und Francesca merkte, wie ihr die Hitze in die Wangen stieg. Sie sah zu Boden und dachte, den Rest des Abends nicht mehr aufblicken zu können.

»Ganz und gar nicht«, widersprach Valerie, die die Bemerkung gehört hatte. »Ich finde die arabische Tracht viel reizvoller und verführerischer als die langweiligen westlichen Anzüge.«

Kamal lächelte ihr zu und neigte höflich den Kopf. In Francesca stiegen Wut und ein unbegreifliches Gefühl von Rivalität auf. Verstimmt nahm sie links von Mauricio Platz, Kamal gegenüber, der angeregt mit Valerie plauderte. Diese erzählte ihm gerade, dass sie dabei sei, Arabisch zu lernen, und Kamal setzte die Unterhaltung in seiner Muttersprache fort. Valerie versuchte, ihm zu antworten, und er half ihr, die richtigen Worte zu finden.

Francesca läutete die Glocke, und Sara und Yamile trugen Tabletts und Platten herein. Kasem servierte alkoholfreie Getränke, wie es die strengen Regeln des Koran verlangten. Sie aßen und tranken mit Genuss; Yamile war eine hervorragende Köchin, die sich mit den landestypischen Speisen auskannte. Francescas Nervosität legte sich, als sie sah, dass das Essen nach Plan verlief. Sie versuchte, sich zu entspannen und den Gesprächen zu folgen, aber dass Kamal al-Saud ihr genau gegenübersaß, verunsicherte sie und zwang sie, seinen Blicken auszuweichen.

Kamal hörte zu, aß und beobachtete. Er mochte Francescas Parfüm, das hin und wieder zu ihm herüberwehte; er mochte ihr Haar und wie sie es trug. Er mochte ihre großen schwarzen Augen und ihre vollen, schimmernden Lippen. Ihr rundes Gesicht, ihre feingliedrigen Hände und das leuchtende Weiß ihrer Haut, das sich von ihren Brauen und ihrem Haar abhob. »Sie ist ein junges Mädchen, gerade mal einundzwanzig.« Aber dieses junge Mädchen von gerade mal einundzwanzig gefiel ihm außerordentlich gut. Vielleicht hatte Mauricio recht und er sollte sie in Ruhe lassen. Oder wollte Mauricio sie für sich? Er sah unauffällig zu ihm herüber und stellte fest, dass auch dieser sie verzaubert betrachtete. Würde er nach all den Jahren mit Mauricio aneinandergeraten, und das wegen einer Frau, eines jungen Mädchens?

Er begehrte Francesca, und er nahm sich immer, was er wollte. In ihren Augen war er wahrscheinlich ein alter Mann, aber das war ihm egal. Valerie wäre mit ihren fast dreißig Jahren und ihrer unverhohlen frivolen Art der perfekte Typ Frau für eine leichte, flüchtige Eroberung. Außerdem wirkte sie willig und hatte ihn die ganze Zeit provoziert. Aber es war dieses junge Mädchen, das er für sich haben wollte.

»Wann waren Sie das letzte Mal in Paris, Monsieur Méchin?«, fragte Valerie den Mann, den alle Jacques nannten.

»Im Juli war ich zu Besuch bei meiner Schwester und meinem Neffen, aber nicht sehr lange. Kamal und ich mussten noch in andere Städte reisen und sind nur zwei Wochen geblieben. Ich versichere Ihnen, nachdem ich so viele Jahre nicht dort war, fand ich es schöner denn je. Kennen Sie Paris, Mademoiselle?«, fragte er Francesca, die überrascht zusammenzuckte.

»Nur von der Durchreise nach Genf«, antwortete sie so selbstbewusst wie möglich. »Aber diejenigen, die das Glück hatten, dort gewesen zu sein, sagten mir, dass es eine der schönsten Städte der Welt sei.«

»Zurzeit ist ja Genf *en vogue*«, bemerkte Valerie.

»Oh, da kennt Francesca sich aus!«, rief Mauricio.

Kamals Gesichtszüge verhärteten sich, und er runzelte die Stirn. Nur er, der Mauricio so gut kannte, merkte, dass sich dieser entgegen seiner sonst so zurückhaltenden, ruhigen Art wie ein verliebter Teenager aufführte.

»Ach ja?«, fragte Jacques interessiert.

»Bevor ich nach Riad kam, habe ich fünf Monate für das dortige argentinische Konsulat gearbeitet. Ja, man könnte schon sagen, dass ich die Stadt recht gut kenne. Ich habe sogar ...«

»Sie müssten Genf doch auch kennen«, unterbrach Valerie und wandte sich an Kamal. »Wegen der OPEC, meine ich.«

»Lasst uns nicht über die OPEC sprechen!«, bat Le Bon. »Ich bin gar nicht begeistert von dieser Idee deines Bruders, Kamal.«

»Dahinter steckt weniger Saud selbst als sein Minister Tariki«, warf Ahmed ein, der intellektuell aussehende junge Mann.

»Aber ohne Sauds Einverständnis hätte Tariki das niemals geschafft«, entgegnete Le Bon. »Trotz seines Einflusses in der Regierung ist er nun mal nur Minister und Saud der König. Auch Venezuela ist sehr angetan von der Idee eines Kartells.« Er schüttelte missbilligend den Kopf und setzte hinzu: »Pérez Alfonzo sagte, die OPEC sei das mächtigste Instrument, das der Dritten Welt je zur Verfügung gestanden habe. Vor ein paar Monaten erklärte er der Presse, dass die OPEC mit aller Härte gegen den Westen vorgehen werde. Das ist doch Selbstmord! Ist er verrückt geworden? Was hat er vor? Sich von den Ölgesellschaften zerreißen zu lassen?«

»Die Idee mit dem Embargo ist genauso ein Fehler«, bemerkte Jacques Méchin. »Die westliche Welt kann auf die Ölquellen in Saudi-Arabien und Venezuela verzichten, weil sie weiß, dass sie auf zwei Verbündete zählen kann, die weiterhin Tanker voller Öl schicken werden: Iran und Libyen.«

»Libyen?«, fragte Le Bon erstaunt.

»Vergangenes Jahr«, ergriff Ahmed das Wort, »haben die Bohrtrupps der British Petroleum Ölfelder von höchster Qualität entdeckt, die mit unserem vergleichbar ist. König Idris wird sich als langjähriger englischer Verbündeter dem Embargo nicht anschließen, auch wenn er damit seine arabischen Brüder verrät.«

»Was werden die Konsequenzen sein, wenn die OPEC weiterhin Druck ausübt?«, wollte Dubois wissen.

»Die Erdölgesellschaften handeln ebenfalls als Kartell, wenn auch nicht offiziell«, erklärte Ahmed. »Und zieht man das zuvor Gesagte in Betracht, laufen wir Gefahr, von einem Tag auf den anderen keine einzige Erdölkompanie mehr im Land zu haben. Wir riskieren, dass die Bohrungen gestoppt, die Förderanlagen und Raffinerien geschlossen und die Verteilungs- und Transportnetze stillgelegt werden. Am Ende würde alles stillstehen und wir stünden ohne das Geld da, mit dem man uns derzeit entschädigt. Und wir verfügen weder über die Technologie noch das Know-how, um die Raffinerien wieder in Betrieb zu nehmen.«

»Mag sein, dass im Moment nicht die entsprechenden Voraussetzungen herrschen«, warf Francesca ein. Die Männer wandten die Köpfe. »Aber die Gründung der OPEC musste früher oder später kommen. Man muss sich nur die Statistiken ansehen, um das zu erkennen.«

Es wurde still im Speisezimmer, und Francesca dachte, die Gäste würden über sie herfallen, so ungläubig starrten sie sie an. Sie sah zu Kamal, der ernst und unbewegt dasaß. Sie vermutete, dass sie ihn verärgert hatte, und fuhr in ihren Ausführungen fort.

»1914 wurden sechs Millionen Tonnen fossile Brennstoffe verbraucht. Im letzten Jahr waren es schätzungsweise 300 Millionen, und die Prognose für 1975 liegt bei 500 Millionen. Wenn man bedenkt, dass Erdöl ein knappes Gut ist, das nicht unbegrenzt zur Verfügung steht, würde ohne die Gründung der OPEC – von der politischen Aufregung einmal abgesehen, die sie verursacht hat – das Barrel weiterhin für zwei Dollar verschleudert, bis es zur Katastrophe kommt und auf der ganzen Welt kein Tropfen mehr zu finden ist. Natürlich verfolgen die Förderländer mit der Gründung dieses Kartells vor allem wirtschaftliche Interessen, aber es ist trotzdem zum Wohle der Menschheit, die mit jedem Tag stärker vom Erdöl abhängig ist.«

Erneut herrschte Stille im Raum. Francesca griff nach ihrem Glas, und schaute, während sie daran nippte, über den Rand hinweg zu dem saudischen Prinzen, als hinge alles von seiner Reaktion ab. Insgeheim hoffte sie, ihn mit ihrem Einwurf beeindruckt zu haben, den er sicherlich als Dreistigkeit empfand. Schließlich war sie nur eine Frau, ein minderwertiges Wesen, nur dazu nutze, Kinder zu bekommen und dem Mann zu Diensten zu sein, das nur dann reden sollte, wenn man das Wort an sie richtete.

»Ich wusste gar nicht, dass du so gut informiert bist«, brach Mauricio schließlich das Schweigen.

»Was Mademoiselle de Gecco sagt«, ergriff Kamal zum ersten Mal das Wort, »ist ebenso gewiss wie die Tatsache, dass Allah existiert. Aber wie sie ebenfalls feststellte, sind die Voraussetzungen zum Handeln noch nicht gegeben.«

»Irgendwann«, erklärte Francesca und sah Kamal in die Augen, »wird dieser Zeitpunkt gekommen sein, und die arabischen

Völker werden ihn erkennen müssen, um nicht ihre einzige Gelegenheit zu verpassen.«

»Das werden wir«, versicherte ihr Kamal, »da können Sie sicher sein.«

»Ich frage mich«, setzte Francesca hinzu, »ob die Leidenschaft und die Begeisterungsfähigkeit Ihres Volkes, die es in früheren Zeiten zum Gipfel des Ruhms führten, in der heutigen Welt den gleichen Effekt haben. Ich fürchte, in den Schaltzentralen der Macht kennt man diese Wesensart der Araber und bedient sich ihrer, um sie unauffällig unter Kontrolle zu halten.«

»Der Orient kämpft mit völlig anderen Waffen als der Okzident, aber er kämpft und ist als Gegner zu fürchten, denn er wird entweder siegen oder bei dem Versuch sterben. Der Westen begreift das nicht; das gereicht uns zum Vorteil.«

Die Übrigen verfolgten gebannt den Wortwechsel zwischen dem Prinzen und der Sekretärin, die sich einen Schlagabtausch mit Kamal al-Saud lieferte, den niemand am Tisch anzufangen gewagt hätte.

»Du hast offensichtlich viel über diese Fragen gelesen«, schaltete sich der Botschafter ein. »Wenn ich gewusst hätte, dass du dich mit den Problemen des Mittleren Ostens so gut auskennst, hätte ich dich öfter um Rat gefragt.« Die Übrigen lachten, mit Ausnahme von Kamal, der sich wieder dem Essen widmete. Als sie sah, wie ernst und schweigsam er war, bereute Francesca ihre Worte. Sie begriff immer noch nicht, warum sie so hart und sogar unverschämt gewesen war. Sie hatte ihn beleidigt, indem sie sein Volk als leidenschaftlich und enthusiastisch bezeichnete, wo doch nur einem Idioten entgangen wäre, dass sie eigentlich überschwänglich und fanatisch meinte. Aber sie hatte sich nicht unter Kontrolle gehabt, die Worte waren einfach so aus ihr herausgesprudelt, und die Abneigung, die sie gegenüber den Arabern empfand, hatte sich gegen ihn gerichtet.

»Wo hast du das alles gelesen?«, fragte Mauricio, der nicht aus dem Staunen herauskam.

»Ich muss zugeben, dass mein Onkel Alfredo und ich bei unseren langen Unterhaltungen oft auf dieses Thema zu sprechen kamen. Er hat mir nicht nur eine Unmenge von Büchern empfohlen, sondern mir auch diese ganze Geschichte mit dem Erdöl erklärt und seine Meinung darüber gesagt.«

»Francescas Onkel«, erklärte Dubois, »Alfredo Visconti, ist ein bekannter argentinischer Journalist und Schriftsteller. Er leitet eine Zeitung in Córdoba und schreibt Kolumnen für zwei der auflagenstärksten Tageszeitungen von Buenos Aires.«

»Ein Bruder Ihrer Mutter, nehme ich an«, erkundigte sich Jacques.

»Wir sind eigentlich nicht verwandt. Er ist mein Taufpate, und das ist für uns Sizilianer von großer Bedeutung.«

»Aber Sie sind doch Argentinierin?«, fragte Le Bon.

»Ich schon, aber meine Eltern stammen aus Sizilien.«

»In der Antike hielt mein Volk die Insel Sizilien acht Jahrhunderte lang besetzt«, bemerkte Ahmed.

»Und das hinterließ bedeutende Spuren«, setzte Le Bon hinzu. »In meinem Buch *Die Kultur der Araber* widme ich mich eingehend dieser Frage.«

Ah, daher kam ihr der Name bekannt vor. Gustave Le Bon, Autor von *La Civilisation des Arabes*, das sie in Genf gelesen hatte.

»Ein hervorragendes Buch«, versicherte Francesca. »Und sehr unterhaltsam obendrein.«

»Sie haben es gelesen?«, fragte der Franzose stolz.

Es entspann sich ein Gespräch über Bücher, Schriftsteller und Schreibstile, das man im Salon fortsetzte, während der Kaffee serviert wurde. Gelangweilt von einer Unterhaltung, zu der sie nichts beizutragen hatte, nahm Valerie sich vor, die Aufmerksamkeit des attraktiven Prinzen zu wecken, der seit dem Schlagabtausch mit der Sekretärin nichts mehr gesagt hatte. Sie nahm neben ihm auf dem dreisitzigen Sofa Platz und schlug lasziv die Beine übereinander. Francesca sah unauffällig zu ihnen herüber und gesellte sich dann zu Jacques, der trotz Le Bons Einspruch hartnäckig daran festhielt, dass Marlowe höher einzuschätzen sei als Shakespeare.

Mit einer brüsken Bewegung, die Valerie verwirrte, erhob sich Kamal vom Sofa und trat an die Verandatür, wo er sich eine Zigarette anzündete und rauchte, den Blick in den Sternenhimmel gerichtet. ›Ein junges Mädchen‹, dachte er und lächelte. Er wandte sich um und sah sie an. Nichts an ihr ließ auf ihre erst einundzwanzig Jahre schließen, weder ihre Figur noch ihr Auftreten, noch ihre Klugheit. Vielleicht ihr zartes, empfindsames Gesicht.

»Leben Sie schon lange in Saudi-Arabien?«, fragte Francesca Jacques gerade.

»So lange, dass ich mich gar nicht mehr als Franzose fühle. Ich bin nach Saudi-Arabien gekommen, als es noch gar nicht Saudi-Arabien war, sondern eine Ansammlung von Stämmen, die durch die Wüste zogen und häufig erbitterte Kämpfe um ihre Territorien austrugen.«

Die Stimme des Mannes nahm sie gefangen. Sie fand die Geschichten von Beduinen, Kriegen, Karawanen und Scheichs unglaublich spannend, nicht zuletzt, weil sie an Märchen aus Tausendundeiner Nacht erinnerten. Sie musste zugeben, dass die Araber ebenso rätselhaft wie faszinierend waren. Ein bisschen brutal, ein bisschen aufbrausend, voller Leben und Leidenschaft, stolz wie kaum ein anderes Volk, aber nicht eitel, selbstbewusst und ihrer Tradition verbunden. Unbewusst drehte sie sich zu Kamal um, der sie seit einer Weile reglos beobachtete, und erwiderte seinen Blick. Es war das erste Mal, dass sie sein Haar sah, stellte sie fest, während sie seine kastanienbraunen Locken betrachtete. Wie viele Frauen er wohl in seinem Harem hatte? Sie kehrte ihm wieder den Rücken und tat so, als würde sie Méchin und Le Bon zuhören.

»Mademoiselle de Gecco«, hörte sie plötzlich Kamal sagen, der unbemerkt hinter sie getreten war. »Was genau meinten Sie, als sie von der Leidenschaft und der Begeisterungsfähigkeit meines Volkes sprachen?«

Nun würde sie für ihren Zynismus und ihr freches Mundwerk zahlen müssen. Sie hatte mit dem Feuer gespielt und sich verbrannt. Ein Mann, der viel älter war als sie, intelligent und geistreich, würde ihre Unverschämtheit nicht hinnehmen, ohne sich angemessen zu rächen.

»Na ja, ich ...«, stotterte sie.

»Ich werde nicht zulassen, dass Sie dieses Gespräch über Erdöl, Kartelle und all diese Dinge fortführen, von denen eine Frau nichts versteht.«

Zum ersten Mal an diesem Abend war Francesca dankbar für Valeries Einmischung. Le Bons Tochter stand auf, trat zu Kamal und fasste ihn beim Arm, wobei sie darauf achtete, ihr ausladendes Dekolleté zur Schau zu stellen.

»Bitte, Kamal, sprechen Sie nicht länger über Politik. Erzählen Sie mir lieber von Ihren Pferden. Mein Vater hat mir erzählt, dass sie zu den besten der Welt gehören.«

Sie nahmen wieder auf dem Sofa Platz und plauderten angeregt. Der Abend verlief ohne weitere Zwischenfälle. Francesca tat so, als lauschte sie interessiert den Ausführungen von Méchin und Le Bon, während Kamal Valerie mit Geschichten von seinen Vollblütern unterhielt.

Trotz des Widerstands seiner Tochter war Gustave Le Bon der Erste, der sich verabschiedete. Als Francesca in den Salon zurückkam, bot sie auf einem silbernen Tablett ein weiteres Mal

Kaffee und Baklava an, was Ahmed, Jacques und Mauricio gerne annahmen. Kamal entfernte sich schweigend von der Gruppe und stöberte in der Schallplattensammlung. Es war eine gute Gelegenheit, zu ihm zu gehen und sich aufmerksam und höflich zu zeigen.

»Möchten Sie noch eine Tasse Kaffee, Hoheit?«, fragte Francesca.

»Nein, danke«, sagte Kamal knapp.

Francesca seufzte entmutigt. Sie wollte gerade in die Küche gehen, als Kamal sich rasch umdrehte und sie am Handgelenk packte. Francesca warf einen verzweifelten Blick zu der Gesellschaft im Salon, die in ihr Gespräch vertieft war, ohne die Szene zu bemerken.

»Ich gehe«, sagte Kamal.

Seine Stimme war leise wie immer, aber sie verriet eine Erregung, die Francesca als Drohung interpretierte. Außerdem war da etwas in seinen Augen, ein Blitzen, das ihr den Atem raubte. Gleich würde er ihr sagen, dass sie eine ungezogene Göre war, ein gedankenloses freches Ding, das ihn vor seinen Freunden und einer Dame bloßgestellt und beleidigt hatte. Er würde ihr sagen, dass sie es nicht verdient habe, saudischen Boden zu betreten.

Doch al-Saud küsste die Innenseite ihres Handgelenks. Hätte er ihr eine Ohrfeige gegeben, sie wäre nicht weiter erstaunt gewesen. Aber mit einem Kuss hätte sie niemals gerechnet, einem Kuss aufs Handgelenk mit geschlossenen Augen, so lange, bis sie seinen heißen Atem auf der Haut spürte. Kamal ließ ihren Arm los und ließ sie stehen, als sei sie ein Möbelstück. Sie hörte ihn sagen, dass er gehen müsse, etwas von Onkeln und Geheimtreffen, das sie nicht verstand, und bevor ihr Chef nach ihr rufen konnte, verschwand sie in Richtung Küche.

***

In den Tagen nach dem Abendessen war Francesca aus mehreren Gründen völlig aufgewühlt.

Zum einen wollte sie Kamal al-Saud wiedersehen. Die Intensität ihrer Sehnsucht beschämte sie und machte sie wütend. Die Stunden, die sie ihm bei Tisch gegenübergesessen hatte, gingen ihr genauso wenig aus dem Sinn wie sein unerklärliches Verhalten am Ende: dieser Kuss aufs Handgelenk, der sie in der Seele berührt hatte. Er will mit dir spielen, sagte sie sich. Und plötzlich wurde ihr klar, dass dieser Kuss die beste Rache für all ihre Unverschämtheiten gewesen war. Er wusste, dass sie ihn nicht würde vergessen können und sie noch tagelang seinen Atem auf ihrer Haut spüren würde. Sie hatte es nicht anders verdient: In ihrer dummen Eitelkeit hatte sie sich mit einem Löwen eingelassen, und der Löwe hatte sie zunächst gewähren lassen, um dann zuzupacken und sie in seinem Griff zu halten, ohne dass sie ihm etwas entgegenzusetzen hatte. Mit diesem Kuss hatte er sein Revier markiert und ihr wortlos zu verstehen gegeben, wer hier das Sagen hatte.

Aber offensichtlich war er nicht allzu wütend, denn die Tage vergingen, und sie war immer noch nicht abberufen worden. An den Tagen nach dem Abendessen zitterte Francesca jedes Mal, wenn ihr Chef sie zu sich rufen ließ. Sie stand vor der Tür zu seinem Büro, die Hand erhoben, um anzuklopfen, und dachte: »Jetzt wirft er mich raus.« Aber Mauricio sprach von der Arbeit und fragte sie nach anstehenden Terminen; nur einmal erwähnte er das Essen, und das nur, um sie zu loben. Francesca stotterte ein Danke und wechselte rasch das Thema.

Nachdem die Befürchtung, gefeuert zu werden, aus der Welt geschafft war, wanderten ihre Gedanken weiterhin mit beunruhigender Regelmäßigkeit zu Prinz Kamal.

Was ihre Sorgen komplett machte, waren Aldo und sein Einfall, nach Saudi-Arabien zu reisen. Es hätte sie beruhigt zu wissen, wer den Einreiseantrag bearbeitete. Es musste Malik sein. Aber ihr Verhältnis zu Malik war nicht das Allerbeste; unerklärlicherweise hatte der Araber etwas gegen sie, zu Unrecht, wie sie fand, denn in den Augen dieses Mannes konnte ihr einziger Fehler nur darin bestehen, dass sie eine Frau war. Er redete praktisch nicht mit ihr, grüßte nur knapp, und wenn sie sich im Flur begegneten, warf er ihr ungnädige Blicke zu.

Eine Woche später erhielt sie einen Brief von Aldo – den ersten von vielen. Die schöne, gleichmäßige Handschrift, mit der Francescas Name geschrieben war, entsprach ihrem Bild von dem romantischen, leidenschaftlichen Aldo, den sie geliebt hatte und der so gar nichts mit diesem anderen Mann, diesem unentschlossenen Trinker, gemein hatte. Sie öffnete den Umschlag, doch als sie den Brief herausnehmen wollte, sagte sie sich: ›Wenn ich ihn lese, werde ich Hals über Kopf nach Córdoba zurückkehren und mich in seine Arme werfen.‹ Daher zerriss sie ihn und warf ihn in den Papierkorb. Die Qual wurde immer größer, je mehr Briefe eintrafen. Obwohl es ihr schwerfiel, warf Francesca sie jedes Mal ungelesen weg.

»Du bist so dünn«, stellte Sara schließlich besorgt fest, und Yamile brachte ihr Nüsse und Datteln, die ihre Appetitlosigkeit nur noch verstärkten.

Regelmäßig trafen Briefe von ihrer Mutter und ihrem Onkel ein. Nach ihrem letzten Brief schien Antonina bemerkt zu haben, dass ihre Tochter im selben Haus lebte wie der Botschafter, was sie ganz und gar nicht guthieß. »Es ist ein Unding, dass ein junges Mädchen mit einem alleinstehenden Mann unter einem Dach wohnt«, schrieb sie empört und war nicht davon abzubringen, obwohl Francesca ihr erklärte, dass in Saudi-Arabien niemand einer Frau eine Wohnung vermieten würde und dass sie nicht allein dort wohnte, sondern zusammen mit den übrigen Angestellten und dem Hauspersonal. Erst als Francesca ihr schrieb, dass Marta, eine Argentinierin um die vierzig, als Sekretärin beim Militär- und Finanzattaché angefangen habe, schien sie sich zu beruhigen.

Fredo erkundigte sich nach ihrem Befinden und betonte immer wieder, er könne mit seinem Freund, dem Außenminister, sprechen und ihn um eine Versetzung bitten, wenn sie sich in der Botschaft nicht wohl fühle. Von hier fortgehen? Die Vorstellung erschien Francesca absurd. Sie fühlte sich wohl in Riad: Mauricio respektierte und schätzte sie, Sara und Kasem verwöhnten sie wie eine Tochter, und das übrige Personal mit Ausnahme von Malik mochte sie und war nett zu ihr. Außerdem waren da noch Jacques Méchin und Professor Le Bon, die nach der Abendeinladung häufig vorbeikamen und ihr das Gefühl gaben, dass sie sich gerne mit ihr unterhielten. Bei einem dieser Besuche erzählte ihr Jacques, dass er Wesir von König Abdul Aziz gewesen sei und augenblicklich als Kamals Berater fungiere.

»Wie lange kennen Sie den Prinzen al-Saud schon?«, erkundigte sie sich bei ihm.

»Seit dem Tag seiner Geburt«, antwortete Méchin. »Sein Vater und ich waren damals eng befreundet, und als Kamal sechs Jahre alt wurde, betraute mich Abdul Aziz mit der Erziehung seines Sohnes.«

Le Bon unterbrach Méchin mit einer Bemerkung über die Sorbonne und lenkte das Gespräch in eine andere Richtung. Francesca wollte wieder auf das Thema zurückkommen, schwieg dann aber. Damit war die Gelegenheit vertan und es ergab sich keine weitere, etwas über den geheimnisvollen Araber herauszufinden.

Le Bon, der gerade den zweiten Band von *Die Kultur der Araber* vorbereitete, nahm Mauricio in Beschlag und überhäufte ihn mit Fragen. Er bat ihn um detaillierte Schilderungen der Städte, Oasen und Wüsten, die er kennengelernt hatte. Dabei galt sein besonderes Interesse den Bräuchen der Beduinen, und vor allem begeisterte ihn das innige Verhältnis zu ihren Pferden. Francesca verfolgte diese Gespräche aufmerksam, sicher, dass hin und wieder der Name Kamal al-Saud fallen würde.

Eines Abends, als Méchin und Le Bon sich in der Halle verabschiedeten, erkundigte sich Mauricio, wann Kamal aus Washington zurückkehren würde. ›Washington …‹, dachte Francesca. Unerklärlicherweise war sie froh zu wissen, dass er nicht in Riad war. Hunderte Male hatte sie sich gefragt, warum er seine Freunde nicht bei ihren Besuchen in der Botschaft begleitete. Sie war zu dem Schluss gekommen, dass Kamal nicht mehr an sie dachte oder sie bestenfalls als unhöfliche, kleine Sekretärin in Erinnerung hatte, und nahm sich vor, ihn zu vergessen. Und dieser Kuss? Sie betrachtete ihr Handgelenk und spürte erneut seine Lippen auf ihrer Haut.

***

»Wo ist Kasem?«, rief Francesca aus der Küche.

»Er ist mit dem Botschafter weggefahren. Er sagte, dass es spät wird.«

»Und Malik?«

»Ich bin hier, Mademoiselle«, antwortete der Araber und erschien in der Küche.

Francesca hatte den Eindruck, als besäße Malik die Gabe, allgegenwärtig zu sein. Im einen Augenblick sah sie ihn im Büro des Botschafters, in Papiere und Akten vertieft, und im nächsten Augenblick begegnete sie ihm im Flur, fast so, als hätte er seine Augen und Ohren überall.

»Ich brauche dich«, sagte sie knapp und bestimmt. »Du musst mich zum Markt fahren.«

Der Mann senkte zustimmend den Kopf und ging hinaus.

»Kann ich deine *abaya* anziehen, Sara? Meine ist noch nicht trocken.«

»Du bist viel größer als ich. Sie wird deine Beine nicht vollständig bedecken.«

»Ach, Sara, es ist doch nur für einen Augenblick! In dem Gewühl auf dem Markt wird niemand sehen, ob meine Beine bedeckt sind oder ob ich einen Mini trage.«

»Einen Mini?«, fragten Sara und Yamile wie aus einem Mund.

»Einen Mini. Einen Rock, der bis hierhin reicht.« Sie deutete auf den Oberschenkel.

»Bei Allah, dem Barmherzigen!«, rief die Algerierin aus. »Willst du nicht lieber Yamile oder mich schicken? Was brauchst du denn?«

»Ich muss selbst fahren. Heute Morgen hat mich der Botschafter gebeten, ein Geschenk für die Frau des italienischen Botschafters zu besorgen. Er wusste ganz genau, was er wollte. Ich muss selbst los«, betonte sie noch einmal.

Francesca zog die Tunika über und ging zum Auto. Als sie das Diplomatenviertel verließen, zeigte die Stadt ihr orientalisches, pittoreskes Gesicht. Grüppchen vollverschleierter Frauen gingen vorüber, den Kopf gesenkt, die Hände auf Höhe des Gesichts, um den Schleier zurechtziehen zu können, gefolgt von Kindern und Hunden.

Malik hielt an und ließ einen Ziegenhirten mit seinen Tieren passieren. Ein paar Meter weiter kämpfte ein Mann mit einem widerspenstigen Ochsen. Vor einem Haus sah sie Hühner und Truthähne zwischen den Pflastersteinen picken; dazwischen krabbelten zwei schmutzige Babys, die nichts als Windeln trugen. Francesca riskierte es, ihr Gesicht zu entschleiern, um deutlicher ein Augenpaar hinter einem Fenstergitter sehen zu können, das sie traurig ansah. Tränen glitzerten darin. Malik setzte den Wagen wieder in Fahrt und fuhr rasch die Straße entlang.

Dieser Blick ging ihr zu Herzen. Wer war diese Frau? War es das Fenster eines Harems? Schlief ihr Ehemann, geliebt und gefürchtet, in diesem Augenblick mit einer anderen seiner Frauen? Weshalb begehren sie nicht auf?, fragte sich Francesca wütend.

In der Ferne tauchte aus einer Staubwolke der zinnenbewehrte Turm des Fort Masmak auf, wo König Abdul Aziz seine langjährigen Gegner, den Clan der Ibn Raschid, besiegt hatte. Mauricio hatte ihr erzählt, dass dieses Fort das Symbol der Überlegenheit und Macht der Männer aus der Familie al-Saud war, denen die Liebe zu ihrem Land, die Traditionen und Wagemut über alles gingen und die deshalb bereit waren, stolz zu sterben und so den Ruhm ihres Namens und den ihrer Nachfahren zu mehren. »Der Orient kämpft mit völlig anderen Waffen als der Okzident, aber er kämpft und ist als Gegner zu fürchten, denn er wird entweder siegen oder bei dem Versuch sterben.« Francesca erinnerte sich an die Worte Kamals, die allmählich Sinn ergaben, je mehr sich die einzelnen Stücke des arabischen Rätsels zusammenfügten und sie ihre Bedeutung begriff, die so komplex war in ihrer Andersartigkeit und doch so faszinierend. Dieses Volk hatte Invasionen, Besatzungen, Kriege und Plünderungen ertragen und sich mit bewundernswerter Kühnheit Armeen entgegengestellt, die ihrer eigenen um ein Vielfaches überlegen waren. Waren die Kreuzzüge nicht Beweis genug dafür? Aber sie konnte nicht so einfach den traurigen Blick hinter dem Fenster vergessen. Francesca stieß einen Seufzer aus und drehte die Scheibe herunter, um frische Luft zu bekommen. ›Ich werde diese Menschen nie verstehen‹, gab sie sich schließlich geschlagen.

Malik hielt wenige Meter vom Markt entfernt, und ein Dutzend schmutziger Kinder drängte sich um die Wagentür und rief etwas auf Arabisch. Malik stieg aus und verjagte sie mit Drohungen und Fußtritten.

»Was wollten diese Kinder?«, fragte Francesca, ohne ihren Unmut darüber zu verbergen, wie er sie behandelt hatte.

»Sie wissen, dass der Wagen einer Botschaft gehört, und kommen, um zu betteln. Manche bieten sich auch als Führer über den Markt an.«

»Ich hätte einen Führer gut gebrauchen können. Ich weiß gar nicht, wo ich anfangen soll.«

»Ich kenne mich bestens aus.«

»Dann bring mich zu einem Goldschmiedeladen.«

Auf dem Markt kam man kaum vorwärts. Der größte Bazar von Riad bestand aus Hunderten von schmalen Gassen, beschattet von den Sonnensegeln der belebten Geschäfte, in denen Waren angepriesen und um Preise gefeilscht wurde. Der Geruch nach Abfall mischte sich mit Essensdünsten und dem Duft der Essenzen, die in Räucherpfannen verbrannt wurden. Sie nahm ein Parfümfläschchen aus der Tasche und gab ein paar Tropfen auf die *abaya*, dorthin, wo sich ihre Nase befand. Mit revoltierendem Magen folgte sie Malik, der sich mit einer solchen Geschwindigkeit einen Weg durch die Menge bahnte, dass sie kaum hinterherkam. Es ging treppauf und treppab, dann um eine Ecke herum – der Markt schien gar kein Ende zu nehmen. Hin und wieder umklammerte ein Kind ihre Tunika und streckte ihr lächelnd die Hand entgegen. Ladenbesitzer stellten sich ihr in den Weg und nötigten sie so höflich zum Eintreten, dass Francesca es nicht wagte, zu widersprechen. Sie rief nach Malik, der daraufhin kehrtmachte und missmutig vor dem Eingang wartete. Es fiel ihr schwer, die Verkäufer abzuschütteln und weiterzugehen. Einer Frau, die hartnäckiger war als die anderen, musste sie ein Dutzend Rosen abkaufen, die zwar schon ein wenig verblüht waren, aber sie dufteten und würden ihr Zimmer zieren.

»Das ist der beste Schmuckladen«, versicherte Malik, als sie die Gasse der Goldschmiede erreichten. »Gute Preise und gute Ware.« Dann lehnte er sich an einen Pfeiler, um zu warten.

Die Auslagen funkelten in den Sonnenstrahlen, die durch die Löcher in der Markise fielen. Die Vielfalt an Schmuckstücken – aus Gold und aus Silber, mit eingelegten Edelsteinen, aus Onyx, bunte Emailarbeiten, Ketten aus roséfarbenen und grauen Perlen – verwirrte sie, und sie ging im Geist noch einmal Mauricios Vorgaben durch. Der Ladenbesitzer legte ihr händeweise Schmuckstücke vor, aber Francesca konnte sich für keines entscheiden. Ihr Blick fiel auf einen goldenen Anhänger mit Aquamarinen in einer höheren Auslage. Sie nahm ihn in die Hand und betrachtete ihn eingehend. Der Verkäufer machte sie ganz durcheinander, wie er so wortreich seine Waren anpries, während er mit den Händen fuchtelte und ihr immer wieder ein zahnloses Lächeln schenkte, so als hinge sein ganzes Glück von Francesca ab.

Als sie sich streckte, um das Schmuckstück in die Auslage zurückzulegen, durchfuhr sie plötzlich ein stechender Schmerz, der von der Ferse bis zur Hüfte hinaufschoss, ihr die Sinne vernebelte und sie zu Boden sinken ließ. Die Tränen schossen ihr vor Schmerz in die Augen, und sie biss sich heftig auf die Lippen, um nicht zu schreien. Die wenigen Sonnenstrahlen verschwanden im Handumdrehen, als sie von einer Menschenmenge umringt wurde, die den Geruch ungewaschener Körper verbreitete. Sie versuchte nach Malik zu rufen, aber ihr Hals war trocken, und es kam nur ein unverständliches Krächzen heraus. Wo war Malik?, fragte sie sich verzweifelt, aber sie konnte ihn nicht in der Menge entdecken. ›Die Rosen …‹, dachte sie bedauernd, als sie sah, wie die Blumen zertrampelt wurden. Die Männer schrien und gestikulierten, aber keiner half ihr. Die stickige Luft und der Gestank machten sie benommen, und der Schmerz im Bein wurde immer stärker.

Ein Araber, der die anderen übertönte, zerrte an ihrer *abaya*, packte sie am Arm und zwang sie aufzustehen. Aber Francesca konnte sich nicht auf den Beinen halten und fiel wieder hin. Jetzt weinte sie hemmungslos und rief laut nach Malik, während der Mann sie erneut hochzerren wollte und dabei einen Knüppel über ihrem Kopf schwang. Die Gesichter begannen sich zu drehen, das Atmen fiel ihr schwer, und sie hatte ein Gefühl im Magen, als ob sie sich übergeben müsse.

Plötzlich verstummten die Stimmen, die Menge wich zurück, und jemand hob sie mühelos vom Boden auf und hielt sie in seinen Armen. Sonnenlicht fiel auf das Gesicht ihres Helfers.

»Kamal … Gott sei Dank!«, stammelte sie auf Spanisch.

Sie umklammerte seinen Hals und lehnte sich mit geschlossenen Augen an seine Brust. Sie hörte Maliks Stimme, sie hörte Kamal auf Arabisch diskutieren und die Stimme des Mannes, der sie mit dem Knüppel bedroht hatte. Das Gemurmel der Verkäufer und Schaulustigen verstummte nicht.

»Bringen Sie mich bitte von hier weg!«, flehte sie, und Kamal gehorchte.

Als sie zum Wagen der Botschaft kamen, öffnete Malik rasch die Tür, und Kamal ließ sie auf den Sitz gleiten. Er herrschte den Chauffeur an, der sich eilig hinters Steuer setzte und losfuhr. Francesca richtete sich auf und beobachtete durch die Rückscheibe, wie der Prinz mit raschen Schritten zum Markt zurückging.

***

Nachdem der Arzt gegangen war, half Sara Francesca in einen Sessel und lagerte ihren Fuß auf einem Schemel. Der enge Verband drückte auf die entzündete Achillessehne, und ein schmerzhaftes Pochen zog sich das Bein hinauf bis zur Leistengegend. Sara reichte ihr ein Glas Wasser, und Francesca nahm das Schmerzmittel ein.

»Malik sagt, die Religionspolizei habe dich gezüchtigt, weil man deine halben Waden sehen konnte. Ich habe dir doch gesagt, du sollst nicht meine *abaya* nehmen, die ist zu klein für dich. Das hast du jetzt davon.«

»Komm mir nicht mit dieser *abaya*!«, brach es aus Francesca heraus. »Man sollte dieses ganze unzivilisierte Land in Brand setzen!«

»Pst! Sag das nicht mal im Scherz«, schimpfte die Algerierin. »Wenn das ein Saudi hört, dann bleibt es nicht bei ein bisschen Prügel! Man würde dich ohne Erbarmen steinigen. Sag so etwas nie wieder, solange du dich auf islamischem Boden befindest.«

Die Angst und die deutlichen Worte der sonst so ruhigen und besonnenen Sara machten sie sprachlos. Wie weit ging der Fanatismus dieses Volkes? Sie steinigen, weil sie schlecht über die Araber redete? Der traurige Blick hinter dem Fenster fiel ihr wieder ein und erfüllte sie mit Mitleid.

Mauricio klopfte an und kam herein. Wortlos stand er vor ihr, mit einem bedauernden Lächeln und flehendem Blick, als wollte er sie um Verzeihung bitten.

»Es tut mir so leid, was dir passiert ist«, sagte er schließlich. »Ich hätte dich nicht zum Bazar schicken sollen.«

»Ich muss mich entschuldigen. Es war unvernünftig von mir, Saras *abaya* zu benutzen. Ich hoffe, dieser Zwischenfall hat keine Konsequenzen.«

»Ich habe vor, mich zu beschweren«, versicherte Mauricio.

»Nein, bitte, lassen Sie es gut sein. Was würde eine Beschwerde bringen? Sie könnten Probleme bekommen, und das ist wirklich das Letzte, was ich will.«

»Wir werden sehen«, lenkte Mauricio ein und wechselte dann das Thema. »Dr. al-Zaki sagt, dass die Sehne entzündet ist.«

Es klopfte, und Sara öffnete rasch die Tür. Mit wutentbrannter Miene kam Kamal hereingestürmt, sein dunkles, finsteres Gesicht, dem sonst nur selten anzusehen war, was er dachte, verriet in diesem Moment deutlich, dass er bereit war, jeden, der sich ihm in den Weg stellte, in Stücke zu reißen. Francesca hielt seinem Blick stand. Sie würde nicht klein beigeben. Ein ungehobelter Araber würde nicht den Anstand und die Manieren zerstören, die sie von Geburt an mitbekommen hatte. Sie hätte ihm so richtig die Meinung gesagt, doch was dann kam, nahm ihr jeglichen Wind aus den Segeln: »Ich werde mich persönlich darum kümmern, dass der Religionswächter, der Ihnen das angetan hat, bestraft und entlassen wird, Mademoiselle. Ich gebe Ihnen mein Wort«, setzte er hinzu, die rechte Hand auf dem Herzen.

»Und ein Beduine hält immer Wort«, bemerkte der Botschafter mit einem Lächeln.

Francesca sah Kamal unverwandt an, ohne zu erröten. Sie war wie gebannt von seiner Stärke und der Männlichkeit, die er ausstrahlte. Ihre Wut war verraucht, die Schmerzen im Bein vergessen. Sie hörte den Botschafter reden, ohne zu verstehen, was er sagte. Und es war ihr auch egal, so konzentriert war sie auf den Anblick dieses Mannes im weißen Gewand mit seinen Jadeaugen, der ihren Blick ungeniert erwiderte.

»Danke, dass du Dr. al-Zaki hergeschickt hast«, sagte Mauricio, und Francesca kam wieder zur Besinnung. »Wie ich dir schon sagte, hat der Arzt eine heftige Entzündung der Achillessehne diagnostiziert, die sich aber mit einigen Tagen Ruhe und Medikamenten auskurieren lässt. Er sagt, es grenze an ein Wunder, dass der Schlag keine Knochen im Fuß zerschmettert hat.«

Kamal trat ans Fenster und sah schweigend in den Garten hinaus. Francesca wartete ungeduldig, dass er sich wieder umdrehte und mit ihr sprach. Sie wollte sicher sein, dass er ihr keine Schuld an dem Vorfall auf dem Markt gab und wirklich glaubte, dass das Verhalten des Religionswächters grausam und unangemessen gewesen war.

»Wann bist du aus Washington zurückgekehrt?«, erkundigte sich Mauricio.

»Heute Morgen.«

»Ein Glück, dass du auf dem Bazar warst. Was hast du eigentlich dort gemacht?«, wunderte sich Dubois.

»Vor meiner Abreise hatte ich Fatima versprochen, ihr bei meiner Rückkehr einen Ring und eine Halskette zu kaufen. Du kennst sie ja, sie hatte mich kaum gesehen, als sie mich auch schon zum Bazar schleifte, ohne mir Zeit zum Auspacken zu lassen.«

Fatima, dachte Francesca enttäuscht. So verändert, wie der Prinz auf einmal wirkte, musste es sich um seine Lieblingsfrau handeln.

Bevor Mauricio das Zimmer verließ, um einen dringenden Anruf entgegenzunehmen, bat er Kamal, ihn in sein Büro zu begleiten. Kamal nickte, machte aber keine Anstalten, ihm zu folgen. Stattdessen trat er zum Nachttisch, wo er das Porträt von Antonina und die letzte Aufnahme von Rex und Don Cívico zur Hand nahm und sie eine ganze Weile aufmerksam betrachtete. Sara, die in der Nähe der Tür stand, sah ihn misstrauisch an, während Francesca überlegte, ob sie etwas sagen sollte. Gleich würde er sie ermahnen, dass in seinem Land die Darstellung von Menschen verboten sei. Sie würde das nicht hinnehmen. Zum Teufel würde sie ihn schicken – ihn, den Koran und Mohammed höchstpersönlich. Sie würde Saudi-Arabien verlassen und nach Argentinien zurückkehren. Also gut, nur zu, sie war bereit.

Den Bilderrahmen in der Hand, drehte sich Kamal mit einem Lächeln zu ihr um und schaffte es erneut, sie zu entwaffnen.

»Das auf dem Foto ist Ihre Mutter, nicht wahr?« Francesca

nickte. »Eine schöne Frau. Und das ist Ihr Pferd, nehme ich an«, stellte er dann fest.

»So sollte es eigentlich sein.«

»Wie das?«

»Eigentlich gehört Rex der Tochter des Arbeitgebers meiner Mutter, aber sie ist ein solcher Angsthase, dass sie sich nie getraut hat, ihn zu reiten. Als ich zwölf war, habe ich mich seiner angenommen. Es ist, als ob er mir gehörte. Rex und ich haben uns gleich verstanden. Ich weiß nicht, wie ich es sagen soll, und ich weiß auch nicht, ob Sie mich verstehen können – uns eint etwas sehr Starkes, fast so etwas wie Blutsbande. Er schlägt bei allen aus, außer bei mir und Don Cívico, dem Mann auf dem Foto. Don Cívico sagt, dass Rex sich bei ihm benimmt, weil er weiß, dass er mein Freund ist.« Francesca sah zu Boden und setzte dann leise hinzu: »Vielleicht sehe ich ihn nie wieder, jetzt, wo ich so weit weg bin. Vielleicht verkauft ihn der Patrón. Aber ich will Sie nicht mit meinen Geschichten langweilen.«

»Dem Foto nach zu urteilen«, meinte Kamal, »ist es ein *muniqui.*« Er lächelte, als er Francescas ratloses Gesicht sah. »Sie haben fast zehn Jahre lang ein *muniqui* besessen und wussten es nicht? *Muniquis* sind eine der drei Araberrassen und berühmt für ihre Schnelligkeit. Sie werden hauptsächlich bei Rennen eingesetzt. Araberpferde sind die besten der Welt und von hoher Symbolkraft für mein Volk, wissen Sie? Ein Sinnbild der Stärke, Treue und Freundschaft. Wir Beduinen züchten sie seit Jahrhunderten und haben die Reinrassigkeit auf ein hohes Niveau geführt.«

Kasem unterbrach al-Saud, um ihm mitzuteilen, dass der Botschafter ihn in seinem Büro erwarte. Kamal stellte die Bilder auf den Nachttisch zurück, verabschiedete sich mit der traditionellen arabischen Verbeugung und verließ den Raum.

»Es gefällt mir nicht, wie dieser Kerl dich ansieht«, sagte Sara.

»Nimm dich vor den Arabern in Acht, Francesca. Sie sind Jäger, und der hier starrt dich mit seinen Augen an wie ein Tiger eine Gazelle. Nimm dich in Acht, meine Liebe! Wenn er dich erst mal gepackt hat, entkommst du ihm nicht mehr.«

***

Als Kamal ohne anzuklopfen das Büro betrat, war der Botschafter gerade dabei, Malik zu befragen. Dieser gab sich keine Mühe, seine Zufriedenheit über die Prügel zu verhehlen, die Francesca erhalten hatte.

»Sie ist sehr leichtsinnig«, beteuerte er, »obwohl ich ihr immer rate, sich züchtiger zu bewegen. Vergessen Sie nicht, Herr Botschafter, man konnte ihre Knöchel sehen!«

»Und wo waren Sie, als das alles passierte?«, schaltete sich Kamal ein, ohne darauf zu achten, dass er damit Mauricios Autorität überging.

»Wissen Sie, Hoheit, also ich … Ich war da, ich bin ihr gleich zu Hilfe gekommen.«

»Das ist nicht wahr«, behauptete Kamal. »Ich bin auf Mademoiselle de Gecco aufmerksam geworden, weil sie verzweifelt nach Ihnen gerufen hat. Und Sie sind erst nach mir eingetroffen.«

»Ehrlich gesagt, Hoheit, war ich für einen Moment weggegangen, um mit einem befreundeten Ladenbesitzer zu sprechen, nur ein paar Schritte entfernt.«

»Wie konnten Sie sie auch nur eine Sekunde allein lassen!«, regte Kamal sich auf. Dubois ging dazwischen, weil er dachte, sein Freund würde sich auf Malik stürzen.

Über seinen eigenen Ausbruch verärgert, machte al-Saud auf dem Absatz kehrt und ging in den Nebenraum, wo er sich wütend aufs Sofa setzte und eine Zigarette anzündete. Er hörte Mauricios Stimme, der Malik ohne großen Nachdruck bat, nicht noch einmal einen Botschaftsangehörigen allein zu lassen, sobald sie das Botschaftsgelände verließen. Dann schickte Mauricio den Chauffeur hinaus und ging zu Kamal.

»Was ist denn nur mit dir los, Kamal? Ich habe dich noch nie so außer dir gesehen.«

»Wer ist dieser Kerl?«

»Mein Chauffeur. Malik bin Kalem Mubarak.«

»Und wie ist er an die Arbeit hier gekommen?«

»Er wurde mir von deiner Familie empfohlen. Er kam mit einem Brief, der nur lobende Worte für ihn fand, unterschrieben vom Privatsekretär deines Bruders, König Saud.«

Kamal stand auf. Seine beeindruckende Gestalt schüchterte Mauricio ein, der sich beeilte zu erklären, dass er sich nicht habe weigern können, ihn anzustellen. Er sei kein schlechter Angestellter und arbeite fleißig. Kamal zog Mauricio nach draußen und eröffnete ihm im Flur, wo sie vor versteckten Mikrophonen sicher waren: »Er ist ein Spion von Saud.«

Der Botschafter wollte es zunächst nicht glauben, doch schließlich brachten die Argumente seines Freundes sein Vertrauen ins Wanken. Es war kein abwegiger Gedanke, dass Saud davon ausging, Kamal und er würden wertvolle Informationen austauschen, die ihm beim Kampf um seinen wankenden Thron von Nutzen sein konnten.

»Die Tage meines Bruders sind gezählt«, flüsterte Kamal, »und er weiß das. Er weiß auch, dass die Familie mich an seiner Statt sehen möchte. Glaubst du nicht, dass er da alles unternehmen wird, um seine Macht zu verteidigen? Ich kenne ihn besser als du. Er hat keine Skrupel, und er wird mit allen Mitteln kämpfen, die ihm zur Verfügung stehen. Glaub mir, Malik ist hier, um mir nachzuspionieren.«

»Dann werde ich ihn entlassen«, versicherte Mauricio empört. »Ich will keine Spitzel in meiner Botschaft.«

»Nein, ihn zu entlassen würde zeigen, dass wir seine wahre Aufgabe kennen. Wenn er ein guter Angestellter ist, wie du sagst, mit welcher Begründung willst du ihn dann entlassen? Lass ihn lieber in dem Glauben, dass wir weiterhin ahnungslos sind, und wir bedienen uns seiner nach Gutdünken.«

Mauricio mochte Kamal sehr und hätte alles für ihn getan. Doch es gefiel ihm ganz und gar nicht, dass die Botschaft in die internen Kämpfe der Herrscherfamilie al-Saud hineingezogen wurde. Trotzdem nickte er, weil er nicht den Mut fand, seinem Freund zu widersprechen.

»Halte Francesca von diesem Mann fern«, sagte Kamal nach kurzem Schweigen. »Ich will nicht, dass sie noch einmal mit ihm ausgeht oder die beiden zusammenarbeiten. Wenn du keinen anderen Chauffeur hast, schicke ich dir einen, der mein Vertrauen genießt.«

»Da wäre noch Kasem. Er ist vertrauenswürdig, und ich weiß, dass er Francesca vergöttert.«

»Gut.«

Kamal hing erneut seinen Gedanken nach. Mauricio wartete ungeduldig ab.

»Ich bin mir ganz sicher«, sagte der Prinz schließlich. »Malik selbst war es, der Francesca der Religionspolizei ausgeliefert hat.«

***

Zwei Tage darauf erhielt Francesca einen Strauß mit vierundzwanzig Kamelien. Sie hatte noch nie zuvor eine Kamelie in Händen gehalten. Sie waren unglaublich weiß und unglaublich schön. Francesca war bezaubert von ihren zarten Blütenblättern und ihrer vollkommenen Form. Sie musste an den Roman von Alexandre Dumas denken und war zutiefst gerührt. Mit fliegenden Händen öffnete sie das beiliegende Kuvert: »Meine Entschuldigung, Mademoiselle de Gecco. Kamal al-Saud.« Sie hätte am liebsten mit dem Blumenstrauß in der Hand einen Luftsprung gemacht und das Kärtchen an die Brust gedrückt, hätte Sara sie nicht mit diesem empörten Gesichtsausdruck angesehen.

»Er ist von Prinz Kamal, stimmt's?«

»Ja, er entschuldigt sich für den Vorfall mit der Religionspolizei.«

»So, so, entschuldigen …«, betonte die Algerierin hintergründig.

Francesca überhörte den Kommentar. Sie wollte nicht diskutieren, nur die Blumen bewundern und an den Mann denken, der auch nach zwei Tagen noch an sie dachte und sich Sorgen um sie machte.

Wo mochte er die gekauft haben?, fragte sie sich, nachdem sie selbst Mühe gehabt hatte, ein paar welke, fast verblühte Rosen aufzutreiben.

»Ich sag's dir«, bemerkte Sara nachdrücklich, »wenn sich ein Araber etwas in den Kopf gesetzt hat, dann bekommt er es auch, um jeden Preis, und wenn er Himmel und Hölle in Bewegung setzen muss. Und dieser Mann will dich für sich, Francesca, ich weiß das.«

»Sara, was redest du denn da!«

»Du solltest meine Worte nicht auf die leichte Schulter nehmen«, schimpfte diese. »In diesem Land braut sich ein Sturm zusammen, und Prinz Kamal befindet sich mitten im Auge des Hurrikans. Du solltest dich von ihm fernhalten und ihn nicht weiter beachten, sonst weiß ich nicht, wohin das führen wird.«

Nach diesen Worten verließ Sara das Zimmer. Francesca setzte sich auf die Bettkante und betrachtete die Kamelien. Wie schön sie waren! Sie nahm die Blumenvase von der Kommode, füllte sie mit Wasser und stellte die Blumen hinein. Es war ein trauriger Gedanke, dass sie schon bald verblühen würden. Wie konnte es sein, dass sie sie eines nicht allzu fernen Tages in den Mülleimer werfen musste? Alles Schöne und Gute ist so vergänglich, dachte sie und sah das Gesicht ihres Vaters vor sich, so voller Leben und mit diesem strahlenden Lächeln, das ihn wie eine Aura zu umgeben schien. *Dov'è la mia principessa?* Nie würde sie diese Worte vergessen, mit denen er jeden Abend von der Arbeit gekommen war. Auch wenn sie gerade in das Spiel mit ihrer Lieblingspuppe vertieft gewesen war, sobald sie dieses *Dov'è la mia principessa?* hörte, hatte sie alles stehen und liegen lassen, weil sie wusste, dass ihr Vater sie an seine Brust drücken und dann mit ihr auf dem Arm in die Küche gehen würde, um ihre Mutter zu begrüßen. Sie klammerte sich verzweifelt an diese Erinnerung, weil sie keine anderen an ihren Vater hatte.

Dann folgten der langsame Verfall, die Tränen ihrer Mutter, die Totenwache, der unerträgliche Geruch von Magnolien und Kerzen, das Schluchzen der Nachbarn, die schwarze Kutsche und die Pferde, der Friedhof mit den unheimlichen Grabnischen und der schweigende Trauerzug durch die engen Gassen. Ihr Vater war dahingewelkt, wie es die Kamelien bald tun würden, und hatte eine Leere in ihrer Welt hinterlassen. Gab es etwas Gutes und Schönes, das für immer währte? Auch Aldos Liebe war vergangen und hatte eine nur halb verheilte Wunde hinterlassen, die zuweilen immer noch schmerzte und schwärte.

Am nächsten Morgen klingelte ein Junge an der Botschaft und verkündete, dass er einen Brief für Francesca habe. Kasem wollte ihn entgegennehmen, aber der Junge bestand darauf, noch einmal wiederzukommen, um ihn Fräulein de Gecco persönlich zu überreichen. Widerstrebend bat Kasem ihn herein und bat ihn, zu warten. Auf Sara gestützt, kam Francesca mit verbundenem Fuß zum Eingang gehumpelt.

»Ich bin Francesca de Gecco«, stellte sie sich vor. Sara übersetzte ihre Worte ins Arabische. »Man hat mir gesagt, du hättest etwas für mich.«

»Ja, Fräulein.« Und er reichte ihr einen Umschlag aus Büttenpapier mit ihrem Namen darauf.

Francesca öffnete ihn und zog eine grüne Mappe heraus, die sie sofort als Aldos Visumsantrag erkannte. Auf dem Deckblatt prangte auf Englisch ein großer roter Stempel: »Abgelehnt«.

»Wer hat dir das gegeben?«, fragte sie.

»Mein Chef.«

»Wer ist dein Chef?«

»Jalud bin Malsac. Er arbeitet in der Einwanderungsbehörde.«

Francesca drückte dem Jungen ein paar Münzen in die Hand und schickte ihn weg. Bevor sie die Akte an den Botschafter weitergab, blätterte sie sie aufmerksam durch, ohne jedoch einen triftigen Grund für die Ablehnung zu finden. Es waren nur ein paar Schreiben auf Arabisch mit dem Wappen mit der Palme und den gekreuzten Krummsäbeln im Briefkopf, die zwischen Aldos Unterlagen geheftet waren, und zum Schluss eine Mitteilung auf Französisch an den Botschafter, unterzeichnet von Jalud bin Malsac, in der dieser erklärte, dass einer Einreise des argentinischen Staatsbürgers Aldo Martínez nicht stattgegeben werden könne, da das Kontingent für Ausländer für 1961 bereits ausgeschöpft sei. Sie schloss die Mappe und ging zu Mauricios Büro, während sie sich fragte, was sie empfand. Einerseits Erleichterung, obwohl sie Aldo im Grunde gerne wiedergesehen hätte, weit weg von allem. Sie malte sich einige Tage alleine in Riad aus, am anderen Ende der Welt, ohne Dolores oder Señora Celia im Hintergrund, ohne das bedrückende Schuldgefühl, einen verheirateten Mann zu lieben, der sie darüber hinaus feige verraten hatte. Das alles würde in Riad nicht zählen. Aldo wäre kein Feigling und sie keine verkommene Frau, sondern sie wären einfach nur die Verliebten aus Arroyo Seco.

Der rote Stempel mit dem »Abgelehnt« brachte sie auf den Boden der Tatsachen zurück.

10. Kapitel

An eine Marmorsäule gelehnt, ließ Francesca den Blick durch den Salon der französischen Botschaft schweifen. Die wunderbaren Rokokofresken an den Decken fielen ihr besonders ins Auge, außerdem die vergoldeten Gesimse, die drei riesigen Kronleuchter und die hohen Fensterflügel mit den schweren Samtvorhängen, die weit geöffnet waren und kühle Nachtluft hereinließen. Das Büfett in einer Ecke bog sich fast unter den vielen Speisen: gebratener Fasan, gefüllter Truthahn, Salate, Kaviar, Königskrabben, Langustinen und eine große Auswahl an Saucen. Die Kellner reichten Champagner im Überfluss, obwohl auch einige Araber anwesend waren. Dutzende Paare tanzten in der Mitte des Raumes, umringt von Grüppchen, die, in angeregte Gespräche vertieft, aßen und tranken. Der Neujahrsempfang des französischen Botschafters war ein voller Erfolg.

Trotzdem fühlte sich Francesca unwohl. Sie fragte sich, warum Mauricio sie eingeladen hatte mitzukommen, wenn er doch nur die ganze Zeit mit ein paar europäischen Diplomaten über Politik sprach. Sie fand es unhöflich, dass er sie einfach so stehenließ. Sie hatte schon Le Bon und seine Tochter Valerie begrüßt, die ganz wundervoll aussah in ihrem silberfarbenen Lamékleid, außerdem Méchin, der ihr schlichtes Kleid lobte, das Onkel Fredo ihr zum Abschlussball geschenkt hatte, und Ahmed Yamani, den jungen Bekannten von Prinz Kamal, der vor einiger Zeit an dem Abendessen in der argentinischen Botschaft teilgenommen hatte. Niemand erwähnte den Prinzen al-Saud, und sie fragte auch nicht nach ihm. Seit dem Zwischenfall auf dem Bazar vor zwei Wochen hatte sie nichts mehr von ihm gehört. Vielleicht war er in Europa oder in den USA unterwegs, wo er stets mit allerlei Angelegenheiten beschäftigt war. Wie konnte sie glauben, dass ein Mann wie er, ein Prinz aus einer Herrscherfamilie, der ein Großteil der weltweiten Erdölvorkommen gehörte, ein Mann, der in den erlauchtesten und vornehmsten Salons Europas verkehrte, an eine einfache Botschaftssekretärin denken würde, die nicht einmal wusste, wie man sich auf dem Bazar von Riad zu verhalten hatte?

Nachdem Valerie Le Bon und ihr Vater sich entschuldigt hatten, um Bekannte zu begrüßen, und Yamani sich zu einer Gruppe Franzosen gesellte, blieb sie allein mit Jacques Méchin zurück, der sie prompt um den nächsten Tanz bat. Francesca hob leicht das Kleid an, damit er sehen konnte, dass ihr Fuß noch bandagiert war.

»Oh, natürlich! Entschuldigen Sie, Mademoiselle, ich hatte das mit Ihrem Fuß ganz vergessen. Kommen Sie, setzen wir uns hierher, da haben wir eine phantastische Sicht auf die Tanzfläche. Haben Sie denn noch Schmerzen?«, erkundigte er sich.

»Nein, ich spüre fast nichts mehr, aber ich will es nicht herausfordern. Dr. al-Zaki hat mir gesagt, ich soll den Verband vorsichtshalber noch ein paar Tage länger tragen.«

Méchin schwieg. Francesca merkte, dass er den Vorfall auf dem Bazar ansprechen wollte, aber er ließ es bleiben, vielleicht, um nicht sagen zu müssen, was er in Wahrheit von so manchen arabischen Gebräuchen hielt.

»Weshalb leben Sie in Arabien, Monsieur Méchin?«

»Weil ich dieses Land liebe«, seufzte Méchin. »Als ich zum ersten Mal herkam, war ich als Archäologiestudent Mitglied einer Forschungsgruppe, die sich vorgenommen hatte, der Kreuzfahrerroute zu folgen. Als wir das Rote Meer erreichten, gerieten wir in Schwierigkeiten: Man stahl uns einen Großteil der Ausrüstung und zerstörte die beiden Jeeps, das einzige Transportmittel, das wir besaßen. Ein Beduinenstamm half uns. Wir lebten ein paar Wochen bei ihnen. Sie zeigten uns die Wüste und ihre schönsten Oasen. Wir teilten ihr Essen und lernten ihre Gebräuche und ihre Religion kennen. Als die Forschungsgruppe nach Paris zurückkehrte, beschloss ich, noch eine Zeitlang zu bleiben. Ich bin jedoch nie mehr nach Paris zurückgegangen. In Ta'if, einer der schönsten Städte Arabiens, lernte ich Abdul Aziz kennen. Ich bin zum Islam konvertiert und habe die aufrichtigste und dauerhafteste Freundschaft meines Lebens geschlossen. Ich wollte mich nicht mehr von Abdul Aziz trennen. Wenig später gründete er das Königtum Saudi-Arabien und ernannte mich zu seinem Wesir. Da kommt Kamal«, sagte er dann, und Francescas Herz machte einen Satz.

Sie suchte ihn unter den Leuten, die am Büfett standen, doch Méchin deutete einige Schritte weiter: Kamal forderte gerade Valerie Le Bon zum Tanz auf. Hand in Hand gingen sie zur Tanzfläche, wo Kamal seinen Arm um Valeries Taille legte. Valerie schlang ihren Arm um den Hals des Arabers. An dem Lächeln auf al-Sauds Gesicht und seiner redseligen Laune merkte man, dass sie den Augenblick genossen. Valerie schien glücklich zu sein, seine starken Arme um sich zu spüren.

»Ich dachte, Kamal würde gar nicht kommen«, bemerkte Méchin. »Er ist gerade erst aus Kuwait zurück. Kalif al-Sabah hat ihn eingeladen, ein paar Tage in seinem Palast am Golf zu verbringen. Die al-Sabah sind die Herrscherfamilie von Kuwait und den al-Saud freundschaftlich verbunden.«

»Wenn Sie mich entschuldigen, Monsieur Méchin, ich muss mich kurz frischmachen.«

Méchin begleitete sie bis in den Flur und kehrte dann auf das Fest zurück, wo er sich zu dem Botschafter und Le Bon gesellte.

Francesca erfrischte sich das Gesicht und richtete ihre Frisur. Als sie in den Salon zurückging, fühlte sie sich etwas besser, aber der Zigarettenrauch, das unermüdliche Stimmengewirr und die Fröhlichkeit, die alle außer ihr anzustecken schien, trieben sie auf die Veranda hinaus. Sie glitt durch eine der Flügeltüren, stützte die Ellbogen auf die Balustrade und legte die Hände vors Gesicht. Besser so, dass er mit Valerie tanzte, sagte sie sich und schaute in den sternenklaren Himmel hinauf. Allmählich ließ der Anblick sie Kamal al-Saud und Valerie Le Bon vergessen. Wie gebannt blickte sie in die Nacht hinein, ohne Zeitgefühl und ohne die ausgelassene Stimmung wahrzunehmen, die durch die Verandatüren drang.

»Eine wunderbare Nacht«, sagte plötzlich jemand hinter ihr. Obwohl sie zuerst erschrak, erkannte sie al-Sauds Stimme sofort.

»In meinem ganzen Leben habe ich keine schönere gesehen«, versicherte sie, ohne sich umzudrehen.

Kamal trat an die Balustrade, und sein Duft hüllte sie ein wie ein Mantel. Er stützte die Hände auf das Geländer, und Francesca betrachtete sie verstohlen: Sehnig und dunkel, mit langen Fingern und kräftigen Nägeln, ging von diesen Händen eine harmonische Verbindung von Schönheit und Stärke aus. Er trug eine goldene Uhr und einen diskreten Siegelring am linken kleinen Finger.

»Ich bin schon vor einer ganzen Weile gekommen und habe Sie überall gesucht«, bemerkte Kamal.

»Ach ja?«, entgegnete Francesca, den Blick in den dunklen Park gerichtet.

»Sie wirken verärgert heute Abend«, stellte Kamal fest und verzog den Mund. »Ich glaube, Sie wollen lieber allein sein. Besser, ich kehre auf das Fest zurück. Entschuldigen Sie, dass ich Sie in Ihrer Ruhe gestört habe.«

Francesca drehte sich zerknirscht um.

»Es tut mir leid, Hoheit. Es war unhöflich von mir, wenn Sie durch mein Verhalten den Eindruck gewonnen haben, dass mir Ihre Gesellschaft unangenehm wäre.«

Sie blickte ihm in die Augen, und die Welt verstummte: Es gab nur noch sie und den Prinzen, der sie ansah, ohne mit der Wimper zu zucken. Francesca hatte das Gefühl, dass um sie herum ein überwältigendes, flirrendes Vakuum entstand. Kamals fester Blick hynotisierte sie, und obwohl sie darum rang, die Kontrolle wiederzuerlangen, war sie wie durch eine innere Kraft an diesen Zauber gebunden.

Ein Lächeln al-Sauds brachte Francesca wieder zur Besinnung. Beschämt sprach sie weiter: »Bitte bleiben Sie und geben Sie mir die Gelegenheit, Ihnen für alles zu danken, was Sie damals auf dem Bazar für mich getan haben.«

»Sie haben mir nichts zu danken, Mademoiselle. Ich bedaure, dass ich nicht eine Minute früher dort war, um den Vorfall zu verhindern. Aber ich kann Ihnen versichern, dass der Religionswächter, der Sie geschlagen hat, inzwischen seines Amtes enthoben wurde.«

Doch die Zeit, die inzwischen vergangen war, und die verwirrenden Empfindungen dieses Augenblicks hatten ihre Gefühle besänftigt. Die Wut und der Hass der Tage zuvor waren verflogen.

»Glauben Sie mir, Hoheit, es tut mir leid, dass dieser Mann seine Arbeit verloren hat. Ich bin sicher, er hat nur seine Pflicht getan. Ich sagte es schon einmal, und ich sage es jetzt noch einmal: Es war unvernünftig von mir, das Haus in einer *abaya* zu verlassen, die meine Beine nicht vollständig bedeckte.«

»Ich glaube Ihnen«, versicherte Kamal. »Dennoch bin ich der Meinung, dass der Polizist umsichtiger hätte handeln müssen. Wenn er Sie zuvor befragt hätte, hätten Sie Gelegenheit gehabt, ihm zu erklären, dass Sie Ausländerin sind. Das hätte Sie von einer Bestrafung befreit.«

»Wollen Sie damit sagen, wenn es sich um eine Araberin gehandelt hätte, wäre die Züchtigung rechtens gewesen?«

»Die Frauen in meinem Land kennen ihre Pflichten. Ich kann mir nicht vorstellen, dass eine von ihnen so unvernünftig gewesen wäre, schlecht verschleiert aus dem Haus zu gehen.«

Francesca verkniff sich eine Erwiderung. Kamal al-Saud hatte schon genug Unverschämtheiten ihrerseits zu ertragen gehabt. Sie würde schweigen und all die Dinge herunterschlucken, die ihr auf der Zunge lagen.

»Ja, natürlich«, lenkte sie höflich ein.

Kamal lachte laut auf.

»Ich weiß ganz genau, dass Sie das, was ich eben sagte, für ausgemachten Blödsinn halten. Aber danke für den Waffenstillstand – ich habe heute Abend wirklich keine Lust, mit Ihnen zu streiten, sondern würde gerne ein paar angenehme Stunden in Ihrer Gesellschaft verbringen.«

Sie wurde feuerrot. Ein weiteres Mal entwaffneten sie die Redegewandtheit und die Selbstsicherheit dieses Mannes. Doch nach einem kurzen Moment der Verwirrung schenkte sie ihm ein strahlendes Lächeln, überzeugt, dass jedes Widerwort nutzlos war.

»Ihr Lächeln ist wunderschön«, sagte Kamal, der plötzlich ernst geworden war, und fragte dann: »Würden Sie für den Rest des Abends mit mir tanzen?«

Francesca bereute es, sich bei Jacques Méchin mit ihrem Fuß herausgeredet zu haben. In diesem Moment hätte sie sogar mit Kamal getanzt, wenn sie ein Gipsbein gehabt hätte.

»Es tut mir leid, Hoheit, aber Dr. al-Zaki sagte gestern, dass ich noch vorsichtig sein soll und den Fuß nicht belasten darf.«

Kamal runzelte die Stirn, und Francesca fürchtete, ihn mit ihrer Absage verärgert zu haben.

»Dann sollten Sie nicht so lange stehen«, sagte Kamal. »Gehen wir in den Garten und setzen uns auf eine Bank.«

Er fasste sie beim Arm und half ihr die Verandatreppe herunter. Francesca kam sich lächerlich vor: In Wirklichkeit hätte sie die Stufen problemlos hinunterlaufen können; stattdessen musste sie einen schmerzenden Knöchel vorschützen, um das zuvorkommende Verhalten des Prinzen zu rechtfertigen. Er führte sie so vorsichtig, als könnte sie jeden Augenblick in tausend Stücke zerbrechen. Sie genoss es, seine Nähe zu spüren. Als sein starker, männlicher Körper ihren Rücken streifte, überlief es sie heiß und kalt. Sie hätte stundenlang neben ihm hergehen können, ohne müde zu werden, nur seine Berührung spüren, eingehüllt in Tabakduft und sein Moschusparfüm.

Doch dann kamen ihr Bedenken. Was wusste sie eigentlich über al-Saud? Dass er ein Prinz war, ein enger Freund ihres Chefs, der viel reiste und die besten Schulen und Universitäten Europas besucht hatte. Wie viele Ehefrauen mochte er haben? Sie wusste, dass eine von ihnen Fatima hieß. An dem Tag, als die Sache auf dem Bazar passiert war, hatte sich etwas in seiner Stimme verändert, als er von ihr sprach. Er hatte gelächelt, und an die Stelle seiner sonst so finsteren Miene war ein sanfter, nachsichtiger Gesichtsausdruck getreten, den sie nicht von ihm kannte. Er musste sie sehr lieben. Als sie sich setzten, hatte Francesca alle Zuversicht verloren.

»Gleich heute Morgen«, begann Kamal, »als ich aus Kuwait zurückkehrte, war ich bei Dr. al-Zaki. Er sagte mir, dass mit Ihrem Fuß alles in bester Ordnung sei und dass keine Schäden zurückbleiben werden.«

»Da war er Ihnen gegenüber nachgiebiger als bei mir. Ich muss weiter den Verband tragen und den Fuß jeden Abend einreiben. Ist jemand aus Ihrer Familie krank? Ich meine, weil Sie heute Morgen beim Arzt waren.«

»Nein, es ist niemand krank. Allah sei Dank befinden sich alle bei bester Gesundheit. Ich bin bei Dr. al-Zaki gewesen, um mich nach Ihnen zu erkundigen. Ich wollte mich vergewissern, dass alles in Ordnung ist.«

»Aha.«

Es bestand trotzdem kein Anlass, sich Hoffnungen zu machen: Al-Saud kümmerte sich aus Schuldgefühlen um sie und wegen seiner Freundschaft zu dem Botschafter, genauso wie es jeder guterzogene, höfliche Mensch getan hätte.

»Ich hatte noch keine Gelegenheit, Ihnen für den Kamelienstrauß zu danken, den Sie mir haben schicken lassen«, sagte Francesca schließlich. »Ich hatte zwar schon von diesen Blumen gehört, aber ich hatte noch nie welche in Händen. Es ist die perfekteste und schönste Blume, die ich je gesehen habe.«

»Ich wollte unbedingt Kamelien haben«, erklärte al-Saud, »weil sie mich an Ihre weiße Haut erinnern.« Er nahm ihre Hand und betrachtete sie ausgiebig und ohne Hast. »Meine Haut wirkt neben Ihrer noch dunkler, als sie ohnehin schon ist«, sagte er schließlich und ließ sie sanft los. »So einen Mond wie heute habe ich noch nie gesehen«, setzte er dann hinzu.

»In Saudi-Arabien scheint der Mond der Erde ein Stück näher zu sein«, bemerkte Francesca.

»Für uns Beduinen ist er sehr wichtig. Sein Licht führt uns durch die Wüste.«

»Warum sagen Sie immer ›wir‹, wenn Sie von den Beduinen sprechen, Hoheit?«

»Weil ich ein Beduine bin. Mein Vater war einer, genau wie mein Großvater und all meine Vorfahren. Wir haben über Jahrhunderte hinweg in der Wüste gelebt und kennen sie wie kein anderer. Wir arrangierten uns mit den unbarmherzigen Bedingungen und lernten, mit ihnen zu leben. Lange Zeit diente uns die Wüste als natürlicher Schutzwall gegen Invasoren. Dafür achten, ja, ich würde fast sagen, verehren wir sie.«

»Aber Sie sind kein Beduine mehr. Ich meine, Sie sind kein Nomade und leben auch nicht in Zelten.«

»Eine gewisse Zeit im Jahr lebe ich sehr wohl im Zelt und ziehe durch die Wüste.« Kamal lachte über Francescas erstauntes Gesicht. »Sie können nicht glauben, dass es diese antiquierte, unzivilisierte Lebensweise Mitte des 20. Jahrhunderts immer noch gibt, stimmt's?«

»Wenn ich ehrlich sein soll: Es fällt mir schwer.«

»Jedenfalls bedeutet Beduine zu sein wesentlich mehr, als in Zelten zu leben und durch die Wüste zu wandern. Wir Beduinen haben gelernt, mit der Trockenheit, den Stürmen und den unzähligen Gefahren zu leben. Wussten Sie, dass die Wüste Rub al-Chali die unwirtlichste Region der Erde ist? Sie liegt im Südosten meines Landes. Niemand außer uns traut sich dort hinein, und wir tun es mit großem Respekt, ohne die Grenzen zu überschreiten, die sie uns setzt. Der Beduine ist von Natur aus mutig – er muss es sein, will er nicht sterben. Und auch weise, denn im Unterschied zu den Menschen der westlichen Welt verehrt und versteht er die Natur und sieht in ihr keinen Feind, den er besiegen und beugen muss. Und trotz ihrer Lebensfeindlichkeit verteidigt und verehrt er seine Heimat, weil sie neben den Pferden das Einzige ist, was Allah ihm gegeben hat.«

Kamal sprach mit Leidenschaft, ohne jedoch die Stimme zu erheben. Ihm zuzuhören, berührte Francesca; es war schwer, sich seiner Energie und seiner Überzeugung zu entziehen. Unerklärlicherweise erfüllte sie seine Begeisterung mit Stolz. Sie bewunderte ihn dafür, dass er die Liebe zu seinem Land so überzeugt zum Ausdruck brachte, dass er es allem anderen vorzog, obwohl er an den schönsten Orten Europas gewesen war. Ihr fiel auf, dass sie eine solche Liebe weder zu Córdoba noch zu Sizilien empfand, von dem ihre Mutter ihr so viel erzählt hatte. Nur bei Fredo hatte sie eine vergleichbare Leidenschaft bemerkt, wenn er ihr vom Aostatal und der Villa Visconti erzählte.

»Ich bewundere Sie«, gestand Francesca.

»Wofür?«, fragte al-Saud überrascht.

»Weil Sie Ihr Land und seine Menschen so sehr lieben. Ich empfinde für nichts eine solche Hingabe. Wenn ich mich mit Ihnen vergleiche, bereue ich es, meine Zeit mit Nichtigkeiten vergeudet zu haben und meine Kraft nicht auf etwas Bestimmtes konzentriert zu haben.«

»Das glaube ich Ihnen nicht«, entgegnete Kamal. »Eine Frau wie Sie wird sich nur schwerlich mit Nichtigkeiten abgegeben haben. Was ist mit Ihrer Familie? Empfinden Sie keine tiefe Zuneigung zu ihnen? Mir ist aufgefallen, dass sie das Pferd auf dem Foto lieben. Ihre Augen begannen zu leuchten, als wir neulich von ihm sprachen.«

»Ja, das stimmt. Rex ist etwas Besonderes für mich.«

»Sie vermissen ihn, nicht wahr?«

»Ja, ich vermisse ihn sehr. Aber wir können im Leben nicht immer alles haben, was wir uns wünschen.«

»Das ist nicht wahr«, entgegnete al-Saud. »Wir können alles haben, was wir wollen, wenn wir es uns von ganzem Herzen wünschen.«

»Und wenn wir nicht feige sind«, ergänzte Francesca traurig.

»Sie sind überhaupt nicht feige. Das sagen mir Ihre Augen.«

Kamal nahm eine Zigarette, und als er sich vorbeugte, um sie anzuzünden, dachte Francesca, dass er der attraktivste Mann war, den sie kannte. Seine Männlichkeit verwirrte sie. Sie saßen so nah beieinander, dass sie seinen regelmäßigen Atem hören und seine schönen Gesichtszüge näher betrachten konnte – insbesondere seine matt schimmernde Haut und seine wunderbaren grünen Augen, die in der Nacht dunkler wirkten.

Als sie Schritte auf dem Kies hörten, drehten sie sich um. Eine weiße Tunika tauchte in der Dunkelheit auf und kam langsam auf sie zu, gefolgt von zwei weiteren Männern, die in gebührender Entfernung stehenblieben. Kamal stand auf und wandte sich auf Arabisch an den Störenfried. Francesca erkannte einen Mann um die fünfzig, der kleiner als Kamal war und einen Bauchansatz hatte. Ihr gefielen weder die Art, wie er sie ansah, noch das listige Lächeln, das ihm etwas Ordinäres, Lüsternes gab.

»Mademoiselle de Gecco«, sagte Kamal, »darf ich vorstellen: mein Bruder, König Saud al-Saud.«

Nach einem kurzen Moment der Erstarrung beteuerte Francesca, dass es ihr eine Ehre sei, und verbeugte sich.

»So, so, Mademoiselle de Gecco«, bemerkte Saud, »Mauricios berühmte Sekretärin.«

»Berühmt, Hoheit?«, fragte Francesca verwundert.

»Ich habe von Ihrem bedauerlichen Zusammenstoß mit der Religionspolizei auf dem Bazar erfahren«, erklärte der König und machte deutlich, dass ihm nichts entging, was in seinem Land passierte.

Francesca errötete und schlug, eine Entschuldigung murmelnd, die Augen nieder. Kamal ergriff das Wort und wandte sich auf Arabisch an seinen Bruder. Seine Stimme klang unterkühlt, und seine Gesichtszüge hatten sich verhärtet. Es war für Francesca unschwer zu erkennen, dass es mit dem Verhältnis der beiden nicht zum Besten stand. Auch Saud sah seinen Bruder grimmig an und lachte immer wieder gezwungen auf, als gefiele ihm nicht, was Kamal sagte.

»Ich darf mich verabschieden, Mademoiselle«, sagte Saud schließlich und grüßte auf orientalische Weise.

»Es war mir ein Vergnügen, Hoheit.«

»Das Vergnügen war ganz meinerseits. Mein Bruder beweist wie immer einen erlesenen Geschmack bei der Wahl seiner Begleitung.«

Der König kehrte mit seinen Leibwächtern, die nicht von seiner Seite wichen, auf das Fest zurück. Dort verabschiedete er sich von dem französischen Botschafter und den übrigen Gästen.

»Es muss eine große Ehre für den französischen Botschafter sein, dass der saudische König zu seinem Fest erschienen ist«, stellte Francesca fest.

»Ja, das ist es«, murmelte Kamal, ohne die politischen und finanziellen Vergünstigungen zu erwähnen, die sich Saud von der französischen Regierung erhoffte, um die Krise abzuwenden. »Kehren wir auf die Feier zurück«, sagte er dann.

Den Rest des Abends war Kamal kühl und distanziert. Er tanzte erneut mit Valerie und unterhielt sich mit einer Gruppe von Arabern. Er würdigte Francesca keines Blickes und wechselte kein Wort mehr mit ihr, und nach einer Stunde verließ er gemeinsam mit seinem Freund Ahmed Yamani das Fest, ohne sich von ihr zu verabschieden.

***

König Saud stieg in den Rolls-Royce, der vor dem Eingang der französischen Botschaft auf ihn wartete, und befahl dem Chauffeur, ihn nach Hause zu fahren. Tariki, der einflussreichste Minister seiner Regierung, saß neben ihm und sah unauffällig zu ihm herüber. Er kannte diesen Ausdruck tiefster Verstimmung an seinem König.

»Du bist Kamal begegnet, stimmt's?«, fragte der Minister schließlich.

»Ich bin ihm nicht begegnet«, stellte Saud richtig. »Ich habe nach ihm gesucht. Er war in Begleitung dieser Sekretärin von Dubois, von der uns Malik erzählte.«

»Die, die Probleme mit der Religionspolizei hatte?«

Saud nickte, dann schwieg er wieder. Seine Gedanken kreisten in einem Strudel von Plänen und Ideen, die nur ein Ziel kannten: Kamal auszuschalten. Er wusste genau, dass die Familie seinen Bruder gebeten hatte, die Regierungsgeschäfte zu übernehmen, und er wusste auch, dass Kamal nur deshalb noch nicht zugestimmt hatte, weil er absolute Kontrolle über die wichtigsten Ressorts des Landes forderte. Wenn es so weit kam, würde er selbst nur noch eine Marionette sein, ein Repräsentant des Landes ohne Macht und Mitsprache. Und von dort bis zu der Forderung an ihn, ganz abzudanken, war es nur noch ein kleiner Schritt.

»Francesca de Gecco, oder?«, fragte Saud plötzlich.

»Wie bitte?«

»Dubois' Sekretärin. Sie heißt doch Francesca de Gecco?«

Tariki sah ihn verständnislos an. Er hatte Kamal, Dubois und seine Sekretärin schon vergessen; zu schwer wogen die Probleme, mit denen er zu kämpfen hatte. Die nächste Versammlung der OPEC und deren Pläne, Quoten für die Erdölförderung festzulegen, bereiteten ihm schlaflose Nächte. Ihm war klar, dass es ein ehrgeiziges Ziel war, von dem er noch nicht wusste, wie es zu verwirklichen wäre. Die Einigung auf einen fairen Rohölpreis war ihm ein weiteres Anliegen, das in engem Zusammenhang zu dem ersten stand. Doch trotz der Probleme, die dieses Vorhaben mit sich brachte, war Tariki zuversichtlich: Die bedingungslose Unterstützung durch den saudischen König und den venezolanischen Präsidenten verliehen ihm die politische Macht, die für dieses Projekt nötig war. Und auch wenn er Schah Reza Pahlavi nicht völlig vertraute, weil er wusste, dass dieser ein Verbündeter des Westens war, gaben ihm die vorsichtigen Schritte des Schahs in Richtung einer lohnenderen Preispolitik Hoffnung, dass er sich in Kürze auf die Seite Saudi-Arabiens stellen würde.

Und während er sich über all diese Dinge den Kopf zerbrach,

dachte Saud an nichts Wichtigeres als an Dubois' Sekretärin. Was zum Teufel hatte der bloß im Kopf? Tariki ging Sauds Rivalität mit seinem Bruder Kamal allmählich auf die Nerven. Im Grunde schätzte er den Prinzen nämlich, den er von klein auf kannte. Er unterhielt sich gerne mit ihm, denn Kamal besaß profunde Kenntnisse in weltpolitischen Angelegenheiten. Saud dagegen war mehr daran gelegen, Geld auszugeben – Weltpolitik hatte er noch nie mit einem Wort erwähnt. Obwohl Kamal gegen das Ölkartell war, war Tariki überzeugt, dass die Zusammenarbeit mit ihm leichter gewesen wäre. Manchmal lastete der Entscheidungsdruck schwer auf ihm, und es gab niemanden, mit dem er ihn teilen konnte. Saud beschränkte sich darauf, Beschlüsse und Gesetze unbesehen zu unterschreiben.

»Sie ist bildhübsch«, redete Saud weiter. »Ihre Haut sieht aus wie aus Alabaster. Kamal wirkte wirklich interessiert.«

»Du weißt doch, dass dein Bruder seine Frauen wechselt wie du deine Autos. Sie wird eine weitere seiner Eroberungen sein, die er bald wieder sitzenlässt.«

»Du hättest sie sehen müssen. Sie hat das Gesicht eines Engels und den Körper einer Göttin. Man kann ihr nicht widerstehen. Ich kenne meinen Bruder«, beteuerte der König. »Ich weiß, dass er verrückt nach Dubois' Sekretärin ist.«

»Mach dir nichts vor, Saud. Du kennst deinen Bruder überhaupt nicht. Niemand kennt ihn. Er ist abweisend wie eine Festung, man weiß nie, was er denkt, und du schon gar nicht.«

Ja, Kamal war klug und umsichtig. Er sprach wenig und hörte genau zu. Bei Debatten schien er sich unsichtbar zu machen, um dann irgendwann eine Überlegung einfließen zu lassen, die die meisten sprachlos machte. Er war ein geduldiger und aufmerksamer Zuhörer – selbst wenn er kurz abgelenkt zu sein schien, entgingen ihm kein Wort und kein Detail. Es war unmöglich, seine Miene zu durchschauen. Man wusste nie, was er von einer Person, einer Sache oder einer Entscheidung hielt. Eines musste Saud neidlos anerkennen, so schwer es ihm auch fiel: Kamal war das getreue Ebenbild seines Vaters, jenes mutigen Beduinen und Landesgründers, der als kluger Staatsmann von den Weltmächten gefürchtet und geachtet worden war, als Anführer vom Volk verehrt.

Saud selbst sah sich weit entfernt von dieser Beschreibung: Es fiel ihm schwer, seine Gefühle zu verbergen, nur ungern beschäftigte er sich mit Staatsfragen, und auch nach acht Jahren an der Macht erfüllte er nicht alle Erwartungen, die man als König in ihn setzte. Die Probleme, die tagtäglich in seinem Amtssitz an ihn herangetragen wurden, nahmen ihm die Luft zum Atmen. Saudi-Arabien litt unter grundlegenden Strukturproblemen, die König Abdul Aziz vor seinem Tod nicht mehr hatte lösen können: die brüchige politische Einheit etwa, die durch Beduinenstämme und islamische Sektierer in Gefahr gebracht wurde, die ihre Unabhängigkeit erklärten und eigene Gebiete innerhalb der Landesgrenzen absteckten. Seine größte Sorge waren jedoch die knappen finanziellen Mittel, die ebenso schnell dahinschwanden, wie sie in die Staatskasse flossen. Die vielköpfige Familie al-Saud beanspruchte die Einnahmen aus dem Ölgeschäft und forderte immer höhere Summen, um ihren Lebensstandard halten zu können. Bei diesem Thema, das musste er zugeben, mangelte es ihm an Autorität, um der Verschwendung Einhalt zu gebieten: Sein eigener Lebensstil war der extravaganteste und kostspieligste von allen. Er hatte eine Schwäche für englische Autos – Jaguars, Rolls-Royces und Aston Martins – und liebte das Motorengeheul des Ferraris, den er kürzlich in Maranello gekauft hatte. Er hatte ein Vermögen in Rennpferde investiert und gab viel Geld für Wetten aus, obwohl der Koran das Glücksspiel verbot. Saud überhäufte seine westlichen Geliebten mit Schmuck, stellte ihnen Appartements in den besten Vierteln von Paris und London zur Verfügung und bezahlte anstandslos ihre Rechnungen. Er verbrachte herrliche Urlaube an paradiesischen Orten, wobei er an nichts sparte und keine Kosten scheute.

Was das anging, hatte Kamal ihm etwas voraus: Sein Privatvermögen basierte nicht nur auf den Beteiligungen aus der Erdölförderung, die ihm zustanden; die Gewinne stammten auch aus der Zucht und dem Verkauf seiner berühmten Pferde, einer einzigartigen Rasse, die äußerst gefragt war wegen ihrer Schönheit und ihrer Schnelligkeit. Die Pferdezucht hatte Kamals Bankkonten in den vergangenen Jahren beträchtlich gefüllt. Wenn der Geldstrom aus der Förderung des Schwarzen Goldes irgendwann versiegte, würde er seinen Lebensstil unverändert beibehalten können.

Kamal wäre ein äußerst mächtiger Mann, falls er den Thron bestieg, und er war nicht weit davon entfernt, es zu erreichen. Was sollte aus ihm, Saud, werden, wenn man ihn zur Abdankung zwang? Was kam dann? Das Exil? Die Demütigung der Verbannung, die finanzielle Einschränkung und die Schande würde er nicht ertragen. Kamal durfte nicht König werden, dafür würde er sorgen. Ihm kam wieder in den Sinn, wie die Augen seines Bruders geleuchtet hatten, als er die junge Argentinierin ansah. Zum ersten Mal hatte er in sein unergründliches Herz blicken können.

»Mein Bruder Faisal«, sagte Saud, »hält morgen ein Geheimtreffen in seinem Haus ab, um die Lage im Land zu besprechen. Sie treffen sich morgen früh.«

»Woher weißt du das? Du wirst ja wohl kaum eingeladen sein«, bemerkte Tariki ironisch.

»Du weißt doch, ich habe meine Spione überall.« Wütend schlug Saud gegen die Autoscheibe und setzte hinzu: »Diese Bande von Verrätern kann mich nicht einfach so abservieren, als ob ich ein Niemand wäre. Mein Vater hat mich zu seinem Nachfolger ernannt, und ich werde nicht auf den Thron verzichten.«

Tariki lehnte sich im Sitz zurück und warf dem König einen

besorgten Blick zu. Für ihn war Saud al-Saud ein harmloser Geist, den man leicht manipulieren konnte, solange seine Launen erfüllt wurden. Aber so, wie er sich nun aufführte, das Gesicht wie versteinert, die dichten Brauen zu einer einzigen Linie zusammengezogen, war der Minister auf der Hut, denn er war auch sicher, dass Saud ein skrupelloser Mensch war, nicht sehr intelligent zwar, aber mit genügend Geld und gewissenlos genug, um seinen Willen durchzusetzen. Tariki, der alles darangesetzt hatte, Saudi-Arabien dorthin zu bringen, wo es sich heute befand, war nicht bereit, das gewonnene Terrain wegen eines Bruderzwistes verloren zu geben.

»Was willst du dem Druck deiner Familie entgegensetzen?«, fragte er. »1958 hat uns Kamals Eingreifen vor dem Zusammenbruch bewahrt, das weißt du. Und die Umstände sind heute nicht anders als damals. Du könntest die Zusammenarbeit mit ihm akzeptieren und so die erhitzten Gemüter in deiner Familie besänftigen.«

»Niemals«, erklärte Saud. »Was kann Kamal, was ich nicht kann?«

»Zunächst einmal müsstest du eine strikte Kontrolle der Ausgaben und Bezüge durchführen. Dann einen Haushaltsplan für mindestens drei Jahre erstellen. Aber ich glaube, dass es zu spät ist: Deine Familie hat das Vertrauen in dich verloren, und selbst wenn du guten Willen bei der Senkung der Kosten und der Verwaltung der Einnahmen beweisen solltest, werden sie nach Kamals harter Hand und seiner Umsicht verlangen.«

»Wozu braucht man Feinde, wenn man Berater wie dich hat?«, wetterte Saud aufgebracht und setzte dann hinzu: »Morgen werde ich vom Wirtschaftsminister einen Haushaltsplan einfordern und eine strikte Kontrolle bei der Verteilung der Gewinne einführen. Vielleicht kann ich damit die Ungeduld meiner Onkels besänftigen.«

Es war nicht mehr weit bis zum Palast, und Tariki wusste, dass sich nicht noch einmal eine solche Gelegenheit bieten würde, Saud seine wahren Absichten zu entlocken. Angetrunken – er hatte ihn mehrmals mit einem Champagnerglas in der Hand gesehen –, aufgebracht und wütend, wie er war, würde er ihn zum Reden bringen; am nächsten Tag, wenn er wieder bei klarem Verstand war und seine Gefühle unter Kontrolle hatte, war nicht mit einem Geständnis zu rechnen.

»Du und ich«, sagte Tariki, »wissen genau, dass ein Haushaltsplan nicht verhindern wird, dass man dir die Führung streitig macht.« Er suchte in der Dunkelheit des Autos nach dem Blick des Königs und stellte fest, dass er lächelte. »Dein Problem ist ein anderes.«

»Kamal«, ergänzte Saud. »Mein einziges Problem war immer er.«

»Nun«, fuhr Tariki fort, »ich glaube, du hast nur eine Wahl: Dich mit ihm zu verbünden.«

»Da irrst du dich. Mir bleibt noch eine andere Möglichkeit.«

Der Wagen passierte das Portal von Sauds Residenz und fuhr durch den Park. Schließlich hielt er vor dem Haupteingang. Zwei Wächter traten heran, einer öffnete den Schlag des Rolls-Royce, während der andere mit dem Gewehr im Anschlag die Umgebung beobachtete. Bevor er ausstieg, drehte sich Saud zu seinem Wesir um und lächelte ihm ironisch zu.

»Kümmere du dich darum, dass der Ölpreis steigt, den Rest übernehme ich.«

Dann wies er den Chauffeur an, Tariki zu seiner Residenz zu bringen, die ganz in der Nähe lag, und verabschiedete sich.

***

Trotz der hohen Temperaturen zeigte sich der Januar von seiner angenehmen und schönen Seite. Morgens, wenn die Luft noch kühl und feucht war, wölbte sich ein wolkenloser blauer Himmel über dem Park der Botschaft, in dem Francesca gerne noch ein wenig spazieren ging, bevor sie mit der Arbeit begann. Oft setzte sie sich auf eine Bank und betrachtete die Palmen; sie mochte das Grün der riesigen Blätter, die sich oberhalb des Stamms sternförmig auffächerten, und das Gelb der Blüten und Früchte, die in großen Trauben hinabhingen. Sie versuchte sich eine Oase vorzustellen – ein Garten mitten in der Wüste, hatte Mauricio ihr erklärt, mit Schatten, um sich vor der sengenden Sonne zu schützen, frischem, kristallklarem Wasser aus den Wüstenflüssen, den Wadis, süßen Datteln, die die Lebensgeister weckten, und anderen exotischen Früchten, die den Beduinen ebenso kostbar waren wie Juwelen. Dennoch fiel es ihr schwer, sich dieses kleine Paradies inmitten der lebensfeindlichen Landschaft vorzustellen.

Sie nutzte ihre kurze morgendliche Pause auch, um Bücher zu lesen oder die Post, die aus Argentinien eintraf. Anlässlich der Weihnachtsfeiertage, die nahezu unbemerkt an ihr vorübergegangen waren – es gab nicht einmal eine Kirche, um an der Krippe zu beten –, hatte sie Karten und lange Briefe erhalten. Ihre Mutter schickte ihr Gottes Segen und alle guten Wünsche, begleitet von Tipps und guten Ratschlägen. Fredo, der schon lange nichts mehr mit Religion am Hut hatte, überraschte sie mit dem Geständnis, dass er Antonina am 24. zur Christmette begleitet habe.

Gegen neun ging Francesca in die Botschaft zurück, wo Mauricio in seinem Büro mit einer Liste von Aufgaben und Aufträgen auf sie wartete. Die Zusammenarbeit mit dem Botschafter machte ihr Spaß, und sie hatte keine Zweifel, dass auch er sie als Mitarbeiterin schätzte. Sie hatten einen harmonischen Arbeitsablauf gefunden, in dem es ohne Hektik und Stress abging. Sie planten den Tag gut durch und gerieten nur selten ins Trudeln. Francesca fühlte sich immer sicherer in ihrem Job, genau wie damals in Genf, als ihr Rat in nahezu allen Angelegenheiten gefragt war und ihr Chef sich voll und ganz auf sie verließ. Sie hatte nicht länger das Gefühl, entwurzelt zu sein, und fand es eine merkwürdige Vorstellung, dass sie sich vor einiger Zeit noch gefragt hatte, was sie eigentlich hier machte.

Es schienen Jahre seit dem Morgen vergangen zu sein, als Malik sie am Flughafen von Riad abgeholt hatte. Sie hatte sich daran gewöhnt, fünfmal am Tag den Gebetsruf des Muezzins zu hören und die *abaya* zu tragen, sie aß Lammfleisch und trank Ziegenmilch und es schmeckte ihr. Sie begann, das Hauspersonal zu verstehen, wenn es Arabisch sprach. Die wichtigsten Straßen, Plätze und Gebäude der Stadt waren ihr vertraut; sie ließ es zwar vorsichtshalber bleiben, aber sie hätte allein ins Stadtzentrum von Riad gehen können, ohne sich zu verlaufen. Die Gerüche und das Gedränge auf dem Bazar störten sie nicht mehr, und sie hatte gelernt, die hartnäckigen Verkäufer und die Kinder abzuschütteln, die an ihrem Umhang zupften. Selbst Maliks unfreundliche Art störte sie nicht mehr.

Mitte Januar hatte sie immer noch nichts von Aldo gehört. Eigentlich war sie erstaunt über sein Schweigen. Sie nahm an, dass es zwischen ihm und Dolores besser lief, dass sie nicht mehr stritten und nicht länger in getrennten Zimmern schliefen, und wer wusste, womöglich erwarteten sie ein Kind. Dieser Gedanke machte sie nicht traurig, aber auch nicht gerade glücklich. Es war diese Widersprüchlichkeit, die sie beunruhigte.

Der Januar verlief ohne größere Neuigkeiten, und der Februar begann mit guten Aussichten. Deshalb wusste sie nicht, ob sie sich freuen oder Sorgen machen sollte, als Dubois ihr mitteilte, dass sie geschäftlich nach Dschidda reisen und im Haus von

Prinz Kamal wohnen würden. Seit dem Fest in der französischen Botschaft hatte sie nichts mehr von ihm gehört. Kamal al-Saud war wie ein geschickter Dieb, der immer wieder in ihrem Leben auftauchte und alles durcheinanderbrachte, um dann wieder zu verschwinden und sie mit klopfendem Herzen zurückzulassen wie ein verliebtes Mädchen. Sie hatte ihm einfach nichts entgegenzusetzen. Sein Verhalten ärgerte sie, diese offensichtliche Verführung, die dann in Gleichgültigkeit umgeschlagen war. Sie hatte keineswegs die Absicht, ihn wiederzusehen. Sie wollte ihre Ruhe haben.

Francesca kam zu dem Schluss, dass es sinnvoller wäre, wenn sie in Riad blieb und sich um die Belange der Botschaft kümmerte. Diesem Vorschlag widersetzte sich Dubois jedoch mit ungewohnter Entschiedenheit. Die Aussicht auf ein Treffen mit einer Delegation italienischer Geschäftsleute setzte der Diskussion schließlich ein Ende.

»Ich spreche kein einziges Wort dieser verflixten Sprache. Wenn es mir gelingt, ein Treffen mit den Italienern auszumachen, wirst du bei den Gesprächen von entscheidender Bedeutung sein. Außerdem lernst du Dschidda kennen, die Stadt, die dir bei der Recherche für den Bericht, den ich kurz nach deiner Ankunft von dir anforderte, so viele schlaflose Nächte bereitet hat.«

***

Am Tag nach dem Empfang in der französischen Botschaft fehlte Kamal bei der Zusammenkunft im Haus seines Bruders Faisal. Bei dem geheimen Treffen sollte es um die Inflation, das Währungssystem, die wirtschaftliche und die finanzielle Lage des Landes gehen, drängende Fragen, die nach unmittelbaren Lösungen verlangten. Doch Kamal verließ Riad mitten in der Nacht und fuhr zu seiner Residenz in Dschidda. Er raste in seinem Jaguar durch die Wüste des Nedschd und die Region Hedschas, wo er anhielt, um in Mekka zu beten, das um diese Jahreszeit voller Pilger war. Als die Sonne am Horizont aufging, erreichte er Dschidda.

Als er durch das Tor seines Anwesens fuhr, erfüllte ihn eine innere Ruhe, nach der er so verzweifelt gesucht hatte. Es fiel ihm schwer, mit diesem ungewohnten Gemütszustand zurechtzukommen, den er nicht einmal definieren konnte. Es war weder Trauer noch Freude, weder Begeisterung noch Niedergeschlagenheit. Es war alles zugleich, und diese Verwirrung machte ihn wütend, denn zum ersten Mal war er nicht Herr seiner selbst.

Im Haus bat er um eine Tasse starken Kaffee und gab Anweisung, sein Pferd zu satteln. Er tauschte das weite Gewand gegen eine dunkelblaue Hose und ein weißes Seidenhemd, die Sandalen gegen hohe Schaftstiefel, und wählte eine leichtere, beigefarbene Kopfbedeckung. Im Salon sitzend, trank er in Ruhe seinen Kaffee, während Sadun, der Hausverwalter, ihm berichtete, was es Neues gab. Dann ging er zu den Stallungen. Die Stallburschen begrüßten ihn mit einer Verbeugung. Sie freuten sich aufrichtig, ihn zu sehen; Kamal hatte ihnen lange keinen Besuch mehr abgestattet.

Im Stall erwartete ihn sein Pferd Pegasus, ein stolzer, kräftiger, lebhafter Zuchthengst, edel anzuschauen mit dem neuen Zaumzeug aus Sämischleder. Kamal begutachtete ihn stolz. Seine Angestellten hatten gute Arbeit geleistet. Das Tier sah gesund und gutgepflegt aus. Fadhil, der Stallmeister, der sich mit der Zucht von Araberpferden bestens auskannte, wusste, dass Pegasus für den Herrn etwas Besonderes war – nicht nur, weil sein Wert auf fast eine halbe Million Dollar geschätzt wurde, sondern weil er das letzte Geschenk seines Vaters gewesen war. Es gab immer wieder verlockende Angebote, die der Prinz ohne nachzudenken ausschlug.

Kamal wechselte ein paar Worte mit Fadhil, der das unruhig tänzelnde Pferd am Zügel hielt, und schickte ihn dann weg. Der Prinz streichelte Pegasus über die Blesse und redete beruhigend auf ihn ein, während er dem Tier Sattel und Zaumzeug abnahm, um ihn näher in Augenschein zu nehmen. Er tastete seinen Rücken ab, ohne Schwielen oder Verletzungen zu finden, untersuchte Hufe und Hufeisen, betastete die Nüstern und schob das Maul auseinander, um seine kräftigen, weißen Zähne zu begutachten. Das lebhafte, energiegeladene Verhalten des Tieres überzeugte ihn endgültig davon, dass es sich in einem untadeligen körperlichen Zustand befand. Schließlich sattelte er das Pferd wieder und saß auf. Als es Kamals Gewicht spürte, stieg es vorne hoch, wieherte und galoppierte los.

Auf einem Dünenkamm hielt Pegasus an, und Kamal ließ ihn ein wenig ausruhen. Auf dem Rücken seines Pferdes sitzend, betrachtete er die Landschaft, während er seine Gedanken schweifen ließ. Der Schrei eines Falken, der in der Luft seine Kreise zog, riss ihn aus seiner Versunkenheit.

Im langsamen, gleichmäßigen Schritt ritt er weiter. Die Wüste hatte immer eine erstaunliche Wirkung auf ihn: Hier konnte er durchatmen, sie besänftigte seine Seele und brachte ihn zum Nachdenken. Gleichzeitig erfüllte sie ihn mit einer Kraft, die ihn innerlich stärkte. Er war nun zwar ruhiger, doch Francesca ging ihm nicht aus dem Kopf.

Seit jenem Abend in der venezolanischen Vertretung in Genf, wo sie ihn mit ihrer südamerikanischen Schönheit verzaubert und mit ihren traurigen Augen gerührt hatte, vernebelte das Verlangen, sie zu besitzen, seinen Verstand.

Er wollte ihr nahe sein, den Klang ihrer Stimme hören und den Duft ihres Haars riechen, ihre zarten Wangen berühren, ihre schlanke Taille umfassen, ihre Lippen spüren. Er wollte sie langsam ausziehen, ihre Brüste liebkosen, ihren Bauch küssen, sie immer und immer wieder lieben, bis sein Verlangen gestillt war wie der Durst eines Beduinen, der an einer Oase trinkt und sich dann im Schatten einer Palme zum Schlafen legt. Weshalb ertrug er diesen quälenden Durst, der ihm die Sinne raubte? Weshalb nahm er sich nicht einfach von ihr, was er wollte?

Er fand tausend Gründe: die häufigen Reisen, die Probleme des Landes, seine Geschäfte, der Druck der Familie. Was hielt ihn davon ab, sie zu nehmen, jetzt, da sie in greifbarer Nähe war? Normalerweise kannte er keine Gnade mit seiner Beute, er ließ keine Ausreden gelten und machte sich nicht viel aus Bitten. Aber bei Francesca war das anders. Etwas an ihr zog ihn in seinen Bann, ohne dass er wusste, was es war; etwas, das ihn in eine Art Benommenheit versetzte, die es ihm unmöglich machte, sich so zu verhalten wie sonst.

›Sie ist so jung‹, sagte er sich immer wieder. ›Was kann sie mir geben, das ich noch nicht kenne?‹ Vielleicht waren es die Unschuld und die Sanftheit in ihren Augen. Er war es leid zu taktieren, mit Falschheit und Unaufrichtigkeit zu leben, das schmutzige Spiel der anderen mitzuspielen, zu lügen, um zu gewinnen, den Gegner straucheln zu sehen und seine Niederlage zu genießen. In dieser ganzen intriganten Welt erschien ihm Francesca wie eine Oase, wo er ruhig und sicher sein Lager aufschlagen konnte. Weshalb nahm er sie nicht einfach und stillte seinen Durst?

Er hatte Angst, ihr wehzutun, das war die Wahrheit. Plötzlich empfand er Skrupel. Er wollte ihr nicht wehtun. Und er wusste, dass er sie brandmarkte, wenn er sie an sich band. Er gab dem Pferd die Sporen, und Pegasus jagte im fliegenden Galopp nach Hause.

Einige Wochen später erfuhr er von Méchin, mit dem er fast täglich in Kontakt stand, dass Mauricio demnächst nach Dschidda kommen würde, weil er an Geschäften mit einigen italienischen Unternehmern interessiert war. Sofort schickte er ihm ein Telegramm, um ihm mitzuteilen, dass er ihn und seine Sekretärin auf seinem Anwesen erwarte.

11. Kapitel

Mauricio legte die Abreise auf den 2. Februar fest. Sie würden von Militärattaché Barrenechea, der an einem Waffengeschäft interessiert war, und Malik als Chauffeur der Delegation begleitet werden. Francesca wäre Kasem lieber gewesen, aber dem hatte Dubois die Sicherheit der Botschaft anvertraut.

Sara bedrängte sie, in Riad zu bleiben. Sie dürfe auf keinen Fall Kamal al-Saud begegnen oder gar unter seinem Dach leben. Die Algerierin war fassungslos über Francescas Fügsamkeit und hielt ihr eine ernste Standpauke über die Durchtriebenheit und Wollust der Araber.

»Er wird dich rumkriegen«, behauptete sie. »So sicher, wie es keinen Gott gibt außer Allah und Mohammed sein Prophet ist! Ich werde mit dem Botschafter sprechen und ihm meine Befürchtungen mitteilen, dann wird er dir erlauben, in Riad zu bleiben.«

»Gar nichts wirst du tun«, sagte Francesca bestimmt. »Außerdem wissen wir gar nicht, ob sich der Prinz in Dschidda aufhält. Sicher stellt er uns nur sein Haus zur Verfügung, während er in Europa unterwegs ist. Du entfachst einen Sturm im Wasserglas.«

»Er wird dort sein und dich erwarten«, prophezeite Sara. »Bist du nicht Frau genug, um zu merken, dass er dich begehrt?«

Francesca schob den Koffer zur Seite und setzte sich auf die Bettkante. Sie spürte, dass Kamal in Dschidda war. Bei dem Gedanken durchlief ein sehnsüchtiger Schauder ihren Körper. Es machte sie stolz, sich vorzustellen, dass er tatsächlich nur auf sie wartete. Saras Unkereien ärgerten sie nicht, im Gegenteil – sie wünschte, dass sie wahr wären. Im gleichen Moment bereute sie ihre Unbesonnenheit. Ich bin ein Flittchen, warf sie sich vor, denn was sie für den Araber empfand, entsprach in nichts dem reinen Gefühl, das sie Aldo entgegengebracht hatte. Es war eine sinnliche, körperliche Anziehung, das Verlangen, erobert zu werden, ihm zu gehören.

»Mal angenommen, er wäre dort«, fuhr Francesca fort. »Und nehmen wir außerdem an, dass er tatsächlich auf mich wartet. Glaubst du, ich habe keine moralischen Prinzipien?«

»Du hast keine Ahnung, mit wem du dich da einlässt. Wenn dieser Mann beschlossen hat, dass er dich will, werden ihn weder dein Wille noch deine Prinzipien davon abhalten. Er wird dich verführen und dich dann verlassen. Verwechsle diesen Mann nicht mit dem unerfahrenen Jungen, den du in Argentinien zurückgelassen hast, Francesca.«

Sie brachen zeitiger als geplant nach Dschidda auf. Es war eine Strecke von ungefähr achthundert Kilometern, die Malik in höchstens acht Stunden schaffen wollte. Am späten Nachmittag würden sie da sein.

Als sie Riad verließen, wurde die Landschaft unwirtlich. Die Einsamkeit und die Stille übertrugen sich auf die Autoinsassen. Kilometer um Kilometer gelber Sand säumte die Strecke. In der Ferne unterbrachen rötliche Felserhebungen, in eine ewige Staubwolke gehüllt, die einförmige Umgebung. Hin und wieder entdeckten sie eine Ansammlung von Zelten, Kamelen und Beduinen, die bald hinter den flirrenden Reflexen der Sonne auf dem Sand verschwanden.

Barrenechea, der Militärattaché, brach das Schweigen und befragte den Botschafter nach der momentanen Situation der Beduinen. Mauricio antwortete lang und ausführlich. Er erklärte auch, dass die Wüste, die sie gerade durchquerten, Hedschas heiße, und dass sie bald in die zweite große Region Saudi-Arabiens kämen, den Nadschd, der entlang des Roten Meeres verlaufe und die fruchtbarste Gegend des Landes sei, insbesondere der Süden, an der Grenze zum Jemen. Mauricio erzählte auch von den Kämpfen, die König Abdul Aziz geführt hatte, um das Gebiet zurückzuerobern, das sein Erzfeind Ali bin Hussein seinem Vater abgenommen hatte.

Es war fast Mittag, als sie in der Nähe des kleinen Hirten- und Töpferdorfs Zalim an einer heruntergekommenen Raststätte anhielten, um zu tanken und den Imbiss zu sich zu nehmen, den Sara vorbereitet hatte. Die Männer unterhielten sich, während sie aßen. Francesca, die wegen der Hitze und der Aufregung keinen Appetit hatte, ging ein Stückchen und beschattete ihr Gesicht mit der Hand, während sie sich in der Gegend umsah. Seit sie Riad verlassen hatte, hatte sich die Landschaft nicht verändert: Sand, Staub, verdorrte Sträucher und ein lästiger Wind. Doch als sie nun dieser beeindruckenden Aussicht gegenüberstand, fühlte sie sich klein und unbedeutend.

Gegen zwei Uhr nachmittags machte sie der Botschafter auf die Abzweigung nach Mekka aufmerksam.

»Mekka ist die heilige Stadt.« Malik sprach zum ersten Mal. »Ungläubigen ist der Zutritt verboten.«

Francesca sah zu Dubois herüber, der sich verärgert über die unausgesprochene Warnung des Chauffeurs räusperte.

»Das wissen wir, Malik«, stellte er dann klar. »Wir würden es nie wagen, heiligen Boden zu entweihen.«

Die Stimmung war angespannt, und alle fühlten sich unwohl, mit Ausnahme von Malik, der unerschütterlich hinterm Steuer saß und wieder in Schweigen versank. Barrenechea, stets gutgelaunt und zum Lachen aufgelegt, verwickelte den Botschafter in ein Gespräch über Dienstliches, und bald lösten sich die Anspannung und der Ärger.

In der Nähe von Dschidda wurde die Luft kühler und die Landschaft grün. Die Wüste war zu Ende. Die Zufahrtsstraße, die an Armenvierteln und Industrieanlagen entlangführte, bot einen ungewohnten Ausblick auf Bäume, blühende Sträucher und weite Grasflächen, bei deren Anblick man sich gar nicht vorstellen konnte, dass sich nicht weit entfernt davon die glutheiße Wüste ausdehnte.

»Prinz Kamals Anwesen liegt außerhalb«, sagte der Botschafter. »Wir kommen jetzt nicht in die Stadt. Nicht enttäuscht sein, Francesca. Wir werden noch Zeit haben, sie uns anzusehen.«

Auf dem Gelände von Kamal al-Sauds Anwesen fuhr der Wagen noch ein ganzes Stück über gepflasterte Wege, die von Palmen und wildwucherndem Grün gesäumt waren, bevor sie das Haus erreichten, das inmitten eines gepflegten Gartens stand. Das strahlend weiße, dreistöckige Gebäude war schlicht und nicht sonderlich prunkvoll. Große Fenster aus dunklem, fast schwarzem Holz hoben sich von den Mauern ab, als schwebten sie in der Luft. Einige waren quadratisch, andere besaßen Rundbögen und waren über und über mit Schnitzereien und arabischen Inschriften geschmückt. Das Flachdach, bekrönt von dreieckigen Zinnen, verlieh dem Haus das Aussehen einer Festung.

Die Eingangstür öffnete sich, und es erschien ein etwa fünfzigjähriger Mann in einer langen, makellos weißen Dishdasha und mit einem bunten Fes. Mauricio ging ihm entgegen, und sie umarmten sich innig. Francesca und der Militärattaché hielten sich im Hintergrund. Drei Burschen kümmerten sich um das Gepäck und wiesen Malik den Weg zu den Garagen.

Mauricio stellte ihnen Kamals Hausverwalter Sadun vor, den er seit vielen Jahren kannte. Der Mann nahm den Fes ab und sprach ein paar Worte zur Begrüßung. Dann wandte er sich auf Arabisch wieder an den Botschafter.

»Wir haben euch nicht vor dem späten Nachmittag erwartet. Der Herr Kamal wird erstaunt sein.«

»Wir sind früher als vorgesehen aus Riad weggefahren«, entschuldigte sich Mauricio.

»Heute Morgen gab es hier eine wunderbare Überraschung: Fadila und die Mädchen sind aus Taif gekommen. Sie werden einige Tage bei uns verbringen.«

»Sind sie im Haus?«

»Ja, und sie können es kaum erwarten, dich zu sehen«, setzte Sadun hinzu und bat sie mit einer Handbewegung hinein.

Drinnen verbargen sich hinter der schlichten Fassade Überfluss und orientalischer Luxus. Der weitläufige, gewölbte Eingangsbereich, dessen roséfarbene Marmorwände mit farbenfrohen Teppichen geschmückt waren, ging in einen großen Raum über, der an ein Beduinenzelt erinnerte. Von der Mitte der Decke fiel ein weißer Stoff herab, der in üppigen Falten zu zahlreichen Befestigungspunkten an den Wänden geführt wurde, die wiederum mit dicken, schweren Taftbahnen verkleidet waren. Der Boden war vollständig mit Perserteppichen ausgelegt. In der Mitte stand ein niedriges, langes Palisandertischchen mit Einlegearbeiten aus Marmor, umgeben von dicken Kissen, Wasserpfeifen und kleinen Hockern. Das Sandelholz, das in einer kupfernen Räucherpfanne verbrannte, verbreitete einen angenehmen Duft.

Ein Diener führte Militärattaché Barrenechea zu seinem Zimmer, während Francesca und Mauricio Sadun zum Harem folgten. Unterwegs erklärte ihr der Botschafter, dass der Begriff Harem auf das Wort *haram* zurückgehe, was so viel bedeute wie ›verboten‹. In diesem abgetrennten Bereich des Hauses, der in der Regel hinter einem Garten versteckt liege, hielten sich die Frauen ohne *abaya* auf. Deshalb dürfe er nur von anderen Frauen oder *mahrans* besucht werden, männlichen Verwandten, mit denen die Heirat für eine Muslimin ausgeschlossen sei: Väter, Brüder, Onkel, Großväter.

»Und Sie dürfen rein?«, wunderte sich Francesca.

»Abdul Aziz, Kamals Vater, hat mich als seinen Sohn angesehen und als solchen in das Familienbuch eingetragen. Für die al-Sauds bin ich ein *mahran*.«

»Und dieser Mann«, fragte Francesca beeindruckt und deutete auf den Hausverwalter, »warum darf er hinein?«

»Sadun ist der Eunuch des Harems.«

Sie durchquerten den Garten und betraten ein stilles, dunkles Gebäude. Die Luft roch nach Vanille, ein süßlicher, betörender Duft, der zur Einrichtung passte. Francesca und Mauricio folgten Sadun schweigend durch ein Gewirr von Hallen und Gängen. Hinter einer reichgeschnitzten Tür befand sich ein Raum, der Francesca einen entzückten Ausruf entlockte. Er war kreisrund und von Dutzenden schlanker, glatter Säulen durchzogen, auf denen die Deckenkuppel ruhte. In der Mitte befand sich ein großes, himmelblau gefliestes Wasserbecken. Francesca trat näher und entdeckte auf dem Boden das Mosaik eines geflügelten weißen Pferdes im byzantinischen Stil.

Sadun sagte ein paar Worte auf Arabisch und ging dann hinaus. Francesca sah sich um. Ihr Blick blieb an der mit Stuckverzierungen überladenen Kuppel hängen, die in Rot-, Gold- und Blautönen gehalten waren. In der Mitte fielen Sonnenstrahlen durch buntes Glas und tauchten den Raum in irisierendes Licht. Mit Damast bezogene Diwane, Seidenkissen, Teppiche, kleine Tischchen und Ablagen vervollständigten die Einrichtung. Der Marmorboden und die Wandkacheln schimmerten in der dämmrigen Helligkeit.

»Du bist beeindruckt, nicht wahr?«, hörte sie Mauricio sagen. Als Francesca den traurigen Unterton bemerkte, der in seiner Stimme mitschwang, nickte sie nur, ohne sich größere Begeisterung anmerken zu lassen.

Dann erschien eine Frau in einem nilgrünen Gazegewand, das teilweise von ihrem langen schwarzen Haar bedeckt war, das ihr bis auf die Hüften fiel. Begleitet von Sadun, bewegte sie sich mit der Anmut einer Königin, und ein Strahlenkranz aus Licht schien sie zu umgeben. Mauricio eilte ihr entgegen und umarmte sie. Die Frau nahm sein Gesicht in beide Hände und küsste ihn auf die Stirn. Francesca hätte sie stundenlang ansehen können; ihre Bewegungen waren sanft und weiblich, und ihre Haltung drückte Selbstsicherheit und Stolz aus.

»*Um Kamal*«, sagte Mauricio, dem arabischen Brauch folgend, eine Frau als Mutter ihres Erstgeborenen zu benennen.

»Mein lieber Mauricio, was für eine große Freude, dich bei uns zu haben!«

Dubois wandte sich zu Francesca um und bat sie mit einer Handbewegung, näher zu kommen.

»Darf ich vorstellen: meine Mitarbeiterin Francesca de Gecco. Francesca, das ist Fadila, die Mutter von Prinz Kamal.«

Die Frau wandte sich in perfektem Französisch an sie und bewunderte ihre schönen schwarzen Augen und ihre weiße Haut. Eingeschüchtert von Fadilas durchdringendem Blick, in dem sie den Blick ihres Sohnes wiedererkannte, schaute Francesca zu Boden und stammelte ein Dankeschön. Stimmengewirr von der Tür kündigte eine Gruppe von Frauen und Mädchen an, die nun den Raum betraten.

»So viele Frauen hat Prinz Kamal?«, flüsterte Francesca Mauricio zu.

»Trotz seiner sechsunddreißig Jahre hat sich Kamal immer noch nicht für eine Frau entschieden, sehr zum Verdruss seiner Mutter. Was du dort siehst, sind seine Schwestern und Nichten. Genau genommen ist Fatima, die in dem orangefarbenen Kleid, seine einzige Schwester. Die Übrigen sind Halbschwestern und Nichten, aber er liebt sie alle gleich, und sie ihn.«

Francesca lächelte. Die Begrüßungen gingen weiter. Die Mädchen umarmten und küssten Mauricio und plapperten alle durcheinander. Die Jüngsten hängten sich an seinen Hals und durchsuchten seine Taschen. ›Sie wirken so glücklich‹, dachte Francesca, verzaubert von der Frische und Unschuld, die sie ausstrahlten. Plötzlich fühlte sie sich alt, und sie verspürte den starken Drang, das Kostüm, die Nylonstrümpfe und die Pumps auszuziehen, in das Wasserbecken einzutauchen und dann in eines der weiten, farbenfrohen Gewänder zu schlüpfen, wie sie diese Frauen trugen.

***

Man wies Francesca ein Zimmer im oberen Stock zu. Sie öffnete die Flügeltüren und trat auf den Balkon hinaus. Es war niemand zu sehen und zu hören. Müdigkeit breitete sich in ihrem Körper aus. Sie ging ins Schlafzimmer zurück, zog das Kostüm aus und legte sich in Unterwäsche aufs Bett. Sie träumte, sie würde in ebendiesem Zimmer aufwachen und, in einen zarten Nebel gehüllt, eine große, kräftige, weißgekleidete Gestalt erkennen, die sie unverwandt beobachtete. Die Gestalt raunte ihr etwas in einer fremden Sprache zu, während sie sich ihrem Gesicht näherte. Francesca kniff die Augen zu, um sie nicht zu sehen.

Verwirrt wachte sie auf und fragte sich, wo sie war. Sie setzte sich im Bett hoch und sah, dass es Nacht war. Sie nahm die Uhr vom Nachttisch: neun Uhr. Wo mochten die anderen sein? Im Haus war es still. Ob sie schon schliefen? Vielleicht hatte man sie zum Abendessen gerufen und sie hatte nichts gehört. Es war ein Affront, nicht am Tisch eines Prinzen zu erscheinen. Andererseits wusste sie nicht genau, ob er überhaupt im Haus war. Sadun und Fadila hatten ihn nicht erwähnt, oder sie hatten es auf Arabisch getan.

Sie hatte einen Bärenhunger. Sie würde nach unten gehen, und wenn sie im Salon jemanden vom Personal antraf, würde sie um etwas zu essen bitten. Das Kostüm kam nicht mehr in Frage, es war völlig zerknittert und sah aus wie ein Akkordeon; stattdessen entschied sie sich für ein blassrosa Leinenkleid mit weißen Paspeln. Mit ihrem Haar würde sie nichts machen, dafür war keine Zeit. Sie nahm die Spangen heraus und ließ es schwer und offen fallen.

Eine Treppe am Ende des Balkons führte zur Gartenterrasse. Das Klappern ihrer Sandalen auf dem Granitboden hallte ihr in den Ohren wider; die Dunkelheit im Garten machte ihr Angst, und sie ging eilig auf das Licht zu, das von der Tür am Ende der Veranda kam.

Dort entdeckte sie den Prinzen, allein, ein Buch in der einen, eine merkwürdige Perlenkette in der anderen Hand. Sie blieb auf der Türschwelle stehen, unschlüssig, ob sie sich bemerkbar machen oder auf ihr Zimmer zurückkehren sollte. Kamal blickte auf und sprach sie mit der gewohnten Ungezwungenheit an.

»Mademoiselle de Gecco, treten Sie doch bitte ein. Ich habe Sie erwartet.« Er stellte das Buch ins Regal zurück und kam zur Tür. Dann nahm er ihre Hand und fragte: »Haben Sie gut geschlafen?«

Francesca nickte, in ihrem Kopf war nur ein Gedanke: Al-Saud war in Dschidda, wie Sara es vorhergesagt hatte. Weshalb diese Angst? Weshalb diese Unruhe? War es keine verlockende Vorstellung gewesen, ihn zu treffen? Erleichtert atmete sie auf, als er ihre Hand losließ und auf einen kleinen Sessel deutete.

»Es tut mir leid, dass ich nicht zu Hause war, als Sie ankamen«, sagte er und reichte ihr ein Glas mit einem weißen, dickflüssigen Getränk. »Kosten Sie, das ist unser berühmter Laban. Mauricio hatte mir gesagt, dass ihr gegen sieben Uhr abends ankommen würdet.«

»Danke«, sagte Francesca und nahm das Glas. »Der Botschafter hat entschieden, früher loszufahren. Wir sind gegen vier Uhr angekommen.«

Das Getränk erinnerte an sauren Joghurt. Francesca verzog das Gesicht. Kamal lächelte und nahm ihr das Glas ab.

»Ich lasse Ihnen besser einen Fruchtsaft bringen.«

Auf sein Fingerschnipsen hin erschien eine Hausangestellte, mit der er sich auf Arabisch unterhielt. Kurz darauf kehrte das Mädchen mit einem Pfirsichsaft zurück, der den sauren Geschmack des Laban nahm.

»Ich weiß, dass Sie heute Nachmittag meiner Mutter vorgestellt wurden«, bemerkte Kamal und setzte sich ihr gegenüber, während er die Perlenkette zwischen seinen Fingern spielen ließ. »Sie haben einen guten Eindruck auf sie gemacht, und das ist schwierig, das kann ich Ihnen versichern. Sie ist eine eigenwillige Frau. Sie erwartet Sie morgen früh zum Frühstück im Harem.«

»Ihre Mutter ist sehr liebenswürdig, Hoheit, und ich fühle mich geschmeichelt von der Einladung. Aber ich muss zuerst den Botschafter fragen; vielleicht braucht er mich morgen früh, um in die Stadt zu fahren.«

»Glauben Sie mir«, sagte der Prinz, »Mauricio würde jedes Treffen und jede Verpflichtung absagen, bevor er meine Mutter verärgert.«

Dubois und der Militärattaché erschienen im Salon, und Kamal stand auf, um sie zu begrüßen. Dann öffnete er eine Flügeltür, und sie betraten das Speisezimmer, wo auf einem langen, schmalen, niedrigen Tisch das Abendessen auf sie wartete. Sie nahmen auf Kissen Platz, und Kamal schob Francesca mit Rücksicht auf ihr Kleid einen Hocker hin. Zwei Mädchen kamen mit noch mehr Schüsseln und trugen den Gästen auf, während Sadun die Gläser füllte. Francesca beobachtete, dass sie die linke

Hand hinter dem Rücken verbargen und mit großer Geschicklichkeit lediglich die rechte benutzten.

Mauricio und Kamal aßen mit den Fingern. Francesca und Barrenechea sahen sich an.

»Greifen Sie zu«, bat ihr Gastgeber.

Barrenechea lächelte und nahm das geschmorte Fleisch in die Hand. Francesca wollte sich nicht zieren und tat es ihm nach. Hungrig, wie sie war, genoss sie das Essen, sehr zur Freude des Prinzen, der sie aufforderte, ordentlich zuzugreifen, und ihr höchstpersönlich noch mehr Lammeintopf, Hummus, Couscous, Pitabrot, Kibbeh oder Auberginenmus auftat. Nach dem Essen erschienen vier Mädchen mit kleinen Wasserschalen und Leinentüchern. Sie wuschen ihnen die Hände und reichten Rosenblätter und Jasminblüten, die sie zwischen den Fingern zerrieben, um den Geruch der Gewürze loszuwerden.

Dann begaben sie sich wieder in den Raum, der an ein Beduinenzelt erinnerte, wo Kaffee und Nachtisch auf sie warteten. Zu Pyramiden aufgeschichtete Pflaumen, Mispeln und weiße Feigen wechselten sich mit gezuckerten Datteln, Trockenfrüchten, Baklava und Feingebäck ab. Kamal bestand darauf, dass Francesca den Mokka probierte. Obwohl sie ihn zähflüssig und stark fand, versicherte sie, nie einen köstlicheren Kaffee getrunken zu haben. Al-Saud warf ihr einen raschen Blick zu und grinste dann.

Barrenechea bedankte sich für das Essen, erklärte, dass er müde sei, und zog sich zum Schlafen zurück. Bevor Francesca es ihm nachtat, fragte sie den Botschafter nach den Plänen für den nächsten Tag und freute sich, als sie hörte, dass sie nach dem Mittagessen nach Dschidda fahren würden.

»Könntest du mir morgen früh dein Arbeitszimmer überlassen?«, fragte Mauricio Kamal, nachdem das Mädchen den Raum verlassen hatte. »Ich muss mit Francesca einige Dokumente durchgehen.«

»Mein Arbeitszimmer überlasse ich dir«, willigte Kamal ein, »aber nicht Francesca.«

Mauricio hielt auf halbem Wege mit der Kaffeetasse inne und sah ihn an.

»Meine Mutter erwartet sie morgen früh zum Frühstück im Harem.«

»Hat deine Mutter sie eingeladen oder hast du sie darum gebeten? Du bist verrückt zu glauben, dass Fadila sie akzeptieren wird. Es ist ein Hirngespinst.«

»Meine Mutter hat sie eingeladen. Ich habe nichts gesagt und nichts gemacht.« Dann setzte er verstimmt hinzu: »Du bist eifersüchtig. Du willst sie für dich.«

Mauricio sprang auf.

»Fängst du schon wieder damit an! Wenn dich eine Frau interessiert, genügt das, damit ich sie als eine Schwester betrachte, das weißt du. Wofür hältst du mich nach all den Jahren? Für einen Schuft?«

»Entschuldige, Mauricio. Du kennst mein hitziges Temperament.«

Dubois ging mit gesenktem Kopf im Zimmer auf und ab. Kamal schlürfte langsam seinen Kaffee und verfolgte seine Schritte.

»Ich verstehe nicht, was du mit meiner Sekretärin vorhast«, sagte Dubois schließlich. »Aufgrund deiner Position weiß ich, dass du es nicht ernst mit ihr meinen kannst. Du würdest dir dein eigenes Grab schaufeln, wenn du sie zur Frau nimmst. Und ich will nicht, dass du mit ihr spielst. Sie ist eine zarte, sensible Seele.« Er dachte einen Moment nach und setzte dann entschieden hinzu: »Täusch dich nicht in Francesca, Kamal. Ich habe es dir schon einmal gesagt – sie ist nicht wie die Frauen, an die du gewöhnt bist.«

»Ich weiß«, erwiderte der Prinz genauso ernst.

Dann ging er zu seinem Freund, legte ihm die Hand auf die

Schulter und sah ihn fest an. Vielleicht hätte er ihm sagen sollen, was er alles unternommen hatte, um sie in seiner Nähe zu haben, was er empfunden hatte, als er sie auf dem Fest zum venezolanischen Unabhängigkeitstag zum ersten Mal sah, wie aufgewühlt er gewesen war, wie sehr er sie begehrt hatte. Aber er schwieg, denn es lag ihm so gar nicht, die verborgenen Seiten seiner Seele zu offenbaren.

»Heute Nachmittag habe ich ein Telegramm von Jacques erhalten«, sagte er und kehrte zum Diwan zurück. »Er trifft in zwei Tagen in Begleitung von Le Bon und dessen Tochter ein. Sie kommen aus Jordanien und beenden ihre Reise in Dschidda.«

»Das ist bedauerlich, denn wenn sie ankommen, werden wir schon abgereist sein. Meine Verpflichtungen hier werden nicht viel Zeit in Anspruch nehmen.«

»Dann machst du einen Kurzurlaub und verbringst ein paar Tage mit mir. Wann sind wir zum letzten Mal am Strand entlanggeritten? Außerdem kommen in zwei Wochen meine Großeltern in die Oase. Sie werden beleidigt sein, wenn sie erfahren, dass du abgereist bist, ohne sie zu sehen.«

***

Eine Dienerin führte sie durch den labyrinthischen Harem, in dem es nun gar nicht mehr still war: Stimmen, Lachen, das Trällern eines singenden Mädchens, Babygeschrei und Vogelgezwitscher hallten durch die Gänge. Vor einer Tür wurden die Geräusche lauter. Die Dienerin schob sie sanft in den Raum mit dem Wasserbecken, in dem mehrere Mädchen ein Bad nahmen. Kleine Kinder, Jungen und Mädchen, alle vollkommen nackt, rannten zwischen den Säulen umher. Sadun, der Eunuch, flocht Fatimas Haar und flüsterte leise mit ihr. Eine Frau stillte ihr Baby, während ein Mädchen ihr die Beine enthaarte.

Francesca verspürte den Impuls, wieder zu gehen, aber die Dienerin blieb in der Tür stehen und redete sanft auf Arabisch auf sie ein. Sie fasste sie beim Arm und führte sie zu einer Bank voller Kleider, Handtücher, Schmuck, Tiegel und Fläschchen. Niemand beachtete sie, so als ob sie gar nicht existierte oder eine von ihnen wäre. Der zarte Dunstschleier, der aus dem Becken aufstieg, wurde von Lichtstrahlen durchdrungen, die durch die Kuppel fielen, und verlieh der Szenerie etwas Unwirkliches. Die Frauen schienen sich nicht an Saduns Anwesenheit zu stören, der mittlerweile mit Fatima fertig war und einer Schwangeren den Bauch mit Öl massierte. Im Becken wuschen sich die Mädchen die Haare, seiften sich den Rücken ein oder standen etwas abseits auf der Treppe und schwatzten. Der Duft des Öls, der sich mit dem von Seife und Shampoo mischte, lag in der warmen Luft. Bronzefische entlang des Beckenrands spendeten frisches Wasser und verursachten ein eintöniges, einschläferndes Plätschern. Niemand hatte es eilig. Die Frauen plauderten oder ruhten auf dem warmen Boden, als hätten sie alle Zeit der Welt.

Francesca leistete keinen Widerstand, als zwei Dienerinnen sie entkleideten. Die Berührung dieser Hände auf ihrer Haut entspannte sie, und sie war wie hypnotisiert von der Stimme eines jungen Mädchens, das eine wohlklingende, getragene Melodie sang. Sie wurde zum Wasserbecken geführt und war nicht unangenehm berührt, als Sadun zu ihr kam, um mit ihr zu reden.

»Gehen Sie nur rein«, ermunterte sie der Eunuch in schlechtem Französisch. »Es ist schön warm.«

Sie stieg langsam ins Wasser und betrachtete dabei ihre Füße. In der Mitte des Beckens bemerkte sie erneut das geflügelte Pferd. Sie schloss die Augen und tauchte einige Sekunden unter. Beim Auftauchen – das Wasser rann ihr übers Gesicht, und ein kühler Lufthauch richtete ihre Brustwarzen auf – stellte sie fest, dass der Lärm aufgehört hatte und die Araberinnen sie aus großen schwarzen Augen ansahen. Die Mädchen, die sie entkleidet hatten, winkten sie zu den Treppenstufen. Eine widmete sich ihrem Haar, die andere rieb ihren Körper mit einem Naturschwamm ab. Hingebungsvoll ließ sie sich waschen, auch an den intimen Stellen, wobei die Mädchen ganz vorsichtig vorgingen. Blütenblätter schwammen auf der Wasseroberfläche, und der Dampf roch nach Rosen. Die Übrigen wandten sich wieder ihren Beschäftigungen zu und beachteten sie nicht länger. Sie wollte nicht nach Fadila fragen, war unfähig, die Lethargie zu überwinden, die sie einhüllte.

Die Mädchen zogen ihr eine Tunika und flache Sandalen an, umrandeten ihre Augen mit *Kajal*, schminkten ihre Lippen und rieben sie mit duftenden Ölen ein. Am Ende trocknete und flocht Sadun ihre Haare.

»Meine Herrin Fadila möchte Sie jetzt sehen, Mademoiselle«, sagte der Eunuch dann, während er ihr Gesicht mit einem dünnen Schleier bedeckte.

Sie betrat ein großes, lichtes Zimmer mit bunten Fliesen an den Wänden und Teppichen auf dem Boden. Am anderen Ende des Raumes ruhte Fadila auf einem Diwan und musterte sie von oben bis unten.

»Ich habe dich erwartet. Du bist wirklich sehr hübsch«, sagte sie, als sie ihr Gesicht entschleiert hatte. »Sadun, serviere uns das Frühstück, bitte.«

Die beiden Frauen nahmen am Fenster Platz, das nicht vergittert war, weil es auf den Innenhof des Harems hinausging. Der Eunuch stellte ein Tablett mit dem Teeservice auf ein rundes Tischchen.

»Tee, Kaffee oder Schokolade?«, bot er an.

Francesca entschied sich für Schokolade.

»Waren die Mädchen lästig?«

»O nein, Madame. Überhaupt nicht.«

»Ich habe sie gebeten, dich in Ruhe zu lassen, damit du das Bad genießen kannst. Sie waren ganz außer sich bei dem Gedanken, eine weiße Frau im Harem zu haben, und ich befürchtete, sie könnten dich mit Fragen löchern – vor allem meine Tochter Fatima ist ganz begierig darauf, etwas aus deiner Welt zu erfahren. Wie hast du dich gefühlt? Ich dachte, es könnte eine seltsame Vorstellung für dich sein, ein Bad zu nehmen, bevor du dich mit mir triffst. Für uns ist es eine Geste der Gastfreundschaft, musst du wissen.«

»Nun ja, am Anfang war ich kurz davor, wieder zu gehen, vor allem, als ich Sadun sah.«

»Ich verstehe. Ihr Christinnen habt eine ganz andere Vorstellung von Sittsamkeit als wir. Als ich ein kleines Mädchen war, verbrachte ein französischer Freund meines Vaters regelmäßig einige Wochen Ferien in unserem Lager. Seine beiden Töchter waren ungefähr in meinem Alter. Ich kam aus dem Staunen nicht heraus, als ich feststellte, dass die Mädchen, obwohl sie eine gute Erziehung erhielten, keine Ahnung von den grundlegendsten Dingen hatten. Sie wussten zum Beispiel nicht, dass sie irgendwann die Monatsblutung bekommen würden, und schon gar nicht, was ein Ehemann im Bett von ihnen erwartete. Als ich ihnen erzählte, was ich wusste, sahen sie mich aus großen Augen an und entgegneten, dass sie so etwas nie tun würden. Für uns ist alles, was mit dem Körper zu tun hat, ganz natürlich, und wir sprechen von klein auf mit unseren Müttern, Großmüttern und Tanten darüber. Weshalb habt ihr solche Scheu vor etwas, das letztendlich zu euch gehört und Teil eurer Natur ist?«

Francesca antwortete nicht gleich, denn ehrlich gesagt hatte sie sich noch nie Gedanken darüber gemacht. Ihre Mutter zum Beispiel sprach nicht gern über das Thema; sie druckste herum, wurde rot und vermied es, sie dabei anzusehen. Die Ordensschwestern in der Schule sprachen immer nur von der unbefleckten Jungfräulichkeit Mariens, der Schlechtigkeit der Männer, die das Verderben der Frauen seien, und dass es ein Segen sei, Nonne zu werden. Die Beziehung zwischen Sofía und Nando hatte auch nicht viel Licht in ihre verklemmte Unwissenheit gebracht. Ob aus Scham oder Befangenheit hielt sich Sofía mehr mit den romantischen Details auf als mit den fleischlichen Einzelheiten der Leidenschaft, und Francesca hatte aus Höflichkeit nicht weiter nachgefragt. Nur eines wusste sie sicher: Es musste etwas Schönes sein, denn wenn Sofía von ihren Treffen mit Nando zurückkam, hatte sie still vor sich hin gelächelt, und ihre Augen hatten gestrahlt. Aber wenn sich Francesca ihr erstes Mal ausmalte, presste sie die Beine zusammen und schluckte mühsam.

»Vermutlich hängt es mit unserer Religion zusammen«, sagte sie schließlich. »Im Katholizismus wird die Jungfräulichkeit Mariens verehrt, der Mutter Jesu Christi. Es ist, als hinge ihre Heiligkeit davon ab, dass sie Jungfrau ist.«

»Aber sie hatte ein Kind«, wandte Fadila ein.

»Ja, aber durch die Gnade des Heiligen Geistes ohne die Beteiligung eines Mannes. So bewahrte sie ihre Jungfräulichkeit.«

»Und was denkst du über deinen Körper, Francesca?«

»Das ist das erste Mal, Madame, dass jemand mit mir darüber reden will, ohne zu flüstern oder rot zu werden. Trotz meiner einundzwanzig Jahre weiß ich nicht viel über das Thema, das gebe ich zu. Aber da, wo ich herkomme, ist es nicht leicht, etwas darüber zu erfahren.« Sie lächelte, bevor sie hinzusetzte: »Ich habe mich noch nie so offen und frei unterhalten.«

»Frei …«, wiederholte Fadila und verstummte. »Weder ihr westlichen Frauen noch wir Frauen im Orient haben es geschafft, wirklich frei zu sein. Die Jahrhunderte vergehen, und wir leben immer noch in der Sklaverei.«

»Sagen Sie das, weil Sie in einem Harem leben?«

»Nein, ganz und gar nicht. Ich spreche nicht von physischer Versklavung, denn auf die eine oder andere Weise sind alle Menschen räumlich eingeschränkt, und für uns Araberinnen ist der Harem unser Bereich, so wie es für dich dein Haus ist und für dein Land die Grenzen, die es umgeben. Für mich bedeutet Harem Familie. Er ist mein Zuhause, mein Heiligtum, der Ort, wo ich meine Kinder bekam und aufwachsen sah, der Ort, wo ich sehnsüchtig auf die Ankunft meines Mannes wartete und wo ich eines Tages, so Allah will, Kamals und Fatimas Kinder umherlaufen sehen werde. Lass dich nicht von den falschen Vorstellungen beeinflussen, die sich der Westen von dem Wort Harem macht und die immer mit Lust und Ausschweifungen zu tun haben. Hast du hier irgendwelche Ausschweifungen gesehen? Gab es etwas, das deine Moral oder deine Prinzipien verletzt hätte?«

Francesca schüttelte den Kopf, auch wenn sie die Vorstellung der nackten Körper, die durch den Raum mit dem Wasserbecken gewandelt waren, nach wie vor verwirrte. »Hier sind wir frei wie nirgendwo sonst«, fuhr Fadila fort. »Das hier ist unsere Welt, hier haben wir das Sagen. Die Männer respektieren das und mischen sich nicht ein. Außerhalb dieser Wände aber sind wir nicht frei, genauso wenig wie ihr.«

Sie schwiegen. Francesca, die sich in Wahrheit tausendmal freier fühlte als eine Araberin, wusste nicht, was sie sagen sollte. Fadila kam auf ein anderes Thema zu sprechen.

»Mauricio sagt, du seist eine hervorragende Mitarbeiterin, sehr intelligent und hochmotiviert.«

»Ich mag meine Arbeit sehr, Madame. Wenn ich mich tatsächlich gut dabei anstelle, dann liegt das vor allem daran, dass ich wirklich gern arbeite.«

»Darum geht es im Leben: glücklich zu sein. Es freut mich, dass du glücklich bist.«

Francesca wollte das Thema nicht weiter vertiefen, denn sie war weit entfernt davon, wirkliches Glück zu empfinden. Die Arbeit half ihr zwar über ihren Schmerz hinweg, aber das hatte nichts mit dem Glück zu tun, das sie vor einem Jahr in Aldos Armen empfunden hatte.

»Ich kenne Mauricio seit seinem achten Lebensjahr«, sprach die Frau weiter. »Es war kurz nach dem Unfall, bei dem seine Eltern ums Leben kamen. Und ich kann dir versichern, dass ich ihn noch nie so entspannt und glücklich gesehen habe.«

»Der Botschafter findet bei Ihnen die Familie, die er vor langer Zeit verloren hat«, sagte Francesca. »Bei Ihnen zu sein macht ihn glücklicher als alles andere.«

»Ja, das stimmt. Mauricio sieht in Kamal seinen Bruder und in meinem Mann und mir seine Eltern. Aber zur Zeit hat er ein Leuchten in den Augen, das ich vorher nicht von ihm kannte.«

Francesca wusste nicht, was sie sagen sollte. Sie war froh, als Sadun erschien, um seine Herrin zum Gebet zu rufen.

***

Kamal machte es Spaß, seine Schwestern und Nichten zu verwöhnen, wenn sie bei ihm zu Gast waren. Den Vormittag verbrachte er auf dem Bazar von Dschidda, der moderner und vielseitiger war als der in Riad, um Kleider, Schmuck, Parfüm und Spielzeug zu kaufen. Ungewöhnlich gut aufgelegt, schlenderte er durch die Marktgassen, an Verkäufern, Waren und Frauen vorbei, getrieben von einer Energie, die er noch nie zuvor empfunden hatte. Nichts konnte seine Stimmung trüben. Besondere Sorgfalt verwendete er auf die Auswahl eines Reitkostüms, und er musste mehrere Blumenstände abklappern, um einen Strauß weiße Kamelien aufzutreiben. Seine Leibwächter folgten ihm auf dem Fuß, jeder mit einem Berg von Paketen beladen. Zurück auf dem Anwesen, half Sadun den Männern, und zu dritt schleppten sie die Geschenke ins Haus.

»Bringt sie in den Harem«, wies Kamal den Hausverwalter an, während er selbst nach einer Tüte und den Kamelien griff. »Und es wird nicht ausgepackt, bis ich da bin.«

»Dann sollten Sie besser gleich mitkommen, Herr, sonst finden Sie nur noch aufgerissene Schachteln und zerknittertes Papier vor.«

Er wurde mit freudigem Jubel empfangen, und dabei konnte er keinen Unterschied im Verhalten der erwachsenen Frauen und der jungen Mädchen feststellen: Sie liefen hinter ihm her und bettelten, ihnen zu verraten, welches Päckchen für sie sei.

»Meins zuerst!«, schmeichelten sie im Chor.

Kamal nahm seine Lieblingsnichte Yashira auf den Arm. Sie umschlang seinen Hals und küsste ihn auf die Wange.

»Hilf mir, die Geschenke zu verteilen, Yashira.«

»Zuerst das für *Um Kamal*«, schlug das Mädchen vor.

Fadila, die etwas abseits saß und einen Brief an ihre Schwester in Kairo schrieb, sah auf und schob ihre Brille auf die Nasenspitze.

»Komm her, *Um Kamal*«, rief Yashira, »komm dein Geschenk abholen.«

Kamal beobachtete amüsiert, wie sich die Frauen um die Kleider, Parfüms und Juwelen stritten. Doch obwohl er lächelte, legte sich ein dunkler Schatten auf sein Gemüt, wenn er daran dachte, was aus diesen Frauen, den Frauen seiner Familie, werden sollte, die so wenig von der Welt und den Problemen des Landes wussten, wenn die Seifenblase zerplatzte, in der sie lebten.

»Tante Fatima würde gern wissen, für wen das andere Päckchen und die Kamelien sind«, flüsterte Yashira.

»Wir dachten, die Blumen wären für Zora. Weil es doch ihre Lieblingsblumen sind …«, sprudelte es aus Fatima heraus.

»Bist du nicht zufrieden mit der Halskette, Zora?«, fragte Kamal und tat betrübt.

»Natürlich bin ich zufrieden. Sie ist wunderschön. Aber du kennst doch Fatima – sie will unbedingt aus dir herausbekommen, für wen der Strauß ist.«

»Für wen ist er, Onkel? Für mich?«, fragte Yashira.

»Ich könnte dich umbringen, Sadun«, sagte Kamal, und der Eunuch flüchtete sich hinter Fadila, die den Wortwechsel aufmerksam verfolgte.

»Tante Fatima sagt, er ist für das weiße Mädchen, das heute Morgen mit uns im Bad gewesen ist«, bohrte Yashira nach und sah ihn neugierig an.

Kamal war ehrlich überrascht – seine Mutter hätte einer Fremden niemals einen solchen Beweis familiärer Vertrautheit gewährt –, und wurde für einen kurzen Moment von Erregung übermannt, als er sich Francesca nackt im Wasser vorstellte.

»Onkel Mauricio hat Onkel Kamal gebeten, die Blumen für Francesca zu besorgen«, versicherte Fadila der Kleinen und nahm sie ihrem Sohn aus dem Arm. »Oder?«

»Mauricio?«, fragte Kamal, sichtlich verwirrt.

Fadila warf ihm einen vielsagenden Blick zu, bevor sie sagte: »Wenn die Kamelie duften würde, wäre sie die perfekte Blume. Aber sie ist es nicht.«

***

An diesem Abend entschuldigte Sadun Prinz Kamal, da dieser mit seiner Mutter zu Abend esse. Francesca war erleichtert. Sie wollte ihm nicht begegnen, nachdem sie auf ihrem Bett ein wunderschönes Reitkostüm sowie einen Strauß Kamelien vorgefunden hatte mit einem Kärtchen, auf dem stand: »Morgen um vier Uhr möchte ich Sie darin sehen.« Er würde sie zum

Reiten mitnehmen. Angeblich zählten die Pferde des Prinzen al-Saud zu den Besten der Welt. Sie dachte an Rex, und ihr fiel auf, dass sie schon lange nicht mehr an ihn gedacht hatte. Sie hatte das Pferd zum letzten Mal an jenem Nachmittag im Maisfeld geritten, während Aldos Fuchs ruhig neben ihr hergetrabt war. »Aldo …«, flüsterte sie. Sein Name gehörte der Vergangenheit an, seine Gesichtszüge verschwammen, und sie erinnerte sich nicht mehr an den Klang seiner Stimme. Es war unglaublich, aber mit der Zeit begannen ihre Erinnerungen zu verblassen.

Auch beim Frühstück am nächsten Morgen leistete der Prinz ihnen keine Gesellschaft, und der Hausverwalter teilte ihnen mit, dass Fadila und die Mädchen schon sehr früh nach Riad abgereist seien.

»Gibt es irgendwelche Probleme?«, fragte der Botschafter besorgt.

»Gestern Abend hatten die Herrin und der Herr Kamal einen Streit.«

Am späten Vormittag trafen Jacques Méchin, Le Bon und seine Tochter Valerie ein, sehr zur Enttäuschung von Francesca, die sicher war, dass Kamal das Eintreffen seiner Freunde zum Anlass nehmen würde, ihren Ausritt zu verschieben. Trotzdem zog sie um vier Uhr nachmittags die karierte Hose, die weiße Leinenbluse, die Stiefel und die Handschuhe aus Ziegenleder an.

Als sie fertig war, klopfte ein junger Bursche an ihrer Tür und bedeutete ihr mit einem Handzeichen, ihm zu folgen. Etwas abseits des Hauptgebäudes wirkte das Anwesen nicht mehr so gepflegt und prachtvoll. Geradeaus befand sich eine Koppel mit modernen Tränken, daneben eine Scheune mit Heuballen bis unters Dach und eine Sattelkammer für das Zaumzeug. Leute mit Werkzeugen oder Trensen in den Händen eilten schweigend hin und her, als hätten sie etwas Wichtiges zu tun. Die Pferde hatten glänzendes Fell und bewegten sich mit stolz zurückgeworfenen Köpfen und selbstsicheren Schritten.

Als sie Kamal in der Nähe der Stallungen entdeckte, begann ihr Herz zu rasen. Befangenheit, Angst, Unsicherheit, Sehnsucht … heftige, sich widersprechende Gefühle zwangen sie, am Eingang stehenzubleiben und abzuwarten. Kamal war in eine Unterhaltung mit Fadhil, dem Stallmeister, vertieft. Als er Francesca bemerkte, schickte er seinen Angestellten weg und kam auf sie zu. Sie war fasziniert von seinem Anblick: davon, wie gut seine Hose saß und wie elegant er in den Stiefeln mit den Sporen aussah, die auf den Bodenfliesen Funken schlugen. Er trug das Hemd über der muskulösen, unbehaarten Brust offen und auf dem Kopf den unvermeidlichen Turban.

»Wie ich sehe, habe ich mit der Größe des Kostüms und der Bluse richtig gelegen«, sagte er, nachdem er sie eine Weile betrachtet hatte.

»Die Sachen sind wunderschön«, versicherte Francesca, »aber Sie hätten sie mir nicht kaufen dürfen.«

»Und wie wollten Sie dann ausreiten?« Francesca errötete und warf ihm ein schüchternes Lächeln zu. »Sind die Stiefel bequem? Ist es die richtige Größe? Zugegeben, ich habe eine meiner Hausangestellten gebeten, mir einen Schuh von Ihnen zu besorgen, damit ich ihn auf den Markt mitnehmen kann. Er ist schon wieder zurück an seinem Platz.«

»Das habe ich gar nicht bemerkt«, erwiderte Francesca überrascht.

Der Prinz fasste sie am Arm und ging mit ihr durch die Stallungen, einem großen, weißgetünchten Backsteinbau mit Zinkdach. Innen führte ein langer Gang an den Boxen entlang, aus denen herrliche Pferde ihre Köpfe steckten. Es roch nach Mist, Stroh und Pferdeschweiß, Gerüche, die sie liebte, weil sie Erinnerungen an Arroyo Seco weckten. Kamal war ungewohnt gesprächig und erzählte von der Zucht und Pflege der Araberpferde.

»Ich habe Fadhil – das ist der Mann, mit dem ich eben gesprochen habe – angewiesen, Ihnen Nelly zu satteln, sooft Sie dies wünschen. Nelly ist eine sanftmütige Stute, Sie werden keine Probleme mit ihr haben.«

»Wenn Sie Rex kennen würden, würden Sie mir das feurigste Pferd aus Ihrem Stall geben.«

Fadhil erschien wieder, Pegasus am Zügel hinter sich herziehend, der schnaubte, austrat und sich sträubte, weiterzugehen. Francesca fand, dass er das schönste Pferd war, das sie je gesehen hatte, schöner noch als Rex.

»Dürfte ich vielleicht dieses Pferd reiten, Hoheit?«

»Das würde ich niemals zulassen. Pegasus hat den Teufel im Leib; letztes Jahr hat er einen meiner Männer getötet, der versucht hatte, ihn zu beruhigen.«

Francesca erschrak. Pegasus schnappte nach Fadhil, der fluchend zurückwich, ohne die Zügel loszulassen.

»Mein Gott! Er ist eine Furie! Wer traut sich denn, den zu reiten?«

»Ich«, erklärte Kamal und stieß einen Pfiff aus.

Das Tier hörte auf, auszuschlagen, spitzte die Ohren, wurde ruhiger und ließ sich von Fadhil zu seinem Herrn führen. Als er vor ihm stand, schlug Kamal ihm mit dem Handschuh auf die Nüstern und sprach mit fester Stimme auf Arabisch mit ihm. Dann nahm er Fadhil die Zügel ab.

Francesca konnte der Versuchung nicht widerstehen und streichelte Pegasus, ohne auf die Blicke zu achten, die der Prinz ihr zuwarf. Sie freute sich über die Ruhe des Tieres, das Minuten zuvor noch nach Fadhil gebissen hatte, stolz darauf, dass der saudische Prinz sah, wie gut sie mit einem wilden Pferd wie diesem zurechtkam. Sie hätte ihn gebeten, Pegasus reiten zu dürfen, doch als sie aufblickte und in seine Augen sah, erschrak sie.

Ehe sie sich versah, lag sie in seinen Armen, die sie unbarmherzig umfassten. Sie versuchte, sich zu befreien, doch die Kraft des Arabers brach ihren Widerstand rasch, und sie sank willenlos an seine Brust. Kamal beugte sich über sie und küsste sie leidenschaftlich, wie von Sinnen, ohne Rücksicht auf Francescas plötzliche Schwäche, die überrumpelt von der unerwarteten Situation war. Er bog sie leicht nach hinten und ließ seine Lippen ihren Hals hinabwandern bis dorthin, wo der Ausschnitt begann.

»Du kannst dir nicht vorstellen, wie sehr ich diesen Moment herbeigesehnt habe«, stieß er hervor, das Gesicht an ihrem Hals vergraben. »Warum zitterst du? Hast du etwa Angst vor mir? Schau mich an.«

»Nein«, wisperte sie, unfähig, ihm erneut in die Augen zu sehen.

Sanft hob Kamal ihr Kinn an.

»Mach die Augen auf und sieh mich an«, befahl er flüsternd, und Francesca gehorchte.

Das Feuer der Leidenschaft verdunkelte seine grünen Augen. Sie hatte Angst vor ihm und klammerte sich unbewusst an seinen Schultern fest. Mit einer Sanftheit, die Francesca ihm nicht zugetraut hätte, küsste er ihre Stirn, ihre Nase, ihre Augen, ihre Wangen. Dann hauchte er Francesca ins Ohr: »Weißt du eigentlich, wie schön du bist? Ich glaube, du bist dir deiner Macht überhaupt nicht bewusst.« Er nahm ihr Gesicht in beide Hände und küsste sie erneut.

Francesca entspannte sich, und eine Wärme durchflutete ihren Körper und brach ihren Widerstand vollends. Es war vollkommen verrückt, sich einzugestehen, dass sie sich in den Armen dieses Arabers außerordentlich wohl fühlte. Le Bons dröhnende Stimme und Méchins Lachen aus der Richtung des Haupthauses brachen den Zauber. Kamal ließ sie los, und nachdem er sein Hemd glattgestrichen hatte, ging er den Männern entgegen.

Immer noch verwirrt, folgte Francesca ihm aus den Stallungen hinaus. Ohne zu verstehen, was die Männer in diesen endlosen Minuten redeten, entschuldigte sie sich, ging rasch zum Haus zurück und schloss sich in ihrem Zimmer ein.

12. Kapitel

Francesca legte die Hände an ihren Hals, dorthin, wo Kamal vorhin mit seinen Lippen entlanggewandert war. Aldo hatte sie nie so geküsst, dachte sie mit geschlossenen Augen und mühsam atmend. Diese unbeherrschte und leidenschaftliche Berührung hatte sie um den Verstand gebracht. Sie gab sich alle Mühe, empört zu sein über das ungehobelte Verhalten des Prinzen. Doch ihre Wut hielt nicht lange an, und je ruhiger sie wurde, desto deutlicher spürte sie das Kribbeln in der Magengegend.

Sie überlegte, ob sie sich beim Abendessen entschuldigen lassen sollte. Doch dann entschied sie, sich gleichgültig und selbstbeherrscht zu geben, und ging nach unten. Obwohl bereits alle im Salon versammelt waren, hatte sie nur Augen für ihn. Er trug eine beigefarbene Hose zum weißen Hemd, sein Kopf war unbedeckt. Francesca hatte noch nicht oft sein dunkelbraunes, gelocktes Haar gesehen. ›Wie schön er ist!‹, dachte sie.

Méchin reichte ihr seinen Arm, um in den Speisesaal zu gehen. Mit seinem galanten Geplauder gelang es dem Franzosen, sie abzulenken und zu beruhigen. Mauricio sah sie irritiert an und warf Kamal hin und wieder fragende Blicke zu, die dieser mit gleichgültiger Miene erwiderte. Valerie war noch aufdringlicher und provokanter als sonst – so sehr, dass Professor Le Bon sich mehrmals räusperte und immer wieder auf die Einzelheiten ihres Aufenthalts in Jordanien zu sprechen kam. Valerie jedoch schienen die Ablenkungsversuche ihres Vaters nicht zu interessieren. Sie saß neben Kamal und streifte ihn immer wieder zufällig, legte ihre Hand auf seine und sah ihm tief in die Augen, wenn sich zufällig ihre Blicke trafen. Kamal aß und hörte zu, ohne auf Valeries Avancen zu achten. Wenn er Francescas Blick begegnete, sah er sie jedes Mal lange an, bis sie schließlich wegschaute.

»Jordanien ist ein so schönes Land!«, beteuerte Professor Le Bon zum wiederholten Mal.

»Jordanien ist eine Erfindung der Engländer.« Es war das erste Mal an diesem Abend, dass Kamal etwas sagte. »Eigentlich müsste es zu Saudi-Arabien gehören. Es ist ein Land ohne Geschichte, eine reine Kopfgeburt.«

»Aber König Hussein ist sehr stolz auf seine Familie und sein Königreich«, warf Gustave Le Bon ein.

»Das ist alles Lawrence zu verdanken, der es den Osmanen abnahm«, erklärte Méchin.

»Welchem Lawrence?«, fragte Militärattaché Barrenechea.

»Jacques spricht von Thomas Edward Lawrence«, schaltete sich Dubois ein, »besser bekannt als Lawrence von Arabien.«

»Es war schon immer die Politik der Engländer, Gebiete, an denen sie Interesse hatten, zu teilen«, bemerkte Francesca und erschrak, als sie feststellte, dass sie allein das Wort ergriffen hatte und alle Blicke auf ihr ruhten.

»Wie meinen Sie das?«, fragte Kamal interessiert.

»Es handelt sich wohl um das alte Sprichwort ›Teile und herrsche‹.«

»Ach, Francesca, ständig redest du über Politik«, beschwerte sich Valerie. »Kennst du kein unterhaltsameres Thema?«

»Worüber sollte ich denn reden?«, entgegnete sie bissig. »Über die neueste Pariser Mode oder die Frisur, die Fürstin Gracia beim letzten Rotkreuzball getragen hat?«

Es herrschte Schweigen, bis Le Bon nach einigen Sekunden sagte: »Du solltest dich mehr für Bildung und Wissen interessieren, so wie Francesca. Dann könnten wir während unserer ausgedehnten Reisen interessantere Gespräche führen, und ich würde mich nicht so langweilen.«

»Aber ich«, bemerkte Valerie spitz.

Nach dem Essen führte Méchin ein vertrauliches Gespräch mit Kamal.

»Du weißt, ich komme immer gleich auf den Punkt«, rief er Kamal in Erinnerung, nachdem die Tür zum Arbeitszimmer geschlossen war.

Kamal setzte sich und spielte mit seiner Perlenkette.

»Schieß los«, sagte er.

»Was hast du mit Mauricios Sekretärin vor?«

Kamal kannte Méchin, seit er denken konnte. Er war der beste Freund seines Vaters gewesen. Deshalb hatte Abdul Aziz ihn für die Zeit, die er im Ausland studiert hatte, zu seinem Vormund bestimmt. Kamal respektierte ihn, weil er trotz der Marotten, die er als typischer Pariser hatte, ein höflicher Mensch und ein kluger Kopf war. Und er liebte ihn, weil er wusste, dass Jacques Méchin in ihm den Sohn sah, den er nie gehabt hatte.

»Warum fragst du?«, erkundigte er sich gleichgültig und zündete sich eine Zigarette an.

»Kamal, niemand kennt dich so gut wie ich. Jedem anderen kannst du etwas vormachen, aber mir nicht.«

»Ich habe nicht die Absicht, jemandem etwas vorzumachen.«

»Komm mir nicht mit deinen Wortverdrehereien und deinem ausweichenden Schweigen. Ich habe die Blicke gesehen, die ihr beim Abendessen gewechselt habt. Sogar Valerie Le Bon hat es bemerkt. Ich weiß, dass du sie begehrst und sie erobern willst.« Kamal sah ihn an und rauchte dabei. »Ist dir klar, dass Mauricio in sie verliebt ist?«

»Hat er dir das gesagt?«

»Nein. Du weißt, dass er sehr zurückhaltend ist. Aber das würde selbst ein Blinder sehen. Er ist wie ausgewechselt, seit das

Mädchen bei ihm ist.« Méchin sprach weiter. »Das Land deines Vaters geht durch die schwerste Krise seit seiner Gründung. Dein Bruder Faisal hat die diesjährige Staatsverschuldung bekanntgegeben und erklärt, dass sie im Vergleich zum Vorjahr alarmierend gestiegen sei. Man erwartet von dir, dass du das Heft in die Hand nimmst. Die Situation in der Familie ist angespannt – gefährlich angespannt, wage ich zu behaupten. Saud wird nicht zulassen, dass man ihn verdrängt. Aber deine Onkel und Faisal sind fest entschlossen, ihn zu entmachten und dich an die Spitze zu heben. Und in diesem ganzen Durcheinander fällt dir nichts Besseres ein, als nach Dschidda zu fahren, um Mauricios Sekretärin zu verführen? Lass das arme Mädchen in Ruhe; sie ist unschuldig und zart wie eine Gazelle. Du wirst sie unglücklich machen, wenn du unter diesen Umständen etwas mit ihr anfängst.«

***

Francesca arbeitete den ganzen Morgen und bis in den Nachmittag hinein mit ihrem Chef zusammen, der damit beschäftigt war, die Ergebnisse des Treffens mit den Italienern zu analysieren und den Bericht zu überarbeiten, den er dem Militärattaché mitgeben wollte, der am nächsten Tag nach Riad zurückfuhr. Die Stunden mit Mauricio erschienen ihr endlos lang, aufgewühlt und übernächtigt, wie sie war. Außerdem kam er ihr ernst und distanziert vor, verärgert vielleicht, und sie machte sich große Gedanken deswegen. Sie war sicher, dass es wegen der kleinen Szene mit Valerie Le Bon war, und wünschte, sie hätte den Mund gehalten.

Sie war nicht mehr sie selbst, so übermächtig waren ihre Gefühle. Sie entschied sich, einen Ausritt zu machen. Reiten hatte sie immer beruhigt. Sie ließ Fadhil durch eine Dienerin ausrichten, dass sie Nelly reiten wollte, die Stute, die Kamal ihr zur Verfügung gestellt hatte. Sie zog ihr Reitkostüm an und band ihr Haar zum Pferdeschwanz. Dann sah sie auf die Uhr: halb vier. Gestern um diese Zeit war sie mit Kamal durch die Ställe gegangen, wie bezaubert von seiner Stimme, angezogen von seiner Persönlichkeit und beeindruckt von seiner Schönheit. Dann hatte er sie geküsst, ein Kuss, der immer noch auf ihren Lippen und auf ihrem Hals brannte. Sie verließ das Zimmer und ging nichtsahnend in den Salon. Dort traf sie auf Kamal und Valerie, die sehr nahe beieinander auf den Polstern saßen. Der Anblick traf sie wie ein Schlag.

»Verzeihung«, murmelte sie und rannte blindlings hinaus. Tränen verschleierten ihren Blick, und sie sah kaum, wohin sie lief.

Der Stallbursche, der Nelly am Zügel führte, erschrak, als Francesca ihm die Reitgerte entriss, sich auf den Rücken der Stute schwang und derart heftig auf das Tier einhieb, dass es sich aufbäumte, bevor es losgaloppierte. Als Kamal dazukam, schaute der Bursche noch immer fassungslos Francesca und der Stute hinterher. »Mach mir Pegasus bereit!«, wies er ihn an.

Francesca hieb mit der Reitgerte auf Nelly ein, die mit angelegten Ohren vorwärtsjagte. Über den Pferderücken gebeugt, ließ sie sich vom Wind, dem Donnern der Hufe und dem Keuchen des Tieres betäuben, das nun nicht mehr zu halten war. Francesca wusste das und ließ es galoppieren. Sie schloss die Augen, und bei dem Gedanken daran, wie Valerie Kamals Hals umklammert hatte, schossen ihr erneut Tränen der Wut über die Wangen. Sie peitschte noch einmal auf Nelly ein, und das Pferd warf wiehernd den Kopf zurück.

Pegasus war das schnellste Pferd im Stall. Es dauerte nicht lange, bis Kamal Francesca entdeckte, die bereits die Grenzen des Anwesens hinter sich gelassen hatte und durch die Dünen aufs Meer zupreschte. Er stellte fest, dass die Kräfte der Stute nachließen und der Abstand zwischen ihnen rasch geringer wurde.

»Francesca, bleib stehen!«, brüllte er. »Bleib stehen, verdammt nochmal!«

Francesca blickte zurück. Kamal war näher, als sie gedacht hatte. Sie konnte sogar deutlich erkennen, wie wütend er war. Sie hieb heftig auf Nellys Kruppe ein und trieb sie weiter an, aber Pegasus war schneller. Kurz darauf bemerkte sie aus dem Augenwinkel die Nüstern des Hengstes. Kamals Schweigen machte ihr Angst, und sie hatte nicht den Mut, sich noch einmal nach ihm umzudrehen. Obwohl sie wusste, dass er sie bald eingeholt haben würde, ritt sie weiter, um ihm zu zeigen, dass sie ihm nicht gehorchte.

Kamal ritt ganz nah an Nelly heran und stellte sich in die Steigbügel. Dann beugte er sich zu Francesca herüber, hob sie aus dem Sattel und setzte sie vor sich. Francesca wusste nicht, wie ihr geschah, bis sie seinen eisernen Griff um sich spürte. Sie leistete heftigen Widerstand und versuchte, vom Pferd abzuspringen, das sich unter den brüsken Bewegungen aufbäumte und wütend schnaubte. Kamal bekam sie zu packen, bevor ihre Füße den Boden erreichten, während er den wild gewordenen Pegasus nur durch Schenkeldruck parierte.

»Halt still oder ich verpasse dir eine Tracht Prügel!«, drohte er.

Francesca drehte sich mit erhobener Hand zu ihm um, doch die ungezähmte Kraft, die aus den Augen des Arabers blitzte, ließ sie innehalten. Sie wagte es nicht einmal, ihn zu bitten, seinen Griff zu lockern. Stumm und reglos ertrug sie den bohrenden Schmerz in den Rippen, schluckte ihren Zorn hinunter und nahm die Demütigung hin, ihm unterlegen zu sein.

Kamal nahm Nelly am Zügel, die ein paar Meter weiter stehengeblieben war, und machte dann kehrt. Zunächst war er noch sehr aufgewühlt, doch dann beruhigte sich sein Puls, und er wurde ruhiger. Mit einer ungeschickten Bewegung zog er Francesca noch näher an sich heran und stellte erfreut fest, dass sie nachgab und ihren Rücken an seine Brust lehnte. Schweigend ritten sie zum Anwesen zurück, zu wütend zum Reden. Pegasus' gleichmäßige Schritte und die warme Berührung ihrer Körper ließ sie in sanfte Lethargie verfallen.

Als sie ankamen, lockerte Kamal seinen Griff und half ihr vom Pferd.

»Schau mich an!«, befahl er ihr leise, während er sich aus dem Sattel hinunterbeugte und ihr Kinn anhob. »Glaub nicht, dass ich nach allem, was ich getan habe, um dich zu erobern, zulassen werde, dass ich dich wegen dieser aufdringlichen Valerie verliere. Wir reden später. Jetzt geh und ruh dich aus.«

Er gab seinem Pferd die Sporen und brachte Pegasus und Nelly zu den Stallungen.

***

Es klopfte an Francescas Zimmertür. Ihr Herz begann zu rasen. Sie öffnete. Es war Sadun. Der Herr Kamal lasse sie zu sich bitten. Sie kämmte sich zu Ende und ging dann hinunter, fest entschlossen, dieser absurden Situation ein Ende zu machen.

Der Hausverwalter führte sie ins Arbeitszimmer. Dort stand Kamal vor dem Schreibtisch und betrachtete einige Fotografien. Er sah Francesca nicht an und richtete auch nicht das Wort an sie, als wäre er allein und als hätte sie den Raum gar nicht betreten. Francesca blieb stehen und sah ihn an, besänftigt durch die gemessene Art und die ruhige Ausstrahlung des Arabers.

Kamal hatte ein Bad genommen und sich rasiert. Sein lockiges Haar war noch feucht, und der Duft von Moschus lag in der Luft. Was für ein seltsamer Mann, dachte sie. Er war unergründlich und rätselhaft, dabei war er gestern so anders gewesen, als er sie in seine Arme genommen und geküsst hatte.

Kamal ging ihr entgegen. Francesca wich zurück.

»Ich beiße nicht«, sagte er und hielt ihr dann die Fotografien hin.

Es waren Fotos von ihr und Marina beim Einkaufen in Genf, sie auf dem Weg zum Konsulat, sie auf dem Schiff über den Genfer See, sie neben dem Botschafter bei irgendeinem Cocktailempfang, sie vor dem Eingang ihres Hauses.

»Woher haben Sie die?«, fragte sie, und ihre Stimme versagte.

»Ich habe sie in Auftrag gegeben. Ich habe dich wochenlang beobachten lassen.«

Francesca sah ihn an und dann die Fotos, dann wieder von den Fotos zu ihm. Sie konnte nicht glauben, was sie sah und hörte.

»Dein vollständiger Name ist Francesca María de Gecco. Du bist am 19. Februar 1940 in Córdoba geboren. Dein Vater Vincenzo de Gecco starb, als du erst sechs Jahre alt warst, und deine Mutter Antonina d'Angelo musste eine Stelle als Hausangestellte bei einer reichen Familie annehmen, den Martínez Olazábals.«

»Warum?«, flüsterte Francesca. »Warum?«

»Weil ich dich eines Abends in Genf sah und nicht mehr ohne dich leben wollte. Ich wollte dich hier bei mir haben, in meiner Heimat, bei meinen Leuten, und habe dich herkommen lassen.«

Francesca schüttelte den Kopf und stammelte ein paar Worte in ihrer Muttersprache vor sich hin. Er war es gewesen. Die unerwartete Versetzung nach Riad war sein Werk. Bei dem Gedanken an die Frau des Botschafters musste sie lachen – ein Lachen, das sich mit Tränen der Angst und der Wut mischte. Kamal versuchte, sie zu berühren, doch sie stieß ihn angewidert zurück.

»Wagen Sie es nicht«, zischte sie. »Wofür zum Teufel halten Sie sich, dass Sie über mein Schicksal entscheiden, mich aus Genf wegholen und in dieses verfluchte Land voller unzivilisierter Wilder bringen? Weshalb? Wozu? Was habe ich Ihnen getan?«

Als Kamal erneut Anstalten machte, sich ihr zu nähern, stürzte sich Francesca auf ihn und hämmerte mit den Fäusten gegen seine Brust. Es war ein erbitterter, stummer Kampf, bis Kamal sie schließlich überwältigte. Unfähig, sich zu bewegen, weinte Francesca schließlich vor Wut in seinen Armen. Dann löste sie sich langsam von ihm und sah ihn fassungslos an.

»Weshalb haben Sie mich hierhergebracht?«, fragte sie noch einmal. »Weshalb haben Sie mich aus Genf weggeholt?«

»Weil ich dich für mich haben will.«

Francesca kehrte ihm den Rücken zu und schlug verwirrt die Hände vors Gesicht, überwältigt von der Realität, die ihr plötzlich so deutlich vor Augen geführt worden war. Tausend Dinge gingen ihr durch den Kopf, aber sie konnte keinen klaren Gedanken fassen. Als Kamal ihre Schultern berührte, zuckte sie zusammen.

»Hab keine Angst vor mir«, bat er.

Ja, sie hatte Angst vor ihm. Vor seiner magnetischen Anziehungskraft, seiner Macht. Er war ein Araber, ein harter, launischer Tyrann, und doch begehrte sie ihn so sehr! Wie sehnte sie sich danach, erneut von ihm geküsst zu werden und sich durch seine Leidenschaft lebendig zu fühlen!

»Das ist völlig verrückt«, dachte sie laut.

»Ja, das ist es!«, bestätigte er und drehte sie zu sich herum. »Es macht mich wahnsinnig, dich zu sehen, deine Stimme zu hören, deinen Duft zu riechen, dich zu berühren so wie jetzt. Ich verliere den Verstand vor Leidenschaft und Verlangen. Küss mich!«, befahl er, während er ihr Gesicht festhielt und ihre Lippen suchte.

Kamals Ungestüm ließ sie erschaudern. Sie gab jeden Widerstand auf, umschlang seinen Rücken und erwiderte seinen Kuss, seine Umarmungen mit derselben Leidenschaft, die von ihm ausging und sie unweigerlich mitriss. Es erschien ihr unsinnig zu versuchen, ihn nicht zu begehren. Sein Körper, sein Lächeln, seine Gesten, seine Augen, die sie verzaubert hatten – alles, was zuvor eine Qual für sie gewesen war, genoss sie nun rückhaltlos und ohne Gewissensbisse. Der Kampf zwischen dem, was sie tun sollte, und dem, was ihr Herz ihr sagte, war in diesem Augenblick ausgefochten.

»Was wird jetzt aus mir?«, fragte sie sich.

»Du gehörst zu mir«, antwortete Kamal.

»Wir sind so verschieden«, wandte sie ein. »Unsere beiden Welten haben sich immer bekämpft. Jahrhunderte voller Hass und Krieg stehen zwischen uns. Ach, Kamal, ich habe solche Angst!«

»Vergiss die Welt, die Religion, die Vergangenheit! Das Einzige, was zählt, ist die Leidenschaft, die wir füreinander empfinden. Hab keine Angst. Ich werde dich beschützen und nicht zulassen, dass dir jemand wehtut. Sag, dass du mir gehörst. Sag es!«

»Ja, ich gehöre dir!«

***

An diesem Abend erschien Valerie unter dem Vorwand, an Kopfschmerzen zu leiden, nicht beim Abendessen. Am nächsten Morgen reisten sie und ihr Vater sehr früh nach Paris ab. In den nächsten Tagen verging Francesca vor Glück. Morgens sprang sie voller Tatendrang aus dem Bett, und der Tag erschien ihr zu kurz, um das Gefühl auszukosten, das sie empfand, wenn Kamal in der Nähe war oder wenn er sie leidenschaftlich küsste.

Trotzdem machte sie sich Gedanken und wurde von Zweifeln geplagt. Vor allem fragte sie sich, was ihre Mutter und Fredo sagen würden, wenn sie davon erfuhren, und was Fadila und die restliche Familie al-Saud denken würden, die so sehr den Traditionen und dem Islam verbunden waren. Francesca wollte diese Zeit in Dschidda genießen, ohne sich Sorgen um die Zukunft zu machen, und gab sich damit zufrieden, dass Kamal sich um alles kümmern würde. Es gab Nächte, in denen sie nicht schlafen konnte, wenn sie darüber nachdachte, was es bedeutete, sich mit einem saudischen Prinzen einzulassen. Doch wenn Kamal am nächsten Morgen im Speisesaal mit dem Frühstück auf sie wartete und seine Augen vor Liebe leuchteten, wenn er sie sah, zählte das alles nichts mehr. Francesca brauchte nur seine Stimme zu hören oder ihn einen Raum betreten zu sehen, und ihre Befürchtungen waren wie weggeblasen und sie strahlte wieder vor Glück. Ihre Erfahrung mit Aldo erschien ihr nun, im Rückblick, kindisch und unreif. Sie hatte nur den einen Sinn gehabt, sie nach Riad, zu Kamal zu führen. Obwohl sie sich bemühte, es nicht zu tun, verglich sie die beiden miteinander, und dann kam ihr Aldo wie ein ängstlicher kleiner Junge vor, der nicht imstande gewesen war, den Vorurteilen einer konservativen Gesellschaft und Familie die Stirn zu bieten.

Wenn Kamal sich in sein Arbeitszimmer zurückzog oder geschäftlich nach Dschidda hineinfuhr, schienen sich die Stunden schier endlos hinzuziehen. Manchmal telefonierte er mehr als eine Stunde lang, auf Arabisch zwar und mit ganz normaler Stimme, doch der Schatten, der dabei auf seinem Gesicht lag, verriet ihr, dass sein Leben nicht nur eitel Sonnenschein war. Wenn sie ihn danach fragte, hüllte er sich in Schweigen. Er war außerordentlich geschickt darin, Fragen auszuweichen und das Thema zu wechseln. Bei einem Nachmittagsausritt auf dem Grundstück versuchte sie ihn dazu zu bringen, ihr mehr zu erzählen.

»Was bedrückt dich?«, fragte Kamal.

»Nichts. Ich will mehr über dein Leben erfahren, nachdem du ja alles über meines zu wissen scheinst.«

Kamal stieg ab und nahm Pegasus am Zügel, bevor er ihr half, von Nelly abzusteigen. Dann gingen sie zu dem Platz, wo die Stallburschen die Pferde bürsteten und striegelten. Francesca wusste nicht, ob er ihr antworten oder sich wie immer in Schweigen hüllen würde. Plötzlich blieb Kamal stehen und sah sie an.

»Es gibt Themen, in die ich dir nie Einblick gewähren werde«, erklärte er ernst. »Nicht, weil ich dir misstraue oder denke, dass du sie nicht verstehen würdest. Ich vertraue dir mehr als mir selbst und weiß, dass du eine äußerst kluge Frau bist. Trotzdem will ich dich von gewissen Dingen fernhalten. Es ist nur zu deinem Schutz.«

»Zu meinem Schutz? Soll das heißen, dass du in Gefahr bist?«

»Wer ist das nicht? Kann irgendjemand behaupten, das Leben sei ihm sicher?«

»Komm mir nicht mit deinen Weisheiten«, regte sich Francesca auf. »Du weißt genau, was ich meine.«

»Das ist alles, was du über mich wissen musst«, sagte Kamal. Ohne sich um die Anwesenheit der Stallburschen zu scheren, fasste er sie um die Taille und gab ihr einen leidenschaftlichen Kuss.

***

Kamal behandelte sie wie die Hausherrin. Das Personal bediente sie voller Hochachtung und gehorchte ihr mit absoluter Bedingungslosigkeit, abgesehen von Sadun, der ihr aus dem Weg ging und sie kaum grüßte. In Gegenwart von Dubois und Méchin war Kamal zuvorkommend und aufmerksam und vermied es, sie mit Beweisen seiner Leidenschaft in Verlegenheit zu bringen. Sein ganzes Verhalten hatte nur das eine Ziel: dass es ihr gutging und sie sich wohl fühlte. Es kam Francesca so vor, als ob all seine Gedanken nur ihr galten. Sie besuchten den Bazar von Dschidda, wo Kamal seine Großzügigkeit unter Beweis stellte und das Geld mit vollen Händen ausgab. Je mehr sich Francesca sträubte, desto mehr kaufte er ihr. Sie aßen in einem traditionellen Restaurant zu Mittag, dann sahen sie sich die Stadt an. Kamal schwärmte für den alten Teil von Dschidda, der sich wesentlich von den modernen Vierteln unterschied, in denen der Einfluss der westlichen Architektur nicht zu übersehen war. Typisch für die Altstadt, die Kamal oft mit seinem Vater besucht hatte, waren die schmalen, weiß gekalkten Gässchen mit ihren zwei- bis dreistöckigen Häusern und den kleinen Kramläden. Ihr fielen die vorstehenden Erkerfenster an den Häusern auf. Sie waren aus bunt bemaltem Holz und vollständig vergittert.

»Sie sind so konstruiert«, erklärte er, »dass man hinausschauen kann, ohne gesehen zu werden.«

Diese Worte riefen ihr jenen Morgen in Riad in Erinnerung, als Malik sie zum Bazar gefahren hatte und sie hinter einem vergitterten Fenster dieses traurig glänzende Augenpaar erahnt hatte. Sah so ihre Zukunft an der Seite eines muslimischen Mannes aus? Würde sie durch ein Fenster nach draußen sehen müssen, ohne gesehen zu werden? Sie wollte sich nicht länger mit dem Gedanken an ein so bitteres Schicksal befassen, wo Kamal doch so anders auf sie wirkte. Trotzdem fragte sie ihn lieber nicht, weil sie sich vor der Antwort fürchtete. Schließlich gehörte er dieser Welt an und respektierte und achtete ihre Gesetze.

***

Eines Abends kam Francesca die Treppe hinunter und sah Mauricio im Salon sitzen und lesen. Sie betrachtete ihn von der Tür aus und fragte sich, ob er wohl wusste, dass Kamal hinter ihrer Versetzung nach Riad steckte. Sie erinnerte sich an seine Reaktion, als er in der Personalakte gelesen hatte, dass sie erst einundzwanzig war, und daran, was er dann gesagt hatte: »Eigentlich sollte jemand anders kommen, aber im letzten Moment, ich weiß nicht, warum, hat man sich für dich entschieden.« Es deutete alles darauf hin, dass er nichts mit den Manövern seines Freundes zu tun hatte.

Sie grüßte ihn. Mauricio legte das Buch beiseite und stand auf. Es überraschte sie, wie nervös er war; das war nicht mehr der Mauricio Dubois von früher, der formvollendete Chef, den sie so bewundert hatte. Sie sprachen über die Arbeit, und als sie ein Resümee ihres Aufenthalts in Dschidda zogen, stellte der Botschafter fest, dass die Reise seine Erwartungen übertroffen hatte, was die Kontakte und die getroffenen Abkommen anging. Dann sprach er davon, dass sie bald zurückfahren müssten. Seit der Abreise aus Riad waren zehn Tage vergangen, und die Tagesgeschäfte machten seine Anwesenheit in der Botschaft erforderlich. In ein paar Tagen sollte es zurückgehen.

»In ein paar Tagen?«, fragte Kamal, als er hereinkam, und klopfte seinem Freund auf die Schulter. »Kommt gar nicht in Frage, Mauricio. Ich habe gerade Nachricht von meinem Großvater erhalten; er trifft in Kürze in der Ramses-Oase ein und möchte dich bestimmt sehen. Nach so vielen Jahren kannst du ihm das nicht abschlagen. Du kennst den Alten – er wäre enttäuscht, wenn du ihn nicht besuchen würdest.«

Der Botschafter brachte zaghafte Einwände hervor, doch Kamal ließ keines seiner Argumente gelten. Schließlich willigte Mauricio ein, in zwei Tagen zu der Oase aufzubrechen, wo der Stamm von Scheich al-Kassib sein Lager aufschlagen würde.

»Ich habe die Pferde satteln lassen«, sagte Kamal dann und schaute zu Francesca. »Ich möchte dir etwas zeigen.«

Francesca, die den ganzen Tag darauf gewartet hatte, einen Augenblick mit ihm allein zu sein, ging sich rasch umziehen und kehrte nach wenigen Minuten in den Salon zurück. Kamal trug bereits seine Reitkleidung und unterhielt sich mit Dubois und Méchin. Sie sprachen leise, und ihre Mienen sahen besorgt aus. Angestrengtes Lauschen war sinnlos, denn sie sprachen Arabisch. Würde sie jemals diese unverständliche Sprache mit den gutturalen Lauten und der unklaren Symbolik lernen?

»Schön, du bist schon fertig«, bemerkte Kamal erfreut. »Dann lass uns gehen.«

Als Francesca und Kamal hinausgegangen waren, wechselten Jacques und Mauricio einen vielsagenden Blick.

»Sie leben in einem Traum, aus dem sie bald erwachen werden«, stellte Méchin fest, und Dubois nickte.

»Wohin bringst du mich?«, fragte Francesca ungehalten, denn es war schon über eine Stunde vergangen, seit sie das Anwesen hinter sich gelassen hatten.

»Du wirst schon sehen«, sagte er, und dann, mit einem belustigten Blick: »Du bist ungeduldig, wie es sich für eine gute Westlerin gehört.«

Je weiter sie kamen, desto mehr mischte sich das Grün von Palmen mit dem Goldton der Wüste, und das Gelände begann sich zu wellen, zunächst ganz sanft, dann in immer höheren Dünen. Hin und wieder streifte ein kühler Windhauch die Pferde, die nun in leichten Trab verfielen, und verschaffte ihnen Erleichterung, denn es war glühend heiß.

Francesca sah sich um. Die Stille in dieser völligen Einsamkeit war überwältigend und die Wüste von beängstigender Schönheit. Aber an Kamals Seite hatte sie keine Angst. Mit ihm konnte ihr nichts geschehen, seine Sicherheit flößte ihr Vertrauen ein. Er ritt mit hocherhobenem Kopf, den Blick aufmerksam, fast lauernd, in die Ferne gerichtet; sein Gesicht war angespannt und die Kiefer fest aufeinandergepresst. An den Unterarmen, mit denen er die Zügel hielt, zeichneten sich die Muskeln ab. Hoch oben auf einer Düne hielten sie an und sahen das Rote Meer zu ihren Füßen liegen.

»Das ist das erste Mal, dass ich das Meer sehe«, gab Francesca zu.

»Los!« Kamal gab Pegasus die Sporen und sprengte zum Strand hinunter.

Sie galoppierten an der Brandung entlang, das Wasser spritzte zu ihnen hoch, und ihre Hemden blähten sich im Wind. Francesca lachte vor Glück laut auf, und Kamal sah sie bezaubert an. Später ließen sie Nelly und Pegasus verschnaufen. Kamal breitete eine Matte aus, auf die sie sich setzen konnten. Francesca zog die Stiefel aus, krempelte die Hose hoch und lief erneut zum Strand. Sie beobachtete das Kommen und Gehen der Wellen, ging mit den Füßen ins Wasser und wurde nass, als sie nach Muscheln suchte.

Kamal stützte sich auf die Ellenbogen, um sie zu beobachten. Francesca wirkte wie ein kleines Mädchen. Sie lachte und strahlte vor Glück. Er fand, dass sie schöner aussah denn je. Im Westen zeichneten sich die Felsen im schwachen Widerschein der Sonne ab. Kamal betrachtete den Himmel, der in außergewöhnlichen Rosa-, Violett- und Orangetönen leuchtete. Er schloss die Augen und lächelte, erfüllt von einem endlosen, unbekannten Frieden, voller Energie, die ihm Francescas glockenhelles Lachen einflößte, das der Wind zu ihm herantrug.

»Sieh nur, Kamal!«, rief Francesca, während sie zu ihm rannte. »Schau doch nur, diese wunderschönen Muscheln! Sieh nur, dieser Stein, wie glatt er ist!« Und sie strich ihm damit über die Wange.

»Komm her«, sagte Kamal und zog sie neben sich. »Du bist ja ganz nass.«

Er nahm seinen Turban ab und trocknete damit ihr Gesicht, ihre Arme und ihren Hals. Francescas weißes Hemd klebte auf ihrer Haut und gab den Blick auf ihre vollen Brüste preis. Sie sahen sich an, und Kamal merkte, wie er die Beherrschung verlor. Er küsste sie hemmungslos, verzehrte sich nach ihren Lippen, suchte sie mit seiner Zunge. Dann wanderte sein Mund über ihre Wangen und den Hals hinab, während seine Hände sie so fordernd wie nie zuvor betasteten. Francesca umklammerte keuchend seinen Rücken. Sie war hin- und hergerissen zwischen der Lust, die ihren Körper beherrschte, und der Angst, die ihr Kamals Ekstase einflößte, denn das war eine Regung, die sie von ihm nicht kannte. Sicherlich, er hatte sie bereits leidenschaftlich geküsst; aber dieses grenzenlose Verlangen, diese überwältigende Macht, die sie in der Tiefe ihres Seins besitzen wollte, machten ihr Angst.

»Genug, mach nicht weiter. Es reicht«, bat sie und versuchte ihn wegzuschieben.

Kamal ließ sie los und stand keuchend auf.

»Du raubst mir den Verstand«, sagte er erregt und fuhr sich mit der Hand über die Stirn.

***

Kamal erwachte mit steifem Glied, aufgewühlt von den Szenen eines erotischen Traums. Er nahm die Rolex vom Nachttisch: halb zwei Uhr nachts. Er stand auf und trat auf den Balkon hinaus. Die Meeresbrise liebkoste seinen nackten Oberkörper, und der Duft nach Myrten und Rosmarin, der über der Veranda lag, verursachte ihm ein wohliges Gefühl. Er stützte sich auf das Geländer, um den Sternenhimmel und den Mond zu betrachten.

Er dachte an Francesca, die so nah war, nur ein paar Meter entfernt, und stellte sich vor, wie sie dalag und schlief, mit bloßen Beinen, das Nachthemd bis zur Taille hochgeschoben. Er lächelte, als er sich ihre unbeschwerte Fröhlichkeit von diesem

Nachmittag am Strand in Erinnerung rief. Sie hatte das Meer genossen und Muscheln gesammelt wie ein Kind und dabei diese Lebensfreude ausgestrahlt, die er im Handstreich erobern wollte. Er hatte sie verschreckt, seine Unbeherrschtheit war unverzeihlich. Er verzweifelte beinahe, so stark beherrschte ihn seine Leidenschaft, sie ganz für sich haben zu wollen. Er wollte dieses wunderbare Mädchen besitzen, diese zarte, kostbare Puppe. Und er wollte auch dieses andere, komplexe Wesen besitzen, diese leidenschaftliche Frau, die unverhüllt zum Vorschein kam, wenn er sie in seinen Armen hielt.

Manchmal machte ihm die Eifersucht zu schaffen, da er so etwas nicht kannte und bei anderen Frauen nie empfunden hatte. Eifersucht auf jene, die sie liebte, denen ihr Lächeln und ihre Gedanken galten, und auf die Männer, die sie begehrten, vor allem auf diesen Aldo Martínez Olazábal, der einmal um die Welt gereist wäre, um sie zu sehen – wenn er es nicht verhindert hätte. Er schlug mit der flachen Hand gegen die Säule. Martínez Olazábal würde sich Francesca nie wieder nähern, dafür würde er schon sorgen.

Er hörte ein Geräusch am anderen Ende der Balkongalerie und erkannte die Umrisse von Francesca, die an der Brüstung stand. Der Wind schmiegte das Nachthemd an ihren Körper und betonte ihre Rundungen. Das lange, schwarze Haar floss offen über ihre Schultern. Er wollte sie nicht erschrecken, deshalb räusperte er sich leise, um auf sich aufmerksam zu machen. Francesca fuhr herum und sah ihn an. Kamal ging auf sie zu. Mondlicht fiel auf sein Gesicht und seinen nackten, muskulösen Oberkörper.

»Was ist? Kannst du nicht schlafen?«, fragte er.

Francesca schüttelte den Kopf und schlang die Arme um sich.

»Ich auch nicht«, setzte er hinzu.

Langsam kam er näher, als hätte er Angst, sie zu erschrecken, und fuhr ihr mit dem Handrücken über die Wange. Sie sah ihn nach wie vor aus großen, erschrockenen Augen an, als rechnete sie mit einem Angriff. Kamal spürte ihre Angst, und die Zärtlichkeit, die er dabei empfand, hätte ihn beinahe von dem Plan abgebracht, den er gefasst hatte, als er sie dort stehen sah. Doch sein Verlangen nach ihr war noch stärker; es war das Einzige, was zählte, seit er sie zum ersten Mal in Genf gesehen hatte. Er wollte nicht mehr länger warten; er hatte so viel getan, um sie zu bekommen, dass es eine Dummheit gewesen wäre, jetzt davor zurückzuschrecken. In seinen Gedanken war Francesca längst die Seine, doch das genügte ihm nicht mehr. Er wollte ihr ganz nah sein, in der Intimität des Bettes ihren Körper erforschen, in ihr versinken, sie die Liebe lehren.

Er umarmte sie leidenschaftlich, doch Francesca wurde steif und wendete ihren Kopf ab. Kamal ließ sie los und nahm ihr Gesicht in seine Hände.

»Francesca, Liebes«, flüsterte er, ganz nah an ihren Lippen. »Du sollst wissen, dass du für mich das Allerwichtigste bist, das Einzige, was zählt. Als ich dich damals in der venezolanischen Botschaft sah, dachte ich: ›Ich will, dass sie meine Frau wird, meine Gefährtin.‹ Und jetzt, wo du hier bei mir bist und ich dich kennengelernt habe, weiß ich, dass es die richtige Entscheidung war. Ich liebe dich, Francesca.« Er küsste sie sanft auf den Mund. »Ich liebe dich so sehr.«

»Kamal …«

»Ich brauche dich heute Nacht«, sagte er, und sein flehender Ton überraschte sie. »Lass mich dich lieben.«

»Ich habe Angst«, gestand sie nach einer kurzen Pause.

»Angst? Du hast immer noch Angst vor mir?«

»Ich habe Angst, dir nicht zu genügen. Ich bin völlig unerfahren.«

»Francesca …«, flüsterte Kamal und lächelte nachsichtig. »Ich werde dein Lehrmeister sein. Du musst dich nur leiten lassen. Alles andere kommt von selbst. Gehen wir in mein Zimmer.« Er fasste sie um die Taille und führte sie hinein. Dann schloss er die Tür und machte die Nachttischlampe an.

Francesca sah sich um. Es war ein großes Zimmer, in dessen Mittelpunkt das geräumige Bett stand. Einige Sessel um einen niedrigen Tisch herum vervollständigten die Einrichtung. Die Läden vor dem Fenster, das auf die Rückseite des Anwesens hinausging, waren geschlossen. Francesca ging darauf zu, stützte die Hände auf das Fensterbrett und legte den Kopf zur Seite, damit die kühle Luft ihre Wangen streichelte. Sekunden später spürte sie, wie sich Kamals Arme um ihre Taille schlangen. Sie spürte seine Erektion, und ihr Atem ging tief und hastig.

Kamal schob ihr Haar beiseite und küsste sie auf den Nacken. Dann ließ er seine Hände in ihren Ausschnitt gleiten und streichelte ihre Brüste. Er hörte sie stöhnen und spürte, wie sie sich gegen seine Brust presste. Er wusste, dass es nicht leicht sein würde, die Leidenschaft zu bezähmen, die ihn beherrschte. Er löste die Bändchen ihres Nachthemds, und das Kleidungsstück glitt zu Boden. Francesca lag nun völlig nackt in seinen Armen. Er streichelte ihre Schultern und bemerkte, dass sich die Härchen auf ihrer Haut aufrichteten. Er drehte sie zu sich herum, doch sie weigerte sich, ihn anzusehen. Sie bedeckte die Brüste mit ihren Händen und hielt den Blick unverwandt gesenkt. Er hingegen betrachtete sie hingerissen. Es war völlig still, nur die Geräusche der Nacht und Francescas Atem waren zu hören. Kamal legte seine Hand auf ihre bebende Brust und spürte, wie sie zitterte.

»Hab keine Angst«, sagte er.

»Kamal, ich bin noch nicht bereit.«

Al-Saud brachte sie mit einem Kuss zum Schweigen und flüsterte ihr dann zu, ohne seinen Mund von ihren Lippen zu entfernen: »Ich will in dir sein. Bitte weis mich nicht zurück.« Dann setzte er rasch hinzu: »Ich flehe dich an, befreie mich von dieser Qual!«

Francesca blickte auf und sah ihn an. Seine grünen, bittenden Augen hypnotisierten sie, und ihre Angst und Verwirrung schwanden ebenso dahin wie ihre Scham und ihre Prinzipien, die sie jahrelang für unverrückbar gehalten hatte. Eine Lust, die sie nicht länger unterdrücken wollte, erfüllte ihren Körper und machte sie frei und mutig. Sie schlang beide Arme um Kamal, und die Berührung ihrer nackten Körper ließ sie aufstöhnen. Er hob sie auf seine Arme und trug sie zum Bett. Dort liebkoste er ihre Beine mit seinen Lippen, küsste ihre Knie, die weichen, wohlgeformten Schenkel, um dann ihre verborgensten Körperstellen zu erkunden und ihr mit seiner Zunge Schreie der Lust zu entlocken.

Bis zu diesem Augenblick hatte sie nicht gewusst, dass eine Frau so empfinden konnte. Ihre bisherigen Küsse und Zärtlichkeiten und der gemeinsame Moment am Strand waren nur eine Vorahnung dessen gewesen, was sie nun erlebte. Aber nichts von dem, was sie bisher gekannt hatte, war damit zu vergleichen.

Francesca ließ Kamal gewähren. Unbefangen und ohne falsche Scheu, ganz und gar an seine Zärtlichkeiten hingegeben, liebte sie ihn. Sie ließ zu, dass sein drängendes Glied seinen Weg fand. Irgendwann gab es einen stechenden, brennenden Schmerz. Francesca schrie auf. Kamal hielt inne und küsste und streichelte sie, bis der Schmerz nachließ und sie bereit war, weiterzumachen. Dann drang Kamal tief in sie ein, und Francescas unterdrückter Schrei berührte ihn zutiefst. Schließlich sank er erschöpft auf sie.

»Allah hat dich mit der Gabe der Leidenschaft gesegnet«, sagte er keuchend. »Und ich bin der glücklichste Mann der Welt, weil ich dich besitzen darf.«

Francesca lag still da, den Blick an die Decke gerichtet. Kamal nahm sie in die Arme und drückte sie fest an sich. Er fragte sie, ob sie sich gut fühle, doch sie nickte nur kaum merklich. Sie war zu aufgewühlt, um sprechen zu können, vollkommen erfüllt von diesem neuen Gefühl, das noch immer zwischen ihren Beinen brannte. Sie lehnte den Kopf an Kamals Brust und lauschte seinem Herzschlag, der zunächst raste, sich dann aber im Laufe der Minuten beruhigte.

»Woran denkst du?«, wollte sie wissen, als sie aufblickte und bemerkte, dass er ganz in sich gekehrt war.

»Daran, wie ich dich das erste Mal sah, auf dem Fest in der venezolanischen Botschaft.«

Francesca versuchte vergeblich, sich an diese Veranstaltung zu erinnern. Nur einige wenige Bilder kamen ihr in den Sinn, und die hatten alle mit Marina zu tun.

»Weiß Mauricio, dass du hinter meiner Versetzung nach Riad steckst?«

»Nein.«

»Wie hast du das nur angestellt? Meine Versetzung, meine ich.«

»Ach, Francesca, mit Geld erreicht man fast alles.«

»Hast du mich nach dem Unabhängigkeitsfest in der venezolanischen Botschaft noch einmal gesehen?«

»Ich bin noch einige Male nach Genf zurückgekehrt, nur um dich zu sehen. Ich bin zu denselben Cocktailempfängen, Besprechungen und Konferenzen gegangen wie dein Chef, und dort bin ich dir begegnet. Wenn ich auf Reisen war, wurden mir Fotos von dir und ein Bericht von deinen Tätigkeiten hinterhergesandt. Manchmal habe ich vor der Tür des Hauses gestanden, in dem du lebtest, und gehofft, dass du rauskommst.«

»Ich habe dich nie bemerkt.«

»Nein. Und wenn du mich gesehen hast, hast du mich keines Blickes gewürdigt.«

»Wirklich? Wann?«

»Bei dem Essen der Genfer Kantonsregierung. Ich saß am Nachbartisch. Ich konnte dir zuhören, dich von nahem betrachten, sogar dein Parfüm konnte ich riechen. Und am liebsten hätte ich diesen Italiener umgebracht, der dich verführen wollte. Gegen Ende bist du aufgestanden, um zur Toilette zu gehen, und ich bin dir gefolgt. Als du rauskamst, hast du mich umgerannt.«

»Du warst das! Du hast sogar meine Tasche aufgehoben und sie mir zurückgegeben.«

»Und ich habe dich zum ersten Mal berührt. Hier.« Er deutete auf ihren linken Arm.

Francesca schwieg, während sie versuchte, Kamal zu verstehen, seine tiefen Gefühle und seine Leidenschaft. Manchmal machte ihr der Gedanke daran Angst.

»Weshalb bin ich dir überhaupt aufgefallen?«

»Allah hat dich als faszinierende Frau geschaffen. Und das weißt du auch.«

»Du hältst mich also für eitel?«

»Überhaupt nicht. Aber du müsstest blind sein, wenn du dir deiner eigenen Schönheit nicht bewusst wärst.«

»Alles, was ich weiß, ist, dass du wohl keinen Mangel an schönen Frauen gehabt haben wirst«, neckte ihn Francesca. »Frauen, die wesentlich faszinierender sind als ich, eine einfache Botschaftssekretärin.«

»Du bist keine einfache Botschaftssekretärin«, widersprach Kamal. »Du bist jetzt meine Frau.«

»Sag mir«, wollte Francesca wissen, »was war es wirklich, das dich an mir gereizt hat?«

»Zuerst fühlte ich mich von deiner Schönheit angezogen. Doch als ich dich dann genauer beobachtete, entdeckte ich etwas, das mich zutiefst berührte.«

»Was?«, fragte Francesca ungeduldig weiter.

»Die Traurigkeit in deinen Augen.« Francesca versuchte sich von ihm zu lösen, doch Kamal zog sie wieder an sich. »Bei Allah, niemals zuvor in meinem Leben hatte ich Augen gesehen, die so sehr die Seele eines Menschen widerspiegelten! Sag, was war es, das dir so sehr zu schaffen machte?«

»Ich möchte nicht darüber sprechen.«

»Aldo Martínez Olazábal?«

Francesca setzte sich abrupt auf.

»Wieso weißt du von ihm?«

»Ich weiß alles über dich, mein Herz.«

Francesca legte sich wieder hin, vermied es jedoch, ihn anzusehen. Was störte sie eigentlich daran? Wollte sie nicht, dass Kamal erfuhr, dass sie vor ihm schon einen anderen geliebt hatte? Oder missfiel ihr, dass Kamal alles über sie wusste, sie aber nichts über ihn?

»Liebst du ihn immer noch?«, wollte Kamal wissen und versuchte die nagende Eifersucht zu verbergen, die seine Stimme ganz hart werden ließ.

»Ich habe ihn nie geliebt. Nicht so wie dich.«

Er beugte sich über sie und sah sie bewegt an, bevor er weitersprach.

»Du und ich, wir sind jetzt eins. Du kannst dich niemals mehr von mir trennen.«

»Ich liebe dich, Kamal al-Saud. Warum sagst du so etwas?«

»Du liebst mich, sagst du?«

»Ja.«

»Schwöre es! Bei deiner Ehre!«

»Ich schwöre.«

13. Kapitel

Beim Aufwachen wusste Francesca nicht, wo sie war. Als sie sich umdrehte, sah sie Kamal, der, in ein Bettlaken gehüllt, in Richtung Mekka betete, und die Ereignisse der Nacht standen wieder so deutlich vor ihr, dass sie seufzen musste. Sie blieb still im Bett liegen, um das feierliche Gebet nicht zu stören, wie gebannt von den Bewegungen und dem gleichmäßigen Singsang ihres Geliebten. Sie lauschte dem Muezzin, der vom Minarett einer nahen Moschee die Gläubigen zum Morgengebet rief. »Gott ist groß. Es gibt keinen Gott außer Gott, und Mohammed ist sein Prophet. Kommt zum Gebet.« Sie hatte diesen Ruf schon oft in Riad gehört. Damals hatte sie gedacht, dass sie das niemals etwas angehen würde, dass es nichts mit ihr zu tun hatte. Doch nun betete der Mann, dem sie sich hingegeben hatte, mit einer Inbrunst und Ehrfurcht, wie sie nur ein Araber an den Tag legen konnte, zu seinem Gott.

Es musste gegen fünf Uhr am Morgen sein. ›So früh noch!‹, dachte sie, und nach der Erschöpfung dieser intensiven Nacht fielen ihr die Augen wieder zu. Später, als sie sich müde in den Laken rekelte, war sie sicher, dass nur ein paar Minuten vergangen waren. Aber da Kamal nicht mehr neben ihr lag und sie von den Sonnenstrahlen geblendet wurde, die durch die Ritzen der Verandatür drangen, schloss sie, dass es bereits später Vormittag sein musste. Erschreckt stellte sie fest, dass es tatsächlich schon nach zwölf war. Sie sprang aus dem Bett, zog sich hastig an und rannte die Treppe hinunter zum großen Salon. Jacques Méchin und Dubois wollten sich gerade zum Mittagessen begeben, als Francesca ins Zimmer gestürzt kam.

»Guten Tag«, sagte sie, während sie nach einem guten Grund suchte, um ihr Fehlen zu entschuldigen. Doch dann kam sie zu dem Schluss, dass es das Beste war, einfach darüber hinwegzugehen.

»Guten Tag«, erwiderte Méchin ihren Gruß und ging ihr entgegen. »Du kommst gerade rechtzeitig zum Mittagessen.« Und er reichte ihr seinen Arm, um ins Speisezimmer zu gehen.

Dubois war still und in sich gekehrt, wie so oft in letzter Zeit. Auch Méchin, der sich bemühte, die unterkühlte Stimmung aufzulockern, war nicht mehr derselbe, wie Francesca fand. Sie erinnerte sich an seine Besuche in der Botschaft gemeinsam mit Professor Le Bon und an die angenehmen Gespräche über Politik und Geschichte, und ihr wurde klar, dass er ihre Beziehung zu Prinz al-Saud nicht guthieß. Hielten sie ihr Benehmen für anstößig? Waren sie der Ansicht, dass Kamal eine Frau aus seiner Schicht verdient hatte? Fand Dubois, dass sie sein Vertrauen missbraucht hatte, als sie sich mit seinem besten Freund einließ, einem führenden Mitglied der saudischen Königsfamilie? Hielten sie sie für eine Frau ohne Prinzipien? Das Mittagessen lag ihr wie Blei im Magen.

Verärgert fragte sie sich, wo Kamal steckte. Sie brauchte ihn so nötig; sie brauchte die Sicherheit seiner gelassenen Miene, die Ruhe seiner besonnenen Bewegungen, sein Lächeln, das ihr zu verstehen gab, dass alles in Ordnung war. Wie hatte er sie nach dem, was letzte Nacht geschehen war, allein lassen können? Sie empfand es als Rücksichtslosigkeit. Keine Nachricht, kein Ton gegenüber dem Hauspersonal, und auch Dubois und Méchin erwähnten ihn mit keinem Wort. Vielleicht würde er sie nun, nachdem sein Appetit gestillt und der Trieb befriedigt war, nie wieder ansehen. Voller Angst erinnerte sie sich an Saras Warnungen, die ihr nun wie eine biblische Strafe erschienen: »Er wird dich pflücken wie eine Blume am Wegesrand, um dich dann achtlos wegzuwerfen.«

Nach dem Kaffee zog sich Jacques zurück, und Mauricio trug Malik auf, den Wagen zu holen, um in die Stadt zu fahren. Der Gedanke erschien Francesca verlockend. Eine Spazierfahrt durch die Straßen von Dschidda würde sie ablenken, und außerdem könnte sie mit ihrem Chef sprechen und Unstimmigkeiten ausräumen. Doch Mauricio lud sie nicht ein, mitzukommen, und als kurz darauf das Auto vor der Tür zu hören war, verabschiedete er sich knapp und ließ sie allein zurück.

Sie lehnte sich in die Polsterkissen und ließ den Blick durch den Raum schweifen. Dann ging sie zum Bücherregal und betrachtete die Buchrücken. Keines davon sprach sie an – die wenigen französischen Bücher, die dort standen, handelten von Pferdezucht, der Behandlung der häufigsten Krankheiten bei Rassepferden und anderen Pferdethemen. Wenn es wenigstens einen Roman oder einen Essay gäbe!, seufzte sie und ließ sich wieder in die Kissen sinken.

Sadun kam mit einem Stapel Handtücher durch die Verandatür und blieb nicht einmal stehen, um sie zu grüßen, was sie unglaublich verletzte. Ihre Stimmung wurde heute auf eine harte Probe gestellt, und jede Kleinigkeit ärgerte sie. Seit einiger Zeit war auch der Hausverwalter wortkarg und abweisend, dabei hatte er sich am Anfang trotz der Sprachprobleme fast ein Bein ausgerissen, um sie zu bedienen und ihr eine Freude zu machen.

Sie ging in den Garten hinaus und setzte sich auf den Rand des Springbrunnens. Sie tauchte die Hand ins Wasser, und die Seerosen schaukelten sanft auf ihren großen, dunkelgrünen Blättern hin und her. Ein warmer Windhauch trug den Duft von Rosmarin, Myrte, Maiglöckchen und Lorbeer heran. Sie folgte dem Duft, der sie zum Harem führte, wo sie die halb hinter Pflanzen verborgenen, geschlossenen Fenster betrachtete. Sie überlegte, Sadun darum zu bitten, ein Bad in dem großen Wasserbecken nehmen zu dürfen, verwarf den Gedanken aber wieder, weil es ihr in Abwesenheit von Fadila dreist erschien. Seit dem Morgen mit ihr hatten sich die Ereignisse überschlagen. Ihr Leben hatte eine entscheidende Wendung genommen, und nichts würde mehr so sein wie vorher. Sie war jetzt eine Frau. Al-Sauds Frau. Sie fragte sich, warum Kamals Mutter so überstürzt abgereist war. Sie hatte sich nicht einmal verabschiedet und das Anwesen in Begleitung ihrer Dienerschaft verlassen, als sei etwas Schwerwiegendes vorgefallen.

Sie fand, dass es eine gute Idee war, einen Ausritt mit Nelly zu unternehmen, und ging rasch nach oben, um sich umzuziehen. In den Stallungen war Fadhil freundlich und aufmerksam zu ihr und ließ unverzüglich die Stute satteln. Nelly erschien in Begleitung zweier weiterer Pferde, auf denen Kamals Leibwächter saßen. Francesca stellte fest, dass sie Feuerwaffen und Messer am Gürtel trugen.

»Der Herr hat mir aufgetragen, Sie von Abenabó und Kader begleiten zu lassen, wenn Sie alleine ausreiten«, erklärte Fadhil in schlechtem Französisch.

Francesca warf einen raschen Blick auf die Nubier, die reglos in ihren Sätteln saßen. Jetzt wurde ihr auch noch die einzig angenehme Unternehmung des Tages vergällt. Sie konnte nicht unbefangen sein, wenn diese Männer hinter ihr herritten und sie in ihrer Freiheit einschränkten.

»Das ist nicht nötig«, versuchte sie es. »Ich habe nicht vor, das Anwesen zu verlassen. Was kann mir schon passieren, Fadhil?«

»Ach, Mademoiselle! Lassen Sie mich da raus und nehmen Sie die Bewachung durch Abenabó und Kader einfach hin. Wie stehe ich vor meinem Herrn da, wenn Ihnen etwas passiert?«

Sie ritt mit den Leibwächtern davon, die zwar gebührenden

Abstand hielten, Nelly aber trotzdem auf Schritt und Tritt folgten. Weshalb hatte Kamal diese Sicherheitsmaßnahme angeordnet? War ihr Leben in Gefahr? Wer schützte ihn, wenn seine Männer bei ihr waren? Auf den ersten Metern machte sie sich große Sorgen deswegen, doch dann ließen die Schönheit der Landschaft und Nellys Ungestüm, die unruhig auf der Trense kaute, sie ihre dunklen Gedanken vergessen.

Als sie Stunden später nach Hause kam, war sie enttäuscht, als sie von Méchin erfuhr, dass Kamal immer noch unterwegs war und sie ohne ihn zu Abend essen würden. Die Reitpeitsche hinter sich herziehend, ging sie langsam auf ihr Zimmer, um zu duschen und sich umzuziehen. Als sie vor dem Frisierspiegel saß und lustlos ihr nasses Haar bürstete, sagte sie sich immer wieder, diesmal laut und vernehmlich: »Kamal al-Sauds Frau.« Und sie fragte sich, ob seine Frau zu sein gleichbedeutend war mit endloser Warterei, Tagen voller Langeweile, Leibwächtern, die in ihrem Privatleben herumschnüffelten, schiefen Blicken, Ängsten und Geheimnissen.

Obwohl sie zuerst überlegte, sich zu entschuldigen und auf ihrem Zimmer zu bleiben, ging sie schließlich doch zu Mauricio und Jacques hinunter. Das Essen verlief ohne größere Vorkommnisse. Francesca achtete gar nicht mehr auf die verkniffene Miene ihres Chefs und Méchins vergebliche Versuche, die Stimmung aufzulockern, sondern hing weiter ihren Gedanken nach, die im Laufe des Tages so viele Stimmungswechsel bei ihr bewirkt hatten.

Das Geräusch eines Autos in der Einfahrt und kurz darauf Kamals Stimme, der an der Haustür Anweisungen gab, ließen Méchin verstummen und brachten Francescas Blick zum Strahlen. Al-Saud betrat das Esszimmer in einem weißen Seidenmantel und einer eleganten *kufiya*, die Francesca noch nicht an ihm kannte. Er grüßte auf orientalische Weise und entschuldigte sich für sein Fehlen beim Abendessen. Er gab keine Erklärungen, und keiner wagte es, ihn danach zu fragen.

»Ich hoffe, es ist alles zu eurer Zufriedenheit. Wir nehmen den Kaffee später im Salon«, setzte er hinzu und zog sich dann auf sein Zimmer zurück.

Francesca sah ihm nach, bis er durch die Tür verschwunden war. Erst als seine Schritte nicht mehr zu hören waren, kam wieder Leben ins sie. Kamal war distanziert und unzugänglich gewesen, wie die ersten Male in der Botschaft. Sie entschuldigte sich bei Méchin und Dubois und verließ das Esszimmer. Draußen zog sie die Schuhe mit den hohen Absätzen aus, lief durch die Eingangshalle und rannte die Treppe hinauf. Im Schlafzimmer angekommen, lehnte sie sich gegen ihre Tür und starrte in die Dunkelheit, bis das Gelächter aus dem Erdgeschoss sie aus ihrer Erstarrung riss.

Sie zog das Nachthemd an und legte sich ins Bett. Ihre Lippen bebten, und ihre Augen schwammen in Tränen. Sie vermisste ihre Mutter. Sie hatte den Eindruck, dass alles ein einziges Chaos war, und wünschte, dass Antonina da wäre, um sich in ihren Schoß zu schmiegen und sie sagen zu hören: »*Va tutto bene, figliola mia*, es wird alles gut, mein kleines Mädchen.« Und dann würde Fredo kommen und sie mit Küssen überhäufen und sie in seine Arme schließen. Plötzlich hatte sie Sehnsucht nach ihrer Heimatstadt: der Plaza España, dem Bulevar Chacabuco, dem Stadthaus der Martínez Olazábals. Auch Arroyo Seco fehlte ihr, Don Cívico und Doña Jacinta, die Ausritte mit Rex, Sofía, ihr Leben in Argentinien. Sie hätte niemals fortgehen sollen. Ihre überstürzte Flucht war ein Fehler gewesen. Sie brach in Tränen aus und presste das Gesicht ins Kissen, damit man sie nicht hörte.

Während sie so vor sich hinschluchzte, kam es ihr vor, als ginge jemand durch den Korridor und bliebe vor ihrer Zimmertür stehen. Eine Sekunde später kam Kamal ganz leise herein. Francesca drehte ihm den Rücken zu und stellte sich schlafend in der Hoffnung, dass er sie nicht aufwecken wollte und schnell wieder ging. Aber al-Saud legte den Morgenmantel ab und schlüpfte unter die Bettdecke. Er fasste sie um die schmalste Stelle der Taille und küsste sie auf die Schulter. Francesca spürte seine nackte Brust an ihrem Rücken und sein hartes Glied an ihrem Po und unterdrückte ein Stöhnen. Kamal drehte sie zu sich herum. Als seine Lippen ihre Wange streiften, hielt er inne.

»Du weinst ja«, sagte er besorgt. »Was hast du denn? Tut dir etwas weh?«

»Nein.«

»Du hast dich noch nicht von heute Nacht erholt«, vermutete er.

»Das ist es nicht«, beteuerte sie.

»Was hat meine Prinzessin dann?«

Francesca klammerte sich an seinen Hals und ließ ihren Tränen freien Lauf. Kamal lehnte sich gegen das Kopfende des Bettes und ließ sie ihr Leid klagen: Dass sie ihre Mutter und ihren Onkel Fredo vermisse, dass sie nach Córdoba zurückwolle, dass sie ihre Freunde brauche, ihre Pferde, ihre vertrauten Dinge und Orte.

»Warum bist du weggefahren und hast mich den ganzen Tag hier allein gelassen?«, warf sie ihm vor. »Ich habe mich einsam gefühlt und mich gelangweilt. Heute hätte ich dich mehr gebraucht denn je.«

»Verzeih mir. Jetzt ist mir klar, dass es nicht sehr aufmerksam von mir war, aber ich dachte nicht, dass es dir etwas ausmachen würde. Ich hatte wichtige Dinge zu erledigen und wollte sie nicht um einen weiteren Tag aufschieben. Hat Sadun dir nicht ausgerichtet, dass ich nach Dschidda fahre und wahrscheinlich nach dem Abendessen wieder zurück bin?«

»Sadun spricht in letzter Zeit nicht mehr mit mir.«

»Aha.«

»Und Mauricio und Jacques auch nicht.«

»Ich weiß, Francesca, aber du musst dir keine Sorgen machen. Überlass das alles mir. Wenn du wüsstest, wie sehr ich dich heute vermisst habe, würdest du mir keine Vorhaltungen machen.«

»Ach ja?«, bemerkte sie ironisch. »Du scheinst niemanden sonderlich zu brauchen.«

»Dich schon!«, widersprach Kamal und zwang Francesca, ihn anzusehen. »Du bist alles, was zählt, ich habe es dir heute Nacht gesagt. Und ich rede nie einfach so daher. Du hast mir so gefehlt, dass ich beinahe alles stehen und liegen gelassen hätte und zu dir nach Hause gekommen wäre. Du darfst nie mehr an mir zweifeln, Francesca. In meinen Besprechungen musste ich immer wieder an gestern Nacht denken, als du in meinen Armen zur Frau wurdest, und ich konnte keinen klaren Gedanken mehr fassen.«

Kamals Überzeugungskraft und der Nachdruck in seinen Worten vertrieben Francescas Zweifel und die traurigen Gedanken, die sie den ganzen Tag über gequält hatten.

Kamal beugte sich über sie und sah sie lange voller Bewunderung an. Es ging Francesca unter die Haut, wenn er sie so ansah. Mit angehaltenem Atem erwiderte sie seinen Blick, wie gebannt von dieser Anziehungskraft, die von der Haut ihres Geliebten ausging, die so viel in ihr auslöste und sie zwang, sich diesen Sinnesfreuden hinzugeben, von denen man ihr immer gesagt hatte, sie seien Sünde. Kamal schob die Träger ihres Nachthemds beiseite und küsste ihre Brüste. Francesca fuhr ihm mit den Fingern durchs Haar, während sie den Rücken anspannte, seinen gierigen Lippen entgegen.

Kamal empfand einen Rausch, den er so nicht gewohnt war. Seine Erfahrung im Bett beruhte auf Kontrolle und absoluter Selbstbeherrschung. Mit Francesca war das völlig anders: Das

Blut in seinen Adern kochte, und in ihm loderte das Feuer einer Leidenschaft, der er hilflos ausgeliefert war. Er wollte Francesca zeigen, dass dieses Spiel mit Händen und Zunge, leisem Stöhnen und gehauchten Worten genauso schön war wie der Akt selbst. Deshalb versuchte er, sich zu beherrschen, und den Moment der Ekstase so lange wie möglich hinauszuzögern.

Als es vorbei war, küssten sie sich weiter und flüsterten sich Liebesschwüre zu, immer noch gefangen von dieser unerschöpflichen Leidenschaft. Die kühle Abendluft trocknete ihre schweißnassen Körper und ließ sie schließlich zur Ruhe kommen. Francesca lag in Kamals Armen und zeichnete mit dem Finger die Umrisse seiner Muskeln nach. Er spielte mit ihren Haaren.

»Was hast du heute unternommen, um dir die Zeit zu vertreiben?«, erkundigte er sich.

»Nicht viel. Ich wollte lesen, aber deine Bücher interessieren mich nicht. Dann hatte ich Lust, ein Bad in dem Wasserbecken im Harem zu nehmen, aber ich habe mich nicht getraut, Sadun um Erlaubnis zu fragen.«

»Um Erlaubnis fragen?«, unterbrach Kamal. »Du bist die Herrin im Haus, du kannst tun, was und wann immer du willst. Ist dir das klar? Ich will nicht noch einmal hören, dass du aus Angst vor Sadun oder wem auch immer auf irgendetwas verzichtest. Sadun und alle anderen sind deine Untergebenen. Ich bezahle sie dafür, dass sie dich wie eine Königin behandeln.«

»Fadhil war sehr nett«, bemerkte Francesca. »Er hat sofort Nelly gesattelt, als ich ihn darum gebeten habe. Auch wenn es nicht dasselbe war, ohne dich auszureiten.«

»Waren Abenabó und Kader bei dir?« Francesca nickte. »Von jetzt an sind sie deine Leibwächter. Sie werden dich auf Schritt und Tritt begleiten.«

»Warum, Kamal? Es gefällt mir nicht, ständig zwei Männer im Schlepptau zu haben. Ich fühle mich beobachtet.«

»Darüber möchte ich nicht diskutieren, Francesca. Du bist jetzt meine Frau, und man könnte dir etwas antun, um mich zu treffen.«

Francesca dachte über seine Worte nach und kam zu dem Schluss, dass die Zuteilung der beiden Leibwächter ein Liebesbeweis von Kamal war. Deshalb stellte sie seine Entscheidung nicht länger in Frage.

»Morgen reisen wir zu der Oase, wo der Stamm meines Großvaters sein Lager aufgeschlagen hat«, fuhr Kamal fort. »Es wird dir gefallen, meine Großmutter kennenzulernen. Sie ist eine außergewöhnliche Frau.«

»Wie heißt sie?«

»Juliette.«

»Juliette?«

»Ja, sie ist Französin. Mein Großvater nennt sie aber Scheherazade.«

»Scheherazade? Wie die Figur aus Tausendundeiner Nacht?«

»Genau. Angeblich hat meine Großmutter ihn genauso betört wie Scheherazade den Sultan Schariyar, als sie ihm tausendundeine Nacht hindurch all diese phantastischen Geschichten erzählte, damit er sie nicht tötete.« Kamal lachte. »Doch, du wirst dich freuen, die beiden kennenzulernen. Manchmal zanken sie sich wie kleine Kinder, aber sie lieben sich von ganzem Herzen.«

»Sag, wie kommt es, dass eine Französin einen Beduinen aus der Wüste geheiratet hat?«, fragte Francesca neugierig.

Al-Saud begann, ihr zu erzählen, was er von seinem Großvater vor Jahren erfahren hatte. Juliette D'Albigny war die Tochter eines reichen Parisers, einem großen Pferdenarren, insbesondere von Araberpferden, und ein enger Freund des damaligen Scheichs al-Kassib. Er hatte einige Tiere von ihm gekauft, und so war ihre Freundschaft entstanden. Irgendwann beschloss er, seinem Beduinenfreund einen Besuch abzustatten und seine junge

Tochter mitzunehmen, nachdem diese ihm seit Jahren damit in den Ohren lag, er solle ihr die Wüste zeigen. In jenem Sommer betrat Juliette zum ersten Mal saudischen Boden und sollte ihn nie wieder verlassen. Harum, der Sohn des Scheichs und sein ganzer Stolz, verliebte sich unsterblich in sie, und auch sie verfiel bald seinem Charme und seinen ungewöhnlichen Einfällen. Am Anfang akzeptierte keine der beiden Familien die Beziehung – D'Albigny, weil er nicht wollte, dass seine einzige Tochter einen Araber heiratete, der ein Leben lang durch die Wüste zog, und Scheich al-Kassib, weil er keine Ungläubige als Stammesmitglied haben wollte. Außerdem war Juliette nach Ansicht des alten Arabers zu extrovertiert, schließlich war er an unterwürfige und gehorsame Frauen gewöhnt. Juliette verkündete, dass sie niemals nach Paris zurückkehren würde, und Harum drohte dem Scheich, den Stamm zu verlassen. Am Ende begriffen beide Väter, dass die Liebe zwischen ihnen zu stark war, um dagegen anzukämpfen, und beschlossen, sie zu akzeptieren. Einen Monat später heiratete das junge Paar nach islamischem Ritus.

»Ich wäre am liebsten jetzt schon in der Oase«, sagte Francesca.

Kamal stützte sich seitlich auf und ließ seine Hand über Francescas nackten Körper wandern, von der Schulter den Unterarm hinab, über die sanft geschwungene Taille und Hüfte das zarte Bein entlang bis zum Knie, und von dort wieder hinauf bis zum Hals, den Ohren, dem Haar, den Schultern, den Brüsten. Jeder Zentimeter dieser Frau gehörte ihm, er hatte sie vollständig erobert. Er schmiegte sich an ihren Rücken und umarmte sie besitzergreifend.

»Du gehörst mir«, flüsterte er.

»Ja, und das weißt du«, beteuerte sie.

Eine ganze Weile sagten sie nichts mehr. Dann ergriff Francesca wieder das Wort.

»Kamal?«

»Ja?«

»Was wird sein, wenn wir wieder in Riad sind?«

»Was soll dann sein?«

»Was ist dann mit uns?«

»Ich fahre nicht nach Riad zurück«, erklärte er. »Wenn wir aus der Oase zurückkommen, fliege ich nach Washington. Ich werde ein paar Wochen weg sein, nicht lange, und wenn ich zurück bin, heiraten wir. Versprochen.«

»Heiraten?«, wiederholte sie.

Sie tastete nach dem Schalter der Nachttischlampe und knipste das Licht an. Kamal setzte sich am Kopfende des Bettes auf und legte einen Arm unter seinen Kopf.

»Warum siehst du mich so an? Habe ich etwas Dummes gesagt?«

»Nein, natürlich nicht.«

»Willst du mich etwa nicht heiraten?«

»Doch, natürlich. Ich bin überrumpelt, das ist alles. Ich dachte nicht, dass es so bald sein wird.«

»Ich habe dir doch gesagt, dass ich dich für mich will«, sagte Kamal, als wollte er sie an ein altes Versprechen erinnern. »Ich will nicht länger warten. Mit Allahs Willen wirst du meine Frau werden.«

Francesca war wie benommen. Sie blickte in seine großen, grünen Augen, während sie sich ein wenig Zeit nahm, um ihre Gedanken zu ordnen. Sie liebte diesen Mann und vertraute ihm instinktiv, denn sie wusste nicht viel über seine Vergangenheit und sein jetziges Leben. Doch sobald er sie ansah, waren alle Zweifel verflogen. Wenn Kamal sie berührte, war ihr Körper wie elektrisiert. Sie bewahrte jedes Lächeln von ihm wie einen Schatz, sie spürte ihn in sich und hegte keinen Zweifel, dass er sie glücklich machen würde. Sie hatte sich ihm hingegeben und die brennende Lust gestillt, die er mit seinen Blicken, seinen Berührungen, seinem Lächeln in ihr entfacht hatte.

»Weshalb bist du überrascht?«, fragte Kamal. »Du wirst meine Gemahlin sein und meine Geliebte, die Mutter meiner Kinder, die Frau, mit der ich meine Träume, meine Enttäuschungen, meine Niedergeschlagenheit und meine Freude teilen werde. Du wirst meine Zuflucht sein und ich die deine. Gott wird unsere Verbindung und die Früchte unserer Liebe segnen. Wenn du willst, heiraten wir auch nach christlichem Ritus, aber das muss ein Geheimnis bleiben. Niemand aus meiner Familie darf davon erfahren.«

»Es ist mir gleichgültig, nach welchem Ritus ich heirate«, versicherte sie, doch dann dachte sie an Antonina und an die Standpauke, die sie ihr halten würde. »Aber ich würde es wegen meiner Mutter tun, damit sie mir keine Vorhaltungen macht. Sie ist streng katholisch.«

»Ja, mein Herz, ganz wie du willst.«

»Ich wäre gerne schon in der Oase«, sagte Francesca noch einmal, an die Brust ihres Geliebten geschmiegt.

»Morgen wirst du das wahre Herz meines Landes kennenlernen, den Stamm, aus dem das hervorging, was wir heute Saudi-Arabien nennen.«

***

Am nächsten Morgen wurde Francesca von einem Klopfen an der Tür geweckt. Sie fand ihr Nachthemd vor dem Bett und schlüpfte rasch hinein. Dann warf sie den Morgenmantel über und rief »Herein!«. Sadun kam mit einem Frühstückstablett, und der freundliche Ausdruck in seinem dunklen Gesicht verwirrte sie.

»Guten Morgen, Mademoiselle. Ich hoffe, Sie hatten eine wunderbare Nacht«, sagte er in gebrochenem Französisch und stellte das Tablett auf dem Bett ab. »Wünschen Sie Kaffee oder Schokolade? Ich empfehle Ihnen dieses Dattelgebäck, es ist meine Spezialität. Frühstücken Sie in Ruhe, während ich Ihnen ein Bad einlasse. Danach helfe ich Ihnen beim Packen. Der Herr Kamal hat mir aufgetragen, Sie zu wecken und Ihnen zu sagen, dass er in Kürze bei Ihnen sein wird. Er ist um fünf Uhr aufgestanden und hat mit den Vorbereitungen für die Fahrt nach Ramses begonnen. Im Moment macht er die Pferde bereit.«

Sadun verschwand im Bad, und Francesca hörte das Quietschen des Wasserhahns und das Plätschern des Wassers in der Wanne. Als er zurückkam, ging er zum Schrank, nahm ihr Reitkostüm heraus und legte es auf die Couch. Dann wienerte er die Stiefel mit einem Lappen.

»Ich besorge Ihnen einen Hut, Mademoiselle. Sie können nicht die ganze Zeit ohne Kopfbedeckung durch die Sonne reiten. Ich bin gleich zurück.«

Francesca sah ihm hinterher. Sie war überzeugt, dass Kamal ein ernstes Wort mit ihm gesprochen hatte, und hatte ein schlechtes Gewissen. Doch dann wurde ihr bewusst, dass sie noch nie gehört hatte, wie er seinen Bediensteten gegenüber laut geworden wäre oder sie schlecht behandelt hätte. Nicht einmal, als eines der Mädchen, die bei Tisch servierten, den Krug mit dem *laban* auf dem Perserteppich im Esszimmer verschüttet hatte. Aber was auch immer Kamal getan oder gesagt hatte, Sadun war wie ausgewechselt.

14. Kapitel

In ruhigem Schritt ritten sie auf ihren Pferden durch die glutheiße Sonne, die immer unerträglicher wurde, je weiter sie sich vom Meer entfernten und ins Landesinnere vordrangen. Kamal und Mauricio ritten vorneweg. Francesca konnte sehen, dass sie in ein freundschaftliches, vertrautes Gespräch vertieft waren. Sie achtete darauf, ihnen nicht zu nahe zu kommen, um das Einvernehmen nicht zu stören.

Jacques Méchin trottete hinter den beiden her, die nicht merkten, dass die Jahre nicht spurlos an ihm vorübergegangen waren und der Franzose nicht mehr für derartige Unternehmungen geschaffen war. Aber in jeder Saison einmal zum Lager des Scheichs zu reiten, war eine Tradition, die auch Méchins Gebrechen nicht verhindern konnten. Also wischte sich der Franzose den Schweiß von der Stirn, fächelte sich mit seinem Safarihut Kühlung zu und blickte immer häufiger durch sein Fernglas zum Horizont. Aber er beschwerte sich nicht. Francesca ritt auf Nelly neben Jacques' Pferd und versuchte, ihn aufzumuntern. Sie reichte ihm die Feldflasche und fragte ihn über Kamals Großeltern und den Stamm aus.

Den Abschluss bildete die Dienerschaft, einige zu Pferde, andere führten hochbeladene Kamele am Zügel. Obwohl Francesca fand, dass es beeindruckende, schöne Tiere waren, hielt sie gebührenden Abstand, denn Sara hatte sie gewarnt, es seien unberechenbare, hinterhältige Biester, die gerne spuckten und bissen.

Malik ritt in der Gruppe der Dienerschaft. Francesca spürte seinen Blick im Nacken wie den heißen Atem eines Raubtiers. Auf Kamals Anwesen in Dschidda waren sie sich nur selten begegnet, weil er völlig damit ausgelastet war, die Aufträge des Botschafters auszuführen. Doch die wenigen Male hatten ausgereicht, um ihr zu bestätigen, was der Chauffeur von ihr hielt. Wenn er sie ansah, schlug ihr eine Welle des Hasses entgegen. Sie fragte sich, ob er von ihrer Beziehung zu dem Prinzen wusste. Als sie sich umdrehte, entdeckte sie ihn im angeregten Gespräch mit Abenabó und Kader und hatte keinen Zweifel mehr, dass er bald auf dem Laufenden sein würde, falls er es noch nicht war.

»Ist es noch weit?«, fragte sie, um den Gedanken an Malik zu verscheuchen.

»Ungefähr eine Stunde«, antwortete Jacques. »Ich lege diese Strecke seit Jahren zurück, aber zum ersten Mal macht sie mir derart zu schaffen.«

»Ich bin auch müde und wäre gerne bald da«, gab Francesca zu. »Kamal erzählte mir, dass seine Großmutter aus Paris stammt.«

»So ist es. Die D'Albignys gehören zur High Society von Paris. Es muss ein Skandal gewesen sein, als Juliette Harum heiratete. Soweit ich weiß, war sie mehr oder weniger mit einem Mitglied der feinen Pariser Gesellschaft verlobt. Aber wenn sich Juliette etwas in den Kopf setzt, bringt sie keiner von ihrer Meinung ab. Du wirst Kamals Großmutter mögen, und sie dich«, stellte Méchin fest, und zum ersten Mal seit langem hatte Francesca das Gefühl, dass er wieder der Jacques Méchin von früher war.

Eine schwarze Linie zeichnete sich am Horizont ab. Francesca hielt sie für eine Luftspiegelung, doch je näher sie kamen, desto deutlicher nahm die Linie Gestalt an. Schließlich verwandelte sie sich in eine Gruppe von Reitern, die im vollen Galopp näher kamen. Sie schwenkten ihre Waffen über den Köpfen und stießen schrille, spitze Schreie aus. Francesca gefror das Blut in den Adern. Ihre Begleiter jedoch grinsten nur.

»Keine Angst«, sagte Jacques. »Das ist das Empfangskomitee, das uns der Scheich schickt.«

Kamal und Mauricio trieben ihre Pferde an, und Méchin und Francesca folgten ihnen. Einige Minuten später kam es zur Begegnung. Kamal sprang von seinem Pferd, und zwei Beduinen, von denen nur die Augen zu sehen waren, begrüßten ihn mit einer Umarmung. Geschickt lockerten sie die Turbane und zeigten ihre vom Sand und dem glühenden Wüstenwind gegerbten Gesichter.

»Das sind Kamals Onkel«, erklärte Méchin Francesca. »Der rechts heißt Aarut, der andere Zelim.«

»Und Scheich al-Kassib?«

»Der Scheich ist nie Teil des Empfangskomitees. Er erwartet uns in seinem Zelt in der Oase, wie es die Bräuche der Beduinen verlangen.«

Jacques half ihr beim Absteigen, und gemeinsam gingen sie zur Begrüßung. Kamal sah kurz zu Mauricio herüber, als dieser Francesca als seine Mitarbeiterin vorstellte, was ihr sichtlich nicht gefiel. Sie suchte nach Kamals Blick, doch es gelang ihr nicht, seine Aufmerksamkeit auf sich zu ziehen, so sehr war er ins Gespräch mit seinen Onkeln vertieft. Dann saßen sie wieder auf und ritten weiter. Méchin gesellte sich nun zu Kamal, Mauricio und den Beduinen, und Francesca blieb mit der restlichen Gruppe zurück. Sie fühlte sich unwohl und allein gelassen, belauert von mehreren Augenpaaren, die sie einer genauen Prüfung unterzogen.

Die ersten Palmwipfel tauchten aus dem Dünenmeer auf, und dann erreichten sie die Oase, wo fröhlich jubelnde Männer und Frauen diesem Ort mit seinem Grün und der frischen Luft einen besonderen Zauber verliehen. Das einzig völlig weiße Zelt hob sich auch durch seine beeindruckende Größe von den übrigen ab. Vor dem Eingang standen zwei kräftige Männer mit Dolchen am Gürtel und vor der Brust verschränkten Armen. Sie grüßten ehrfürchtig, als Prinz al-Saud das Zelt des Scheichs betrat.

Francesca staunte: Nie hätte sie gedacht, dass ein einfaches, schlichtes Zelt innen so luxuriös und geschmackvoll eingerichtet sein könnte. Das Aroma von Duftessenzen schlug ihr entgegen, die in Messingschalen verbrannt wurden, während sie die goldglänzenden Wasserpfeifen bestaunte, den Atlasstoff der Kissen, das Rot, Blau und Gold der Teppiche und die Schmuckgegenstände, die auf einem Tischchen mit Marmorintarsien standen.

Kamal berührte verstohlen ihre Hand, als er vortrat, um seinen Großvater zu begrüßen. Der Junge und der Alte schlossen sich in die Arme und unterhielten sich herzlich auf Arabisch, ohne auf die alte Frau zu achten, die die Szene hinter einem Vorhang verfolgte.

»Hast du mich arme alte Frau vergessen, Kamal?«, fragte sie schließlich in perfektem Französisch und trat nach vorne zu den Männern.

»Großmutter«, murmelte Kamal und nahm sie in den Arm. »Du bist schön wie immer.«

Die Begrüßungen gingen weiter, und Mauricio stellte Francesca erneut als seine persönliche Assistentin vor. Zwei Mädchen stellten Fruchtsäfte und *laban* auf einen Tisch in der Mitte des Zeltes. Sofort herrschte wieder gelassene Ruhe, und während sie tranken, sprachen sie über Pferde.

»Ihr Banausen«, sagte Juliette und ließ ihren Blick über die Runde schweifen. »Da habt ihr dieses arme Mädchen den ganzen Tag der sengenden Wüste ausgesetzt, und jetzt lasst ihr sie hier sitzen, während ihr dummes Zeug daherschwatzt. Komm, meine Liebe«, sagte sie zu Francesca und stand auf. »Ich bringe dich zu dem Zelt, das ich für dich vorbereitet habe.«

Mit ihrer durchscheinenden Haut, ihren feinen Gesichtszügen und der Eleganz, mit der sie ihren zierlichen Körper bewegte, erinnerte Juliette eher an eine Märchenfee als an eine Frau aus Fleisch und Blut. Francesca konnte nicht anders, als sie immer wieder anzusehen. Abgesehen von ihrer Anmut hatte Fadila nichts mit dieser Frau gemeinsam, dachte sie. Als junges Mädchen musste sie eine Schönheit gewesen sein.

»Hier entlang, Francesca«, sagte die alte Frau einladend, während sie den Stoff vor dem Eingang eines Zeltes zurückschlug. »Dein Gepäck steht schon im Schlafraum.« Sie deutete auf einen weiteren Vorhang, der das Zelt in zwei Bereiche unterteilte. »Ich habe die Wanne mit heißem Wasser füllen lassen, damit du ein Bad nehmen kannst. Du möchtest dich sicher vor dem Abendessen frischmachen.«

»Sie sind sehr liebenswürdig. Sie hätten sich nicht solche Umstände machen sollen.«

Juliette betrachtete die lächelnde Francesca, und für einen Augenblick sah sie sich selbst vor fünfzig Jahren, als sie, jung und schön und voller Lebenslust, alles für die Liebe aufs Spiel gesetzt hatte.

Zobeida, die Beduinin, die sich für die Dauer ihres Aufenthalts um Francesca kümmern würde, schlüpfte leise ins Zelt, mit Handtüchern, Parfümfläschchen, Schminke, Essenzen und Ölen beladen.

»Meine Liebe«, sagte Juliette, »ich lasse dich jetzt mit Zobeida allein. Sie wird dir alles bringen, was du brauchst. Wir sehen uns beim Abendessen.« Damit ging sie.

Francesca stand mitten im Zelt und betrachtete ihre Umgebung, hörte die Geräusche von draußen – die arabischen Stimmen, das Wiehern der Pferde, das Blöken der Schafe – und fühlte sich wie ein Eindringling. Was machte sie in dieser Oase mitten in der Wüste, bei einem Beduinenstamm? Sie trieb durch einen Tunnel aus Erinnerungen, und obwohl die Bilder ungeordnet auf sie einströmten, konnte sie die Gesichter deutlich erkennen. »Es gibt keinen Zufall«, hatte ihr Onkel Fredo einmal gesagt. »Wir alle sind ein winziger Teil eines gewaltigen, unendlichen Plans, dessen Linien sich nach dem Willen des Architekten, der ihn entworfen hat, kreuzen oder auseinanderstreben.« Sie hatte einen weiten Weg zurücklegen müssen, um die wahre Liebe zu finden, und sie hatte viel gelitten. An diesem Ort, der so anders war und so weit entfernt von allem, was ihr vertraut war, fragte sie sich nun, ob dies wirklich ihr Schicksal war. Sie flüsterte Aldos Namen, und eine wehmütige Sehnsucht nach seiner ruhigen, überschaubaren Liebe erfüllte sie, eine Sehnsucht nach diesem Mann aus ihrer Welt, der dieselben Grundsätze und Prinzipien besaß. Manchmal fürchtete sie sich vor der vereinnahmenden, beunruhigenden Männlichkeit des Arabers, der sie von dem Ort weggebracht hatte, an den sie gehörte, und sie zu seiner Frau gemacht hatte, ohne sie auch nur zu fragen.

Zobeida fasste sie beim Arm und gab ihr, da sie kein Wort Französisch sprach, durch Gesten zu verstehen, dass sie in den Nebenraum gehen solle, wo eine Messingwanne mit heißem Wasser auf sie wartete, dessen Dampf den Raum mit dem Duft von Badesalzen und Ölen erfüllte. An einer Seite stand ein Bettgestell mit einer dicken Matratze, die mit Rosen- und Jasminblättern bestreut war. Dieses Detail überraschte sie.

»Vielen Dank«, sagte sie zu der Dienerin, die mit einem Lächeln antwortete.

Zobeida stellte alles, was sie noch auf dem Arm trug, auf einem kleinen Schemel ab und ging zu Francesca, um ihr die Jacke abzunehmen. Sie setzte sie auf das Bett, zog ihr Stiefel, Strümpfe und Hose aus und massierte ihre Füße so gekonnt, dass Francesca schläfrig wurde. Dann entkleidete Zobeida sie vollständig und führte sie zu der Wanne, in die Francesca nun eintauchte, entspannt vom warmen Wasser.

Die Beduinenfrau rieb ihren Körper mit Geißblattseife ein und verpasste ihr eine energische Massage, die ihre Durchblutung anregte und ihre Haut rosig schimmern ließ. Sie begann mit den Händen und arbeitete sich dann die Arme hinauf bis zu den Schultern. Trotz der kräftigen Bewegungen empfand Francesca die Massage als wohltuend und entspannend. Der Duft des Öls, das Zobeida ihr schließlich in die Kopfhaut einmassierte, überlagerte den Lavendel- und Geißblattgeruch. Das alles ging schweigend vor sich, nur Zobeidas gleichmäßiger Atem war zu hören, der über ihre feuchte Haut strich, und die Geräusche von draußen, die sich in die Stille mischten. Wohlig müde stieg sie aus der Wanne, und Zobeida führte sie zum Bett, wo sie, nur in ein Handtuch gehüllt, einschlief.

Als sie eine Stunde später wieder aufwachte, hatte Zobeida ein Kleid am Fußende des Bettes ausgebreitet. Daneben lag ein Kärtchen von Madame D'Albigny, auf dem stand: »Das ist für Dich. Ich hätte gerne, dass Du es heute Abend trägst.« Nach wie vor lag der Duft von Essenzen und Ölen in der Luft, die trotz der sengenden Sonne kühl war. Erfrischt stand sie auf, und Zobeida machte sich daran, sie für das Essen herzurichten. Sie rieb ihre Hände mit einer Mischung aus Glyzerin und Zitronensaft ein, die die Haut weich und makellos weiß machte, betupfte sie mit Jasminwasser und trug ein dezentes Make-up auf, das ihre mandelförmigen Augen betonte. Dann nahm sie schwelendes Sandelholz aus einer Räucherpfanne, legte es auf einen Teller und bedeutete Francesca, die Arme anzuheben, damit der stark duftende Rauch unter ihre Achseln dringen konnte. Das weiße Seidenkleid mit Brüsseler Spitze am Dekolleté stand ihr ausgezeichnet; es fiel weit schwingend bis auf die Knöchel und ließ Schultern und Arme frei. Sie beschloss, die feinen Lederschuhe zu tragen, die Kamal ihr in Dschidda gekauft hatte. Zobeida steckte ihr Haar auf und formte mit der Brennschere kleine Löckchen, die ihr Gesicht umrahmten und den Alabasterton ihrer Haut unterstrichen.

Jacques Méchin kam sie abholen, und gemeinsam gingen sie zum Zelt von Scheich Harum al-Kassib. Als sie eintraten, entstand unter den anwesenden Gästen ein Schweigen, das Francesca verunsicherte. Sie ließ ihren Blick über die Gesichter schweifen und sah sich verzweifelt nach Kamal um, der am anderen Ende des Zeltes ins Gespräch vertieft war.

»Gelobt sei Allah, der Barmherzige und Allmächtige, der die schönste Frau der ganzen Wüste in mein Zelt geführt hat!«, rief Scheich Harum begeistert, um gleich darauf seiner Gattin zu versichern: »Mit Ausnahme von dir natürlich, Scheherazade.«

Kamal unterbrach sein Gespräch und sah hingerissen zu Francesca herüber, wieder einmal vom Zauber ihrer Schönheit gebannt. Der Scheich stellte das Mädchen den übrigen Gästen vor, untergeordnete Anführer seines Stammes, und verkündete dann überschwänglich, dass er vor Hunger sterbe. Er reichte Francesca seinen Arm und lud sie ein, zu seiner Rechten an einem niedrigen Tisch Platz zu nehmen, der sich unter den mannigfaltigsten Speisen bog. Auch die Übrigen ließen sich nieder, und Kamal setzte sich zur Linken seines Großvaters, Francesca gegenüber, die unsicher und nervös wirkte.

Juliette ließ auftragen, und nachdem die Gäste alles in Augenschein genommen hatten, ließen sie sich nicht lange bitten und sprachen den verschiedenen Gerichten und Getränken ordentlich zu. Sie kannten sich seit vielen Jahren, unterhielten sich angeregt und erzählten sich alte Geschichten, über die sie herzlich lachten. Mauricio lächelte in einem fort, als hätte er endlich etwas gefunden, das ihn glücklich machte, und Méchin war noch gesprächiger als sonst, ermuntert vom Scheich, der seit geraumer

Weile seine guten Umgangsformen vergessen hatte und zwischen zwei Bissen lauthals seine Ansichten und Meinungen herausposaunte.

Die ausgelassene Stimmung und die Freundschaft dieser Menschen machte Francesca ihre Einsamkeit und ihr Heimweh noch deutlicher bewusst. Sie fühlte sich als Fremde, sie verstand nicht einmal ihre Sprache. Sie wünschte, dass das Essen bald vorüber wäre und sie in ihr Zelt zurückkehren konnte.

»Es wird kein Arabisch mehr gesprochen«, ordnete Juliette an. »Sonst kann sich unser Gast nicht an den Gesprächen beteiligen.«

»Verzeihung, Mademoiselle«, entschuldigte sich der Scheich und küsste ihre Hand. »Wie unhöflich von uns.«

Francesca schaute auf und begegnete Kamals Blick, der sie aufmerksam beobachtete. Seine unbewegte Miene ärgerte sie. Die undurchdringliche Art ihres Geliebten begann sie zu stören; es fiel ihr schwer, einen Zugang zu ihm zu finden, wenn er immer so reserviert und ernst war. Sie hielt seinem Blick stand und gab sich keine Mühe, ihren Unmut darüber zu verbergen, dass sie nicht als seine zukünftige Frau vorgestellt worden war. Ein Lächeln, eine liebevolle Geste, das war es, was sie brauchte, um sich wohlzufühlen.

»Deine Mutter«, sagte der Scheich, an seinen Enkel gewandt, »wollte nicht in die Oase kommen, um dir nicht zu begegnen. Sie sagte, sie sei wütend und wolle dich nicht sehen.«

Francesca horchte auf, Dubois und Méchin tauschten besorgte Blicke.

»Wieder eine Weibergeschichte?«, fragte Scheich Harum und lachte schallend.

»Du kennst doch deine Tochter, Großvater«, sagte Kamal. »Man kann es ihr nie recht machen.«

»Wie geht es Faisal?«, beeilte sich Juliette zu fragen. »Wir haben lange nichts mehr von ihm gehört.«

Die Erwähnung von Kamals Bruder führte zu neuen Meinungsverschiedenheiten. Den Rest des Abends diskutierten sie über die Regierung, Erdöl und die Lage der Beduinen.

***

Kamal warf zielsicher einen Stein in die Pferdekoppel, um die Wache abzulenken, die reglos vor Francescas Zelt stand. Als er sah, wie der Mann, angelockt von dem Wiehern, davonging, schlüpfte er rasch hinein. Hinter dem Vorhang, durch den das Licht fiel, entdeckte er die dunklen Umrisse von Francesca, die auf der Bettkante saß, und die von Zobeida, die ihr das Haar bürstete. Als er den Stoff zur Seite schlug, schraken die Frauen zusammen.

»Du hast uns erschreckt«, sagte Francesca vorwurfsvoll.

Kamal wandte sich auf Arabisch an die Dienerin, die ohne einen Blick die Bürste beiseitelegte und ging.

»Was willst du?«

»Was ich will?«, fragte Kamal überrascht. »Bei dir sein, das will ich.«

Kamal fasste sie an den Schultern und zog sie vom Bett hoch.

»Lass mich«, beschwerte sich Francesca.

»Was hast du denn?«

»Ich will allein sein.«

»Aber ich will mit dir zusammen sein.«

»Wird das jetzt immer so sein?«, fragte sie bissig. »Wenn Ihre Hoheit nach mir gelüstet, muss ich zu seinen Füßen niedersinken, und wenn Ihre Hoheit nicht nach mir gelüstet, muss ich mich einsam und traurig von ihm fernhalten?«

»Weshalb sprichst du so mit mir?«

»Ich bin müde, lass mich, ich will schlafen.«

»Ich lasse dich nicht!«, fuhr Kamal auf und erschreckte sie damit. »Sag mir, was los ist!«

Er packte sie erneut bei den Schultern und schüttelte sie heftig. Sie sahen sich lange an. Als sie die Ratlosigkeit im Gesicht des Arabers sah, wurden Francescas Züge weicher.

»Warum hast du deinen Großeltern nicht gesagt, dass ich deine Verlobte bin?«

»Du Dummerchen«, seufzte Kamal beruhigt. »So viel Ärger wegen nichts.« Und er umarmte sie.

»Für mich ist es wichtig. Ich habe den Eindruck, dass ich dir egal bin, dass du nur an mich denkst, wenn du nachts zu mir kommst. Die restliche Zeit existiere ich für dich nicht.«

»Sag so etwas nicht«, flehte Kamal, und die Traurigkeit in seiner Stimme besänftigte sie endgültig. »Ich habe dir doch gesagt, dass du für mich das Einzige bist, was zählt im Leben. Wenn ich nicht bei dir bin, denke ich so sehr an dich, dass ich glaube, dass du mich spüren kannst. Wenn du nicht bei mir bist, sterbe ich vor Eifersucht auf die Menschen, die um dich herum sind, die dich lächeln sehen, die deinen Duft riechen, die es wagen, deine Schönheit zu begehren, die nur mir gehört. Heute Abend hätte ich dich am liebsten aus dem Zelt meines Großvaters geschleift, um dich mit niemandem teilen zu müssen. Und wenn ich ihnen nichts von meinem Entschluss gesagt habe, dich zu heiraten, dann deshalb, damit sie dich in Ruhe lassen. Du kennst sie nicht – sie hätten dich ausgefragt und begutachtet wie bei einem Verhör. Außerdem will ich, dass sie dich erst einmal kennenlernen, um ihnen dann in Ruhe von unserer Hochzeit zu erzählen.«

»Ach, Kamal!«, schluchzte Francesca und schlang ihre Arme um ihn. »Du verwirrst mich. Warum bist du so verschlossen und reserviert? Weshalb redest du nicht mit mir? Ich kann dir nicht näherkommen, wenn du so schweigsam und abweisend bist.«

»Es tut mir leid, Liebling, aber das ist einfach meine Art. Ich mag es nicht, wenn die anderen meine Gedanken kennen und zu viel über mich wissen. Auch deswegen habe ich nichts von uns erzählt; du bist das Wichtigste in meinem Leben, und wenn ich dich mit den anderen teile, habe ich das Gefühl, dich vorzuführen und bloßzustellen. Aber bei dir werde ich mich ändern, ich verspreche es! Ich werde mich dir öffnen wie ein Buch, damit du darin lesen und deine Neugier befriedigen kannst.«

»Es geht nicht um Neugier. Es geht darum, etwas über den Mann zu erfahren, mit dem ich für immer zusammen sein will. Ich liebe dich, wie ich nie geglaubt hätte, einen Mann zu lieben. Aber ich weiß so wenig über dich, dass ich manchmal Angst bekomme und mich frage, wem ich mich da hingebe. Manchmal denke ich, es ist ein Fehler.«

»Nein!«, widersprach er verzweifelt. »Sag das nie wieder! Es ist kein Fehler. Sag einfach, dass du mich liebst. Sag es noch einmal.«

»Ich liebe dich, Kamal. Du bist die Liebe meines Lebens.«

»Francesca«, flüsterte er und küsste sie.

Sie sanken aufs Bett, wo sie sich leidenschaftlich liebten, gedrängt von dem Verlangen, das in ihren Körpern brannte.

Als Kamal später Francescas Körper an seinen drückte und das fieberhafte Verlangen einer stillen Befriedigung wich, war das so völlig anders als alles, was sie bislang erlebt hatte. Denn obwohl er sie besessen hatte, begehrte er sie weiterhin leidenschaftlich.

»Deine Mutter ist wegen mir böse mit dir, stimmt's?«

»Ja.«

»Will sie mich nicht als Frau für dich, weil ich katholisch bin?«

»Sie möchte ein junges Mädchen aus der feinen Gesellschaft von Riad.«

»Der feinen Gesellschaft von Riad?«, sagte Francesca missgestimmt. »Ich sehe schon, die feine Gesellschaft verfolgt mich.«

Kamal wusste, worauf sie anspielte, sagte aber nichts. Sein Gesicht jedoch verdüsterte sich vor Eifersucht, weil Francesca ihre frühere Liebe erwähnte, obwohl sie in seinen Armen lag.

»Wer ist Faisal?«

»Mein Bruder.«

»Bruder oder Halbbruder?«

»Halbbruder. Fatima ist meine einzige Schwester. Aber das macht keinen Unterschied für mich. Außerdem ist Faisal ein guter Freund. Du wirst seine Frau Zora mögen, sie ist wunderbar. Sie leitet die erste Mädchenschule, die hier im Land gegründet wurde. Sie und Faisal haben sie ins Leben gerufen. Ich werde Zora fragen, ob sie dir Arabisch beibringen kann.«

Francesca dachte darüber nach. Sie war bisher so gut mit Französisch zurechtgekommen, dass sie Arabisch nie gebraucht hatte. Sie fragte sich, was sie noch würde lernen müssen, um zu Kamals Welt zu gehören. Den Koran auswendig lernen, fünfmal am Tag beten, das Gesicht zum Boden gewandt, und die Waschungen befolgen? Hinter den Mauern eines Harems leben und jedes Mal die *abaya* anlegen, wenn sie das Haus verließ? Den Fastenmonat Ramadan einhalten? Sie sah zu Kamal auf, um bei ihm Ruhe zu finden.

»Mit deinem Bruder Saud verstehst du dich nicht sonderlich, oder?«

»Warum fragst du?«

»Als du ihn mir neulich abends in der französischen Botschaft vorgestellt hast, habe ich eine gewisse Spannung zwischen euch bemerkt.«

»Es hat mich gestört, dass er dir in den Ausschnitt gestarrt hat«, behauptete Kamal.

»Es kam mir nicht wie Eifersucht wegen eines aufdringlichen Blicks vor. Eher wie eine jahrelange Abneigung.«

»Wir sind uns in einigen politischen Fragen nicht sehr einig. Das hat uns ein wenig voneinander entfernt, aber er ist immer noch der Sohn meines Vaters, und ich respektiere ihn als König.«

»Warum hast du so viele Monate gewartet, bis du mir gestanden hast, dass du es warst, der mich nach Saudi-Arabien gebracht hat?«

»Du stellst zu viele Fragen«, beklagte sich Kamal.

»Du sagtest, du würdest dich öffnen wie ein Buch«, gab Francesca zurück.

»Das stimmt.« Nach einem kurzen Schweigen erklärte er: »Es gibt gewisse Umstände, die mich dazu bewegt haben, das mit uns langsam anzugehen. Zunächst einmal die Vorbehalte, die du uns gegenüber hattest.«

»Das ist nicht wahr«, protestierte Francesca.

»Doch, es ist wahr, und ich mache dir keinen Vorwurf deswegen. Du hast Erfahrungen gemacht, die dein schlechtes Bild der Araber weiter beschädigt haben. Das mit dem Kunstband zum Beispiel, als du in Riad angekommen bist.«

»Ich hätte mir denken können, dass du es warst, der ihn mir zurückgegeben hat.«

»Dann der Zwischenfall mit der Religionspolizei auf dem Bazar. Was hättest du wohl gesagt, wenn ich dir an diesem Nachmittag in deinem Zimmer offenbart hätte, dass ich dich begehre?«

»Ich hätte dich zum Teufel gejagt«, gab Francesca lachend zu.

»Außerdem hatte ich einige unerwartete Geschäftsreisen und war nicht viel in Riad. Dass Mauricio in Dschidda zu tun hatte, kam mir da gerade recht. Apropos Reisen, morgen begleite ich meinen Großvater nach Dschidda.«

»Kann ich mitkommen?«

»Nein. Mein Großvater wäre nicht damit einverstanden. Wir reiten nach Dschidda, um Wolle und Pferde zu verkaufen, und er wird sagen, dass die Anwesenheit einer Frau schlecht fürs Geschäft ist. Es ist fast eine Tradition für ihn, dass ich ihn jedes

Jahr begleite, wenn er seine Erzeugnisse verkauft. Mauricio und Jacques kommen auch mit.«

»Seid ihr abends wieder zurück?«

»Wir bleiben drei Tage.«

»Drei Tage! Drei Tage allein! Drei Tage ohne dich. Warum tust du mir das an?«, klagte sie niedergeschlagen.

»Aber meine Großmutter ist da. Du wirst gar keine Zeit haben, an mich zu denken, du wirst sehen.«

***

Am vierten Tag kehrte Kamal zurück. Am Zügel führte er ein Pferd, das unruhig neben Pegasus hertrottete. Die Karawane – Männer, Pferde und hochbeladene Dromedare – ritt zur Koppel. Dort übergab Kamal die Pferde einem Burschen und ging dann in das Zelt seiner Großmutter, die gerade einen Brief las. Die alte Frau schob die Brille auf die Nasenspitze und lächelte ihm verschwörerisch zu.

»Sie ist nicht hier«, sagte sie.

»Ich wollte zu dir«, antwortete Kamal, setzte sich zu ihr und umarmte sie.

»Sie ist in ihrem Zelt und ruht sich aus.«

»Du weißt Bescheid, stimmt's?«

»Wenn du sie nicht lieben würdest, müsste ich denken, dass mein Enkel entweder blind sein muss oder ein Idiot. Dieses Mädchen ist wie ein warmes, strahlendes Licht. Du hast eine gute Wahl getroffen, mein Sohn. Und hör nicht auf das Genörgel deiner Mutter.«

Kamal schwieg, gerührt über die Worte seiner Großmutter. Juliette streichelte ihm über die Wange und sah ihn lächelnd an, während sie daran zurückdachte, wie er als Kind gewesen war, als er seine Sommer in der Oase verbracht hatte.

»Sie ist in ihrem Zelt und ruht sich aus«, sagte sie noch einmal. »Sie fühlt sich heute nicht gut. Keine Sorge, es ist nichts Schlimmes!« Sie fasste ihn beim Handgelenk und zwang ihn, sich wieder zu setzen. »Es wird die Hitze sein; sie ist nicht daran gewöhnt.«

Tatsächlich hatte sich Francesca die ganzen vier Tage, die Kamal weg gewesen war, nicht gut gefühlt. Zuerst hatte sie die Erschöpfung und die starken Kopfschmerzen auf ihren Kummer und die Traurigkeit zurückgeführt und dem keine weitere Bedeutung beigemessen. Aber heute hatte sie sich nach einem leichten Mittagessen hinlegen müssen, weil sie Probleme mit ihrem Kreislauf hatte.

Am Abend vor Kamals Abreise war Francesca in seinen Armen eingeschlafen, aber als sie am nächsten Morgen vom Plätschern des Wassers wach wurde, das Zobeida in die Wanne füllte, war sie allein gewesen. Sie hatte mit Juliette gefrühstückt, die sie bis zum Mittagessen zu einem Ausritt einlud. Abenabó und Kader begleiteten sie. Als sie das *wadi* erreichten, einen Flusslauf, der sich bei Regen mit Wasser füllte, um Wochen später völlig auszutrocknen, stiegen sie von den Pferden ab und setzten sich ans Ufer in den Schatten einer Palme, die voller Datteln hing.

»Mein Enkel hat sich in dich verliebt, Francesca«, sagte Juliette und sah sie an. »Er ist wie ein Sohn für mich, und ich kann dir versichern, dass er wie ausgewechselt ist. Es ist deinetwegen, das weiß ich.« Sie hütete sich zu erwähnen, dass Zobeida ihre Vermutungen bestätigt und ihr erzählt hatte, dass sich Kamal am Abend zuvor in ihr Zelt geschlichen hatte. »Er versucht sich nichts anmerken zu lassen, aber er sieht dich mit einer Zärtlichkeit an, die ich ihm gar nicht zugetraut hätte. Mein Junge liebt dich wirklich. Warum diese Tränen?«

Francesca fuhr sich mit dem Handrücken über die Wangen und versuchte zu lächeln. Sie war angespannt. Es war das erste Mal, dass sie über ihre Beziehung zu Kamal sprach, und sie hatte nicht damit gerechnet, dass es mit seiner Großmutter sein würde, auch wenn sie freundlich und verständnisvoll war.

»Komm schon, Francesca, es gibt keinen Grund dafür.«

»Entschuldigung, Madame. Auch ich liebe ihn, aber ich glaube nicht, dass die Sache eine Zukunft hat. Wenn ich bei ihm bin, fühle ich mich sicher und habe das Gefühl, dass alles gutgehen wird und nichts uns trennen kann. Doch dann schaue ich mich um und sehe, wie anders alles ist, und dann weiß ich nicht mehr, was ich davon halten soll. Ich bin verunsichert, nicht wegen seiner oder meiner Liebe, sondern wegen dem, was uns bevorsteht.«

»Ich weiß genau, wie du dich fühlst, und ich weiß, wie du leidest. Der Gedanke, nicht mit dem Mann zusammen sein zu können, den du liebst, bricht dir das Herz. Aber lass dir auch gesagt sein, dass in Kamals Adern ein edles und starkes Blut fließt. Er ist der intelligenteste, tatkräftigste und entschlossenste Mann, den ich je kennengelernt habe – und das sage ich nicht, weil er mein Enkel ist, sondern weil es die Wahrheit ist. Er sollte König werden.«

»Genau deswegen habe ich Angst, dass wir keine Zukunft haben. Er gehört seinem Volk und seinem Land. Ich weiß um seine Verantwortung und seine Pflichten. Er ist nicht irgendjemand, der frei über sein Privatleben entscheiden kann. In seinem Fall hat es Konsequenzen. Kamal gehört der Herrscherfamilie dieses Landes an. Sie werden niemals zulassen, dass er eine Frau aus dem Westen heiratet.«

»Was du sagst, stimmt, da kann ich dir nicht widersprechen. Aber mein Enkel ist so stolz auf dich und hat das Gefühl, dass er mit dir die ganze Welt erobern kann. Lass nicht zu, dass eine Handvoll verknöcherter alter Männer die Liebe zerstört, die ihr füreinander empfindet.«

Juliette begann, ihr Geschichten aus Kamals Kindheit und Jugend zu erzählen, die ihr Facetten von ihm zeigten, die sie nicht kannte. Obwohl seit damals Jahre vergangen waren, beteuerte Juliette, dass ihr Enkel nach wie vor eine einfühlsame, romantische Seite besitze, die er jedoch verberge, um nicht verletzt zu werden. »Mein Junge hat kein einfaches Schicksal«, sagte die alte Frau immer wieder, aber Francesca traute sich nicht zu fragen, von welchem Schicksal sie sprach.

Ja, Kamals Großmutter schaffte es, sie abzulenken, und dennoch vermisste Francesca ihn mit einer Intensität, die ihr Angst machte. Seine Abwesenheit wurde ihr manchmal unerträglich, und vor lauter Sehnsucht nach seinem Körper, seiner Stimme, seiner Leidenschaft und Zärtlichkeit lag sie lange wach und konnte nur schwer einschlafen. Als Zobeida am Morgen des vierten Tages ins Zelt kam, um ihr beim Bad zu helfen, und ihr mitteilte, dass der Scheich und seine Karawane immer noch nicht eingetroffen seien, war Francesca so niedergeschlagen, dass Juliette ihr zu einem Mittagsschläfchen und einer Tasse starkem, gezuckerten Tee riet.

Als Kamal hereinkam, schlief Francesca noch. Er schob einen Hocker ans Kopfende des Bettes und betrachtete sie. Sie schlief tief und fest, völlig geräuschlos, nicht einmal ihr Atem war zu hören. Er war erschrocken über ihre bleichen Wangen und darüber, wie reglos sie dalag. Er beugte sich über sie, um sich zu vergewissern, dass sie noch atmete. Als sein Kopftuch ihre Lippen streifte, begann sich Francesca zu bewegen.

»Ruh dich noch ein wenig aus«, flüsterte Kamal ihr ins Ohr und küsste ihre schlafwarme Wange.

»Bist du es wirklich oder träume ich?«, murmelte Francesca schlaftrunken.

»Ich bin gerade angekommen.«

Francesca öffnete die Augen und schlang ihre Arme um seinen Hals. Dann küsste sie ihn auf Wangen, Augen, Mund und

Stirn, während sie immer wieder beteuerte, wie sehr sie ihn vermisst habe und dass er sie nie wieder so lange allein lassen dürfe.

»Warum bist du so außer dir?«, fragte Kamal schließlich. »Meine Großmutter sagte mir, ihr hättet eine schöne Zeit miteinander gehabt.«

»Ja, deine Großmutter ist wirklich sehr nett, aber ich kann nun mal nicht ohne dich leben.«

Al-Saud löste sich ein wenig von ihr, nahm ihr Gesicht in beide Hände und sah sie mit diesem unergründlichen Gesichtsausdruck an, den Francesca nie durchschaute.

»Stimmt das? Du kannst nicht ohne mich leben?«

»Ja, es stimmt. Du bist alles für mich. Du bist der Sinn meines Lebens geworden.« Und da Kamal sie immer noch so sonderbar ansah, fragte sie: »Zweifelst du an dem, was ich sage?«

»Nein, nie. Ich hatte so sehr gehofft, dass du das sagen würdest. Schließlich habe ich dich aus deinem Leben herausgerissen und hierhergebracht. Nein, ich zweifle nicht an dir. Ich würde nie an dir zweifeln«, beteuerte er, um dann rasch zu fragen: »Wie fühlst du dich? Meine Großmutter sagte mir, dass es dir heute nicht gutgeht.«

»Jetzt, wo du wieder bei mir bist, fühle ich mich wunderbar.«

Kamal lächelte und küsste sie auf den Mund. Dann sagte er, ein wenig ungeduldig: »Zieh deine Reitsachen an und komm mit. Ich habe eine Überraschung für dich.«

In einem kleineren Pferch neben der Hauptkoppel wurde gerade ein Pferd von einem Burschen gestriegelt, während ein anderer ihm einen neuen Sattel aus glänzendem schwarzem Leder auflegte, in den mit goldener Farbe der Name *Francesca al-Saud* geprägt war.

»Wo ist denn meine Überraschung?«, fragte sie, und Kamal deutete auf das Pferd.

»Es sieht aus wie Rex.«

»Es ist Rex. Ich habe ihn Martínez Olazábal abgekauft.«

Francesca sah mit großen Augen zwischen Kamal und dem Pferd hin und her. Dann rannte sie zu dem Hengst und schlang ihre Arme um seinen Hals. Auf ein Zeichen von Kamal entfernten sich die Burschen. Francesca küsste Rex auf die Nüstern und flüsterte ihm zu, wie sehr sie ihn vermisst habe. Rex nun so fern der Heimat bei sich zu haben, gab ihr einen Teil dessen zurück, was sie zurückgelassen hatte und nie mehr wiederhaben würde. Sie schmiegte sich an das Pferd, als könnte sie mit dieser Umarmung gleichzeitig ihre Mutter, Fredo und Sofía umarmen. Der würzige Geruch des Tieres rief Erinnerungen an die Gerüche auf dem Land und in der Stadt wach, an die Küche der Villa, den Garten, die Wohnung ihres Onkels. Denn Rex gehörte zu dieser Welt und trug ein wenig von all diesen Dingen in sich. Heimweh überwältigte sie, und als ihr das Herz schwer zu werden begann von all den glücklichen Erinnerungen, wandte sie sich zu Kamal um, der am Gatter lehnte. Er kam langsam auf sie zu und lächelte sie an.

»Herzlichen Glückwunsch zum Geburtstag, mein Liebling.«

»Du hast daran gedacht«, flüsterte sie gerührt.

Zum ersten Mal ritten sie gemeinsam durch die Oase. Als sie feststellten, dass die verschwiegene Stille der Wüste die Geräusche aus dem Lager verschluckt hatte, hielten sie die Pferde an. Gegen den rauen Stamm einer Palme gelehnt, liebten sie sich. Kamal hob sie kraftvoll hoch, und sie umschlang seine Hüften. Ganz alleine inmitten der Oase, fernab von allem, ließen sie ihrer Lust freien Lauf. Während der Orgasmus ihre Sinne vernebelte und ihre Körper entflammte, schrien sie laut und ohne Hemmungen, verzehrt von diesem lodernden Feuer, das nur der andere zu löschen vermochte. Schließlich hielt Kamal inne, um die letzten Wellen dieser Sinnlichkeit zu genießen, die von Francesca ausging und die ihn um den Verstand brachte. Er hielt sie immer noch fest, ihren Rücken gegen den Baumstamm gelehnt, die Beine um seine Hüften geklammert, und gestand ihr keuchend: »Allah steh mir bei, ich bin rettungslos verloren deinetwegen. Du hast mir den Verstand geraubt, und nichts hat mehr Bedeutung für mich, außer, dich zu besitzen.«

Schweigend zogen sie sich wieder an.

»Ich habe mich noch nicht für Rex bedankt«, sagte Francesca dann und hielt ihn am Handgelenk fest. »Es ist für mich, als hättest du mit einem Fingerschnipsen eine der schönsten Erinnerungen herbeigezaubert, die ich in Argentinien zurückgelassen habe.«

»Da gibt es andere, die ich gerne mit einem Fingerschnipsen aus deinem Kopf verschwinden lassen würde«, bemerkte Kamal.

»Das hast du längst getan.«

Sie saßen wieder auf und ritten wortlos weiter, jeder in seine eigenen Gedanken vertieft.

»Wie bist du eigentlich an Rex gekommen?«, fragte Francesca nach einer Weile. »Sag nicht, dass du nach Argentinien geflogen bist.«

»Du weißt ja, dass mein Hauptgeschäft der Handel mit Pferden ist. Ich bin es gewohnt, überall auf der Welt Tiere zu kaufen und zu verkaufen. Als ich das Foto von Rex auf deinem Nachttisch sah, habe ich mich sofort mit meinem Agenten in Paris in Verbindung gesetzt und ihm aufgetragen, ihn zu kaufen. Er ist dann nach Córdoba gereist und hat den Vertrag mit Martínez Olazábal gemacht. Anfangs hat der Vorarbeiter des Landguts ein wenig Widerstand geleistet.«

»Don Cívico!«, rief Francesca. »Sobald ich wieder in Riad bin, werde ich ihm schreiben und alles erklären. Er wird es nicht glauben! Kamal, du weißt gar nicht, wie glücklich du mich gemacht hast. Endlich gehört Rex mir, und ich brauche mich nicht mehr zu verstecken, um ihn zu reiten.«

Auf dem Rückweg zum Lager waren beide bester Laune.

An diesem Abend nahmen der Scheich und seine Begleiter nur einen kleinen Abendimbiss zu sich und sprachen wenig. Dann gingen sie schlafen, ohne noch länger zusammenzusitzen oder genussvoll eine Wasserpfeife zu rauchen. Kamal brachte Francesca zu ihrem Zelt, wo sie sich in den Eingang setzten und den Sternenhimmel betrachteten. Francesca schmiegte sich in Kamals Arme und ließ sich von seiner Stimme einlullen, während er ihr Geschichten von geflügelten Pferden, fliegenden Teppichen und Flaschengeistern erzählte. Irgendwann war sie fest eingeschlafen, und Kamal hob sie hoch und trug sie zum Bett, wo Zobeida auf sie wartete, um sie auszuziehen und mit den duftenden Laken zuzudecken.

***

Am nächsten Tag war Kamal bis in den späten Nachmittag mit seinem Großvater auf der Falkenjagd, eine Kunst, die er seit seiner Jugend meisterhaft beherrschte. Am Abend wollte der Stamm den Erfolg beim Verkauf der Wolle und der berühmten Al-Kassib-Pferde feiern. Außerdem wollten sie dem Enkel des Scheichs und Kronprinzen, der bald die weiße Frau heiraten würde, die mit ihm gekommen war, ihre Ehrerbietung zollen, weil sie glaubten, dass er ihnen wie immer Glück bei den Geschäften in Dschidda gebracht habe.

Auf dem Weg in die Stadt hatte Kamal Gelegenheit gefunden, seinem Großvater und seinen Onkeln die Nachricht von seiner Verlobung mit Francesca mitzuteilen. Jacques und Mauricio hatten schweigend zugehört und nichts gesagt. Er hatte ihnen nichts von seinen Absichten erzählt.

Der Scheich und seine Söhne waren aufrichtig überrascht gewesen und hatten sich besorgt gezeigt, insbesondere, weil eine junge Christin aus dem Westen eine wenig geeignete Lebensgefährtin für den zukünftigen saudischen König war. Aber sie hatten ihre Bedenken für sich behalten und ihm von Herzen gratuliert. Nicht einmal die Paradiesjungfrauen seien Francesca an Schönheit ebenbürtig, versicherten sie. Zurück in der Oase, hatte sich die Nachricht unter den Mitgliedern des Stammes wie ein Lauffeuer herumgesprochen, und in allen Zelten hatte große Freude geherrscht.

Nach dem Abendessen traten der Scheich, seine Familie und die Gäste vor das Zelt, um die Ehrenbekundungen entgegenzunehmen. In der Mitte des Lagers brannte ein großes Feuer, um das sich die Beduinen mit ihren Frauen und Kindern scharten. Als der Anführer erschien, wurde es still. Ein Mann trat einen Schritt vor und wies dem Scheich und Kamal die Ehrenplätze zu. Juliette, Francesca, Mauricio, Jacques und die Söhne des Scheichs bat er, daneben Platz zu nehmen. Dann wandte er sich an die Zuschauer und kündigte die Vorstellung an.

Als die Musik erklang, eine langsame Abfolge einförmiger, klagender Töne, die sich für Francesca unharmonisch anhörten, drehten sich die Tänzer um die eigene Achse und schwangen mit äußerster Präzision ihre Dolche durch die Luft. Francesca stockte der Atem bei der Vorstellung, einer könnte aus Versehen seinem Nebenmann den Kopf abschlagen. Während die Übrigen weiter ihre gefährlichen Bewegungen vollführten und sich die getragene Melodie wiederholte, trat einer der Tänzer vor und trug ehrenhafte Verse auf den Scheich und den Prinz der al-Saud vor.

»Das ist einer der ältesten Tänze Arabiens, die *Ardha*«, flüsterte Jacques Méchin Francesca zu.

»Sehr interessant«, entgegnete das Mädchen.

»Es war bestimmt eine riesige Überraschung für dich, dein Pferd hier zu sehen.«

»O ja, Jacques, Sie können es sich nicht vorstellen!«

Méchin lachte, als er sah, wie Francescas schwarze Augen vor Freude funkelten. Sie war schöner denn je mit ihrem vollen schwarzen Haar, das ihr bis zur Hüfte reichte, und dem rosafarbenen Kleid, das ihr hervorragend stand. Während er sie eingehend betrachtete, versuchte er herauszufinden, was genau es war, das den nüchternen, verkopften Mauricio so verzaubert und Kamals verschlossenes Herz erobert hatte. Er kam zu dem Schluss, dass es diese seltsame Mischung aus Unschuld und Sinnlichkeit war, ihre Unbekümmertheit, wo man doch hinter diesem so weiblichen, aufreizenden Körper eine selbstbewusste, erfahrene Frau vermutete.

»Kamal hätte keine bessere Wahl treffen können«, sagte er schließlich.

Francesca sah ihn glücklich an und bedankte sich. Zum ersten Mal seit dem Beginn ihrer Beziehung zu Kamal war Méchin wieder offen und freundlich zu ihr gewesen und nicht so ausweichend wie in letzter Zeit.

»Ihr seid jung und mutig«, sprach der Franzose weiter, mehr an sich selbst gerichtet. »Ihr werdet die Hindernisse überwinden, ich weiß es.«

»Welche Hindernisse, Jacques?«

Die Unbedarftheit des Mädchens erfüllte ihn mit Mitleid. Francesca war wie ein Schaf unter Wölfen, dachte er. Kamal würde sein kleines Lämmchen schützen müssen, damit es nicht zerfleischt wurde. Sie werden sie zerfleischen, dachte er, und bei diesem Gedanken überlief es ihn kalt.

»Francesca, du bist ein kluges, verständiges Mädchen, und zu behaupten, dass zwischen dir und Kamal alles einfach sein wird, wäre eine Beleidigung deiner Intelligenz.« Er machte eine Pause und entzündete seine Pfeife, um seine Gedanken zu sortieren. »Die Araber sind wunderbare Menschen, höflich, großzügig, vertrauenswürdig, die besten und treuesten Freunde, die man sich wünschen kann, aber sie sind auch impulsiv, streitlustig und unnachgiebig. Ihre religiösen Überzeugungen sind ihnen wichtiger als ihr eigenes Leben – und glaub mir, Francesca, sie sind bereit zu sterben, um sie zu verteidigen. Sie nehmen ihre Liebsten in Schutz und lassen nur selten zu, dass sich jemand in ihre Angelegenheiten einmischt. Kamal ist einer von ihnen, auch wenn er etwas Besonderes ist. Er hatte Gelegenheit, die Welt und andere Denkweisen kennenzulernen. Außerdem fließt in seinen Adern westliches Blut. Sein Aufenthalt im Ausland war ein Fenster, durch das er schauen konnte, um den anderen Teil seiner Herkunft kennenzulernen. Er könnte frischen Wind nach Saudi-Arabien bringen und seine Heimat damit zu einem der mächtigsten Länder der Erde machen. Ich weiß, dass er es schaffen kann. Er hat den Mut und die Klugheit dazu. Aber auf seinem Weg werden ihm Feinde begegnen, die versuchen werden, alles zu untergraben, was er erreicht.« Er schwieg einen Moment, und sein Blick wurde weich. »Und du bist einer seiner größten und wertvollsten Erfolge. Du bist die Auserwählte, die er zu seiner Frau erkoren hat.«

Francesca sah ihn sprachlos und ein wenig verwirrt an. Einerseits waren Méchins Worte besorgniserregend, andererseits erschienen sie ihr wie eine Liebeserklärung. Sie wollte das Gespräch nicht weiter vertiefen, weil sie Angst vor der Wahrheit hatte, die darin lag, und beschränkte sich darauf, ihm zu danken. Sie wusste genau, dass niemand in Riad sie mochte.

Der aufbrandende Applaus verriet ihr, dass die *Ardha* zu Ende war. Der Ansager verabschiedete die Tänzer und kündigte die nächste Vorführung an. Kamal und die übrigen Ehrengäste schienen es zu genießen, ganz besonders der Botschafter, der sich ungewöhnlich angeregt mit Juliette und dem Scheich unterhielt, applaudierte und über alles lachte. Dennoch beschloss Francesca angesichts der Tatsache, dass sie früh am nächsten Morgen in die Stadt zurückkehren würden, sich zurückzuziehen und zu versuchen, trotz des Lärms zu schlafen.

In der Einsamkeit ihres Zeltes fand sie die Ruhe, nach der sie sich sehnte. Sie war völlig erschöpft und schien wieder Probleme mit dem Kreislauf zu haben. Sie schlüpfte in ihr Nachthemd und zog den Morgenmantel über. Da Zobeida nicht da war, die ebenfalls auf dem Fest weilte, kämmte sie sich selbst, nachdem die Beduinin das in den letzten Tagen mit größter Sorgfalt und Gründlichkeit übernommen hatte. Sie würde sie ganz sicher vermissen – ihr beruhigendes Schweigen, ihre geschickten Hände, den Geruch ihrer kupferfarbenen Haut. Auch das Frühstücken mit Juliette würde ihr fehlen, die Ausritte in die Oase, die Gespräche über Kamal, während sie am *wadi* saßen und die Füße im Wasser baumeln ließen. Sie dachte an die Tage, die sie in Dschidda verlebt hatte, und die unmittelbar bevorstehende Rückkehr zur Arbeit und in den Alltag machte sie traurig. Sie war fasziniert von Kamals Welt und wollte nicht nach Riad zurück, als bedeute die Rückkehr das Ende des Zaubers, das Erwachen aus einem schönen Traum. Ihr wurde klar, dass sie nun hierhergehörte.

Kamal betrat das Zelt und schlang seine Arme von hinten um ihre Taille.

»Komm, ich möchte dir etwas zeigen.«

»Ich muss mich nur schnell anziehen.«

»Nein, komm so mit. Wir werden alleine sein.«

Hand in Hand schlüpften sie aus dem Zelt. Sie liefen unter Palmen hindurch und am *wadi* entlang, spürten das kühle Wasser an ihren nackten Füßen. Sie folgten dem Licht des Mondes, der einen schmalen Streifen Erde beleuchtete. Auf einer Düne hielten sie an, und Francesca betrachtete staunend dieses Tal aus silbrig schimmerndem Sand, das sich wundersam und schier endlos zu ihren Füßen erstreckte. Schweigend standen sie da, den Blick auf den schwarzen Horizont gerichtet. Hinter ihnen lag das Zeltlager, in einen rötlichen Schimmer und wehmütige Klänge gehüllt. Vor ihnen lag die Weite der Wüste, die sie bereits in ihren Bann gezogen hatte. Francesca blickte zu ihrem Geliebten, um etwas zu sagen, und sah, dass er ganz in die Betrachtung der nächtlichen Landschaft vertieft war.

»Du liebst dieses Land wirklich, Kamal. Ich sehe es in deinen Augen.«

»Ich bin hier geboren, meine Eltern sind hier geboren, ich kenne diese Landschaft von klein auf und habe gelernt, sie zu lieben und zu achten. Während meines Studiums in England gab es keinen Tag, an dem ich nicht davon geträumt hätte, in die Wüste zurückzukehren. Ich hatte solche Sehnsucht nach meinen Pferden, ich wollte spüren, wie sich ihre Hufe tief in den Sand graben, ich wollte sie reiten bis zur völligen Erschöpfung. Ich vermisste mein Zuhause, meine Mutter, meinen Vater. Was ich hier zurückgelassen hatte, war das Wertvollste, was ich besaß, und ich wünschte nichts sehnlicher, als zurückzukehren.«

Francesca nahm sich vor, diesen Augenblick als eine ihrer kostbarsten Erinnerungen in ihrem Herzen zu bewahren. Zum ersten Mal hatte sie das Gefühl, dass Kamal ihr sein Herz öffnete und sie in sein Innerstes blicken ließ.

»Als ich an der Sorbonne anfing«, erzählte er weiter, »war ich wie geblendet. Das altehrwürdige Gebäude, die Gelehrtheit der Professoren, die eindrucksvolle Bibliothek, Leute aus aller Herren Länder … Kurzum, ich dachte darüber nach, nicht nach Arabien zurückzugehen.« Er lächelte traurig und setzte hinzu: »Mauricio und Jacques glaubten mir nicht, aber es dauerte tatsächlich fünf Jahre, bis ich zurückkehrte. Anlass war das Attentat auf meinen Vater. Mein Bruder Saud hatte sich schützend vor ihn geworfen und war selbst verletzt worden.«

Nach dieser Bemerkung verstummte Kamal und blickte wieder zum Horizont. Erst als Francesca seinen Unterarm drückte, drehte er sich um und sah sie an.

»Wie schön du bist!«, sagte er und küsste sie auf die Lippen, den Hals, das Dekolleté.

Sie sanken in den warmen Sand, und der freie Himmel, die Sterne und der Vollmond waren die einzigen Zeugen ihrer Liebe.

»Ich habe so etwas noch nie empfunden«, gestand Kamal und lehnte seinen Kopf an ihre Brust.

Es war kühl geworden, und Francesca fror. Kamal hüllte sie in seinen Mantel und drückte sie an sich. Sie betrachteten den mit Sternen übersäten Himmel. Francesca konnte sich nicht erinnern, jemals so viele Sterne gesehen zu haben, nicht einmal in Arroyo Seco. Sie fühlte sich lebendig wie nie, voller Frieden, und sagte sich, dass Glück genau das bedeutete.

»Francesca …«, flüsterte Kamal. »Du hast einen wunderschönen Namen.« Er dachte daran, wie dieser Name auf ihn gewirkt hatte, als der Privatdetektiv, den er in Genf engagiert hatte, ihn zum ersten Mal aussprach.

»Mein Vater hieß Vincenzo Francesco. Ich bin nach ihm benannt worden.«

»Erzähl mir von ihm.«

Francesca fühlte sich unwohl. Sie sprach nicht oft über Vincenzo. Mit ihrer Mutter hatte sie einen stillschweigenden Pakt geschlossen, das Thema nicht zu berühren. Antonina schossen schon die Tränen in die Augen, wenn man ihren Mann nur erwähnte, und Francesca ertrug es nicht, sie leiden zu sehen.

»Er starb, als ich sechs Jahre alt war«, sagte sie nach einer Weile. »Aber das weißt du ja schon. Ich habe nur wenige Erinnerungen an ihn: die Totenwache und später die Beerdigung. Meine Mutter hat so viel geweint. Ich habe mir die Augen zugehalten und gebetet, dass die Tränen aufhören würden, aber sie hörten nie auf. Es gab Momente, in denen ich meinen Vater gehasst habe, weil sie so viel wegen ihm weinte. Und ich habe ihn gehasst, weil er uns allein gelassen hat.« Sie hatte einen schmerzhaften Kloß im Hals, während sie versuchte, die Tränen zu unterdrücken. Sie schluckte und sprach dann weiter. »Meine Mutter spricht nur selten von ihm. Eine Erinnerung habe ich an meinen Vater, so verschwommen, dass sie fast ein Traum zu sein scheint. Ich lag schlafend in meinem Bett, und als ich die Augen aufmachte, sah ich sein Gesicht hinter den Gitterstäben. Er sah mich liebevoll an, und als er merkte, dass ich wach war, lächelte er und strich mir über den Kopf. Ich frage mich, wie lange er schon dort gestanden und mich betrachtet hatte. Vielleicht war es wirklich nur ein Traum, und er hat mich nie durch die Gitterstäbe des Bettes angesehen. Ich werde es nie erfahren. Er hat mich sehr geliebt, das weiß ich, das spüre ich. Ich erinnere mich noch an das Rasseln seiner Schlüssel, wenn er nach Hause kam. Er fragte dann immer: ›*Dov'è la mia principessa* – wo ist denn meine kleine Prinzessin?‹, und ich rannte zu ihm. Dann hob er mich hoch, warf mich in die Luft und ging mit mir in die Küche, um meine Mutter zu begrüßen. Oh, Kamal, ich wäre so froh, wenn er noch lebte und dich kennenlernen könnte!«

Ihre Tränen tropften auf den nackten Arm des Prinzen, der sie ganz festhielt und versuchte, sie zu trösten.

»Weine nicht, Kleines, bitte! Ich kann alles ertragen, außer wenn du weinst. Entschuldige, ich wusste nicht, dass die Erinnerung an deinen Vater dich so traurig machen würde. Nichts soll dich betrüben, und ich werde immer bei dir sein, um sicherzustellen, dass es so ist. Ach, Liebste! Ich weiß nicht, was ich sagen kann, damit dein Kummer verschwindet und du wieder lachst.«

Francesca beruhigte sich, und Kamal trocknete ihre Wangen mit seinem Hemd.

»Es hat mich sehr berührt, dir von meinem Vater zu erzählen, aber du musst nicht glauben, dass mein ganzes Leben von seinem Tod überschattet war«, versicherte Francesca, als sie sich wieder im Griff hatte. »Onkel Fredo hat seinen Platz eingenommen und war mir ein sehr guter Vater.«

»Dein Onkel scheint ein großartiger Mann zu sein«, stellte Kamal fest.

»Ja. Auch er hat viel gelitten. Er verließ Italien, nachdem sein Vater sich umgebracht hatte, weil er alles verspielt hatte. Die Viscontis gehörten dem Adel an, musst du wissen. Ihnen gehörte ein Schloss, das seit Jahrhunderten in ihrem Besitz war. Villa Visconti hieß es. Mein Onkel hat ein Ölgemälde in seinem Büro hängen, das er oft betrachtet. Es macht ihn sehr traurig, wenn er an seine Heimat und seine geliebte Villa denkt. Irgendwann würde ich sie gerne einmal sehen, am liebsten mit ihm zusammen.«

»Weshalb bist du aus Córdoba weggegangen?«, wollte Kamal nach einem kurzen Schweigen wissen.

»Aus Feigheit. Ich bin weggegangen, um Aldo Martínez Olazábal nicht mehr zu sehen. Er hatte mir die Ehe versprochen, aber er hat mich betrogen. Seine Familie ist eine der reichsten von Córdoba, er gehört zur Oberschicht und ist eine angesehene Persönlichkeit. Ich hingegen bin die Tochter der Köchin.«

Sie war überrascht, wie leicht ihr dieses Geständnis über die Lippen gekommen war. Froh darüber, dass sie über die Vergangenheit sprechen konnte, ohne traurig zu werden, erzählte sie weiter.

»Er hat mich verlassen, um eine Frau aus seiner Schicht zu heiraten. Ich weiß, dass er sie nicht liebt, aber es war seine Entscheidung. Das Leben stellt einen immer wieder vor die Wahl. Manchmal entscheiden wir richtig, andere Male irren wir uns. Ich finde, ganz gleich, wie eine Entscheidung ausfällt, ob sie richtig ist oder falsch, sie sollte von Herzen kommen, aus der eigenen

Überzeugung, und nicht aus Angst getroffen werden, findest du nicht?«

»Du bist die mutigste Frau, die ich kenne, und auch die aufrichtigste. Das sagen mir deine Augen. Du wirst niemals vor mir verbergen können, was sie mir sagen; sie verraten dich, mein Herz. Du bist mutig, weil du entschieden hast, von diesem Mann wegzugehen, um nicht länger zu leiden. Wegzulaufen, um nicht länger zu leiden, ist keine Frage von Feigheit, sondern von Mut. Alles zurückzulassen, was einem lieb und vertraut ist, um Ruhe und Frieden zu finden, ist eine weise Entscheidung.«

»Die Tage mit dir, Kamal al-Saud, sind die glücklichsten meines Lebens.«

15. Kapitel

Als Sara von Francescas Verlobung erfuhr, machte sie ihr heftige Vorhaltungen.

»Das wird euer Verderben sein!«, schimpfte sie.

»Ich weiß, dass es schwierig werden wird«, räumte Francesca ein. »Für sie bin ich eine Ungläubige, und sie werden mich nicht so ohne weiteres akzeptieren. Aber sie werden sich damit abfinden müssen, denn ich werde ihn heiraten.«

Sara setzte sich auf die Bettkante und betrachtete Francesca nachsichtig. Ihr Blick war weicher geworden, und die Zornesfalten auf ihrer Stirn waren verschwunden.

»Weißt du überhaupt, wen du da heiratest?«, fragte sie schließlich und setzte angesichts von Francescas verwirrtem Schweigen hinzu: »Du bist so unbedarft und hast so wenig Ahnung von den Dingen – das ist der Grund, warum du Kamal al-Saud nicht fürchtest so wie ich. Er wird der nächste König Saudi-Arabiens sein«, erklärte Sara feierlich.

»Der nächste König?«

»Saudi-Arabien durchlebt derzeit eine seiner schwersten Krisen, und das alles wegen der Unfähigkeit von König Saud. 1958 war es ganz ähnlich. Manche behaupten, dass die Familie al-Saud damals kurz davor stand, zu zerbrechen. Dass es nicht so weit kam, ist dem Eingreifen von Prinz Kamal zu verdanken, der nach der Ernennung zum Premierminister die Kontrolle im Land übernahm und es wieder auf Kurs brachte. Zwei Jahre später trat Prinz Kamal dann trotz der Bitten seiner Onkel und Brüder wegen schwerer Differenzen mit dem König als Premierminister zurück, und seither sind die Probleme noch schlimmer geworden.«

»Woher weißt du das alles?«, fragte Francesca, tief getroffen von dem Gedanken, wie wenig sie Kamal kannte.

»Ich hörte damals, wie mein damaliger Arbeitgeber darüber sprach, der ein enger Freund der königlichen Familie war.«

Francesca hatte sich Kamal mit Haut und Haaren hingegeben, praktisch ohne etwas über seine Vergangenheit zu wissen. Sie bereute es nicht, aber sie musste zugeben, dass es sie beunruhigte, gar nichts über ihn zu wissen. Es wäre ihr lieber gewesen, Kamal selbst hätte ihr von seinen Problemen erzählt und nicht eine Botschaftsangestellte. Alles, was sie von ihm kannte, waren seine Geschäfte auf dem Anwesen in Dschidda. Die Geschichte von den Palastintrigen, die Sara ihr da erzählte, erschien ihr abwegig und unglaublich, aber sie passte zu einigen Details, die ihr vorher nicht aufgefallen waren. Kamals kurz angebundene Worte über seinen Bruder Saud kamen ihr wieder in den Sinn und gewannen durch Saras Behauptungen plötzlich an Bedeutung: »Wir sind uns in einigen politischen Fragen nicht sonderlich einig, das hat uns ein wenig voneinander entfremdet.«

»Kasem sagt, Prinz Kamals Washingtonreise habe das Ziel, sich der Unterstützung der USA zu versichern, falls er König werden sollte. Und das wird ihm mit Sicherheit gelingen«, erklärte Sara, »denn er wird von der gesamten Familie unterstützt, die das Verhalten von König Saud nicht länger hinnehmen will. Diese Stadt wird sich in ein Pulverfass verwandeln. Ich glaube nämlich nicht, dass der König kampflos das Feld räumen wird. Hast du eine Ahnung, um wie viel Geld es hier geht? Um Millionen und Abermillionen von Dollars, meine Liebe. Und für Millionen und Abermillionen von Dollars kann man sogar töten.«

»Was redest du da, Sara!«, fuhr Francesca auf. »Soll das heißen, dass Kamals Leben in Gefahr ist?«

Seit der Rückkehr aus Dschidda waren drei Wochen vergangen, und Kamal weilte immer noch im Ausland. Er rief sie oft an und schickte ihr herrliche Blumenarrangements, aber das genügte Francesca nicht: Sie wollte ihn. Jeden Morgen stand sie in der Hoffnung auf, ihn durch die Tür kommen zu sehen, doch die Tage vergingen, und Kamal erschien nicht. Am Telefon hörte er sich besorgt und distanziert an; den halben Anruf verbrachte er damit, ihr einzuschärfen, dass sie die Botschaft nur verlassen dürfe, wenn es absolut unumgänglich sei, und das nicht ohne die Begleitung ihrer beiden Leibwächter. Francesca, die seine Anrufe entgegensehnte, um ihm zu sagen, wie sehr sie ihn liebte und vermisste, beschränkte sich darauf, ihn zu fragen, ob etwas vorgefallen sei, ob es ihm gutgehe, ob er Probleme habe, worauf er immer auswich mit der Entschuldigung, müde zu sein.

Die angespannte Stimmung bei den Gesprächen mit den Vertretern der US-Regierung, deren Ergebnisse über die Zukunft Saudi-Arabiens entscheiden konnten, hatte ihn in die ernüchternde Realität zurückgebracht. Der krasse Gegensatz zu den Tagen, die er mit Francesca auf dem Anwesen in Dschidda und in der Oase verlebt hatte, machte ihm den Aufenthalt nicht angenehmer. Aber dies war seine Bestimmung: Das, was sein Vater mit großer Willenskraft gegen alle Widerstände aufgebaut hatte, vor der Zerstörung zu bewahren. Jetzt, in der Finanzkrise, musste er erneut, wie einst sein Vater, an die Amerikaner appellieren, wobei er sich seiner zahlreichen Schwächen und seiner einzigen Stärke bewusst war: des Erdöls. Doch der Verhandlungsspielraum, der ihm zur Verfügung stand, war gleich null, wenn er die negativen Seiten nicht geschickt umging und die Pluspunkte unterstrich. Saudi-Arabien brauchte die Vereinigten Staaten, aber diese waren nicht im gleichen Maße auf Saudi-Arabien angewiesen.

Die Vereinigten Staaten, die nach dem Zweiten Weltkrieg die Vormachtstellung auf der Welt beanspruchten, präsentierten sich als wichtigster und mächtigster Verbündeter, der stark im Nahen Osten engagiert war, insbesondere im Iran. Aber auch Libyen unter König Idris hatten sie als zuverlässigen Lieferanten für Erdöl bester Qualität in der Tasche. Die USA verfügten also über zwei sichere Ölquellen. Kamal musste umsichtig verhandeln.

In Gedenken an das historische Gespräch zwischen König Abdul Aziz und Präsident Roosevelt an Bord der *Quincy* auf dem Roten Meer wollte Kamal versuchen, die Allianz mit den Amerikanern zu erneuern und so die Türen wieder aufzustoßen, die Saud durch die Gründung des Ölkartells OPEC zugeschlagen hatte. Kamal wusste sehr wohl, dass das Erdöl, das es in der arabischen Wüste im Überfluss und in bester Qualität gab, das Blut der Erde, das durch die Adern der Industrie strömte und sie am Leben erhielt, so wertlos sein würde wie der Sand, wenn man sich für die falsche Marschrichtung entschied und auf Konfrontationskurs mit den wahren Herren der Welt ging. Er brauchte die Amerikaner, um sich die Kredite und Investitionen zu sichern, die Saudi-Arabien aus der Misere helfen würden. Ohne finanzielle Mittel und ohne eigene Industrie würde das saudische Königreich immer ein Operettenstaat bleiben, mit importierten Autos und ultramodernen Jets, bis die Ölquellen versiegten, das Geld verschwand und Saudi-Arabien wieder die trockene, unzivilisierte Einöde werden würde, die es jahrhundertelang gewesen war.

Doch Kamal hatte noch ein Ass im Ärmel: die Mitgliedschaft Saudi-Arabiens in der OPEC. Ohne die Unterstützung der Saudis würde das Kartell keinen grundlegenden Wandel durchsetzen können. Al-Saud wollte mit den Amerikanern über die Vormachtstellung Saudi-Arabiens in der OPEC sprechen, mit anderen Worten darüber, das gefürchtete Embargo zu verhindern. Denn wer garantierte dem Westen, dass seine arabischen Verbündeten – aufbrausende und streitlustige Völker mit vielen Gesichtern – den jetzigen Zustand für alle Zeiten respektieren würden? Niemand, aber al-Saud konnte ihnen garantieren, dass kein Mitglied der OPEC erneut mit dem Schreckgespenst des Ölembargos drohen würde – zumindest nicht ernsthaft –, solange sie ihm ihre Unterstützung zusicherten.

Auf der Fahrt zum Weißen Haus, wo sie vom Außenminister und dem Handelsminister der Regierung Kennedy erwartet wurden, lasen Kamal al-Saud und Ahmed Yamani die neuesten Studien über die Erölvorkommen in Texas. Kamal verzog spöttisch den Mund, als er die armseligen siebzehn Barrel, welche die Amerikaner täglich aus ihren texanischen Quellen förderten, mit den zwanzigtausend verglich, die Saudi-Arabien im gleichen Zeitraum produzierte, von den himmelweiten Qualitätsunterschieden nicht zu sprechen.

Der Chauffeur nahm einen Anruf entgegen und gab ihn an Kamal weiter.

»Es ist für Sie, Majestät«, sagte er und reichte ihm den Hörer. »Tiffany's aus New York.«

»Ja, am Apparat. Nein, Perlen aus Bahrain, sagte ich. Vierreihig. Ja, ein Solitär. Nein, ganz in Platin. Ich will den größeren, den mit sieben Karat. Sehr gut. Bis dann.«

Kamal gab dem Chauffeur den Hörer zurück und widmete sich wieder der Lektüre. Ahmed sah ihn lange an, ratlos, wie er ein so privates Thema anschneiden sollte, zu dem ihm al-Saud sonst keinerlei Zugang gewährte.

»Deine Mutter sagte mir, dass du vorhast, Mauricios Sekretärin zu heiraten«, wagte Yamani schließlich zu sagen.

»Meine Mutter täte gut daran zu schweigen«, erklärte Kamal, ohne von dem Bericht aufzusehen.

»Wie alt ist sie?«

Al-Saud warf Ahmed einen durchdringenden Blick zu.

»Zweiundzwanzig.«

»Ich hätte sie für älter gehalten.«

»Willst du mir auch sagen, dass ich für sie ein alter Mann bin?«, stichelte er. »Es beginnt mich allmählich zu langweilen.«

»Es war reine Neugier.« Nach einem kurzen Schweigen nahm er seinen Mut zusammen und sagte: »Sie ist wunderschön und sehr attraktiv, aber sie ist aus dem Westen und eine Christin. Wenn du sie zur Frau nimmst, machst du sie zur Zielscheibe der Angriffe. Sie wird deine größte Schwäche sein.«

›Meine Schwäche‹, dachte Kamal bei sich und lächelte, sehr zur Verwirrung seines Freundes.

»Als dein Freund, aber auch als dein Ratgeber sage ich dir: In naher Zukunft wirst du vor allem Mitglied des saudischen Königshauses sein und erst dann ein Mann. Du solltest sie dir aus dem Kopf schlagen, zu deinem eigenen und auch zu ihrem Besten. Du weißt, dass deine Familie sie niemals akzeptieren wird. Sie werden sie eher in Stücke reißen, als einer Hochzeit zuzustimmen.«

***

Angesichts der schlechten Nachrichten, die aus Argentinien eintrafen, war Dubois in den vergangenen Tagen immer schweigsamer geworden. Militärattaché Barrenechea berichtete, dass die Armee unzufrieden sei. Und bekanntlich konnte diese »Unzufriedenheit« nur bedeuten, dass ein Staatsstreich unmittelbar bevorstand. Mauricio sprach täglich mit dem Auswärtigen Amt, um über die Politik der Regierung auf dem Laufenden zu sein.

Aber die Nachrichten waren konfus, und es schien sich eher um Gerüchte als um Verlautbarungen von offizieller Stelle zu handeln. Die Wahrheit war, dass niemand genau wusste, was passieren würde.

Während also in der Botschaft eine angespannte Stimmung herrschte, erfuhr Francesca, dass sie ein Kind erwartete. Die morgendliche Übelkeit, die unerklärliche Müdigkeit tagsüber und die Stimmungsschwankungen waren erste Anzeichen, die sich einige Tage später durch das Ausbleiben der Regel bestätigten. Ein Glücksgefühl durchströmte sie, von dem sie nicht wusste, ob sie es sich überhaupt erlauben durfte. Denn ein Kind von Kamal würde die ohnehin schon schwierige Beziehung noch weiter komplizieren. Sie hatte Angst, dass Kamal selbst die Nachricht schlecht aufnehmen und ihr vorwerfen würde, dass sie nicht gut genug aufgepasst habe. Trotzdem war sie glücklich und wollte sich diesem Glück nicht widersetzen. Es erschien ihr wie ein Wunder, dass in ihr ein winzig kleines, zerbrechliches Wesen heranwuchs, ein Kind der Liebe zwischen ihr und Kamal.

Entgegen aller Vermutungen nahm Sara Francescas Schwangerschaft mit Begeisterung auf. Sie überschüttete sie mit Aufmerksamkeit und guten Ratschlägen, kochte ihr Lammfleisch zum Mittag und zum Abendessen und gab ihr einen Liter Ziegenmilch am Tag zu trinken. Sie rührte ihr eine widerliche Tinktur an, damit die Zähne nicht litten und die Knochen sich nicht auflösten, und rieb ihre Beine mit einer Mischung aus Honig und Zitrone ein, die die Venen zusammenzog und für eine gute Durchblutung sorgte. »Bei deinen Beinen wäre es eine Sünde, wenn du Krampfadern bekämst«, sagte sie. Francesca ließ sie gewähren, denn inmitten all der Einsamkeit erinnerte Sara sie an ihre Mutter.

Sie dachte oft an Antonina und Fredo, aber obwohl sie in

regem Briefwechsel mit ihnen stand, hatte sie noch keinen Weg gefunden, ihnen die Neuigkeit mitzuteilen. Vor Fredos Reaktion hatte sie keine Angst, so offen und liberal, wie er eingestellt war, aber vor der ihrer Mutter, die fest in den christlichen Riten und Traditionen verwurzelt war. Schließlich fasste sie sich ein Herz und gestand ihnen in einem Brief, dass sie Kamal al-Saud heiraten würde.

Abgesehen von ihrer Fürsorge, war Sara nach Feierabend auch eine hervorragende Gesellschafterin. Francesca hörte ihr gerne zu, denn sie wusste viel über die arabischen Sitten und Gebräuche. Irgendwann fragte Francesca sie, warum sie jetzt so rührend um sie besorgt war, wo sie doch am Anfang so empört und ablehnend reagiert hatte.

»Jetzt ist es etwas ganz anderes«, beteuerte die Frau. »Du trägst sein Kind unter dem Herzen. Die Araber sind durchtrieben und brutal, aber wenn es um Kinder geht, wird ihr Herz weich. Durch dieses Baby wird Prinz Kamal dich niemals verlassen.«

Sie erzählte ihr von dem islamischen Brauch der Beschneidung und dass diese nicht wie bei den Juden unmittelbar nach der Geburt durchgeführt werde, sondern erst im Alter von acht Jahren und mit einem dreitägigen Fest gefeiert werde. Francesca hatte nicht gewusst, dass Muslime beschnitten waren, was Sara sehr lustig fand, wo sie doch ein Kind von einem Muslim erwartete. »Die Frauen aus deinem Kulturkreis finden es sehr reizvoll, mit einem beschnittenen Mann zu schlafen. Sie behaupten, dass es mehr Spaß macht.« Dann hörte sie auf zu lachen und stellte klar: »Er hat dich entjungfert, deswegen macht er dich zu seiner Frau. Wärst du keine Jungfrau mehr gewesen, würde er dich niemals heiraten.«

Es fiel Francesca schwer, sich vorzustellen, dass Kamal so rückschrittlich sein sollte, aber sie wagte es auch nicht, Saras Bemerkungen ganz von sich zu weisen, wo ihr doch selbst Zweifel hinsichtlich der Überzeugungen ihres Geliebten gekommen waren. Sie zweifelte nicht an seiner Liebe, derer war sie sich sicher. Aber sein häufiges Schweigen, seine undurchdringlichen Blicke, die Geheimnisse, die er vor ihr hatte, die bedrückende Erkenntnis, dass er vor allem Araber war, schienen Kamals wahren Charakter zu offenbaren: einen eher harten und unsensiblen, wenngleich leidenschaftlichen und weltoffenen Mann, manchmal glutheiß wie die Wüste, dann wieder kalt wie die klaren Vollmondnächte, so als hätte die Landschaft, in der er geboren war, sein Wesen nach ihrem Ebenbild geformt.

Francescas Zweifel wurden noch verstärkt, als Sara sie darauf hinwies, dass die Araber der Vielehe frönten und bis zu vier Frauen heiraten durften. Sie rezitierte aus dem Gedächtnis den entsprechenden Vers der Sure, in der es um die Ehe ging: »Heiratet, was euch an Frauen gut ansteht, ein jeder zwei, drei oder vier. Und wenn ihr fürchtet, so viele nicht gerecht zu behandeln, dann nur eine oder was ihr an Sklavinnen besitzt.« Der Vers erschien ihr von einer so offenkundigen Frechheit und Unverschämtheit, dass es ihr für den Rest des Tages schlechtging.

Eines Tages Ende März unterhielten sich Sara und Francesca gerade in der Küche der Botschaft, als Malik mit einem Telegramm erschien.

»Das ist für Sie, Mademoiselle«, sagte er in diesem falschen respektvollen Ton, der Francesca so auf die Palme brachte.

»Ich mag Malik nicht«, stellte Sara fest, nachdem der Chauffeur die Küche verlassen hatte. »Es gefällt mir nicht, wie er dich ansieht. Er wirkt so ruhig und still, aber wir sollten uns nicht täuschen lassen: Er ist hinterhältig und boshaft. Er war es, der uns von deinem Verhältnis mit Prinz Kamal erzählt hat. ›Sie hat ihn um den Finger gewickelt‹, sagte er, und sein Gesicht verzerrte sich vor Wut. Er gefällt mir ganz und gar nicht«, beteuerte Sarah noch einmal.

Francesca, die es nicht erwarten konnte, das Telegramm zu lesen, ging über die Bemerkung hinweg und riss den Umschlag auf.

»Kamal kommt morgen zurück!«, rief sie.

***

Am frühen Morgen des nächsten Tages landete Kamals Privatjet auf dem Flughafen von Riad. Bevor er zum Königspalast fuhr, wo er von seinem Bruder Faisal und seinen Onkeln Abdullah und Fahd erwartet wurde, ging er kurz nach Hause, wo er ein Bad nahm und frühstückte. Er hatte während des ganzen Flugs kein Auge zugetan, sondern nur an Francesca und die Entscheidungen gedacht, die er gleich nach seiner Ankunft in der Stadt treffen wollte. Auch wenn er wusste, dass die Staatsangelegenheiten höchste Priorität hatten, gefiel ihm der Gedanke nicht, die Hochzeit zu verschieben.

Sein Leben lang hatte er sich vor nichts und niemandem gefürchtet, und nun hatte er zum ersten Mal Angst – ihretwegen. Vielleicht hatten alle recht und er brachte sie mit seiner Entscheidung, sie zu heiraten, in Gefahr. Jeden Abend, wenn sie ins Hotel zurückgekommen waren und Ahmed Yamani Anrufe entgegennahm und die Post durchsah, war er wie ein eingesperrtes Raubtier im Zimmer auf und ab gelaufen. Er hatte kalt geduscht und sich dann im Bademantel in den Sessel gesetzt, wo er mit den Perlen seiner *masbaha* spielte, um sich zu beruhigen.

›Das bin nicht ich‹, sagte er sich. Seit fast einem Jahr war er nicht mehr er selbst – seit jenem Abend, als seine Augen auf der venezolanischen Unabhängigkeitsfeier in einer Ecke des Saals dieses faszinierende Mädchen entdeckt hatten, das ihm von da an die Ruhe geraubt hatte. Ihr unschuldiger Blick und ihre Schönheit hatten die prunkvolle Umgebung überstrahlt. Sie hatte den ganzen

Prunk mit Distanz betrachtet, ohne dass sie irgendwie überheblich wirkte. Sie sprach entschlossen, ohne dass ihre Bewegungen deswegen weniger grazil und feminin gewirkt hätten. Und als er sie tanzen sah, hätte er sie am liebsten aus dem Arm dieses Banausen gerissen, der sie über das Parkett führte und es wagte, ihren schlanken, zarten Körper zu berühren, von dem er längst beschlossen hatte, dass er ihm gehörte. Seit jenem Abend war Francesca zu seiner Obsession geworden, und dass er sie erobert hatte, hatte den Aufruhr der Gefühle keinesfalls zur Ruhe gebracht, sondern noch weiter verstärkt, denn er wollte mehr: Er wollte sie ganz für sich haben. Ihm gefiel es nicht, wie sich die Sache entwickelte, denn zum ersten Mal in seinem sechsunddreißigjährigen Leben war er auf einen anderen Menschen angewiesen.

Deshalb zwang er sich, zuerst die Staatsangelegenheiten zu regeln und sie erst dann zu treffen, um sein Herz zu beruhigen.

***

Kamal betrat den ehemaligen Palast König Abdul Aziz', den Saud jetzt als Amtssitz nutzte. Für sich und seine Familie hatte er eine riesige Residenz in Malaz erbauen lassen, dem Stadtviertel der Oberschicht von Riad. Der alte Palast erinnerte in seiner nüchternen Wuchtigkeit an eine typische mittelalterliche Festung. Er war aus Ziegeln und Stein erbaut und besaß nur wenige Fenster. Dennoch war er für Kamal voller Kindheitserinnerungen und ein Symbol für eine glückliche Zeit in seinem Leben.

Er fuhr durch das Zugangstor und parkte seinen Jaguar vor dem Haupteingang. Nach einer knappen Verbeugung teilte ihm die Wache mit, dass er im Büro des Königs erwartet werde. Kamal, der gehofft hatte, seinem Bruder nicht zu begegnen, durchquerte den gefliesten Innenhof, wo er früher immer mit Faisal und Mauricio gespielt hatte. Vor dem Arbeitszimmer begrüßte er Sauds Leibwächter el-Haddar und Abdel, die wie Statuen im Türrahmen standen. Sie waren zunächst Sklaven der Familie gewesen, doch auch nach ihrer Freilassung hatten sie König Abdul Aziz, den sie blind verehrten, nicht verlassen wollen, und er hatte sie zu seinen Leibwächtern gemacht. Treu bis in den Tod, hatten sie schon einige Male ihre Furchtlosigkeit unter Beweis gestellt, bei dem Attentat von 1950 zum Beispiel, bei dem el-Haddar ein Auge verloren hatte, das er stolz mit einer schwarzen Augenklappe verdeckte, während Abdel aufgrund seiner Bauchverletzungen drei Tage zwischen Leben und Tod geschwebt hatte.

Da sie für solche Aufgaben mittlerweile nicht mehr geeignet waren, setzte Saud sie als Fahrer und Boten ein, aber sie waren immer in seiner Nähe, weil er niemandem mehr vertraute als diesen beiden. Wenn man etwas über den König und seine Geheimnisse herausfinden wollte, sagte sich Kamal, brauchte man nur Abdel oder el-Haddar zu fragen. Dass allerdings einer von ihnen etwas verriet, war sehr unwahrscheinlich; nicht einmal unter der schlimmsten Folter hätten sie den Mund aufgemacht.

Neben Saud traf Kamal im Büro auch seinen Onkel Abdullah an, den Leiter des Geheimdienstes, seinen Onkel Fahd, den Außenminister, seinen Bruder Faisal, Staatssekretär, Ölminister Scheich Tariki und Jacques Méchin, der ihm aufrichtig erfreut entgegeneilte, um ihn zu begrüßen.

»Bevor du gekommen bist, Kamal, hat Saud uns seinen Finanzplan für dieses Jahr vorgestellt.« Er reichte ihm einige Papiere, die Kamal durchblätterte.

»Weiter hinten befindet sich die Aufstellung der Einnahmen, mit denen wir die anfallenden Kosten bestreiten wollen«, erklärte Tariki. »Wie du siehst, werden wir die Bezüge der Familie senken müssen, denn die Umstände …«

»Die Einnahmen sind zu hoch angesetzt«, unterbrach ihn Kamal. Es wurde totenstill.

»Wie kommst du darauf?«, fragte Méchin.

Kamal hielt einen Vortrag über die Marktlage: die Zinssätze für internationale Kredite, die mit Sicherheit höher ausfallen würden als in dem Bericht angesetzt, die Überproduktion von russischem Erdöl, das zwar nicht die Qualität des arabischen Rohöls habe, aber von vielen Erdölgesellschaften trotzdem als gut genug erachtet werde, die Inflationsrate, das Währungssystem und die politische Lage, die für die Mitglieder der OPEC ganz und gar nicht rosig aussehe. Abschließend stellte er fest, dass die Einnahmen um dreißig Prozent niedriger ausfallen würden als erwartet und das Defizit mehrere Millionen Dollar betragen werde, die Verschuldung aus dem Vorjahr nicht eingerechnet, die gerade so mit den Vorschüssen aus der Erdölförderung gedeckt werde.

»Wenn das stimmt, was du sagst«, erklärte Saud, »werden wir weitere Anleihen aufnehmen müssen, um das Defizit auszugleichen. Wir können die Ausgaben nicht weiter senken, als wir es schon getan haben.«

»Und woher willst du das Geld bekommen?«, fragte Kamal.

»Von den Banken, wie immer.«

»Sie werden dir nichts geben«, stellte Kamal klar. »Mit der Gründung der OPEC hast du den gesamten Westen gegen dich aufgebracht, und die Banken, an die du dich wenden willst, sind ein entscheidender Teil davon. Sie werden tausend Ausreden vorbringen – dass der Ölpreis am Boden ist, dass du verschuldet bist, dass die Garantien nicht ausreichen – und dir keinen Dollar geben. Für sie ist die Existenz des Kartells eine ständige, inakzeptable Bedrohung ihres wichtigsten Rohstoffs. Sie werden jetzt handeln, wo die OPEC schwach und verletzlich ist.«

»Am Ende werden sie umfallen«, erklärte Saud. »Sie werden angekrochen kommen und mich anbetteln, ihnen Öl zu verkaufen.«

»Du wirst angekrochen kommen«, entgegnete Kamal ruhig, und die Übrigen hielten den Atem an. »Sie haben die Macht, das musst du begreifen, Saud.«

»Aber sie brauchen unser Öl«, wandte Tariki ein.

»Sie brauchen Öl«, stellte Kamal klar, »und das sichern ihnen der Iran und Libyen.«

»Du hast ja keine Ahnung, mit welchen Problemen ich in den Jahren meiner Herrschaft zu kämpfen hatte«, sagte Saud erbittert. »Als unser Vater starb, war es um das Land längst nicht so gut bestellt, wie wir dachten.«

»Unser Vater«, erklärte Kamal, »ist in Frieden gestorben, weil er alles erreicht hatte, was er sich vorgenommen hatte, und noch mehr. Er hat das Land zurückerobert, das man seiner Familie weggenommen hatte, er vereinte die Gebiete Hedschas und Nadschd und gründete das Königreich Saudi-Arabien. Er festigte seine Macht, und wenn uns heute die Großmächte der Welt respektieren, dann seinetwegen. Sogar die Engländer mussten ihre Versuche aufgeben, uns zu beherrschen.«

Die Unterhaltung wurde hitziger, und die Gemüter erregten sich. Méchin versuchte auszugleichen, indem er Kamal fragte, ob er einen Vorschlag habe, wie das finanzielle Debakel abzuwenden sei, auf das sie zusteuerten. Ahmed Yamani holte eine schriftliche Aufstellung aus seinem Koffer und verteilte sie. Als Saud und Tariki sahen, wie niedrig die voraussichtlichen Ausgaben angesetzt waren, protestierten sie.

»Du bist der Herrscher, die Entscheidung liegt in deinen Händen«, stellte Kamal klar und setzte damit der Diskussion ein Ende.

Fahd, der schweigend die Aufstellungen von Tariki und Yamani verglichen hatte, nahm die Brille ab, stand auf und wandte sich an seinen Neffen, den König, allerdings weniger diplomatisch und versöhnlich als sein Bruder Abdullah: »Die

Familie will, dass Kamal wieder die Wirtschaft und die Finanzen übernimmt, wie 1958.«

Aller Blicke wanderten zwischen dem König und der unbewegten Miene des Prinzen hin und her.

»Das ist nicht nötig«, erklärte Saud. »Die Situation ist unter Kontrolle. Mit der Prognose der voraussichtlichen Einnahmen und Ausgaben, die der Wirtschaftsminister erstellt hat, werden wir durch die Krise kommen, bis wieder Geld aus dem Verkauf des Erdöls fließt. Ich will keinen Premierminister mehr. Damit würden wir nur eingestehen, dass wir Probleme haben, und unser Ansehen im Ausland beschädigen.«

»Unser Ansehen ist bereits beschädigt«, entfuhr es Kamal, und es dauerte einen Moment, bis Saud begriff, dass sein Bruder direkter gewesen war, als er dachte.

»Was willst du damit sagen?«, fragte er ungehalten. »Redest du von der Gründung des Kartells?«

Tariki, die eigentliche Kraft hinter der OPEC, schaltete sich in den Wortwechsel zwischen den Brüdern ein, um die Gründe zu erläutern, die sie zu der undankbaren Aufgabe bewegt hatten, sich mit den englischen und nordamerikanischen Ölmultis anzulegen. Er musste unbedingt die erhitzten Gemüter beruhigen. Tariki war sich völlig darüber im Klaren, dass Saud ihn mit sich ins Verderben reißen würde, wenn er stürzte, und er würde dem nichts entgegenhalten können. Niemand in der Familie hatte einen Zweifel daran, wer Saudi-Arabien seit etwas mehr als acht Jahren wirklich regierte.

»Letztendlich«, fuhr Tariki fort, »hat die OPEC ein höheres Ziel vor Augen: die Umgestaltung der Rohstoffmärkte, um den Ausverkauf zu beenden, den die Mächtigen der Welt seit undenklichen Zeiten mit uns betreiben. Es geht nicht nur darum, dass sich die Erdölländer formieren, sondern sämtliche Drittweltländer, die die Industriestaaten mit ihren Bodenschätzen beliefern. Die Schwachen werden sich zusammenfinden, um eine unbesiegbare Vereinigung zu bilden.«

»Tolle Bündnispartner hast du dir da gesucht«, bemerkte Kamal ironisch. »Die ärmsten und am höchsten verschuldeten Staaten des Planeten. Wenn ich von der Beschädigung unseres Ansehens rede, meine ich damit unsere Haltung denen gegenüber, die die Vormachtstellung auf der Welt für sich beanspruchen. Sie sind es, die unser Öl abnehmen, weil sie über Industrie verfügen, sie bezahlen uns, weil sie Geld haben, und daher stellen sie auch die Regeln auf. Wir könnten das Öl wegschütten, das wir überall in unserem Land finden, wenn die Erdölkonzerne es nicht kaufen würden, denn wir verfügen nicht über die Technologie, um es zu raffinieren oder gar selbst zu nutzen. Wir sind sogar auf sie angewiesen, um es in Pipelines zum Hafen von Dschidda zu transportieren. Für die Industriestaaten ist die Tatsache, dass wir zu einem gewissen Ansehen gekommen sind, nichts weiter als eine Laune der Natur. Ohne den Westen sind wir nichts, und wir können uns nicht den Luxus erlauben, uns mit ihm anzulegen.«

»Du scheinst ein Fürsprecher der Ölgesellschaften zu sein«, bemerkte Saud und stand auf. »Wie ich sehe, hat dir die Christin, mit der du dich herumtreibst, derart den Kopf verdreht, dass du imstande bist, dein eigen Fleisch und Blut zu verraten.«

Alle erstarrten und blickten betreten zu Boden. Kamal nahm seine Unterlagen und verstaute sie ganz ruhig in seiner Aktentasche. Dann sah er auf und fixierte seinen Bruder.

»Das hättest du nicht sagen sollen.«

Erhobenen Hauptes verließ er das Büro. Er wusste, dass es Saud nicht gelingen würde, die Ausgaben unter Kontrolle zu bringen, und die Banken würden ihm keinen Cent leihen, um sie zu finanzieren. Er würde kläglich untergehen, und er, Kamal, würde dabei zusehen, ohne ihm die Hand zu reichen.

Fahd und Abdullah warfen ihrem Neffen, dem König, einen vorwurfsvollen Blick zu, bevor sie Kamal folgten, begleitet von Yamani, Faisal und Méchin. Schweigen senkte sich über den Raum, das die Bestürzung, die Nervosität und die Unentschlossenheit der Zurückgebliebenen verriet. Saud trommelte mit den Fingern auf den Schreibtisch, während Tariki ihn tadelnd ansah.

»Ich werde ihn töten lassen«, sagte der König schließlich.

»Nichts dergleichen wirst du tun«, stellte Tariki klar. »Wenn du ihn töten lässt, schaufelst du dir dein eigenes Grab, weil alles auf dich hinweisen wird. Derzeit hätte keine Gruppierung im Nahen Osten etwas von seinem Tod, und keine westliche Regierung würde ihren Geheimdienst losschicken, um ihr Ziehkind und ihren zukünftigen Verbündeten auszuschalten. Am Ende würdest du als der einzig mögliche Mörder übrig bleiben. Was glaubst du, warum er fast einen Monat in Washington und New York gewesen ist? Wenn du Kamal loswerden willst, musst du anders vorgehen. Du musst nach seiner Schwachstelle suchen, seiner Achillesferse, und dann hart und erbarmungslos zuschlagen. Was ist mit dieser Christin, die du erwähnt hast? Was ist über sie bekannt?«

Saud ließ seine Leibwächter el-Haddar und Abdel rufen und trug ihnen auf, sich mit Malik, seinem Spion in der argentinischen Botschaft, in Verbindung zu setzen.

***

Im anderen Flügel des Palasts versammelte sich die Gruppe, die soeben die Räume des Königs verlassen hatte, in Abdullahs Büro. Nach Sauds harschen Worten hatte niemand mehr einen Ton gesagt, und während sie über den Vorfall und seine Folgen nachdachten, tranken sie starken Kaffee und ließen ihre bunten Gebetskettchen spielen.

»Hier werde ich mich nicht unterhalten«, sagte Kamal plötzlich. »Dieser Raum muss völlig verwanzt sein.«

»Keine Sorge«, entgegnete Abdullah. »Ich lasse das Büro jeden Morgen durchsuchen, bevor ich mit der Arbeit beginne.«

Faisal stellte Kamal Fragen zu seiner Nordamerikareise, und sie widmeten sich tagespolitischen Fragen. Niemand erwähnte Sauds ungeschicktes und unangebrachtes Verhalten, aber allen ging der gleiche Gedanke durch den Kopf: dass seine Tage als König gezählt waren. Seine Extravaganzen und sein ausschweifendes Leben, die so gar nicht im Einklang mit den islamischen Dogmen über die Mäßigung des Fleisches standen, waren der Familie schon längst ein Dorn im Auge. Diese hatte von Anfang an bemerkt, dass es Abdul Aziz' Nachfolger an Intelligenz und an Charisma fehlte. Faisal, der die sofortige Rückbesinnung auf den Koran für das einzige Mittel hielt, um zur früheren Größe zurückzufinden, hatte das stärkste Interesse daran, die Skandalherrschaft seines älteren Bruders zu beenden, und drängte Kamal ein weiteres Mal, unverzüglich das Amt des Premierministers zu übernehmen.

»Das werde ich nicht tun, Faisal«, erklärte Kamal. »Ich werde das Amt des Premierministers nicht akzeptieren, solange mir nicht garantiert wird, dass ich in Wirtschafts- und Finanzfragen völlig freie Hand habe. Ich will im Wirtschafts- und Ölministerium nach Belieben schalten und walten können und werde nicht zulassen, dass Saud überall seine Nase hineinsteckt und alles in Frage stellt. So etwas wie 1958 will ich nicht noch einmal erleben.«

Sie diskutierten über eine Stunde. Am Ende fasste Kamal die Vorschläge zusammen und verteilte Aufträge. Als jeder wusste, was er zu tun hatte, und sie einen Termin für das nächste Treffen vereinbart hatten, verabschiedeten sie sich. Es war fast Mittag.

»Geh noch nicht«, bat Abdullah Kamal. »Ich muss mit dir reden.«

Kamal wollte sich entschuldigen, ließ es aber bleiben, als er die Miene seines Onkels bemerkte. Nach Abdul Aziz' Tod vor neun Jahren war Abdullah sein Mentor und Ratgeber geworden. Er war einer der tapfersten Krieger gewesen, auf die Abdul Aziz bei der Einigung der Arabischen Halbinsel hatte zählen können. Unerschrocken und verwegen im Krieg, zeigte er sich in Friedenszeiten von einer völlig anderen Seite. Die Weisheit seiner Gedanken spiegelte sich in seinem zurückhaltenden Wesen wider. Bei den Mitgliedern der vielköpfigen Familie al-Saud war sein Rat sehr gefragt. Man wandte sich an ihn, um die unterschiedlichsten Probleme zu lösen, von einer Ernennung in die Regierung bis hin zum Namen eines Babys.

»Deine Mutter war letzte Woche bei mir«, begann Abdullah das Gespräch. »Es geht um die Sache mit dem argentinischen Mädchen.« Kamal erhob sich aus seinem Sessel und lief im Zimmer auf und ab. »Ich gab zu bedenken, dass es sich bestimmt um eine weitere deiner Affären handelt, aber sie sagt, dass es diesmal anders ist und du sie heiraten willst. Stimmt das?«

»Ja, das stimmt.«

»Kamal, sie ist eine Christin.«

»Entschuldige, Onkel, ich werde weder mit dir noch mit meiner Mutter oder sonst wem über mein Privatleben diskutieren.«

»Dein Leben ist nicht mehr privat von dem Moment an, da die Familie in dir den zukünftigen König sieht.«

Kamal nahm seine Sachen, grüßte auf orientalische Weise und wollte das Büro verlassen.

»Warte noch«, versuchte es Abdullah. »Hast du mal daran gedacht, dass dieses Mädchen an deiner Seite die Hölle durchmachen wird, in einer Familie, die sie ablehnt, und Sitten und

Gebräuchen unterworfen, auf die sie nicht im Geringsten vorbereitet ist?«

»Alles, was ich weiß, ist, dass mein Leben die Hölle sein würde, wenn sie nicht bei mir wäre.«

»Du bist ein Egoist.«

»Mag sein.«

***

Abenabó und Kader brachten Francesca zu Kamals Wohnung im Malaz-Viertel, was ein gewisses Risiko in sich barg, denn die gesamte Familie al-Saud wohnte dort. Aber zur Zeit der Mittagsruhe befand sich keine Menschenseele auf der Straße. Gegen halb drei hielt der Wagen vor einem kleinen, aber eleganten Haus, und Kader führte Francesca, die vollständig in die *abaya* gehüllt war, in den zweiten Stock. Kamal öffnete, ohne dass sie anklopfen musste.

»Hallo«, sagte Francesca.

»Hallo«, antwortete er und ließ sie herein.

Er gab einige Anweisungen an Kader, der als Wache in der Eingangshalle im Erdgeschoss stehenblieb. Dann führte er sie wortlos in den Salon, wo er ihr Umhang, Jacke und Handtasche abnahm. Er blieb vor ihr stehen und liebkoste sie mit Blicken. Es war kein fordernder, sondern ein zärtlicher, sanfter Blick, der Francesca überraschte. Kamal streckte die Hand aus und ließ seine Finger über ihre Wange gleiten.

»Alle sagen, dass ich dir schade, wenn ich dich an mich binde.«

»Dann schade mir«, sagte sie und lächelte vor lauter Glück, ihn wiederzusehen. Als er sie lächeln sah, war es mit al-Sauds Zurückhaltung vorbei; er schloss sie in seine Arme und küsste ihr Haar, ihre Stirn, die tränenfeuchten Augen, die Wangen, bis sein Mund auf ihre warmen, sehnsüchtigen Lippen traf.

»Mein Liebling!«, sagte Kamal ein ums andere Mal, während er ihr die Kleider auszog.

Sie liebten sich mit derselben Leidenschaft wie in den gemeinsamen Tagen in Dschidda und der Oase. Danach entspannten sie sich in der Badewanne, bis zum Hals in das schaumige Wasser getaucht, Francesca an Kamals Brust gelehnt.

»Wie viele Frauen hatte dein Vater?«, wollte Francesca wissen.

»Viele.«

»Mehr als vier, wie es der Koran vorschreibt?«

»Hast du den Koran gelesen?«

»Nein. Sara, die Haushälterin der Botschaft, hat mir die Sure zitiert. Sie sagte auch, dass ihr mit acht Jahren beschnitten werdet. Stimmt das?«

Kamal lachte.

»Ich wusste nicht, dass du beschnitten bist.«

»Das freut mich«, sagte er.

»Was freut dich?«

»Dass ich der einzige Mann in deinem Leben war und bin.«

»Ja, das bist du«, versicherte sie, um dann noch einmal zu fragen: »Also, wie viele Frauen hatte dein Vater?«

Kamal lachte erneut. Als sie den Spott in seinem Lachen bemerkte, wurde Francesca wütend.

»Warum lachst du?«

»Weil ich es lustig finde, dich empört zu sehen. Ich muss zugeben, dass mein Vater offensichtlich vorhatte, das ganze Land mit seiner Nachkommenschaft zu bevölkern. Selbst mit einigen seiner Sklavinnen hatte er Kinder. Ein wahrer Mann, der alte Herr.«

»Mamma mia!«

»Und, was geht dir durch den Kopf? Dass ich viele Frauen haben werde, weil mein Vater sie hatte oder weil der Koran es erlaubt? Weißt du, in dieser Hinsicht sind wir nicht anders als jeder Mann im Westen. Ein Araber, der eine Frau findet, die er liebt und bei der er absolute Erfüllung findet, hat sicherlich nicht das Bedürfnis, sich eine zweite Frau zu nehmen. Hast du eine Ahnung, wie viele Europäer ich kenne, die jahrelang zwei Frauen nebeneinander haben, die Ehefrau und die Geliebte? Falls es nicht mehrere Geliebte gleichzeitig sind. Im Westen betreibt man eine versteckte und, so wage ich zu behaupten, gesellschaftlich akzeptierte Polygamie. Je mehr Frauen, desto männlicher. Aber die Männer im Westen machen schöne Worte und handeln nicht danach, sie machen Versprechungen und halten sich nicht daran. Oder schwören sie nicht vor dem Altar die Treue, bis dass der Tod sie scheide?«

Kamals Worte machten Francesca nachdenklich. Sie musste an die heimliche Liebe zwischen dem Herrn Esteban und Rosalía denken, und sie erinnerte sich daran, wie sie selbst in jener Nacht, als Aldo Martínez Olazábal an ihr Fenster geklopft hatte, beinahe im dunklen Garten seinem Drängen nachgegeben hätte. Diese Erinnerungen und Kamals entschiedene Antwort gaben ihr die innere Ruhe zurück, die sie an jenem Tag verloren hatte, als Sara die Koransure rezitiert hatte. Sie schob den Schaum weg und legte seine Hände auf ihren Bauch.

»Wir bekommen ein Baby«, sagte sie dann und drehte sich zu ihm um, um seine Reaktion zu sehen.

Die Farbe wich aus Kamals Wangen, und ihm, der sich sonst nie etwas anmerken ließ, standen für einen Moment die Verwirrung und die Überraschung ins Gesicht geschrieben.

»Was hast du? Freust du dich nicht, Vater zu werden?«

Kamal antwortete nicht, sondern betrachtete gebannt seine dunkle Hand auf Francescas schneeweißem Bauch.

»Allah sei gepriesen«, flüsterte er dann mit rauer Stimme. »Du trägst ein Kind von mir unter deinem Herzen. Ein Kind von mir …«, wiederholte er. »Warum hast du mir das nicht gleich gesagt, als du kamst? Ich hätte dich nicht angerührt. Und wenn wir ihm geschadet haben? Ich war sehr grob mit dir. Wir haben es auf dem Fußboden getrieben! Ich war völlig von Sinnen!«, warf er sich vor. Francesca fand seine Sorgen sehr amüsant. »Lach nicht, sei nicht so leichtsinnig. Gehen wir aus der Wanne. Wir werden zu Dr. al-Zaki fahren. Hast du Schmerzen? Wehen?«

»Kamal, ich bitte dich!«, sagte Francesca erstaunt. »Beruhige dich! Deinem Kind und mir geht es blendend. Und komm nicht auf die Idee, nicht mehr mit mir zu schlafen, nur weil ich schwanger bin. Es schadet dem Baby nicht. Abgesehen von morgendlichem Unwohlsein fühle ich mich bestens.«

»Morgendliches Unwohlsein?«

»Ja, das, was jede Schwangere während der ersten drei Schwangerschaftsmonate hat.«

»Egal, ich will, dass al-Zaki dich untersucht. Er ist für die Geburten in meiner Familie zuständig. Gehen wir.«

Sie stiegen aus der Wanne. Kamal wickelte sie in ein Badetuch und trug sie ins Schlafzimmer, als ob sie krank wäre. Dort legte er sie aufs Bett und kniete sich neben das Kopfende. Er schien die Fassung wiedergefunden zu haben und strich ihr lächelnd das Haar aus der Stirn, während er sie mit einer Zärtlichkeit ansah, die Francesca zutiefst berührte.

»Ich liebe dich so sehr«, flüsterte sie. »Ich hatte Angst, du könntest es nicht haben wollen.«

»Wie kommst du darauf? Unser Kind ist das größte Geschenk, das Allah mir machen konnte.« Er küsste ihren Bauch und schmiegte seine Wange dagegen. »Für mich seid ihr, du und das Baby, mein Leben.«

Sie sah Kamal zu, wie er sich anzog, ernst und schweigsam wie immer, in Gedanken bei irgendwelchen Dingen aus einer verborgenen Welt, zu der sie keinen Zugang hatte.

»In drei Tagen fliege ich nach Genf«, teilte er ihr mit. »Es ist nur ein kurzer Aufenthalt. In nicht einmal einer Woche bin ich wieder zurück und wir beginnen mit den Hochzeitsvorbereitungen. Jetzt, da ein Kind unterwegs ist, gibt es keinen Grund, noch länger zu warten.«

»Wieder eine Reise«, sagte Francesca traurig. »Wieder Alleinsein.«

»Die Tage werden wie im Flug vergehen.«

»Wie könnten sie, wenn ich nicht einmal in den Garten der Botschaft darf. Abenabó und Kader wollen mich auch nicht zum Einkaufen auf den Markt lassen. Ich verbringe den ganzen Tag in meinem Büro, in den Botschaftsräumen oder in der Küche.«

»Und so wird es auch bleiben«, bestimmte Kamal hart. »Abenabó und Kader handeln auf meine Weisung. Ich will nicht, dass du dich zeigst, erst recht nicht, wenn ich nicht in der Stadt bin.« Als er ihr trauriges Gesicht sah, wurde Kamals Stimme weicher. »Hör zu, Liebling, es ist nicht leicht für mich im Moment; es sind wichtige Fragen zu lösen, bevor ich ganz ruhig sein kann. Bitte versteh mich und füge dich. Wie sollte ich weiterleben, wenn dir oder unserem Baby etwas zustößt? Das würde ich mir nie verzeihen.«

»Was soll mir denn zustoßen?«

»Du sollst dir keine Sorgen machen. Du sollst ein ruhiges Leben führen, auf dich aufpassen und ordentlich essen, damit unser Kind stark und gesund wird wie sein Vater. Ich werde Jacques sagen, dass er dich jeden Tag besuchen soll; ich weiß, dass du dich gerne mit ihm unterhältst.« Nach einem strengen Blick sagte er: »Du siehst dünner aus. Isst du nicht genug?«

»Ich behalte fast nichts bei mir. Anfangs habe ich den Geruch von Milch nicht ertragen, jetzt geht es mir auch mit Fleisch so und mit Mauricios Aftershave. Du ahnst nicht, was ich alles anstelle, um ihn so wenig wie möglich zu sehen.«

»Du hast ihm nicht gesagt, dass du schwanger bist, oder?«

»Nein, ich dachte, du wolltest das übernehmen. Nur Sara weiß Bescheid.«

»Wie geht es Mauricio?«

»Er macht sich große Sorgen. Die Nachrichten aus Argentinien lassen darauf schließen, dass der Staatsstreich unmittelbar bevorsteht. Wird Mauricio den Botschafterposten aufgeben müssen, wenn die Militärs die Macht übernehmen?«

»Nicht, wenn ich es verhindern kann. Was die Schwangerschaft angeht, so braucht vorläufig niemand davon zu erfahren.«

Kamal ging zum Nachttisch, nahm ein wunderschönes Etui aus blauem Samt aus der Schublade und überreichte es ihr. Francesca öffnete es mit zitternden Händen und entdeckte eine vierreihige Perlenkette, die Kamal ihr um den Hals legte.

»Es sind Perlen aus Bahrain, die wertvollsten, die es gibt. Das Kostbarste auf der Welt für dich, Francesca.« Und er küsste sie auf den Hals.

Francesca blickte auf und lächelte ihn an, um eine böse Ahnung zu verscheuchen. Ihre Mutter hatte immer gesagt, Perlen bedeuteten Tränen.

16. Kapitel

Nachdem sie am Telefon mit ihrer Mutter gesprochen hatte, verbrachte Francesca den letzten Tag im April in Tränen aufgelöst. Antonina hatte ihr Wörter entgegengeschleudert, wie sie sie noch nie zuvor von ihrer Mutter gehört hatte. Alles in allem hatte sie ihrer Tochter strikt untersagt, einen Muslim zu heiraten. Am Ende hatte Antonina den Hörer einfach beiseitegelegt, und Fredo war an den Apparat gegangen.

»Deine Mutter ist sehr aufgebracht, Kleines, aber mit der Zeit wird sie sich an den Gedanken gewöhnen, du wirst sehen. Ich werde sie umstimmen.«

Francesca wusste, dass es nicht so sein würde: Antonina würde niemals einen Muslim als Schwiegersohn akzeptieren. Warum all diese Probleme? Was tat die Religion zur Sache, wenn sie sich aufrichtig und von Herzen liebten? Was ihr, Francesca, wichtig war, schien keinen zu interessieren, weder ihre noch Kamals Familie. Sie konnte nicht aufhören zu weinen, und in ihren Tränen verschwammen der Kummer über die Worte ihrer Mutter und die Sehnsucht nach Kamal. Er hatte ihr versprochen, in ein paar Tagen wieder da zu sein, und nun war er seit Wochen weg. Francesca fragte sich, ob es von nun an immer so sein und ihr Leben nur aus Warten bestehen würde.

Später am Tag rief Sofía an, die durch Fredo von Francescas Heiratsplänen erfahren hatte. »Ruf sie an«, hatte er gesagt, »es wird ihr guttun.« Nach so langer Zeit die Stimme ihrer Freundin zu hören, hellte Francescas Stimmung ein wenig auf. Sofía erwähnte Aldo mit keinem Wort, teils um sie zu schonen, teils, weil ihr die Vermählung ihrer Freundin mit einem saudischen Prinzen interessanter erschien als die traurige Existenz ihres Bruders.

Nach einem kurzen Aufenthalt in Genf, wo er Gespräche wegen der OPEC und des Ölgeschäfts geführt hatte, war Kamal nach Paris weitergereist, um wichtige Privatgeschäfte zu regeln. Ungeduldig sehnte er die Abende herbei, an denen er Francesca anrufen und sich nach dem Baby erkundigen konnte. Gesprächig wie selten zählte er auf, was er bereits alles gekauft hatte: eine komplette Erstausstattung, außerdem eine Wiege und einen Stubenwagen, so viele Spielsachen, dass er nicht mehr wisse, wohin damit, und darüber hinaus einen Kinderwagen, ein Goldkettchen mit Anhänger, wie es ihm schon sein eigener Vater zur Geburt geschenkt habe, und einen Laufstall für die Zeit, wenn es seine ersten Schritte machte. Francesca hörte ihm geduldig zu, um dann zu fragen: »Wann kommst du zurück?«, worauf Kamal jedes Mal antwortete: »Bald.« Aber an diesem Tag rief Kamal tatsächlich an, um ihr zu sagen, dass er am nächsten Tag zurück sein würde.

Abends gegen zehn setzte sie sich hin, um einen Brief von Marina zu beantworten und ihr von der bevorstehenden Hochzeit und der Schwangerschaft zu erzählen. Sara kam wie immer mit leisen Schritten ins Zimmer und legte ihr die Hand auf den Bauch.

»Wie fühlst du dich?«, fragte sie flüsternd, um die Stille nicht zu stören.

»Jetzt, wo Kamal zurückkehrt, besser. Aber ich bin so aufgeregt, dass ich die ganze Nacht kein Auge zutun werde.«

»Das ist gar nicht gut fürs Baby«, stellte die Algerierin fest. »Ich koche dir einen Kamillentee, das beruhigt.«

Sara ging in die Küche und traf dort auf Malik, der am Tisch saß. Sie warf ihm einen misstrauischen Blick zu und ging dann wortlos an ihm vorbei. Sie wusste, dass Malik als fanatischer Anhänger der wahhabitischen Lehre ein enthaltsames Leben führte: Er lehnte Luxus und Ausschweifungen ab, aß nur maßvoll, rauchte und trank nicht, wettete nicht, verabscheute Musik und Tanz, hielt sich streng an die täglichen fünf Gebete und den Fastenmonat Ramadan und pilgerte regelmäßig nach Mekka. Häufig saß er mit untergeschlagenen Beinen auf dem Fußboden in seinem Zimmer und meditierte. Er machte keinen Hehl daraus, dass er alles hasste, was aus dem Westen kam, insbesondere die Frauen, die er »Konkubinen des Teufels« nannte. Nach seiner Ansicht lockten diese die Männer mit ihren halbnackten Körpern, reizten mit ihren bemalten Gesichtern, betörten mit schweren Parfüms und stellten schamlos ihre Sinnlichkeit zur Schau.

»Guten Abend, Sara«, grüßte er sie ungewohnt freundlich, doch der Algerierin entging nicht, dass er nervös wirkte. »Was machst du da?«

Sara warf ihm erneut einen misstrauischen Blick zu, bevor sie antwortete. »Ich koche einen Tee für Francesca.«

Malik stand auf und lief ziellos in der Küche auf und ab. Nervös knetete er seine Hände und biss sich auf die Unterlippe. Als er hörte, wie sie den Tee in die Tasse goss, blieb er wie angewurzelt stehen.

»Kasem sucht dich«, sagte er plötzlich. »Los, Sara, geh schon, Kasem will dich sprechen«, drängte er sie zur Eile. Als die Frau die Küche verlassen hatte, zog er eine karamellfarbene Ampulle aus der Hosentasche. »Allah sei gepriesen für diese Gelegenheit«, stieß hervor. Den ganzen Tag hatte er bereits auf solch einen Moment gewartet. Er brach die Glasampulle auf, schüttete den Inhalt in den Kamillentee und rührte um. Dann sammelte er die Reste der Ampulle zusammen, steckte sie in die Tasche und sah sich noch einmal um, bevor er die Küche durch die Hintertür verließ.

Sara, die verblüfft festgestellt hatte, dass Kasem gar nichts von ihr wollte, blieb überrascht in der Küchentür stehen, als sie sah, dass Malik verschwunden war.

»Dieser Idiot«, murmelte sie und zuckerte den Tee, bevor sie ihn Francesca brachte. »Trink schön aus, meine Liebe, dann kannst du schlafen.«

Francesca beendete den Brief an Marina. Während sie darauf wartete, dass der Kamillentee abkühlte, zog sie sich aus und schlüpfte in Nachthemd und Morgenmantel. Dann setzte sie sich wieder an den Frisiertisch, wo sie einen Brief an ihre Mutter begann. »Wenn du wüsstest, wie glücklich ich bin«, schrieb sie in der ersten Zeile und trank einen Schluck Tee. Er schmeckte bitterer als sonst. Vielleicht hatte Sara ihn länger ziehen lassen, dachte sie und schrieb weiter.

Nach einer Weile verschwammen die Buchstaben, und Francesca merkte, dass sie die Augen nur mühsam offen halten konnte. Ihre Arme wurden schwer, ein Kribbeln lief durch ihre Beine bis in die Zehenspitzen, und ihr wurde klar, dass sie unmöglich würde aufstehen können. Sie versuchte gegen die Müdigkeit anzukämpfen, die sie überkam, aber ihre Muskeln waren schlaff, und ihr Kopf fühlte sich an wie Watte. Der Füllhalter glitt ihr aus der Hand und verspritzte dicke blaue Flecken, als er zu Boden fiel. Sie betrachtete den Saum des Morgenmantels, der mit Tinte bespritzt war, und beugte sich vor, um ihn zu reinigen. Doch ihr Kopf sank nach vorn, als führte er ein Eigenleben, und schließlich fiel Francesca zu Boden. Sie hatte das Gefühl, von einem endlosen Schlund verschluckt zu werden. Bevor sie das Bewusstsein verlor, empfand sie eine beklemmende Einsamkeit.

Minuten später schlüpfte Malik in Francescas Zimmer. Lautlos war er durch die dunkle Botschaft geschlichen. Er wusste genau, wie viele Schritte er machen musste und wo die Möbel standen. Seit Tagen hatte er sich den Weg durch den langen Korridor eingeprägt, der den Dienstbotentrakt mit den Zimmern verband.

Das Bett im Schlafzimmer war unberührt, die Nachttischlampe brannte. Leise ging er vorwärts, bis er Francesca bewusstlos auf dem Boden liegen sah. Er tippte sie mit dem Fuß an und stellte fest, dass sie tief und fest schlief und in den nächsten Stunden nicht aufwachen würde. Er schulterte sie und trat auf den Flur hinaus; falls er Stimmen oder Geräusche hörte, würde er sie einfach liegen lassen und verschwinden.

Mit seiner Beute, die schwer wie ein Sack war, ging Malik zum Hinterausgang, der in den Hof führte. Bevor er hinausschlüpfte, vergewisserte er sich, dass auch der Wächter schlief. Vorsichtig durchquerte er den Park; hier drohte zwar keine Gefahr, aber der Haupteingang wurde von Kader bewacht, al-Sauds Leibwächter. Ein paar Häuser weiter entdeckte er den Mercedes, der wie besprochen dort parkte. Der Kofferraum öffnete sich, und jemand im Wagen ließ das Fenster auf der Fahrerseite einen Spaltbreit herunter.

»Leg sie in den Kofferraum«, befahl eine tiefe Stimme, und Malik beeilte sich, den Auftrag auszuführen. »Jetzt geh zur Botschaft zurück und verhalte dich ganz normal.«

Malik wurde blass. Er hatte geglaubt, dass er auch an der eigentlichen Entführung beteiligt sein würde. Von boshafter Neugier getrieben, konnte er es kaum erwarten, mit eigenen Augen zu sehen, welches grausame Schicksal die »Hure aus dem Westen« erwartete, wie er Francesca seit ihrem Verhältnis mit dem saudischen Prinzen nannte. Er wusste genau, was für ein verdorbenes, teuflisches Wesen sich hinter ihrer zuckersüßen Fassade verbarg. Ihn hatten ihr unschuldiges, mädchenhaftes Betragen, ihre sanfte Stimme, ihre freundliche Art und ihre betörende Schönheit nie täuschen können.

Seit er sie kennengelernt hatte, konnte er Allahs Stimme hören, die ihn vor ihrer verborgenen Schlechtigkeit warnte und ihm auftrug, den Islam und sein Volk vor den Machenschaften dieser Ungläubigen zu retten, die in der klaren Absicht gekommen war, den Glauben zu beschmutzen und mit Füßen zu treten. Beinahe wäre ihr es auch gelungen, und das bei keinem Geringeren als dem Lieblingssohn von König Abdul Aziz. Es würde ihm, Malik, ein Vergnügen sein, sie leiden zu sehen. Aber er war nicht dumm und wusste, dass die Untersuchungen bald auf ihn als Verbindungsmann hindeuten würden, der sie ihren Entführern ausgeliefert hatte. Es konnte unmöglich länger in der Botschaft bleiben.

»Man hatte mir gesagt, ich würde mit euch kommen«, versuchte er zu argumentieren.

»Geh in die Botschaft zurück«, sagte die Stimme noch einmal, »und halt den Mund.«

»Aber …«

»Tu, was ich dir sage!«

Der Mercedes fuhr los, und Malik blickte ihm nach, bis er hinter der nächsten Straßenecke verschwunden war.

***

Mauricio Dubois saß neben Méchin im Fond seines Wagens. Er versuchte zu verstehen, wie es so weit hatte kommen können, welcher böse Plan hinter all dem steckte. Aber was auch immer die Gründe waren, die Lage war eindeutig: Francesca war entführt worden, daran gab es keinen Zweifel. Während sie nun zum Flughafen von Riad fuhren, um Kamal abzuholen, fragte er sich, wie er es ihm beibringen sollte. Denn trotz anfänglicher

Zweifel war er mittlerweile sicher, dass es seinem Freund mit Francesca wirklich ernst war. Er würde ihm die Schuld geben – schließlich hatte er vor seiner Abreise nach Genf zu ihm gesagt: »Pass gut auf sie auf, Mauricio.« Die Schuldgefühle, die Scham und die Ungewissheit machten ihn beinahe wahnsinnig.

»Erzähl mir noch einmal, wie es passiert ist«, verlangte Jacques Méchin.

»Da gibt es nicht viel zu erzählen«, sagte Mauricio. »Heute Morgen hat Sara, die Haushälterin, bemerkt, dass Francesca nicht da war. Wir vergewisserten uns, dass sie nicht mit Abenabó und Kader oder mit unserem zweiten Chauffeur Malik unterwegs war, aber keiner hatte sie gesehen oder wusste etwas von ihr. Sie ist wie vom Erdboden verschluckt.«

»Wäre es nicht möglich, dass Francesca aus freien Stücken weggegangen ist?«

»Unmöglich«, beteuerte Mauricio. »Das steht außer Frage. Francesca würde Saudi-Arabien auf gar keinen Fall verlassen, das kann ich dir versichern. Und wie gesagt, die Türen wurden nicht aufgebrochen.«

Kader, der am Steuer saß, teilte ihnen mit, dass der Privatjet Seiner Majestät soeben gelandet war. Méchin, Dubois und die beiden Leibwächter stiegen aus und gingen auf das Flugzeug zu, das langsam auf der Bahn ausrollte. Kamal wechselte am Ende der Gangway ein paar Worte mit dem Piloten und der Flugbegleiterin, dann sah er sich nach seinem Jaguar um. Er war überrascht, Méchin und Dubois zu sehen, die in Begleitung von Abenabó und Kader auf ihn zueilten. Die Überraschung wich einer bösen Vorahnung, die ihm die Kehle zuschnürte. Mit zwei Schritten war er bei ihnen und fragte hastig: »Wo ist Francesca?«

Jacques war der Einzige, der einen Ton herausbekam. »Wir glauben, dass sie gestern Nacht entführt wurde.«

Mit der Schnelligkeit einer Raubkatze stürzte sich Kamal auf

Abenabó und Kader, packte sie beim Kragen und begann sie wüst zu beschimpfen. Es gelang Jacques und Mauricio, den Prinzen festzuhalten und in den Wagen zu schieben. Mauricio sprang hinters Steuer, fuhr mit quietschenden Reifen los und ließ die beiden erschütterten Leibwächter auf der Landebahn stehen.

17. Kapitel

Der ekelerregende Gestank von ranzigem Öl und verbranntem Gummi stieg ihr in die Nase und verschlimmerte ihre Übelkeit. Ihre Hände fühlten sich taub an, und ihre Handgelenke schmerzten. Sie hatte die Knie zur Brust angezogen, und ihre Beine waren ganz steif und starr. Als sie versuchte, sie zu bewegen, schoss ihr ein stechender Schmerz bis in die Zehenspitzen. Es war stockdunkel, so dass sie nicht sehen konnte, wo sie sich befand. Im Bett lag sie ganz offensichtlich nicht; vielleicht war sie auf den Boden gestürzt. Der Füllfederhalter, die Tintenflecken, der besudelte Morgenmantel … Erinnerungsfetzen schwirrten ihr durch den Kopf. Sie versuchte aufzustehen, aber es gelang ihr nicht einmal, Arme oder Beine zu bewegen. Stattdessen überrollte sie erneut der Schmerz. Sie wurde gleichmäßig durchgeschüttelt; manchmal hörten die Erschütterungen für Momente auf, um dann ruckartig wieder einzusetzen.

Francesca befand sich, an Händen und Füßen gefesselt und mit verbundenen Augen, hinten in einem alten, schmutzigen Jeep, der auf dem Weg zu dem Ort war, wo ihre Entführer sie gefangen zu halten gedachten. Sie spürte nur ihre ausgedörrte Kehle, das Pochen in Knöcheln und Handgelenken und die sengende Hitze. Schweiß rann ihr über Brust und Bauch, doch sie nahm es gar nicht wahr. In einem Gespinst aus Bildern gefangen, glaubte Francesca, immer noch in der Botschaft zu sein. Sie hatte schrecklichen Durst und versuchte das Wasserglas zu erreichen, das Sara ihr jeden Abend auf den Nachttisch stellte. Ihre Mutter und der gestrige Streit am Telefon fielen ihr wieder ein.

»Mama …«, wimmerte sie, und ein Zittern durchlief sie, weil ihr der Hals so wehtat vor Anstrengung.

»Sie kommt zu sich«, sagte eine Stimme auf Arabisch.

»Gib ihr noch eine Spritze«, befahl eine zweite Stimme, die schneidender klang.

»Sie ist noch völlig benommen. Sie könnte keiner Fliege was zuleide tun.«

»Tu, was ich dir sage.«

Der Mann, der neben dem Fahrer saß, holte eine Spritze aus einem Blechkästchen, nahm die silberne Kappe ab und gab Francesca eine Injektion in den Unterarm. Kurz darauf versank sie wieder in einer unwirklichen Welt aus wirren Träumen.

***

Auf der Fahrt zur Botschaft schilderten Jacques und Mauricio Kamal die gesamte Lage, die befürchten ließ, dass Francesca entführt worden war.

»Heute Morgen«, erzählte der Botschafter, »bemerkte die Haushälterin Sara, dass Francesca nicht da war, und ging in ihr Zimmer. Sie fand das Bett unbenutzt vor, und das Licht auf dem Frisiertisch brannte. Das kam ihr merkwürdig vor, und sie begann, im ganzen Haus nach ihr zu suchen. Niemand hatte Francesca weggehen sehen. Kasem, einer der Fahrer, versicherte, er sei sehr früh aufgestanden, und da hätte sich Francesca weder in der Küche noch im Dienstbotentrakt befunden.«

»Und dieser Malik?«, fragte Kamal dazwischen. »Was ist mit dem?«

»Damit kommen wir der Sache vermutlich schon näher«, stellte Jacques fest, »denn auch Malik ist verschwunden, und niemand hat ihn die Botschaft verlassen sehen. Das Auto, das ihm zugewiesen ist, steht wie immer in der Garage.«

»Außerdem ist das, was Sara erzählte, mehr als verdächtig«, ergänzte Dubois. »Gestern habe Francesca die ganze Zeit geweint, nachdem sie am Telefon einen Streit mit ihrer Mutter hatte. Als sie dann von deiner Rückkehr erfuhr, war sie so aufgeregt, dass sie nicht schlafen konnte. Sara wollte ihr einen Kamillentee machen, damit sie zur Ruhe kommt. In der Küche traf sie auf Malik, der, wie sie sagt, ungewöhnlich nervös gewirkt habe. Während Sara den Tee aufgoss, behauptete Malik, man habe nach ihr gerufen. Sie verließ für ein paar Minuten die Küche, obwohl gar niemand etwas von ihr gewollt hatte. Als sie zurückkam, war Malik nicht mehr da. Sie dachte sich nichts weiter dabei, nahm den Tee und brachte ihn Francesca aufs Zimmer. Das war das letzte Mal, dass sie sie gesehen hat. Dein Onkel Abdullah hat den Rest des Kamillentees zur Untersuchung weggegeben, weil wir vermuten, dass Malik Beruhigungstropfen hineingeschüttet hat, um Francesca aus der Botschaft zu schaffen. Wir glauben, dass er sie durch den Hinterausgang weggebracht hat. Der Wächter hat zugegeben, dass er fast die ganze Nacht geschlafen hat, was ungewöhnlich für ihn ist, denn er ist einer unserer besten Männer. Wir sind fast sicher, dass er ebenfalls betäubt wurde, denn er hatte einen Kaffee getrunken, den Malik ihm unter dem Vorwand, sich ein wenig unterhalten und ihm Gesellschaft leisten zu wollen, zu seinem Wachhäuschen gebracht hatte.«

»Dann gibt es keinen Zweifel: Malik hat sie verschleppt«, schloss Kamal. »Mauricio, bring mich sofort zum Büro meines Onkels Abdullah.«

»Wir fahren zur Botschaft«, intervenierte Jacques. »Dort warten dein Assistent Ahmed Yamani und dein Onkel Abdullah auf uns. Er hat sich der Sache bereits angenommen und lässt diverse Untersuchungen anstellen.«

In der Botschaft trafen sie Abdullah al-Saud, den Chef des saudischen Geheimdienstes, der gerade zwei Männern, die sich mit Kabeln und Apparaturen in Mauricio Dubois' Büro breitmachten, Anweisungen erteilte. Ahmed Yamani war zum wiederholten Male dabei, Sara zu befragen, der trotz der Verschleierung ihre Verzweiflung und ihre Angst anzumerken waren.

»Er war's«, beteuerte die Algerierin. »Malik war's. Er ist ein Sonderling und hat Francesca nie leiden können. Er war es. Er hat sie entführt.«

»Ist gut, Sara, Sie können jetzt gehen.«

Die Algerierin wollte noch etwas sagen, ließ es dann aber und ging. Kamal, der noch in der Tür stand, blickte ihr hinterher, bis sie am Ende des Flurs verschwunden war. Dann betrat er das Büro, wo sein Onkel gerade Anweisungen gab, um das Abhörgerät ans Telefon anzuschließen. Yamani grübelte vor sich hin und strich sich mit der Hand übers Kinn, während Jacques sich mit dem blassen, aufgelösten Botschafter unterhielt. Kamal fragte sich, wo er anfangen sollte. Oder blieb ihm nichts anderes übrig, als verzweifelt darauf zu warten, dass die Entführer sich meldeten?

»Schick deine Männer weg, Onkel«, befahl Kamal auf Französisch. Abdullah wies die Techniker an, das Büro zu verlassen. Kamal schloss die Tür hinter den Spezialisten und blieb dann mitten im Raum stehen. Die Übrigen sahen ihn schweigend an, und obwohl sie darauf warteten, dass er sprach, zuckten sie zusammen, als er es endlich tat und seine donnernde Stimme den Raum erfüllte.

»Weiß Saud schon Bescheid?«, fragte Kamal.

»Noch nicht«, lautete Abdullahs Antwort. »Dein Bruder ist nicht in Riad; er ist gestern nach Griechenland geflogen, um ein paar Tage in seiner Villa in der Ägäis zu verbringen.«

»Gut«, sagte Kamal mit leiser, schneidender Stimme. »Und Minister Tariki?«

»Ist vor zwei Tagen nach Genf abgereist, wegen der OPEC.«

»Sehr gut«, stellte er klar. »Niemand darf von der Sache erfahren, bis ich es sage. Und du, Mauricio, hast du die argentinischen Behörden informiert?«

»Nein, noch nicht.«

»Perfekt. Dann tu es vorläufig auch nicht.«

»Das kann ich nicht, Kamal«, widersprach Dubois. »Ich muss es melden«, setzte er zaghaft hinzu. »Die Entführung eines Botschaftsangehörigen ist eine sehr ernste Sache. Der Außenminister muss in Kenntnis gesetzt werden. Was, wenn Francesca …? Es ist verdammt ernst!«, brach es aus ihm heraus, und alle glaubten, er würde die Fassung verlieren.

Kamal trat zu seinem Freund und legte ihm die Hand auf die Schulter.

»Ich werde sie finden, Mauricio, das verspreche ich dir. Niemand wird mir Francesca wegnehmen, das kannst du mir glauben. Weder sie noch das Kind, das sie unter dem Herzen trägt.«

»Ein Kind?«, fragte Jacques ungläubig.

»Francesca ist schwanger. Und ich werde sie wiederbekommen, so wahr Allah mein Gott ist. Aber ich brauche Zeit, Mauricio. Ich bitte dich um zweiundsiebzig Stunden. Mach deinem Ministerium noch keine Meldung. Ich schwöre dir, dass ich sie finden werde. Wenn wir ihr Verschwinden öffentlich machen, bringen sie sie vielleicht um. Wir müssen vorsichtig und vor allem mit äußerster Diskretion vorgehen.«

Es wurde still, während alle auf die Antwort des Botschafters warteten. Der nickte schließlich, um dann auf dem Sofa in sich zusammenzusinken und die Hände vors Gesicht zu schlagen. Ahmed Yamani reichte ihm eine Tasse Kaffee und setzte sich zu ihm. Jacques hingegen trat ans Fenster und sah nachdenklich in den Park der Botschaft hinunter, überzeugt, dass Mauricios Entscheidung falsch war. Kamal, der weder von dem Zusammenbruch seines Freundes noch von Méchins stillen Bedenken etwas mitbekam, ging zum Schreibtisch und griff nach einer Fotografie von Malik.

»Onkel«, sagte er dann, »ich will wissen, was dieser Mann vorher gemacht hat.«

»Bevor du gekommen bist, habe ich einen Kontaktmann bei der CIA angerufen, weil ich den einen oder anderen Verdacht bestätigt haben wollte. Er hat versprochen, bald zurückzurufen. Fürs Erste kann ich dir sagen, dass Malik bin Kalem Mubarak unseren Akten zufolge nicht gerade ein Engel ist: Er ist ein fanatischer Extremist und hatte in den vergangenen zehn Jahren Kontakt zum terroristischen Arm des Dschihad. Ich habe Haftbefehl gegen ihn erlassen. Außerdem habe ich die Flughäfen und den Hafen von Dschidda sperren lassen. Auf den Straßen und an den Grenzen kontrollieren meine Beamten jedes einzelne Fahrzeug.«

»Glaubst du, sie haben sie bereits außer Landes gebracht?«, fragte Jacques.

»Ich weiß es nicht. Genug Zeit hätten sie gehabt, wenn sie, wie wir annehmen, zwischen elf Uhr abends und ein Uhr nachts entführt wurde. Außerdem gibt es im Norden, an der Grenze zum Irak und zu Jordanien, große Wüstengebiete, die niemand kontrolliert. Dort könnten sie ungesehen aus Saudi-Arabien verschwinden, ohne eine Spur zu hinterlassen.«

»Das ist unmöglich«, wandte Ahmed Yamani ein. »Nicht einmal die Beduinen wagen sich in diese Region. Sie ist fast so unwirtlich wie die Rub al-Chali, die für Menschen praktisch unbetretbar ist. Sie würden dabei umkommen.«

»Das stimmt«, räumte Abdullah ein. »Aber es gibt Menschen, denen es gelungen ist.«

***

Der Jeep erreichte den Norden des saudischen Königreichs gegen Mittag, als die sengende Sonne und der glühend heiße Wind zusammen mit dem Sand das Atmen nahezu unmöglich machten. El-Haddar und Abdel, die ergebenen Leibwächter König Sauds, verhüllten sich sorgfältig und stiegen dann aus dem Wagen.

»Es hieß, man würde uns um zwölf Uhr abholen«, schimpfte Abdel, dem der Auftrag von Anfang an nicht behagt hatte.

»Es ist noch nicht zwölf«, hielt el-Haddar dagegen. »Los, steigen wir wieder ein, bei diesem Sturm ist es hier draußen nicht auszuhalten.«

»Und wenn sie nicht kommen?« Abdel war beunruhigt. »Wir werden umkommen wie gegrillte Ratten. Wir haben nicht genug Benzin, um eine Siedlung zu erreichen.«

»Hör schon auf mit deinen Unkereien!«, fuhr el-Haddar ihn an. »Sie müssen kommen. Wir haben die Ware, die sie interessiert.«

»Falsch«, behauptete Abdel. »Das Mädchen interessiert sie nicht mehr. Alles, was sie wollten, war, dass sie verschwindet, um Lösegeld fordern zu können. Wenn sie sie sowieso töten wollen, was könnte es da Besseres geben, als sie loszuwerden, ohne sich die Mühe machen zu müssen, selbst Hand anzulegen?«

El-Haddar musste zugeben, dass an der Theorie seines Kameraden etwas dran war, aber er hütete sich, das laut zu sagen, sondern brummte nur unwirsch vor sich hin. Der vorsichtigere und nachdenklichere Abdel war manchmal eine Plage mit seinen ständigen Bedenken und Einwänden, aber el-Haddar achtete ihn als Mensch und mochte ihn als Freund. Sie kannten sich seit ihrer Jugend, als sie gemeinsam in die Armee König Abdul Aziz' eingetreten waren. Später brachten sie ihr Mut und ihre Loyalität in eine privilegierte Position, und sie wurden zu Vertrauten des Herrschers von Saudi-Arabien. Vor seinem Tod hatte Abdul

Aziz sie nach Taif rufen lassen, um ihnen den Schwur abzunehmen, seinem Sohn ebenso treu zu dienen, wie sie ihm gedient hatten.

»Saud hat nicht die Voraussetzungen, um ein guter König zu werden«, hatte er ihnen auf dem Totenbett gesagt. »Ihr habt von mir gelernt, wie ein König handeln muss. Ihr sollt meinem Sohn die wichtigsten Ratgeber sein und ihn nach meinen Regeln und Gesetzen lenken. Seid ihm treue Diener und unterstützt ihn darin, sich auf dem Thron zu halten und die Größe und den Ruhm Saudi-Arabiens zu wahren. Allah der Allmächtige sei gelobt und gepriesen!«, rief er, bevor er sie gehen ließ.

Sie hatten das Versprechen gehalten, das sie vor fast zehn Jahren gegeben hatten, obwohl es keine einfache Aufgabe gewesen war. Saud war ein launischer, leicht reizbarer König mit mehr Lastern als Tugenden, der nur auf seinen eigenen Lebensstandard bedacht war und keine Ahnung von den Bedürfnissen des Volkes hatte. Die Folgen seiner Herrschaft waren offensichtlich: Das Land litt unter einer Vielzahl von Problemen, insbesondere wirtschaftlicher Natur, die die Grundlage aller anderen Probleme waren. Genau wie die Familie wussten auch Abdel und el-Haddar, dass Abdul Aziz lieber Kamal auf dem Thron gesehen hätte. Doch die Jugend seines Lieblingssohnes und der Respekt vor der *Sharia*, nach der die Thronfolge dem Erstgeborenen zustand, hatten Abdul Aziz dazu bewegt, Saud zu seinem Nachfolger zu ernennen.

Abdel und el-Haddar schätzten und achteten Kamal al-Saud ebenso wie seinen Vater. Der Prinz hatte von klein auf ein gütiges Wesen und einen eisernen Willen an den Tag gelegt und nie seine Wurzeln oder sein Volk vergessen, obwohl er wegen seiner Erziehung in Europa viele Jahre im Ausland gelebt hatte. Er war ein allseits beliebter und geachteter Mann, von dem alle bestätigten, dass in Wahrheit er es war, der die Vorzüge und Qualitäten seines Vaters geerbt habe. Er besaß dessen Beharrlichkeit und Intelligenz, das gleiche ernste, zurückhaltende Auftreten, das feine Lächeln, die leise Stimme und die stolze und doch uneitle Art. Die ganze Familie bewunderte ihn, einzig sein Bruder Saud hegte eine tiefe Abneigung gegen ihn, die nur durch Neid und Eifersucht zu erklären war. Aber Kamal hatte einen Fehler gemacht, als er sich mit einer Frau aus dem Westen verlobt hatte; schlimmer noch, er hatte sich große Probleme eingehandelt, indem er sie geschwängert hatte. Ob sie wirklich ein Kind erwartete? Sie war so dünn, dass man es kaum glauben konnte. Ob Malik sich in diesem Punkt geirrt hatte? Aber er war sich seiner Sache so sicher gewesen, als er ihnen davon erzählt hatte. Jedenfalls mussten sie Prinz Kamal vor dem teuflischen Einfluss dieser Frau retten und den guten Namen der Familie wahren.

Abdel sah zu Francesca herüber und fand, dass sie so gar nicht wie die mannstolle, sündige Frau wirkte, als die man sie ihnen geschildert hatte. Ganz im Gegenteil – er bestaunte ihre engelsgleiche, sanfte Schönheit und besonders ihre weiße, zarte Haut. Er konnte nicht widerstehen und berührte ihre Wange.

»Sie glüht vor Fieber«, sagte er erschrocken.

»Na und?«, entgegnete el-Haddar, ohne den Blick vom Horizont zu wenden. »Hör mal!«, rief er dann, und kurz darauf entdeckten sie ein Flugzeug. »Das sind sie.«

Minuten später landete das Flugzeug. Zwei Männer stiegen aus und brachten mit knappen Worten und ungerührten Mienen die Übergabe hinter sich. Einer von ihnen packte Francesca und trug sie zum Flugzeug, der andere gab el-Haddar einen Kanister Benzin, den dieser mit Hilfe eines Trichters in den Tank füllte. Das Flugzeug setzte die Propeller in Gang, während el-Haddar den Jeep startete und sich auf den Rückweg machte.

Auf den ersten Kilometern war Abdel schweigsam und in sich

gekehrt. Er dachte an das Mädchen und daran, wie sie leblos über der Schulter dieses Hünen gehangen hatte. Mitleid regte sich in ihm. Sie war so schön, wie eine Paradiesjungfrau, dachte er hingerissen, und er verstand, was Prinz Kamal so bezaubert hatte. Ihr weißes Gesicht und ihr schwarzes, volles Haar gingen ihm nicht aus dem Sinn. Was mache ich hier?, fragte er sich bitter, in diesem Jeep, mitten in der Wüste? In Sekundenbruchteilen wirbelte ihm ein Sturm von Gedanken durch den Kopf: das Versprechen, das er dem großen Abdul Aziz gegeben hatte, die Treue, die er König Saud schuldete, die Zukunft seines geliebten Saudi-Arabiens, die Bewunderung und die Hochachtung, die er für Prinz Kamal empfand, und das engelsgleiche Gesicht des Mädchens, das angeblich sein Verderben war.

***

Kamal biss die Zähne zusammen, um das Zittern zu unterdrücken, das seinen Körper durchlief. Es war eine schreckliche Vorstellung, Francesca in den Händen skrupelloser Verbrecher zu wissen. Er ertrug den Gedanken nicht, dass jemand sie anfasste oder ihr gar etwas antat. »Francesca …«, murmelte er. Ihre imaginären Schreie entlockten ihm Tränen der Wut und der Ohnmacht, ihm war schwindlig, sein Atem ging schwer, und er musste sich gegen die Wand lehnen.

»Nur Mut«, ermunterte ihn Jacques Méchin und klopfte ihm auf die Schulter. »Du wirst sehen, wir holen sie heil da raus, sie und dein Kind.«

Kamal versank in Jacques' väterlichen Blick. Ihm wäre es lieber gewesen, wenn er in den grauen Augen des Franzosen den Vorwurf entdeckt hätte, den er verdient hatte – denn wer, wenn nicht er, trug die Schuld an diesem Unglück? Er ließ seinen Blick über die Gesichter der Männer schweifen, die ihn umgaben: Da war sein Onkel Abdullah, der ohne große Ergebnisse herumtelefonierte, sein Jugendfreund Mauricio Dubois, der immer noch kraftlos auf dem Sofa saß, sein treuer Assistent Ahmed Yamani, der Kasem befragte, und zuletzt sein Mentor, Lehrer und Freund seines Vaters Jacques Méchin. Ihm schossen alle Worte durch den Kopf, die sie angeführt hatten, um ihn von seiner Beziehung zu Francesca de Gecco abzubringen.

Als das Telefon klingelte, stürzte Kamal zum Apparat. Es war Dr. al-Zaki, der Leibarzt der Familie, dem sie die Reste des Kamillentees und des Kaffees geschickt hatten, damit er im Labor seiner Klinik untersuchte, ob sich Rückstände eines Schlafmittels darin fanden.

»Sagen Sie schon, was hat die Analyse ergeben?«, fragte Kamal, und Dr. al-Zaki erklärte: »Wir haben sowohl im Kamillentee als auch im Kaffee ein starkes Schlafmittel gefunden. Es handelt sich um ein Medikament, das in Saudi-Arabien nicht benutzt wird. Möglicherweise ist es in Europa erhältlich, obwohl es dort wegen seiner stark betäubenden Wirkung und der Nebenwirkungen streng verschreibungspflichtig ist.«

»Könnte man es einer Schwangeren geben?«

»Auf gar keinen Fall.«

Kamal legte den Hörer auf und blieb sekundenlang mit abwesendem Blick stehen.

»Al-Zaki hat in Francescas Tee und in dem Kaffee, den der Wächter getrunken hat, Schlafmittel gefunden«, sagte er dann. »Ein Schlafmittel, das in Saudi-Arabien nicht erhältlich ist.«

Für Abdullah war der Nachweis dieses Betäubungsmittels die Bestätigung dessen, was er erwartet hatte: Francesca war entführt worden. Obwohl er von Anfang an zu dieser Möglichkeit tendiert hatte, war bislang keinesfalls auszuschließen gewesen, dass es sich vielleicht doch um eine freiwillige Flucht gehandelt haben könnte. Dass das Mädchen die Beziehung zu Kamal bereut haben und weggelaufen sein könnte. Doch das war jetzt widerlegt.

Kasem klopfte an die Tür und übergab Abdullah ein Telegramm, das dieser kurz überflog, bevor er sagte: »Das ist die Information von meinem Kontaktmann bei der CIA, auf die ich gewartet habe. Er bestätigt einige Daten, die uns bereits vorliegen: Kateb bin Salmun alias Malik bin Kalem Mubarak, geboren im März 1919 in Yanbu' Al Bahr, Sohn eines Töpfers, fanatischer Anhänger des wahhabitischen Glaubens, war aktives Mitglied einer islamistischen Terrorgruppe unter dem Kommando des Extremisten Abu Bakr, dessen richtiger Name noch nicht verifiziert werden konnte. Nach der Zerschlagung der Gruppe sind die meisten ihrer Mitglieder untergetaucht.«

»Und ein Mann mit einer solchen Vorgeschichte arbeitet in meiner Botschaft!«, empörte sich Mauricio.

»Wie ist er auf die Personalliste gekommen?«, wollte Yamani wissen.

»Ich habe ein Empfehlungsschreiben von König Sauds Privatsekretär erhalten.«

Mauricio sah zu Kamal hinüber, doch der war in das Telegramm vertieft und bekam offensichtlich nicht mit, was gesprochen wurde. Den Übrigen allerdings war die Überraschung über die Enthüllung anzusehen. Er fragte sich, ob sie König Saud selbst im Verdacht hatten. Gewiss, die Beziehung zwischen ihm und Kamal war nicht eben harmonisch und freundschaftlich, aber anzunehmen, dass Saud seinen Ruf aufs Spiel setzen könnte, um der Geliebten seines Bruders zu schaden, erschien ihm höchst unwahrscheinlich.

»Wer ist dieser Abu Bakr, der den Namen des Schwiegervaters des Propheten für sich beansprucht?«, fragte Yamani, der zu jung war, um ihn zu kennen.

Abdullah ergriff das Wort und nannte die wichtigsten Daten

über die gefürchtete Extremistengruppe Dschihad unter dem Kommando von Abu Bakr, der behauptete, unmittelbar von Mohammed abzustammen.

»Dass Abu Bakr der von den internationalen Geheimdiensten meistgesuchte Mann ist, ist bekannt«, erklärte er. »Soweit wir wissen, ist er ein hochintelligenter, kaltschnäuziger Fanatiker. Ende der fünfziger Jahre glaubte man, Abu Bakr sei tot, doch einige Monate später spürte ihn der MI5 in einem Vorort von Kairo auf, wo er mit einer Gruppe von Männern in einem alten Haus lebte. Als das Gebäude gestürmt wurde, fand man nur noch ein riesiges Waffenlager vor. Wahrscheinlich waren sie im letzten Augenblick vor dem Zugriff der ägyptischen Polizei und des britischen Geheimdienstes gewarnt worden, sonst hätten sie beim Verlassen des Verstecks diese Unmenge an Waffen und Munition im Wert von mehreren Millionen Dollar mitgenommen.«

»Er ist völlig verrückt«, ergänzte Jacques Méchin. »Er behauptet, der Erzengel Gabriel sage ihm, was er tun müsse, um den Islam in der Welt zu schützen. Sein Ziel ist die Vernichtung des Westens, insbesondere der Juden.«

»Und ihr glaubt, dass dieser Kerl Francesca in seiner Gewalt hat?«, fragte Dubois.

»Das möge Allah in seiner unendlichen Güte verhindern, Mauricio«, hoffte Abdullah. »Dieser Kerl ist ein Scheusal. Ihm werden mehrere Attentate zugeschrieben, und bei Entführungen sind die Opfer nie lebend zurückgekehrt, selbst wenn Lösegeld bezahlt wurde.«

***

Nachdem das Flugzeug drei Stunden nur über Sanddünen und Felsen hinweggeflogen war, landete es in einer menschenleeren Einöde. Der Mann neben dem Piloten, ein kräftiger Glatzkopf mit verschlagenem Blick und finsterer Miene, packte Francesca, wuchtete sie sich über die Schulter und verließ die Kabine. Ihm folgte ein weiterer Mann, der weniger bedrohlich wirkte, solange man nicht in seine Augen sah. Doch wenn man es tat, entdeckte man darin alle Bosheit, zu der er imstande war.

Der Pilot startete das Flugzeug wieder und hob kurz darauf ab. Die beiden Terroristen begannen mit Francesca auf den Schultern durch das endlose Sandmeer zu stapfen. Hinter einer hohen, mit Gestrüpp bewachsenen Düne, die sie mühsam erklommen, erstreckten sich mehrere eindrucksvolle Felsformationen von bemerkenswerter Schönheit, die die Eintönigkeit der Wüste durchbrachen. Die Farbe der Kalksteinschichten variierte von Blassgelb bis hin zu Tiefrot. Einem Flusslauf folgend, gingen sie auf die Ausläufer der Felsen zu. Dann begannen sie, das scharfkantige Gestein hinaufzuklettern, das ihnen in die Füße einschnitt, die nur von Ledersandalen geschützt waren. Der Mann, der Francesca trug, bewegte sich trotz seiner massigen Statur und der zusätzlichen Last leichtfüßig wie eine Ziege und erreichte bald einen versteckten Durchgang im Gestein. Der andere folgte ihm rasch.

Es war dunkel, und durch den Fluss, der sich in dem Fels einen Weg auf die andere Seite bahnte, war die Luft kühl und feucht. Nachdem sie einige Meter nahezu blind tastend zurückgelegt hatten, wichen die schroffen Felswände nach oben zurück, der Boden wurde weich und sandig, und ein schwacher Lichtschein wies auf einen Ausgang hin. Schließlich tauchte hinter einer jähen Wegbiegung ein schmaler Spalt im Gestein auf und gab den ersten Blick auf etwas Erstaunliches, Unglaubliches frei: Die in den Felshang gehauene Fassade eines wundervollen Tempels, der die Jahrhunderte erstaunlich gut überdauert hatte. Man staunte angesichts der glattpolierten Säulenschäfte, der Kapitelle mit den Akanthusblättern und der Relieffiguren in den Giebelfeldern. Es handelte sich um das legendäre Petra, die geheimnisvolle Felsenstadt, die sich in einem Gebirgszug im Südwesten Jordaniens verbarg. Es war ein Juwel aus Kalkstein, erbaut inmitten der trostlosen Einsamkeit der Sandwüste, dessen herrliche Tempel und mit Schätzen überladene Paläste mit denen keines anderen Landes vergleichbar waren. Der alte arabische Stamm der Nabatäer, in der Antike als Lieblingsvolk Allahs bekannt, hatte Jahrhunderte vor der Geburt des Propheten Mohammed mit unvergleichlichem Können reich verzierte Fassaden mit Säulen, Giebelfeldern und Skulpturen entworfen und in Stein gehauen.

Als sie schließlich aus dem Tunnel traten, präsentierte sich ihnen auch die restliche Stadt.

»Soweit ich weiß«, sagte der Kleinere der beiden, »ist dieser Ort so alt wie die Welt selbst. Was ist das?« Er deutete auf das größte Bauwerk.

»Das sogenannte *Khazneh*«, antwortete der Kräftige. »Ein ehemaliger Tempel der Nabatäer, in dem sie ihre Schätze aufbewahrten, so nimmt man jedenfalls an. Links davon ist das Römische Theater.«

»Und diese Nischen in den Wänden?«, fragte der Kleinere angesichts der Hunderte von Löchern, mit denen die umliegenden Felswände durchzogen waren.

»Das sind Gräber. Petra war auch eine bedeutende Begräbnisstätte«, sagte er und ging auf das *Khazneh* zu. »Komm schon!«, befahl er vom Eingang des Tempels aus.

Im Gegensatz zu der überladenen Fassade war das Innere des *Khazneh* schmucklos, beeindruckte aber nicht minder durch die Genauigkeit, mit der man den Fels ausgehöhlt hatte, um einen riesigen quadratischen Raum von über fünfzig Metern Höhe zu schaffen. An einer Bruchkante legte der Größere die Hand in eine Aushöhlung und setzte einen Mechanismus in Gang. Ein schmaler, niedriger Stein schwang nach rechts zur Seite und gab den Blick auf einen Gang frei, dem sie nun folgten.

Fackeln steckten in Felsspalten und tauchten den Gang in ein rötlich flackerndes Licht, das der Szenerie mit seinem Spiel von Licht und Schatten etwas Gespenstisches verlieh. Der Weg gabelte sich immer wieder, und der Kräftige schlug ohne zu zögern die Richtung ein. Der bislang sandige Boden wurde immer steiniger, bis der Gang einige Meter weiter vor einer schwindelerregend schmalen Treppe endete, die in den Fels gehauen war. Beide Männer nahmen eine Fackel von der Wand und beleuchteten den Weg über die unregelmäßigen Stufen nach unten. Der Kräftigere ließ rasch die letzten Stufen hinter sich und stieß eine Holztür auf, durch die Licht drang. Sie zogen die Köpfe ein, um nicht gegen den niedrigen Türsturz zu stoßen, und betraten ein Gewölbe, von dem vier Gänge abzweigten, die genauso dunkel und unergründlich waren wie der, durch den sie gekommen waren.

»Hier entlang«, sagte der Größere, und sie verschwanden in einem der Gänge, wo sie bald auf andere Männer stießen, die sofort ihre Maschinengewehre und Messer zückten. Hier unten herrschte ebenso viel Leben und Betriebsamkeit wie draußen Einsamkeit und Stille.

An diesem Punkt hätte jeder andere die Orientierung verloren. Dieses Labyrinth, das sich durch den Fels bis ins Herz des Gebirges zog, war ein unauffindbares Versteck für den von den Regierungen des Westens meistgesuchten Mann.

»Tritt ein«, sagte der größere der beiden Männer und zeigte auf eine der Türen, die von dem Gang abgingen. »Der Anführer erwartet dich. Ich bringe die Frau in eine Zelle.«

Die Wände des Raumes waren mit farblich abgestimmten Stoffen ausgekleidet, und auf dem Boden lagen Kaschmirteppiche. Inmitten von Kissen, das Mundstück einer Wasserpfeife zwischen den Lippen, ruhte Abu Bakr, ein harmlos aussehender

Mann mit einem langen, wirren Bart. Eine Brille, die seine Augen kleiner wirken ließ, unterstrich den harmlosen Eindruck.

»Herr«, sagte der Neuankömmling und verbeugte sich ehrfürchtig.

Sie hatten sich seit Monaten nicht gesehen. Nach dem Hinterhalt in Kairo hatten sie beschlossen, sich zu trennen, um die Suche nach ihnen zu erschweren.

»Du kommst spät, Bandar. Wo ist Yaman?«

»Er bringt die Frau in eine Zelle.«

Abu Bakr lächelte zufrieden und zog erneut an der Wasserpfeife. Der berühmteste Abu Bakr in der Geschichte des Islam war Mohammeds Schwiegervater und enger Freund gewesen, der beim Tod des Propheten im Jahre 632 der erste Kalif Arabiens wurde und den Auftrag erhielt, Mohammeds Werk fortzuführen. Deshalb hatte dieser geheimnisvolle Mann, der dort auf kostbaren Kissen ruhte und dessen richtigen Namen niemand mit Gewissheit kannte, den Kampfnamen Abu Bakr angenommen, weil er überzeugt war, der Dynastie Mohammeds anzugehören und einen besonderen Auftrag zu haben: den Islam zu schützen, wie es der erste islamische Führer getan hatte. Er behauptete, im Alter von zwanzig Jahren seien ihm Mohammed und der Erzengel Gabriel erschienen und hätten ihm aufgetragen, den Islam vor dem Dämon zu retten, der ihn bedrohe: der Westen. »Aber wer ist das, der Westen?«, habe der junge Abu Bakr gefragt. »Die Zionisten«, habe die Antwort des Propheten gelautet.

1948 hatte er seinen Dschihad, seinen heiligen Krieg, begonnen, der sich vor allem gegen Israel, diesen jungen, vom Westen protegierten Staat, richtete. Dabei waren Waffen ein wertvolles Gut. Seit Hiroshima hatte die Technologie riesige Fortschritte gemacht, und man konnte wirklich hervorragende Waffen erhalten, aber dafür brauchte man Geld. Viel Geld. Er wurde zwar finanziell von einigen Ölmultis unterstützt, die ein Interesse daran hatten, dass sich die Araber in aufreibenden Bruderzwisten verzettelten, während sie selbst das Erdöl für zwei Dollar das Barrel bekamen, aber der Hinterhalt in Kairo, durch den ihm ein Waffenlager im Wert von zwanzig Millionen Dollar verloren gegangen war, hatte ihn fast in den Bankrott getrieben. Die Gelegenheit, ein üppiges Lösegeld für die Geliebte eines der reichsten Männer der Welt zu verlangen, wollte sich Abu Bakr nicht entgehen lassen. Und da sie auch noch aus dem Westen war, würde es ihm ein Vergnügen sein, sie höchstpersönlich zu strangulieren.

»Dieser Ort ist ein perfektes Versteck«, stellte Bandar fest. »Viel besser als das in Kairo.« Da Abu Bakr nichts sagte, sprach Bandar weiter. »Wir haben die Frau ruhiggestellt. Ich habe Angst, dass sie noch vor dem ersten Anruf in der argentinischen Botschaft an einer Überdosis stirbt.«

»Lasst sie kurz vor dem Anruf wecken. Wir haben da effiziente Methoden. Gibt es eine Bestätigung für die Schwangerschaft?«

»Ja, Malik hat es bestätigt. Fadhir war bei ihm in Riad.«

»Gut. Morgen setzen wir uns mit Prinz al-Saud in Verbindung.«

»Prinz al-Saud? Mit welchem?«

»Kamal al-Saud«, erwiderte Abu Bakr.

»Was hat Prinz Kamal mit der ganzen Sache zu tun? Wir wollten doch Lösegeld von der Botschaft verlangen.«

»Bandar«, sagte Abu Bakr nachsichtig, »wer das Lösegeld zahlt, ist mir völlig egal. Das Geld kann meinetwegen aus dem fabelhaften Vermögen des saudischen Prinzen stammen oder vom argentinischen Staat – mir ist eins so recht wie das andere. Es muss nur klar sein, dass Prinz Kamal al-Saud es zum von uns angegebenen Zeitpunkt am ausgemachten Ort übergibt.«

»Prinz Kamal soll also getötet werden«, folgerte Bandar, und Abu Bakr nickte. »Warum?«

»König Saud will ihn aus dem Weg schaffen, ohne Verdacht zu erregen.«

»Verstehe. Eine Entführung mit Lösegeldforderung könnte von gewöhnlichen Kriminellen geplant worden sein. Es besteht kein Grund, politische Motive dahinter zu vermuten«, ergänzte Bandar, und sein Anführer nickte.

»Bei der Übergabe des Lösegelds geht etwas schief, und der Tod des Prinzen ist die bedauerliche Folge. König Saud will seinen Thron sichern. Ich hingegen benötige das Geld und muss die islamische Welt von einem Verräter befreien. Ja, einem Verräter«, wiederholte er. Er hatte alle Freundlichkeit verloren. »Prinz Kamal verhandelt mit den USA, um seine Regierungspläne voranzutreiben. Und was sind die Vereinigten Staaten anderes als die Wiege des Zionismus? New York ist die Stadt mit den meisten Juden weltweit, und ich werde nicht zulassen, dass diese Hundesöhne das Haus al-Saud infiltrieren. Es wird mir gelingen, der stumpfsinnigen Bewunderung ein Ende zu bereiten, die das Volk diesem Verräter entgegenbringt. Denn für die Geschichtsschreibung wird sich Prinz Kamal sinnlos für seine christliche Geliebte geopfert haben, ohne an Saudi-Arabien und seine Pflichten gegenüber dem Islam zu denken. Es ist der Wille Allahs! Und jetzt geh, Bandar, und lass mich allein.«

***

Francesca kam nur mühsam zu sich. Ihre Augenlider waren schwer, und eine unkontrollierbare Müdigkeit beherrschte ihren Körper, insbesondere den Kopf, der förmlich in der Matratze zu versinken schien. Ihr war speiübel. Sie tastete nach der Nachttischlampe, aber obwohl sie sich ganz ausstreckte, erreichte sie den Schalter nicht. Sonst war das Bett immer weich, wohlriechend und frisch bezogen, aber jetzt tat ihr der Rücken weh, und ein ekelerregender Gestank verschlug ihr den Atem. Zum Glück ist es nur ein Albtraum, dachte sie und tröstete sich mit dem Gedanken, dass sie Kamal am nächsten Tag wiedersehen würde. Es ist nur ein Albtraum, sagte sie sich noch einmal, doch der Durst, der einen pelzigen Geschmack in ihrem Mund hinterließ, war ebenso real, wie dieser böse Traum irreal war.

»Sara …«, flüsterte sie. Die Anstrengung trieb ihr die Tränen in die Augen, so ausgetrocknet und rau war ihre Kehle. »Wasser …«, bat sie mit versagender Stimme. Es war kein Albtraum, das wurde ihr plötzlich bewusst, und die Angst schnürte ihr den Brustkorb zu. Sie richtete sich langsam auf, und mit jeder Bewegung wurden die Übelkeit und der Kopfschmerz stärker. Sie setzte sich auf die Kante dieser harten, stinkenden Pritsche, die definitiv nicht ihr Bett war. An der gegenüberliegenden Wand erkannte sie eine Öffnung, durch die Licht drang. Das Bedürfnis, frische Luft einzuatmen, half ihr beim Aufstehen und leitete ihre unsicheren Schritte. Sie musste es bis dorthin schaffen, sie musste um Hilfe bitten, sie musste unbedingt ein Glas Wasser trinken.

Durch die Öffnung, eine kleine Luke in einer Holztür, fiel ihr Blick durch Gitterstäbe hindurch in einen finsteren, unheimlichen Gang, höhlenartig und unwirklich, ein gespenstischer Ort, idealer Schauplatz für Märchen von Drachen, Geistern und Untoten. ›Ich bin dabei, verrückt zu werden‹, dachte sie und umklammerte die Gitterstäbe, um nicht zusammenzubrechen.

»Hilfe!«, schrie sie, und ihre Stimme hallte in den Gängen des Labyrinths wider.

Ein großer, kräftiger Araber mit wulstigen Lippen und vorstehenden Augen erschien. Er trug einen Krummdolch am Gürtel und hatte ein kurzläufiges Maschinengewehr umgehängt. Er sah durch die Luke und fuhr sie unwirsch an.

»Wasser, bitte«, flehte sie, erhielt aber lediglich Beschimpfungen und Drohungen in dieser harten, unschönen Sprache zur Antwort. »Wo bin ich? Bitte sagen Sie mir, wo ich hier bin!«

Der Araber trat mit dem Fuß gegen die Tür, und Francesca sank zu Boden, um gleich darauf erneut das Bewusstsein zu verlieren.

***

Kamal verzweifelte fast, während die Stunden unbarmherzig verstrichen. Er würde durchdrehen, wenn er nichts unternahm. Er ertrug es nicht, bequem auf dem Sofa zu sitzen, während Francesca alle möglichen Qualen durchlitt. Er konnte weder essen noch trinken, weil er sicher war, dass auch sie es nicht tat, und er verzichtete aufs Rauchen, um sich selbst zu bestrafen. Ja, zu bestrafen, denn er war schuld an ihrem Unglück. Er hatte sie dem Hass und dem Neid seiner Familie ausgesetzt, dem uralten Unverständnis zwischen Christen und Muslimen, den religiösen und kulturellen Vorurteilen. Er hatte nicht auf seine Freunde gehört, als sie ihn gewarnt hatten, dass er sie in Gefahr bringen würde. Er hatte sie unbedingt für sich haben wollen und würde nun durch sein egoistisches Verlangen, sie zu besitzen, womöglich die Hauptschuld an ihrem Tod tragen. Seine geliebte Francesca durfte nicht sterben! Nicht sie, der Habgier, Vorurteile und Hass so fern waren.

Er hatte sie nicht ausreichend beschützt; er hätte sie mitnehmen sollen, hätte sie niemals in Saudi-Arabien zurücklassen dürfen. Er dachte an sein Kind, Francescas und sein Kind, die Frucht einer unendlich großen Liebe. ›Allah, der du in deiner unermesslichen Allmacht alles vermagst, lass nicht zu, dass sie stirbt, nicht sie, die Mutter meines ersten Kindes. O Allah! Der Schuldige bin ich. Mich sollst du bestrafen, nicht sie‹, betete er stumm, dann brach es aus ihm heraus: »Es ist schon Nacht, vierundzwanzig Stunden sind vergangen, und immer noch nichts!« Er hieb mit der flachen Hand auf den Schreibtisch.

»Beruhige dich«, bat ihn Abdullah. »Wir tun alles, was in unserer Macht steht. Das Land wird von Norden nach Süden und von Osten nach Westen durchkämmt.«

Jemand klopfte an der Tür. Es war ein Mann vom Geheimdienst, der die Nachricht brachte, dass man Malik bin Kalem Mubarak gefasst habe.

»Und das Mädchen?«, entfuhr es Kamal.

»Von ihr gibt es keine Spur, Hoheit. Kalem Mubarak war allein. Er wurde nördlich von Al Bir gefasst.«

»Das ist fast an der Grenze zu Jordanien«, stellte Méchin fest.

»Genau«, bestätigte der Geheimagent. »Wir glauben, dass er versucht hat, das Land zu verlassen.«

»Wo ist er jetzt?«

»In zwei Stunden wird er mit dem Flugzeug in Riad landen.«

»Gut«, sagte Abdullah. »Geben Sie dem Hauptmann, der für den Transport zuständig ist, Bescheid, dass er Kalem Mubarak gleich nach der Ankunft in Riad in das Gefängnis im alten Palast bringen soll.«

Der Spezialagent verließ das Büro des Botschafters. Es lag eine merkwürdige Stimmung in der Luft, eine Mischung aus Erleichterung über Maliks Festnahme und Enttäuschung, weil Francesca nicht bei ihm gewesen war. Die Ungewissheit nagte an ihnen und ließ Befürchtungen aufkommen, die sie nicht weiterdenken wollten.

»Ich muss zum Palast«, verkündete Abdullah. »Ich will beim Verhör dabei sein.«

»Dieser Mann wird nichts sagen, es sei denn, unter Folter«, erklärte Kamal. »Nimm Abenabó und Kader mit. Sie wissen, wie man ihn zum Reden bringt.«

»Ich bin überzeugt, dass er auspacken wird, ohne dass wir zu solchen Methoden greifen müssen.«

»Foltere ihn!«, befahl Kamal. »Wir haben keine Zeit zu verlieren. Meine Frau und mein Kind befinden sich in den Händen eines Verrückten, und ich habe nicht vor, denjenigen, der sie ausgeliefert hat, mit Samthandschuhen anzufassen. Foltere ihn, solange noch Leben in ihm ist, bis er gesteht, wo man sie festhält!«

***

Kamal schöpfte Wasser in einen Krug und ließ es langsam über sie rinnen. Durstig, wie sie war, versuchte Francesca das Wasser aufzufangen, das ihr übers Gesicht lief. Das Brennen in ihrer Kehle hörte auf, und das kühle Wasser benetzte ihren nackten Körper. Es hatte zu regnen begonnen, und der Regen prasselte auf den See, in dem sie standen. Kamal füllte den Krug erneut und goss das Wasser über ihren Kopf. Immer und immer wieder, so schnell, dass ihr keine Zeit zum Atmen blieb, so heftig, dass sie nach Luft rang, so ungestüm, dass sie Angst bekam …

»Genug!«

Sie erwachte von ihrem eigenen Schrei, als der Wasserschwall ihr Gesicht traf. Sie erkannte den Mann, der sie durch die Gitterstäbe hindurch angeschrien hatte. Sie versuchte, sich zu bewegen, aber ein heftiger Schmerz durchfuhr ihre Arme und lähmte sie. Ihre Hände waren gefesselt, und bei dem Versuch, sich zu befreien, schnitten die Stricke tief in ihre Handgelenke ein. Sie blickte nach oben: Der Strick war an der Decke befestigt und zwang sie, die Arme nach oben zu recken, während ihre nackten Füße kaum den Boden berührten. Ihre Schultergelenke brannten höllisch, und ihre Beine und Zehen begannen zu kribbeln. Sie bemerkte das feuchte Nachthemd, das an ihrem Körper klebte.

Eine Gruppe von Männern stand im Halbkreis um sie herum. Sie sahen sie kalt an, und bei dem Hass, der in ihren Augen funkelte, überfiel sie eine furchtbare Panik. Das hier war kein Albtraum.

»Wo bin ich?«, wagte sie zu fragen, und dann erinnerte sie sich an ihr Baby. Ihre Kehle wurde trocken, und das Herz schlug ihr bis zum Hals. Sie begann zu schluchzen.

Ein Mann löste sich aus dem Halbkreis und trat zu ihr. Tränen verschleierten ihren Blick, und es fiel ihr schwer, seine Gesichtszüge zu erkennen. Sie wischte sich mit dem Ärmel des Nachthemds über die Augen und erkannte ein freundliches, gütig dreinblickendes Gesicht. Der lange Bart, eine Brille mit runden Gläsern und ein weißes Gewand verliehen dem Unbekannten das Aussehen eines gastfreundlichen, großherzigen Menschen.

»Ich flehe Sie an, lassen Sie mich gehen. Was mache ich hier? Das … das muss ein Irrtum sein.«

»Kein Irrtum, Mademoiselle Francesca de Gecco«, sagte Abu Bakr auf Französisch.

»Woher kennen Sie meinen Namen? Wer sind Sie? Warum bin ich hier?« Als keine Antwort kam, verlor Francesca die Beherrschung. »So antworten Sie doch!«

Der Mann schlug ihr ins Gesicht, und vor lauter Verblüffung spürte sie das pulsierende Pochen im Kiefer nicht gleich. Als sie den metallischen Geschmack des Blutes bemerkte, das ihr aus dem Mundwinkel rann, wurde ihr schlecht.

»Sie sind nicht in der Position, Antworten zu verlangen, Mademoiselle de Gecco.« Er packte sie am Kinn, und der Schmerz wurde stärker. »Prinz Kamal hat einen guten Geschmack bei der Wahl seiner Frauen.« Er versuchte, sie auf den Mund zu küssen, aber Francesca drehte das Gesicht weg und spuckte Abu Bakr blutigen Speichel vor die Füße.

»Nicht nur schön, sondern auch mutig«, bemerkte der Terrorist und streichelte ihr über die Wange.

»Bitte lassen Sie mich gehen, ich flehe Sie an.«

»Sie gehen lassen?«, wiederholte Abu Bakr mit einem Lächeln, das gleich darauf erstarb. Seine Augenbrauen verwandelten sich in eine einzige durchgehende Linie, und der harmlose Blick wurde eiskalt. »Sie haben einen Prinzen aus dem Hause al-Saud verführt, Sie haben ihn mit Ihrem dirnenhaften Betragen verhext und ihn dazu gebracht, sein Volk und seine Religion zu verraten, und jetzt sagen Sie mir, ich soll Sie gehen lassen. Bei Allah, Sie tragen eine Frucht des Teufels im Leib!«

Er schlug ihr in den Bauch, und Francesca zog instinktiv die Beine an und schrie verzweifelt, als sie wieder Luft bekam.

»Nein, nicht mein Kind!«, flehte sie, und ihr Schluchzen ging in ein fast tonloses Gebet über.

»Diese Frucht, die Sie in Ihrem Leib tragen«, fuhr Abu Bakr fort, »wird den feinen Prinzen ein paar Millionen extra kosten.« Er blickte einige Sekunden in ihre angsterfüllten Augen. »Du billige Hure«, brach es aus ihm hervor, »du wirst für jede einzelne Sünde bezahlen, zu der du unseren Prinzen verleitet hast. Bindet sie los und bringt sie in mein Zimmer. Wir stellen jetzt die Lösegeldforderung.«

Zwei Männer banden Francesca los und schleiften sie halb ohnmächtig durch die Gänge zu Abu Bakrs Zimmer.

Kamal schaute auf die Uhr: halb sechs Uhr morgens. Er hatte eine schlaflose Nacht auf dem Sofa in Mauricios Büro verbracht, um auf den Anruf mit der Lösegeldforderung zu warten. Die Spezialisten, die versuchen würden, den Anruf zurückzuverfolgen und das Gespräch aufzuzeichnen, dösten in den Sesseln Mauricio war in die Küche gegangen, um Kaffee zu holen. Jacques befand sich seit dem Vorabend mit Abdullah al-Saud im alten Palast, wo sie ohne Erfolg versuchten, die Wahrheit aus Malik herauszubekommen. Ahmed Yamani war gerade gegangen. Er würde in wenigen Stunden von Riad nach Genf fliegen, um zu versuchen, das von Minister Tariki und dem venezolanischen Präsidenten vorgeschlagene Ölembargo zu verhindern, so wie es Kamal und Kennedys Außenminister abgemacht hatten.

Kamal hatte diese wichtige Versammlung der OPEC ganz vergessen. Was interessierten ihn die OPEC, das Erdöl oder Kennedys Außenminister? Selbst Saudi-Arabien war ihm gleichgültig, wenn seine Francesca in Lebensgefahr schwebte! Er drehte fast durch bei dem Gedanken, dass er sie womöglich nie wiedersehen würde. Ohne sie hätte sein Leben keinen Sinn mehr. Dieses junge Mädchen von zweiundzwanzig Jahren, das so anders war als alles, was er zuvor gekannt hatte und was er war, war in einer warmen Sommernacht in sein Leben getreten und hatte ihm den Seelenfrieden geraubt. Er sprang auf und schlug die Hände vors Gesicht.

Die Spezialisten schreckten aus dem Schlaf hoch und kontrollierten die Telefonverkabelung und die Apparate. Al-Saud wanderte mit gesenktem Kopf im Zimmer auf und ab, die Hände auf dem Rücken verschränkt, während die Perlen seiner *masbaha* rasch durch seine Finger glitten. Er hatte Sauds Habgier unterschätzt. Und Tarikis Scharfsinn, denn wenn sein Bruder das alles zu verantworten hatte, wie er vermutete, musste der Ölminister als führender Kopf dahinterstecken, denn der hatte viel zu verlieren, falls Saud abdanken musste.

Mauricio kam ins Zimmer, gefolgt von Sara, die ein Tablett mit Kaffee und Hörnchen brachte. Die Abhörleute nahmen das kräftige, aromatische Getränk gerne entgegen und machten sich über das Gebäck her. Der Botschafter trat zu Kamal und reichte ihm eine Tasse.

»Nein danke«, sagte er und trat ans Fenster.

»Los, nimm den Kaffee«, beharrte Mauricio. »Du erreichst nichts damit, wenn du dich wie ein Asket aufführst. Seit einem Tag isst du nichts, trinkst nicht, schläfst nicht. Du musst stark und ausgeruht sein. Wir wissen nicht, was uns noch bevorsteht.«

Kamal nahm die Tasse und trank einen Schluck, der seine Lebensgeister zu wecken schien. In diesem Moment klingelte das Telefon. Die Spezialisten schalteten das Aufnahmegerät und die Fangschaltung ein und bedeuteten Mauricio und Kamal, gleichzeitig die Telefonhörer abzunehmen.

»Hallo? Wer spricht da?«, fragte der Botschafter.

»Das tut nichts zur Sache«, antwortete jemand mit offensichtlich verstellter Stimme. »Dies ist eine Nachricht für Prinz Kamal al-Saud.«

»Hier spricht al-Saud«, sagte Kamal mit einer Kaltschnäuzigkeit, die er nicht empfand.

»Ich habe das, wonach Sie suchen, Hoheit.«

»Ich will mit ihr sprechen.«

»Ich glaube nicht, dass Sie in der Position sind, Forderungen zu stellen, Hoheit. Wenn Sie Ihre Frau und das Kind wiedersehen wollen, wird Sie das zwanzig Millionen Dollar kosten. Sie selbst werden die Summe zum angegebenen Zeitpunkt am angegebenen Ort übergeben. Sie müssen allein kommen. Eine Menschenseele im Umkreis von fünfzig Kilometern, und das Mädchen stirbt.«

»Ich werde keinen Finger rühren, wenn ich nicht genau weiß, ob sie noch am Leben ist.«

Auf ein Zeichen von Abu Bakr schleifte ein Mann Francesca zum Telefon.

»Kamal …«, hauchte Francesca kraftlos.

»Francesca!«

»Komm nicht, Kamal, sie wollen dich umbringen …«

Abu Bakr versetzte ihr einen Hieb, und sie stieß einen schrillen Schmerzensschrei aus, bevor sie das Bewusstsein verlor.

»Du Bastard, du Hurensohn! Fass sie nicht an! Ich zerreiße dich mit meinen eigenen Händen! Tu ihr nicht weh! Du Bastard!«

Ein gleichförmiges Tuten zeigte an, dass die Verbindung unterbrochen wurde. Die Techniker hielten das Tonband an und schalteten das Peilgerät aus. Mauricio nahm Kamal den Hörer aus der Hand und legte auf.

»Er hat sie geschlagen«, sagte Kamal, völlig außer sich. »Er hat sie geschlagen!«

»Was ist mit dem Anruf?«, fragte Dubois, an die Spezialisten gewandt. »Konnten Sie ihn zurückverfolgen?«

»Leider nicht, obwohl der Anruf lang genug gedauert hat. Offensichtlich haben sie kein übliches Telefon benutzt, sondern irgendein Gerät mit neuester Technologie, von dem man den Anruf nicht zurückverfolgen kann.«

»Verdammt!«, fluchte Kamal und hieb mit der flachen Hand auf den Schreibtisch. »Analysiert die Tonbandaufnahme und versucht etwas zu finden, das uns einen Hinweis gibt.« Dann stürzte er aus dem Büro.

***

Francesca wälzte sich auf dem Boden der Zelle und versuchte, die Augen zu öffnen. Ein brennender Schmerz durchzuckte ihren Kiefer und konfrontierte sie erneut mit der Wahrheit, die zu akzeptieren ihr Verstand sich weigerte: Man hatte sie entführt, um Lösegeld von Kamal zu erpressen. Mühsam versuchte sie sich zu erinnern. Da war ihr Schlafzimmer in der Botschaft, ein Brief, den sie an ihre Mutter schrieb, Kamillentee, Buchstaben, die vor ihren Augen verschwammen, der Füllhalter, der ihr aus den Händen glitt, während sie die Kontrolle über ihren Körper verlor – Bilder, die ihr nichts sagten. Minuten, Stunden oder Tage später war sie in dieser Höhle zu sich gekommen.

Sie versuchte, sich aufzurichten, um die Pritsche zu erreichen, doch ihr Körper spielte nicht mit. Sie hatte kein Gefühl in den

Beinen, und ein schmerzhaftes Kribbeln in den Armen machte ihr zu schaffen. Sie krümmte sich vor Unterleibskrämpfen, doch obwohl sie ihren Bauch sanft massierte, ließ der Schmerz nicht nach.

»Mein Kind …«, flüsterte sie, und Tränen traten ihr in die Augen.

Sie hatte nach wie vor quälenden Durst und schluckte ihre eigenen Tränen, die aber nichts gegen das brennende Feuer in ihrer Kehle ausrichten konnten. Der Mund schmeckte nach Blut, ein metallischer Geschmack, von dem ihr übel wurde. Sie würde sterben, und mit ihr auch ihr Kind. Die Kräfte verließen sie, sie konnte die Kälte spüren, die sie einhüllte. Trotz der Lampe, die ein paar Meter entfernt brannte, war sie von Dunkelheit umgeben, einer inneren Dunkelheit, die ihr Herz lähmte und ihr die Lust nahm, weiterzukämpfen. Doch einen Funken Hoffnung hatte sie noch, an dem sie sich verzweifelt festzuhalten versuchte. Sie würde niemals aufgeben – bis zum letzten Atemzug würde sie um ihr Leben und das ihres Kindes kämpfen. Für Kamal.

18. Kapitel

Abdel bin Samir gab seinem Kollegen el-Haddar Bescheid, dass er an diesem Morgen nicht mit ihm rechnen könne. Er wolle seine Mutter in einem Vorort von Riad besuchen. El-Haddar nahm die Nachricht gleichgültig auf; er wusste, wie sehr Abdel an der alten Dame hing. Er suchte sie immer auf, wenn er Probleme hatte oder keine Ruhe fand. Und seit sie am Tag zuvor das christliche Mädchen übergeben hatten, wirkte er sonderbar in sich gekehrt.

»Ja, geh nur zu deiner Mutter«, stimmte el-Haddar zu, »vielleicht kann sie dich aufmuntern.«

Abdel ging auf sein Zimmer, vergewisserte sich, dass die 45er geladen war, schraubte den Schalldämpfer auf und schob sie zusammen mit dem Krummdolch in den Gürtel. Da er nicht mit seinem Auto fahren wollte – wahrscheinlich würden Abu Bakrs Männer ihm einige Tage folgen, um zu sehen, ob er vertrauenswürdig war –, passte er den Lastwagen ab, der Baumaterial für den neuen Swimmingpool anlieferte. Er wartete, bis die Arbeiter den Wagen entluden, und während sie die Lieferung in den Hof brachten, kletterte er auf die Ladefläche und zog eine Plane über sich. Einige Minuten später hörte er, wie sich el-Haddar von dem Fahrer verabschiedete, dann fuhr der Lastwagen los. Abdel hob die Plane an, um zu sehen, in welche Richtung sie fuhren: Es ging in die Altstadt. Als der Wagen in der Nähe des Bazars kurz anhielt, kroch er unter der Plane hervor, öffnete leise die Klappe des Lastwagens und sprang aufs Pflaster. Er ging durch die weniger belebten Gassen und betrat das Marktviertel, in dem die Teppichhändler ihre Geschäfte hatten. Er suchte einen ganz bestimmten Laden, der Abu Bakrs Informanten, einem gewissen Fadhir, als Unterschlupf diente. Mit diesem Fadhir hatten sie sich in den Tagen vor der Entführung in Verbindung gesetzt, um die Einzelheiten zu besprechen. Der Mann hatte ihnen nicht gesagt, dass er hier sein Versteck hatte, aber nach dem ersten Treffen in einem Café am Fleischmarkt war el-Haddar so schlau gewesen, ihm zu folgen.

Als er den kleinen Laden betrat, kamen ihm zwei Männer entgegen und forderten ihn wortreich auf, sich die Teppiche anzusehen. Abdel schlug den Umhang zurück, um seine Pistole zu zeigen, und bedeutete ihnen, zu schweigen. Instinktiv wichen die beiden Männer zurück. Der eine versuchte eine Waffe aus der Schreibtischschublade zu holen, aber Abdel zog behände seine 45er und schoss ihm eine Kugel in die Stirn. Der andere, ein schmächtiger Junge, ließ sich neben seinen Kumpan fallen und warf Abdel einen flehenden Blick zu. Der steckte die Waffe ein, nahm eine Vorhangkordel, die auf dem Ladentisch lag, und fesselte ihn an Händen und Füßen. Zusätzlich knebelte er ihn. Dann schloss er die Tür ab und ließ den Laden herunter. Er ging zu dem gefesselten Jungen zurück, kniete neben ihm nieder und fragte leise: »Wo steckt Fadhir?«

Der Junge deutete mit einer Kopfbewegung zum oberen Stock hin. Abdel ging durch den Laden nach hinten, schob einen Vorhang beiseite und erreichte durch einen kleinen Lagerraum die Wendeltreppe, die nach oben führte. Die Treppe war so schmal, dass selbst er mit seiner schlanken Statur kaum hindurchpasste. Auch im oberen Stock befand sich ein Lager; überall stapelten sich Teppiche. Auf dem Boden lag Fadhir auf einem Stapel Kelims und schlief tief und fest, einen Revolver in der rechten Hand. Abdel griff nach seinem Messer und rammte es in die Schulter des Terroristen, der nun an die Kelims geheftet war. Der

Mann schrie laut auf und starrte Abdel aus weit aufgerissenen Augen an, der sich ganz nah über sein Gesicht beugte und sagte: »Wir beide müssen uns unterhalten.«

***

Kamal fuhr mit dem Jaguar vor dem Palast seines Vaters vor. Eine Wache öffnete die Wagentür und hielt sie für ihn auf. Er stieg aus, stürzte ins Haus und eilte über den großen Innenhof in Richtung Keller, wo sich früher die Arrestzellen befunden hatten. Heute diente er als Archiv und Abstellkammer.

Kamal hörte Maliks erbärmliche Schreie durch die Gänge hallen: Abenabó und Kader leisteten ganze Arbeit. Er beschleunigte seine Schritte, ging zur letzten Zelle und trat rasch ein. Maliks ausgebreitete Arme waren an Ringen in der Wand befestigt. Er spuckte Blut und Zähne. Kader rieb seine Fingerknöchel. Abdullah unterhielt sich flüsternd mit Jacques Méchin, während Abenabó ein Glas mit Wasser füllte und es dem Chauffeur ins Gesicht schüttete, um ihn bei Besinnung zu halten.

»Kamal!«, sagte sein Onkel überrascht und ging ihm entgegen. »Gibt es etwas Neues?«

»Die Entführer haben sich vor einer halben Stunde gemeldet.«

»Ließ sich der Anruf zurückverfolgen?«, fragte Méchin ungeduldig.

»Nein. Was ist bei dem Verhör rausgekommen?«, wollte Kamal wissen.

»Dieser Kerl ist eine harte Nuss«, klagte sein Onkel. »Wir haben ihn seit Stunden in der Mangel, aber wir haben noch nicht viel aus ihm herausgekriegt. Er hat zugegeben, Kontakt zum Dschihad zu haben und auf der Flucht nach Jordanien gewesen zu sein, als meine Männer ihn aufgriffen, aber das wussten wir ja schon vorher mit einiger Sicherheit.«

»Vielleicht halten sie sie in Jordanien fest«, mutmaßte Jacques.

Kamal trat zu Malik, dessen Augen von den Schlägen zugeschwollen waren, aber er öffnete sie trotzdem mühsam und grinste spöttisch.

»Und, Prinz Kamal, haben Sie ihre angebetete Francesca noch nicht gefunden?«

Al-Saud starrte ihn mit einem eisigen Blick an, der Malik zwang, die Augen zu senken. Kamal trat zu dem Tisch, auf dem die Waffen seiner Leibwächter lagen, nahm eine Magnum 9 Millimeter und schoss Malik in die linke Hand.

Der Chauffeur schrie vor Schmerz laut auf, die Übrigen sahen sich betreten an. Malik stand völlig unter Schock. Er starrte auf den blutigen Stumpf, brüllte, heulte und stammelte zusammenhangloses Zeug. Al-Saud blieb ungerührt stehen und richtete die Waffe auf die andere Hand.

»Du hast die Möglichkeit, die Rechte zu behalten, wenn du mir sagst, wer die Männer sind, die Francesca in ihrer Gewalt haben, und wo sie sich verstecken.«

Malik wimmerte weiter vor sich hin und konnte sich nicht beruhigen. Abenabó packte ihn am Kinn und schüttete ihm erneut Wasser ins Gesicht, damit er reagierte.

»Wer sind sie, und wo verstecken sie sie?«, brüllte Kamal wütend.

»Ich weiß es nicht!«

Malik wand sich verzweifelt, als die Pistole klickte. Durch den starken Blutverlust wurde er zusehends blasser.

»Er wird sterben, wenn ihn kein Arzt behandelt«, regte sich Jacques auf. »Und tot nützt er uns nichts.«

»Lebend nützt er mir auch nichts«, entgegnete Kamal. Er trat näher und setzte dem Chauffeur die Waffe an die Stirn.

»Ich schwöre, ich weiß es nicht! Ich weiß nur, dass sie sich in der Gewalt von Abu Bakr und seinen Leuten befindet. Sie halten sie fest, um Lösegeld zu fordern.«

»Wo?«, insistierte Kamal.

»Ich weiß es nicht! Ich weiß es wirklich nicht!«, wimmerte Malik angsterfüllt. »Ich schwöre es bei Allah!«

»Warum wolltest du nach Jordanien fliehen?«

»Weil Abu Bakr sein Hauptquartier in Aqaba hatte, aber ich bin nicht sicher, ob es sich noch dort befindet.« Jedes Wort bedeutete eine übermenschliche Anstrengung für ihn. Seine Zunge klebte am Gaumen, und er sah nur noch unter Schwierigkeiten. »Mehr weiß ich nicht, ich schwöre«, stammelte er. »Ich wollte mit ihnen mitfahren, aber sie haben mich nicht mitgenommen.«

»Aqaba«, wiederholte Jacques. »Das ist im Süden von Jordanien. Wo genau in Aqaba?«

»Im Melazia-Viertel, in einem alten Lagerhaus am Markt. Ich schwöre, mehr weiß ich nicht.«

Kamal ging zur Tür. Bevor er hinausging, drehte er sich um, hob die Waffe und schoss Malik in den Kopf, der mit einem Loch in der Stirn an der Wand zusammensank.

***

Abdel bin Samir hatte eine Entscheidung getroffen: Er würde Prinz Kamal sagen, was er über die Christin wusste. Bereits seit einer ganzen Weile wartete er in einem Mietwagen vor al-Sauds Wohnung im Malaz-Viertel. Dass der Prinz in Lebensgefahr schwebte, entband ihn von seinem Treueschwur gegenüber Saud al-Saud. König Abdul Aziz hatte Kamal geliebt und hätte unter diesen Umständen nicht gezögert, ihn zu seinem Nachfolger zu ernennen.

Die Sache mit der Christin hatte von Anfang an gestunken. Nach seiner Meinung gab es andere, weniger drastische Methoden, um eine lästige Frau loszuwerden: Bestechung, Drohungen oder ein ordentlicher Schrecken gehörten zu den wirkungsvollsten. Sie einem Terroristen auszuliefern, war lächerlich, unangemessen und auch unglaubwürdig. Abdel hatte immer vermutet, dass Prinz Kamal das eigentliche Opfer sein sollte. Sein Gespräch mit Fadhir hatte seinen Verdacht bestätigt.

Unverwandt beobachtete er Kamals Haus im Malaz-Viertel. Als er schon die Hoffnung zu verlieren begann, kam endlich der grüne Jaguar des Prinzen in Sicht. Abdel lehnte sich im Sitz zurück und wartete, dass al-Saud parkte. Er sah, wie er aus dem Wagen stieg und eilig zum Eingang seines Hauses ging. Das Gesicht vollständig verhüllt, stieg Abdel aus seinem Mietwagen, schaute sich um und folgte ihm. Bevor Kamal die Eingangstür schließen konnte, rief Abdel ihn leise an und zeigte sein Gesicht.

»Abdel«, sagte Kamal verwundert. »Was machst du hier? Warum bist du nicht mit meinem Bruder in Griechenland?«

»Er hat mir hier einen Auftrag gegeben, deshalb sollte ich dableiben«, sagte er und sah ihn flehend an. »Können wir reden, Hoheit?«

»Jetzt nicht.« Kamal versuchte zu verbergen, wie gern er den alten Leibwächter losgeworden wäre, der ihn mit Sicherheit um eine Gefälligkeit bitten wollte. Um Geld vielleicht, das hatte er früher schon einmal getan.

»Ich habe Ihnen etwas zu sagen, das Sie interessieren wird, Hoheit. Es geht um das Christenmädchen.«

Kamal blieb stehen und sah ihn an. Seine Verwirrung währte nur einige Sekunden, dann winkte er mit dem Kopf, und Abdel folgte ihm ins Haus. Sie gingen nach hinten, wo sich ein kleiner Garten befand.

»Rede«, sagte Kamal.

»Mademoiselle de Gecco befindet sich im Khazneh-Tempel in Petra, fünfzig Kilometer nördlich von Aqaba, in Jordanien. Sie wird von dem Terroristen Abu Bakr festgehalten.«

»Woher weißt du das?«

»El-Haddar und ich haben sie an der jordanischen Grenze an Abu Bakrs Terroristen übergeben«, sagte er und hielt Kamals Blick in der Gewissheit stand, das Richtige zu tun. »Es tut mir leid, Hoheit, aber ich dachte, es wäre das Beste für Sie und für Saudi-Arabien. Erst später habe ich den eigentlichen Plan begriffen.«

»Welchen Plan?«

»Sie zu ermorden.«

»Mein Bruder steckt hinter der ganzen Sache, stimmt's?«

Abdel nickte nur.

»Woher weiß ich, dass du mich nicht anlügst? Woher weiß ich, dass das nicht Teil des Plans ist, um mich aus dem Weg zu schaffen?«

»Das können Sie nicht«, räumte der Leibwächter ein. »Sie müssen mir vertrauen und daran denken, wie sehr ich Ihren Vater geliebt und verehrt habe. Sie waren sein Lieblingssohn, und das ist es, was in diesem Moment zählt. Ich habe gesagt, was ich weiß, jetzt können Sie nach Gutdünken mit mir verfahren. Sie können mich ins Gefängnis werfen oder öffentlich hinrichten lassen – Sie entscheiden.«

»Warte hier auf mich«, ordnete Kamal knapp an und ging ins Haus. Er wusste, dass der Leibwächter nicht weglaufen würde.

***

»Das ist doch eine Falle«, sagte Abdullah.

Sie saßen in seinem Büro und warteten darauf, dass Abenabó und Kader Maliks Leiche entsorgten. Kamal hatte seinen Onkel soeben von seinem Telefonat mit dem Entführer berichtet, von den wenigen Worten, die er mit Francesca gewechselt hatte, und von Abdel bin Samirs außergewöhnlichem Geständnis.

»Das ist eine Falle!«, sagte Abdullah noch einmal, zunehmend aufgebracht, je länger er die Situation bedachte.

»Das Mädchen interessiert sie eigentlich nicht«, stellte Méchin fest. Er sprach wie zu sich selbst, als wollte er das Vorgefallene begreifen. »Du bist es, den sie haben wollen. Sie wissen, dass du der OPEC ablehnend gegenüberstehst und dass du Kontakte zur Kennedy-Regierung unterhältst, deshalb wollen sie dich kaltstellen.«

»Sie werden dich umbringen!«, rief Abdullah aufgebracht, weil sein Neffe die Tragweite dieser Aussage nicht zu begreifen schien. »Wenn du das Lösegeld überbringst, legen sie dich um. Ich werde nicht zulassen, dass du es übergibst.«

»Du scheinst nicht zu verstehen, Onkel«, sagte Kamal mit Nachdruck. »Ich habe nicht vor, abzuwarten, bis sie sich wieder melden, und ich werde auch kein Lösegeld übergeben. Mein Entschluss steht fest: Ich fliege jetzt gleich nach Jordanien. Wir nehmen meinen Jet. Und ich brauche ein paar von deinen Männern.«

»Du machst *was*?«, fragte Jacques ungläubig, und Abdullah sah ihn nur aus großen Augen an. »Du weißt ja nicht, was du da sagst«, fuhr Méchin fort. »Du hast keinen Plan, sondern handelst im Affekt, und das wird dich teuer zu stehen kommen. Wir wissen nicht mal, ob diese Informationen stimmen. Und was ist, wenn die Entführer sich wieder melden und du bist nicht da? Das könnte schlimme Folgen für Francesca haben.«

»Ich habe vor, bei Francesca zu sein, bevor Abu Bakr erneut Kontakt mit mir aufnimmt.«

»Nichts dergleichen wirst du tun.« Abdullah ließ nicht mit sich reden. »Ich lasse nicht zu, dass der nächste König von Saudi-Arabien sein Leben aufs Spiel setzt.«

»Du wirst mich nicht umstimmen, ganz gleich, was du sagst.«

Méchin versuchte erst gar nicht, ihm zu widersprechen; er

wusste, wie stur Kamal sein konnte. Abdullah hingegen ließ nicht locker.

»Ich lasse das nicht zu!«

»Ich wüsste nicht, wie du mich davon abhalten solltest«, machte Kamal deutlich. Abdullah wollte etwas erwidern, doch auf ein Zeichen von Méchin hin schwieg er.

»Warum überlässt du es nicht den Männern deines Onkels, Francesca da rauszuholen? Sie sind Profis und bestens ausgebildet.«

»Das bin ich auch«, erwiderte Kamal. »Oder hast du vergessen, dass ich nach meiner Rückkehr nach Saudi-Arabien fünf Jahre an der Militärakademie in Riad war?«

Nichts würde ihn überzeugen können. Abdullah und Méchin sahen ein, dass es sinnlos war, mit ihm zu diskutieren.

»Ich möchte mit Abdel sprechen«, sagte der Leiter des Geheimdienstes schließlich. »Wo ist er?«

»Ich habe ihn vorsichtshalber einsperren lassen, mehr zu seinem eigenen Schutz als aus Angst, dass er fliehen könnte. Nachdem er einen Terroristen wie Abu Bakr verraten hat, ist sein Leben keinen Cent mehr wert.«

»Also gut«, sagte Abdullah. »Ich werde ihn herbringen lassen, und auf der Grundlage der Informationen, die er uns gibt, machen wir einen Plan.«

Abdel blickte nicht ein einziges Mal auf, als man ihn verhörte. Am Ende nahm er all seinen Mut zusammen und wandte sich an Kamal.

»Sie sollten sich nicht in der Öffentlichkeit zeigen, Hoheit. Abu Bakrs Männer folgen Ihnen auf Schritt und Tritt. Vielleicht haben sie gesehen, wie wir uns vor Ihrem Haus unterhalten haben.«

Kamal schwieg und sah nachdenklich vor sich hin. Schließlich sagte er: »Jacques, ruf meine Schwägerin Zora und meine Schwester Fatima an. Sag ihnen, sie sollen die Schuhe mit den höchsten Absätzen anziehen, die sie haben, und in den alten Palast kommen. Und sie sollen zwei zusätzliche *abayas* mitbringen.«

***

Abu Bakr war in seinem Raum und überlegte, ob es sinnvoll war, sich noch heute bei Prinz Kamal zu melden. Einer seiner Männer fragte gerade telefonisch den Kontostand in Zürich ab, während ein anderer ebenfalls per Telefon ein Treffen mit einem bekannten belgischen Waffenhändler vereinbarte. Abu Bakr zuckte zusammen, als Bandar ohne anzuklopfen hereinkam; er wirkte besorgt.

»Was ist los?«, fragte er und nahm unwillig die Brille ab.

»Katem hat sich gerade gemeldet. Vor ein paar Stunden wurde Prinz Kamal vor seinem Haus von einem Mann angesprochen.«

Abu Bakr stand auf und sah seinen Untergebenen an. Die Sache konnte völlig bedeutungslos sein oder höchst alarmierend. Verräter gab es immer, wenn so viel Geld im Spiel war.

»Ließ sich herausfinden, wer es war?«

»Er hatte sein Gesicht verhüllt«, erklärte Bandar.

»Was weißt du noch darüber?«

»Sie gingen ins Haus und unterhielten sich eine Weile. Dann kamen sie wieder raus, stiegen ins Auto von Prinz Kamal und fuhren zum alten Palast von König Abdul Aziz. Bis jetzt sind sie nicht wieder rausgekommen.«

»Vielleicht haben sie den Hinterausgang genommen«, mutmaßte Abu Bakr.

»Alle Eingänge werden überwacht, aber es gab nicht viel Bewegung. Zwei Frauen, bei denen es sich, wie sich herausstellte, um die Schwägerin und die Schwester des Prinzen handelte, und ein paar Paketboten, die Kisten von einer Buchhandlung brachten. Sonst keiner. Die Boten haben die Kisten abgegeben und sind mit leeren Händen wieder rausgekommen. Auch die Frauen haben den Palast eine Stunde später wieder verlassen.«

Abu Bakr schickte seinen Untergebenen weg und lehnte sich wieder in die Kissen. Er schloss die Augen und dachte nach. Im Laufe seines Lebens hatte er viele Lektionen gelernt, aber zwei davon hatten sich als besonders nützlich erwiesen: Erstens, es gab keine Zufälle, und zweitens, vertraue stets deinem Instinkt. Diese Begegnung zwischen dem Prinzen al-Saud und einem Mann, der sein Gesicht nicht zeigen wollte, gefiel ihm ganz und gar nicht. Er stand auf und rief über Funk seinen Stellvertreter Kalim Melim Vandor. Kalim war Palästinenser und hasste die Juden noch mehr als Abu Bakr selbst. Er war groß und massig, und die Augenklappe vor dem linken Auge, das er vor langer Zeit durch einen Granatsplitter im Gazastreifen verloren hatte, verlieh ihm etwas Boshaftes.

»Kalim«, sagte Abu Bakr bestimmt, »wir müssen Petra in den nächsten Stunden verlassen.« Als der Terrorist ihn verwirrt ansah, wurde Abu Bakr ungeduldig. »Es besteht die Möglichkeit, dass Prinz al-Saud unseren Aufenthaltsort kennt.«

»Und was machen wir mit der Argentinierin? Nehmen wir sie mit?«

»Die beseitigen wir«, entschied Abu Bakr. »Wir brauchen sie nicht mehr. Ruf zuerst die Männer zusammen. Danach kümmern wir uns um sie.«

***

Kamal und Méchin legten die Gewänder von Fatima und Zora ab und nahmen in den Sitzen des Privatjets Platz. Minuten später hob das Flugzeug ab. Mit ihnen flogen die besten Agenten des Geheimdienstes. Méchin sah zu Kamal und dachte, dass ihn nur das Adrenalin auf den Beinen hielt. Er wusste nicht, wie er das aushielt, nachdem er so lange nichts gegessen und getrunken und nicht geschlafen hatte. Aber Kamal wirkte hellwach und voller Energie.

Bevor Kamal, Méchin und seine Männer Riad verlassen hatten, hatte Abdullah mit seinem Amtskollegen in Jordanien telefoniert, einem Schwager des Haschemitenkönigs Hussein II., mit dem ihn ein beinahe freundschaftliches Verhältnis verband. Als König Hussein erfuhr, dass möglicherweise eine antijüdische Terrorgruppe von seinem Boden aus agierte, gab er Anweisung, mit den Saudis zusammenzuarbeiten, um die Terroristen auszuschalten. Er war kein Freund der Juden, aber es würde das ohnehin schwierige Verhältnis zu Israel unnötig belasten, wenn ans Licht kam, dass sich der berüchtigte Abu Bakr in seinem Land versteckte.

Der Jet landete auf einer privaten Piste im Süden Jordaniens. Kamal und seine Gruppe wurden von einem zehnköpfigen Kommando der Armee König Husseins erwartet. Während man sich einander vorstellte, luden die saudischen Agenten die Waffen aus dem Laderaum des Jets: Mausergewehre, britische Sterling-Maschinengewehre und FAL-Sturmgewehre. Der jordanische Kommandant bat den für die Mission verantwortlichen saudischen Agenten und Prinz al-Saud in ein Feldzelt, wo er ohne lange Umschweife zur Sache kam.

»Wie wahrscheinlich ist es, dass sich Abu Bakr tatsächlich in Petra aufhält? Soll heißen, wie vertrauenswürdig ist die Quelle, von der diese Information stammt?«

»Das wissen wir nicht«, gab Kamal zu, ohne sich von der forschen Art des Militärs aus der Ruhe bringen zu lassen. »Aber es gibt weitere Hinweise, die uns vermuten lassen, dass die Informationen über Petra stimmen. Das ist alles, was wir haben. Wir müssen das Risiko eingehen.«

»Das Versteck im Melazia-Viertel in Aqaba war verlassen, obwohl mir versichert wurde, dass sich vor einigen Tagen noch an die zwanzig Personen dort aufgehalten haben. Wir haben Essensreste gefunden, Matratzen, Kleidung, Zeitungen jüngeren Datums. Nichts, was uns weiterhelfen würde.«

»Das lässt darauf schließen«, sagte der saudische Agent, »dass wir es in Petra mit etwa zwanzig Männern zu tun haben werden.«

»Eine sehr gewagte Annahme«, stellte der Jordanier fest. »Letztlich können wir nicht sagen, mit wie vielen Männern wir wirklich rechnen müssen.«

»Oder ob wir gar niemanden antreffen werden«, setzte Méchin hinzu, der von Anfang an skeptisch gewesen war und nicht viel Vertrauen in Abdels plötzliches Geständnis setzte.

»Wenn ich richtig informiert bin, handelt es sich um eine Befreiungsaktion«, bemerkte der Jordanier. Kamal nickte.

»Es geht um eine Mitarbeiterin der argentinischen Botschaft«, erläuterte der saudische Agent und reichte ihm einige Fotos von Francesca. »Die Frau wurde vor zwei Tagen von Abu Bakrs Leuten entführt. Uns bleibt nicht viel Zeit, bis die Behörden ihres Landes davon erfahren und es einen Skandal gibt. Die Aktion darf nicht schiefgehen, wir müssen sie lebend da rausholen.«

Der Jordanier stellte keine weiteren Fragen, trotz der Zweifel, die die Mission in ihm aufkommen ließ. Vor allem beunruhigte ihn, dass sich ein Mitglied des saudischen Königshauses persönlich um die Sache kümmerte. Weshalb so viel Aufwand wegen einer Argentinierin? Aber er sagte nichts. Er war es gewohnt zu gehorchen, und der Befehl seines Vorgesetzten lautete, Abu Bakr und seine Leute auszuschalten. Dass eine Frau dabei war, änderte nichts an dem Auftrag. Er trat an einen Tisch und breitete einen Plan von Petra aus.

»Petra ist eine archäologische Ausgrabungsstätte, die größtenteils noch unerforscht ist. Es handelt sich um eine befestigte Stadt, umgeben von Bergen und unmittelbar in den Fels gehauen. Wie Sie sehen, liegt sie in einem Tal zwischen Felsen, was ihr einen gewissen Schutz gewährt. Am leichtesten zugänglich ist sie über den so genannten Siq«, erklärte er weiter und deutete auf einen Punkt im Südwesten der Karte, »eine tiefe Felsschlucht, die direkt ins Herz der Stadt führt und vor dem bedeutendsten Tempel endet, dem *Khazneh*. Hier. Aber unter den gegebenen Umständen ist es unmöglich, über den Siq hineinzugelangen. Wir wären dem Angriff der Terroristen schutzlos ausgeliefert, falls sie Wachen auf dem *Khazneh* postiert haben. Sie würden uns sofort entdecken, und wir säßen in einer tödlichen Falle, weil wir keine Deckung hätten.«

»Was ist dann der beste Zugang?«, fragte Kamal ungeduldig.

Der Jordanier verließ das Zelt und kehrte gleich darauf in Begleitung eines Beduinen zurück.

»Amirs Stamm lebt seit Jahrhunderten in diesem Teil des Landes und gehört zu den wenigen, die sich in Petra auskennen. Er sagt, dass er uns auf einem anderen Weg in die Stadt führen kann, der allerdings riskanter ist, weil wir über die Felswände müssen.«

»Sehr gut«, bemerkte der saudische Agent. »Wenn Petra in einem Tal liegt, wie Sie sagen, werden wir von dort einen strategisch besseren Überblick haben.«

»Wir kommen von Osten«, fuhr der jordanische Soldat fort, »aus Richtung *Ed-Deir*, einem ähnlichen Tempel wie dem *Khazneh*, und nähern uns der Stadt von oben. Wenn es stimmt, dass sich Abu Bakr in Petra aufhält, wird er Leute haben, die den Ort bewachen. Wir haben vor, eine Wache zu überwältigen, damit sie uns zu ihm führt. Petra ist berühmt für seine unterirdischen Verstecke und Labyrinthe, und ohne jemanden, der uns den Weg weist, werden wir Abu Bakr und das Mädchen niemals finden. Uns bleiben nicht mehr viele Stunden Tageslicht. Wir müssen los. Sie und Ihr französischer Freund können hier im Camp auf uns warten, Hoheit.«

»Oberst, ich habe nicht vor, hierzubleiben, sondern werde bei der Aktion dabei sein. Und lassen Sie uns keine Zeit damit verschwenden, über diesen Punkt zu diskutieren; es ist sinnlos«, erklärte Kamal und steckte das Messer und seine Magnum in den Gürtel.

Der Jordanier nahm Haltung an und verließ rasch das Zelt.

»Ich komme auch mit«, verkündete Méchin.

»Nein«, sagte Kamal.

»Ich bin für dich verantwortlich, seit du ein kleiner Junge warst, und ich habe nicht vor, dich in einem der gefährlichsten Momente deines Lebens allein zu lassen. Außerdem bin ich noch gut in Form – oder hast du vergessen, dass ich einmal einer der besten Soldaten deines Vaters war?«

Bis kurz vor Petra bestritten sie den Weg auf Pferden reitend. Die Jeeps ließen sie stehen, um sich nicht durch Motorengeräusche zu verraten. Sie waren eine Gruppe von zwanzig schwerbewaffneten Männern, die schweigend und argwöhnisch ihre Umgebung beäugten. Kamal fühlte sich besser – wenigstens unternahm er jetzt etwas. Die endlosen Stunden in Mauricios Büro hatten ihm arg zugesetzt. Jetzt ritt er im Galopp an die Spitze der Gruppe. Er vibrierte vor Anspannung. ›Entweder ich bekomme sie lebend wieder, oder das hier ist das Letzte, was ich mache‹, schwor er sich. Sie ritten, bis sie die Oase Al-Matarra erreichten, die ihren Namen von dem *wadi* hatte, das durch sie hindurchfloss.

»Wir lassen die Pferde hier zurück und gehen zu Fuß weiter zu den Felsen«, erklärte der Jordanier. »In einer halben Stunden sind wir da.«

An diesem Punkt der Mission übernahm Amir, der ortskundige Beduine, die Führung. Am Fuß der Felsen sicherten sie Gewehre und Messer und begannen mit dem Aufstieg, anfänglich ohne größere Mühe, da der Stein zunächst nur sanft anstieg und eine Art natürliche Treppe bildete. Doch je höher sie kamen, desto steiler und gefährlicher wurde die Wand. An einer Stelle knapp unterhalb des Gipfels, die der Beduine »das Löwengrab« nannte, markierte eine tief in den Fels gehauene Nische, aus der Eidechsen in unterschiedlichen Größen und Farben huschten, den Punkt, nach dem der Führer gesucht hatte: Sie befanden sich nun ganz nah beim *Ed-Deir*. Ab hier führte der Weg nahezu senkrecht nach oben.

Sie erreichten eine Spalte im Fels, die aussah wie eine klaffende Wunde, und schlüpften auf ein Zeichen des Beduinen hinein. Es war ein Tunnel, nicht sonderlich lang, an dessen Ende sie die kolossale, beinahe unwirkliche Fassade des *Ed-Deir* entdeckten. Bevor sie sich an den Abstieg machten und das offene Gelände vor dem Tempel überquerten, schickte der jordanische Oberst zwei seiner Männer auf einen Erkundungsgang, während sie am Ausgang des Tunnels warteten. Als die Soldaten Entwarnung gaben, verließ auch die übrige Gruppe das Versteck und lief zum *Ed-Deir*. Kamal schätzte, dass die Fassade an die fünfzig Meter hoch sein musste; er war überwältigt von den wuchtigen Säulen und der Schönheit der Giebelfelder im griechischen Stil.

»Ich bleibe hier zurück«, teilte der Beduine dem jordanischen Oberst mit. »Ihr müsst durch diese Öffnung«, sagte er und deutete auf einen Spalt zur Rechten der Tempelfassade. »Sie führt genau ins Zentrum von Petra.«

Hinter der Öffnung befand sich eine in den Fels gehauene Treppe, die sie erneut nach oben führte, von wo sie nun das Zentrum der Stadt überblicken konnten. Kamals Herz pochte heftig, war er doch sicher, dass sich Francesca irgendwo in dieser Geisterstadt befand.

Sie verfuhren genauso wie zuvor: Der jordanische Oberst schickte erneut dieselben Männer los, um die Gegend zu erkunden. Wenn sie nicht schon beim *Ed-Deir*-Tempel auf die Terroristen gestoßen waren, war anzunehmen, dass es hier geschehen würde. Falls die Terroristen überhaupt hier waren, dachte Méchin mutlos, der nur den Wind hörte und die Eidechsen beobachtete. Wenig später kehrten die jordanischen Kundschafter zurück.

»Auf einem Felsen etwa fünfhundert Meter östlich von hier haben wir einen Mann gesehen. Er hatte ein Maschinengewehr dabei und ein Bowie-Messer am Gürtel.«

Sie rückten in vier Gruppen vor, um den Terroristen zu überwältigen, der erst reagierte, als es schon zu spät war.

»Wo sind die übrigen Wachposten?«, wollte der jordanische Oberst wissen, während ein anderer dem Mann den Arm auf den Rücken drehte.

»Ich bin allein«, beteuerte er wimmernd.

»Du lügst«, sagte der Oberst und nahm ihm das Messer ab. »Ich ramme dir dein eigenes Messer in die Eingeweide, wenn du mir nicht sagst, wo deine Kumpane sind.« Als der Mann hartnäckig schwieg, ritzte ihm der Jordanier die Wange auf. »Soll ich weitermachen oder sagst du mir lieber, wo sie sind?«

Der Mann gab nach. Kurz darauf rief er von einem Felsvorsprung nach seinem Kollegen. Der verließ seinen Posten, eine Felshöhle am anderen Ufer des *wadi*, und erschrak, als er die blutende Wunde an der Wange des anderen entdeckte. Er fragte ihn durch Gesten, was passiert sei, und bedeutete ihm durch Handzeichen, dass er nach drüben kommen würde, um ihm zu helfen. Aber er kam nie an: Einige Meter vorher fiel ihn ein saudischer Agent von hinten an und schnitt ihm die Kehle durch.

»Wo sind die übrigen Wachen?«, fragte der Oberst noch einmal.

»Es gibt keine weiteren mehr«, antwortete der Mann mit einem nervösen Blick zu dem leblosen Körper seines Kameraden. »Es gibt keine anderen, ich schwöre.«

»Führ uns zu deinem Boss. Und komm bloß nicht auf die Idee, die anderen zu warnen: Bevor jemand reagieren kann, schlitze ich dir die Kehle auf.« Und er setzte ihm die Messerspitze an den Hals.

***

Als Francesca den sandigen Boden an ihrer Wange spürte, wusste sie, dass sie nicht tot war. Der muffig-feuchte Geruch der Zelle war stärker geworden und mit ihm auch die Übelkeit. Sie legte die Hand auf ihren Bauch, der steinhart war. Krampfartige Schmerzen ergriffen Besitz von ihr, die ihr endlos vorkamen und sie zwangen, sich wimmernd am Boden zu winden. Sie begann zu weinen, denn ihr war klar, dass etwas mit dem Baby nicht stimmte. Die Schläge dieses unheimlichen Mannes fielen ihr wieder ein, das, was er gesagt hatte, das Telefonat mit Kamal, seine verzweifelte Stimme. Jetzt, wo die Wirkung des Schlafmittels nachließ, kehrten die Bilder klar und deutlich zurück.

Sie musste von hier fliehen. Sie würde nicht zulassen, dass ihrem Kind oder Kamal etwas zustieß. Mühsam setzte sie sich auf und sah sich um. Es schien sich um eine Art Höhle zu handeln, ein grob in den Fels gehauenes Loch, und obwohl sie sicher war, bei klarem Verstand zu sein, fiel es ihr schwer zu glauben, dass ihr das wirklich passierte.

Aber im Moment nützte es ihr nichts, die Einzelheiten oder die Gründe für diesen Albtraum zu kennen. Sie musste nur einen Fluchtweg finden. Sie hörte Stimmen und schaute durch die

Luke in der Tür: Zwei Männer näherten sich mit raschen Schritten. Der eine war der, der sie geschlagen hatte; der andere, groß und kräftig und mit einer Klappe über dem linken Auge, ließ sie vor Angst erschaudern. Die beiden unterhielten sich auf Arabisch, und aus ihrem Tonfall schloss sie, dass sie sich stritten. Sie hoffte inständig, dass die Männer nicht zu ihr wollten – doch vergeblich, denn sie blieben vor ihrer Tür stehen und betrachteten sie durch die Gitterstäbe hindurch. Francesca wich zurück.

»Sie ist wach«, stellte Abu Bakr fest. »Schaffen wir sie uns vom Hals. Es ist überflüssig, sie in das neue Versteck mitzuschleppen.«

Sie schlossen die Tür auf und fanden Francesca hinter der Pritsche, wo sie in einer Ecke kauerte. Ihr Verhalten erinnerte die Männer an das eines in die Enge getriebenen Tieres. Ihre schwarzen Augen, die sie unverwandt ansahen, schienen Funken zu sprühen vor Hass und Wut. »Ich werde mich nicht kampflos ergeben«, schienen sie zu sagen. Kalim bewunderte sie dafür, dass sie weder weinte noch flehte. Er zog sein Messer und ging langsam auf sie zu, wobei er sie mit seinem gesunden Auge fixierte, als wollte er sie hypnotisieren. Francesca wich an die Wand zurück und versuchte, das Bettgestell zwischen sich und den Mann mit der Augenklappe zu schieben.

»Komm schon her, Kleine«, sagte Kalim.

Francesca schob sich seitlich in Richtung der geöffneten Tür. Wenn sie es bis dorthin schaffte, würde es ihr nicht schwerfallen, den anderen Kerl zu Boden zu stoßen und zu fliehen. Das Blut rauschte durch ihre Adern und verlieh ihr ungeahnte Kräfte. Vergessen waren alle Schmerzen, und sie war bereit, es mit einer ganzen Armee aufzunehmen, um ihr Baby zu retten. Niemand würde es wagen, ihr etwas anzutun, weder ihr noch ihrem Kind. Kalim fuchtelte mit dem Messer vor ihrem Gesicht herum, um sie einzuschüchtern.

Auf einmal waren Schreie zu hören und dann mehrere Schüsse. Abu Bakr blickte in den Flur, und bevor er hastig die Zelle verließ, befahl er: »Mach schon, leg sie um.«

Kalim wandte sich wieder seiner Beute zu und zog spöttisch eine Augenbraue hoch.

»Wie es scheint, hat mir das Schicksal einige Minuten zugestanden, um mit dir allein zu sein.« Er leckte sich mit der Zunge über die Lippen.

Obwohl Francesca kein Wort verstand, begriff sie sofort, was der Araber vorhatte.

***

Kamal hatte sich im Hintergrund gehalten und sich nicht in die Arbeit der Experten eingemischt. Aber nachdem sie dem Wachposten durch dunkle Labyrinthe gefolgt waren, setzte er sich von der Gruppe ab, die versuchte, die Terroristen am Eingang zur Höhle auszuschalten, und machte sich auf eigene Faust auf die Suche nach Francesca. Er war der Meinung, dass er das alleine erledigen musste.

Auch hier gabelten sich die dunklen, unheimlichen Gänge immer wieder, die nur schwach von Fackeln beleuchtet wurden, die in den Felswänden steckten. Unsicher ging er weiter, während er sich fragte, ob er den richtigen Weg eingeschlagen hatte. An einigen Wegbiegungen musste er sich verstecken und weitere Männer vorbeilassen, die, aufgeschreckt von dem Schusswechsel am anderen Ende der Höhle, mit gezückten Waffen vorbeiliefen. Die Terroristen interessierten ihn nicht weiter; er wollte nur Francesca finden und befreien. Er weigerte sich, die Möglichkeit in Betracht zu ziehen, dass sie bereits tot sein könnte. Paradoxerweise beruhigte ihn der Schwur, den er sich auf dem Flug nach Jordanien gegeben hatte, und ließ ihn immer weiter gehen: Entweder er holte Francesca lebend hier raus, oder er würde das Tageslicht nicht mehr wiedersehen.

***

Das Messer störte bei dem Versuch, sie zu vergewaltigen. Kalim schob es in den Gürtel zurück und ging auf sie zu. Francesca wich zur Seite aus, doch so sehr sie sich auch bemühte, einen kühlen Kopf zu bewahren, die Verzweiflung nahm rasch überhand. Sie wusste, dass sie diesem Hünen nicht entkommen konnte. Sie versuchte, die Tür zu erreichen, doch sie verfing sich in ihrem Nachthemd und fiel hin. Der Araber stürzte sich auf sie, drehte sie zu sich um und begann mit keuchendem Atem, sie zu begrapschen. Francesca spürte ein tonnenschweres Gewicht auf der Brust, und mit letzter Kraft schrie sie nach Kamal.

Dem Prinzen blieb das Herz stehen, als er Francesca hörte. Er antwortete ihr und bat sie, weiterzuschreien und ihm so den Weg zu weisen. Doch Kalim hielt Francesca den Mund zu, packte sie grob am Hals und zerrte sie hoch. Dann blieb er angespannt stehen und überlegte, ob er noch Zeit hatte zu fliehen. Die Stimme dieses Mannes klang zu nah. Und tatsächlich, einen Augenblick später erschien Kamals Gestalt in der Tür.

»Lass sie los!«, befahl er und richtete die Pistole auf ihn. »Lass sie los!«

»Niemals!«, stellte Kalim klar.

»Du sollst sie loslassen, habe ich gesagt! Tu, was ich sage, oder man wird deinen Leichnam nicht wiedererkennen!«

»Diese gottverfluchte Hure wird teuer für ihre Schamlosigkeit bezahlen!«, blaffte der Terrorist und drückte das Messer an Francescas Hals, so dass es in die Haut einschnitt.

Als er Francescas Schrei hörte und das Blut sah, das ihren Hals hinabrann, verlor Kamal die Nerven.

»Ist gut, ist ja schon gut«, sagte er schnell. »Du kannst alles von mir verlangen, was du willst, aber tu ihr nichts. Lass sie los«, bat er.

»Lass die Waffe fallen«, befahl Kalim.

Kamal warf die Pistole vor Francescas Füße, die sie auf ein Zeichen ihres Peinigers vom Boden aufhob und sie ihm übergab. Kalim drückte ihr die Waffe an die Schläfe, schlang grob seinen Arm um ihren Hals und schleifte sie zur Tür. Als er an Kamal vorbeikam, verpasste er dem Prinzen einen Hieb mit dem Pistolenknauf. Dieser ging zu Boden und fasste sich mit beiden Händen an den Kopf. Francesca schrie auf und versuchte, sich dem Schraubstockgriff zu entwinden, der sie daran hinderte, neben ihrem verletzten Liebsten niederzuknien. Es war ein kurzer Kampf. Kalim ließ die Pistole fallen und brachte Francesca wieder unter Kontrolle. Dann warf er sie sich über die Schulter und verließ die Zelle in die entgegengesetzte Richtung, aus der die Schüsse kamen.

Kamal richtete sich mühsam auf. Er musste sich an der Wand abstützen. Der Raum drehte sich um ihn, seine Ohren sausten, und in seinem Kopf hämmerte es schmerzhaft. Er fixierte einen festen Punkt, um das Schwindelgefühl loszuwerden, holte tief Luft und unterdrückte den Brechreiz. Der Gedanke, dass Francesca lebte, half ihm, sein Gleichgewicht wiederzufinden. Er nahm die Pistole an sich und ging hinaus. Leicht taumelnd rannte er los, geleitet von Francescas Stimme, die von weither zu ihm drang und kurz darauf nicht mehr zu hören war. Als er kurz davor war, zu verzweifeln, tauchte hinter einer scharfen Biegung ein Licht am Ende des Tunnels auf.

Francesca war barfuß, und das lose Geröll schmerzte an ihren Füßen. Das grelle Sonnenlicht blendete sie, nachdem sie so viele Stunden in völliger Finsternis verbracht hatte. Heftige Bauchkrämpfe peinigten sie, der Terrorist drückte mit seinem Arm ihren Hals zu und hinderte sie daran, normal zu atmen. Sie wollte schreien, damit Kamal sie hörte und ihr zu Hilfe kam. Und wenn der Schlag gegen die Stirn ihn getötet hatte? Sie versuchte sich loszureißen, aber das machte den Araber nur noch wütender, der sie anschrie und dabei auf den Abgrund zu ihren Füßen deutete. Sie befanden sich auf einem schmalen Felsgesims, nur anderthalb Meter breit, und der Abgrund unter ihnen schien nicht zu enden. Die Höhe ließ sie schwindeln, und sie musste sich an ihren Peiniger klammern. Sie gingen weiter.

»Lass sie los!«, war von hinten zu hören.

Kalim drehte sich vorsichtig um: Nur wenige Schritte hinter ihm stand Kamal, den Pistolenlauf auf seinen Kopf gerichtet. Er zog sein Messer und drückte es gegen Francescas Wange.

»Noch ein Schritt, und ich schneide ihr die Kehle durch«, drohte er.

»Lass sie frei, und ich gebe dir alles, was du verlangst«, schlug Kamal vor und steckte die Waffe in den Gürtel.

Vorsichtig kam er näher, und Kalim begann zurückzuweichen.

»Ich bin bereit, dir ein äußerst großzügiges Angebot zu machen. Du weißt, dass ich dir viel Geld geben kann. Überlass mir das Mädchen, und ich mache dich zu einem reichen Mann.«

»Halten Sie mich für einen Verräter, so wie Sie einer sind?«

»Lass sie gehen, du hast keine Chance. In ein paar Minuten werden überall jordanische Soldaten sein, dir bleibt keine Fluchtmöglichkeit. Ich biete dir meine Hilfe an, wenn du das Mädchen freilässt. Ich gebe dir alles, was du willst, so viel Geld, wie du möchtest. Du kannst Arabien verlassen und dich überall niederlassen.«

»Saud und du, ihr seid beide Verräter. Verräter an eurem Volk und am Koran. Du wirst für deine Skrupellosigkeit bezahlen! Und sie ist der Preis, den du zu zahlen hast!«

»Bleib stehen!«, warnte Kamal eindringlich. »Geh nicht weiter!«

Kalim trat auf einen losen Stein und rutschte ab. Al-Saud stürzte zu ihnen und bekam Francesca an den Händen zu fassen, die zappelnd über dem Abgrund hing. Kalim klammerte sich an einen Felsvorsprung und verharrte kurz, um wieder zu Atem zu kommen. Dann schwang er sich mühsam nach oben und schaffte es, sich auf den schmalen Vorsprung zu retten. Den Rücken an den Fels gepresst, schaute er ängstlich in die Tiefe, die sich vor ihm auftat. Dann drehte er sich um und tastete sich vorsichtig in ihre Richtung voran, bis sein Fuß sicheren Halt fand. Er spuckte in die Hände und kletterte weiter.

Francesca schrie in panischer Angst und strampelte verzweifelt mit den Beinen, um irgendwo Halt zu finden, erreichte aber nur, dass sich Kamals Position noch weiter verschlechterte. Seine Schultergelenke schmerzten, und er hatte das Gefühl, dass sich seine Hände gleich von den Handgelenken lösen würden. Die Situation spitzte sich zu, als Kamal sah, wie Kalim leichtfüßig auf sie zukletterte und die Distanz zu Francesca immer kleiner wurde, und das so schnell, dass ihm keine Zeit bleiben würde, sie in Sicherheit zu bringen.

»Francesca, hör mir gut zu«, bat er. »Konzentrier dich auf das, was ich dir jetzt sage. Ich lasse dich nicht fallen, okay? Ich lasse dich nicht fallen, aber du musst meinen rechten Arm loslassen.«

»Ich kann nicht, Kamal, ich kann nicht loslassen. Ich falle runter!«

»Hör mir zu, Francesca, bleib ganz ruhig! Du sollst dich mit beiden Händen an meinem linken Arm festhalten und dich so nah an den Fels pressen, wie du kannst. Ich lasse dich nicht fallen, vertrau mir.«

Francesca versuchte sich zu beruhigen. ›Er wird mich nicht fallen lassen‹, dachte sie und griff rasch mit beiden Händen nach seinem linken Arm. Kamals Muskeln brannten wie Feuer, und ein heftiger Schmerz schoss ihm bis in den Nacken, aber er konnte es sich nicht erlauben zu jammern. Mit der freien rechten Hand griff er nach der Pistole und feuerte mehrmals, bis der Terrorist sich vom Fels löste und in die Tiefe stürzte. Der Schmerz im linken Arm ließ nach, als sich das Gewicht wieder auf beide Seiten verteilte, aber Kamal brauchte noch einige Sekunden, bis er genügend Kraft fand, um Francesca nach oben zu ziehen.

»Stütz dich auf den Felsvorsprüngen ab und hilf mir«, sagte er.

Ihre Fußsohlen bluteten, aber Francesca merkte es nicht. Entschlossen kletterte sie weiter, während Kamal sie hochzog. Erst als sie es geschafft hatte und in Sicherheit war, sank sie bewusstlos an die Brust ihres Liebsten.

Auf dem Felssims sitzend, den Blick in den Abendhimmel gerichtet, spürte Kamal sein Herz heftig schlagen. Der Rest seines Körpers war wie taub. ›Ich muss aufstehen‹, dachte er und bewegte vorsichtig Francescas Kopf hin und her. Er rief ein paar Mal ihren Namen, bekam aber keine Antwort. ›Ich muss aufstehen‹, dachte er erneut und versuchte, sich aufzurichten. Er bettete Francesca in seinen Schoß und vergewisserte sich, dass sie noch atmete.

Kamal hatte keine Kontrolle über seine Beine, seine linke Schulter schmerzte höllisch, und ein Schwindelgefühl beeinträchtigte sein Gleichgewicht. Gegen den Fels gelehnt, versuchte er sich zu beruhigen. Er schloss die Augen und atmete tief durch. Als er das dumpfe Knallen eines Schusses hörte, reagierte er schnell und warf sich instinktiv über Francesca. Er sah genau in dem Moment hoch, als einen Schritt von ihm entfernt ein Mann in die Tiefe stürzte, das Messer in der Hand. Verwirrt drehte er sich um und sah Jacques Méchin, der noch die rauchende Pistole festhielt.

»Das war Abu Bakr«, sagte der Franzose.

19. Kapitel

Der Ritt von Petra zurück zum Lager der jordanischen Armee glich einem Albtraum. Francesca glühte vor Fieber und verlor immer wieder das Bewusstsein. Kamal versuchte, heftige Erschütterungen zu vermeiden, aber er war gezwungen zu galoppieren, weil die Zeit drängte. Schließlich hob der Jet mit Kamal, Francesca und Jacques als einzigen Passagieren nach Riad ab. Die saudischen Agenten blieben in Jordanien, um bei der Überstellung der überlebenden Terroristen in die Hauptstadt Amman zu helfen.

Kamal nahm zwei Sitze in Beschlag und bettete Francesca in seinen Schoß. Sie war nach wie vor bewusstlos und atmete flach. Ihr Gesicht war erschreckend blass. Dieses schutzlose, verletzliche Wesen war dem Hass und der Willkür ausgesetzt gewesen. Er hatte sie dem ausgesetzt. Ohnmächtige Wut übermannte ihn, und er hätte seinen Bruder Saud auf langsame, schmerzhafte Weise umgebracht, wenn er ihn vor sich gehabt hätte.

Sie hatten sie geschlagen und gefoltert, man konnte es an den Blutergüssen in ihrem Gesicht sehen, den von den Stricken aufgeschürften Handgelenken und dem getrockneten Blut auf den rissigen Lippen. Er konnte nicht aufhören, sie anzusehen, obwohl er Angst hatte, weitere Anzeichen von Misshandlung an ihr zu entdecken. Ihre Wangen wurden immer bleicher, die violetten Ringe um ihre Augen färbten sich schwarz, und ihre Gesichtszüge waren eingefallen wie bei einer Toten. Das Atmen kostete sie übermenschliche Anstrengung; dieses Röcheln machte ihn schier wahnsinnig. Er nahm ihre Hand und drückte sie an seine Lippen.

»Komm schon, Kamal, trink einen Kaffee, der wird dir guttun«, schlug Jacques vor und reichte ihm eine Tasse.

»Ich bekomme nichts runter.«

»Gib jetzt nicht auf. Sie wird sich bald erholen, du wirst schon sehen.«

»Ich mache mir große Sorgen, mein Freund. Francesca atmet immer flacher. Und sie ist so blass, sie sieht aus wie tot«, sagte er, und seine Stimme zitterte.

Francesca wälzte sich unruhig in Kamals Schoß. Sie wimmerte leise und öffnete dann die Augen.

»Liebling«, flüsterte Kamal und küsste sie auf die Stirn.

Francesca lächelte, und ihre rissigen Lippen sprangen auf. Sie versuchte seinen Namen zu sagen, brachte aber nur einen rauen, unverständlichen Laut heraus.

»Pscht … Nicht sprechen, du darfst dich nicht anstrengen«, bat Kamal.

»Wasser«, hauchte sie.

»Holt Wasser, schnell!«

Kamal hielt ihr das Glas an die Lippen, und sie trank, bis ihr das Wasser aus den Mundwinkeln lief. Sie trank so viel, bis sie schließlich würgen musste und sich erbrach. Vor Scham begann sie zu weinen. Kamal wischte ihr liebevoll den Mund ab und gab ihr erneut zu trinken. Diesmal schmeckte das Wasser nach Wasser und nicht nach Galle. Francesca trank ein paar Schluck, die ihr deutlich machten, dass sie drei lange Tage nichts zu sich genommen hatte. Die Übelkeit kehrte zurück, und ihr Bauch wurde wieder hart.

Es war schwer, sich zu beherrschen, wenn man sie so leiden sah. Kamal wusste nicht, was er tun oder sagen sollte und was er ihr geben konnte, um ihre Schmerzen zu lindern. Diese Situation brachte ihn um den Verstand. Er hatte das schreckliche Gefühl, dass Francesca den Kontakt zur Welt verlor, dass sie seinen Händen entglitt. Er redete mit ihr, versuchte sie wach zu halten, tat alles, damit sie zu sich kam. Aber das Mädchen schloss die Augen und verlor erneut das Bewusstsein.

Über Funk bestellte er einen Krankenwagen an die Landebahn in Riad. Dr. al-Zaki teilte ihm mit, dass in seiner Klinik alles bereit sei, um Francesca aufzunehmen. Kamal konnte nichts weiter tun, als zu beten, dass sie den anderthalbstündigen Flug überstehen würde.

Als sie schließlich in Riad landeten, atmete Francesca noch. Kamal trug das bewusstlose, schlaffe Bündel auf seinen Armen die Gangway hinunter. Abenabó und Kader warteten mit laufendem Motor im Rolls-Royce, um sie zur Klinik zu eskortieren. Jacques wechselte ein paar Worte mit dem Piloten und hastete dann zum Auto, aufgeschreckt von der blutroten Spur, die Kamal auf der Landebahn hinterlassen hatte. Der Prinz war verletzt und hatte nichts davon gesagt.

»Du bist verwundet!«, sagte der Franzose und hielt ihn am Arm zurück.

Entsetzt betrachtete er den Blutfleck, der sich auf der sandfarbenen Hose des Prinzen ausbreitete, und deutete darauf. Aber Kamal wusste sofort, dass das Blut nicht von ihm stammte. Francescas Nachthemd war in Höhe der Oberschenkel blutgetränkt.

»Es ist Francesca«, sagte er verzweifelt.

***

Kamal verschwendete keinen Gedanken an sich; nur unter gutem Zureden hatte man seinen Arm schienen und ihm ein Schmerzmittel verabreichen können. Für ihn zählte nur Francesca. Unruhig lief er im Flur von al-Zakis Klinik auf und ab und rauchte eine Zigarette nach der anderen. Jacques hatte aufgegeben, ihn zu beruhigen. Mauricio, der vor einer halben Stunde eingetroffen war, war nicht nach Reden zumute. Francesca schwebte in Lebensgefahr. »Sie hat viel Blut verloren«, hatte eine Krankenschwester gesagt, als sie aus dem Operationssaal kam.

Auch Abdullah al-Saud und Fadila trafen ein, nachdem sie erfahren hatten, was passiert war. Kamal umarmte seine Mutter und zog sich dann mit seinem Onkel in einen Privatraum zurück.

»Ich will strengste Sicherheitsmaßnahmen in der Klinik«, forderte Kamal, und Abdullah nickte.

»Ich werde eine Bewachung für das Mädchen abstellen«, versicherte er, »und wir isolieren sie in diesem Teil der Klinik.«

»Ich will deine besten Männer, Tag und Nacht.«

Abdullah deutete auf ein Sofa, und sie setzten sich. Während sie sich über die weiteren Schritte unterhielten, beruhigte sich Kamal ein wenig.

»Alles, was Abdel uns erzählt hat, stimmte«, erklärte Kamal. »Mein Bruder Saud und Tariki haben sich mit einem Kriminellen wie Abu Bakr eingelassen, um mich zu beseitigen.«

Diese Worte bedrückten Abdullah sehr. Jetzt, da er hier saß und in Ruhe nachdenken konnte, wurde ihm bewusst, wie groß das Problem war, mit dem sie es zu tun hatten. Er fragte sich, wie sie aus dieser verfahrenen Situation herauskommen und die Ehre Saudi-Arabiens und der Familie retten sollten, nachdem sich der König wie ein Mafioso benommen hatte.

Jacques erschien in der Tür und teilte ihnen mit, dass Dr. al-Zaki den Operationssaal verlassen habe.

»Die Patientin war seit einigen Wochen schwanger«, teilte al-Zaki mit. »Es tut mir leid, Ihnen mitteilen zu müssen, dass die Schwangerschaft beendet wurde. Als sie hier eintraf, war nichts mehr zu machen. So wie es aussieht, wurde sie in den Unterleib geschlagen. Sehr wahrscheinlich war das der Grund für die Fehlgeburt. Der Abgang des Fötus hat eine starke Blutung ausgelöst, die in ihrem geschwächten Zustand besorgniserregend ist. Wir mussten eine Ausschabung vornehmen, um eine Sepsis zu verhindern.«

»Sepsis?«, fragte Mauricio.

»Eine schwere Infektion, hervorgerufen durch Krankheitskeime. Wenn die Infektion in den Blutkreislauf gelangt, ist sie nicht mehr zu beherrschen, und wir können nichts mehr tun. Wir geben ihr starke Antibiotika. Wenn das Fieber in den nächsten vierundzwanzig Stunden sinkt, wissen wir, dass die Gefahr überwunden ist.«

Kamal sah Dr. al-Zaki sprachlos an. Er konnte nicht glauben, was er da hörte. Wie war es möglich, dass seine geliebte Francesca nach wie vor in Gefahr war? Er schloss die Augen und atmete tief durch, um die Wut und die Tränen zu unterdrücken, die in ihm aufstiegen. Doch als ihm in diesem Aufruhr der Gefühle bewusst wurde, dass sein Kind, das ihm die Frau schenken sollte, die er über alles auf der Welt liebte, nie geboren werden würde, schlug er mit der Faust gegen die Wand. Er war wie von Sinnen bei dem Gedanken, dass man sie gefoltert hatte, sie, der niemand auch nur ein Haar krümmen durfte!

Jacques und Abdullah gelang es, ihn zu beruhigen und dazu zu bewegen, sich zu setzen. Fadila sank zu seinen Füßen nieder und weinte bitterlich. Jacques fasste sie bei den Schultern und sprach ihr Trost zu. Kamal hingegen war in seinem eigenen Schmerz gefangen.

»Wie soll ich ihr das beibringen?«, brach es aus ihm heraus. »Sie war so glücklich über das Kind.«

Er hatte Angst, eine neue, bedrückende Erfahrung, die ihn zutiefst ratlos machte. Er fragte sich, woher er die Kraft nehmen sollte, Francesca ins Gesicht zu sehen, und wie er ihre Reaktion aushalten sollte. Er hatte Angst vor ihren Tränen, Angst, sie leiden zu sehen, Angst vor den Vorwürfen, Angst, sie könnte ihn hassen und ihm die Schuld geben. Er hatte Angst, sie zu verlieren. Fadila nahm sein Gesicht in ihre Hände und küsste ihn auf die Stirn.

»Es ist meine Schuld«, flüsterte Kamal.

»Du trägst keinerlei Schuld, mein Sohn.«

»Doch, es ist alles meine Schuld. Ihr habt mich gewarnt, dass ich ihr schade, wenn ich sie an mich binde. Aber ich wollte nicht auf euch hören.«

»Du liebst sie zu sehr«, rechtfertigte ihn seine Mutter.

»So sehr, dass ich mein Leben geben würde, um ihr diesen Schmerz zu ersparen.«

***

Als Kamal aufwachte, dauerte es eine Zeitlang, bis er begriff, wo er sich befand. Er war noch in der Klinik und auf der Couch im Wartezimmer eingeschlafen. Auf dem stillen, nur schwach beleuchteten Gang sah er Abdullahs Männer vor Francescas Zimmer Wache stehen. Sie grüßten ihn mit einem Kopfnicken und ließen ihn passieren. Leise betrat er das Zimmer. Die Krankenschwester war auf einem Stuhl eingeschlafen. Er bemühte sich, keinen Lärm zu machen, als er zu Francesca ging. Er wollte einen Moment für sich, ohne Zeugen und gute Ratschläge.

Lange stand er neben dem Bett und sah sie an. Schließlich kniete er sich neben sie und nahm ihre Hand.

»Wie konnte ich zulassen, dass man dir das antut, mein Liebling?«, flüsterte er. »Vergib mir. Ich hätte dich niemals allein lassen dürfen. Vergib mir. Vergib mir.«

Seine Worte erstickten in Schluchzen, und Tränen tropften auf Francescas Hand. Es fiel ihm schwer, wieder hochzublicken, aus

Angst, die Beweise der Folter zu sehen. Francesca hatte einen nicht sehr tiefen Schnitt am Kiefer und einen weiteren am Hals, die ihr Kalim zugefügt hatte. Ihre ausgetrockneten, rissigen Lippen waren ein Hinweis auf die Dehydrierung, von der al-Zaki gesprochen hatte. Er nahm es als Strafe, ganz genau hinzusehen, und mit jeder neuen Narbe und jedem neuen Bluterguss, die er entdeckte, mischten sich Wut und Zorn unter das Gefühl der Schuld.

Francesca stöhnte vor Schmerz laut auf. Kamal hoffte vergeblich, dass sie die Augen aufschlug. Das Stöhnen verstummte, und Francesca lag wieder genauso still da wie am Anfang. Sie atmete ruhig und regelmäßig. Aber als er seine Lippen auf ihre Stirn drückte, war Kamal beunruhigt, weil sie nach wie vor fieberte. Er dachte an das Baby, und die Bilder von dem, was hätte sein können, stürmten auf ihn ein.

»Allah, hab Erbarmen und lass diesen bitteren Kelch an mir vorübergehen!«

Er stand auf und verließ das Zimmer. Die Wachposten sahen ihm erschrocken hinterher, als er wie von Sinnen aus der Klinik stürmte, in seinen Jaguar stieg und davonraste.

Vor lauter Tränen konnte er kaum etwas sehen. Die Angst ließ ihn keinen klaren Gedanken fassen. Er war am Ende. Vor der ältesten Moschee von Riad hielt er den Wagen an. Das Quietschen der Bremsen hallte in der menschenleeren Straße wider. Die Hände auf dem Lenkrad, starrte er auf das alte Gebäude. Dann ging er hinein. Es war schon halb fünf vorbei, bald würde das erste Gebet beginnen. Er zog am Eingang die Schuhe aus und betrat den großen Saal.

»Vergib mir, Allah, großer und allmächtiger Gott, vergib mir!«, betete er inbrünstig. »Ich büße für meine Schuld. Mein Gewissen quält mich, und mein Kind ist tot. Vergib mir, ich hätte diese Frau nicht ansehen dürfen. Ich weiß, dass ich nun für meinen Fehler bezahle. Aber hab Erbarmen mit ihr, sie trifft keine Schuld. Hab Erbarmen, Allah, in deiner unendlichen Güte, und rette sie, ich flehe dich an.«

Er sank auf den Teppich, die Arme ausgestreckt, und begann bitterlich zu weinen. So blieb er liegen, bis ihn eine halbe Stunde später die monotone Stimme des Muezzins in die Realität zurückholte. »Gott ist groß, es gibt keinen Gott außer Allah, und Mohammed ist sein Prophet. Kommt zum Gebet.« Die Moschee füllte sich mit Männern, die ihre Sandalen ablegten, sich wuschen und in Reihen auf dem Teppich Platz nahmen, das Gesicht gen Mekka gerichtet. Wie aus einem Munde wiederholten sie die Gebete, neigten sich auf den Knien zur Erde, während der Vorbeter die Suren des Korans rezitierte.

Eine halbe Stunde später verließen sie das Gotteshaus genauso still und leise, wie sie gekommen waren. Kamal folgte der Menge, zog die Schuhe an und stieg ins Auto. Er beschloss, zu Hause vorbeizufahren, bevor er wieder in die Klinik fuhr. Er hatte sich seit Tagen weder gewaschen noch etwas Vernünftiges gegessen; außerdem fühlte er sich schrecklich schwach auf den Beinen. Als er in seine Wohnung kam, ließ er sich ein Bad bereiten. Beim ersten Kontakt mit dem heißen Wasser verkrampften seine Muskeln, doch dann entspannte er sich. Er zog frische Kleider an und trank eine Tasse starken schwarzen Kaffee, wie er ihn mochte. Doch obwohl süßes Gebäck und Konfitüre bereitstanden, aß er keinen Bissen.

Als er in der Klinik ankam, war Francesca bei Bewusstsein. Ihre Haut war frisch und ihr Puls regelmäßig, aber sie war sehr schwach und ein bisschen durcheinander. Als er ins Zimmer kam, waren Dr. al-Zaki und zwei Krankenschwestern gerade dabei, sie zu untersuchen. Der Arzt leuchtete in ihre Pupillen, eine Schwester maß den Blutdruck, die andere wechselte den Tropf. Fadila stand schweigend neben Mauricio und Jacques.

»Ich habe Durst«, murmelte Francesca.

»Wir können Ihnen kein Wasser geben, Mademoiselle«, sagte al-Zaki. »Sie bekommen eine intravenöse Lösung. Schwester, tauchen sie ein Stück Gaze in kaltes Wasser und befeuchten Sie ihr die Lippen.«

»Ich mache das«, erklärte Kamal und nahm der Schwester die Gaze ab. »Hallo, Liebling. Wie fühlst du dich?«

»Ein bisschen schwach«, murmelte sie.

Kamal befeuchtete ihre Lippen mit der Gaze und küsste sie dann. Sie schloss die Augen und atmete den Moschusduft ein, den sie so sehr liebte. Endlich war der Albtraum zu Ende.

»Und das Baby?«, fragte sie dann plötzlich und sah den Arzt an.

An Kamals Reaktion, der auf einmal ganz ernst wurde und ein wenig zurückwich, merkte sie, dass etwas nicht stimmte.

»Und mein Baby?«, fragte sie noch einmal unsicher.

Der Arzt trat ans Bett und erklärte ihr ganz direkt, dass sie aufgrund der Schläge, die sie erhalten habe, und wegen ihres schlechten Allgemeinzustands eine Fehlgeburt erlitten habe. Francesca wandte das Gesicht ab, krümmte sich zusammen und begann zu weinen. Fadila umklammerte Jacques' Arm, der die Tränen nicht zurückhalten konnte. Mauricio verließ eilig das Zimmer.

Kamal nahm sie in den Arm und vergrub das Gesicht in ihrem Haar. Er flüsterte ihr tröstende Worte zu, die sie nicht hörte. Wie von Sinnen wiederholte sie immer wieder, dass man ihr Baby umgebracht habe, dass sie es nicht hatte schützen können, als sie geschlagen wurde, dass *sie* es umgebracht hatten. Auf eine leise Anweisung von al-Zaki spritzte die Schwester ihr eine starke Dosis Valium. Francesca begann auf Spanisch vor sich hin zu murmeln. Sie sprach von ihrer Mutter und von Fredo, und jeder zusammenhanglose Satz traf al-Saud tief ins Herz. Er nahm ihre Hand, küsste sie und streichelte ihr über die Stirn.

Minuten später war Francesca eingeschlafen. Es war ein unruhiger Schlaf, in dem sie wie in den Höhlen von Petra voller Angst Kamals Namen rief, und obwohl Kamal immer wieder sagte: »Ich bin da, Liebling, ich bin bei dir«, hörte sie nicht auf, nach ihm zu rufen.

***

Eine Woche später wurde sie entlassen, doch Dr. al-Zaki verordnete ihr strenge Bettruhe, Schonkost und Erholung. Während ihres Klinikaufenthalts hatte Francesca sich wieder gefasst. Man ließ sie nie allein, und alle bemühten sich, sie mit harmlosem Geplauder abzulenken. Das Wiedersehen mit Sara, die im Wechsel mit Kasem die Nächte in der Klinik verbrachte, hatte sie sehr berührt.

Niemand erwähnte die Entführung, aber sie wollte mehr erfahren und fragte nach. Man versicherte ihr, dass keiner ihrer Häscher auf freiem Fuß sei, doch es beunruhigte sie, dass sie weiterhin von Abenabó und Kader bewacht wurde. Kamal knurrte nur, wenn sie ihn darauf ansprach, und wurde noch wortkarger als sonst. Er legte ein sonderbares Verhalten an den Tag, das ihr Angst machte. Da war etwas in seinem Blick, das sie nicht von ihm kannte. Trauer vielleicht? Ja, Trauer und Schmerz; schließlich hatte auch er sein Kind verloren. An einem der wenigen Abende, die sie für sich allein hatten, hatte Francesca ihn schließlich gefragt, warum er so schweigsam und in sich gekehrt sei.

»Ich kann nicht mit der Schuld leben«, hatte er gesagt.

Jacques Méchin klopfte an der Tür und gab Bescheid, dass al-Zaki soeben die Entlassungspapiere unterzeichnet habe. Als Francesca die Klinik verließ, wurde sie von zwei Wagen mit bis an die Zähne bewaffneten Leibwächtern eskortiert. Abdullah hatte seinem Neffen den besten Schutz für das Mädchen versprochen – unter der Bedingung, dass sie sofort das Land verließ, sobald sie wieder völlig hergestellt sei. Saud und sein Minister Tariki waren nach wie vor straffrei und auf freiem Fuß, und Kamal schwor sich, dass er nicht eher ruhen würde, bis sie verfemt und verachtet im Exil saßen, während man ihn selbst zum Herrscher proklamierte. Sobald sie aus der Politik verschwunden wären, könnte ihnen leicht etwas zustoßen. Fürs Erste hielt ihn diese Aussicht aufrecht.

Mit Ausnahme von Sara und Kasem kannte niemand von den Botschaftsangestellten die wahren Gründe für Francescas Verschwinden. Trotz der gedrückten Stimmung – die politische Lage in Argentinien war unsicher und verhieß nichts Gutes – veranstalteten sie eine kleine Willkommensfeier.

Nach allem, was sie erlebt hatte, war Francesca dankbar für die tägliche Routine in der Botschaft. Sie stürzte sich in Akten, Sitzungsprotokolle, Berichte und alles, was den Schmerz darüber betäubte, dass ihr Bauch nichts als eine leere Hülle war. Aber man ließ sie nicht viel machen, weil sie die meiste Zeit liegen musste. Die Stunden, die sie allein im Bett verbrachte, waren eine Qual für sie. Kamal kam sie jeden Tag besuchen und brachte ihr jedes Mal weiße Kamelien mit, die überall im Zimmer standen, aber auf Francesca wirkte er abweisend und kühl. Sie waren nur selten allein, und in diesen raren Momenten behauptete Kamal, dass es nur die Müdigkeit sei.

»Weshalb hast du in der Klinik zu mir gesagt, du könntest nicht mit der Schuld leben? Gibst du dir etwa die Schuld an der Entführung?«

Kamal verneinte und wechselte das Thema, und Francesca traute sich nicht, weiter in ihn zu dringen. Eines Abends kam Kamal in Begleitung seiner Mutter und seiner Schwester Fatima. Francesca wusste, dass Fatima an dem Morgen dabeigewesen war, als sie wieder zu sich gekommen war, aber sie hatte keine

Erinnerung daran. Jetzt saßen sie sich nach so langer Zeit wieder gegenüber, in dem Wissen, dass die religiösen und kulturellen Unterschiede, die in Dschidda zwischen ihnen gestanden hatten, nach wie vor existierten. Fadila legte ihre *abaya* ab und sah sie lange an. Dann reichte sie ihr einen Olivenzweig, küsste sie auf die Stirn und schenkte ihr eine goldene, mit Rubinen besetzte Brosche, die ihrer Großmutter mütterlicherseits gehört hatte. Fatima, fröhlich wie immer, überschüttete sie mit Komplimenten und beteuerte, sie sei zwar ein bisschen dünn, aber nach wie vor die schönste Frau, die sie je gesehen habe. Sie bestellte ihr Grüße von den anderen Mädchen und überreichte ihr ein Taschentuch, das die kleine Yashira bestickt hatte. Dann tranken sie Tee und unterhielten sich wie alte Freundinnen. Fatima hielt sich nicht an die Anweisungen ihrer Mutter und löcherte Francesca mit Fragen über die westliche Lebensweise. Sie staunte angesichts der Vorstellung, ohne Schleier, ohne männliche Begleitung und mit unverhüllten Knöcheln auf die Straße zu gehen, Auto zu fahren und ganz allein mit einem Buch im Café zu sitzen. Dass die Frauen arbeiteten und ihr eigenes Geld verdienten, machte sie völlig fassungslos. Nach langer Zeit sah Francesca Kamal zum ersten Mal wieder lächeln.

Die nächtliche Stille machte ihr zu schaffen, denn dann kehrten das Gefühl der Einsamkeit und die Panik aus der Zelle in Petra zurück. Sie schlief unruhig und wachte bald atemlos und schweißgebadet wieder auf. Wenn doch nur Kamal neben ihr läge! Sie sehnte sich danach, sich in seine Arme zu schmiegen und ihren Kopf an seine Brust zu lehnen. Sie brauchte die Sicherheit seines Körpers, die Ruhe und die Freude, die sie nur bei ihm empfand. Sie fühlte sich fürchterlich einsam, auch wenn Kamal bei ihr war. Die Hochzeit hatte er nicht mehr angesprochen, und sie hatte nicht den geeigneten Moment gefunden, ihn danach zu fragen. Manchmal, wenn sich ihre Blicke begegneten, sah er verlegen weg. Sie war wütend auf sich, weil sie sich Sorgen machte, aber da war dieser seltsame Ausdruck in seinen Augen, der nicht wieder verschwunden war und mit jedem Tag stärker wurde.

Durch Saras Pflege und die Ruhe kam Francesca wieder zu Kräften. An einem sonnigen Nachmittag Ende April befand Dr. al-Zaki, der sie häufig in der Botschaft besuchte, dass sie völlig wiederhergestellt sei, und empfahl ihr lediglich, mit einer erneuten Schwangerschaft zwei Jahre zu warten. Francesca errötete und sah zu Kamal hinüber, doch der stand da und rauchte, den Blick auf die Landschaft draußen gerichtet.

Al-Zaki verabschiedete sich, und Sara begleitete ihn zur Tür. Francesca trat zu Kamal und sagte, dass sie einen Spaziergang durch den Park machen wolle. Ein kühler Wind strich über ihre Wangen, und sie dachte, dass der Schmerz bald vorüber sein würde. Kamal hielt ihre Hand, und das war alles, was zählte.

»Ich bin froh, dass al-Zaki deinen Gesundheitszustand so gut beurteilt«, sagte Kamal und deutete auf eine Bank in einigen Schritten Entfernung. »Setzen wir uns. Ich muss dir etwas sagen.«

Die vornehme Blässe von Francescas Gesicht, die ihre Augen und ihr Haar noch dunkler wirken ließ, erschien ihm unwiderstehlich. Sie war so wunderschön, und er hatte große Lust, sie zu küssen. ›Ich darf es nicht‹, sagte er sich und sah weg.

»Ich will, dass du Saudi-Arabien verlässt, jetzt, wo du wieder ganz gesund bist. Du bist hier nicht sicher. In spätestens zwei Tagen wirst du abreisen.« Und als Francesca ihn nur ansah, ohne etwas zu sagen, setzte er hinzu: »Du sollst mich vergessen und alles, was du meinetwegen erlebt hast. Irgendwann wirst du vielleicht an mich zurückdenken und mir verzeihen, was ich dir angetan habe.«

»Was redest du denn da, Kamal? Du machst mir Angst. Hast du den Verstand verloren?«

»Ja, und zwar seit dem Abend, als ich dich kennengelernt habe und deine Schönheit mir den Kopf verdreht hat. Seit jenem Tag hat die Unvernunft mich beherrscht und mein ganzes Handeln bestimmt, und ich habe einen Fehler nach dem anderen gemacht. Ich erinnere mich noch an den Tag auf meinem Anwesen in Dschidda, als Sadun mir sagte, dass Mauricio und du angekommen wärt. Mir war bewusst, dass deine Anwesenheit in meinem Haus eine gefährliche Linie überschritt, von der es kein Zurück mehr gab. Als ich dir später zusah, wie du schliefst, fand in meinem Inneren ein heftiger Widerstreit zwischen meinen Gefühlen und meinem Verstand statt. Dann hast du die Augen geöffnet, hast etwas gemurmelt und bist wieder eingeschlafen, und das genügte, um die Stimme des Verstands zum Schweigen zu bringen und ein weiteres Mal deinem Zauber zu erliegen, der eine solche Macht über mich ausübt.«

»Ich erinnere mich vage. Ich dachte, es wäre ein Traum gewesen.«

»Du bist eine starke Frau, und ich bin sicher, dass du den Albtraum der Entführung und alles andere vergessen wirst. Ich möchte, dass du dein altes Leben wieder aufnimmst und über das Erlebte hinwegkommst«, sagte er, und es klang wie ein Befehl.

Francesca sah ihn fassungslos an. Sie begriff, dass Kamal sie wegschickte, aber sie weigerte sich, es zu akzeptieren.

»Wir gehen zusammen, oder?«

»Nein. Du fährst alleine, und wir werden uns nie wiedersehen.«

»Und unsere Hochzeit? Unsere Pläne?«

»Du bist jung, die ganze Zukunft liegt noch vor dir. Du brauchst mich nicht, um glücklich zu sein. Im Gegenteil, mit mir würdest du unglücklich, und das könnte ich nicht ertragen. Ich habe dir schon zu sehr wehgetan. Unsere Wege müssen sich trennen.«

»Niemals!«, entgegnete Francesca und sprang auf. »Ich will

nicht ohne dich leben. Du hast mir nicht wehgetan, sondern mich glücklich gemacht. Du sagst das nur, weil du dir die Schuld an der Entführung und der Sache mit dem Baby gibst. Du bist ungerecht und hart zu dir selbst.«

»Ich kann gar nicht hart genug mit mir sein! Unser Kind ist durch meinen Egoismus, meinen Starrsinn und meine Verblendung gestorben, und beinahe wärst auch du gestorben – nicht zu sprechen von dem, was dir deine Entführer angetan haben. Glaubst du, es sei leicht für mich, mit dieser Schuld zu leben, die mich fast auffrisst? Ich muss dich fortschicken. Du musst weggehen! Wir werden uns nie wiedersehen«, sagte er erneut und wandte sich um.

Francesca hielt ihn zurück, schlang die Arme um ihn und sah ihn verzweifelt an. Kamal drückte sie fest und küsste sie mehrmals aufs Haar. Er war am Boden zerstört.

»Komm schon, Francesca«, sagte er und schob sie von sich, »du wirst sehen, es ist besser so. Irgendwann wirst du mir dankbar sein, dass ich dich weggeschickt habe, und unsere gemeinsame Zeit wird dir in der Erinnerung wie eine verrückte, gedankenlose Liebelei vorkommen.«

»Wie kannst du unsere Liebe eine verrückte, gedankenlose Liebelei nennen? Ich liebe dich! Du bist alles für mich!«

»Nur Allah vermag deine Liebe zu begreifen, nach allem, was du meinetwegen erlitten hast. Wie kannst du sagen, dass du mich liebst, nachdem ich dich rücksichtslos aus deiner Welt gerissen und den Grausamkeiten meiner Welt ausgesetzt habe? Du warst schwach und verletzlich, und ich war nicht in der Lage, dich zu beschützen. Nein, Francesca, ich will nicht mit dem Gedanken leben, dass ich mit jeder Sekunde, die ich dich hier zurückhalte, dein Leben in Gefahr bringe!«

»Und ich sage dir, dass ich lieber sterbe, als mich von dir zu trennen! Ich werde so oder so sterben, aus Liebe zu dir.«

»Niemand stirbt aus Liebe«, sagte Kamal, aber in seiner Stimme schwang Zweifel mit.

»Wie kannst du so etwas zu mir sagen? Du bist grausam!«

Francesca schlug die Hände vors Gesicht und begann bitterlich zu weinen. Kamal wollte gehen, aber er hatte nicht die Kraft, sie in diesem Zustand zurückzulassen. Er drückte sie erneut an seine Brust, wohl wissend, dass seine Entscheidung am seidenen Faden hing. Ein einziger Kuss würde genügen, um seine Meinung zu ändern. Er löste sich von ihr und reichte ihr ein Taschentuch.

»Liebst du mich denn nicht mehr?«, wollte Francesca wissen. Er schwieg. »Und wenn du deine Liebe tausendmal leugnen würdest, Kamal al-Saud, ich würde dir nicht glauben. Deine Augen verraten dich. Was sie mir heute sagen, ist das genaue Gegenteil von dem, was deine Worte mir weismachen wollen.«

»Ich werde meine Meinung nicht ändern. In zwei Tagen reist du ab.«

»Du bist herzlos und stur. Vielleicht gibt es ja doch etwas, das du mehr liebst als alles andere: Saudi-Arabien. Dein Volk ist der Grund, warum du mich verlässt. Du weißt, dass deine Familie niemals einen König akzeptieren wird, der mit einer Frau aus dem Westen verheiratet ist – einer Ungläubigen!, denn nichts anderes bin ich für sie –, und du bist bereit, mich zu opfern, wenn du damit deine Herrschaft sichern kannst.«

»Sei still! Du weißt ja nicht, was du da sagst. Du bist ungerecht, und deine Worte verletzen mich zutiefst. Ja, ich schicke dich fort, und nur ich weiß, wie schwer mir das fällt. Ich will dir nicht weiter wehtun und irgendwie wiedergutmachen, was ich dir angetan habe. Ich weiß nicht, welcher Teufel mich an jenem Abend geritten hat, als ich beschloss, dich aus deiner Welt zu reißen und dich zu zwingen, in meiner zu leben. Wie kannst du glauben, dass du an der Seite eines Arabers leben könntest, mit völlig anderen Sitten und Gebräuchen, ohne die Freiheit, an die du gewöhnt bist? Denn nichts anderes bin ich, Francesca: ein Araber. Jetzt redest du so, aber der Tag wird kommen, an dem du mich hasst, und das könnte ich nicht ertragen. Es würde mich umbringen.«

Kamal ging und ließ sie mit einer Leere zurück, in der nur das Knirschen seiner Schritte auf dem Kies zu hören war. Er ging, sie hatte ihn verloren, sie hatte ihn nicht zurückhalten können. Francesca kannte ihn gut genug, um zu wissen, dass es endgültig war. Zwischen ihnen war alles aus, und nichts würde Kamals Meinung ändern. Merkte er denn nicht, dass er sie mit diesem Entschluss umbrachte? Sie ließ sich auf die Bank sinken. Dort saß sie, den Blick in die Kronen der Palmen gerichtet, bis sich die Nacht über den Park senkte und ein Wachmann sie bat, ins Haus zu gehen. Mit müden Schritten ging sie auf ihr Zimmer, schloss die Tür hinter sich und blickte sich um, ohne zu wissen, was sie tun sollte. Die Perlenkette, die Kamal ihr an jenem fernen, glücklichen Abend geschenkt hatte, lag in ihrem Kästchen. Sie nahm sie in die Hand und betrachtete sie lange, während so viele schöne Erinnerungen auf sie einstürmten. Wütend zerrte sie an der Kette, bis sie zerriss und die Perlen über den Parkettboden rollten und sich im ganzen Zimmer verteilten.

»Perlen bringen Tränen!«, schluchzte sie.

Sara fand sie auf dem Boden kauernd, den Rücken an die Wand gelehnt. Sie sammelte die Perlen ein und half ihr, aufzustehen. Francesca ließ sich willenlos ausziehen und das Nachthemd überstreifen. Saras Dienstfertigkeit und ihre sanften Hände erinnerten sie an Zobeida und die Tage in der Oase von Scheich al-Kassib.

Francesca legte sich ins Bett, und Sara deckte sie zu. Sie dachte an ihre Mutter und wünschte, sie wäre bei ihr. Sie brauchte sie so sehr. Es wäre gut, nach Argentinien zurückzukehren. Nein, sagte sie sich dann, noch besser wäre es, die Augen zu schließen und nie mehr aufzuwachen.

***

Jacques Méchin wusste, dass er Kamal auf dem Anwesen in Dschidda finden würde. Kamal suchte immer dort Zuflucht, wenn er nachdenken wollte. Während er durch die Wüste zum Roten Meer fuhr, rief er sich das letzte Gespräch mit Kamal in Erinnerung.

»Ich werde sie verlassen, Jacques.«

»Warum? Liebst du sie nicht mehr?«

»Doch, das weißt du genau.«

»Warum dann?«

»Du hattest recht. An meiner Seite wäre sie in ständiger Lebensgefahr. Sie würde niemals glücklich werden, und ich hätte keine Ruhe mehr. Ich will Francesca nicht noch einmal in Gefahr bringen, auch wenn es ist, als risse man mir einen Arm ab. Außerdem ist bei dem, was die Zukunft für mich bereithält, kein Platz für Francesca.«

»Ehrlich gesagt bin ich mir gar nicht mehr sicher, ob es so klug ist, dich von dem Mädchen zu trennen, wie ich dir damals geraten habe. Die Rache macht dich blind. Der Verdacht, dass es Saud war, der das Komplott gegen Francesca geschmiedet hat, raubt dir schier den Verstand, und an die Stelle der Liebe, die du für sie empfindest, tritt der Hass auf deinen Bruder.«

»Du weißt genau, dass es nicht nur ein Verdacht ist. Saud und Tariki wollen mich loswerden. Sie haben ihr Spiel gespielt und versucht, mich auszuschalten. Jetzt bin ich an der Reihe, und du kannst dir sicher sein, dass ich den richtigen Spielzug machen werde. Es wird eine saubere Sache sein.«

»Und was bleibt dir, wenn du Saud vernichtet hast?«

»Das weiß ich nicht, und es interessiert mich auch nicht. Ich weiß nur, dass ich nicht in Frieden leben kann, bis ich ihn vernichtet habe. Es wird ein langsamer, qualvoller Tod sein – ich werde ihn nach und nach zerstückeln, wie er es mit mir versucht hat und mit dem, was ich am meisten liebe.«

Am frühen Nachmittag hielt Jacques vor dem Anwesen in Dschidda. Sadun empfing ihn, aufrichtig erfreut, ihn zu sehen.

»Herzlich willkommen, Monsieur Méchin! Der Herr Kamal wird glücklich sein, Sie zu sehen. Wissen Sie, ich mache mir Sorgen um den Herrn. Er sieht sehr schlecht aus. Er ist wortkarg und verschlossen wie immer, aber sein Herz ist traurig. Er isst praktisch nichts. Das Licht in seinem Zimmer brennt bis spät in die Nacht, und wenn er es dann endlich ausmacht, höre ich ihn bis zum Morgengrauen im Zimmer auf und ab gehen. Manchmal schaue ich aus meinem Fenster und sehe ihn im Garten stehen und rauchen, den Blick in den Himmel gerichtet. Er raucht viel, wo er doch immer ein mäßiger Raucher war. Sie werden es nicht glauben, aber er weigert sich, Besuch von seiner Mutter und den Mädchen zu empfangen. Und Sie wissen doch, wie gerne er sie immer um sich hatte! Tagsüber reitet er auf Pegasus aus, diesem verrückten Pferd, und bleibt stundenlang verschwunden. Manchmal mache ich mir Sorgen, wenn er erst nachts völlig erschöpft zurückkommt. Was ist nur mit meinem Herrn los, Monsieur Méchin? Wir dachten, wir würden ihn nach der Hochzeit mit der Argentinierin wiedersehen, aber kein Zeichen von ihr, und ich traue mich nicht, zu fragen.«

»Die Argentinierin ist in ihre Heimat zurückgekehrt, Sadun. Jetzt bring mich zu Kamal, ich muss ihn unbedingt sehen.«

Er fand ihn in seinem Arbeitszimmer, den Koran in der einen, seine *masbaha* in der anderen Hand. Als Kamal ihn in der Tür stehen sah, ging er ihm entgegen und umarmte ihn.

»Was machst du denn hier? Ich weiß doch, dass du Dschidda nicht magst.«

»Ich habe nichts mehr von dir gehört, seit du Riad vor zwei Wochen verlassen hast. Ich wollte dich sehen. Ich habe dich vermisst.«

Die aufrichtige Antwort des sonst so zurückhaltenden Franzosen klang sonderbar in Kamals Ohren, und er lächelte.

»Du bist gefühlsduselig geworden«, sagte er und bat Sadun, etwas zu essen und zu trinken zu bringen.

Sie unterhielten sich über dies und das. Kamal war bemüht, sich von seiner witzigen Seite zu zeigen, aber Méchin kannte ihn zu gut, um nicht zu merken, wie aufgewühlt er war. Er wirkte eingefallen und hager, hatte sich seit Tagen nicht rasiert und brauchte einen neuen Haarschnitt.

»Eigentlich bin ich hergekommen, weil ich wissen will, wie es dir geht.«

Kamal ließ die Maske aufgesetzter Heiterkeit fallen und richtete seinen Blick auf Méchin, der trotz ihrer langjährigen Vertrautheit den Zorn des Prinzen fürchtete. Kamal wurde nicht wütend und wirkte auch nicht unangenehm berührt, aber er gab keine Antwort. Schließlich stand er auf, ging ein paar Schritte und fragte dann: »Hast du sie gesehen, bevor sie abgereist ist?«

»Warum willst du dich quälen? Was bringt es dir, von ihr zu hören? Du wirst nur noch mehr leiden.«

»Hast du sie gesehen?«, fragte Kamal noch einmal, ruhig, aber bestimmt.

»Ja.«

»Wie ging es ihr?«

»Sie war am Boden zerstört.«

Kamal, der Méchin den Rücken zuwandte, umklammerte sein Glas und schloss die Augen. Ein Schlag in die Magengrube hätte ihm nicht so wehgetan wie dieser Satz.

»Sie liebt dich aus tiefstem Herzen.«

»Weshalb sagst du das so vorwurfsvoll?«, erregte sich Kamal. »Hattest nicht du mir geraten, sie zu verlassen?«

»Vielleicht habe ich mich geirrt«, gestand Jacques ein und blickte zu Boden.

»Alle scheinen sich geirrt zu haben. Du, meine Mutter, mein Onkel Abdullah, das ganze saudische Volk, der Koran. Aber den größten Fehler habe ich gemacht, weil ich sie weggeschickt und zugelassen habe, dass man sich in mein Leben einmischt. Sie hat mir vertraut, sie hat sich mir hingegeben und viel durchgemacht meinetwegen, und ich habe sie verstoßen wie einen Gegenstand, den man nicht mehr haben will. Ich bin schuld, dass es ihr schlechtgeht, wo es doch in Wahrheit nichts Wichtigeres für mich gibt als sie.«

Méchin trat zu ihm und reichte ihm einen Umschlag. Kamal sah ihn überrascht an.

»Was ist das?«

»Ein Brief. Francesca hat mich gebeten, ihn dir zu geben, als ich sie das letzte Mal sah. Das war vor einer Woche, vor ihrem Rückflug nach Argentinien.«

Kamal wusste genau, dass Francesca vor einer Woche abgereist war. Sie hatte Saudi-Arabien und seiner Welt für immer den Rücken gekehrt und eine Leere in ihm hinterlassen, von der er nicht wusste, wie er damit zurechtkommen sollte. Francesca war gegangen, er würde sie nicht wiedersehen. Ohne sie hatte sein Leben keinen Sinn mehr, und weder seine Rache an Saud noch seine Zukunft als Herrscher konnten das wettmachen. Es wurde ganz still um ihn herum, und er hörte nicht, wie Jacques Méchin eine Entschuldigung murmelte und den Raum verließ. Erst später, als er in seinem Schlafzimmer allein war, traute er sich, den Umschlag zu öffnen.

Riad, der 10. Mai 1962

Mein geliebter Kamal,

ich weiß nicht, wie ich diesen Brief anfangen soll, denn mir kommt nichts anderes in den Sinn als: Ich liebe dich so sehr. Ich kann mich nicht damit abfinden, was gerade mit uns passiert, ich begreife nicht, wie unser beider Leben, von denen ich dachte, dass sie für immer miteinander verbunden seien, plötzlich unterschiedliche Richtungen nehmen. Ich kann es einfach nicht glauben.

Warum hast du mich verlassen, Kamal? Ich verstehe deine Entscheidung nicht. Du liebst mich noch, das weiß ich. Wenn ich morgens aufwache, versuche ich mir einzureden, dass alles nur ein böser Traum ist. Gleich wirst du durch die Tür kommen, mich anlächeln, wie nur du lächeln kannst, deine Augen werden vor Glück funkeln, und dann wirst du mich in deine Arme nehmen, um mich weit fortzubringen.

Du fehlst mir so sehr. Warum bestehst du auf dieser grausamen Folter? Ich sehne mich nach deinen Händen auf meiner Haut, deinem Mund auf meinem, nach den Vollmondnächten in der Wüste und unseren beiden Körpern im warmen Sand. Warum hast du mir das Paradies gezeigt, um mich jetzt in die finsterste Hölle zu stoßen?

Ich will ehrlich zu dir sein. Ich möchte nicht für mich behalten, was ich empfinde, und eines Tages bereuen, dir diese Dinge nicht gesagt zu haben. Ich frage mich, ob es mir gelingen wird. Ich war so glücklich mit dir, und es ist ein schrecklicher Gedanke, dass ich nie mehr glücklich sein werde. Warum sollte ich glauben, dich für immer verloren zu haben? Ich kann mich nicht damit abfinden, Kamal. Komm zu mir zurück. Du weißt, dass ich auf dich warte, mein ganzes Leben lang werde ich auf dich warten.

Bevor ich diesen Brief beende, möchte ich dir noch eines sagen: Wenn du mich von dir fernhältst, um mein Leben zu beschützen, wenn du es tust, weil du befürchtest, mir könnte wegen deiner Familie etwas Schlimmes zustoßen, dann sterbe ich lieber, als zu wissen, dass ich dich nie wiedersehen werde. Denn bis es so weit sein sollte, werde ich mit dir glücklich sein und nicht so am Boden zerstört wie jetzt. Lass mich selbst mein Schicksal wählen.

Ich liebe dich.
Dein für immer,
Francesca

P.S.: Ich möchte, dass du Rex behältst und jedes Mal, wenn du ihn siehst, an den Abend in der Oase zurückdenkst.

Kamal ließ sich aufs Bett fallen, den Brief auf der nackten Brust. Das Herz schlug ihm bis zum Hals, und heiße Tränen rannen über seine Wangen.

»Francesca …«, murmelte er. »Mein Liebling.«

20. Kapitel

Francesca nahm Marinas Einladung an, vor der Rückreise nach Córdoba noch einige Tage in Genf zu verbringen. Marinas Gesellschaft würde ihr guttun; es gelang ihr immer, sie aufzumuntern.

Es tat Francesca gut, ihr Herz ausschütten und von ihrer bitteren Erfahrung erzählen zu können. Endlich konnte sie in Marinas Armen weinen, wie sie es nicht gekonnt hatte, seit Kamal sie verlassen hatte. Doch ihr Herz blieb gebrochen. Die Vorstellung, dass Kamal in Zukunft nur noch eine Erinnerung sein sollte, ein Name, ein Bild, das mit der Zeit verblasste, wollte sie nicht akzeptieren. Sie fragte sich, wie sie zum täglichen Einerlei übergehen sollte, nachdem ihr das Leben mit ihm wie ein endloses Abenteuer erschienen war. Wie sollte sie verhindern, dass sie in jedem Mann nur ihn sah, dass die Küsse der anderen nach seinen Küssen schmeckten? Sie würde den Geruch seines Parfüms und den Klang seiner Stimme in der Menge suchen, sie würde nur darauf warten, dass das Telefon klingelte und der Briefträger kam. Tag und Nacht würde sie an ihn denken müssen. »Niemand stirbt aus Liebe«, hatte Kamal gesagt, aber sie wusste genau, dass dieser bohrende Schmerz sie am Ende umbringen würde.

»Ich kann mir vorstellen, dass das, was dir passiert ist, sehr traurig ist«, räumte Marina ein, »aber du hast immerhin das Glück gehabt, geliebt zu haben und geliebt worden zu sein. Ich hingegen weiß nicht mal, was Liebe ist.«

Diese Worte gingen ihr tagelang durch den Kopf und halfen

ihr tatsächlich ein wenig aus dem Zustand tiefer Verzweiflung, in den sie verfallen war. Zurück blieb nur die Traurigkeit, die ihre Freundin sie mit ihren Einfällen hin und wieder vergessen ließ. Eines Abends schlenderten sie am Ufer der Genfer Sees entlang und schleckten ein Eis, als Marina sie plötzlich nach Aldo fragte. Francesca dachte einen Moment nach, dann sagte sie: »Ich befürchte, nach Kamal al-Saud werde mich nie wieder in einen anderen Mann verlieben können.«

»Und was wäre, wenn Aldo es nach deiner Rückkehr nach Córdoba noch mal versuchen würde?«

»Nicht mal wenn Aldo verwitwet wäre, würde ich zu ihm zurückkehren«, antwortete Francesca. »Und das sage ich nicht, weil ich nachtragend bin, sondern einfach nur, weil mein Herz Kamal gehört. Ich würde jeden anderen Mann betrügen, wenn ich eine Beziehung mit ihm anfangen würde.«

Drei Wochen später war Francesca noch immer in Genf und hatte trotz der Bitten ihrer Mutter wenig Lust, nach Córdoba zurückzukehren. Aber Marinas Urlaub ging zu Ende, und es hatte keinen Sinn, ihren Abflug noch länger hinauszuschieben.

***

Letzten Endes war es nicht so schwer gewesen, ihr Leben in Córdoba wieder aufzunehmen, wie sie erwartet hatte. Die Zuwendung ihrer Freunde, insbesondere aber ihrer Mutter und ihres Onkels Fredo, war Balsam für ihre verwundete Seele gewesen. Sie hatte nur Fredo von der Entführung erzählt, und sie waren übereingekommen, Antonina gegenüber nichts davon zu erwähnen. Sofía war enttäuscht, als sie hörte, dass aus der Romanze zwischen ihrer Freundin und dem saudischen Prinzen nichts geworden war, musste aber zugeben, dass sie froh war, sie wieder bei sich zu haben.

Francesca zog nicht wieder in die Villa der Martínez Olazábals. Sie hätte es auch nicht getan, wenn Aldo nicht dort gewohnt hätte. Für sie war diese Etappe ihres Lebens vorbei. Es war an der Zeit, auf eigenen Füßen zu stehen, und sie hatte begonnen, sich nach einer Wohnung umzusehen.

»Ich bin dagegen, dass du zur Miete wohnst«, sagte Fredo. »Das ist aus dem Fenster geworfenes Geld. Du weißt ja, dass du jederzeit bei mir willkommen bist und so lange bleiben kannst, wie du möchtest. Außerdem erbst du die Wohnung sowieso, wenn ich mal sterbe. Deiner Mutter wird der Gedanke überhaupt nicht gefallen, dass du ausziehst und alleine wohnst. Sie wird entsetzt sein.«

»Mit diesen Argumenten kannst du mich nicht überzeugen«, erklärte Francesca. »Ich habe schon lange keine Angst mehr vor meiner Mutter. Ich bleibe bei dir wohnen, bis ich etwas Vernünftiges gefunden habe. Du kannst mich nicht umstimmen, Onkel Fredo. Demnächst ziehe ich aus.«

»Wenn du so fest entschlossen bist«, hakte Fredo nach, »warum kaufst du dir dann keine Wohnung?«

»Weil ich dafür nicht genug Geld habe.«

»Ich gebe es dir.«

»Das kann ich nicht annehmen.«

»Warum kannst du das nicht annehmen?«, regte sich Fredo auf. »Ich gebe dir das Geld, weil du für mich der wichtigste Mensch auf der Welt bist. Ich will immer nur das Beste für dich, Francesca. Nimm mir diese Freude nicht.«

»In Ordnung«, gab sie schließlich nach und hakte sich bei ihrem Onkel unter.

Francesca bemühte sich, mit offenen Augen durchs Leben zu gehen. Oft sagte sie sich, dass es dumm war, nur in der Vergangenheit zu leben, und fand für kurze Zeit die Energie, zuversichtlich in die Zukunft zu blicken. Doch bei jeder Kleinigkeit kamen die Erinnerungen wieder hoch, und sie versank aufs Neue in ihrem Kummer. Sie fand es eine tröstliche Vorstellung, dass die Wunde mit der Zeit heilen würde, doch die Zeit verging langsam, eine Minute erschien ihr wie Stunden, und jede einzelne Sekunde dachte sie nur an ihn. Manchmal wich der Schmerz einer ohnmächtigen Wut, und sie hätte Kamal geohrfeigt, wenn er vor ihr gestanden hätte. Für sie gab es nur eine Erklärung dafür, dass er sie verlassen hatte: Es war der Preis, den er für den Thron von Saudi-Arabien bezahlte. Sie brauchte sich nichts vorzumachen, sie hatte es immer gewusst: Kamal liebte sein Volk mehr als alles andere. Doch wenn die Wut verrauchte, brachte sie die Erinnerung an seine heißen Küsse und seine leidenschaftlichen, fordernden Hände fast um den Verstand, und sie fand keinen Schlaf.

Francesca mochte ihre Arbeit bei der Zeitung. Das Versprechen ihres Onkels galt nach wie vor, und sie würde bald ihren ersten Artikel veröffentlichen. Fredo hatte sie gebeten, eine Reihe über die OPEC zu schreiben, und sie war seit Tagen mit Recherchen und Schreiben beschäftigt. Gegen Mittag fiel ihr wieder ein, dass sie mit Sofía im Dixie verabredet war, einem angesagten Lokal, in dem man außerdem gut aß. Francesca zog den Mantel über und rannte den Bulevar Chacabuco hinunter, weil sie spät dran war.

»Tut mir leid«, sagte sie atemlos. »Ich bin zu spät.«

»Nicht schlimm. Ich bin gerade erst gekommen«, sagte Sofía. »Lass uns gleich bestellen, ich habe einen Mordshunger.«

Sofía hatte ihre ansteckende Fröhlichkeit wiedergefunden, die vor ihrer tragischen Schwangerschaft so typisch für sie gewesen war. Francesca beobachtete mit einem Lächeln auf den Lippen, wie sie beim Kellner ihre Bestellung aufgab, froh darüber, dass sie sich wieder gefangen hatte. Sofía machte ihr Hoffnung. In einer spontanen Geste griff sie über den Tisch hinweg nach ihrer

Hand und drückte sie. Sofía sah sie überrascht an und lächelte dann ebenfalls.

»Du siehst glücklich aus«, bemerkte Francesca und setzte hinzu: »Und das macht mich glücklich.«

»Ich bin glücklich«, bestätigte Sofía. »Ich treffe mich wieder mit Nando. Er ist zu mir zurückgekehrt!« Francesca sah sie überrascht an. »Er hat mir gesagt, dass er mich immer noch liebt und dass er nicht ohne mich leben kann. Er hat es versucht, aber es ist ihm nicht gelungen. Ach, Francesca, ich bin so glücklich!«

Die beiden Frauen stocherten in ihrem Essen herum und aßen nur wenig. Francesca dachte an Sofías glückliche Lage, die ihr ihr eigenes Unglück noch stärker vor Augen führte. Nando war ein richtiger Kerl, ganz anders als Kamal. Er war in die Stadt zurückgekehrt, wo man ihn so schlecht behandelt hatte, um die Frau wiederzusehen, die er liebte – trotz aller Steine, die man ihm in den Weg legen würde, denn sich mit den Martínez Olazábals anzulegen war nicht ohne.

»Ich freue mich sehr für dich, wirklich«, sagte sie schließlich. »Du kannst auf meine Hilfe zählen, Sofía. Damals konnte ich dir nicht helfen, aber dieses Mal werde ich alles tun, was in meiner Macht steht, damit eure Liebe Bestand hat. Alles«, beteuerte sie und drückte erneut ihre Hand.

»Fürs Erste würde ich gerne sagen dürfen, dass ich heute Abend bei dir in Fredos Wohnung übernachte.«

»In Ordnung«, sagte Francesca und konnte nicht verhindern, dass der Neid sie überkam. Auch sie hätte gern die Nacht in den Armen ihres Liebsten verbracht.

»Darf ich mich setzen?«

Sofía und Francesca blickten auf. Vor ihnen stand Aldo. Unverwandt blickte er Francesca an und wartete auf eine Antwort. Francesca bemerkte eine Entschlossenheit an ihm, die sie überraschte; er sah gut aus, war gut gekleidet und ordentlich gekämmt.

Sie roch den gleichen Duft, den er auch damals in Arroyo Seco benutzt hatte. Dieser Aldo hatte nichts mit dem weinerlichen Trinker zu tun, den Sofía in ihren Briefen geschildert hatte. Francesca stand auf, fischte ein paar Geldscheine aus ihrer Tasche und legte sie auf den Tisch.

»Wir sehen uns heute Abend bei Onkel Fredo«, sagte sie zu Sofía, während sie den Mantel anzog.

»Francesca, bitte«, flehte Aldo. »Geh noch nicht. Ich muss mit dir reden.«

»Wir haben uns nichts zu sagen«, stellte sie klar.

»Francesca, bitte«, mischte sich Sofía ein.

»Lass mich dich wenigstens zur Redaktion begleiten«, bat Aldo.

Sie sahen sich erneut an. Francesca wollte nicht den Eindruck erwecken, Groll gegen ihn zu hegen; sie hatte ihm längst verziehen. Vielleicht war es auch nicht so sehr Verzeihen, sondern vielmehr Vergessen – oder auch Gleichgültigkeit. Daher stimmte sie schließlich zu. Am Anfang fühlte Francesca sich unwohl, weil sie nicht wusste, was sie sagen sollte. Aldo hingegen schien allein damit glücklich zu sein, ihr nahe zu sein. Er betrachtete sie unauffällig und unterdrückte den Impuls, ihre Hand zu ergreifen. Schließlich sagte er: »Du bist schöner denn je.«

»Danke.«

»Du bist seit zwei Monaten wieder hier, oder?«

»Ja, fast.«

»Und warum?« Francesca sah ihn zum ersten Mal an. »Ich meine, warum bist du zurückgekommen? Hat dir deine Arbeit in der Botschaft nicht gefallen?«

»Ganz im Gegenteil, sie hat mir großen Spaß gemacht.«

»Warum dann?«

»Ich musste. In Anbetracht der Umstände war es das Vernünftigste.«

»Umstände? Welche Umstände?«, fragte Aldo, aber Francesca schwieg. »Dass du dich mit einem Prinzen aus dem saudischen Königshaus eingelassen hast, zum Beispiel?«

»Nicht wirklich«, entgegnete sie, und ihre Stimme wurde hart, als sie sagte: »Nicht, weil ich mich mit einem Prinzen aus dem saudischen Königshaus *eingelassen* habe, sondern weil ich mich unsterblich in ihn verliebt habe.«

Das letzte Stück gingen sie schweigend nebeneinander her. Als sie schon fast das Redaktionsgebäude erreicht hatten, nahm Aldo seinen ganzen Mut zusammen und sagte: »Es macht mir nichts aus.«

»Was macht dir nichts aus?«

»Dass du einen anderen geliebt hast.«

Sie blieben vor dem Eingang von *El Principal* stehen. Francesca wollte sich schnell verabschieden, aber Aldo stand einfach da und sah sie an. Sie brachte es nicht übers Herz, ihm wehzutun.

»Ich muss wieder ins Büro«, sagte sie schließlich.

»Ja, natürlich, entschuldige.«

Francesca wollte ihm die Hand geben, aber Aldo nahm sie in die Arme und flüsterte ihr ins Ohr: »Ich liebe dich immer noch. Ich konnte dich nie vergessen. Ich liebe dich immer noch wahnsinnig.«

»Lass mich los, Aldo.«

»Verzeih«, sagte er und trat einen Schritt zurück.

Als Francesca sich abwenden wollte, hielt er sie am Handgelenk zurück.

»Ich lasse dich nicht gehen, bevor du mir versprochen hast, heute mit mir zu Abend zu essen.«

»Ich kann nicht. Deine Schwester übernachtet heute bei mir.«

»Dann morgen Abend.«

»Morgen Abend ist gut«, sagte sie und ging hinein.

Als Francesca am nächsten Tag ins Büro kam, klingelte das Telefon. Nora, Fredos Sekretärin, legte die Hand auf den Hörer und flüsterte mit betretener Miene: »Es ist Aldo Martínez Olazábal.«

Francesca verließ ihren Platz und nahm den Hörer.

»Hallo.«

»Hallo«, antwortete er, und seiner Stimme war anzuhören, dass er nervös war. »Entschuldige, dass ich dich so früh auf der Arbeit störe.«

»Schon gut, nicht weiter schlimm.«

»Gestern haben wir uns so schnell verabschiedet, dass ich keine Zeit hatte, dir zu sagen, dass ich dich um acht Uhr bei deinem Onkel abholen komme. Ich habe einen Tisch im Luciana reserviert, einem Pasta-Restaurant am Cerro de las Rosas. Ist das in Ordnung für dich?«

»Ja, sehr gut. Ich werde um acht Uhr fertig sein. Bis dann.« Damit legte sie auf.

Nora sah sie fragend an, und Francesca zuckte mit den Schultern.

»Es ist nicht, was du denkst«, stellte sie klar.

»Ich weiß nicht, was ich denken soll«, gab die Sekretärin zu.

»Wenn ich ihm nicht ein für alle Mal erkläre, wie es um uns steht, wird er mich nie in Ruhe lassen.«

»Da hast du recht«, stimmte Nora zu und wandte sich wieder ihrer Arbeit zu.

In Wirklichkeit wurde Francesca doch von Rachegedanken geleitet. Wenn Kamal sie so einfach abservieren und vergessen konnte, dann konnte sie das auch. Und da war Aldo Martínez Olazábal das beste Mittel zum Zweck. Es war ihr völlig egal, dass er verheiratet war und sich mit ihr im Luciana zeigen wollte, als ob sie seine Geliebte wäre. Sie wollte ausprobieren, wie weit sie gehen konnte. Der Groll ließ sie ihre Skrupel vergessen. Aldo sah besser aus, als sie erwartet hatte. Gut, er war ganz anders als

Kamal, der ein richtiger Mann war. Aldo wirkte immer noch jungenhaft mit seinen weichen Gesichtszügen und dem sanften Blick. In einer Beziehung würde immer sie die Stärkere und er der Nachgiebige sein – anders als bei Kamal. Aber dazu würde es nicht kommen, dafür würde sie schon sorgen.

***

Aldo holte sie wie versprochen um acht Uhr ab. Sie bat ihn nicht nach oben, sondern sagte ihm, dass sie gleich runterkommen würde. Fredo hielt nämlich absolut nichts von dieser Verabredung.

»Ich hoffe, deine Mutter erfährt nicht, dass du wieder mit dem jungen Martínez Olazábal ausgehst.«

»Mach dir keine Sorgen«, sagte Francesca, »es wird nichts passieren. Ich will die Sache mit ihm nur ein für alle Mal klären.«

»Tu, was du tun musst«, bemerkte Fredo, »aber tu nichts, was dir nicht guttut.«

»Ach, Onkel Fredo«, seufzte Francesca, während sie die Jacke anzog. »Woher soll man wissen, welche Entscheidungen gut für uns sind und welche nicht?«

»Man kann das eine gut von dem anderen unterscheiden.«

»Du hast recht. Das Problem ist, auf den Verstand zu hören, wenn unser Herz uns das Gegenteil sagt. Ich wusste, dass ich mich nicht mit Aldo einlassen durfte, und habe es doch getan. Ich wusste auch, dass ich mich nicht mit Kamal al-Saud einlassen durfte, und habe es doch getan. Und in beiden Fällen war ich am Ende die Leidtragende.«

»Na, dann weißt du jetzt, dass man nicht immer auf sein Herz hören soll.«

»Ach, Onkel, wenn das nur ginge«, seufzte sie noch einmal.

Fredo küsste sie auf die Stirn, und Francesca umarmte ihn.

Aldo lehnte unten an seinem Auto und wartete. Als er sie sah, strahlte er übers ganze Gesicht, und Francesca empfand dieselbe liebevolle Zärtlichkeit für ihn, die er früher in ihr geweckt hatte. Sie lächelte zurück und ließ zu, dass er sie auf die Wange küsste. Aldo überreichte ihr einen kleinen Strauß Veilchen.

»Du sagtest mal, das seien deine Lieblingsblumen.«

Francesca nickte, den Blick auf die blauen Blumen gerichtet. Sie brachte es nicht übers Herz, ihm zu sagen, dass das gewesen war, bevor sie Kamelien kennengelernt hatte. Sie befestigte das Sträußchen an der Brosche, die sie am Mantelaufschlag trug. Es duftete gut. Aldo hielt ihr die Beifahrertür auf, und Francesca stieg ein.

»Das Lokal, das ich ausgesucht habe, wird dir gefallen, du wirst sehen.«

»Stört es dich nicht, wenn wir zusammen dort gesehen werden?«, fragte Francesca wie nebenbei.

»Überhaupt nicht.«

Sie erwähnten Aldos Ehe nicht mehr, weder direkt noch indirekt. Es wurde tatsächlich ein netter Abend, ganz entgegen Francescas Erwartungen. Sie erzählte Aldo von ihrem Leben in Genf, von den Spleens ihres Chefs und wie nett Marina gewesen sei, und er erzählte ihr von seiner Arbeit auf den Landgütern der Martínez Olazábals, davon, wie überrascht er gewesen sei, als er feststellte, wie gut ihm das Landleben gefiel, und dass sich das Verhältnis zu seinem Vater sehr verbessert habe.

»Wir sind jetzt das, was wir nie waren«, erklärte er. »Freunde.«

»Das freut mich«, sagte Francesca und meinte es aufrichtig. Sie erhob ihr Glas und sagte: »Auf deinen Vater.«

»Auf meinen Vater.«

Dann stellte Aldo das Glas ab und sah Francesca verlegen an.

»Ich habe schlechte Neuigkeiten für dich«, sagte er. »Mein Vater hat Rex verkauft.«

»Ich weiß.«

»Du weißt es schon? Hat Sofía dir davon erzählt?«

»Sofía hat noch kein Wort darüber verloren, wahrscheinlich traut sie sich nicht. Ich weiß es aus anderer Quelle.«

»Er hat ein Vermögen eingebracht, mehr, als er wert war, glaube ich. Don Cívico sagt, dass der Käufer sehr hartnäckig war und eine Summe geboten hat, die man nicht ausschlagen konnte. Ich erfuhr erst davon, als das Geschäft schon gelaufen war. Sonst hätte ich es verhindert.«

»Kamal al-Saud hat Rex für mich gekauft«, sagte Francesca ganz ruhig, und Aldo sah sie verwirrt an.

»Ich vermute mal, das ist der Prinz, den du in Saudi-Arabien kennengelernt hast.«

»Ja. Er hat einen seiner Agenten geschickt, um mit deinem Vater über den Kauf von Rex zu verhandeln.«

»Er muss dich sehr geliebt haben«, sagte Aldo niedergeschlagen.

»Nicht genug«, erklärte Francesca, und setzte dann hinzu: »Bestellen wir die Rechnung?«

Draußen auf der Straße drückte Aldo sie gegen das Auto und küsste sie. Es war ein stiller, sanfter Kuss, ohne die Leidenschaft, die sie an den Abenden in Arroyo Seco erfüllt hatte, der sie aber keineswegs vermuten ließ, dass dieser Mann nicht in der Lage sein würde, ihr Lust zu verschaffen. Sie mochte es, wie er sie küsste; sie entdeckte einen neuen Aldo, der in sich ruhte und voller Selbstvertrauen war. Aber sie konnte nicht anders, als zu vergleichen, es geschah einfach, als seine Lippen die ihren berührten und seine Hände unter ihren Mantel glitten und ihre Taille umfassten. In diesem Moment sehnte sich Francesca nach Kamals Küssen. Er hatte es immer geschafft, sie zu überraschen; manchmal war er fordernd gewesen, manchmal hemmungslos, manchmal sanft und zärtlich. Wie bei allem hatte er den Takt vorgegeben, und sie war ihm blind gefolgt.

»Ich bin verrückt nach dir«, hauchte Aldo. »Ich will mit dir zusammen sein.«

»Ich bin nicht bereit dazu«, gestand Francesca und machte sich von ihm los.

»Denkst du noch an diesen Araber?«

»Nein«, log sie.

»Stört es dich, dass ich noch verheiratet bin? Ich habe Dolores heute Abend gesagt, dass ich die Trennung will.«

»Tu es nicht für mich«, sagte Francesca. »Ich glaube, ich würde auch dann nicht mehr mit dir zusammen sein wollen, wenn du ungebunden wärst.«

»Du denkst noch an diesen Mann«, sagte Aldo erneut und trat voller Wut gegen den Autoreifen.

»Es liegt nicht an ihm und nicht an dir. Es liegt an mir. Ich brauche Zeit. Ich bin noch nicht bereit, mich wieder einem anderen Mann hinzugeben. Ich habe zu sehr gelitten, Aldo. Ich bin noch nicht bereit, das musst du verstehen. Ich bin mir einfach nicht sicher.«

Aldo lehnte seine Stirn gegen Francescas Stirn und streichelte ihre Wange. Francesca merkte, dass er weinte.

»Lass mir wenigstens eine Hoffnung«, bat er. »Ich vergehe vor Sehnsucht nach dir. Wenn ich daran denke, dass du jetzt meine Frau sein könntest, wenn ich nicht so feige gewesen wäre, würde ich mir am liebsten eine Kugel in den Kopf jagen.«

»Sag so etwas nicht!«

»Lass mir bitte eine Hoffnung«, wiederholte er.

»Gib mir Zeit«, bat sie.

»Ich gebe dir mein ganzes Leben.«

***

Es war gut, dass Aldo einige Tage nach dem Essen im Luciana zu dem Landgut in Pergamino abreiste. Francesca gab dem Chianti und dem romantischen, entspannten Ambiente die Schuld daran, wie dieser Abend verlaufen war. Sie hatte Aldo falsche Hoffnungen gemacht, obwohl sie sich eigentlich das Gegenteil vorgenommen hatte. Sie wusste, dass es zwischen ihr und Aldo nie mehr so sein würde wie in Arroyo Seco. Dennoch, es war ein schöner Abend gewesen, an dem sie festgestellt hatte, dass ihre Liebe sich in tiefe Zuneigung gewandelt hatte. Es war nicht ausgeschlossen, dass sie Freunde werden könnten. Doch Sofía war da anderer Meinung.

»Er hat Dolores um die Scheidung gebeten, obwohl er damit meine Mutter gegen sich aufgebracht hat. Und er hat es getan, weil du zurückgekehrt bist. Er will keine Freundschaft mit dir, Francesca. Er will dich als seine Frau.«

»Das geht nicht.«

»Dann sei ehrlich zu ihm und mach ihm keine Illusionen. Er ist in dem Glauben nach Pergamino gefahren, dass du bei seiner Rückkehr ja sagen wirst.«

»Wie läuft es eigentlich mit Nando?«

»Wunderbar – ich bin so schrecklich verliebt, Francesca!«

Zumindest Sofía war glücklich. Vielleicht sollte sie die Hoffnung nicht ganz aufgeben. Letztendlich war das Leben genau das: ein ständiges Auf und Ab. Sie machte gerade ihren schlimmsten Moment durch, aber es würden auch wieder bessere Zeiten kommen. Manchmal spürte Francesca das dringende Verlangen, wieder aus Córdoba wegzugehen. Sie fühlte sich wie gefangen an diesem Ort, der ihr nicht viel zu bieten hatte. Nach den Monaten im Ausland und den Erfahrungen, die sie gemacht hatte, erwartete sie mehr vom Leben. Ihr genügte das ruhige, eintönige Córdoba nicht mehr, sie fand es beengt und langweilig, provinziell und glanzlos, konservativ und spießig. Sie trug sich ernsthaft mit dem Gedanken, nach Buenos Aires zu ziehen, und sprach mit ihrem Onkel Fredo darüber.

»Ich dachte, du wärst zufrieden mit deiner Arbeit bei der Zeitung«, sagte er enttäuscht. »Nachdem du jetzt deinen ersten Artikel veröffentlicht und gute Kritiken bekommen hast, dachte ich, du würdest dabeibleiben.«

»Ich will dabeibleiben«, stellte Francesca klar, »nur nicht hier. Córdoba nimmt mir die Luft zum Atmen, Onkel. Ich fühle mich nicht wohl hier.«

»Es ist wegen Aldo, stimmt's? Er ist wieder hinter dir her.«

»Nein, wirklich nicht. Ich stehe mir selbst im Weg.«

»Ich weiß nicht, wie deine Mutter das aufnehmen wird.«

»Du wirst sie schon überzeugen«, versicherte Francesca lachend. »Niemand hat so viel Einfluss auf sie wie du.«

»Was redest du denn da?«, wehrte Fredo verlegen ab. »Ich und Einfluss auf deine Mutter?«

»Ja. Ist dir nicht aufgefallen, dass alles, was ›Alfredo‹ sagt, einem heiligen Wort gleichkommt? Hast du nicht gemerkt, wie sie dich anschaut, wenn sie dich sieht, und wie sie dich anschaut, wenn sie dir beim Reden zuhört? Ich glaube, sie ist verliebt in dich.«

»Francesca!«, rief Fredo empört.

»Doch, das glaube ich.«

»Hast du wirklich den Eindruck, dass sie … also, dass deine Mutter ein Auge auf mich geworfen hat?«

»Nur ein Blinder würde das nicht merken.«

Nachdenklich blickte Fredo sie an, um ihr schließlich ein strahlendes Lächeln zuzuwerfen.

21. Kapitel

Francesca zog sich warm an, bevor sie die Redaktion verließ. Draußen war es bitterkalt. Sie atmete die eisige Luft ein und ging dann die Straße hinunter. Es war ein herrlicher Wintertag mit klarem Himmel und einer milden Sonne.

Kamal sah sie hinter der nächsten Straßenbiegung verschwinden und stieg aus dem Wagen, der einen Häuserblock von der Zeitung entfernt parkte.

»Ihr bleibt hier«, wies er Abenabó und Kader an, die auf der Rückbank saßen.

Um die Mittagszeit war er auf dem Flughafen von Córdoba gelandet. Francesca nach all den Monaten leibhaftig vor sich zu sehen und nicht nur als verschwommenes Trugbild, das ihm in seinen schlaflosen Nächten erschien, erfüllte seinen ganzen Körper mit brennender Sehnsucht. Er war kurz davor, ihr hinterherzulaufen, beherrschte sich jedoch. Zuerst musste er noch einige Dinge erledigen.

Auf dem Weg zum Redaktionsgebäude dachte Kamal zum wiederholten Mal über den Schritt nach, den er gerade tat. Er hatte alles versucht, um sich Francesca aus dem Kopf zu schlagen, Allah war sein Zeuge, aber es war ihm nicht gelungen. Er hatte nach überzeugenden Argumenten gesucht – ihre Sicherheit, die Situation des Landes, der Skandal, den eine Heirat mit einer Christin verursachen würde, die ablehnende Haltung der Familie – und war doch immer wieder zu einer Erkenntnis gelangt: Sein Leben hatte keinen Sinn ohne sie.

Als er nach den Tagen auf seinem Anwesen in Dschidda zurück nach Riad kam, hatte er versucht, sich in die Arbeit zu flüchten. Er verbrachte viele Stunden damit, gemeinsam mit seinen Onkeln und seinem Bruder Faisal Pläne zu schmieden, um Saud und seine Gefolgsmänner zu stürzen. Er nahm alle Einladungen an, die er erhielt, und versuchte, so wenig Zeit wie möglich in seiner Wohnung zu verbringen. Die Stille im Haus und die Erinnerung an den Abend, als Francesca ihm mitgeteilt hatte, dass sie schwanger war, raubten ihm den Schlaf und brachten ihn zum Grübeln. Er versuchte zu schlafen, aber sobald er die Augen schloss, sah er sie vor sich. Francescas Bild verfolgte ihn. Dann knipste er das Licht wieder an und nahm ihren Brief aus der Nachttischschublade, den er schon auswendig kannte. »Warum hast du mich verlassen, Kamal?«

Er hatte es verdient, zu leiden. Es war ein Zeichen von Schwäche gewesen, als er zuließ, dass an jenem Abend in der venezolanischen Botschaft sein Verstand aussetzte. Er hatte von Anfang an gewusst, dass sie ein verbotenes Objekt war; dennoch hatte er sich von der Leidenschaft mitreißen lassen, die sich jedes Mal seiner bemächtigte, wenn er sie ansah. Durch seinen Egoismus hatte er sie unnötig in Gefahr gebracht. Wenn er sich vorstellte, wie sie sich in der Gewalt von Terroristen befunden hatte, wie sie geschlagen und gequält wurde, drehte sich alles in seinem Kopf, und er war kurz davor, verrückt zu werden. Er hatte es verdient, zu leiden, und ein ganzes Leben würde nicht ausreichen, um für seine Schuld zu sühnen.

Wenigstens blieben ihm die schönen Erinnerungen an die Liebe, denn er würde nie wieder so lieben, wie er Francesca de Gecco geliebt hatte, mit einer Inbrunst und Hingabe, wie man sie nur einmal im Leben erlebte. Er hatte sie aus seinem Leben verdrängt, jetzt musste er mit den Konsequenzen leben. Aber eines Tages dachte er: Mit den Konsequenzen leben? Warum? Wozu?

Für Saudi-Arabien? Aus Respekt und Gehorsamkeit gegenüber seiner Familie? Überzeugungen, die bislang der Kern seiner Erziehung gewesen waren, wurden hinfällig angesichts der Liebe, die er für Francesca empfand. Eine neue Erkenntnis trat an deren Stelle und rang ihm ein Lächeln ab: Nichts konnte ein Leben ohne Francesca rechtfertigen. Ihm wurde klar, dass er imstande war, sich für sie mit der ganzen Welt zu überwerfen. Er hatte keine Gewissensbisse mehr, nur noch den unbezähmbaren Wunsch, sie wiederzusehen. Er wusste, dass er erneut am Scheideweg stand, wie in jener Nacht in Genf, die ihrer beider Schicksal geprägt hatte. Es war Leichtsinn, aber ihm war alles egal, sogar ihre Sicherheit. Deshalb war er jetzt hier, in Córdoba, einer Stadt irgendwo in Südamerika, von der er nie gedacht hätte, dass er sie einmal kennenlernen würde. Er hatte den Atlantik überquert, um Francesca erneut aus ihrer Welt herauszuholen und mit sich zu nehmen.

Ein Schild in der Empfangshalle verriet ihm, dass sich Alfredo Viscontis Büro im zweiten Stock befand. Er ging die Treppe hinauf und betrat ein Vorzimmer, wo ihm eine Frau um die dreißig entgegenkam. Nora wusste sofort, wen sie vor sich hatte. Der Besucher trug einen edel geschnittenen Maßanzug, und der Kontrast zwischen seinen grünen Augen und der kupferfarbenen Haut verschlug ihr für einen Moment die Sprache.

»Guten Tag«, grüßte Kamal in tadellosem Englisch.

»Guten Tag«, erwiderte Nora. »Kann ich Ihnen weiterhelfen?«

»Ich suche Señor Visconti. Ist er zu sprechen?«

»Bitte nehmen Sie Platz. Ich schaue nach, ob er Sie empfangen kann. Wen darf ich melden?«

»Bitte sagen Sie ihm, dass Kamal al-Saud ihn sprechen möchte.«

»Kamal al-Saud, ja?«

»Genau.«

Nora betrat Fredos Büro und gab ihm ein Zeichen, das Telefon aufzulegen.

»Der Araber ist hier!«

»Wer?«

»Francescas Araber.«

»Al-Saud?«

»Genau der.«

»Er soll reinkommen«, sagte Fredo und ging ihm entgegen, um ihn zu begrüßen.

Kamal begrüßte ihn auf Englisch und reichte ihm die Hand. Fredo antwortete auf Französisch.

»Bitte verzeihen Sie, Monsieur al-Saud, aber ich spreche kein Englisch.«

»Dann lassen Sie uns Französisch sprechen.«

Fredo deutete auf die Sitzecke neben seinem Schreibtisch. Er nahm Kamal gegenüber Platz. Dann bat er Nora, Kaffee zu bringen und keine Anrufe durchzustellen.

»Ich muss gestehen, Monsieur al-Saud«, begann Fredo, »dass Sie die letzte Person sind, mit der ich hier gerechnet hätte. Ich bin äußerst überrascht.«

»Ich verstehe das und bitte um Verzeihung, dass ich mich nicht vorher angemeldet habe. Aber ich bin gerade erst in Córdoba angekommen und musste Sie unbedingt sehen. Sie können sich denken, dass ich wegen Francesca hier bin.«

»Hat sie Sie schon gesehen?«

»Nein. Ich wollte zuerst mit Ihnen reden.«

»Mit mir?«

»Sie sind wie ein Vater für Francesca, und ich fühle mich verpflichtet, bei Ihnen um ihre Hand anzuhalten. Außerdem wollte ich Ihnen persönlich versichern, dass Francescas Sicherheit nach den furchtbaren Ereignissen der Vergangenheit garantiert ist.«

Fredo lehnte sich im Sessel zurück und vermied es, den Araber anzusehen. Ihm war bereits aufgefallen, welche Macht diese grünen Augen auf andere ausübten. Nora kam herein und servierte den Kaffee. Bevor Fredo sie wieder hinausschickte, erkundigte er sich bei ihr, ob Francesca in ihrem Büro war.

»Nein«, sagte die Sekretärin. »Sie ist wegen einer Auskunft zum italienischen Konsulat gegangen. Aber sie wird bald zurück sein«, setzte sie rasch hinzu.

»Wenn sie zurückkommt, sag ihr nicht, dass Monsieur al-Saud bei mir ist. Aber sie soll an ihrem Platz bleiben, ich muss mit ihr reden.«

»Ja, in Ordnung«, antwortete Nora und verließ das Büro.

Fredo sah auf und begegnete dem unergründlichen Blick des Arabers. Es war ihm nur selten zuvor passiert, dass ihn ein Mann so beeindruckt und zugleich eingeschüchtert hatte wie al-Saud in diesem Moment.

»Ich weiß, von welchen furchtbaren Ereignissen Sie reden«, sagte er nach einer Pause. »Aber ich möchte Sie darauf hinweisen, dass Francescas Mutter nicht weiß, was vorgefallen ist. Und so soll es auch bleiben.« Kamal nickte. »Ich habe auch von dem Baby gehört«, setzte er, jetzt milder, hinzu.

»Es war sehr schlimm für uns beide«, gab Kamal zu. »Aber für mich ganz besonders, weil ich mir die Schuld daran gab. Ich fühle mich immer noch schuldig.«

»Sie sagten, Francescas Sicherheit sei garantiert. Ich möchte Ihnen ungern widersprechen, Monsieur al-Saud, aber in Anbetracht der Tatsache, dass Ihr Land zur Zeit ein Pulverfass ist und Sie im Zentrum der Ereignisse stehen, fürchte ich, dass Francesca genauso gefährdet ist wie zuvor.«

»Wir werden nicht in Riad leben, sondern in Paris«, erklärte Kamal, und Fredo hob überrascht die Augenbrauen.

»Es heißt, Ihr Bruder, der derzeitige König, werde abdanken, und Sie würden seinen Platz einnehmen.«

»Mein Bruder, König Saud, wird abdanken, wie Sie richtig sagen, aber nicht ich, sondern mein Bruder Faisal wird seine Nachfolge antreten. Ich danke ab, bevor ich überhaupt König war«, sagte er mit einem Lächeln.

»Unterstützt Ihre Familie Ihren Amtsantritt nicht?«

»Im Gegenteil. Meine ganze Familie, Faisal inbegriffen, möchte, dass ich König werde.«

»Was ist es dann?«, fragte Fredo ungeduldig.

»Ich kann nicht den Thron und Francesca gleichzeitig haben. Und ohne sie kann ich nicht leben.«

Ein solches Geständnis von einem Mann wie Kamal machte Fredo sprachlos. Er war sich nun völlig sicher über den guten Charakter und die lauteren Absichten dieses Arabers, der ihm im ersten Moment so viel Argwohn eingeflößt hatte. Aber er wollte noch nicht klein beigeben.

»Ich stelle fest, dass die Liebe, die Sie Francesca entgegenbringen, aufrichtig ist. Aber mir ist auch bewusst, dass eine westlich erzogene Frau für einen Mann in Ihrer Position völlig inakzeptabel wäre.«

»Ich verstehe Ihre Bedenken«, beteuerte Kamal. »Ich bin um einiges älter als Ihre Nichte und entstamme einer anderen Kultur und einer anderen Religion. Es ist verständlich, dass Sie Zweifel an mir haben. Ich verspreche Ihnen, dass Francesca eine freie Frau sein wird. Sie muss nicht meinen Glauben annehmen, auch wenn es die Religion unserer Kinder sein wird. Sie kann sich kleiden wie sie will, essen, was sie will, gehen, wohin sie will, und treffen, wen sie will. Ich vertraue ihr, und das genügt mir.«

»Sie lieben Francesca wirklich, das merke ich«, sagte Fredo. »Ich gebe Ihnen daher meine Zustimmung, sie zu heiraten, weil ich überzeugt bin, dass Sie der Richtige für sie sind. Ich hoffe nur … Nun, ich hoffe, dass Sie sie glücklich machen.« Fredos Stimme bekam einen eindringlichen Ton. »Monsieur al-Saud,

Francesca ist das Wichtigste in meinem Leben. Sie ist die Tochter, die ich nie hatte. Ich würde alles für sie tun.«

»Ich auch«, versicherte Kamal und reichte Fredo die Hand.

»Wie wollen Sie heiraten? Ihre Mutter, Antonina ist sehr katholisch …«

Erneut überkamen Fredo Zweifel, und er machte sich Sorgen, zu früh in die Heirat eingewilligt zu haben. Aber al-Sauds gelassene, selbstsichere Art beruhigte ihn.

»Wir könnten hier in Córdoba kirchlich heiraten, bevor wir nach Paris abreisen. Francesca weiß, dass wir auch nach islamischem Recht heiraten müssen. Sie hat mir versichert, dass sie kein Problem damit hat.«

»Ich freue mich, dass Sie ein so offener, verständnisvoller Mensch sind. Ich muss Sie warnen, meine Nichte ist ein lebhaftes junges Mädchen, das schwer zu bändigen ist. Ihre Freiheit und Unabhängigkeit sind Francesca das Allerwichtigste.«

»Das weiß ich«, antwortete Kamal. »Deshalb würde ich sie niemals zwingen, mit mir nach Riad zu ziehen.«

Al-Sauds offene und direkte Antwort beruhigte Fredo, der sich nun zum ersten Mal entspannte. Er nahm einen Schluck von dem fast kalten Kaffee.

»Ich wollte noch etwas mit Ihnen besprechen, Monsieur Visconti«, sagte Kamal.

»Nur zu«, ermunterte ihn Fredo.

»Falls mir etwas zustoßen sollte, wird Francesca mein gesamtes Vermögen erben. Und ich kann Ihnen versichern, dass ein Leben nicht ausreichen wird, um es auszugeben. Aber«, setzte er hinzu und beugte sich mit ernster Miene vor, »da niemand weiß, was die Zukunft bringt, insbesondere in Anbetracht der Umstände, in denen ich mich befinde, habe ich beschlossen, bei der Schweizer Bank in Zürich ein Konto zu eröffnen und dort zehn Millionen Dollar auf Ihren und Francescas Namen zu deponieren.«

»Monsieur al-Saud!«, rief Fredo. »Sie überraschen mich. Was erwarten Sie von Ihrer Zukunft, wenn Sie zu einer solchen Maßnahme greifen? Ich muss gestehen, Sie machen mir Angst.«

»Vielleicht ist es eine unnötige Maßnahme«, gab al-Saud zu, »aber ich mache es zu meiner eigenen Beruhigung. Niemand außer Ihnen weiß von der Existenz dieses Geldes. Nur im äußersten Fall werden Sie Francesca über dieses Konto informieren. Sie und unsere Kinder, falls wir welche haben sollten, werden allein von den Zinsen gut leben können.«

»Wenn ich Sie richtig verstehe«, sagte Fredo nach einer Pause, »soll Francesca also nur ›im äußersten Fall‹ von diesem Gespräch erfahren.« Al-Saud nickte. »Und was wäre dieser äußerste Fall?«

»Dass ich sterbe oder spurlos verschwinde«, sagte Kamal ernst, »und meine Familie Francesca ihre Rechte vorenthält.«

»Ihre Familie ist nicht mit dieser Ehe einverstanden, oder?«

»Nein.«

»Könnte es sein, dass man meiner Nichte nach dem Leben trachtet?«

»Ich sagte Ihnen bereits, für Francescas Sicherheit ist garantiert. Vertrauen Sie mir.«

»Ich vertraue Ihnen, Monsieur al-Saud. Es ist Ihr Umfeld, dem ich nicht vertraue, weil es von Interessen geleitet ist, für die so mancher töten würde.«

»Nach der Hochzeit mit Ihrer Nichte wird sich mein Leben grundlegend ändern. Ich werde mich aus der Politik zurückziehen und die Regierung meines Landes anderen überlassen. Das sollte Francesca und mich aus der Schusslinie bringen. Meine Gegner werden das Interesse an mir und meiner Familie verlieren. Aber ich werde auf sie aufpassen, als könnte man sie mir jeden Augenblick wegnehmen.«

»Ich habe Ihrer Vermählung mit meiner Nichte nicht zugestimmt, weil ich keine Gefahr für sie sehe«, erklärte Fredo, »sondern weil es nicht möglich sein wird, sie von Ihnen fernzuhalten, wenn Sie erfährt, dass Sie hier sind. Jedenfalls glaube ich«, sagte er wohlwollend, »dass Sie sie aufrichtig lieben und alles tun werden, um sie glücklich zu machen.« Kamal nickte erneut, und Fredo setzte hinzu: »Ich muss gestehen, Monsieur al-Saud, dass Ihr Vertrauen mir schmeichelt. Ein Vermögen von zehn Millionen Dollar auf den Namen einer Person zu deponieren, die Sie kaum kennen, ist unglaublich.«

»Ich kenne Sie gut, Monsieur Visconti. Sehr gut«, beteuerte Kamal, und es war nicht nötig, zu betonen, dass er Nachforschungen hatte anstellen lassen. »Aber dass ich auf Ihre Urteilskraft und Ihren Verstand vertraue, liegt vor allem an der Liebe und dem Respekt, die Francesca für Sie empfindet. Ich weiß, dass Sie sie wie eine eigene Tochter lieben, wie Sie selbst eben sagten, und ich weiß auch, dass Sie nie etwas tun würden, was ihr schadet.«

»Ich würde mein Leben für sie geben, wenn es nötig wäre«, erklärte Fredo.

»Darin sind wir ganz einer Meinung«, sagte Kamal.

»Ich muss Sie warnen, ich bin ein Neuling in Finanzdingen. Ich habe keine Ahnung vom Geldmarkt und seinen Gesetzen.«

»Darum brauchen Sie sich keine Sorgen zu machen«, beruhigte ihn Kamal. »Das Geld wird auf dem Bankkonto liegen, wo vertrauenswürdige Angestellte es gewinnbringend anlegen, ohne größere Risiken einzugehen. Ich will zum Beispiel nicht in Aktien investieren, die sind zu unsicher. Lieber in Festgelddepots und Staatsanleihen. Sonst nichts. Fürs Erste müssten Sie nur einige Formulare ausfüllen und mir einige Dokumente zur Verfügung stellen, die mein Anwalt demnächst von Ihnen verlangen wird. Ich hoffe, das ist kein Problem für Sie.«

»Absolut nicht«, versicherte Fredo und lächelte zum ersten Mal richtig.

»Dieses Ölgemälde«, sagte Kamal und deutete auf das Bild hinter dem Schreibtisch, »zeigt die berühmte Villa Visconti, oder?«

»So ist es«, bestätigte Fredo und sah ihn erstaunt an. »Hat Francesca Ihnen davon erzählt?«

»Ja, das hat sie.«

***

Francesca legte einige Unterlagen auf ihren Schreibtisch und zog die Jacke aus. Erst dann bemerkte sie, dass Nora sie merkwürdig ansah.

»Was ist?«, fragte sie lachend. »Hab ich was im Gesicht?«

»Dein Onkel will dich sehen. Ich sag ihm Bescheid, dass du da bist. Señor Fredo?« Nora betätigte die Gegensprechanlage. »Francesca ist jetzt da. Soll ich sie reinschicken?«

Kamal stand auf, ging aber nicht zur Tür, sondern blieb zögernd vor dem Sofa stehen. Francesca betrat das Büro, und ihr Lächeln und ihre Fröhlichkeit schienen den Raum zu fluten. Kamal stockte der Atem, das Herz klopfte ihm bis zum Hals. Er fragte sich, ob er einen Ton herausbekommen würde.

»Hallo, Onkel!«, rief Francesca. »Rate mal, wen ich getroffen …«

Als sie bemerkte, dass Fredo nicht allein war, verstummte sie. Sie betrachtete den Unbekannten eingehend. Er sah Kamal sehr ähnlich. Unglaublich ähnlich.

»Kamal?«

»Francesca …«, sagte er und ging auf sie zu.

»Ich lasse euch allein«, verkündete Fredo und verließ den Raum.

In den vergangenen Monaten hatte Francesca Kamal mit derselben Intensität gehasst, wie sie ihn in Arabien geliebt hatte. Während sie bereit gewesen war, für ihn ihre Kultur und ihre

Religion aufzugeben, hatte er sie verraten und einfach weggeschickt. Aber seine unerwartete und unwirkliche Gegenwart an diesem Ort vertrieb jeden dunklen Gedanken, den sie in den letzten drei Monaten gegen ihn gehegt hatte.

Kamal betrachtete Francesca mit ihrer von der Kälte geröteten Nase und dem vom Wind zerzausten Haar. Sie trug dasselbe dunkelblaue Kostüm wie damals, als er sie in Mauricios Büro so erschreckt hatte, dieses eng taillierte, das ihre Hüften, ihre Taille und ihre Brüste auf eine Art und Weise betonte, die ihm den Verstand raubte. Er fand sie wunderschön.

»Ich liebe dich«, sagte er schließlich, und Francesca konnte nicht verhindern, dass sich ein Schluchzen ihrer Kehle entrang. Sie schlug die Hände vors Gesicht und begann zu weinen.

Kamal ging auf sie zu, nahm sie in die Arme und zog sie fest an sich. Francesca erwiderte seine Umarmung. Unter Tränen flüsterte sie wieder und wieder seinen Namen.

»Allah möge mir verzeihen«, sagte Kamal nach einer Weile, »aber ich kann nicht ohne dich leben. Nicht weinen, mein Liebling. Wir werden nicht länger leiden«, tröstete er sie, während er ihr Gesicht mit Küssen bedeckte. »Nicht weinen, du weißt doch, dass ich es nicht ertrage, dich weinen zu sehen.«

Francesca wischte sich mit dem Handrücken die Tränen ab. Kamal reichte ihr ein Taschentuch, und sie schnäuzte sich die Nase.

»Ich muss furchtbar aussehen«, jammerte sie, während sie sich die Haare aus der Stirn strich.

»Du weißt, dass das unmöglich ist.«

»Und du gehst nicht wieder weg?«, fragte Francesca ängstlich.

»Nie wieder!«

»Warum hast du mir solchen Kummer gemacht?«

»Verzeih mir«, bat er sie. »Du kannst dir nicht vorstellen, wie schwer es mir gefallen ist, dich wegzuschicken. Aber ich habe es für dich getan, weil ich Angst hatte, man könnte dir noch einmal wehtun, und das hätte ich nicht ertragen. Du bist mein Leben, mein Augenstern. Sag, dass du mir vergibst, ich flehe dich an.«

»Wirst du mich mit dir mitnehmen?«

»Ja, natürlich«, versicherte Kamal.

»Wir werden für immer zusammen sein?«

»Wenn du mich willst.«

»Ja, ich will dich. Ich will dich.«

»Lass uns in mein Hotel gehen«, schlug er dann vor. Gemeinsam verließen sie das Büro.

Das Vorzimmer war leer. Kamal nahm Mantel und Handschuhe von der Garderobe, während Francesca ihre Jacke anzog. Eng umschlungen traten sie auf die Straße. Francesca freute sich, als sie die Leibwächter entdeckte. Sie ließen die Situation wirklicher erscheinen.

»Es ist so merkwürdig, dich hier zu sehen«, gestand sie Kamal.

»Was hast du gedacht, als du mich sahst?«, wollte er wissen.

»Für einen kurzen Moment ist mein Herz stehengeblieben. Dann dachte ich, es sei nur eine Verwechslung, aber du bist so besonders und einzigartig, dass es niemand anders sein konnte als du. Und du? Was hast du gedacht?«

Kamal blickte in den Himmel. »Ehrlich gestanden hatte ich noch nie in meinem Leben solche Angst wie im Büro deines Onkels, als du hereinkamst. Ich hatte Sorge, du könntest mich zurückweisen.«

»Du musst dir meiner ziemlich sicher gewesen sein«, entgegnete Francesca. »Sonst wärst du nicht hergekommen.«

Als sie vor dem Crillon an der Calle Rivadavia ankamen, dachte Francesca, dass Kamal das Hotel wie eine billige Absteige vorkommen musste. Aber er wirkte so glücklich, dass ihm der mangelnde Luxus der Suite im obersten Stockwerk völlig egal zu sein schien.

Bevor er die Tür schloss, teilte Kamal Abenabó und Kader mit, dass er sie vor dem Abend nicht mehr brauche. Francesca hörte, wie sich der Schlüssel im Schloss drehte. Sie zog die Kostümjacke aus und warf sie aufs Bett. »Wie geht es Mauricio? Und Sara?«, erkundigte sie sich dann bei Kamal. »Und was macht mein geliebter Rex? Los, erzähl schon.«

Kamal war mit zwei Schritten bei ihr und schloss sie in seine Arme.

»Sei still«, forderte er ungestüm. »Schluss mit der Fragerei. Ich erzähle gar nichts, und wir werden auch über niemanden reden. Erst einmal will ich nur dich, das ist alles.«

»O nein«, widersetzte sich Francesca. »Es ist so viel Zeit vergangen, und ich kann es kaum erwarten, Neuigkeiten zu erfahren.«

Sie führte Kamal zu einem Sessel und nötigte ihn, sich zu setzen. Sie selbst blieb stehen. Sie blickten sich tief in die Augen. Schließlich schob Francesca den Rock bis zur Taille hoch und setzte sich rittlings auf ihn. Sofort spürte sie Kamals Erektion zwischen ihren Beinen.

»Los, erzähl«, drängte sie.

»Warum tust du mir das an?«, stöhnte er. »Warum bist du so grausam zu mir?«

»Grausam? Du warst grausam, als du mich aus Riad weggeschickt hast.«

»Hast du mir denn nicht verziehen?«, jammerte er. »Ist das hier deine Rache?«

»Ja, das ist meine Rache.«

Kamal knöpfte ihre Bluse auf und legte ihre Brüste frei. Dann beugte er sich vor und liebkoste sie mit der Zunge. An seine Schultern geklammert, warf Francesca den Kopf zurück und stöhnte auf.

»Ich muss dich spüren«, sagte er schließlich, und ein Schauder lief ihr über den Rücken, als sein heißer Atem über ihr Dekolleté strich. Drei Monate waren lang genug für mich.«

Er bedeutete ihr, aufzustehen, und zog ihr mit hastigen Händen die Unterwäsche aus, während sie seine Hose öffnete. Dann zog er sie wieder auf seinen Schoß und drang mit einer schnellen, heftigen Bewegung in sie ein. Als es vorbei war, flüsterte Francesca, an seinen Hals geschmiegt: »Du bekommst immer, was du willst, Kamal al-Saud.«

»Immer«, bestätigte er. »Du bist der beste Beweis dafür.«

Den Rest des Tages verbrachten sie im Bett. Als sie Hunger bekamen, bestellte Kamal einen opulenten Imbiss. Als typischer Araber hatte er eine Schwäche für Gebäck und Süßes; Francesca fand das sehr sympathisch – es machte ihn menschlicher. Nachdem sie gegessen hatten, lagen sie schweigend da. Kamal hielt sie fest im Arm, während Francesca sich an seine Brust schmiegte.

»Gleich nachdem du aus Riad abgereist warst, habe ich beschlossen, dich zurückzuholen«, sagte er schließlich.

Francesca schwieg. Sie brauchte keine Erklärungen, hörte ihm aber weiter gebannt zu.

»Dein Brief«, fuhr Kamal fort. »Ich habe ihn immer wieder gelesen, bis ich ihn auswendig kannte. Dieses ›Warum hast du mich verlassen, Kamal?‹ verfolgte mich unentwegt.« Er fasste sie unterm Kinn und zwang sie, ihn anzusehen. »Ich werde dir nie wieder Anlass geben, mich das zu fragen.«

Gegen sechs Uhr nachmittags klingelte das Telefon.

»Wer kann das sein?«, fragte Francesca verwundert.

»Ich habe deinem Onkel erzählt, dass ich hier abgestiegen bin«, erklärte Kamal und hob den Hörer ab.

Es war tatsächlich Fredo, der sie zum Abendessen in seine Wohnung einlud. Antonina hatte schon zugesagt. Francesca wollte vorher ein Bad nehmen und sich umziehen. Kamal ließ die Leibwächter den Wagen vorfahren und begleitete sie.

»Ich bin so aufgeregt«, gestand sie. »Meine Mutter hält nichts von unserer Beziehung.«

»Allah ist mit uns«, entgegnete Kamal.

»Besser, du erwähnst Allah heute Abend nicht; zumindest, solange du mit ihr am Tisch sitzt.«

***

Antonina war äußerst überrascht, als sie Kamal sah. Eigentlich war er ein gutaussehender Mann, groß, mit wunderbaren grünen Augen und den Manieren eines englischen Gentlemans. Er hatte so gar nichts von dem Teufel an sich, den sie sich vorgestellt hatte. Am Anfang schüchterte er sie ein – nicht sein aristokratisches Auftreten oder sein durchdringender Blick, sondern die Tatsache, dass er so viel darstellte und sie so wenig. Daher war sie zurückhaltender, als sie eigentlich wollte. Aber im Verlauf des Essens entspannte sie sich und genoss den Abend, denn ihr zukünftiger Schwiegersohn war ein sehr angenehmer Gesellschafter, der gar nicht aufhörte, sie zu ihrer Tochter zu beglückwünschen. Die Sprache stellte zunächst ein Hindernis dar, bis Kamal versicherte, Spanisch zu verstehen, auch wenn er es nicht spreche; da er der Pferde wegen häufig nach Andalusien reise, habe er einige Unterrichtsstunden genommen. Wenn Kamal französisch sprach, übersetzten Fredo und Francesca für Antonina.

Antonina erinnerte die Art, wie er Francesca ansah, daran, wie Vincenzo sie vor vielen Jahren angesehen hatte – und daran, wie Fredo sie in diesem Moment ansah.

Sie kamen auf die Hochzeit zu sprechen, und Antonina versprach, mit ihrem Beichtvater Pater Salvatore zu sprechen, um die Einzelheiten zu regeln. Sie war froh, dass al-Saud bereit war, sich kirchlich trauen zu lassen. Aber ihre Zuversicht verschwand, als er diplomatisch, aber bestimmt erklärte, dass er nicht zum Christentum konvertieren werde.

»In diesem Fall«, sagte sie, »bezweifle ich sehr, dass ein Priester bereit sein wird, Sie zu trauen.«

»Dann rede ich mit dem Bischof, der ein guter Freund von mir ist, und wir erbitten einen Dispens«, schaltete sich Fredo ein, um den Schatten zu vertreiben, der sich über Francescas Lächeln gelegt hatte.

»Aber das ist nicht dasselbe«, entgegnete Antonina verstimmt.

Gegen Mitternacht verabschiedete sich Kamal und fuhr in sein Hotel. Fredo brachte Antonina zum Stadtpalais der Martínez Olazábals, während Francesca anfing, den Abwasch zu machen.

»Ich hätte nie gedacht«, bemerkte Antonina im Auto, »dass meine Tochter, meine einzige Tochter, einmal die Frau eines Ungläubigen werden wird.«

»Antonina«, sagte Fredo tadelnd, »dieser Mann hat wegen Francesca auf ein Königreich verzichtet.«

»Ja, ich weiß. Niemand zweifelt daran, dass er sie liebt. Aber ich fürchte, dass die Leidenschaft, die er für sie empfindet, mit den Jahren nachlassen wird, und dann kommt irgendwann der Tag, an dem er es bereut, auf den saudischen Thron verzichtet zu haben. Jede Leidenschaft erlischt früher oder später.«

»Das stimmt nicht«, entgegnete Fredo so heftig, dass Antonina ihn überrascht ansah. »Ich liebe seit zwanzig Jahren ein und dieselbe Frau, und ich kann versichern, dass die Leidenschaft, die ich für sie empfinde, noch genauso stark ist wie an dem Tag, als ich sie zum ersten Mal sah.«

Im dunklen Auto konnte Fredo nicht sehen, wie Antonina reagierte. Er bereute, was er gesagt hatte, und verfiel in Schweigen. Es war Antonina, die schließlich sprach.

»Diese Frau kann sich glücklich schätzen, von einem Mann wie Ihnen geliebt zu werden, Alfredo.«

»Ich habe ihr meine Liebe nie gestanden«, erklärte er beinahe abweisend.

»Warum?«

»Weil sie einen anderen liebt.«

Er hielt vor dem Hintereingang der Martínez Olazábals und blickte starr nach vorn. Niemand sagte etwas. Fredo wollte das Schweigen brechen, ihr alles gestehen, was er über die Jahre für sich behalten hatte, aber entgegen seiner sonstigen Redegewandtheit fehlten ihm die Worte. Erneut war es Antonina, die das Wort ergriff.

»Vielleicht ist es an der Zeit, ihr Ihre Liebe zu gestehen. Vielleicht ist das Herz dieser Frau jetzt frei, und sie kann wieder lieben.«

»Glauben Sie?«

»Natürlich.«

Alfredo sah sie an. Antonina lächelte. Es schnürte ihm die Kehle zu, wenn er in dieses sanfte Gesicht blickte, das zu küssen er sich so oft gewünscht hatte. Sie streckte den Arm aus und strich ihm die Haare aus der Stirn. Er schloss die Augen und atmete tief durch.

»Alfredo«, flüsterte Antonina.

»Ich hätte nie gedacht«, sagte Alfredo, »dass dieser Tag irgendwann einmal kommen würde.«

Und er beugte sich über sie und küsste sie auf den Mund.

***

Francesca vereinbarte mit ihrem Onkel, dass sie auch weiterhin in die Redaktion kommen würde, bis alle anstehenden Aufträge erledigt waren. Danach würde sie die Vorbereitungen für ihre Abreise mit Kamal treffen, der ihr nur zehn Tage Zeit gegeben hatte. Auf Francescas Vorschlag, ihm erst einige Wochen später zu folgen, war Kamal nicht eingegangen.

»In spätestens zehn Tagen muss ich wieder in Paris sein, und ich werde nicht ohne dich fahren. Und damit ist alles über das Thema gesagt. Du hast diese Zeit, um deine Sachen zu regeln. Nimm keine Kleidung, Schuhe oder persönliche Gegenstände mit. Ich kaufe dir dort alles, was du brauchst, und noch mehr. Du wirst gar nicht dazu kommen, alles zu tragen.«

Kamal holte Francesca gegen Mittag in der Zeitung ab und ging mit ihr zum Essen in sein Hotel, das über das beste Restaurant der Stadt verfügte. Dann verschwanden sie unter den missbilligenden Blicken der Angestellten nach oben aufs Zimmer. Allerdings wagte es niemand, die Gepflogenheiten dieses merkwürdigen Mannes in Frage zu stellen, der Französisch sprach, aber einen arabisch klingenden Namen hatte; seine Trinkgelder waren die höchsten, die sie je erhalten hatten.

Eines Tages, als Francesca sich anzog und Kamal noch im Bett lag, kam dieser auf Aldo zu sprechen.

»Hast du ihn wiedergesehen?«

»Wen?«, fragte Francesca ahnungslos.

»Den Sohn des Arbeitgebers deiner Mutter.« Er wollte nicht einmal seinen Namen aussprechen.

»Ja«, antwortete sie knapp und zog sich weiter an.

Kamal stand auf und ging zu ihr. Er fasste sie bei den Handgelenken und sah sie ernst an.

»Was ist passiert?«

»Überhaupt nichts.«

»Er hat versucht, dich zurückzubekommen, stimmt's?«

»Ja, aber ich bin nicht darauf eingegangen.«

Als er vom Land zurückkam, erfuhr Aldo von Sofía, dass der Araber gekommen sei, um Francesca nach Paris mitzunehmen. Die Hoffnungen, die er sich in diesen Tagen gemacht hatte, zerschlugen sich, und er war am Boden zerstört. Trotzdem ging er am nächsten Tag zur Zeitung, um Francesca zu sehen. Sie war allein; Nora war in Fredos Büro.

»Stimmt es, dass du ihn heiraten wirst?«

»Ja.«

»Und wir?«

»Das zwischen uns ist schon lange vorbei, Aldo.«

»Ich dachte, es gäbe noch Hoffnung.«

»Die gab es nie. Das neulich war … Ich wollte dir nicht wehtun.«

»Es heißt, dass er sehr mächtig ist«, sagte Aldo, »dass er sehr viel Geld hat und erheblich älter ist als du, dass du mit ihm aufs Zimmer gehst und dass er dich behandelt, als wärst du seine … seine …«

Francesca überhörte die Beleidigung. Sie empfand nach wie vor aufrichtige Zuneigung für Aldo und konnte trotz seiner bösen Worte nicht wütend auf ihn sein.

»Du kennst mich, Aldo«, sagte sie sanft, »du weißt genau, was ich für ein Mensch bin. Und du weißt, dass mein einziger Beweggrund die Liebe ist, die ich für ihn empfinde. Ob er Geld oder Einfluss hat, interessiert mich nicht, so wie es mich nicht interessiert hat, als ich mit dir zusammen war. Und ja, ich bin seine Frau, und ich schäme mich nicht dafür. Ganz im Gegenteil.«

»Entschuldige«, murmelte Aldo, ohne ihr in die Augen zu sehen.

»Guten Tag«, war plötzlich Kamals dröhnende Stimme zu vernehmen. Er warf Aldo einen vernichtenden Blick zu. Francesca bewahrte die Fassung und ging ihm entgegen.

»Kamal, darf ich dir einen alten Freund vorstellen? Aldo Martínez Olazábal, Sofías Bruder.«

Kamal ging auf Aldo zu und reichte ihm die Hand, die dieser überrascht und eingeschüchtert zugleich ergriff. Das Bild, das er sich in seiner Eifersucht von Kamal gemacht hatte, besaß keinerlei Ähnlichkeit mit der Realität. Genau wie Antonina war er beeindruckt von dessen Größe und Eleganz, von der Art, sich zu bewegen und zu sprechen, und von der Selbstsicherheit, die er ausstrahlte. Es war nicht erstaunlich, dass Francesca seinem Zauber verfallen war. Neben diesem älteren, erfahrenen Mann kam er sich wie ein Schuljunge vor. Seiner Niederlage bewusst, gratulierte er ihnen zur Verlobung und ging. Francesca sah Kamal ängstlich an, doch der nahm sie in die Arme und küsste sie auf die Stirn.

Am Abend war sie immer noch bedrückt und klopfte an Fredos Schlafzimmertür. Er saß gemütlich in seinem Lieblingssessel, rauchte eine Pfeife und las.

»Was schaust du so traurig?«

»Warum bin ich glücklich und Aldo so unglücklich?«, fragte sie. »Ich wünschte, alle wären so glücklich wie ich. Ich fühle mich schuldig, Onkel. Meinetwegen ist Aldos Ehe gescheitert, meinetwegen findet er keine Ruhe.«

»Sag das nicht. Du bist ungerecht mit dir selbst. Hast du ihn etwa verlassen, um einen anderen zu heiraten? Musste er aus Córdoba weggehen, um zu vergessen? Du musst dich nicht schuldig fühlen. Du kannst nichts dafür, dass Aldo sich in dich verliebt hat und dass er dann nicht für diese Liebe eingestanden ist.«

Es stimmte: Nicht sie war schuld an der Trennung gewesen. Nicht sie hatte erst von Liebe gesprochen und dann ein paar Wochen später einen anderen geheiratet. Fredo hatte recht, sie hatte sich nichts vorzuwerfen. Aber sie litt trotzdem mit Aldo.

»Eigentlich fühle ich mich schuldig, weil ich erst durch die gescheiterte Beziehung zu Aldo die wahre Liebe kennengelernt habe. Als wäre es nötig gewesen, Aldo zu opfern, damit ich mit Kamal glücklich werden kann.«

»Ich habe dir schon öfter gesagt, dass nichts auf dieser Welt durch Zufall geschieht. Der Große Architekt verbindet die Schicksalslinien, ohne dass wir seine Absichten immer sofort erkennen. Aber früher oder später werden wir sie durchschauen. Vielleicht wirst du eines Tages herausfinden, warum Aldo heute leiden muss.« Nach einer kurzen Pause bat Fredo sie: »Sei glücklich, Francesca, genieße den Augenblick und verdirb dir dieses Glück nicht durch Gedanken an jemanden, der alt genug ist, um sein Leben selbst in die Hand zu nehmen, so wie du es getan hast.«

Francesca küsste ihren Onkel auf die Stirn und wünschte ihm eine gute Nacht.

***

Kein Priester würde einwilligen, eine Katholikin mit einem Muslim zu trauen, da gab es gar keine Diskussion. Also wurde alles für den Dispens in die Wege geleitet, der Antonina so zu schaffen machte. Ihre Tochter würde in Sünde leben, nichts konnte sie vom Gegenteil überzeugen. Auf inständiges Bitten von Francesca willigte Kamal ein, standesamtlich in Córdoba zu heiraten, obwohl ihm Paris lieber gewesen wäre. Am Abend vor der Trauung überreichte Kamal Francesca beim Abendessen in Fredos Wohnung den Platinring mit dem Solitär, den er Monate zuvor bei Tiffany's für sie gekauft hatte. Auf der Innenseite stand in Französisch: »Für Francesca, meine Liebe. K.« Er steckte ihr den Ring an, und Francesca schlug die Hände vors Gesicht, um die Tränen der Rührung zu verbergen.

Nach der standesamtlichen Trauung in einem dunklen, nicht sehr ansprechenden Büro, bei der Sofía und Nando als Trauzeugen fungierten, gab es einen kleinen Empfang im Salon des Crillon. Francesca trug ein tailliertes Chanelkostüm aus elfenbeinfarbener Seide, das Kamal ihr aus Paris mitgebracht hatte. Am Revers waren zwei Kamelien aus Seide befestigt. Das offene Haar fiel ihr in schwarzen Wellen schwer und glänzend über die Schultern. Kamal bewunderte von ferne ihr schönes Gesicht und die Rundungen ihres Körpers, die durch das Chanelkostüm noch betont wurden: ihre vollen Brüste, die schmale Taille, die runden Hüften, jede einzelne Körperpartie, die er besser kannte als jeder andere. ›Meine Frau‹, sagte er sich immer wieder, und ein warmes, wohliges Gefühl dämpfte sein Bedürfnis, jeden zu verprügeln, der es wagte, sie anzufassen.

Unter den Gästen waren neben Sofía und Nando auch einige Schulfreundinnen von Francesca, mehrere Angestellte der Zeitung, darunter Fredos Sekretärin Nora, das Personal der Martínez Olazábals sowie einige Freunde von Fredo, größtenteils Journalisten und Persönlichkeiten aus Politik und Kultur, die das Gespräch mit dem Prinzen höchst anregend fanden. Sie merkten bald, dass er ein Mann war, der beiden Welten angehörte, dem Westen und dem Orient. Da Antonina die Dienstboten aus dem Haus der Martínez Olazábals eingeladen hatte, mit denen sie befreundet war, ging sie davon aus, dass ihre Arbeitgeber sich keinesfalls dazu herablassen würden, an der kleinen Feier im Crillon teilzunehmen. Aber dann erschienen Celia, Esteban und Enriqueta im Salon und straften ihre Annahme Lügen. Jedes Familienmitglied der Martínez Olazábals hatte andere Beweggründe, an der Feier teilzunehmen: Esteban aus Zuneigung zu Francesca; Celia aus Neugier auf einen Mann, der in Córdoba nicht eben alltäglich war, und Enriqueta wegen der Möglichkeit, ihre heimliche Liebe Alfedo Visconti zu sehen und vielleicht sogar mit ihm zu sprechen.

»Sofía! Deine Mutter ist gerade gekommen. Sie wird dich mit Nando sehen.«

»Das ist mir total egal«, erwiderte das Mädchen, und der Nachdruck, mit dem sie das sagte, überraschte Francesca. »Ich habe ihnen schon gesagt, dass ich vorhabe, ihn zu heiraten.«

»Und wie haben sie reagiert?«

»Natürlich sind sie nicht einverstanden. Meine Mutter hat wie immer damit gedroht, mir den Geldhahn zuzudrehen. Aber das ist mir egal – Nando wird Arbeit finden, und wir werden unser Auskommen haben. Wenn es nötig ist, gehe ich auch arbeiten. Es ist an der Zeit, dass ich aufhöre, an meine Familie zu denken, und eine eigene Familie gründe.«

›Was für ein faszinierender Mann!‹, dachte Celia, als al-Saud sich verbeugte und ihr einen formvollendeten Kuss auf die Hand hauchte. Er schenkte ihr ein verführerisches Lächeln und zeigte dabei perfekte weiße Zähne, die einen schönen Kontrast zur dunklen Haut bildeten. Sie war hypnotisiert von seinen grünen Augen, und für einen kurzen Moment sah sie ihn ganz unverhohlen an, was sie sich sonst nie erlaubte. Er sprach ein ausgezeichnetes, akzent- und fehlerfreies Französisch und besaß eine galante Art, die seine europäische Erziehung verriet. Nach diesem ersten Eindruck überkam Celia der Neid. Ungewohnt ehrlich gestand sie sich ein, dass sie für eine Nacht mit diesem Mann, Muslim hin oder her, sämtliche Prinzipien über Bord werfen würde, die ihr so wichtig waren. Als Francesca ihr widerstrebend ihren Verlobungsring zeigte, verschlug es ihr die Sprache. Er musste ein kleines Vermögen gekostet haben. Stumm bewunderte sie das Couturekostüm, das sie trug, und die beiden ineinander verschlungenen C des Hauses Chanel auf den Jackenknöpfen.

Enriqueta ging unterdessen zu Fredo und grüßte ihn schüchtern. Er behandelte sie wie gewohnt nicht anders als ihre Schwester Sofía und alle anderen Freundinnen von Francesca. Für ihn war sie ein Kind. Enriqueta ließ ihn nicht aus den Augen, beobachtete, wie er plauderte, lachte, Leute begrüßte, studierte seine Mimik und Gestik. Und so bemerkte sie einen Blickwechsel zwischen ihm und Antonina, der sie sprachlos machte. Sie war am

Boden zerstört. Eigentlich hatte sie beschlossen, an diesem Abend nicht zu trinken, doch als jetzt ein Kellner mit einem Tablett vorbeikam, nahm sie ein Glas Champagner und flüchtete auf die Toilette.

Kamal warf einen Blick in die Runde. Der Empfang verlief ganz nach seinen Erwartungen. Auch für ihn war der Abend mit Fredos Freunden angenehm gewesen. Francesca wirkte glücklich und zufrieden und ließ sich nicht einmal durch die Anwesenheit der Martínez Olazábals die Laune verderben. Sie war im angeregten Gespräch mit Sofía und Nando.

»Francesca«, unterbrach er ihre Unterhaltung, »ich denke, wir sollten schlafen gehen. Wir reisen morgen sehr früh nach Paris ab.«

»O ja, natürlich!«, pflichtete Sofía bei. »Ihr solltet gehen. Und wir auch.«

»Nein, nein«, widersprach Kamal. »Feiert ihr nur weiter.«

Francesca verabschiedete sich von den wenigen Gästen, die noch da waren. Ihre Mutter und Fredo brachten sie bis zur Treppe.

»*Mamma, non piangere, ti prego*«, bat sie, als Antonina zu schluchzen begann. »*Pensi che sono felice. Ci vediamo domani.*« Dann verabschiedete sie sie sich, als würde sie nicht am nächsten Morgen nach Europa abreisen.

Am nächsten Tag, auf dem Flug nach Paris, fragte Francesca Kamal:

»Kann ich dich um einen Gefallen bitten?«

»Du weißt doch, dass ich dir nichts abschlagen kann.«

»Eigentlich geht es nicht um mich.«

»Es hätte mich auch gewundert, wenn du etwas für dich erbeten hättest. Wenn ich es recht überlege, hast du noch nie etwas für dich verlangt.«

»Es geht um Nando und Sofía«, erklärte Francesca. »Nando

hat keine Arbeit und ist sehr arm. Ich dachte, du könntest ihm vielleicht helfen. Ich weiß, dass du viele Kontakte und Beziehungen nach Argentinien hast.«

»Wie kommst du darauf?«

»Wie hättest du sonst erreicht, dass mich das Auswärtige Amt von Genf nach Riad versetzt? Ich weiß, dass sie eigentlich jemand anderen schicken wollten. Und zwar nicht mal eine Frau.«

Kamal lachte.

»Ja, das stimmt schon«, gab er zu. »Ich habe wichtige Verbindungen in Argentinien. Außerdem ist Geld ein guter Verbündeter, wenn man ein Ziel erreichen will. Und du warst mein wichtigstes Ziel. Wenn das mit deiner Versetzung nicht geklappt hätte, hätte ich dich entführt.«

»Ich zweifle nicht daran, dass du dazu fähig gewesen wärst. Also, wirst du Nando helfen?«

»Ich werde mein Möglichstes tun.«

***

Al-Sauds Villa in Paris lag in der Avenue Foch, ganz in der Nähe des Arc de Triomphe. Sie wurden von einer eleganten Frau im dunkelgrauen Kostüm mit streng nach hinten gestecktem Haar empfangen, die einen Schlüsselbund um den Hals trug. Kamal stellte sie als Madame Rivière vor, die Haushälterin.

»Madame Rivière«, fuhr er fort, »das ist meine Frau, Madame al-Saud.«

Die Frau vergaß ihre vornehme Zurückhaltung und machte große Augen. Sie beteuerte, nur selten eine so schöne, bezaubernde Frau gesehen zu haben, und wünschte ihnen Glück und viele Kinder. Sie hatte viele Geliebte kommen und gehen gesehen, darunter auch einige sehr gewöhnliche. Keine dieser Frauen, die reichlich Champagner tranken, während Monsieur al-Saud nur Fruchtsäfte und Wasser trank, und in einem fort lachten, hatte einen so guten Eindruck auf sie gemacht wie dieses junge Mädchen. Nachdem er ihr einige Aufträge gegeben hatte, schickte Kamal sie hinaus.

Francesca trat ans Fenster, schob den Vorhang beiseite und sah auf die Avenue Foch hinaus. Die Straße war genauso still wie das Haus. Kamal warf das Jackett aufs Sofa. Ohne sie zu berühren, flüsterte er ihr ins Ohr: »Gefällt dir, was du bisher gesehen hast?« Francesca nickte. »Komm, ich zeige dir den Rest.«

Die Wohnung ging über zwei Stockwerke und hatte so viele Zimmer, dass Francesca ihre Befürchtung zum Ausdruck brachte, sie könnte nicht mehr zum Schlafzimmer zurückfinden. Sie war beeindruckt von den liebevollen Details und der geschmackvollen Einrichtung. Kamal sah sie erwartungsvoll an und hoffte auf ihre Zustimmung.

»Es ist deine Wohnung, Liebling«, sagte er. »Du bist jetzt die Hausherrin hier. Du kannst nach Herzenslust verfahren und alles verändern, wenn du willst.«

»Es ist perfekt so, wie es ist. Ich würde nichts daran ändern.«

An diesem Abend aßen sie im »Tour d'Argent«. Der Maître nannte Kamal »Hoheit« und geleitete ihn mit unterwürfigen Verbeugungen zum besten Tisch am Fenster, von wo aus sie einen Blick auf das abendliche Paris hatten. Francesca fragte sich, wie viele Frauen er in das berühmte Restaurant ausgeführt haben mochte. Als das Essen schon fast vorbei war und sie so still und ernst dasaß, fragte Kamal, was mit ihr los sei.

»Ich dachte an die vielen Frauen, mit denen du hier gewesen sein musst.«

Kamal steckte sich eine Zigarette an und lächelte amüsiert, was sie nur noch wütender machte.

»Es gefällt mir, dass du eifersüchtig bist. Es beweist wieder einmal das Feuer, das du in dir hast und das sich nicht aufs Bett beschränkt, wie ich sehe. Ja, es stimmt, ich war mit vielen Frauen hier, schönen, lebenslustigen und amüsanten Frauen. Ich hatte angenehme Stunden mit ihnen, und ich weiß, dass sie auch mit mir ihren Spaß hatten.«

Francesca sah ihn unverwandt an, und Kamal lächelte erneut belustigt.

»Ja, es waren viele Frauen«, sagte er noch einmal, mehr zu sich selbst. »Sehr viele, aber ich schwöre dir beim Andenken meines Vaters, dass ich keiner von ihnen je gesagt habe, dass sie die einzige, wahre Liebe meines Lebens sei. Das kann ich nur zu dir sagen. Zu dir, meiner Frau, Francesca al-Saud, die sich allem zum Trotz an mich gebunden hat – trotz meines Charakters, meiner Herkunft und meines verrückten Lebens und trotz der Unterschiede, die uns trennen.«

Francesca würde diese Tage in Paris als die glücklichsten ihres Lebens in Erinnerung behalten.

Manchmal wachte Kamal mitten in der Nacht auf und betrachtete sie, den Kopf in die Hand gestützt. Wenn sie so dalag und schlief, mit entspanntem Gesicht und diesem Hauch von Unschuld, der sie umgab, wirkte sie wie eine Fünfzehnjährige. Er stellte sich vor, wie es in vielen Jahren sein würde, wenn er ein alter Mann war und sie auf dem Höhepunkt ihrer Schönheit und Reife, aber er hatte keinen Zweifel daran, dass sie ihn immer noch lieben würde, ganz gleich, wie alt er war. An Francesca zu zweifeln erschien ihm wie Verrat.

»Warum schläfst du nicht?«, überraschte sie ihn einmal und riss ihn aus seinen Gedanken.

»Ich habe dich angeschaut und gedacht, dass ich ewig mit dir hierbleiben könnte. Wenn ich mit dir zusammen bin, ist es mir ganz egal, wo ich bin.«

»Ist es nicht«, widersprach sie und streichelte ihm über die Wange. »Dir ist es nicht gleich, wo du bist, solange es Saudi-Arabien gibt. Wir sollten nach Riad zurückkehren. Ich spüre, dass ich dich am Ende verlieren würde, wenn du meinetwegen nicht in deine Heimat zurückkehrst.«

»Du wirst mich niemals verlieren«, sagte er ernst, »nicht einmal wegen Saudi-Arabien. Vielleicht gehen wir irgendwann zurück, aber nicht jetzt«, setzte er mit einer Miene hinzu, die deutlich machte, dass er nicht mehr über seinen Entschluss sprechen würde.

»Jacques erzählte mir, dass ein Beduinenglaube besagt, wer einmal die Wüste gesehen habe, kehre zurück und bliebe für immer. Stimmt das?«, fragte Francesca.

»Ja, das stimmt. Aber fürs Erste bleiben wir hier. Vor allem jetzt, wo deine Freundin Sofía und ihr zukünftiger Ehemann hier in Paris leben werden.« Francesca setzte sich auf und blickte Kamal fragend an. »Ich habe Nando eine Stelle hier in meinem Büro in Paris angeboten. Er hat zugesagt, und soweit ich weiß, war Sofía mehr als einverstanden.«

Francesca sah ihn durch einen Tränenschleier hindurch an.

»Mein galanter arabischer Prinz«, sagte sie. »Ich weiß, dass du es für mich getan hast, damit ich meine beste Freundin bei mir habe und mich nicht so allein fühle in dieser Stadt.«

»Natürlich habe ich es für dich getan. Mein erster Gedanke gilt immer dir. Aber ich dachte auch, ein bisschen Abstand zwischen Sofía und ihrer Familie könnte nicht schlecht sein.«

»Wann kommen sie?«

»Nando hat mich um zwei Monate Zeit gebeten. Sie werden in Córdoba heiraten und dann nach Paris kommen.«

***

Die Hochzeit nach islamischem Ritus fand in Kairo statt. Fadilas ältere Schwester Zila, die mit einem ägyptischen Industriellen verheiratet war, stellte ihre Villa in einem Vorort zur Verfügung, was Kamal gerne annahm. Sie trafen abends mit Kamals Privatjet ein. Francesca war furchtbar nervös, Kamal hingegen ganz entspannt und glücklich, seine Familie wiederzusehen.

Kamals Schwestern, Nichten und Schwägerinnen nahmen Francesca unter ihre Fittiche und gingen mit ihr zum Einkaufen auf den Bazar von Kairo, wo sie sie mit Stoffen, Schmuck und Parfüms überhäuften. Fadila hielt in diesen Tagen Distanz, auch weil sie mit Hochzeitsvorbereitungen beschäftigt war, und überließ die persönliche Betreuung ihrer zukünftigen Schwiegertochter Faisals Frau Zora. Obwohl Fadila bemüht war, höflich und zuvorkommend zu sein, lag eine Spannung in der Luft. Manchmal, wenn sie Francesca betrachtete, musste sie bei allem Stolz zugeben, dass sie ein hübsches und sympathisches Mädchen war; sie hatte ihre Fruchtbarkeit unter Beweis gestellt, und sie liebte Kamal. Dennoch fiel es ihr schwer zu akzeptieren, dass ihr Erstgeborener ein einfaches Mädchen aus dem Volk heiraten würde, eine Christin zudem. Aber sie sagte nichts und machte ihre Unzufriedenheit mit sich selbst aus, weil sie wusste, für wen sich Kamal entscheiden würde, falls es zur offenen Auseinandersetzung kam.

Francesca mochte Zora vom ersten Augenblick an. Sie war ihr in den Tagen vor der Hochzeit, in denen sie dem Brauch zufolge ihren Bräutigam nicht sehen durfte, eine große Hilfe. Es waren lange, erschöpfende Tage ohne Kamal, an denen die Zeremonien und Feiern nur für die Frauen stattfanden. Nachdem Fadila Francesca am Morgen des vierten Tages das Diadem aus Brillanten und Saphiren überreicht hatte, das eine Gabe ihres Sohnes an seine Braut war, begannen Zila, Fatima und Zora, sie für die Hochzeit zurechtzumachen, die gegen Mittag stattfinden sollte. Sie behandelten ihre Beine mit einer Paste aus Honig und wohlriechenden Ölen, die ihre Haut seidenweich machte, rasierten ihre Scham, ein uralter Brauch, der, so erklärte Zora, von den Arabern als sehr erregend empfunden wurde. Dann badeten und parfümierten sie sie, kleideten sie an und frisierten ihr Haar. Zuletzt widmeten sie sich dem Schminken, einer wahren Kunst, die Zila meisterhaft beherrschte. Sie verbanden die Augenbrauen mit einer durchgehenden Linie, die Francesca an ein Porträt von Frida Kahlo erinnerte, und betonten die Augen mit *khol* und rosa Lidschatten, der farblich zu ihrem Kleid passte. Dann brachten sie mehrere Töpfchen mit einer roten Paste, die Ähnlichkeit mit Siegellack hatte, und verzierten ihre Hände, Stirn und Brust mit filigranen Mustern und kleinen Blumen. »Es lässt sich wieder abwaschen«, flüsterte Zora ihr zu, um sie zu beruhigen. Francesca betrachtete sich im Spiegel, und ihr gefiel nicht, was sie da sah. »Wenn meine Mutter mich so sehen würde!«, schluchzte sie.

»Du bist die schönste Braut, die ich je gesehen habe«, beschwichtigte Zora, während sie ihr das Diadem mit den Brillanten und Saphiren auf den Schleier setzte. »Kamal wird sterben vor Liebe.«

Tatsächlich war dieser fasziniert, als er sie in einem Meer aus Blumen auf einer Sänfte erscheinen sah. Die Diener stellten das Traggestell auf dem Boden ab, und Kamals Großvater, Scheich al-Kassib, der seinen Stamm verlassen hatte, um an der Hochzeit teilzunehmen, trat heran, um ihr die Hand zu reichen und sie zu seinem Enkel zu führen. Der Derwisch sprach seine Worte, und Francesca wiederholte in schlechtem Arabisch, was Zora ihr zuvor beigebracht hatte.

Die Festlichkeiten begannen gegen zwei Uhr mittags und endeten in den Morgenstunden des nächsten Tages. Es waren sehr viele Gäste da, und Francesca, die nur wenige davon kannte, fühlte sich allein und verlassen. An Kamals Hand ließ sie sich durch die Salons und den Park führen, während er ihr seine Verwandten vorstellte. Über das Fehlen seines Bruders Saud sowie dessen Frau und Kindern wurde nicht gesprochen, weil alle um das tiefe Zerwürfnis zwischen den beiden Brüdern wussten. Aber viele erkundigten sich nach Mauricio Dubois, war man doch gewohnt, den Botschafter bei wichtigen Familienfeiern anzutreffen. Mittlerweile war es jedoch in Argentinien zu dem befürchteten Staatsstreich gekommen, und es herrschten Chaos und Verwirrung im Land. In der Folge hatte das Auswärtige Amt Mauricio einbestellt, der sich sogleich auf den Weg nach Buenos Aires gemacht hatte.

Als es dunkel wurde, führte Kamal Francesca in ein ruhiges, abgelegenes Zimmer, wo seit einigen Minuten Marina auf sie wartete. Francesca war zu Tränen gerührt, als sie die Freundin sah, und fiel ihr begeistert um den Hals, weil Marina ihrer eigenen Welt angehörte, dieser Welt, die sie so gut kannte.

»Dein Mann hat mich letzte Woche angerufen und mich eingeladen zu kommen. Den Flug und das Hotel hat er auch bezahlt. Er hat mich gebeten, dir nichts zu sagen, damit es eine Überraschung ist. Dieser Mann liebt dich wirklich, Francesca! Du kannst dich glücklich schätzen, seine Frau zu sein. Du hast mir nie erzählt, dass er ein so gutaussehender, eleganter Mann ist. Diese Augen, mein Gott! Vielleicht kann ich ja einen der Araber hier becircen – einen von denen, die noch übrig sind. Das Mindeste, was ich erwarte, ist, dass er mich entführt und in einer Oase entjungfert.«

Währenddessen unterhielt sich Yussef Zelim, Tante Zilas Mann, mit Kamal und erklärte mit einem Augenzwinkern: »Ich muss schon sagen, du hast dir das schönste Exemplar aus dem Westen geschnappt, das ich je gesehen habe. Und ein bisschen frisches Blut hat noch nie geschadet.«

Es wurde gegessen, getanzt und gesungen. Während einige bei Tisch neue Kräfte sammelten, aßen, tanzten und sangen die anderen weiter – das Lärmen und Treiben hörte nie auf. Fatima kam zu Francesca und führte sie an den Tisch der Matriarchinnen der Familie, an dem auch Juliette saß – eine Außenseiterin wie sie selbst. Doch Juliette erklärte zu ihrer Überraschung, dass sie sich in diesem Kreis sehr wohl fühle. Francesca hingegen fand die alten Frauen äußerst einschüchternd, die alle gleichzeitig auf sie einredeten, ihr Haar und ihr Kleid betasteten, ihre weiße Haut bestaunten und ihr das Diadem abnahmen und wieder aufsetzten. Nach dieser eingehenden Prüfung erklärte Fatima, dass die Frauen sie als neues Familienmitglied akzeptiert hätten.

Schließlich entführte Kamal sie von dem Fest und brachte sie ins Stadtzentrum von Kairo, wo er ein Zimmer im besten Hotel reserviert hatte.

»Deine Tante Zila hat bei sich zu Hause ein Schlafzimmer für unsere Hochzeitsnacht vorbereitet. Sie wird böse auf mich sein, weil sie denkt, dass ich dich überredet habe wegzugehen«, widersetzte sich Francesca.

»Tante Zila weiß ganz genau, dass es meine Entscheidung gewesen ist, die Nacht im Hotel zu verbringen. Du kennst die Sitten meines Volkes nicht. Alle hätten neugierig vor der Tür gestanden und darauf gewartet, dass ich meine Manneskraft unter Beweis stelle.«

»In der Heimat meiner Mutter in Sizilien erwartet man, dass der Ehemann am Tag nach der Hochzeit das blutbefleckte Laken aus dem Fenster hängt – aus demselben Grund.«

»Siehst du, wir sind gar nicht so verschieden.«

Sie hatten sich drei Tage nicht gesehen, und nachdem sich die Tür des Hotelzimmers hinter ihnen geschlossen hatte, befiel sie ein Verlangen, das sie, nachdem es gestillt war, erschöpft in die Laken sinken ließ.

»Ich habe meine Mutter heute sehr vermisst«, sagte Francesca später. »Nie hätte ich mir vorstellen können, dass sie bei meiner

Hochzeit nicht dabei ist. Und ich hätte mir gewünscht, dass Onkel Fredo mich dir übergeben hätte.«

Die ersten vierzehn Tage der Flitterwochen verbrachten sie in Nizza im Hotel Negresco. Auch dort kannte man Kamal gut, nannte ihn »Hoheit« und folgte ihm in Erwartung seiner bereits bekannten Trinkgelder auf Schritt und Tritt. Sie frühstückten auf der großen Balkonterrasse, vor der sich das endlos blaue Meer ausbreitete. Francesca sog tief die frische Morgenluft ein und ergriff die Hand ihres Mannes. Wenn sie vom Strand zurückkamen, legten sie sich gemeinsam in die riesige runde Badewanne, bis Francesca vor Kälte bibberte.

Wenn Kamal Bekannte traf, stellte er Francesca nur knapp vor, blind vor Eifersucht wegen der Art, wie sie sie ansahen – insbesondere, wenn sie einen Badeanzug trug. Francesca wiederum fielen die vielsagenden Blicke auf, die so manche Frau ihrem Mann zuwarf. Doch Kamal hatte nur Augen für sie, und das bewies er ihr jedes Mal, wenn er ihre Nähe suchte. Ganz abgesehen von der Leidenschaft, die der eine im anderen entfachte, empfanden sie einen tiefen Frieden, wenn sie sich ansahen und anlächelten. Sie waren wie eine Insel, zu der die Außenwelt keinen Zugang hatte. Allerdings folgten ihnen Abenabó und Kader in gebührendem Abstand, die Waffen unter ihren Anzugjacken verborgen.

Von Nizza flogen sie dann nach Sizilien, wo sie ein Auto mieteten, um die Küste entlangzufahren. Sie begannen die Rundreise in Santo Stefano di Camastro, dem Geburtsort von Francescas Vater Vincenzo. Der Ort lag am Meer und schien im Mittelalter stehengeblieben zu sein. Die dunklen, von alten Häusern gesäumten Gässchen, in denen es von Menschen, Ziegenherden und Vespas gleichermaßen wimmelte, wirkten auf Francesca bedrückend und einengend. Sie verstand sofort, warum ihr Vater beschlossen hatte, in Amerika nach neuen Horizonten zu suchen. Es herrschte eine merkwürdige, beklemmende Stimmung. Die Einheimischen warfen den Fremden misstrauische Blicke zu und tuschelten miteinander. Als sie ein Lokal betraten, um etwas zu trinken, wurde es schlagartig still; mehrere Augenpaare folgten ihnen zum Tresen, beobachteten sie, während sie eine Limonade tranken, und sahen ihnen schließlich hinterher, bis sie zur Tür hinaus waren.

An der Amalfiküste, in Sorrent, auf Capri und in Pompeji ließen sie sich von dem einzigartigen Licht bezaubern, das dem Meer seine unbeschreibliche, türkisblaue Farbe verlieh. Die Landschaft wurde bestimmt von bewaldeten Bergen, schroffer Küste und dem Tyrrhenischen Meer. In Neapel aßen sie in der Pizzeria *Brandi*, wo dem Besitzer zufolge in der Mitte des 19. Jahrhunderts die Pizza erfunden worden war.

In Rom blieben sie vier Tage. Kamal kannte die Stadt sehr gut und stellte sich als hervorragender Fremdenführer heraus. Im Vatikan überraschte er sie mit Anekdoten über Päpste, Priester, Maler, Bildhauer und Kreuzzüge, von denen Francesca noch nie gehört hatte. Sie warfen Münzen in den Trevibrunnen, besichtigten das Kollosseum und sahen sich die Villa Borghese und den Quirinalspalast an. Als sie auf dem Forum Romanum standen, sagte Kamal: »Du befindest dich mitten im Herzen einer untergegangenen Welt.«

Zwischen Rom und Pisa folgte ein Dörfchen auf das andere, jedes mit seinem eigenen Reiz und einem typischen Gericht, das probiert werden wollte, aber der Schiefe Turm, die Kathedrale und das Baptisterium, die in einer Reihe auf einer weiten Rasenfläche standen, raubten Francesca wirklich den Atem.

Von dort reisten sie nach Portofino weiter, wo sie über eine enge Serpentinenstraße zum Castello di San Giorgio hinauffuhren, einer alten Adelsresidenz. Sie war in einem schlechten Zustand und lohnte sich nur wegen der herrlichen Aussicht auf den

Golfo de Tigullio und die bunten Häuser am Hafen. Am Abend vor der Abreise aus Portofino bat Francesca Kamal, mit ihr ins Aostatal zu fahren, wo sie endlich die Villa Visconti kennenlernen würde, das alte Schloss, das einmal der Familie ihres Onkels gehört hatte.

Das Aostatal hatte mehr von der Schweiz und von Frankreich als von Italien, und auch der örtliche Dialekt mit den starken französischen Anklängen verriet seine wahren Ursprünge. In Châtillon, einem kleinen Dorf kurz vor der Grenze, fragte Francesca einen Bauern, der eine Kuh über die Straße trieb, ob er die Villa Visconti kenne. »*Certo*, selbstverständlich!«, bestätigte der Mann, um dann zu erklären, dass sie heute nur noch »die Villa« genannt werde. Er beschrieb ihnen den Weg, und einige Minuten später hielten sie vor dem Tor, hinter dem das Anwesen lag. Francesca und Kamal ließen das Auto stehen und gingen zu Fuß weiter. Auf einer Anhöhe, flankiert von Zypressen und Tannen, erhob sich die Residenz, die sie so oft auf dem Ölgemälde in Alfredos Büro bewundert hatte. Wenn ihr Onkel doch hier sein könnte!, dachte Francesca sehnsüchtig. Sie stiegen die Treppe zum Eingangsportal hinauf, einer beeindruckenden Eichentür mit glänzenden Beschlägen, und klopften an.

»Vielleicht lässt man uns ja rein, um es zu besichtigen«, meinte Kamal.

Es öffnete ein alter Mann im eleganten Frack, der sie reserviert musterte. Kamal stellte sich auf Französisch vor, und der Butler ließ sie ein. Er bat sie, zu warten. Francesca sah sich staunend um, ohne zu begreifen, dass ihr Onkel an einem solchen Ort gelebt hatte, wo derartige Pracht und Eleganz regierten. Durch die schweren roten Samtvorhänge im Vestibül war die Haupttreppe aus weißem Marmor zu erkennen. Auf dem Treppenabsatz gab ein großes Fenster den Blick auf die sommerliche Alpenlandschaft frei, auf grüne Wiesen und gelb blühenden

Ginster. Jedes Detail des Vestibüls entlockte Francesca Ausrufe des Entzückens: Die in Pastellfarben gehaltenen Deckenfresken mit ihren romantischen Allegorien, die Buntglasscheiben, die das Licht filterten und den Raum in Rot- und Grüntöne tauchten, die grauen, beinahe lavendelfarbenen Stuckwände, die mit blauer Seide bezogenen Sesselchen, die Porzellanvasen und Ölgemälde.

Im Nachbarraum waren Alfredo und Antonina aufgestanden, als sie Francescas Stimme hörten. Der Butler führte die beiden ins Vestibül. In der Annahme, es mit der Hausherrin zu tun zu haben, drehte Francesca sich völlig ahnungslos um.

»*Figliola*«, sagte Antonina, und Francesca sah sie ungläubig an. »*Figliola, sono io, tua mamma.*«

Die Frauen fielen sich in die Arme, während Fredo versuchte, Haltung zu bewahren. Kamal hielt sich abseits, bis Francesca sich nach ihm umsah.

»Vor einigen Tagen«, erklärte Fredo, »rief dein Mann mich an und schlug vor, dass wir uns hier in Châtillon treffen, genauer gesagt in der Villa, die einmal meinem Vater gehörte. Er schickte uns Flugtickets, und gestern sind wir in Mailand gelandet. Heute morgen hat uns ein Chauffeur abgeholt und hierhergebracht. So ist das gewesen«, schloss Alfredo. »Diese Überraschung war einzig und allein die Idee deines Mannes – du musst dich also bei ihm bedanken.«

»Ach, Liebster«, flüsterte Francesca immer wieder und streichelte seine Wange, unfähig, ein anderes Wort herauszubringen. Kamal drückte sie an sich und lächelte:

»Ich bin fast sicher, dass man uns einen Rundgang durch die Villa gestatten wird«, meinte Fredo. »Der Butler war sehr freundlich zu uns. Wir sagten ihm, dass wir draußen auf euch warten könnten, aber er bestand darauf, dass wir im Salon blieben. Er servierte uns sogar Kaffee und ein Gläschen Sherry.«

»Wir sollten jetzt mit der Besitzerin sprechen«, schlug Kamal vor. »Vielleicht lädt sie uns sogar zum Tee ein.«

»Die Besitzerin?«, fragte Fredo verwundert. »Kennen Sie sie?«

»Ja«, antwortete Kamal zwanglos. »Francesca, Liebling, würdest du uns wohl gestatten, deine wunderbare Villa Visconti zu besichtigen?«

»Meine wunderbare Villa Visconti?«, wiederholte sie verständnislos. »Meine ... Villa?«

»Ja, deine Villa. Die Villa Visconti gehört dir. Ich habe sie für dich gekauft. Sie ist mein Hochzeitsgeschenk.«

Francesca blickte sich mit Tränen in den Augen um, und ein Schauder durchlief ihren Körper. Was hatte Kamal da gesagt? Er hatte die Villa *gekauft*? Unmöglich, sie musste sich verhört haben. Das Herz schlug ihr bis zum Hals, und erneut hörte sie wie ein fernes Echo seine Stimme sagen: »Sie gehört dir. Ich habe sie für dich gekauft.«

»Warum? Du hast mir doch schon so viel geschenkt«, brachte sie heraus.

»Schlicht und ergreifend, weil ich dich liebe«, antwortete er.

An diesem Abend aßen sie in einem Landgasthaus außerhalb von Châtillon, wo Fredo und sein Bruder Pietro ihr erstes Bier getrunken und die ersten heimlichen Zigaretten geraucht hatten. Alles sah noch genauso aus wie früher, versicherte er; sogar die blaue Leuchtreklame über der Tür war noch dieselbe. Jede Kleinigkeit begeisterte ihn, und er gab eine Anekdote nach der anderen zum Besten. Sie verbrachten einen wunderbaren Abend, den sie bei einem Cognac im Rauchsalon der Villa ausklingen ließen.

Bevor sie zu ihrem Mann ging, klopfte Francesca an Alfredos Zimmertür. Er saß auf dem Sofa und las, die Füße auf einem Schemel hochgelegt. Er sah zufrieden und entspannt aus. Er rauchte seine Pfeife, und der Geruch des holländischen Tabaks lag in der Luft, genau wie in seiner chaotischen Wohnung in der Avenida Olmos. Fredo nahm die Brille ab und lächelte ihr zu. Francesca setzte sich zu seinen Füßen nieder.

»Bist du glücklich?«, fragte er.

»Ja, sehr. Und du, Onkel?«

»Zum ersten Mal in meinem Leben fehlen mir die Worte, um auszudrücken, was ich fühle.«

»Onkel, ich möchte etwas mit dir besprechen«, sagte Francesca und stand auf. »Ich möchte die Villa Visconti auf deinen Namen überschreiben. Sie gehört dir – ich schenke sie dir, weil ich will, dass du wieder der Herr von Villa Visconti bist und die Leute wissen, dass das Haus wieder in Familienbesitz ist. Bitte, sag ja.«

Alfredo sah sie lange an und dachte, dass dieses Gesicht etwas Magisches hatte. Es lag ein besonderer Glanz in ihren schwarzen Augen, den er bei anderen Menschen noch nie gesehen hatte.

»Was wäre mein Leben ohne dich?«, sprach er seine Gedanken laut aus. »Besser, wir lassen die Villa auf deinen Namen, mein Schatz. Du willst doch deinen Mann nicht verärgern, oder?«

»Kamal wird nichts sagen. Er respektiert meine Entscheidungen.«

»Ja, ich sehe, dass er dich vergöttert und die Sterne vom Himmel holen würde, um dir eine Freude zu machen. Aber es geht nicht nur darum. Warum die Dinge verkomplizieren? Mal angenommen, die Villa würde mir gehören: Was glaubst du, wem ich sie bei meinem Tod vermachen würde, wenn nicht dir? Sparen wir uns die Anwälte und den Papierkram – mein Haus soll von jetzt an deines sein. Nimm es als vorzeitiges Erbe«, setzte er hinzu und tippte ihr zärtlich auf die Nasenspitze.

»Für mich wird es immer dein Haus bleiben«, erklärte Francesca, um dann mit einem verschmitzten Lächeln zu fragen: »Du bist in meine Mutter verliebt, stimmt's?«

»Mädchen, was ist denn das für eine Frage?«

»Einfach nur eine Frage. Und auch wenn du mir nicht antworten solltest, kenne ich die Antwort.«

Sie küsste ihren Onkel auf die Stirn und ging zur Tür. Doch bevor sie hinausgehen konnte, rief Fredo sie zurück.

»Komm mal her«, sagte er und deutete auf einen Stuhl neben sich. »Setz dich zu mir.« Er nahm ihre Hand und sah ihr in die Augen. »Wenn du die Antwort auf diese dreiste Frage schon kennst, will ich dir eine andere stellen. Würde es dich stören, wenn deine Mutter und ich heiraten? Ich habe sie gefragt, und sie hat ja gesagt. Aber ich brauche deine Einwilligung.«

Mit einem glücklichen Lachen fiel Francesca ihrem Onkel um den Hals.

»Meinen Segen hast du. Natürlich bin ich einverstanden. Ja, ja und nochmals ja. Mein liebster Onkel Fredo!«

»Wo hast du denn gesteckt?«, wollte Kamal später wissen. »Seit einer Stunde warte ich auf dich. Ich wollte mich schon anziehen und nach dir suchen.«

»Ich bin noch bei meinem Onkel gewesen und habe ein bisschen mit ihm geplaudert.«

»Ja, und ich sterbe währenddessen vor Sehnsucht nach dir.«

»Seit heute bist du endgültig mein Held. Meine Mutter und Onkel Fredo hier zu treffen und zu erfahren, dass du die Villa gekauft hast, übertrifft alles, was ich mir hätte vorstellen können.«

»Ich musste mir eine Überraschung einfallen lassen, um die Wertschätzung meiner Schwiegermutter zu gewinnen.«

»Das ist dir wirklich gelungen. Mit dieser Tat hast du ihr Herz erobert.«

»Ja, ja, ich weiß, ich habe meine Ziele erreicht. Aber jetzt habe ich andere Pläne.«

Er umfasste ihre Taille und küsste sie auf den Hals, und der

Duft ihres *Diorissimo* und ihre weiche Haut berauschten ihn wie am ersten Tag.

Später, als Francesca schwer atmend in seinen Armen lag, hörte sie, wie er sagte: »Ich liebe dich mehr als mein Leben, Francesca al-Saud.«

Epilog

Paris, im November 1964

Kamal trat ans Bücherregal, nahm das Buch *Die Kultur der Araber* von Professor Le Bon heraus und ging wieder zu seinem Schreibtisch zurück. Er schlug Seite 135 auf und las zum wiederholten Mal die Stelle, die er selbst vor Jahren unterstrichen hatte: »Jeder absolute Monarch ist auf einen herausragenden Mann an seiner Seite angewiesen. Sind beide wahrhaft begabt, werden sie erfolgreich sein; sind sie indes Mittelmaß, stürzen sie schneller, als sie aufstiegen.«

Er dachte an Saudi-Arabien, seine ferne, schmerzlich vermisste Heimat, und wurde traurig. Das Summen der Gegensprechanlage riss ihn aus seinen Gedanken.

»Ja, Claudette?«, sagte er zu seiner Sekretärin.

»Ihr Bruder Faisal ist auf Leitung zwei, Monsieur.«

»Stellen Sie ihn bitte durch.«

Faisal rief aus Riad an. Kamal ahnte sofort, was der Grund dafür war. Sie sprachen über dies und das, bis Faisals Stimme auf einmal einen anderen Klang bekam.

»Eigentlich rufe ich an«, sagte er, »weil ich es sein wollte, der dir die Nachricht überbringt: Vor einer Stunde hat Saud die Abdankung unterschrieben. Er hat vierundzwanzig Stunden Zeit, um Saudi-Arabien zu verlassen. So wie es aussieht, wird er sich auf seine griechische Insel zurückziehen. Es wurde eine mehr als großzügige Apanage für ihn und seine Familie vereinbart. Tariki ist gestern nach Kairo ausgereist, und Onkel Abdullah hat ihm verboten, das Land je wieder zu betreten.«

»Dann bleibt mir an dieser Stelle nichts weiter, als dich zu beglückwünschen, wenn die Familie dich, wie ich annehme, zum König bestimmt hat.« Faisals Schweigen war beredt. »Du wirst ein guter Herrscher sein, mein Bruder, und ich sage dir eine Zeit des Friedens und des Wachstums voraus. Mögen dich zukünftige Generationen als großartigen König in Erinnerung behalten, so wie unseren Vater. Allah leite dich auf deinem Weg!«

»Ich möchte dich zu meinem Premierminister ernennen, Kamal. Du bist der Einzige, der diesen Posten erfolgreich ausfüllen kann.«

»Schaff das Amt des Premierministers ab! Es schwächt nur die Position des Königs. 1958 wurde es eingeführt, um die Krise zu überwinden. Aber du brauchst keinen Premierminister; du besitzt die nötige Stärke und Fähigkeit, um die Geschicke des Landes allein zu lenken.«

»Ich möchte dich auf jeden Fall hier in Riad haben. Du bestimmst das Amt, das du bekleiden möchtest, und es gehört dir. Interessiert dich das Erdölministerium?«

»Berufe Ahmed Yamani zum Erdölminister. Du weißt ja, dass ich ihn seit Jahren darauf vorbereitet habe. Er ist dein Mann.«

»Ich weiß, dass Ahmed bestens vorbereitet ist, aber wie Onkel Abdullah und Jacques immer sagen: Es zählen nicht nur Können und Verstand, sondern auch der gute Name und gute Beziehungen. Und die hast nur du. Du wirst von den internationalen Konzernen und den dicken Fischen des Establishments geachtet und gefürchtet. Das Land braucht dich, Kamal. Ohne deine Hilfe können wir die Krise nicht überwinden. Beteilige dich an meiner Regierung! Ich bitte dich darum, beim Andenken unseres Vaters.«

»Ich werde alles tun, was in meiner Macht steht, um dich zu

unterstützen, Bruder. Aber ich werde nicht nach Riad zurückkehren.«

»Ich weiß, dass es wegen Francesca ist«, sagte Faisal ohne jeden Vorwurf, »und ich verstehe dich.«

Kamal legte den Hörer auf, stützte die Ellenbogen auf den Schreibtisch und verbarg das Gesicht in den Händen. Saud entthront, des Landes verwiesen, vor der Welt gedemütigt. Bei Allah, wie sehr hatte er sich diesen Augenblick herbeigewünscht! Er hatte sogar Pläne für einen langsamen und schmerzvollen Tod geschmiedet, um seinen älteren Bruder für das büßen zu lassen, was Abu Bakr und seine Männer Francesca angetan hatten, sich grausame Foltern für den Verlust seines ersten Kindes ausgedacht. Doch in diesem Moment, da die Ereignisse die bitteren Erlebnisse der Vergangenheit linderten, suchte er in seinem Inneren vergeblich den abgrundtiefen Hass der letzten Jahre, noch empfand er Genugtuung über die Rache. Schon seit einiger Zeit hatte er Saud aus seinen Gedanken verbannt. Er betrachtete ihn nicht länger als seinen älteren Bruder. Die Erinnerung an ihn schmerzte nicht mehr – es war ihm gleichgültig, ob er lebte oder tot war. ›Ich sollte ihn umbringen lassen‹, dachte er ohne Überzeugung. Aber ihn jetzt töten lassen, wo er wehrlos war wie ein Kind? Wozu? Um seine Hände mit dem Blut seines Vaters Sohn zu beflecken? Francesca lebte, und sie gehörte ihm. Er würde nie mehr zulassen, dass man sie ihm entriss.

»Ich bekomme ein weiches Herz«, murmelte er vor sich hin. Er stand auf und ging mit gesenktem Blick im Zimmer auf und ab, die Hände auf dem Rücken verschränkt. Bei dem Gedanken an Faisal als neuen König hatte er gemischte Gefühle. Die Heirat mit Francesca hatte ihn den Thron gekostet. Die Familie akzeptierte sie und achtete sie sogar, seit sie ihm einen Sohn geschenkt hatte, aber sie gehörte nach wie vor einer fremden, unbekannten Welt an und war als Gattin des Herrschers unerwünscht. »Francesca …«

Schon die Erwähnung ihres Namens rechtfertigte alles, was er für sie geopfert hatte. Sie waren glücklich in Paris. Er ging seinen Geschäften nach, sie kümmerte sich um den kleinen Shariar und den Haushalt. Hatte er das Recht, diese Harmonie zu stören und sie darum zu bitten, nach Riad zurückzugehen? Aber er vermisste die Heimat und seine Familie, ihm fehlten die Wüste, die Ausritte am Roten Meer, die Oase seines Großvaters.

Kamal zog das Jackett an und verließ das Büro. Nachdem er Claudette angewiesen hatte, alle Nachmittagstermine abzusagen, fuhr er nach Hause. Francesca saß auf dem Bett und stillte ihren gemeinsamen Sohn. Er blieb leise stehen und betrachtete sie: Ihr Profil wirkte wie aus weißem Alabaster gemeißelt, das zum Knoten aufgesteckte Haar legte ihren langen, schlanken Hals frei. Sie sprach Spanisch mit dem Kleinen und lächelte.

»Willst du den ganzen Tag da stehenbleiben?«, sagte sie schließlich, ohne sich umzudrehen.

»Woher wusstest du, dass ich in der Tür stehe?«, fragte Kamal und kam näher.

»Ich konnte dich spüren«, lautete ihre Antwort.

Shariar ließ die Brustwarze los und drehte das Köpfchen zu dem Eindringling, der das Idyll mit seiner Mutter störte. Kamal küsste ihn auf die Stirn. Der Kleine hatte alles von ihm: die dunkle Haut, die braunen Locken, das scharfgeschnittene Gesicht, den vollen Mund. Nur die Augen, die waren von seiner Mutter.

Francesca hörte schweigend zu, während Kamal ihr von dem Gespräch mit Faisal berichtete. Ihre Ruhe stand ganz im Gegensatz zu seiner Nervosität. Er war ungewöhnlich gesprächig und schilderte die Vorgänge in einer Ausführlichkeit, die so gar nicht seiner zurückhaltenden Art entsprach.

»Und was hast du auf Faisals Angebot geantwortet?«

»Dass ich nicht nach Riad zurückkehren werde.«

»Es ist meinetwegen, stimmt's?«, wollte Francesca wissen.

»Du bist zu freiheitsliebend, um mit den Einschränkungen in meinem Land leben zu können. Du würdest es nicht ertragen.«

»Ich leide bei dem Gedanken, dass du gerne dort leben würdest und es meinetwegen nicht tust.«

»Du stehst für mich an erster Stelle, verstehst du das nicht? Vor mir, vor Saudi-Arabien und vor der ganzen Welt. Was muss ich noch tun, damit du das begreifst?«

***

Saud starb fünf Jahre später auf seiner Ägäisinsel an derselben Krankheit, die ihm schon während der letzten Jahre seiner Regentschaft zu schaffen gemacht hatte. Saud war tot, und unter Faisal brach eine Zeit finanziellen Wohlstands und gesellschaftlichen Friedens an, die auf Mäßigung und der Einhaltung der Gesetze des Korans basierte. Es war nicht einfach, die schlechte Finanzlage in den Griff zu bekommen, aber durch die stabilen Erdölpreise und ein vernünftiges Verteilungssystem konnten der Niedergang gebremst und der Bankrott abgewendet werden. Als die Ausgaben die Einnahmen nicht mehr überstiegen, wandte Faisal seine Aufmerksamkeit der inneren Entwicklung des Landes zu, während Ahmed Yamani in seinem Amt als Erdölminister im Ausland die Anerkennung und Bewunderung zurückgewann, die man einst dem großen Abdul Aziz gezollt hatte. In seinen Augen hatte die OPEC nach wie vor keinen entscheidenden politischen Einfluss, und ihre Vorschläge und Maßnahmen führten lediglich zu Spannungen und Verstimmungen auf dem Erdölmarkt. Als Vertreter des Königreichs Saudi-Arabien in der OPEC verhinderte Yamani immer wieder drohende Embargos, die einzige schlagkräftige Waffe, über die das Kartell verfügte. Sein oberstes Ziel war mehr Unabhängigkeit bei der Förderung, Raffinierung, dem Transport und der Verteilung des Schwarzen

Goldes, das sich nach wie vor in den Händen westlicher Konzerne befand. »Wir müssen unsere eigene Technologie entwickeln«, sagte Yamani immer wieder zu König Faisal, der bedingungslos hinter seinem Minister stand.

Kamal übernahm schließlich das Amt des saudischen Botschafters in Frankreich. Durch die Rückkehr in die Politik änderte sich sein Leben. Er war häufig unterwegs, arbeitete viele Stunden täglich, traf die wichtigsten Persönlichkeiten der internationalen Politik und erhielt Einladungen zu Seminaren und Tagungen. Man bot ihm Lehrstühle an renommierten amerikanischen Universitäten an, und er wurde von Journalisten belagert, die davon träumten, den geheimnisvollen Saudi und seine südamerikanische Gattin zu interviewen.

Niemand hätte sich vorstellen können, dass dieser beeindruckende Mann mit dem stechenden Blick, der kaum jemals lächelte und der Furcht und Respekt einflößte, zu Hause, sobald er durch die Tür kam, sich auf den Teppich kniete, um mit seinen Kindern zu toben, die auf seinen Rücken krabbelten, seine Haare zerzausten und in seinen Taschen wühlten. Und dass er später, in der Dunkelheit und Stille der Nacht, mit der Leidenschaft eines jungen Mannes die Wärme seiner Frau suchte. Francesca war seine Zuflucht vor den Spannungen und Problemen der Welt da draußen. Sie war seine Gefährtin und Vertraute. Er liebte sie aus tiefstem Herzen, und diese Liebe war das Einzige, was ihm Angst machte. Er war ihr auf Gedeih und Verderb ausgeliefert, er brauchte sie wie die Luft zum Atmen und verlor beinahe den Verstand bei dem Gedanken, er könne sie verlieren, jemand könne sie ihm wegnehmen.

Francesca ging ganz in der Erziehung der Kinder und der Führung des Haushalts auf, darin unterstützt von Sara und Kasem, die nicht gezögert hatten, ihre Anstellung in der argentinischen Botschaft aufzugeben, um für Francesca zu arbeiten.

Diese treuen Seelen gaben auf sie und die Kinder Acht, als handelte es sich um Schätze von unsagbarem Wert.

Nach dem kleinen Shariar brachte Francesca Alaman zur Welt. Anders als Shariar, der nicht nur äußerlich Ähnlichkeit mit seinem Vater hatte, war Alaman ein romantischer Träumer, der nichts lieber tat, als Urgroßvater Harum in der Wüste zu besuchen. Er konnte gar nicht genug von den Geschichten aus Tausendundeiner Nacht bekommen. Francesca behütete ihn mehr als die anderen, weil sie an ihm eine Zerbrechlichkeit bemerkte, die er vielleicht von ihr geerbt hatte. Alamans Leidenschaft für die Natur zeigte sich auch in seiner blinden Begeisterung für Pferde. Er las jedes Buch über das Thema, das er in die Finger bekam, und verblüffte seinen Vater immer wieder, wenn er über die Zucht von Araberpferden erzählte. Zu seinem zehnten Geburtstag schenkte Francesca ihm Rex, der nur beim Sohn seiner Besitzerin lammfromm war.

Als Alaman drei Jahre alt war, wurde der dritte Sohn der al-Sauds geboren, der kleine Eliah, Jacques Méchins Liebling. Jacques behauptete immer: »Eliah wird mal König von Saudi-Arabien. Der Größte von allen«, setzte er dann stolz hinzu, als handelte es sich um sein eigen Fleisch und Blut. Der jüngste al-Saud verband in seiner Persönlichkeit Gewitztheit, Klugheit und eine große Lebensfreude. Méchin übernahm die Erziehung des Jungen, wie er es damals bei Kamal getan hatte, ohne Rücksicht auf seine beinahe achtzig Jahre oder die hartnäckige Gicht, die ihm oft zu schaffen machte. Wenn Eliah ins Zimmer kam, ging es ihm gleich besser. Er war eine beeindruckende Erscheinung, groß wie sein Vater und von atemberaubender Schönheit. Schon seine Stimme ließ die Anwesenden verstummen und flößte Respekt ein. Er war ernst und zurückhaltend, aber in Gegenwart seiner Mutter verschwanden die Furchen auf seiner Stirn, und ein Lächeln erschien auf seinen Lippen.

Als man Kamal mitteilte, dass auch sein drittes Kind ein Junge sei, gab er die Hoffnung auf die ersehnte Tochter auf. Und so eroberte Yasmin sein Herz im Sturm, als sie an einem heißen Nachmittag Ende Juli in sein Leben trat. Sie war seine Prinzessin, seine Miniatur-Francesca, mit ihren pechschwarzen Locken, die ihr über den Rücken fielen, der weißen Haut und den schwarzen Augen, die das gesamte Gesicht einzunehmen schienen. Bei Familienfesten sang und tanzte Yasmin und trug Gedichte vor; sie war eine richtige kleine Dame, die es liebte, in Mutters Kleiderschrank zu wühlen und in ihren Kleidern und auf hohen Absätzen durchs Haus zu stolzieren. Sie konnte Stunden vor dem Spiegel mit dem Auftragen von Rouge und Wimperntusche verbringen. Ihr Vater ließ ihr alles durchgehen und gab ihr immer nach. Er ertrug es nicht, sie weinen zu sehen; so mussten sie jahrelang nachts das Licht im Flur brennen lassen, weil sich Yasmin im Dunkeln fürchtete.

Die Villa Visconti wurde zu einem Rückzugsort für die Familie. Wann immer die Pflichten schwer auf ihm lasteten, organisierte Kamal einen drei- oder viertägigen Ausflug dorthin. Während der Sommerferien zog die ganze Familie in die Villa, wo sie die Großeltern aus Argentinien trafen, wie die Kinder Fredo und Antonina nannten. Noch am selben Abend, nachdem Francesca mit ihm gesprochen hatte, hatte Fredo seinen Morgenmantel angezogen und an Antoninas Tür geklopft. In dieser Nacht war sie die Seine geworden. Bei der Rückkehr nach Córdoba hatten sie geheiratet und in Fredos Wohnung in der Calle Olmos gelebt, bis 1976 der Staatsstreich stattfand. Alfredo hatte die Wohnung in der Calle Olmedos verkauft, bei der Zeitung gekündigt und war mit seiner Frau fortgegangen, um die letzten Jahre seines Lebens dort zu verbringen, wo es begonnen hatte: in der Villa Visconti.

***

Faisal starb mit fünfundsiebzig Jahren, erstochen von einem Terroristen, als er eine Moschee betrat. Das ganze Volk beweinte seinen Tod, und Tausende von Menschen versammelten sich in den Straßen von Riad, um sich dem Trauerzug anzuschließen, an dem Persönlichkeiten aus aller Welt teilnahmen.

Nach Faisals Tod zog sich Kamal endgültig aus der Politik zurück, ohne auf die Bitten seines Bruders Jalid zu hören, des neuen Königs, der ihn anflehte, zu bleiben. Aber Kamal war müde, und der Tod seines Bruders hatte ihn sehr mitgenommen. Francesca und er lösten den Haushalt in Paris auf und zogen sich auf das Anwesen in Dschidda zurück, wo sie sich gegen den Willen ihrer Kinder endgültig niederließen, die nicht verstehen konnten, was dieser Ort ihnen bedeutete.

Sadun, der Hausverwalter, war mittlerweile zu alt, um sich um den Haushalt zu kümmern, und hatte die Verantwortung an seinen Neffen Yaluf weitergegeben, der seine Sache sehr gut machte. Die Stallungen waren immer noch Kamals Lieblingsort. Der Ruf seiner Zuchthengste und Rennpferde hatte nicht nachgelassen, und Käufer aus aller Welt kamen, um Millionengeschäfte abzuwickeln. Aber vor einiger Zeit hat Kamal die Geschäfte und die Verwaltung der Familienfinanzen an seine Kinder übergeben. Er wollte nur noch mit Francesca zusammen sein.

Nach so vielen Jahren begegneten sie sich in der Einsamkeit Arabiens noch einmal neu. Sie gingen Arm in Arm unter den Palmen spazieren, schwammen in dem Becken mit dem geflügelten Pferd, gingen am Saum des Roten Meeres entlang, picknickten an dem Brunnen mit den Seerosen und bestaunten wie beim ersten Mal den Mond und den Sternenhimmel. Und Kamal blickte Francesca immer wieder an und dachte: ›Nun bin ich alt geworden, und sie ist immer noch an meiner Seite. Allah sei gelobt und gepriesen!‹

Florencia Bonelli
Dem Winde versprochen
Aus dem Spanischen von Sabine Giersberg
Roman
Band 18211

Buenos Aires, 1806: Der Engländer Roger Blackraven kehrt nach längerer Abwesenheit auf seinen prächtigen Landsitz El Retiro zurück. Dort trifft er auf die schöne Irin Melody Maguire, die seit kurzem als Kinderfrau auf dem Anwesen arbeitet. Leidenschaftlich engagiert sie sich für die Sklaven und kämpft für deren Rechte. Als sich die Wege der beiden kreuzen, verändert dies ihr Schicksal für immer ...

Eine bewegende Liebesgeschichte vor der exotischen Kulisse Argentiniens. Für Leserinnen von Rebecca Ryman, Ana Veloso und Colleen McCullough.

Fischer Taschenbuch Verlag

fi 18211 / 1

Florencia Bonelli

Dem Sturm entgegen

Roman

Aus dem Spanischen von Lisa Grüneisen

Band 18212

Buenos Aires 1806: Als ihr geliebter Roger Blackraven seinen Landsitz in Argentinien überstürzt verlassen muss, bleibt die junge Irin Melody Maguire mit ihrem Bruder Jimmy allein zurück. Blackraven – ein englischer Adeliger und Korsar im Auftrag der Krone – hütet ein dunkles und gefährliches Geheimnis: An Bord seines Schiffes befinden sich die Nachkommen des französischen Königs, die er vor der Guillotine gerettet hat. Als die Engländer einen Überfall auf Buenos Aires planen, befindet sich Melody in höchster Gefahr. Nur Roger kann ihr jetzt helfen …

Die bewegende Fortsetzung von ›Dem Winde versprochen‹, der großen Liebesgeschichte vor der exotischen Kulisse Argentiniens und Brasiliens um 1800. Für Leserinnen von Rebecca Ryman, Ana Veloso und Colleen McCullough.

Fischer Taschenbuch Verlag

fi 18212 / 1

Barbara Wood

Das Perlenmädchen

Roman

Aus dem Amerikanischen
von Veronika Cordes

Band 15884

Sie ist die beste Perlentaucherin ihres Stammes. Aber Tonina muss ihre Heimat verlassen, um eine heilbringende Pflanze zu suchen. Ihr Ziel ist die Hauptstadt des Maya-Reiches. In den legendären Gärten des Herrscherpalastes trifft sie auf den berühmten Wettkämpfer Chac. Unwissentlich wird sie zum Werkzeug einer Intrige, durch die Chac und sie am heiligen Ort Chichen Itza den Opfertod erleiden sollen. Tonina gelingt das Unmögliche: Sie rettet Chacs Leben. Aber damit gerät sie selbst in Gefahr. Als sie aus der Mayastadt flüchtet, weiß sie noch nicht, dass ihr abenteuerlicher Weg sie zum Geheimnis ihrer eigenen Herkunft führen wird ...

»Schöner exotischer Schmöker
von Bestsellerautorin Barbara Wood.«
Freundin

Fischer Taschenbuch Verlag

fi 15884 / 1